中国近代文运之升降

王尔敏 著

中华书局

图书在版编目(CIP)数据

中国近代文运之升降/王尔敏著. -北京:中华书局,2011.3
ISBN 978-7-101-07615-8

Ⅰ.中… Ⅱ.王… Ⅲ.近代文学-文学研究-中国 Ⅳ.I206.5

中国版本图书馆 CIP 数据核字(2010)第 194701 号

书　　名	中国近代文运之升降
著　　者	王尔敏
责任编辑	欧阳红
出版发行	中华书局 (北京市丰台区太平桥西里 38 号　100073) http://www.zhbc.com.cn E-mail:zhbc@zhbc.com.cn
印　　刷	北京天来印务有限公司
版　　次	2011 年 3 月北京第 1 版 2011 年 3 月北京第 1 次印刷
规　　格	开本/880×1230 毫米　1/32 印张 14⅜　插页 3　字数 400 千字
印　　数	1-3000 册
国际书号	ISBN 978-7-101-07615-8
定　　价	38.00 元

摄于2007年1月29日

王尔敏(1927—　　),当代著名历史学家,台湾中国近代史研究的重要代表人物之一。历任台北中研院近代史研究所研究员,台湾师范大学、香港中文大学等校教授。现居加拿大。

目 录

自 序

中国文学数千年来所创辉煌成绩，在世界上传世之文学遗产言，足以超越各民族之成就，而领先世界。在此不涉其他学术门类，就文学而谈文学。苏曼殊早已称言，只有梵文与中文在文学上保持最高造诣，并亦批评其他族文学之平庸粗浅。但20世纪我学界文士却极其向慕欧西各国文学，一味仿拟，以为进步。回头则诅咒中国固有文学，甚至辱骂陈旧落伍，一味大力提倡文学革命。打倒之论，甚嚣尘上。而今一百余年，命也割掉了，文学提升如何？有待文界各家评估。

鄙人研究历史，对文学居于行道之外。只是既研治近代史，于近代中国之剧变，亦不能不参考同时代思想学术之演变。文学是一门代表时代最重要之学问，做历史交代，无法推开不论。向文家同道前徽，谨求谅恕我外行人之鲁莽梼昧，竟敢对当代文运妄议雌黄。

我之粗浅犷野抡笔，扪籥向壁之论，自难中于方家绳尺，尚祈以外行人看待可也。

拙作奉呈学界，包括通论，含文章十四篇，敬求文界前徽批评指教。内容不及细述，而重点则偏离文学统宗，只讲通俗文学之兴起。动因起自于近代，而无论就史乘言，启动于外力冲击，就文学流变言，亦是更为复杂繁乱。我们后生晚学之辈，实有责任加以研判澄清。不揣冒昧，略作一些粗浅试探，未敢自许为著作。

做历史研究，中国历代苦难，人民死亡相继，颠沛流离，失产破家，饥寒交迫之世，要以西晋之亡，北宋之覆，南明之逃，为全民最大悲苦年代。但比之20世纪，在列强煎迫下之中国，受日本全面侵略，其全民之伤亡流离，饱受日军蹂躏，比之前古，严重百倍，实为有史以来惨绝人寰之悲剧。如今存于记忆，不能忘怀。然而中国人民之艰苦奋斗亦是可歌可泣。史家亦不能辍笔。

我们俱知，20 世纪是国家动荡、外力横行霸道时期，亦是中华民族的忧患时期。文家难保安宁温饱，凡治学著文，无不在颠踬喘息中进行，穷愁惶迫中运思。虽然极其艰困，所见抗日战争期间，遁避川滇之学者文家，若林同济、陈铨、雷海宗等，仍能维护中国文化，批斥西方文学、哲学、史学。今俱能一一覆按参考。我人应相信，中国自是拥有一流人才，以保证中国有复兴之日。

不过反思 20 世纪一百年间举国上下，我们不讳言，自古以来，国人是最无自信之一代。我曾有论证，不止一次说明我们是 1900 年起丧失民族自信心，我负责立此言，不在此重述。甚盼识家查证这一百年间学者教授文人议士之言论著作，何不作一番全面对比，用以驳倒吾之谰言。在此亦不暇细表。有太多文献可以查考。略举最近期之例，以供同道观览。

第一，香港小故事。

鄙人于 1977 年受聘，赴香港中文大学任教。1978—1979 年间就传出香港英政府要对中文大学开刀整顿，名义号教改，冠冕堂皇，手段则是要迫使中文大学把四年制改为三年制。真正用心，浅说是要和香港大学体制取齐，仿香港大学之三年制。深一层动机，则是削除中文大学影响，一则坚持香港官方语言之英文，民间语言只能说粤语，不能说普通话（国语）。更重要是把中文大学废功，使之削弱影响。但最深处用心，是要加深继续统治香港，尽量使香港与大陆脱钩。也同时给香港人英国国籍护照，大约自命为英国人之香港而具英国籍者不下百万人。我在中大同事子女，向我儿女炫耀他们一家全是英国人，不是中国人。此事使中大头痛，决不敢违抗。不过一时之间一个包括几个学院之大学，人员教授以至于学课是无法说改就很快改的。一面因应，一面拖延，看来必须有四五年消化之过程方能达到。这并非中文大学拖术有成效，而是英国外交上为了香港主权治权到上个世纪 80 年代碰了钉子，就是港督麦理浩（Sir Crawford Murray MacLehose）去访大陆，试探英国之统治新界能否有延续可能，看他得意洋洋返回香港，其实却是发觉情势不妙，以他的力量，无法达成目的，而不免告知伦敦英廷，自外交上由高层下手向中国疏通。因是而展开外相贺维（Howe）向中国交涉续租新界之协商，终于也碰了钉子。英方为防避将来1997年中国收回新界，必会有大批具英籍身份之港人涌向英伦定居，于是英政府迅速制定新国籍法，把前许之英籍港民一概摒拒于英国本土之外。此时麦理浩已于1982年离职返国，换来新任港督是尤德（Sir Edward Youde）继续与中国谈判香港续租问题，不幸而累死在北京，任期终于1987年，可说是为香港治权而牺牲性命，却未能挽回英国统治香港之权利。到此则教改问题已不具重要性，可知只是政治把戏。

无论过去或未来，香港这一地方虽经英国统治一百五十年，须先要看其地人品民心是如何。我在香港任教十二年，所知港人在英人统治之下要分两个层次。主要是这里的居民有百分之九十七是中国人却是殖民地香港人。其中少数受英国教育者，任地方公职者，俱可归入识时务之俊杰，但各人志节不同，不便随便批评。其实大多数地方小民商贾负贩，引车卖浆，也有农民渔夫是人数最多。港人亦即是粤人，纯讲粤语。我在香港多年观察，深信粤人才是中华民族最吃苦耐劳、最坚强勇毅的一支，对于统治者可以听命却决不屈服，直到最后，仍称英人为鬼佬，称英国叫红毛国，愈是小民愈是如此，当然决不包括那些高级知识分子，特别是在各级政府做官员之人，其中也必有学者教授。我因是向称港民为香港顽民，乃有感而发，非随便说说。

我做近代史研究，熟见19世纪，粤人卖猪仔，大批劳工赴南北美洲开金矿银矿，种烟草，特别是开辟巴拿马运河，修建太平洋铁路，往往死亡相继，十不存一，而以巴拿马运河之死亡最惨，达四五万之众。然而幸存者仍能在美洲各地开建China Town，我到过夏威夷、洛杉矶、芝加哥和加拿大之多伦多、万古华、卡加利、艾蒙敦，俱有 China Town，俱是先烈苦干经营，代表华工血泪血汗。内心肃然钦敬。

回头再看香港，亦是坚守中国固有文化，例如，新年各家供桃花和水仙花，其他地方俱早已不见，只有粤人重视而履行。我曾在岁末游观年花市场，通宵直到天亮，花市难以走完。

我也曾听人说道，香港是文化沙漠，此言过分，是假洋鬼子站在洋人立场看香港，像香港这样偏离大陆边缘，又仅仅弹丸之地，且又为英人长期统治，一般人照常理推断，以为是文化沙漠。其实其坚持中国文化比台湾和大陆俱强韧，可举一例为证。中国固有传统之诗，早在上世纪 30 年代已打入冷宫，做诗之人凋零，后继无人，大陆、台湾早已没有旧诗诗家，而香港连大学、中学均尚有做诗之人。今时已至 21 世纪，香港中文大学在 2007 年这样当代时尚会出版《香港名家近体诗选》上、下二册，证明传统旧诗，在香港尚具生命。我看大陆、台湾不能望其项背。须知此是长期英国殖民统治之地，有此存续之绝学，令人由衷钦佩。我深心祝望，中国之伟大诗学，能在中国复兴，因为中国自古以来就是世界上一大诗国。此在早先有周策纵先生主张中华诗国，而实自 20 世纪被国人自己糟蹋了。

在此并非专为香港卖好，样样只是多数善类，小老百姓则无不重乡爱国，知识分子则可说良莠不齐。知识越大心机越多，有良性自觉者，有名利熏心者，有忠实正直者，有投机取巧者。表面看来雍容揖让，看不出破绽。我在学界，阅历较多，稍有领悟，可称多彩多姿，不胜偻指。举其一例，以见其人，亦可测其对香港人心之影响。

香港地虽弹丸，除大部居民为单纯善良生业，吃苦耐劳之不屈顽民，而少数之知识分子，则是秉性学养、为人做事却是大有不同。自有英雄杰士、超卓群伦，亦有饱富学养之思想家、文学家、科学家、商贸菁英，亦是周旋于竞争世界而出人头地。在此不暇引举。但亦有不少趋炎附势、追逐名利，随世变起伏，力求趋吉避凶之高手。大抵皆是有高学位、高官阶之辈。我人能够觉察此类识时务顺潮流之俊杰亦甚不容易。香港世变之大莫过于20世纪90年代英国即将结束其统治权之际。此时期人心与行径最能见出各样不同之行为动机。可以测出人心之浮摇，世风之乖谲。

我亦香港定居之人，90年代，最能感受世变之乘，人心复杂而摇摆，尤其官员大吏、学者教授，最能反映繁杂乱象。这时有位在大学教中国史之名家，提出大文，题称："无国有家，无家有我。"如果只是无名小辈，大可不论，而此位是在外国拿学位并绝对有能力到外国谋生之人，他虽是香港土生，做英国属民，一直是当地高待遇高名位之人，竟在此时道出这样一个理论，不但失其国家立场，亦放弃家族立场。因为他是这样一个随国可去、随地可投有本领之人。如此大文推向本地学界与社会，给港人一个理论方向，一个具体示范。想想此一高文之价值就很可观矣。我之宣示此小故事，是要请大陆学界看看，他们是做梦都想不出如此之高论。那位教授现在仍住香港，究不知是无怀氏之民欤？葛天氏之民欤？

第二，台湾小故事。

1990年代我回到台北中研院担任研究员。院长是吴大猷先生，很不得李登辉之倚信，乃至时生矛盾，台湾之政情无法从表面理解，本来政治重视现实，研究院却只重百年以后，全不对工。所在在此时期就把台北垃圾场改辟在中研院附近一公里处，看不到是有意还是无意。此使吴院长甚感侮弄，却无法争较。高人过招，凡夫俗子怎能参悟，但知吴院长有坐不稳之兆。可能在他1991年4月16日，在报纸上展示6S，以见其弹射当朝大老，以泄愤懑之趣。S1是Superficiality，其旨是肤浅。S2是Stupitity，其意是愚蠢。S3是Stubborness，其意是固执。S4是Selfishness，其意是自私。S5是Senility，其意是老迈。S6是Sanseverything，原出莎士比亚，形容老朽昏悖之人。Sans. Everything乃是英国成语。吴院长六字真言，可谓是高级戏谑。院里同事，有人又加两味。S7是Snobbery，其意是上谄下骄。S8是Slippery，其意是狡猾不可靠之人。想想那个老苍靶子也是懂英文的留美博士，见到这样讥讽，岂有不生气之理。吴院长终于被挤下台，换上了李远哲接任。

李远哲是化学专家，取得诺贝尔奖金之后，名望日隆，声势显赫，自是意气风发，想有一番作为。回台问鼎台大校长一席，未能顺利得手。退而求其次，想接掌中研院。果然被李登辉引重，得以在1994年从吴大猷处接任中研院院长。上台宣揭抱负，果然出人意表。他心中如何算计，无法揣度。这要从他召集各研究所人员，一所一所逐次公开谈话中略窥点滴讯息。

他在任多少年，不须统计。因为自上任至退任只至近代史研究所召集同仁谈话一次。虽然如此，在我所遇六位院长之中，要算第三位直接亲与各所研究人员对话之一位，只有钱思亮任院长时，是亲到每一位研究员研究室谈话。而李远哲则是一一到各所召集全体谈话。

李远哲凭恃其学术声望，信心满满，一开口即语出惊人，表明一己之国籍认同并不重要，鼓励同仁要做世界公民。声言他以前是日本人，现在是台湾人，那有什么重要，他未明宣称自己是世界公民，而意思已透露出他这位名享国际的大科学家已经是世界公民了。信心满满地要同仁把眼光放远放大，不可拘于一隅。后来他也自美国引进一批世界公民，并推荐他们做政府高官，几位“教育部长”像吴京、黄荣村、曾志朗，以至杜正胜均到政府做“教育部长”。看看他之态度是如何的踌躇满志，他之鸿抱是如何之崇高远大，他之声言是如何之铿锵有力。我却看他是大言炎炎，错估了一个诺贝尔得奖人之固有身价。什么世界公民，全然自欺欺人，他到任何一国均须出示台湾“护照”，亦决无任何一个国家要重用他这些世界公民做大事，英、美、法、德、俄以至日本，未必会重用他。这些人只能来到台湾做大官，又要标榜高尚不凡，睥睨同类，没有台湾“护照”，到世界各地寸步难行。世界公民云乎哉。人太得意，不免忘形。至今多年来这批世界公民俱只鸠居台湾，别说西方大国，即是大溪地、千里达等国，也不会重用他们。

李远哲既经担任中研院院长，既须自知秉持国师地位，领导学术研究，以崇高道艺表率国人，以精湛研究与各国争胜。未料他扛着金字招牌扮政客之纲纪。举例说吧，号召全台学界六百人声援支持陈水扁选“总统”。那些打响的广告早公布报纸，李远哲之一言九鼎已成为一道选举灵符，一帖就中。此情已是蜜蜂分享苍蝇食物，完全忘记自己种性身份。

再举一例，陈水扁当选“总统”，在其上任后第一个新年元旦，要亲自上街为市民打扫街道，以实践其亲民诺言。当此之日记者镜头早已群拥准备，要留下美好纪事录，是时文武百官全部缺席，却有李远哲一人拥彗先驱，陪着陈水扁俱入镜，播放全国。看来这位大学问家之一位“国师”，拥彗先驱竟至做到斯文扫地。看他得意笑容，似乎全然不知羞耻，真是令人纳闷。

李远哲这位国师，凭恃他诺贝尔奖得主之招牌，在台湾所做之最大事业，完全不在学术，他自信能插手教改，在台湾教育一门领域，从上到下，从大学到小学，一手操刀，大肆改造。乃有今时这样后果，动机有明有暗，自有高层上级嘱命，内情亦是复杂隐晦，我人决无能力与资格妄下断语，留给教育家慢慢考究评估，实在不敢赞一词。至于表相所见大多为人所共识者，可以作如斯观点。世人俱知，李远哲这一生最具影响之事业，就是教改，虽然有高层使任，但俱由李氏操持，有充分条件与权力做下去。当然无论成败，他须全部负责，无有推诿余地。

同样因李远哲的维护推毂，几位“教育部长”，自是各展才能，而各人行事，亦无须由李远哲负责。不过一概俱对台湾教育之改变有不同影响。其中特以杜正胜任职最久，几乎超过前任院士前辈之总和，当然信心最强，行事猛勇。此即在于以机关手段做出去中国化，去蒋介石偶像，他真是一位去中国化之急先锋。杜氏任内政声，俱有实绩实例，不须引举。把中国作为外国，孔子自是成为外国人，从教育入手，改造中小学教育。有一件看似不易成功，但却是有严重后果。要去除中国文字，就要推行拼音，不是拼普通话，而是拼闽南语，拼音方式又要绝对不同大陆之拼音法。而用昔年英国长老会传教士所创之拼音。有位19世纪英国教士Carstairs Douglas在1872年所出之《厦英大辞典》(*Chinese-English Dictionary of the Spoken Language of Amoy*)，就是以西方二十六字母拼成闽南语。西洋教士即用此字汇在台湾传教，自然早有习惯。看来流行不大，好似难于通行。问题是在一个政府大力推动施行，并用于教育中小学生，此即易于生根而造成可观之后果。不要以为我危言耸听，可举真确史例供大家参考。明清以来，中国与越南关系密切，越人通晓汉语行之其民间。其国史用中文写，其文士能做诗，皆可参考朱云影教授之研究。最能作代表之例，是在1881年至1884年之间法军屡侵越南，其国官员阮述，到中国朝野进行求救，著有日记，香港中文大学陈荆和教授为之出版，定名《阮述日记》，其文笔典雅，造诣实深，可询陈三井教授听其评断。不过自1885年法国统治越南，政府禁用中文，要以拼音代越语为文字，上由政令推行，至1945年第二次世界大战结束，法国虽无力再统治越南，而经此六十年间，已是法语及拼音方言流行，中文则完全淘汰。台湾做法岂不要步越南后尘？看看“中华邮政”要去掉中华，说做就做，不惜花大钱，要去蒋中正说做就做，亦毫不含糊。大凡操持政柄，大刀阔斧做去，小民只有坐待宰割。

第三，北京小故事。

我是久居海外，常在港台两地生活，对于大陆所生长故地，久疏六十年，知之不深，感受十分隔膜，自不能信口雌黄，乱编乱造，亦不可妄加猜测。今只就最近报纸所见，举证略为推断，亦决非无故放矢。

且说去年（2008）8月，北京举办世界运动会，兴建一座具特色之鸟巢运动场，在接近完工之三个月前，有著名建筑学家信心满满地夸示，我们在建筑造型创新上会超越世界，特别大肆宣白将来要在北京建成一座世界最大之金字塔。我在海外，只有失望。想想看，以常情而言，金字塔是什么建筑？是一种帝王陵墓，决不见有二用。建筑地俱在荒野穷谷，决不能建在京城。金字塔自是伟岸巨大，却是所有皇陵最丑陋者，比一比印度之泰姬陵，看是谁最高雅美观。这个建筑学家好心要把北京人纳入帝王陵墓，是要他们活着进去还是死后进去，都未加说明。若是要使北京人都享受法老王死后之荣耀，想他们一定会纷纷走避。如此荒谬奇谈，竟出于建筑名家之口，真是21世纪奇谈。现在2009年11月20日，加拿大有新闻报道，有一位名导演叫奈仁柏（Albert Nerenberg）宣告于明年（2010）6月选在多伦多市中心地区（Bloor）举办世界大笑运动会（The World Laughter Games），要会合天下好手到此大笑，一分高下。不知运动场是如何样子，真是应该邀请这个建筑学家代为设计。想想能够使人大笑，亦将与建造金字塔是同样伟大。

从以上所举三个故事，全有事实根据，决不随便乱造，本人要负史实责任。

我个人治史心得，相信中国人丧失民族自信心，是起于1900年之八国联军打入北京，并签订不平等条约。历来对外屈辱要以此次最重。想想平民百姓瞖不畏死，是不会惧怕。只是达官贵人士大夫实已吓破胆。主要列强要求惩处仇洋杀人之元凶，暗示就是慈禧太后，但由李鸿章交涉，在列国兵劫不解之威胁下，只能要求别伤害皇室，终而使端郡王载漪免死，罚为圈禁，而庄亲王载勋就须赐死，大学士刚毅本该赐死，他却在逃亡半路死在山西。大学士徐桐及其子徐承煜亦须自尽。刑部尚书赵舒翘已逃回西安，亦难逃赐死。此情震惊朝野，王爷、大学士尚书均不免以死抵罪，从此使一些做官人吓怕洋人，遂亦自此崇洋媚外。及到20世纪以降，国人软媚成风，连学者教授、文坛健将，也俱崇洋畏洋，回首自侮本国祖先所遗，固有文化一概鄙弃不顾，则以效法西洋为时髦。文风为之丕变，但凡古文旧诗，一概视为腐朽。而有一种全新文学代兴，亦是全国披靡。上举三个故事，是反映一种现象，决非一天造成，古人所谓：大风起于青萍之末，足以形容始生之机，微而难觉，后世影响可成狂涛巨浸。现在所举，尽是学界菁英，表率群伦之士，已不相信有国家，要做世界公民，再加去中国化，用拼音文字代表方言，何须再有汉字。真是危机已现，中国之文化崩解，只是时日问题，真可慨也。我所敬信之文界高人得无有术以挽之？

何以一切要自30年代算起，盖自1901年以后，一段时间，国人正全神注意到，革命、立宪和保皇这类政治主义而无暇他顾。及至共和肇造，尚未多喘息，又闹帝制又闹复辟，亦俱在20年代扰扰攘攘，再加军阀混战十年，就已到达30年代，正是文人可以略静下来思考文化问题。须知到此年代，硕学宿儒多已谢世，甚至连王国维、梁启超，亦俱谢世。此际在打倒军阀，打倒帝国主义之下，一种打倒气势之流行信仰也就形成，在文化而言，开出一个打倒之流行信仰，岂止是要打倒孔家店，但凡固有文化亦要打倒。

最可怕者，是流行之信仰会衍生更多流趋之流行错觉。比如说，流行打倒迷信、不要拜偶像，而衍生之流行错觉则要拉倒神像，毁寺庙，赶走和尚道士。无可以万千计之优美建筑被铲平，优美雕塑神偶被拉倒。乃是本国人破坏本国文化遗产之大行动，真是国必自伐而后人伐之（孟子语）。

当然，固有之文学艺术，亦不要继承，可另创新文学，开出一条新路。其实非新开创也，乃是模拟西方文学之路，重要信持，是委之于Literature所约制之规范，从事写作，大不同于固旧，则依西方之流变而随之起伏高下。到今追随已八十年，一切成就，皆有现成文献可供研考、评估、资证。有心人大可一为研究。

现在要提出的问题，是今日之文学流趋方向，是否仍继续追逐西方？是否要自主表现超越？劝我文界先知多加思考，并明指道路。

拙见并非投机取巧，主张追随文家前辈以投降西方为后尘。但另行开辟循中国固有文学规制，探索而恢复继承旧文学之写作，一定要脱去Literature之洋式规矩与戒律。二者并行，才是中国文学开展之路。像是新文学，无论各界，俱已行用八九十年，我是完全不敢置词批评建言。对于固有文学，我自是久无亲接，又岂能置词批评？只是粗浅之见尚不揣冒昧，要提出两点浅见。

其一，中国是汉文文字宗主国，必须全力不惜代价标榜正体字为中国文字，并申报文化遗产。我看好繁体字，是以简速易学，尤其比英文省力。须知根据韦氏字典统计，今世之英文单字已超过一百万个，而中文最多不过五万余，而有四万余字是久不行用。学生要像汉代能识九千字，即能通用并能治学写文。鄙人相信，宜在童年学习汉文。我自己识字不多，而今已写书二十余种，并编书十四种，也足以做教授三十多年，深信学汉字不难。

其二，多少年来，我一直相信中国是诗教之国。但由我说出并不具分量。文学界中在美国有周策纵，他主张中华是诗国。又有台湾女作家，像是吴崇兰也是主张中国是诗教之国。这仍不过是一种主张，尚不具坚强分量，只有我是充分接受，仍是不敢大力宣扬。我既非文界中人，且对于大陆文界非常生疏，一定有不少诗家在继承中国诗，所知大师级之诗学名家，有钱锺书，我三十多年前拜读他所著《谈艺录》，应是70年代之事，他不但通熟唐宋诗，亦深熟明清诗。其书可以代表诗学著作。另一位诗学大师是钱仲联，他一生治诗，却最重视清代、当代之诗。他少壮之年即笺注黄遵宪之诗而名噪文坛，其他工作最深厚之作，是为大诗人沈曾植的《海日楼诗》作注，随其年事日增，其注诗亦逾向前代推。故为鲍照、韩愈、李贺、黄山谷、陆放翁、刘后村之唐宋名家之诗笺，下推至明清，又注吴梅村诗，算来真可说是诗学大师（钱氏前六年以高龄逝世）。如此看来，可信大陆必有不少诗学名家。惟钱锺书、钱仲联俱当享大师宏名，决不逊于明清两代诗说诗话各大家。

虽然如上所言，而实则不能力挽传统诗在20世纪以来之全面衰退，因为做古诗者急遽减少，80年代以后，几至于全无诗作问世。事有万不可测者，在中国旧诗几近消亡之期，在海外却有人出而为传统诗建构诗学体系理论，向西方人传授中国诗教。此即当代诗学大家刘若愚（James J. Y. Liu）教授之一生投注于中国传统诗之研究，并建构一套中国之诗学体系。绝不同于古来之一切论诗注诗之旧槽。以其博通中西之诗材，而慧心建构纯解中国诗之理论体系。自 1962 年其诗学研究已经问世，历任香港大学、夏威夷大学、芝加哥大学，以至斯坦福大学汉学教授，专以讲授中国诗为专业。其所有专著，全以英文写出，精研专著有《李商隐研究》，有《北宋六大词家》（此书有中译本），而相关诗学最重要之书则为《中国诗学》（*The Art of Chinese Poetry*），杜国清中译，1977 年印。另一本重要之书是向西方人谈中国文学理论，书名是 *Chinese Theories of Literature*，有杜国清等二种中译本。刘氏尚有研究中国游侠之书，英文之作，受西人推重。总之，其有关中国诗学之大著上举二种，俱是在中国研治文学之诗学上有开创新路之功。中国文界，宜加重视。诗不流于遽然消亡，刘氏功莫大焉，亦当推为诗学大师。

鄙人拙识刍荛自已倾诉。余意又想向文界进告作一点促进之建议，亦非偶然凭空杜撰。乃是今岁收到好友（邓伟贤先生）相赠《香港名家近体诗选》上、下二册，系自 1841 年英占香港以来至 21 世纪，凡居港文家之诗作略选其要，每人不出十首，而合成一集。此在荒乱末世极难得搜集之贡献，尤其在英国殖民统治之下一百五十余年，而尚能见诗学传承，真令人肃然钦敬。此中港人何文汇自是重要推手。何氏高才博学，精通中英文，乃吾在香港中文大学中文系同事，后任大学教务长、讲座教授，其人多才多艺，曾多次上演电视剧，吾曾欣赏其所演风尘三侠之李靖，真是一表人才。惟在英人殖民统治之下，坚守中国固有文化，大力维护传统诗学，其以微薄经费，小局面创办每年一次之近体诗作选奖，已办有十余年，正见其沉毅勇任之志节，实深钦佩。吾今从之启动灵感，像香港弹丸之地尚能极力维系文学诗学之绝绪，中国版图如此其大，万倍于香港，何不每年举行征选文学作品，以为提倡，扩大征集，每省每年举办新文学征选一次，旧文学征选一次，大加提高奖额，以鼓励作者，各打分自完成，并给奖，再将优胜者之作品汇送文化部，由文化部汇集全国来件，再商聘约名学者审评各门分选若干，再给大奖。最后合各省之作品，胜与不胜，概予出版，定名“2009年新文学征选集”及“固有旧文学作品征选集”二种，用以年年举办，年年传世。似此可为一种发展文学之路，冒昧陈词，真是不胜惶恐惴惴之至。

拙著将由中华书局出版，今已呈稿签约，欣幸之至，不免造言妄议，尚祈识者不吝指教。

2009年11月28日

写于多伦多之柳谷草堂

通　论

今世学科分类至为清晰，本人一向治史，于文学自是外行，何以要写此书？对己须有慎思，对人须有交代。

我虽生在学术分化时代，早远离晚清以前，特别是清代二百余年中国学者之博通风习，所履践治学途径，则是近七十年来之学术分工，必须循专精之道。于是所选专业，全投注于治史。因求学时同时兼治地理，而地理亦成为相辅之兼长，如此而已。

治学之幸运与否，在于得硕学大师之调教，我个人列居史学大师郭廷以先生门墙受教。他专精近代史，却一向具博通古今之学养识力。我学其春秋家法，自身敢称长于年代学，惟师门教训，亦要求我辈要兼通文学与哲学，不得谓之为博雅，却决不可荒疏文学哲学修养，此是入门必循，尚不得谓尽符夫子期望，只是做到打基础而已。

我虽是还说得上重视文学哲学，而个人专业要求，怎可须臾离史学，倾我才智，亦仅只在史学一门讨生活。因是生平著作俱集中于中国近代史领域，亦有一本书论述古代，想到生平功力俱用于治史，未敢旁涉至文学门类。

我之能够接触文学论题，明确被动在谈论思想史受到一些求知的迫促起意。当我在60年代撰写晚清政治思潮之动向，看到甲午对日战败，对国人刺激既深且广，此时人人惊觉到亡国灭种大难临头，于是先觉之士奔走呼唤，要唤醒全国危亡意识，共谋自救。于是自然启导三个思潮动向，迫使我选择探讨，其一是大动向，走上平民教育努力；其二是改良简化文字，供平民快速识字；其三是推广通俗文学，使之灌输爱国救国思想。此三个论域，我选其二、其三各做一文，今已收入本书，使我不期然走进通俗文学领域，走进国语运动领域，说来俱是文学领域。为时已到80年代，是我在香港任教之时从事此类研究。接着又扩展至

《点石斋画报》，一步一步被引进通俗文学。

当我处理《点石斋画报》，发现今代文学名家很是鄙视拒斥，读鲁迅之评论可知，极度诋毁，毫不留情。惟我看法不同，自有所见，必冷静细绎，就事论事，一切探讨清楚，赋予通俗文学地位，充分抒发其特殊之点，与文家持论有天渊之别，收入本书二篇，敬祈方家指教。

我在60年代已在阅读《申报》（学生书局影印），丝毫未能留心创办人美查兄弟（Frederick Major 与 Ernest Major），抄录一些资料，也把眼睛看坏，几乎失明。手中资料，未尝一用，却耐心等待有使用之一天，及至我研究《点石斋画报》，发现美查才真重要，要在世人素不理会之地填补史乘缺忽。因为美查兄弟在中国实对通俗文学给予发展生机，因而撰文述论，收入本书，只祈同道者一为检阅。

为了研究美查，必须翻检《申报》，四十年前所抄资料，至此可以引入文章，重点在于我所抄当年《申报》刊载之各家《竹枝词》，再进而广泛阅读当代文家所编之各样竹枝词选本，进而得以选择撰写清人之海外诗草，至此方可算是接触到文学论域，已收入本书，敬求文家教正。

我在多次文章论述美查，终须严肃对待，将美查提升至中国近代小说文运之兴起论旨中占重要位置，未免惊世骇俗，难免要受到文家拒斥，十分冒险。只是我要决心探讨，不计成败，不怕责难，但祈能拾遗补缺，使治文学史、小说史者可以借手采择补充。此文收入本书，惟祈识家教正。

我向文家讨饶，是我竟然真的跨过行讨论起小说来，二十年前我确是发表过一篇探讨公案小说之文章，一定触犯文家规矩，尤其治小说史者，定为之侧目，此文亦收入本书，等着接受批评。

90年代初，我写一篇涉论王韬之文，无关于思想政见，却只谈其诗、文、酒、色，以见其风流至性，也能见到王氏生平最得意之际会。尤以游访东瀛，备受礼遇崇重，是其生平得意之高峰。收入本书，用以获见王韬之真性情，尚祈文家指教。

当我接触诗学，真可谓是门外汉。幼少曾在家塾跟老师读完《诗经》，全部须记诵，包括三百篇小序，也背诵。但是完全在经学领域，《诗经》并未看成是文学，谈到《关雎》篇，就说成是后妃之德也。一派道学气，怎能使我有文学领悟？在幼少学塾，也只是读过《千家诗》和《唐诗三百首》、《古唐诗合解》，总稍稍有一点常识。可是多年来我竟涉谈起诗，坦白言，只是读书报告性质。一篇是《陈寅恪著〈元白诗笺证稿〉读后》，一篇是《周策纵从〈诗经〉看古代男女情好与婚媾关系的象征表达》，俱已收入本书，渴求方家指教。

本书收文十三篇，其中九篇论近代通俗文学，应能代表一书之重心。虽言通俗文学，亦纯属近代现代观念体制，前古未尝立以为教，往往被人看作冒渎文学。即在文界一直尚是无有定准，看看周作人所写之《平民文学》，既要兼顾平民之立场，又要兼顾文学之水准。又作解说，又画图解，说来说去，十分造作求通。明眼见其为 literature 这一西方文义所困，是一篇难服人心之文学理论。要说到通俗文学，好像重点在俗，而文家又困在文学之雅，像是争议难解。鄙人今时用之坦然，已有三十余年。敢说只是史家观点，不会要与文家争短长，尚恳同道文家同情看待。

本书末后之三篇，俱谈诗学，不免大胆冒昧，有点不自量力。放在拙书只是存留些微诗之气息。想想 20 世纪诗家老成凋谢，约至 30 年代，中国承当三千年文学主流之诗，算是完全达于消亡。在文学上言，乃是重大悲哀，世人全不知觉，文家一无痛惜，似衷心愿见诗学之亡。旁观此一冷酷现实，不能不顿生悬疑。大圣哲孟子早有所言："王者之迹息而《诗》亡，《诗》亡然后《春秋》作。"此话好像很捧史家，其实不然，孟子之全句如下："王者之迹息而《诗》亡，《诗》亡然后《春秋》作。晋之《乘》，楚之《梼杌》，鲁之《春秋》，一也。其事则齐桓、晋文，其文则史。孔子曰：'其义则丘窃取之矣。'"孟子此言是看重经学，不看重史学。我们同道用不着得意。我幼年全学经学，而历史称纲鉴，只读过五言韵文之史《鉴略妥注》。后来投入治史，一生也不治经学。是以今代诗亡已七十年，应仍是文家之事，须由文家解答此一问题。世人疑难不解，文家难于安枕。看来文家应该大有文章可做。本书所收三文，俱是就文学谈诗。20 世纪，经学若存若亡。亦须国学家解答此一现象，岂能令之闲坐吃饭？似此文化大变迁，正是文家用武之机，有诸多议题，等待解答，怎能闲得下来？写此陋说，无关宏旨，只是心下怀有疑难，须向同道先进请教，提出一些研究观察，也是冒着自然淘汰风险，并非高视阔步，旁若无人。仍要虚心求教，盼解悬惑。开下几点，实是不得不提。

其一，我在幼少时曾读五年半私塾，记诵四书、五经，兼读《鉴略妥注》、《幼学故事琼林》及《千家诗》，《论语》已进入开讲章句。后改入学堂读小学高年级，由是遇到长于新文学老师于祥瑞先生，出于文家徐玉诺门下。受其影响，爱好鲁迅、冰心、朱自清、郑振铎、夏丏尊、丰子恺等人之文章，选课中有鲁迅所作《秋夜》及《孔乙己》。想来我之爱好新文学直延续到高中。自初中已开始试写小说，但在读高中时写一篇小说充作文卷，被老师毛季浩评为抄袭。自此受辱，即远离新文学。惟仍不断喜读古典小说。在高中最后一年，遇到名师天文学家曾次亮先生，除教天文又教诗、词、曲。受其影响，喜爱古典文学。先要交代所学背景，再提问题。

我在大学毕业后，即投身研治中国近代史，虽已远离文学，却还注意现代文学史和新文学史，接触之书不少。但凡遇上白话文之兴起，新文学之兴起，说者往往必涉论固有古文学之腐朽、僵化，而有新文学之诞生。大体已成文界共喻之通识。我终抱持怀疑，熟见自古以来之文学主流，流徽百代，光耀千载，其诗经、楚辞、诗赋、乐府，而唐诗、宋词、元曲、明杂剧、传奇，至清代二百余年，凡古文、诗赋、词曲、竹枝词、戏剧等，一概生机勃勃。未见前者腐朽之后而生后者，何以到现代一时段，却会先有前面之腐朽而再生今时之新文学？于此深致怀疑。若像钱玄同所谓：“桐城谬种，选学妖孽。”

则更惊世骇俗，厚诬古人，徒逞快意而已。认为必须全盘退货，不接受此类说词。祈盼文家能再提出明确答案。我向未见过诗经腐朽而生词赋，唐诗腐朽而生宋词，文学代代流变，未见到前代腐朽而使后代新生。不能不抱持怀疑。今人解释，令人感到蛮横儿戏，请再三思。

其二，自1875年（光绪元年），小说登上近代文运发展之途，直至20世纪初之繁荣鼎盛。其余势在共和时代初，推衍生出“鸳鸯蝴蝶派”小说，在文学领域，竟而进至于主流，取代诗词韵文地位，此种嬗变兴替，文运升降，乃是三千年来文学上之巨变，有天翻地覆之势。我读现代文学史、小说史，例如鲁迅之《中国小说史略》，全像没事一样，于此巨变，不置一言，何其顽钝麻木之甚？是以吾对今代之文学史书，虽无疵议，却决无从恭维。至盼今之文界提出研究解答。凡此必须全面阅读此一代之小说、戏剧、传奇、说唱以至评论、理论著作，应彻底发掘此一时代之各样反应与说词，期盼与想望，更须清楚探明此一代之选择小说来表达其心声理念之工具。吾人至盼看到明确答案。

其三，我读资料，肯定相信自1897年起，据严复、夏曾佑之《国闻报》附印说部缘起一个长篇告白，自此以为开端，使中国文学逐年快速步趋欧西文学格局形势，一路直至今时，所有中国文家无不承受欧风洗礼。说好听是走入世界文学大潮流，如此追随潮流已百余年，我国达于世界级之大作又是什么？我国世界级之文豪又是谁人？令我甚感茫昧犹豫，甚望文界朋友能给予肯定说明。

不惟如此，尚要知道：我国文学究竟是仍跟着西方走下去？还是在其中创出一条新路？或是再重估中国固有之文学传承接续下去？乃是三条路子，鄙人无知，甚难揣度，亦望文界高人指教。

我用功不深，阅历尚有，大概见到兼通外文之人，使中西文学对比，不免有所新见，往往是兼通中文英文，会走出一条新路，叫作比较文学。在60年代我在台湾拜识不少隽才专治比较文学，他们俱是外文系出身，在美国取得博士学位，比如我所敬佩的刘绍铭、梁锡华，此外尚有袁鹤翔、周英雄，俱是我在香港中文大学同事。他们认为中国小说戏曲，但凡是古典性之作，俱可比较，只有20世纪之新文学不能与英国文学比较，因为一下子比出问题，是即不免有模仿之嫌。古典文学则可避免此种尴尬，何必蹈此麻烦。

中西比较，不自上世纪60年代起，在此可举兼通中英文的孙文在1918年（民国七年）之言，为求正确，必须直接引括，出自《国父全集》，原由胡汉民所记录保存：

> 先生曰：中国诗之美，逾越各国，如三百篇以逮唐宋名家，有一韵数句，可演为彼方数千百言而不尽者。或以格律为束缚，不知能者以是益见工巧。至于涂饰无意味，自非好诗。然如“床前明月光”之绝句，谓妙手偶得则可，惟决非寻常人能道也。今倡为至粗率浅俚诗，不复求二千余年吾国之粹美，或者人人能诗，而中国已无诗矣。

未料孙中山民初之言，竟言中我国诗学之真亡。今日文界尚有诗否？

大凡中西语文之翻译，其表现最能作文彩艺匠之比较，自较比较文学之列叙解说要更严谨。吾师刘殿爵先生（翻译大师，70年代伦敦大学讲座教授，今健在）从事翻译《老子道德经》、《孟子》、《论语》三书（在英出版），乃是以英国典雅文字，译中国古代名著。两者语词，必须遣词用字上彼此平衡互照，使西人看来，俱是古典著作，因是备受其学人崇重而引用。

在此当举实例以见西文之诗，译成中文之诗，可举1908年苏曼殊二十五岁时所译英人拜伦之《哀希腊诗》，抄自先业师沙学浚先生（地理学大师）于1941年2月3日于《大公报》星期论文所撰《古今战争中之希腊》，曼殊所译十六首中之五首，在此举引两首，以见拜伦之悲慨希腊之亡国。

> 其一，威名尽坠地，举足供奴畜；知尔爱国士，中心亦以恧。而我独行谣，我犹无面目，我为希人羞，我为希腊哭。
>
> 其二，我立须宁峡（Sunium），旁皇云石梯。独有海中潮，

伴我声悲嘶。愿为摩天鹄，至死鸣且飞，碎彼娑明（Samian）杯，俘邑安足怀。

沙师论及拜伦游希腊于1821年作《哀希腊诗》，其时希腊早已亡国，为奥斯曼帝国所奴役，拜伦极致悲慨。曼殊译出中文切印其情，沙师尤于其所译“俘邑安足怀”之“俘邑”，是翻译拜伦诗中指希腊之地为a land of slaves，以为合于信、达、雅，一则字词简古，二则文词创新，三则译意明确，实赞叹苏曼殊之高才。沙师引此诗而论希腊历史荣辱，申论希腊在欧洲形势，命之为“衢国”，衢国一词，原出《管子》，其历史悲剧，实为地位居于东西争霸之通道。不亡于东，即服于西，独立维持不易。看来从其引诗，可以见出比较文学值得提倡，多从其中分辨出文学造诣之高下。

其四，本文前节已肯定指称，自1895年至1911年之小说、戏剧、传奇、说唱等文学，俱是文以载道，不再重述。然自共和民国以后之文学，所知有限，不知究是文以载道，或是为文艺而文艺。我非创意之人，六七十年前早有史学大家张荫麟对中国前代文学，提出有此两个途径。吾有疑难，只好向文家请教。20世纪已过去，今时当有考察评估。文学所循途径，关系文风与文学成就，以至人心风俗之涵养。盼望文界先进能作深入研究，传示后世。

其五，我们全国上下陶醉在广义的“五四运动”荣名之下已九十年。在这个提倡科学讲究理性的世纪，全未认清此种铺张扬厉，并不符合史实。多人一致扩大含义，包罗万象，视为当然。若在此时说破，必令多人闻而骇怒，我将难逃天下罪责。虽然如此，我仍不能不申说一二。

做历史之人，不免顽固难化，不识时务，违逆潮流，破坏良好气氛。我蹈此弊，亦不容后悔。拙见以为“五四运动”之真实只有一个，就是1919（民国八年）5月4日，国人因巴黎和会，使日本取得中国山东以至青岛利权，而愤慨国际之不讲公理，欺压中国，全国人民群起抗议，反帝国主义之强权蛮横，因是而有内除国贼、外抗强权之一致口号，此一重大史实，是反映全国上下一致之运动，乃是反帝国主义之民族运动，以其发生之日而称为“五四运动”。此外并无其他含义，但凡有其他内含，俱是用一种解释辨证，而硬挤进来。于是又必须解释说，此即广义之“五四运动”，乃是人工附会而加入者。于是而包括新文化运动，大倡科学民主，有新文学运动，也成“五四运动”内涵，进一步又增入白话文运动，遂至愈加膨胀，皆大欢喜。我看此不符史实，不合情理，全部出于炒作；尤其挤掉了反帝国主义内含，无人再提此一民族抗争运动，很对不起当年之学生、教师、商人、小贩、妇女，此是一种篡夺，决要反对去除。虽然常见盛会举行，我只冷静旁观，决不参与膜拜，只觉奴才太多。

想想文学一门，为全民族心性所钟，代表一国独具之文化遗产，一民族之精神结晶，地位是何等重要，成品是何等珍贵。现代学者愿屈居西方文学附庸，追逐新风气潮流，已有百余年，不知创生多少杰作，尚须文家考索统算。年年拿“五四运动”招摇，恐非笃实之策。实须盘算如何自立自主。文学流变，历代各自有来龙去脉，近代虽改称运动，亦必当是文学自身之运动，既不起自“五四”，又非收成于“五四”，而附庸“五四”真是太过偷懒。

我写此书，不过是雕虫小技，强说跨入文界，不过是笑话一段，只是说说，请勿当真。惟向文家请教自是出于至诚。

2009 年 7 月 20 日

写于多伦多之柳谷草堂

中国近代知识普及运动与通俗文学之兴起

一、绪　言

研究近代思想史，势必侵入文学领域。历经多年思考，其有绝对不可避免者，则在于知识普及化之一项问题。处理此一思想范畴，将以大量文学作品作为采辑研考资料，将以各类作品内容作为陶镕范铸素材，将以作家之文字表现提炼思想精华。其处置对象几乎全在于一代文学之成果，实亦不能不被人疑为研究文学问题。

虽然如此设计，我仍将不承认对文学有何侵犯之处，而且充分相信，此为思想史上必须澄清之重大问题。此一关键，不可不有所研究与突破。再进一步看，虽然研究对象相同，但就思想史问题处理，无论出发论点与思辨重点，我与文学家之立场宗旨以至获得结论，仍将有巨大区别。七十年来无数文学家在此园地反复淘洗，搜求殆遍，著作如林，卓见名言，早已形成文学界之定论。何须再多我一人踵习学样。不过前人论著尚不能餍足思想问题之解释，仍不得不作重新思考，研究探讨。俾学者得以比较观察，折衷至当。再进一步说，研究思想史，亦不可划地自限，对一代巨量文学资料，避而不谈，不加重视，不肯涉手，不作研考，不求甚解，当是重大疏忽，亦为严重缺失。

今世文学流变，久为世人注意，研究者众，成果丰硕。文学史家以及研治新文学者，大致划定具体范围，归趋具体结论，已经形成一定之新文学史段落。虽然不免有枝节之争议，而凡论现代文学史者，必多以所谓广义之“五四运动”为演变界限。由此起始，推衍而至于今日，是为新文学之时代。研治此一段落文学学者，向上回顾，探讨渊源，亦莫不就民初《新青年》杂志论说，倡议文学改良及文学革命为推动先驱。此一范畴，久成定论，殆为文学史家一致接受①。

在此放胆申说一点，就文学史而论，以 20 世纪初以来所谓广义之“五四”为新文学段落，当无重大争议。然于追溯渊源背景，演变根由，并不能真正掌握最原始动力之所在。再就思想脉络考察，此一渊源背景，实应上推至于 19 世纪 90 年代中日甲午战争（1894）以后。是以就思想史研究，无论如何均不能不自此处讨论思想之醒觉与转变。此点正可说是与文学史家立场观点根本不同之处。

在此全然无意为文学史作补充，而为探讨思想动力及其影响，愿就甲午战争以后至民国初十年间，关于通俗文学兴起之原因以至流变结果，作一考察，提供对此时代重大思潮之认识。

自中日甲午战争以后至民国初十年间，中国之思想动向与文学风气，自成一重要段落。并不同于前代，虽为后期渊源，然亦不同于后世。就文学家立场言，因其文学水准不高，体裁陈旧，多不予重视，往往称之为过渡时代。但是若就思想史立场观察，虽然内容杂驳，文体纷歧，而却思想繁富，问题多样。重点不在于文学之艺术成就，价值高下，实在于其所表达之思想，特别是流布广远，功效甚巨。

近代文学发展，产生巨大变化，并在短短四十年（1895—1935）期间达于完全改观，实为一种革命性之重大转变。就新文学家立场而言，更只是从民国五、六年算起。而至于北伐前后，好像是匆匆完成

---

① 治现代文学史者，除钱基博之《现代中国文学史》以及陈炳堃之《最近三十年中国文学史》外，在“新文学”一个命义之下，一致划定界限，以“五四”时期为其起点。论调宗旨，大同小异。所见此类著作，略开于后：

《近二十年中国文艺思潮论》，李何林编著，生活书店，民国二十八年三月初版。

《最近二十年中国文学史纲》，霍衣仙著，上海北新书局，民国二十五年八月初版。

《中国现代文学史略》，叶丁易著，北平作家出版社，1955 年 7 月出版。

《中国新文学史初稿》，刘绶松著，北平作家出版社，1956 年 4 月出版。

《中国新文学史稿》，王瑶编著，香港波文书局，1972 年 6 月初版。

《中国现代文学史》，李辉英著，香港 1970 年印。

《中国新文学史》，司马长风著，香港昭明出版社，1975 年 6 月初版，1976 年 6 月再版。

于十余年间，真是突飞猛进，一日千里。此一变化之重点，十分明显，就是从过去之文言文改变为今日通行之白话文。文学表达，务尽至于通俗了解为宗旨。事经文学史家研考探讨，似已把握文运脉络，自亦提示造成因素。其推理与结论，亦是言之成理，广为大众接受。今日翻检讨论，并无加以推翻之意，但可进而有所讨论，使其思考不到之处得以显现，以提供世人注意。尤其在思想史上意义，亦可谓关系重大。不能缄默，无从忽略。

十年以前（1972），我曾为台湾大学史学系同学讲演，提出所思考当需研究之论题二十一个，虽然其中若干已令门人研究，并完成著作。而未探讨者尚有“晚清通俗文学对于新思潮传播的功能”一题，亦交一位门人用心研治。然资料繁富，工程浩大，方在入手。我则先就此一思想动力，简略述论自光绪二十一年（1895）至民国二十六年（1937）间一段通俗文学之兴起过程，用以澄清近代思想史上之重大问题①。

二、思想动力与启导先驱

无论就文学领域或思想立场，考察中国近代文学发展实绩，均将无所怀疑，相信其承转之迅疾，演化之剧烈，具有突变之结果，革命之意义。文学史家每归因于所谓之新文学运动以及“五四运动”之倡导推动。固然不无道理，然未免拘墟于现时眼光，而忽略开创前徽。不惟自我蒙蔽，不能探明渊源，抑且贻误后世，使人不明历史真相。在此甚愿缀辑史料，举证疏解，一一探讨思想动力之根源，以及创始领导之先知。稍俾后世学者参酌考校。

中国近代思想演变，光绪二十年（1894）甲午战争之惨败，构成广泛醒觉之重大关键，形成种种思想变化。此一历史事实，实为冲激思想演变之原始动力。近代文学之巨变，其创意启念，亦当自此为起

---

① 王尔敏：《中国近代思想史论》，第519—539页。

始。思想动力总纲，原为力求救亡图存，在此动力推挽之下，于是展开种种思潮之激荡，演为种种之改革论说，文学之工具功用，遂亦成为思考目标之一。

甲午战后第二年（1895）五月《万国公报》第七十七卷，英国教士傅兰雅（John Fryer）具名刊登征文启事，征求通俗小说。当时即标明“时新小说”，以表其功用宗旨。并指定以讽喻鸦片、时文（八股文）、缠足为范围。提供奖金，以作鼓励。其启事说明宗旨云：

> 窃以感动人心变易风俗，莫如小说。推行广速，传之不久，辄能家喻户晓，气习不难为之一变。今中华积弊最重大者有三端：一鸦片，一时文，一缠足。若不设法更改，终非富强之兆。兹欲请中华人士愿本国兴盛者，撰著新趣小说，合显此三事之大害，并去各弊之妙法。立案演说，结构成编，贯穿为部。使人阅之心为感动，力为革除。辞句以浅明为要，语意以趣雅为宗。虽妇人幼子，皆能得而明之。述事务取近今易有，切莫抄袭旧套；立意毋尚希奇古怪，免使骇目惊心。限七月底满期收齐，细心评取。首名酬洋五十元，次名三十元，三名二十元，四名十六元，五名十四元，六名十二元，七名八元。果有佳作，足劝人心，亦当印行问世。并拟请其常撰同类之书，以为恒业①。

三个月之后，收到小说一百六十二份。其中亦有曲戏、歌词、道情之类，为报馆选录二十篇，各给奖金。仍由傅兰雅（John Fryer）具名刊登启事原委：

> 本馆前出告白，求著时新小说。以鸦片、时文、缠足三弊为主。立案演说，穿插成篇，仿诸章回小说，前后贯连。意在刊行问世，劝化人心，知所改革。虽妇人孺子，亦可观感而化。故用意务求趣雅，出语亦期明显，述事虽近情理，描摹要臻恳至当。蒙远近诸君，揣摩成稿者凡一百六十二卷。本馆穷百日之力，逐

① 《万国公报》第七十七卷，光绪二十一年五月号，总页次15310页。

卷披阅，皆有命意①。

在此必须略加申说。中国近代思想之创生发展，西洋教士启牖之功不可忽略。向日曾在其他论著中言及，无待引论。即此一端，已足见傅兰雅倡导通俗文学为改革社会工具之功，其先驱地位尤当揭示后学，以见渊源有自。虽然如此，《万国公报》之征求时新小说，实非傅氏一人之力，亦未尽其一人之主张。同时共事者，中华文士有沈毓桂、王韬、蔡尔康等人（在光绪二十一年初，此三人同在《万国公报》评阅其他论文多篇）。于此倡导征文，包括评书选录，当必参与其中，实亦功不可没。其事俱在光绪二十一年（1895），自为通俗文学振兴之滥觞。

光绪二十三、四两年（1897—1898），为通俗文学之理论建树与积极实践最具创始意义时期。最初无锡举人裘廷梁（字葆良，号可桴）于此年七月至上海与汪康年（字穰卿）商议于《时务报》之外增办文义浅显之报纸。康年甚表同意，而在九月即与叶澜（字浩吾）、汪钟霖（字甘卿）及曾广铨发起创立“蒙学公会”，同时并创刊《蒙

① 傅兰雅启事，为光绪二十一年（1895）十月中旬所发，刊于《万国公报》第八十六卷，光绪二十二年二月号。总页次15926—15927页。此次所征小说，初选精雅者七种，又加选十三种。其录取名单、奖金如后：

茶阳居士	五十元	张润源	五元
詹万云	三十元	玫甘老人	五元
李钟生	二十元	殷履亨	四元
青莲后人	十六元	倜傥非常生	四元
鸣皋氏	十四元	朱正初	三元
望国新	十二元	醒世人	三元
格致散人	八元	廖卓生	二元
胡晋修	七元	罗懋兴	二元
刘忠毅	六元	瘦梅词人	一元半
杨味西	六元	陈义珍	一元半

学报》①。同年叶澜撰《蒙学报缘起》云：

若夫东西各国之教幼童也则不然。吾虽未谙东西文字，固尝读新会梁启超氏之论矣。其论教法也，先认字，次辨训，次造句，次成文，不躐等也。认字之始，必从眼前名物指点，不好难也。必教以天文、地学浅理，如演戏法，童子所乐知也。必教以古今杂事，如说鼓词，童子所乐闻也。必教以数国言语，童子舌本未强，易于学也。必教以算，百业所需用也。多为歌谣，易于上口也。多为俗语，易于索解也。必习音乐，使无厌苦，且和其血气也。必习体操，强其筋骨，且使人人可为兵也。日授学不过三时，使无太劳，致畏难也。不妄施扑教，使无伤脑气，且养其廉耻也。父母不得溺爱荒学，使无弃材也。学究必由师范学堂出身，使习于教术，深知其意也。故西童出就外傅，四年之间，其欲为士者，即可以入中学，仞专门以名其家。其欲为农若工、若商、若兵者，亦可以略识天地人物之理，古今中外之迹，其学足以为仰事俯蓄之资，稍加阅历，而即可以致富贵。故用力少而蓄德多，数岁之功而毕世受其用也②。

同一文中，叶氏又云：

知其难而不畏其难，即可化弱而为强，化愚而为智。何况童子髫年入学，胸无成见。苟取浅明通便之法，切实易能之书，教之有道，辅之有序。犹如阪之走丸，水之归壑，其势甚顺，其机甚捷。二三年后，成效既见，风气益开。则数千载之流毒，不除而自除；四百兆之黄种，不保而自保。是则吾《蒙学报》之责也乎③。

---

① 范放：《中国官音白话报》，《近代史资料》1963 年第二期，第 110—113 页。又王尔敏：《晚清政治思想史论》，第 143—144 页。

② 《近代史资料》1963 年第二期，第 119 页。

③ 《近代史资料》，第 119—120 页。

在同一月中，上海一地又有章伯初、章仲和兄弟创办《演义报》。梁启超并为两报作一合叙，以为提倡鼓吹。

> 西国教科之书最盛，而出于游戏小说者尤多。故日本之变法，赖俚歌与小说之力。盖以悦童子，以导愚氓，未有善于是者也。他国且然，况我支那之民，不识字者十人而六，其仅识字而未解文法者又四人而三乎？故教小学教愚民，实为今日救中国第一义。启超既与同志设《时务报》，哀号疾呼，以冀天下之一悟。譬犹见火宅而撞钟，睹入井而怵惕。至其所以救焚拯溺，切实下手之事，未之及也。既又思为《学校报》，通中西两学，按日而定功课，使成童以上之学童诵焉。自谓得此，则于教学者殆庶几矣。而于教小学教愚民二事，昧昧思之，未之逮也。岁（1897）九月归自鄂，而友人叶君浩吾、汪君甘卿有《蒙学报》之举。门人章生仲和及其哲兄伯初有《演义报》之举。两日之间，先后见告。既闻之，且忭且舞，且喜不寐。呜呼！其或者天之不欲亡中国，故一败之辱，而吾国人士之扼腕攘臂，思为国民效力，为天下开化者，趾相错。自今以往，而光方乌钧渡挽之凶焰，或可以少熄，中国之人亦渐可教矣乎！斯固救焚者之突梯，拯溺者之桔槔也。他日吾《学校报》成，使童孺诵《蒙学报》者，既卒业而受焉。则荀卿子所谓：始于为士，终于学圣。其由兹矣。岂曰小之云乎哉[1]。

裘廷梁虽在上海无所施展，乃又回无锡约集同道顾述之、吴荫阶、汪赞卿、丁福保（字仲祜）等人，于光绪二十四年（1898）创立“白话学会”，同时刊行《无锡白话报》，不久又改为《中国官音白话报》。裘氏为鼓吹推行白话文，乃发表其所著《论白话为维新之本》一文，其议论有云：

> 西人公理家之言曰，凡人才智，愈后愈胜，古人必不如今人

---

① 梁启超：《饮冰室文集》卷二，台北中华书局，1960年印，第56—57页。

也。乃以其言观吾今日之中国，举天下如坐眢井，以视古人智愚悬绝，乃至不可以道里计。岂今人果不古若哉？抑亦读书之难易为之矣。读书难，故成就者寡，如今日是也。读书易，故成就者多，如成周是也。此中国古时用白话之效①。

裘氏又云：

千余年来，彼教寖昌寖炽。而吾中国之政治艺术，靡一事不恧于西人，仅仅以孔教自雄，犹且一夺于老，再夺于佛，三夺于回回，四夺于白莲、天理诸邪教，五夺于耶氏之徒。彼耶教之广也，于全地球占十之八。儒教于全地球仅十之一，而犹有他教杂于其中。然则文言之光力，不如白话之普照也，固大彰明较著矣②。

在同一年内梁启超又为翻译刊印政治小说而著文鼓吹。是其所撰《译印政治小说序》：

善夫南海先生（康有为）之言也，曰：仅识字之人，有不读经，无有不读小说者。故六经不能教，当以小说教之。正史不能入，当以小说入之。语录不能谕，当以小说谕之。律例不能治，当以小说治之。天下通人少而愚人多，深于文学之人少，而粗识之无之人多，六经虽美，不通其义，不识其字，则如明珠夜投，按剑而怒矣。孔子失马，子贡求之不得，圉人求之而得，岂子贡之智，不若圉人哉。物各有群，人各有等。以龙伯大人与僬侥语，则不闻也。今中国识字人寡，深通文学之人尤寡。然则小说学之在中国殆可增七略而为八，蔚四部而为五者矣。在昔欧洲各国变革之始，其魁儒硕学，仁人志士，往往以其身之所经历，及胸中所怀，政治之议论，一寄之于小说。于是彼中缀学之子，黉塾之暇，手之口之。下而兵丁而市侩而农氓而工匠而车夫马卒而妇女而童孺，靡不手之口之。往往每一书出，而全国之议论为之

① 《光绪二十四年中外大事汇记》卷首之三，第28—29页。
② 《光绪二十四年中外大事汇记》，第29页。

一变，彼美英德法奥意日本各国政界之日进，则政治小说为功最高焉。英名士某君曰：小说为国民之魂，岂不然哉！岂不然哉！今特采外国名儒所撰述，而有关切于今日中国时局者，次第译之。附于报末，爱国之士，或庶览焉①。

以上所述，均为显露南方通俗文学风气转变之契机，二年之间，展现欣欣向荣之色。而在北方，风气之开，虽不及南方普遍，但亦并非毫无反响，为时亦不落后。光绪二十三年十月十六日至十一月十八日（1897年11月10日至12月11日），严复与夏曾佑在天津《国闻报》发布其所合撰《国闻报附印说部缘起》，洋洋万余言，轰动南北文界，文史学者推称为“是阐明小说价值的第一篇文字”②。举严、夏二氏全文说理之重要部分于后：

书之纪人事者，谓之“史”；书之纪人事而不必果有此事者，谓之“稗史”。此二者，并纪事之书，而难言之理则隐寓焉。此书之大凡也。然则古人恃何种书而传乎？古之人莫不传，而纪事之书为甲。然而同一纪事之书，而传之易不易则各有故焉，不能强也。书中所用之语言文字，必为此种人所行用，则其书易传，其语言文字为此族人所不行者，则其书不传。此一也。即此语言文字为本种所通行矣，而今世之俗，出于口之语言与载之纸之语言，其语言大不同。若其书之所陈，与口说之语言相近者，则其书易传；若其书与口说之语言相远者，则其书不传。故书传之界之大小，即以其与口说之语言相去之远近为此例。此二也。即其书载之文字之语言，与宣之口舌之语言弥相近矣，而语言之例，又大不同：有用简法之语言，有用繁法之语言。简法之语言，以一语而括数事，故读其书者，先见其语，而此中之层累曲折，必用心力以体会之，而后能得其故。繁法之语言，则衍一事为数十

---

① 梁启超：《饮冰室文集》卷三，第34—35页。

② 阿英（钱杏邨）：《晚清小说史》，香港中华书局，1975年重印本，第2页。

语，或至百语、千语，微细纤末，罗列秩然，读其书者，一望之顷，既恍然若亲见其事者然。故读简法之语言，则目力逸而心力劳；读繁法之语言，则目力劳而心力逸。而人之畏劳其心力也，甚于畏劳其目力。何以证之？譬如有一景于此，或绘之于画，或演之于说，吾知人必乐观其画，甚于乐观其说，盖说虽曲肖详尽，犹必稍历于脑，而后得此景，不若画之一览即知为更易也。惟欲传一事，始末甚长，画断不能绘至无穷之幅，而且事之情状反复幽隐，倏忽万变，又断非画所能传乎？故说仍不能废，而繁言亦如画焉。若然，则繁法之语言易传，简法之语言难传。此三也。即用繁语观之，不劳心矣，而所言之事，有相习不相习。天下之民，其心能作无限曲折，而至极远之限者恒少，狃于目前，稍远即不解者恒多。若其所言，其界极远，其理极深，其科条又极繁，加以其中所用之器物、所习之礼仪、所言之义理、所成之风俗、所争之得失，举为平时耳目所未及而心力所未到，则必厌而去之；必其所言服物器用、威仪进止、人心风俗、成败荣辱，俱为其身所曾历，即未历，而尚有可以仰测之阶者，则欣然乐矣。故言日习之事者易传，而言不习之事者不易传。此共四也。事相习矣，天下之事变万端，人心之所期与世浪之所成，恒不能相合。人有好善恶不善之心，故于忠臣、孝子、义夫、烈女、通贤、高士莫不望其身膺多福，富贵以没世；其于神奸、巨蠹、乱臣、贼子，无不望其极膺显戮，无所逃于天地之间。而上帝之心，往往不可测；奸雄得志，贵为天子，富有四海，穷凶极丑，晏然以终；仁人志士，椎心泣血，负重吞污，图其所志，或一击而不中，或没世而无闻，死灰不燃，忍而终古。右斯之伦，古今百亿，此则为人所无可如何，而每不乐谈其事。若其事为人心所虚构，则善者必昌，不善者必亡，即稍存实事，略作依违；亦必嬉笑怒骂，托迹鬼神，天下之快，莫快于斯，人同此心，书行自远。故书之言实事者不易传；而书之言虚事者易传。此其五也。

据此观之，其具五不易传之故者，国史是矣，今所称《二十四史》俱是也；其具有五易传之故者，稗史小说是矣，所谓《三国演义》、《水浒传》、《长生殿》、《西厢》、《四梦》之类是也。曹、刘、诸葛传于罗贯中之演义，而不传于陈寿之志；宋、吴、杨、武传于施耐庵之《水浒传》，而不传于《宋史》；玄宗、杨妃传于洪昉思之《长生殿传奇》，而不传于新旧两《唐书》；推之张生、双文、梦梅、丽娘，或则依托姓名，或则附会事实，凿空而出，称心而言，更能曲合乎人心者也。夫说部之兴，其入人之深，行世之远，几几出于经史上，而天下之人心风俗，遂不免为说部之所持①。

严、夏二人虽在北方，实俱为南人，当知天下文风消长，南方常居领先地位。近世之口岸地区，尤为枢纽所在。

综合细绎在此开创时期之先驱思想，以《国闻报》严复、夏曾佑二人所表达者最为完全。再加同时期先后各家言论，可分析各点如后：

其一，竞存思想。此一观念因中国时势环境而提出，甲午战后，列强虎视眈眈，瓜分呼声，腾于报章。有识之士，急切为救亡图存计，必须广泛唤醒国民，团结自强，抵御外侮。其时严复、夏曾佑据《天演论》而为其立论前提：

泊乎民智开、教化进，大地之众，彬彬相见。斯时之人，固无禽兽之足虑，即生番、黑人低种之氓，其澌灭夷迟，降为臣仆，不复齿人之数，亦数千年于此矣。惟此文明之种与文明之种，相持不下，日以心竞，而欲定存亡于上帝之前，则其局愈大，其机愈微，其心愈挚，而豪杰愈为天下家国所不可一日无②。

其二，童蒙教育与平民教育思想，此一观念启于改革八股之弊，

---

① 张静庐：《中国出版史料》补编，第101—103页。

② 张静庐：《中国出版史料》补编，第95页。

中国因八股取士，以至世无真知亦乏真才。世无真才，遂至政风败坏，应变无方，国困民贫，危亡可忧。当时国人普遍思想，一致以鸦片、时文、缠足为病国大害。挽救之途，则须自童蒙教育入手。梁启超即据为鼓吹《蒙学报》、《演义报》之前提：

> 人莫不由少而壮，由愚而智。壮岁者，童孺之积进也；士夫者，愚民之积进也。故远古及泰西之善为教者，教小学急于教大学，教愚民急于教士夫。嗟夫！自吾中国道术废裂，舍八股八韵大卷白折之外，无所谓学问。自其就传之始，其功课即根此以立法。驱万万之童孺，使之桎梏汩溺于味根串珠对偶声病九宫方格之中。一书不读，一物不知，一人不见，一事不闻。闭其脑筋，瘫其手足，窒其性灵，以养成今日才尽气敝之天下①。

其三，教材工具之通俗化思想，此由设计平民教育、童蒙教育实质之思考而得。为使平民易学易晓，则须先使教本文字浅显，内容通俗。由是自然而进入于通俗文学，应用白话表达之考虑，“白话学会”之组成，实承此一思想之推动。光绪二十三年陈荣衮（字子褒）著《俗话说》一文以为厘正：

> 今日所谓极雅之话，在古人当时俱俗话也。今日所谓极俗之话，在千百年后又谓之雅也。且不独古今为然也，以四方而论亦有之。即如江苏谓我为侬，在江苏则为俗话，在广东则为雅也。广东谓雨伞为遮，在广东则为俗话，在北京则为雅也。然则雅俗无定者也。雅俗既无定，使必重雅而轻俗，不可解也。使必求雅而弃俗，尤不可解也。古人因俗话而后造字，今人寻古俗话之字而忘今俗话之字，是相率为无用之学也②。

以上所述，为可具体举证之先驱思想，当为保守估计。其余细节，未见显著，无须计虑。至于倡导鼓吹之先驱人物，自1895年之

---

① 梁启超：《蒙学报演义报合叙》，《饮冰室文集》卷二，第56页。

② 《近代史资料》1963年第二期，第116页。

傅兰雅、王韬、沈毓桂、蔡尔康起，其同时者当以裘廷梁、叶澜、汪钟霖、汪康年、曾广铨、章伯初（字）、章仲和（字）、梁启超、严复、夏曾佑、陈荣衮、顾述之（字）、吴荫阶（字）、汪赞卿（字）、丁福保等人最具代表性。

三、思潮继起与理趣之信持

自光绪二十一年至二十四年八月（1895—1898）构成思想启念之初步，以及通俗文学兴起之萌芽时期。尤其在思想醒觉方面，显见递年加速趋势。各种思想，各类学会，各样新著，各项报纸，均具有活泼勃发气象。不幸八月政变，盘踞禄位之政客官僚，打击变法新政成功，贪权怙势之慈禧重揽政权，恢复一切旧制。维新人物，或被杀戮，或遭徙流，或受通缉，均成为清政府迫害捕拿之罪犯。于是新思潮之发展受阻，通俗文学之生机随之中断。

既得权位之官僚，阻挠改革，摧残新政，使百日维新之短暂曦晖，迅速消失。中国朝野，复归昏暝之暮霭。虽然如此，此类王公官僚若尚知谨慎抱持禄位，不再兴风作浪，中国或尚可供其长期腐蚀，以至于朽败。然此辈不识时务之败类，以八月政变成功为得计，再利用比其更无知之愚民，于光绪二十六年（1900）掀动仇洋杀教狂潮，在中国境内首先造成乱局。更由慈禧召开御前会议，决定对欧洲列强宣战，主国政者发狂至于如此，岂有不召来战争横祸。终于导致八国联军入侵北京，万民涂炭，中国任由列强宰割。为便于下次再有更多宰割机会，列强实欣愿中国继续有此腐败无能之政府。而厚颜之慈禧，无耻之官僚，勉强恢复其权势之后，竟亦提倡维新变法之新政来。

庚子拳变，八国联军之入侵，俄国之进占东三省，对于中国人心刺激更甚。是甲午战争以后第二度巨大之冲击，尤加深中国民人救亡图存之危机意识。由是而在思想上再度推展开一个醒觉运动。

先知先觉之士，欲要唤醒国人，必须有所呼吁，国人为大部无知识不识字之民众组成。今欲唤醒广大民众，其所需呼吁之手段与工具，既无法用申理文体，亦不能用深奥文字。遂使通俗文学不能不再被重用，立即带来复苏生机。

庚子（1900）八国联军之役，加深外力冲击，在思潮承续上，又激起民族危亡之痛觉，可以接承前期严复、夏曾佑之呼吁，而借通俗文学以唤醒国人。至亡国灭种之痛惨绝人寰者，莫如白种之虐待黑奴。于是而有林纾与魏易翻译《黑奴吁天录》。林氏宗旨尤在悲慨黄族之蹈其覆辙，用心甚明。光绪二十七年重阳节（1901 年 10 月 20 日）林纾序云：

> 夫蝮之不竟伸其毒，必吃草木以舒愤，后人来触死茎亦靡不死。吾黄人殆触其死乎！国蓄地产而不发，民生贫薄不可自聊。始以工食于美洲，岁致羡其家。彼中精计学者，患泄其银币，乃酷待华工以绝其来，因之黄人受虐，或加甚于黑人。而国力既弱，为使者复馁慑，不敢与争。又无通人纪载其事，余无从知之。而可据为前识者，独《黑奴吁天录》耳。录本名《黑奴受逼记》，又名《汤姆家事》，为美女士斯土活著。余恶其名不典，易以今名。其中累述黑奴惨状，非巧于叙悲，亦就其原书所著录者，触黄种之将亡，因而愈生其悲怀耳①。

---

① 林氏：《黑奴吁天录序》，收入阿英编《晚清文学丛钞》“小说戏曲研究卷”，第 197 页。又同前书，第 197—198 页，林氏同书题跋，亦深具是旨：余与魏君同译是书，非巧于叙悲以博阅者无端之眼泪，特为奴之势逼及吾种，不能不为大众一号。近年美洲厉禁华工，水步设为木栅，聚数百远来之华人，栅而钥之，一礼拜始释，其一二人或逾越两礼拜仍弗释者，此即吾书中所指之奴栅也。向来文明之国，无私发人函，今彼人于华人之函，无不遍发，有书及“美国”二字，如犯国讳，捕逐驱斥，不遗余力。则谓吾华有国度耶？无国度耶？观哲而治与友书，意谓无国之人，虽文明者亦施我以野蛮之礼，则异日吾华为奴张本，不即基于此乎？若夫日本，亦同一黄种耳，美人以检疫故，辱及其国之命妇，日人大忿，争之美廷，又自立会与抗。勇哉日人也！若吾华有司，又焉知有自己国民无罪，为人囚辱而瘐死耶？上下之情，判若楚越，国威之削，又何待言？今当变政之始，而吾书适成，人人既蠲弃故纸，勤求新学，则吾书虽俚浅，亦足为振作志气，爱国保种之一助。海内有识君子，或不斥为过当之言乎？辛丑九月，林纾识于湖上望瀛楼。

中国近代通俗文学之兴起，最驰名于世之先驱人物当然是梁启超。梁氏为近代通俗文学创发之先知先觉，无论其观点识见与实践尝试，均可称为一代前驱，他人无法侵夺与代替，后世亦无从曲解与掩盖。在思想史上固然如此，在文学史上，亦不可抹杀。然在文学家观点，则仅看重其在近代小说方面开风气之功。主要由其早期两篇开创性论文所影响。是即1898年之《译印政治小说序》以及1902年之《论小说与群治之关系》，尤其后者，无论当时后世，始终为文学史家广泛引用，代表近代小说创兴之里程碑①。实则梁氏重视小说功能，更早者尚有1897年之《蒙学报演义报合叙》。此三篇理论文章，确足奠定梁氏在开创近代小说上之领导地位，丝毫无可怀疑。

梁启超果不愧为近代文学倡导先知，在其言说道理，确能凿辟茫昧，开创文风，理论建树俱为后世宗仰。尤其于小说之文学地位，自梁氏起始得进据文学主流，后人蔚然景从，形成著作风气，遂成就文学史上一个新时代。梁氏重要理论，即在于1902年所提出之言论（即《论小说与群治之关系》）：

> 凡人之性，常非能以现境界而自满足也。而此蠢蠢躯壳，其所能触能受之境界，又顽狭短局而至有限也。故常欲于其直接以触以受之外而间接有所触有所受。所谓身外之身，世界外之世界也。此等识想，不独利根众生有之，即钝根众生亦有焉。而导其根器使日趋于钝日趋于利者，其力量无大于小说。小说者，常导

---

① 当代治研近代文学，特别治小说史学者，屡屡征引梁启超《论小说与群治之关系》（载《饮冰室文集》卷十，第6—10页。）尤其梁氏开宗明义数语，广为学者引括，兹录证于次：“欲新一国之民，不可不先新一国之小说。故欲新道德，必新小说；欲新宗教，必新小说；欲新政治，必新小说；欲新风俗，必新小说；欲所学艺，必新小说；乃至欲新人心欲新人格，必新小说。何以故，小说有不可思议之力支配人道故。”其直接征引者有：阿英（钱杏邨）：《晚清小说史》，第2页；吴文祺：《近百年来的中国文艺思潮》，第157页。曹聚仁：《文坛五十年》正编，第65页；夏志清：《人的文学》，第63页。黄沫：《新小说》，载于《辛亥革命期刊介绍》，第196页。似此广泛通行资料，已成大众常识，本文无意再事征引。惟录入小注，以备参证梁氏对近代文学影响之深人而久远。

人游于他境界而变换其常触常受之空气者也。此其一。人之恒情，于其所怀抱之想像，所经阅之境界，往往有行之不知、习矣不察者。无论为哀为乐，为怨为怒，为恋为骇，为忧为惭，常若知其然而不知其所以然。欲摹写其情状，而心不能自喻，口不能自宣，笔不能自传。有人焉，和盘托出，彻底而发露之，则拍案叫绝曰：善哉善哉！如是如是。所谓"夫子之言于我心有戚戚焉。"感人之深，莫此为甚。此其二。此二者实文章之真谛，笔舌之能事。苟能批此窾导此窍，则无论为何等之文，皆足以移人。而诸文之中，能极其妙而神其技者，莫小说若。故曰小说为文学之最上乘也。由前之说，则理想派小说尚焉。由后之说，则写实派小说尚焉。小说种目虽多，未有能出此两派范围外者也[①]。

本文中梁氏所谓"小说为文学之最上乘"一语，虽然是一时强调之词，而其说理惊人，为三千年来首见，新颖有力，足以歆动人心。遂为后世文家宗风，开一代文学新天地，通俗文学盛行一时，小说尤发荣滋长，占一代文学主流地位。若论创始前徽，不能不推尊梁启超为开山祖师。

梁氏提出理论，已足开近代文学先河。而身体力行，并于光绪二十八年（1902）在日本创刊《新小说》杂志，专门刊载小说，按期出刊，用为实力倡导。其所撰《论小说与群治之关系》，即载于《新小说》第一卷第一期[②]。自此以后望风景从者，于是纷纷发行纯刊小说之月刊杂志。不惟如此，即梁氏所标示小说力量之四种功能特色：所谓"熏"、"浸"、"刺"、"提"，亦俱为后世创刊小说报者所追从奉行。

除前此所述理论以外，梁启超为后世文学开创宏规者有二，皆往

① 梁启超：《饮冰室文集》卷十，第6—7页。

② 近世文家，专门介绍《新小说》创刊及发行经纬始末者有：曹聚仁之专文，载其所著《文坛五十年》正编，第65—70页。有黄沫专文，载《辛亥革命时期期刊介绍》，第196—225页。

古所未尝有者。其一在于小说之专门刊物，此一风格，并非始于梁氏，实始于前章所述章伯初之《演义报》。梁氏继起，遂形成普遍风气。其二，梁氏在《新小说》杂志第一卷第七期起，特辟“小说丛话”一栏，批评讨论古今小说之理论价值。古今以来，实为首创。后日之小说史、文学批评史均承此启发而构成独立门类。论梁氏先驱之功，此两点决不可抹杀。

同一时期，发挥梁启超理论者颇众，第一位即为狄葆贤，号平子，江苏溧阳人，举人出身，当时笔名常用楚卿，与梁启超交好，同时为“小说丛话”撰文。狄氏在光绪二十九年（1903）《新小说》第一卷第七期发表理论性文章《论文学上小说之位置》。即就梁氏理论演绎：

> 小说为文学之最上乘，亦有说乎？曰：彼具二种德、四种力，足以支配人道左右群治者。时贤既言之矣。至以文学之眼观察之，则其妙谛犹不止此。凡文章，常有两种对待之性质，苟得其一而善用之，则皆可以成佳文。何谓对待之性质：一曰：简与繁对待；二曰：古与今对待；三曰：蓄与泄对待；四曰：雅与俗对待。五曰：实与虚对待。而两者往往不可得兼。于前五端，既用其一，则不可兼用其余四，于后五端亦然。而所谓良小说者，即禀后五端之菁英以鸣于文坛者也。故取天下古今种种文体而中分之，小说占其位置之一半，自余诸种仅合占位置之一半，伟哉小说①！

第二位承受梁启超之影响者为吴趼人。吴氏本名沃尧，广东南海人。号趼人，又自号“我佛山人”，笔名甚多。以在《新小说》投稿，著作数种，风靡一时，声名雀噪，遂成就一代著名小说家。后为《月月小说》主笔，于光绪三十二年（1906）撰著序文，称引梁启超言论之影响：

---

① 阿英：《晚清文学丛钞》“小说戏曲研究卷”，第28页。

吾执吾笔，将编为小说，即就小说以言小说焉可也。奈之何举社会如是种种之丑态而先表暴之？吾盖有所感焉。吾感夫饮冰子《小说与群治之关系》之说出，提倡改良小说，不数年而吾国之新著新译之小说，几于汗万牛、充万栋，犹复日出不已，而未有穷期也。求其所以然之故，曰：随声附和故[①]。

第三位承受梁启超之理论者为徐念慈，字彦士，江苏常熟人。是一位秀才，著文之时，笔名常用“觉我”或“东海觉我”。于光绪三十三年（1907）与曾朴合编《小说林》。徐氏于创刊缘起，申论《小说林》编刊宗旨，特别提出发挥梁启超所言“熏”、“浸”、“刺”、“提”四项功能：

《小说林》之于新小说，既已译著并列，二十余月，成书者四五十册，购者纷至，重印至四五版，而又必择尤甄录，定期刊行此月报者，殆欲神其熏、浸、刺、提（说详《新小说》一号）之用，而毋徒费时间，使尝小说癖者之终不满意云尔[②]。

第四位承受梁启超理论之影响者，为署名“瓶庵”之作者，于中华民国三年（1914）创刊《中华小说界》，在其“发刊词”中，引据梁氏所倡“熏”、“浸”、“刺”、“提”之前说：

夫荟萃旧闻，羽翼正史，运一家之杼轴，割前古之膏腴，则小说者，可称之曰已过世界之陈列所。影拓都之现状，笔代然犀；贡殊域之隐情，文成集锦。支渠兼纳，跬步不遗，则小说者，可称之曰现在世界之调查录。地心海底，涌奇境于灵台；磁电声光，寄遐想于哲理；精华宣泄，知末日之必届；文物发展，

① 张静庐：《中国出版史料》补编，第119页。原载《月月小说》第一卷第一期。又关于吴趼人之生平及其著述，今日最重要之著作为魏绍昌编：《吴趼人研究资料》，上海古籍出版社，1980年4月刊印。

② 张静庐：《中国出版史料》补编，第128页，原载《小说林》第一期。又关于徐念慈之专门研究，有杨世骥之专文，载杨氏所著《文苑谈往》，第20—27页。台北华世出版社翻印本，页次与原刊本不同。

冀瀛海之大同。则小说者，可称之曰未来世界之试验品。包括三界，奄有众长。聚鬼谈而不嫌，食仙字而自喜。诙谐嘲讽，本乎自然；薰、刺、浸、提（见饮冰所辑《新小说》一号），极其能事。以言效用，伟矣多矣①。

当知梁启超理论之影响，已经达于民国初年，可以说直至民国六年文学新理论争议展开之前，繁盛之小说著作，大致全在《新小说》倡导风气之下孕育而成长。梁氏无疑当为近代通俗文学开创初期之启导先知。

此一时期风气，包括辛丑至辛亥年间（1901—1911），构成通俗文学发荣滋长最茂盛时期。所提出之理论与共同之意趣，各家反复申述，不厌其详。自较前一时期踵事增华，而宗旨鲜明，奔趋踊跃。所表达之思想理念，大致要点，可以归纳如后：

其一，民族存亡之危机意识。甲午庚子两役，刺激人心最深。列强瓜分之祸，亡国灭种之痛，促使国人警醒。先知志士，急起呼吁，激切呼唤人民醒觉。凡有表达之处，决不忘此提示。林纾虽在翻译俗话之《伊索寓言》（光绪二十八年译），亦作警世之识语：

畏庐曰：不入公法之国，以强国之威凌之，何施不可？此眼前见象也。但以檀香山事观之，华人之冤，黑无天日。美为文明之国，行之不以为忤。列强坐观不以为虐，彼殆以处禽兽者处华

---

① 阿英：《晚清文学丛钞》“小说戏曲研究卷”，第173—174页。又在《新小说》第五期，刊载未署名之作者题诗云：“高论千言出胸臆，有如天马无羁勒，稗官小说能移情，不信但看四种力。”所言之四种力者，当指“熏”、“浸”、“刺”、“提”而言者也。梁氏对其同时文人之影响可知之矣。又当代著作家凡言及梁启超建树小说理论方面，均仍不免推重梁氏所提：“小说为文学之最上乘。”引据者甚乡，可见阿英：《晚清小说史》，第2页。又多有引论梁氏“熏”、“浸”、“刺”、“提”之四项功能者。可见吴文祺：《近百年来的中国文艺思潮》，第157—158页。黄沫：《新小说》，载于《辛亥革命时期期刊介绍》，第217页。夏志清：《人的文学》，第75页。又以专文讨论推崇梁启超之学说影响小说之文学地位者，则有朱眉叔《梁启超与小说界革命》一文。备举梁氏对于建设小说理论之全部贡献。此文原载于《文学遗产》增辑本，第九辑。我个人则见于《明清小说研究论文集》，续编，第512—530页。

人耳。故无国度之惨，虽贤不录，虽富不齿，名曰贱种，践踏凌竞，公道不能稍伸，其哀甚于九幽之狱。吾同胞犹梦梦焉，吾死不瞑目矣[①]！

原来之竞存思想，本应危机意识而创生，严复固已倡之于前，此期亦有所继承，并同样以通俗小说为入手救世工具。实当为小说发达之重要动因。光绪三十二年（1906）《小说七日报》创刊，其发刊辞申明宗旨，即以表达竞存思想灌输民众为目标：

> 值物竞之剧烈，虑炎裔之就衰，民智未开，斯文有责。明通之士，于是或著或译，作为小说，以收启迪愚氓之效，非谓嬉笑怒骂，信口雌黄，借以拾牙余之慧，求垄断之利已也。是以泰东西说部之作，虽亦不鲜，而其所以辅教育之不及，佐兴观之感觉者，意既深而法亦易，词虽浅而用则宏[②]。

光绪三十三年（1907）竞存社刊行《小说月报》，创刊首期，竹泉生揭示宗旨，举三项竞存之道：第一，“首以保存国粹为第一级竞立之手段”。第二，“又以革除陋习为第二级竞立之手段”。第三，“卒以扩张民权为第三级竞立之手段”[③]。俱可见竞存观念之积极意义，以及国人广泛利用通俗文学之用心。

其二，开通民智与知识普及化之思想。甲午一役之后，中国敏觉之士，已注意唤醒国人之重要，自然导致于推广普通知识。庚子之役，清政府驱瞢昧无知愚民，以与外邦为仇，以血肉之躯，当列强炮火。固已暴露在上者之无能与卑劣，尤亦哀怜万民之无辜而可悯。而

---

① 阿英：《晚清文学丛钞》“小说戏曲研究卷”，第201—202页。林氏表达此类观点，屡屡言之，不厌谆谆申论，足以见其用心，兹再举同一书中一例：“畏卢曰：美洲奴禁未弛时，国中仍少逃奴。非奴忠也，举国之视黑人，均如驴耳。不奴于此，彼亦捉而奴之。矧逃者无一幸免，又何逃焉？今日黄人之势岌岌矣！告我同胞，当力趣于学，庶可化其奴质。不尔，皆奴而驴耳。”（载同书第202页）。

② 阿英：《晚清文学丛钞》“小说戏曲研究卷”，“小说七日报发刊辞”，第172页。

③ 阿英：《晚清文学丛钞》“小说戏曲研究卷”，第164—165页。

加强开通民智，更为先知之士所要急切推行。然凡急求知识普及，实又不能不借重于通俗文学。

光绪二十九年（1903）夏曾佑在《绣像小说》第三期，发表其《小说原理》，申明向妇孺贫民推广新知，普及大众，开通民智之意：

今值学界展宽（原注：西学流入）、士大夫正日不暇给之时，不必再以小说耗其目力，惟妇女与粗人，无书可读，欲求输入文化，除小说更无他途。其穷乡僻壤之酬神演剧，北方之打鼓书，江南之唱文书，均与小说同科者。先使小说改良，而后此诸物一例均改，必使深闺之戏谑，劳侣之耶禺，均与作者之心，入而俱化，而后有妇人以为男子之后劲，有苦力者以助士君子之实力，而不拨乱世致太平者，无是理也[1]。

光绪三十二年（1906），吴趼人于《月月小说》创刊号著文，详细申明知识普及化之意义：

小说之与群治之关系，时彦既言之详矣。吾于群治之关系之外，复索得其特别之能力焉：一曰：足以补助记忆力也。吾国昔尚记诵，学童读书，咿唔终日，不能上口，而于俚词剧本，一读而辄能背诵之。其故何也？深奥难解之文，不如粗浅趣味之易入也。学童听讲，听经书不如听《左传》之易入也，听《左传》又不如听鼓词之易入也。无他，趣味为之也。是故中外前史，浩如烟海，号称学子者，未必都能记忆之，独至于三国史，则几于尽识字之人皆能言其大略，则《三国演义》之功，不可泯也。虽间不免有为附会所惑者，然既能忆其梗概，无难指点而匡正之也。此其助记忆力之能力也。一曰：易输入知识也。凡人于平常待人接物间，所闻所见，必有无量之事物言论足以为我之新知识者，然而境过辄忘，甚或有当前不觉者，惟于小说中得之，则深入脑筋而不可去。其故何也？当前之事物言论，无趣味以赞佐之

① 阿英：《晚清文学丛钞》“小说戏曲研究卷”，第27页。

也。无趣味以赞佐之，故每当前而不觉。读小说者，其专注在寻绎趣味，而新知识实即暗寓于趣味之中，故随趣味而输入之而不自觉也。小说能具此二大能力，则凡著小说者、译小说者，当如何其审慎耶？夫使读吾之小说者，记一善事焉，吾使之也，记一恶事焉，亦吾使之也；抑读吾小说者，得一善知识焉，得一恶知识焉，何莫非吾使之也。吾人丁此道德沦亡之时会，亦思所以挽此浇风耶？则当自小说始①。

光绪三十三年（1907）陶佑曾著文申论通俗小说开化民智之功：

自小说之名词出现，而膨胀东西剧烈之风潮，握揽古今利害之界线者，唯此小说；影响世界普通之好尚，变迁民族运动之方针者，亦唯此小说。小说！小说！诚文学界中之占最上乘者也。其感人也易，其入人也深，其化人也神，其及人也广。是以列强进化，多赖稗官，大陆竞争，亦由说部，然则小说界之要点与趣意，可略睹一斑矣②。

同年王无生（笔名天僇生）作更完全概括之论，刊于《月月小说》第一卷九期，则就民族危亡，竞存思想之推广，而以通俗入手、普及大众为最有效之途径。实可代表一套完整观念：

吾闻海上诸君子，发大愿，合大力，既赓续此报，复求所以改良者，吾未尝不为之距跃三百，喜而不寐也。抑吾又闻今当四国协约之后，人人有亡国之惧，以图存救亡为心者，颇不一其

① 张静庐：《中国出版史料》补编，第120页。又同年（1906）《新世界小说社报》创刊发行，提出其开通民智之理想。载于阿英：《晚清文学丛钞》“小说戏曲研究卷”，第162页云：“文化日进，思潮日高，群知小说之效果，捷于演说报章，不视为遣情之具，而视为开通民智之津梁，涵养民德之要素。故政治也、科学也、实业也、写情也、侦探也，分门别派，实为新小说之创例，此其所以绝有价值也。况言论自由，为东西文明之通例，仁者见仁，智者见智，亦在夏先哲之名言。苟知此例，则愿作小说者，不论作何种小说，愿阅小说者，亦不论阅何种小说，无不可也。同人有见于此，于是有《新世界小说》之作。”

② 阿英：《晚清文学丛钞》“小说戏曲研究卷”，第39—40页。

人。夫欲救亡图存，非仅恃一二才士所能为也，必使爱国思想，普及于最大多数之国民而后可。求其能普及而收速效者，莫小说若。而该报适于是时改良，于是时出现，吾故发呓语曰：此报出现之日，即国民更生之期，吾故更为颂词曰：月月小说报万岁！读月月小说报，著月月小说报者万岁！中国万岁[①]！

其三，语文表达之通俗化。此一观念，上承甲午以来前期先知之倡导，再经深思研考，而使之更加确定，更能找到历史发展根据。实质上尤更加实践，构成一代通俗文学繁荣兴盛时代，在文学史上永远不可磨灭。光绪二十九年（1903），梁启超在《新小说》开辟“小说丛话”一栏，为小说理论作建设性研讨。谓为开创往古未有之作。梁氏之识力眼光，真不愧为一代领导前驱[②]。

同一年中（1903）梁启超发布其通俗化理论，不惟论列语录体及小说体；并主张所有各类文章，均当一从通俗，实为近代文体改变之理论前驱。如其所论：

---

① 阿英：《晚清文学丛钞》“小说戏曲研究卷”，第39页。又王无生在同年另一文中，表达同类之思想，足见其立意写作小说之本旨。载于同前书，同卷，第36—37页：“呜呼！吾国有翟铿士、托而斯太其人出现，欲以新小说为国民倡者乎？不可不自撰小说，不可不撰事实之能适合于社会之情状者为之，不可不择体裁之能适宜于国民之脑性者为之。天僇生生平无他长，惟少知文学，苟幸而一日不死者，必殚精极思著为小说，借手以救国民，为小说界中马前卒。世有知我者，其或恕我狂也。”

② 阿英：《晚清文学丛钞》“小说戏曲研究卷”，第308页，梁启超《小说丛话》识语：“谈话体之文学尚矣。此体近二三百年来益发达，即最干燥之考据学、金石学往往用此体出之，趣味转增焉。至如诗话、文话、词话等，更汗牛充栋矣。乃至四六话、制义话、楹联话亦有作者。人人知其无用，然犹有一过目之价值，不可诬也。惟小说尚阙如，虽由学士大夫鄙弃不道，抑亦此学幼稚之征证也。余今春航海时，箧中挟《桃花扇》一部，借以消遣，偶有所触，缀笔记十余条。一昨平子、蜕庵、瑶斋、慧庵、均历、曼殊集余所，出示之，佥曰：‘是小说最话也，亦中国前此未有之作，盍多为数十条，成一帙焉。’谈次，因相与纵论小说，各述其所心得之微言大义，无一不足解颐者。余曰：‘各笔之，便一帙。’众曰：‘善。’遂命纸笔，一夕而得百数十条，新小说社次第刊之。此后有所发明，赓续当未已也。抑海内有同嗜者，东鳞西爪，时以相贻，亦谈兴之一助欤！”

自宋以后，实为祖国文学之大进化。何以故？俗语文学大发达故。宋后俗语文学有两大派，其一则儒家、禅家之语录，其二则小说也。小说者，决非以古语之文体而能工者也。本朝以来，考据学盛，俗语文体，生一顿挫，第一派又中绝矣。苟欲思想之普及，则此体非徒小说家当采用而已，凡百文章，莫不有然。虽然，自语言文字相去愈远，今欲为此，诚非易易，吾曾试验，吾最知之①。

同一年内李伯元于创刊《绣像小说》，著为缘起，申明以通俗感化国民之宗旨：

欧美化民，多由小说，博桑崛起，推波助澜。其从事于此者，率皆名公巨卿，魁儒硕彦，察天下之大势，洞人类之颐理，潜推往古，豫揣将来，然后抒一己之见，著而为书，以醒齐民之耳目。或对人群之积弊而下砭，或为国家之危险而立鉴，揆其立意，无一非裨国利民。支那建国最古，作者如林，然非怪谬荒诞之言，即记污秽邪淫之事，求其稍裨于国、稍利于民者，几几乎百不获一。夫今乐忘倦，人情皆同，说书唱歌，感化尤易。本馆有鉴于此，于是纠合同志，首辑此编，远摭泰西之良规，近挹海东之余韵，或手著、或译本，随时甄录，月出两期。借思开化夫下愚，遑计贻讥于大雅②。

光绪三十年（1904）陈佩忍于《二十世纪之大舞台》创刊号发表民间通俗戏剧之教化功能：

惟兹梨园子弟，犹存汉官威仪，而其间所谱演之节目、之事迹，又无一非吾民族千数百年前之确实历史，而又往往及于夷狄外患，以描写其征讨之苦，侵凌之暴，与夫家国覆亡之惨，人民

① 阿英：《晚清文学丛钞》“小说戏曲研究卷”，第309页。

② 魏绍昌：《李伯元研究资料》，第460页，阿英所撰：《绣像小说》引李氏缘起。

流离之悲。其词俚，其情真，其晓譬而讽谕焉，亦滑稽流走，而无有所凝滞，举凡士庶工商，下逮妇孺不识字之众，苟一窥睹乎其情状，接触乎其笑啼哀乐，离合悲欢，则鲜不情为之动，心为之移，悠然油然，以发其感慨悲愤之思，而不自知。以故口不读信史，而是非了然于心；目未睹传记，而贤奸判然自别。通古今之事变，明夷夏之大防；睹故国之冠裳，触种族之观念。则捷矣哉！同化力之入之易而出之神也[1]。

光绪三十一年（1905）有笔名“箸夫”者著文于《芝罘报》，申明改良戏剧，以开通民智，普及教化国民之功能：

况中国文字繁难，学界不兴，下流社会，能识字阅报者，千不获一，故欲风气之广开，教育之普及，非改良戏本不可。善乎粤东程子仪之新撰曲本，以改良乎！其法：议招青年子弟数十人，每日于教戏之外，间读浅近诸书，并灌以普通知识，激以爱国热诚，务使人格不以优伶自贱。复于暇日炼以兵式体操，将来学成，赴各村演戏，初到时操衣革履，高唱爱国之歌，和以军乐，列队而行，绕村一周，然后登台。先用科诨，将是日所演戏本宗旨、事实，演说大势，使观者了然于胸。而曲中所发挥之理论，可借此展转流传，以唤起国民之精神。已撰成者，如“黄帝伐蚩尤”、“大禹治水”诸出，不胜枚举。中国旧日喜阅之寇盗、神怪、男女数端，淘汰而改正之。复取西国近今可惊、可愕、可歌、可泣之事，如波兰分裂之惨状、犹太遗民之流离、美国独立之慷慨、法国改革之剧烈，以及大彼得之微行、梅特涅之压制、意大利之三杰、毕士麦之联邦，一一详其历史，摹其神情，务使须眉活现，千载如生。彼观者激刺日久，有不鼓舞奋迅，而起尚武合群之观念，抱爱国保种之思想者乎[2]？

---

① 阿英：《晚清文学丛钞》“小说戏曲研究卷”，第65—66页。
② 阿英：《晚清文学丛钞》“小说戏曲研究卷”，第61页。

光绪三十二年（1906）笔名“延陵公子”者，于《月月小说》创刊致祝词，瞩望于通俗教化功能：

> 中国文言俗语，分为二途，百人中识字者无十人，识字中能文义者亦然。译文言之书读者百人，译一粗俗小说读者千人矣。故文言不如小说之普及也。抑吾闻之，喻人以庄论危言，不如以谐语曲譬，以其感人深耐寻绎也。西人皆视小说于心理上有莫大之势力，则此本之出，或亦开通智识之一助而进国民于立宪资格乎？以是祝之①。

其四，改良社会之宗旨。此一时期改良社会之意念仍须上溯甲午战后《万国公报》之征求时新小说启事。创始诸公之设计，原在于针砭鸦片吸食与妇女缠足等陋俗。起始宗旨，当具改良社会目标，然尚未发展出通俗文学足以促成社会风气改善之理论。及至庚子以后之建言小说价值功用者，已经深入思考，视之为一项重大宗旨。

光绪三十一年（1905）金天翮（松岑）著文刊于《新小说》，开宗明义，即以改良社会为宗旨：

> 吾欲吾同胞速出所厌恶之旧社会，而入所歆羡之新社会也。吾之心较诸译小说而尤热，故吾读《十五小豪杰》而崇拜焉，吾安得国民人人如俄敦武安之少年老成，冒险独立，建新共和制于南极也。吾读《少年军》而崇拜焉；吾安得国民人人如南美、意大利、法兰西童子之热心爱国，牺牲生命，百战以退虎狼之强敌也。吾读《秘密使者》而崇拜焉，吾安得国民人人如苏朗笏那贞之勇往进取，夏理夫傅良温之从容活泼，以探西伯利亚之军事也。吾读《八十日环游记》而崇拜焉；吾安得国民人人如福格之

---

① 阿英：《晚清文学丛钞》“小说戏曲研究卷”，第155页。又同前书，同卷，第57页，光绪三十四年王无生语云：“吾以为今日欲救吾国，当输入国家思想为第一义。欲输入国家思想，当以广兴教育为第一义。然教育兴矣，其效力之所及者，仅在于中上社会，而下等社会无闻焉。欲无老无幼，无上无下，人人能有国家思想，而受其感化力者，舍戏剧末由。盖戏剧者，学校之补助品也。”

强忍卓绝，以二万金镑博一千九百二十点钟行程之名誉也。吾读《海底旅行》、《铁世界》而亦崇拜焉；使吾国民而皆有李梦之科学，忍毗之艺术，中国国民之伟大力可想也。吾读《东欧女豪杰》、《无名之英雄》而更崇拜焉；使吾国民而皆如苏菲亚、亚晏德之奔走党事，次安绛灵之运动革命，汉族之光复，其在拉丁斯拉夫族之上也。吾又读《黑奴吁天录》而悲焉；谓吾国民未来之小影，恐不为哲尔治意里赛而为汤姆也。吾又读《风洞山》（吾友吴癯庵著稿，已写定，尚未出版）、《新罗马传奇》而泣且笑焉；谓吾国民将为第二之亡国，抑为第二之兴国，皆在不可知之数也。其他政治、外交（去年《外交报》译英文多佳者）、法律、侦察、社会诸小说，皆必有大影响潜势力于将来之社会无可疑焉①。

光绪三十二年（1906），陆绍明为《月月小说》撰发刊词，亦首先申明以改良社会为创刊宗旨：

今也说部车载斗量，汗牛充栋，似于博价沽誉时代，实为小说改良社会，开通民智之时代也。本社集语怪之家，文写花管；怀奇之客，语穿明珠，亦注意于改良社会开通民智而已矣。此则本志发刊之旨也②。

---

① 阿英：《晚清文学丛钞》“小说戏曲研究卷”，第31—32页。

② 阿英：《晚清文学丛钞》“小说戏曲研究卷”，第145页。又同前书，同卷，第37—38页。王无生亦于光绪三十三年提出相同理论：“近年以来，忧时之士，以为欲救中国，当以改良社会为起点，欲改良社会，当以新著小说为前驱。此风一开，而新小说之出现者，几于汗牛充栋，而效果仍莫可一睹，此不善作小说之过也。有此二因，而吾国小说界遂无丝毫之价值。虽然，以是咎小说，是因噎废食之道也。夫小说者，不特为改良社会，演进群治之基础，抑亦辅德育之所不逮者也。吾国民所最缺乏者，公德心耳，惟小说者则能使极无公德之人，而有爱国心，有合群心，有保种心。有严师令保所不能为力，而观一弹词，读一演义，则感激流涕者。虽然，是非所望今之小说家也。今之为小说者，不惟不能补助道德，其影响所及，方且有破坏道德之惧。彼其著一书也，不曰：吾若何而后警醒国民？若何而后裨益社会？而曰：吾若何可以投时好？若何可以得重赀？存心如是，其有效益与否弗问矣。”

至于利用戏剧为改良社会风俗之意见，则有光绪三十年（1904）柳亚子所撰《二十世纪大舞台》之发刊辞：

> 今兹《二十世纪大舞台》，乃为优伶社会之机关，而实行改良之政策，非徒以空言自见，此则报界之特色，而足以优胜者欤？嗟嗟！西风残照，汉家之陵阙已非；东海扬尘，唐代之冠裳莫问。黄帝子孙，受建虏之荼毒久矣。中原士庶，愤愤于腥膻异种者，何地蔑有？徒以民族大义，不能普及，亡国之仇，迁延未复。今所组织，实于全国社会思想之根据地，崛起异军，拔赵帜而树汉帜。他日民智大开，河山还我，建独立之阁，撞自由之钟，以演光复旧物推倒虏朝之壮剧、快剧，则中国万岁，《二十世纪大舞台》万岁①。

以上所论，为此一时期最明显最多见之思想理趣，实足构成知识普及化之推广运动。惟既在表达民族危机，救亡图存，唤醒民众，加强国民新知之吸收，以及改良社会风气，种种入手，均必以通俗文学为媒介，因是众志所趋，自然激起一代文学之迅速转变，而使小说、戏曲、弹词、歌谣，俱得勃发滋长。其根本动因，当在于严肃郑重之思想所驱使，是即一代之知识普及化运动。

此一时期（1901—1911）发抒文学通俗化理论者，已构成广泛之主流思想，代表文学学者坚定信持之理趣。提出申理文章而建立一代之理论基础者，为数甚多。可知见之人物，保守估计为林纾、魏易、梁启超、狄葆贤、夏曾佑、吴趼人、李伯元、徐念慈、柳亚子、陈佩忍、黄摩西、王无生、蒋智由、林獬、林文聰、陆绍明、金天翮、陶佑曾、麦孟华（蜕庵）、徐勤（雪庵），以及署名陶报癖、箸夫、三爱、瓶庵、竹泉生、延陵公子、渊实、瑟斋主人、均历、曼殊（曼殊室主人，或为梁启勋，并非苏曼殊）等三十人。

---

① 阿英：《晚清文学丛钞》“小说戏曲研究卷”，第177页。

四、时代使命之承担与表达

中国近代文学风气之重大转变，其原始动机与思想启念，均导源于甲午中日战争惨败之痛彻醒觉。全国普遍反应，激起人们奔走呼号，广泛唤起国人救亡图存。在表达唤醒同胞之入手方式，俱循通俗文学一途。其宗旨理想，已于前二章分别述论。至于实际表现，在一致体认之下，众志所趋，多已舍弃正面之学理申说，而由通俗文学之讽喻弹射，涵咏熏陶，以婉转教化平民。实是构成一代之文学特色。

自庚子拳乱（1900）以后，通俗文学得以迅速发展，造成中国文学史上一种十分明显之繁荣气象。此一时期之各类著作，根据钱杏邨所搜集并得以阅读到之作品，以小说而论已达一千一百零一种，以戏剧而论亦达一百六十二种。其他诗词谣谚歌曲尚未计算。此实仍为保守之估计，真是显示一代文学作品之盛况①。

排开文学家所持之观点理论不计，以此时期文学作品之实际表现而论，其反映新思潮新理念者，可谓丰富已极，随其出现作品，俯拾即是，多可采辑。正足见醒觉者众，呼唤者频。在思想史上决不可忽略此一普遍醒觉之现象。若就一千余种通俗文学著作之文学价值与意义而言，文学家自有其评断立场与观点，在此无庸置论。若就思想史上价值而言，正为一无量宝藏，以待发掘。然则本文篇幅所限，仅略举例，加以申论，或不免有主观选择之嫌，决非无意遗漏。尤其无法与文学家取材相同，观点相近。在此不得不先为声叙。

通俗文学作品之撰著先驱，在此仍得肯定推重梁启超之领先倡导。梁氏文学著作价值是另一问题，无暇讨论，而其提倡通俗文学，亦如前两章所论之思想理趣，其实际从事撰著，影响一代风气者，无

---

① 此处数字，系根据阿英（钱杏邨）编《晚清戏曲小说目》作实数字统计。据阿英声明，凡其闻知而未见其书者皆不编入，亦可见尚有若干逸籍，未列统计，实必散失不少，永难齐全。

论作品多少，价值高低，均必当以梁氏为一代前驱。梁氏代表著作，为其光绪二十八年（1902）所著之《新中国未来记》，宗旨在表达立宪政治之建国理想。不免说理性大过于文艺性，然实循通俗文学之小说体裁，虚构立宪政府建国五十周年之人物故事。梁氏撰著时为壬寅年，虚构六十年后之另一壬寅年（1962）为建国五十周年纪念。未料十年后果然革命成功，另一壬寅年正是中华民国建国五十一年开始。其预言之准，毫无差误，真是巧合：

> 话表孔子降生后二千五百一十三年，即西历二千零六十二年，岁次壬寅，正月初一日，正系我中国全国人民举行维新五十年大祝典之日。其时正值万国太平会议新成，各国全权大臣在南京，已经将太平条约画押。因尚有万国协盟专件，由我国政府及各国代表人提出者凡数十桩，皆未议妥，因此各全权尚驻节中国。恰好遇著我国举行祝典，诸友邦皆特派兵舰来庆贺，英国皇帝、皇后，日本皇帝、皇后，俄国大统领及夫人，菲律宾大统领及夫人，匈加利大统领及夫人，皆亲临致祝。其余列强，皆有头等钦差代一国表贺意。都齐集南京，好不匆忙，好不热闹。那时我国民决议在上海地方开设大博览会，这博览会却不同寻常，不特陈设商务、工艺诸物品而已，乃至各种学问、宗教皆以此时开联合大会。各国专门名家、大博士来集者，不下数千人，各国大学学生来集者，不下数万人，处处有演说坛，日日开讲论会，竟把偌大一个上海，连江北，连吴淞口，连崇明县，都变作博览会场了①。

梁氏在本书绪言中声叙著作动机，宗旨正大，态度十分严肃，正可见其用心深远及实践精神：

---

① 梁启超：《新中国未来记》，第3页，收入阿英编《晚清文学丛钞》小说一卷，1980年6月印。据梁氏自述，其所假定之壬寅，为1962年。见丁文江《梁任公年谱》，第165页。

余欲著此书，五年于兹矣，顾卒不能成一字。况年来身兼数役，日无寸暇，更安能以余力及此。顾确信此类之书，于中国前途，大有裨助，夙夜志此不衰。既念欲俟全书卒业，始公诸世，恐更阅数年，杀青无日，不如限以报章，用自鞭策，得寸得尺，聊胜于无。《新小说》之出，其发愿专为此编也。

兹编之作，专欲发表区区政见，以就正于爱国达识之君子。编中寓言，颇费覃思，不敢草草。但此不过臆见所偶及，一人之私言耳，非信其必可行也。国家人群，皆为有机体之物，其现象日日变化，虽有管葛，亦不能以今年料明年之事，况于数十年后乎！况末学寡识如余者乎！但提出种种问题一研究之，广征海内达人意见，未始无小补，区区之意，实在于是。读者诸君如鉴微诚，望必毋吝教言，常惠驳义，则鄙人此书，不为虚作焉耳[①]。

梁启超著作通俗文学，尚不止小说体裁，尚有以传奇杂剧文体表达者，其代表作可见所著之《新罗马》。本在介绍近代意大利独立建国三杰故事，而描写老大帝国奥地利王朝之煊赫威势，颇为生动有趣：

一手掩尽天下目，两朝专制老臣心。自家奥大利国大宰相公爵梅特涅的便是。现今世界第一雄洲，无过俺欧罗巴；欧罗巴第一强国，无过俺奥大利；奥大利第一大权，无过俺梅特涅。只可笑二十余年前，法兰西有一党乱民，说甚么天赋人权，甚么自由平等，闹起惊天动地的大革命来。接着那飞天夜叉拿破仑，单刀匹马，将这如荼如锦的欧洲，杀得个狗血淋漓，七脚八拳，把俺作威作福的名相，吓得个龟头直缩。尤可恶者，那拿破仑任意妄为，编了大大一部法典，竟把卢梭、孟德斯鸠那一班荒谬学说，搀入许多在里面。他征服一个地方，便将那法典颁行，惹得通欧洲所有人民，个个都要自由自治起来，个个都要和我们贵族平等

① 梁启超：《新中国未来记》，第1页。

起来，这还了得吗！幸亏天夺其魄，一败于墨斯科，再败于倭打卢。我们十几国联军将这老猴子拿住，流往大西洋南边圣希彝拿荒岛安置，从今以后，天下太平了。但系民气嚣张，毒焰未熄，却是一桩后患。今日乃一千八百十四年六月廿一日，各国君相在咱们京城维也纳开大会议，推定俺当个议长，待俺抖擞精神，把那民权祸根，一刀两段，斩除净尽则个①。

兹再举梁氏所演意大利民族自决救国志士唱腔两段，其同时唤醒民众团结奋斗之词，若“人权”、“优胜劣败”、“国民少年”、“国民义务”，俱已跃然纸上：

其一，［六奏宫词］风云无色，关河带怨，付与斜阳一片。声声啼鴂，空教沈损华年。俺泪尽了狱三字，才枯了策万言。天醉也，怕问天。天民那得受人怜，我待约精禽驮石填冤海，我便学狮子谈经吼舌莲。天遥地远，山河大千。风驰云卷，国民少年。便泥犁也应有光明线。莫迁延，优胜劣败，猛要着先鞭。

其二，［北江梅令］你看这客星据座天容变，你看这浊流饮恨人权贱，你看这狐兔纵横占尽了中原，你看这虎狼择肉不住的把威权揙。冤也胡缠，孽也胡缠。文明敌横行遍地，专制毒憔悴千年。遮莫要危楼打碎奋空拳，遮莫要乱麻斩断起一度玄黄战。天也无言，佛也无言。只怕待劫灰飞尽，露光才现。

其三，［前调］咱要信灵魂不共身流转，咱要信英雄成败寻常见，咱要信国民义务是天然，咱要信倚赖他人是一种奴才券。生也厮连，死也厮连。任把七尺顽躯散作灰，也教一国同胞团成片。今日啊便是杜宇啼枝血泪鲜，他日啊应有神龙起蛰风云变。若问因缘，此是因缘。只怕待劫灰飞尽，灵光才现②。

---

① 梁启超：《新罗马》，收入阿英编：《晚清文学丛钞》“传奇杂剧卷”，第521—522页。

② 梁启超：《新罗马》，收入阿英编：《晚清文学丛钞》“传奇杂剧卷”，第542—543页。

梁启超为唤醒民众而作通俗文学之实践，固然极重视小说戏曲，同时更能扩大工具，以至于歌谣唱词，兹举其为学校所作结业歌曲：

国旗赫赫悬当中　华旭照黄龙　国歌肃肃谐笙镛　汉声奏大风　借问仪式何其隆　迎我主人翁　于乎今日一少年　来日主人翁

五千年来文明种　神裔君传统　二十世纪大舞台　天骄君承宠　国民分子尽人同　责任君惟重　于乎眇眇一少年　中国主人翁

众生沈痛吾其恫　吾将储药笼　国民奋飞吾其雄　吾待羽毛丰　不然赤手双拳空　壮语终何用　于乎以何一少年　成就主人翁①。

以文学观点而言，梁氏仅为草创前路，作品质量，均甚平平，并未受到文学家重视。然于现代文学风气之开拓，新思潮之启发，梁氏之先驱创始地位，当时后世，无人可以取代。

寻绎此一时代通俗文学所反映之问题，所表现之意义，文家特别注重小说成品。周树人（鲁迅）予以概括命义，称之为“谴责小说”。六十年来，久为文学史家所引称，殆成共喻之定论。周氏在此时期特重《老残游记》、《孽海花》、《官场现形记》、《二十年目睹之怪现状》四种小说，以小说表现之精神而言，此四者俱能反映同时代政治社会病征，使人产生痛觉。周氏付予定论，实甚为恰切，引据者众，不待多所申叙。惟文家观点，未尽周至，且将原始主流动机，截然切断，不能见出渊源。即单以晚清小说而论固不止此四种小说，关系尚小。而遍观已有之晚清文学作品，其主流思想，实仍以呼唤民族自觉占最大分量。故周氏命义，史家就资料所示，不能贸然接受。此情均请学人按其资料覆勘研析可也。

晚清通俗文学，产量至丰，在此短文中未能尽举，亦无从多所引

① 阿英编：《晚清文学丛钞》“说唱文学卷”，第19页。

括，真不免挂一漏万。惟细绎诸作，愿就其表达思想，条举其若干重要理趣，以备参酌考校，以见一代文学思潮主流大势。

其一，反帝国主义思想。就甲午以来史实所趋，中国历经两次惨痛战争，一对日本，一对欧洲列强，再加瓜分中国呼声，中国备受帝国主义者压迫侵凌。仇恨之情，郁结甚深，发而为愤怒呼唤，实为一代文学思潮之主要动力。文家忽略不言，真是失职。翻阅当时文学作品，不能不提具万一之参考。兹举夏清贻所撰歌谣中一首，咏帝俄侵占中国东北：

> 斯拉夫族东趋猛　西比利亚平　黑龙江已定　黑惊军旗列戍营　诱吾边将缔新盟　重将界线平　乌苏里外　兴凯湖东　从今拔汉旌　崴埠占形胜　东洋舰队一时成　引狼入室　揖盗开门　吾党何日醒①

再举李伯元在《文明小史》中一段对话：

> 颜轶回便开言道："劳兄！你晓得现在中国的大局是不可收拾了的么?"劳航芥随口答道："我怎么不知道?"颜轶回又叹了口气道："现在各国瓜分之意已决，不久就要举行了。"劳航芥道："我在西报上，看见这种议论，也不止一次了，耳朵里闹闹吵吵，也有了两三年了，光景是徒托空言罢?"颜轶回道："劳兄那里知道，他们现在举行的，是无形的瓜分，不是有形的瓜分。从前英国水师提督贝斯弗做过一篇中国将裂，是说得实实在在的。他们现在却不照这中国将裂的法子做去，专在经济上着力。直要使中国四万万百姓，一个个都贫无立锥之地，然后服服贴贴的做他们的牛马，做他们的奴隶，这就是无形瓜分了。"劳航芥道："原来如此。"颜轶回又道："现在中国，和外国的交涉日多一日，办理异常棘手，何以?他们是横着良心跟他们闹的，这里头并没有什么公理，也没有什么公法，叫做得寸即寸，得尺即

① 阿英编：《晚清文学丛钞》"说唱文学卷"，第21页。

尺。你不信，到了中国，把条约找出来看，从道光二十二年起，到现在为止，一年一年去比较，起先是他们来俯就我们，后来是我们去俯就他，只怕再过两年，连我们去俯就他，他都不要了①。

李氏小说虽是虚构，此处则有些实在。例如所讲英国提督贝斯弗，是真有 Charles Beresford 其人。贝氏之书《中国将裂》，是真有 *The Break-up of China* 其书，当时蔡尔康将此书译成中文，题名《保华全书》。在此并无索隐之意，主要须知，彼人虽著小说，而内心宗旨实承受一定史事刺激而形成。此处证据不可疏忽。兹再举林纾翻译小说，得以启示对西方观感，足以发人深省：

古今中外英雄之士，其造端均行劫者也。大者劫人之天下与国，次亦劫产，至无可劫，西方始创为探险之说。先以侦，后仍以劫。独劫弗行，且啸引国众以劫之。自哥伦布出，遂劫美洲，其赃获盖至巨也。若鲁滨孙者，特鼠窃之尤，身犯霜露而出，陷落于无可行窃之地，而亦得赀以归。西人遂争羡其事，奉为探险之渠魁，因之纵舟四出，吾支那之被劫掠，未必非哥伦布、鲁滨孙之流之有以导之也②。

再举吴趼人所叙中国人媚外之一段对话：

“老实说，像兄弟这几年倘不是说话灵通，任凭东家怎样好，也到不了这个地位。对了洋人，第一要会揣摩他的脾气，第二要诚实，第三也轮到说话了。倘使说话不能精通，懂了以上两层，也是无用的。我此刻虽算是东家赏脸，然而也要自己会干会说话，才有今日啊！”雪畦唯唯称是。庆云又问雪畦到上海有甚么事？雪畦道：“无所事事，到这边来看有甚么生意可做，也学着沾点手。”庆云道：“老兄是已经发财的人了，做生意最好不过洋货。”雪畦道：“我不懂洋文洋话，若做洋货生意，便不免处处求

① 李伯元：《文明小史》，第298—299页。

② 阿英：《晚清文学丛钞》“小说戏曲研究卷”，第232页。

人，还是做土货的好。”庆云道：“土货最好做米。在芜湖贩米回广东，利钱是稳的。”正说话时，忽然外面一个人高声答嘴道：“做土货最好是买地皮。”说声未绝，人已进来[①]。

再举反对美国虐待华工思潮之表达，晚清弹词所表露之文明拒约观念，显示国际观念之成熟：

你想中国十八省，处处开放，任凭兵轮战舰，驶入门庭，我们中国人民，却一步走不出去。美国素号文明大国，只因听了工党把持，生怕华人夺了生计，恶狠狠的定了这个工约，不但把工人弄得绝迹，就是学生、商贾也十分虐待，整整受了十年的苦。今年又届换约之期，我国公使坚持不肯签押，上海商会诸公发起一个文明拒约的会，公议不用美货，以为抵制。已经大众认可，分电各埠，一律遵行。数日来，人心不死，公理未亡，倒也云合响应起来。只是俺们女界中间，还没有发起的人，倡此义举，为商会声援，是一桩大大缺陷的事。俺想女子们用的东西，什么香水哩、香皂哩，每年不知要用多少，那都是美国的货，为俺们女子特别用物。至于普通公用的，像煤油、洋布，更是消场广大，却归人家事中间，是俺们女子所到的，这关系倒也不小呢。俺既有这个念头，不免邀集同志，发起一个女界的拒约会，布告通国二万万女子，概行停用美货，岂不是中国一个大纪念么[②]？

类此各例反映对帝国主义之痛恨，对崇洋媚外者之鄙恶，凡关外交、租界、主权、路权、矿权、传教、通商以及在华洋人，均有讨论，不一而足。实为一代通俗文学主流思想。我辈治文史者须加留意覆按，不可抹杀。

其二，国家民族意识之促醒。就余所见通俗文学作品，反映此一

---

① 吴趼人：《发财秘诀》，收入阿英：《晚清文学丛钞》“小说二卷”，第232页。

② 《二十世纪女界文明灯弹词》，收入阿英编：《晚清文学丛钞》“说唱文学卷”，第198—199页。

宗旨者占最多数。此类主题之表达方式，又以演史占最多数。而南宋、南明、文天祥、史可法、瞿式耜等先烈，多被引为小说、传奇、杂剧演义之人物主题。演史之外，又有记述时彦之作。亦有直接吟咏之歌曲弹词，总之美不胜收，仅能聊举千百之一二，以备概略流览而已。兹举洪栋园所作之传奇：

> 《警黄钟》者何？警黄种之钟也。黄种何警乎尔？以白种强而黄种弱也。黄种何以弱？以吾四百兆人，日醉生梦死于名缰利锁之中而不知，如燕雀之处堂，醯鸡之舞瓮，不自知其弱，遂终不能强。吁，可怜已！怜之故思设法以警之。警之奈何？“记”有之：“钟声铿，铿以立号，号以立横，横以立武。君子听钟声则思武臣。”孟子有言：“金声也者。”声之为言宣也。古人觉世，必取物之善鸣者，假之使鸣，如道人之木铎，即此意也①。

再举陈天华之《猛回头》弹词：

> 哭一声我的同胞弟兄！叫一声我的同胞弟兄！我和你都是一家骨肉，为甚么不相认？忘着所生，替他人残同种，忍心害理，少不得自己们也要受烹。那异族非常凶狠，把汉族当做牺牲，任凭你顺从他，总是难免四万万共入了枉死城。俺同胞，到此地，尚不觉醒，把仇雠，认做父，好不分明！想始祖，在当日，何等威武。都只缘，这些不肖子孙，败倒声名。哭一声我的同胞弟兄！叫一声我的同胞弟兄！又是恨卿，又是想卿。弃邪归正，共结同盟，驱除外族，复我汉京。昆仑高高兮，江水清清，乃我始

---

① 洪栋园：《警黄钟》，收入阿英编：《晚清文学丛钞》“传奇杂剧卷”，第334页。又，洪栋园另一著作《后南柯》亦有痛彻呼唤。“此十九世纪以来为物竞之世界，二十世纪以后便为种族吞灭之世界。不此之察，坐待沦亡，几智出蜂蚁之下，且不能如蜂蚁之得以自存也。吁！可畏矣。蒙昔既有《警黄钟》之编，而复有兹编之作者，正为此也。《警黄钟》但言争领地，而兹编则言保种族。争领地者，其患在瓜分；保种族者，其患在灭种。瓜分则犹有种族之可存，灭种则并无孑遗之可望，是瓜分之祸缓而灭种之祸惨也”。此书亦收入“传奇杂剧卷”，第376页。

祖所建国兮，造作五兵。我饮我食兮，无非始祖之所经营，誓死以守之兮，决不舍他族之我争，子子孙孙兮，同此血诚①。

再举吴梅《风洞山》传奇，演南明瞿式耜故事：

岩疆数载尽臣心，坐看神州已陆沈。天命岂因人事改，孙谋争及祖功深。二陵风雨时来绕，历代衣冠何处寻！衰病余生刀俎寄，还欣短发尚萧森②。

---

① 陈天华：《猛回头》，收入阿英编《晚清文学丛钞》“说唱文学卷”，第62页。

又，陈天华另一著作《狮子吼》亦有沉痛表达：

“［仙吕点绛唇］锦绣中原，沧桑几变。肠千转，回首当年，天际浮云掩。‘混江龙’笑处堂燕雀纷纷，颓厦闹寒喧，昨夜西山雨妒，今朝南海春妍。放着他血海冤仇三百载，鬼混了汉家疆宇十余传。鱼游沸釜慢胡缠，龙潜沧海终神变。看一旦风云起陆，波浪掀天。

想当年俺一班同志对满洲政府的手段啊！(唱)

［油葫芦］十万横磨如电闪，一霎入幽燕。挟秋霜，挥落日，扫浮烟。烽火断神州，血浪黄河远。毳幕走狐群，落叶西风卷。一个是千年老大无双国，一个是万里驰驱第一鞭。算不了鹬蚌相持，渔父漫垂涎。

当时欧亚各国，见我辈革命军起，也有好几国出来干涉，（笑介）哈哈！入虎穴，得虎子，正我辈之素志，区区干涉，其奈我何！(唱)

［四门泥］是英雄自有英雄面，怕甚么代越庖俎，还他个一矢双穿。人生一世几华年！男儿六尺谁轻贱！精金百炼，磨砺时贤，将军三箭，恢复利权。便封豕长蛇，也不过再起群龙战！

自古道能战而后能守，能守而后能和。当此竞争时代，万无舍著竞争而能立国之理。(呼介）同胞啊！同胞啊！请看我辈处此，究竟如何？(唱)

［寄生草］从今后，外交策，誓完我独立权！休教碧眼胡儿，污了庐山面，任他花县游蜂恋，还他铁血神龙变。我定要道一声霹雳走春霆，他虚掷了十年肝脑如秋扇。

你看今日三色国旗，雄飞海外，好不光耀，所谓‘有志者事竟成’，古人诚不我欺也！(惊呼介）哎呀！前事不忘，后事之师。同胞同胞！还要大家猛省则个！(唱)

［沉醉东风］你看昔日啊，黑沉沉鬼泣神潜！你看今日啊，碧澄澄璧台珠联！如此河山几变迁，而今天地恁旋转。剩多少新愁旧恨，都付与梨园菊部，点缀庄严。水晶帘卷，听声声激越，优深思远。(作唤醒介)

同胞啊！来日方长，竞争未已。俺想二十世纪以后之舞台，必有一种不可思议之活剧发现于世。那时候，再愿我黄帝子孙一齐登场，轰轰烈烈，现万丈光芒于世界，这才算不负俺今日之苦心了。(唱)”

② 吴梅：《风洞山》，收入阿英编《晚清文学丛钞》“传奇杂剧卷”，第81页。

兹再举黄遵宪所作《学生相和歌》其中之两首：

爱种　来来汝小生　汝看汝面何种族　芒砀五洲几大陆　红苗蜷伏黑蛮辱，虬髯碧眼独横行　虎视眈眈欲逐逐　于戏我小生　全球半黄人　以何保面目　爱国　来来汝小生　汝所践土是何国　身毒沦亡犹太灭　天父悲啼佛祖默　四千余岁国仅存　盖地旧图愁改色　于戏我小生　胸中日芥蒂　芒芒此禹域①。

兹再举署名“萧山湘灵子”以秋瑾被害为本事之《轩亭冤》唱词：

［北江梅令］你不见义和构乱全球骇，你不见联军蹂躏乾坤晦，你不见赔款浩繁筑债台，你不见外交失败中原殆。君也疑猜，民也疑猜，奖群佞豪杰沈埋，媚外族国权破坏。今日呵，真个河山割裂魔妖快；他日呵，难免种族沦亡猿鹤哀。风也西来，潮也东来，只怕这狂澜难挽，徒呼无奈②。

上举各例，乃晚清通俗文学中所常见之文词，出现相当频繁，正足充分表露爱国救国心声，实当视为思潮反映之主体。讨论此一代文学者，自须加意采择，不可忽略。

其三，实业救国与商战观念。晚清十年之间，举国人士醒觉，俱以救国为急务。此期创生一极切当极具实效之思想，是为广泛流布之实业救国观念。中国若上下努力推行，正为复兴国家正途。学人知之，呼吁国人，亦借通俗文学之力，作充分表达。兹举林纾为世界贸易竞争谆谆以告国人之语：

西人之实业，以学问出之，吾国之实业，付之无知无识之伧荒，且目其人其事为贱役，此大类高筑城垣，厚储兵甲，而粮储一节，初不筹及，又复奚济？须知实业者，强国之粮储也，不此之急，而以缓者为急，眼前之理，黑若黝漆矣。

---

① 阿英：《晚清文学丛钞》“说唱文学卷”，第9—10页。

② 阿英：《晚清文学丛钞》“传奇杂剧卷”，第115页。

畏庐尝为悲梗之言曰：宁丧大兵十万于外，不可逐岁漏其度支，令无纪极。盖鱼须水而生，竭泽取鱼，留存其水，更下鱼苗，则鱼可以长养而蕃庶。若自决其流令涸，则后此更下鱼苗，将胡生耶？国不患受人践蔑，受人剥蚀，但使青年人人有志于学，人人务其实业，虽不能博取敌人之财，亦得域其国内之金钱不令外溢。管仲之女闾，亦为闸以沮水之外溢耳，矧在实业之可恃？今日学堂几遍十八行省，试问商业学堂有几也？农业学堂有几也？医学学堂有几也？朝廷之取士，非学法政者，不能第上上，则已视实业为贱品。中国结习，人非得官不贵，不能不随风气而趋。后此又人人储为宰相之材，以待揆席，国家枚卜，不几劳耶？呜呼！彼人一剪、一线、一针之微，尚悉力图工，以求售于吾国，吾将谓此小道也不足较，将听其涓涓不息为江河耶？此畏庐所泣血椎心不可解者也①。

再举署名“卿士”，编为歌谣，提倡重商：

泰西首重是通商　百姓纷纷入市场　英伦三岛称雄长　印度公司最擅场　居然万里接梯航　荷交界　法联疆　兵战何如商战强　自古道黩武穷兵终致祸　拿破仑威德震遐荒　到后来身居荒岛受凄凉　哥普电原是娄人子　只为殖民计策最精良　终久金银成库米成仓　只可惜堂堂中国居温带　地利天时雨不妨　红花白蜡川中产　小米高粱出汴梁　西北蒲萄兼薯蓣　东南玉粒与金粳

曾经植物家一一细推详　丝茶两项算魁首　下来是布匹绫罗与纸张　大本钱生意岂寻常②。

再举当时流传之《新年乐》歌词：

我愿为商的啊！

---

① 林纾：《爱国二童子传》达旨，收入阿英编《晚清文学丛钞》“小说戏曲研究卷”，第244—245页。

② 阿英：《晚清文学丛钞》“说唱文学卷”，第49页。

莫虚假　秉大公　都要声气相求德义同　你看中国偌大的利权　天然的物产　都让他异族儿　来做主人翁　今日啊　无形商战真凶猛　那数千万的商民　却赛过　数百艘的艨艟　我的商民啊　还不讲商学　开商智　立商会　恐怕将来总有日国贫民病水尽山穷　到那时啊　真是个悠悠苍天呼不应　滔滔财货去无踪①。

再举署名“浙东市隐”者，为《雪岩外传》作序云：

当欧洲十九世纪中，商战最剧之时，而大陆之东，支那之地，忽有不学无术，恃其天真烂熳之身，以出而与环球诸巨商战者，翳何人？翳何人？其惟我浙之胡雪岩乎！君名光墉，世居浙江，雪岩其号也。由商而官，保膺道员，以钦赐黄褂入朝闻。虽以一身兼商官之间，而经营事业，仍占商家之地位为多，故其先后若曾文正、左文襄、李鸿章，或以谥传，或经海外新民之口而以名传，而惟君独以号传。以谥与名传者，犹有凭借朝廷位望之意，而以号传者，乃能独立宇内，四顾无援，一本其商家之信义，使妇人女子，无上下老少，皆如探喉而出，名为某某焉者也。夫以君之冒险进取，能见其大，使更加以学问，而又得国家保护之力，以从事于商战最剧之舞台，我中国若茶、若丝、若金银镑圆，商业之进步必大有可观，岂必一蹶不振，竟至于是乎？乃或始赖其力，终且背之，甚者更下石焉。于国家保护之力既不可得，而君亦争闲使气，不为文明之冒险，而近野蛮之冒险，论者或归罪于土木声妓，奢侈太过，而孰知奢侈报小，顽锢祸大乎②？

兹再举署名“旅生”者，与欧阳巨源合撰《维新梦》传奇，特专列《商战》一出：

---

① 阿英：《晚清文学丛钞》“说唱文学卷”，第41页。
② 阿英：《晚清文学丛钞》“小说四卷”，第420页。

（杂扮四商人上）

［霜天晓角］流通泉府，仗我多财贯。南船北马利当趋，奇货赢钱致富。网得西施不用愁，五湖泛罢剩扁舟。黄金铸就范蠡像，十倍当年利益收。俺派往蛮国商人，俺派往触国商人，俺派往众香国商人，俺派往大槐国商人。请了，请了。俺们广积母财，巧生子息。膨脝大腹，粗豪由尔讥评；驵贩小夫，资本怜他短少。今日办了许多货物，待巡环都尉饬备兵船护送出口，不免在此长亭上等候则个。（生上）

［望吾乡］货殖编书，能如司马乎。连骑结驷原无取，猋轮待碾银河路。碧眼虬髯侣，千金与万宝储，守钱须学那无知虏。

众位商家请了。朝廷为了诸君远征，特遣老夫备酒一尊，以壮行色。但是诸君此去，须要小心①。

近代通俗文学，以商人为题材，为工商家传达故事之专书，实占少数，而于小说、传奇、歌谣中则偶成篇章。若《雪岩外传》、《廿载繁华梦》两书，均为实有之近代财经人物生活描绘，他如《文明小史》之叙述"招信股票"；《二十年目睹之怪现状》所记述之"闱姓赌局"、"猪仔招工局"；《发财秘诀》所备述之买办雇客之活动等著作，均有真实事实根据，并实反映中外通商后中国都市之重大问题。尤在中国竞存立国关键，国民不可不知而提高警惕。林纾之痛切陈言，本文尚多割舍未录，而其苦心呼告，岂可等闲视之。

其四，政治社会弊害之批评。近世文家之重视前代先驱文学，其观点多集中于反映政治社会黑暗面之作品。尤其因小说出产之丰硕，千百中采择一二佳作，自甚易为。然亦多由于较受读者欢迎，流传较广，印象较深之故。自周树人推重《二十年目睹之怪现状》、《官场现形记》、《孽海花》、《老残游记》等书，视为一代谴责小说之代表，遂已形成文学史上共宗之定论。若就晚清小说之文学价值而言，当然

① 阿英：《晚清文学丛钞》"传奇杂剧卷"，第462—463页。

已很适切。其共通宗旨，俱在于反映当时政治社会弊害。但于晚清通俗文学之全般意义，则未能真实表达，未免遗漏太多，忽略太广，使人误解只此一类文学作品反映其时代思想。若在思想史上观察，则更憾其偏颇不周。事实上即以此同类小说而言，略举《冷眼观》、《廿载繁华梦》以及《文明小史》等作，其文学价值决不在上述四者之下。当请文家试一阅读评断，比较其结构布局、文笔运用，便可知之。

世人熟知此类作品性质内容，上举各书固然俱是长篇巨著，其余同类者若《雪岩外传》、《瞎骗奇闻》、《大马扁》、《发财秘诀》、《中国现在记》、《黄绣球》等等，亦均颇具规模，并亦引人入胜。在此无从备举，更无法一一引据。惟均可用以支持周树人所倡“谴责小说”之命义。专以晚清小说而言，此类著作自是成就最高。

晚清反映政治社会之文学作品，有一共通现象，即为不怕描述当时人物情事，甚至往往直书其姓名以入小说。《孽海花》之人物多能直追其人身影，固为众所周知。《老残游记》之特写毓贤，《官场现形记》之特写刚毅，《文明小史》之特写康有为、梁启超，固已早为文家称述[①]。其实描述实人时事者其他各书，所在多有。例如《二十年目睹之怪现状》所述之何小宋为何璟之号，冯竹儒为冯俊光之号，郑玉轩即郑藻如之号，其实职实事，均无隐讳。《大马扁》全书俱写康有为、梁启超故事。《雪岩外传》直为胡光墉（字雪岩）个人生活描述。

何者为此类谴责小说描述对象？大多不外政治上繁缛之虚文体制，贪污顽忽之官吏，奔竞无耻之文士，虐民之弁兵杂役，狂傲贪婪之洋人，奴颜婢膝之买办。配合当前时事，穿插故事之中，构成讽喻之主题。在各类小说中，随处可见。文家屡屡引据称述，无须再多举例。兹就文学全面，特举一段传奇中唱词，备作参考。署名“伤时

① 阿英：《晚清小说史》，魏绍昌：《李伯元研究资料》，时萌著：《曾朴研究》，林瑞明：《老残游记与晚清社会》，载《中国古典小说研究》，第405—424页。魏绍昌：《吴趼人研究资料》，包天笑：《钏影楼回忆录》，曹聚仁：《文坛五十年》等书。

子”所撰《苍鹰击》云：

> ［北沽美酒带太平令］俺索代我国民诉烦冤，我国民诉烦冤。老学究，上了当，没处教馆；穷书办，失了业，无从吃饭；狠衙役，改了行，变做侦探。大人家，经不起，重捐轮，倾家荡产；小人家，吃不起，贵米粮，流为下贱。便是这路旁柳，海上花，红娇翠艳，都是些，闺中秀，掌上珍，玉润珠圆。只须看，失所人，是增是减，便可知，今政府，为恩为怨。（夹白）稍稍慰情些儿的，就要算是这兴学的一件事了。然而据我看起来，（唱）女学界固是依然的黑暗，男学界也是一味的敷衍，俺敢辞沥血刳心劝①。

本文未能列举小说文句，尚须略作疏解。一则小说曲折之处多用文笔，不加全引，不易晓然见其意旨。二则小说为文家讨论者众，久为中外常识，得以省略其烦，以免多占篇幅。

其五，改良风俗习惯之讽喻。近代通俗文学之提倡，最早是由改良风俗入手，无论理论与创作，始终成为一贯之重要宗旨。尤其先驱文人所最深省与广泛注意之问题，为迷信、缠足、鸦片、八股文等大害。是以成为此一时代之文学中心题旨。兹举署名“壮者”所撰《扫迷帚》：

> 看官，须知阻碍中国进化的大害，莫若迷信。你们试想，黄种智慧不亚白种，何以到了今日，相形见绌？其间必定有个缘故。乃因数千年人心风俗习惯而成，也不是一朝一夕的事。大凡草昧初开之世，必借神权，无论中西，皆不能越此阶级。中国唐虞以来，敬天祭鬼，祀神尊祖，不过借崇德报功之意，检束民志。自西汉诸儒创五行之论，以为祸福自召，而灾祥之说大炽，于是辗转附会，捏造妄言。后世变本加厉，谓天地鬼神实操予夺生死之权，顺之则吉，逆之则凶。由是弃明求幽，舍人媚鬼，淫

① 阿英：《晚清文学丛钞》“传奇杂剧卷”，第193页。

祀风靡，妖祠麻起。自宫廷以至外臣，自士夫以至民庶，一倡百和，举国若狂，日醉心于祈禳祷祝，其遗传之恶根性，牢不可破。虽今日地球大通，科学发达，而亿万黄人，依然灵魂薄弱，罗网重重，造魔自迷，作茧自缚，虽学士大夫，往往与愚夫愚妇同一见识。最可笑者，极狡黠之人而信命，极奸恶之人而佞佛，不信鬼神之人而讨论风水，极讲钻营之人而又信前定，惝怳迷离，不可究诘。中国之民智闭塞，人心腐败，一事不能做，寸步不能行，荆天棘地，生气索然，几不能存立于天演物竞之新世界。借西人之脚踏实地，凭实验不凭虚境，举一切神鬼妖狐之见，摧陷廓清，天可测，海可航，山可凿，道可通，万物可格，百事可为，卒能强种保国者，殆判霄壤。故欲救中国，必自改革习俗入手，欲改革习俗，而不先举层层关键，一拳打破，重重藩篱，同时衡决，使自今以后，合四万万同胞，人人鼓勇直前，从实理阐起，实事作起，则胶黏丝缚，障碍多端，窃恐再更三百年，中国犹如今日，这岂不是最可忧虑的事么①？

兹再举曾朴之《孽海花》：

我如今要说一种特别异样的迷信，为世界各种人所无，而一种人所独具。他的势力极大，能叫全国人如痴如狂，身命可以弃，国家可以亡，种族可以乱，而惟此一点迷信，山崩雷震也不能唤醒他。你道有这个迷信的是那一国？迷信的是什么事呢？原来那国非别，就是爱自由者所最崇拜的、神圣不可犯之支那大帝国。全国国民别无嗜好，就是迷信着“科名”两字，看得似第二个生命一般。当著那世界人群掷头颅，糜血肉，死争自由最剧烈的时代，正是我国民呕心血，绞脑汁，巴结科名最高兴的当儿。列位，你们猜猜，这“科名”两字是件什么东西？难道是天地生成，祖宗养成我这四万万人的特别原质，应当迷信这个的吗？

① 阿英：《晚清文学丛钞》“小说一卷”，第390—391页。

> 咳！咳！这便是我国民一段最痛心的历史，受了一千多年海样深的大害，到如今尚不肯醒来，还说是百年养士之鸿恩，一代搜才之盛典哩！呸！呸！什么鸿恩？什么盛典？这便是历代专制君主束缚我同胞最毒的手段①。

兹再举彭养鸥所撰《黑籍冤魂》，全书对吸食鸦片烟鬼有深入描述，在同类中，实为杰出。兹引录其片段，以备参考：

> 英人灭印度，以这鸦片为药材之产，每年征收其税。后来流行中国，吸食渐多，销数日畅，印度人遂争以种鸦片为生涯，名曰毕波。英人收这烟税，逐年增加，骤增至一千数百万镑，英人把这项烟税尽充军费，养兵二十万，这就可以晓得鸦片销数之广了。看官们可知这洋药初入中国，不过视为药材之一种，其后怎的会吃？怎的会造这吃烟的器具？怎的吃烟总须困着？吃鸦片的方法，哪个是发明始祖？吃鸦片的人儿，哪个是烟鬼第一？这虽是当今七八十岁个老烟鬼，恐也不能知晓。在下倒略知梗概：这吃烟方法，不是由英人传授，也不是由印度人教导，盖英人印度人会贩会种，却不会吃，且亦不许吃。这吃烟法子，实是我们中国人发明的。但发明这种法子，却也非易，简直与科学一般，其中也有新知识，新理想；而且父作子述，经过了几重阶级，方才发明得完全，能离那吃水烟吃旱烟的法子，独立成一种吃鸦片科学。故在烟鬼一面说来，应该当他一种学问似的研究②。

改良风俗之思想为近代新文学重要论题所寄。自晚清直迄当世，虽然各时期目标改换甚大，而理趣始终一贯，实足代表新文学一枝大宗。治文学史者或多以谴责小说视之，并不特别提示范围性质。而其实际上之时代意义，自不可忽略不论。

其六，妇女解放思潮与女权。中国近代女权醒觉，最早渊源自于

① 阿英：《晚清文学丛钞》“小说二卷”，第491—493页。

② 阿英：《晚清文学丛钞》“小说三卷”，第110—111页。

对缠足陋习之批评，滥觞于光绪初年厦门教会之呼吁。然其行之不远，影响不大。实际引起普遍反响并纷纷组织“不缠足会”或“天足会”、“卫足会”者，俱在甲午中日战争以后。其思想成分与启发动力并不单纯。第一步思想反省，在于全国国民救亡图存之责任，而一半之妇女即在其中。第二步思想反省，在唤起民众醒觉，而一半妇女自成重要对象。第三步思想反省，中国正须保种保国，妇女孱弱，如何生出强健之人种，于是必须解放缠足。第四步思想反省，中国妇女社会地位低，不识字者众，如何予以解救，施以教育。第五步思想反省，入于人格之思考。既为国民，男女义务权利相同，而女权问题于是产生。因是晚清文学表现，无不反映此类问题之讨论与批评。中国近代女权之表达，除严肃之理论之外，通俗文学，实为大宗。

兹举秋瑾（笔名：汉侠女儿）所著《精卫石》弹词：

余处此过渡之时代，吸一线之文明，摆脱阱笼，扩充智识。每痛我女同胞，坠落黑暗地狱，如醉如梦，不识不知。虽有女学堂，而鲜来入校求学者，研究自由以扩张女权者，尚寥寥无几。噫嘻乎怨哉！二万万姊妹，呻吟蜷伏于专制男儿之下，奄奄无复人气，不知凡几！呜呼！尚日以搽脂抹粉，评头束足，饰满髻之金珠，衣周身之锦绣，胁肩谄笑，献媚买欢于男子之前；呼牛亦应，呼马亦应，作玩物而不知羞，为奴隶而不知耻，受万钧之压制，百般之凌虐折辱而不知恨，衔羞愤激，脱离苦难。盲具双目，不识一丁，懵懵然，恬恬然，安之曰“命也”，“分也”，“无可奈何也”。积此痴顽，旁生孽障，遇有设女塾兴工艺者，不思助我同胞，仅从傍听痴男而摧折之，同类且相残，害人还自害，女界不知如何了局矣。亦有富室娇姿，贵家玉女，量珠盈斗，贮金满籯，甘事无知之偶像，斋僧施尼以祈福。见同胞之女子，沦陷于泥犁之地狱而视若无睹，未闻一援手。呜呼，是何心哉！余惑不解。沉思久之，恍然大悟曰，人类最灵，女流最慧，吾女界中，何地无女英雄及慈善家，及特别之人物乎？学界中，余不具论，因彼已受文明之薰陶也。仅就黑暗界中言之，亦岂遂无英杰乎？苦于智识未开，见闻未广，虽有各种书籍，各种幸福，苦文字不能索解，未由得门而入，窥女界无尽之藏，相与享受完全之功果也。余乃谱以弹词，写以俗语，逐层演出女子社会之恶习，及一切痛苦耻辱，欲使读者触目惊心，爽然自失，奋然自振，务使出黑暗而登文明，为我女界放大光明，脱离奴隶范围，作自由舞台之女英雄，女豪杰，继罗兰、马尼他、苏菲亚、批茶、如安而兴起焉。余愿呕心滴血以拜求之，祈余二万万女同胞，无负此国民责任也[①]。

再举张竹君（笔名：岭南羽衣女士）所著《东欧女豪杰》：

且慢，我女儿现在是受两重压制的，先要把第一重大敌打退，才能讲到第二重。你看那大慈大悲救苦救难时势菩萨，他要演演新奇手段，近来不是在我们里头造出许多政治上有关系的女英雄吗？这还不算奇。偏是那极野蛮极不平等的国中，多多位置咱们，好像有意叫咱们越发出色，这却是什么缘故呢？看官有所不知，这是天公仁爱，儆戒强者的意思。他说道，你们专制暴虐的人听者，现在时势已经变了，强权是用不着了。你不信，试瞧瞧那地球上一个大权力大势力的人，岂不是被几个极娇小极文弱的女孩儿弄倒吗？到这时候，由不得他家不来求这边讲和，你想想，你的权力威势比那人怎么样啊？何苦执迷不悟，把我粉团玉琢，千辛万苦造出来的乖孩儿们，左糟蹋右糟蹋，闹到尽头，连自己也不得好处呢？看官啊？休怪我羽衣女士多事，我这部书不是讲来当好耍的，我是仰体著天公爷爷这一段意思，将我三千斛血泪从腔子里捧将出来，普告国中有权有势的人，叫他知道水愈激之愈逆行，火愈煽则愈炽烈，到那横流祸起、燎原势成的时候，便救也救不来了。不若趁早看真时势，改换心肠，天下为

① 阿英：《晚清文学丛钞》“说唱文学卷”，第592—593页。

公，与民同乐，免致两败俱伤，落得后来小说家又拿来作前车之鉴、后事之师！这便算我著书人一点微意，一片苦衷了[①]。

兹再举署名“古越嬴宋季女”所著《六月霜》，其剧中人秋瑾上刑场时唱腔：

[梁州序] 半生沦落，十年僝僽，噩梦而今醒骤。花魂月魄，蓉城斗忆前游。鹃啼夜血，蝶抱秋心，从此慵回首。同胞痼病亟须救，侠骨英风何可求，东海狱，者番又。

[前腔] 江南莺乱，河东狮吼，雌雄风云依旧。沈沈天醉，新亭尊酒无愁。便脱胎换骨，成佛生天，难解眉间皱。六宫粉黛须眉做，半壁河山巾帼羞，恢复事，亮难就。

[节节高] 蛾眉第一流，百尺楼，床分上下谁先后？姻缘谬，悲好逑，非佳耦。容心去就余何有。冰清玉洁终身守，未卜他生此生休，唯怜失母双雏幼。

[前腔] 棱棱玉骨遒，不可柔。眉心一寸愁偏逗。忍家诟，怀国忧，今无负。杀身首把天荒剖，香名占断人间秀。热血判教洗神州，入人心坎真能否？

[尾声] 愿则愿，中华政党无新旧，日夜馨首祷祀求，俺一片痴心尚未休[②]。

以上所举，作者俱为女性，可见妇女本身之醒觉程度，及其时代责任之反应。其借资通俗文学以唤醒女性同胞，争持人权与女权，并共赴国家危难，此种精神志节，值得重视。研治文史者，若果忽略不论，真是有负学人天赋。

综观此一时期之通俗文学作品，表达思想，十分严肃，涉及问题十分广泛。尚不止所列举之六端。惟以此六者俱为洋洋大观，足以反映一代思想之全面，尚觉不至流于一曲之偏颇。正可备览先知前驱泣

---

① 阿英：《晚清文学丛钞》“小说一卷”，第84页。

② 阿英：《晚清文学丛钞》“传奇杂剧卷”，第174页。

血椎心呼唤国人之实况。抑亦使文史学界先贤后圣，能有所参酌采择，而作全面覆按，予人以正确之申述评估。则先烈志节精神，当可重现其青天白日光辉。

五、文体变迁与“新文学”理论之形成

晚清十年间（1901—1911）出产繁盛之通俗文学，于辛亥革命成功，似已尽到时代使命。全国承此开天辟地之民权政治重大历史转变之启示，思想上产生许多乐观憧憬与愿望。一切人民之富裕，国家之强大，文化之兴旺，国际地位之提高，均寄予新政府以极高期望。文学反映思想宗旨，遂亦联带产生重大变化，进而形成一个“新文学”创生之生机。一代“新文学”运动由此而展开。自民国元年（1912）以至二十六年（1937）构成现代文学一个重大转变时期。兹就其重大关键，一一申论于后：

其一，民初口岸文学之隳落。由于人们精神心理之松懈，乐观气氛之弥漫，文学中之悲慨泣血，危亡痛觉，愤怒幽怨，诋斥弊政之冷诮讥嘲，讽喻社会，均在短短期间迅速隐退不见。此时流聚口岸之文家，一改写作风格，迎合社会低级趣味之需要，遂产生民国初年兴盛一时之“鸳鸯蝴蝶派”作品。

自民国元年以后，以通商口岸为主要产地之文学作品，迅速流行于小说一统趋势，诗词谣谚大为减少，传奇、杂剧、弹词殆成绝响，惟弹词尚偶有作者，传奇则完全绝迹。在为大众所钟意之小说中，主要潮流俱转向为供消遣之言情、侦探、黑幕等小说，尤以哀艳凄情之男女故事，为最常见之题材，或称为“礼拜六派”。《礼拜六》原是周瘦鹃、王钝根所主编之一种周刊，名称洋化，而后成为一般消遣文学之形容词。然仍不及“鸳鸯蝴蝶派”所能代表之全面意义，更不及其流通广远。

“鸳鸯蝴蝶派”名称的形成，实在民国九年。其含义包括两层：

一则主题多表达男女爱情故事。一般多以徐枕亚所著《玉梨魂》、《雪鸿泪史》，韦士所著《两全难》，瞻庐所著《蜜月泪别》，以及周瘦鹃所著《此恨绵绵无绝期》、《九华帐里》等书为重要代表作。一则此类小说作者之笔名室名，多用鸟虫花草题称，如姚鹓雏、朱鸳雏、闻野鹤、许瘦蝶、周瘦鹃、郑逸梅、朱瘦菊、陈蝶仙、叶小凤、江红蕉、朱枫隐等等，不一而足。好事者传播，遂形成一代口岸文学作品之概括命义。当时人追述命名由来，亦充分流露诗酒征逐之消闲逸趣[①]。此时期消闲小说之风行，可以从民国三年六月六日《礼拜六》创刊发行宗旨，以窥见其著作形式与社会功用：

> 或问："子为小说周刊，何以不名礼拜一、礼拜二、礼拜三、礼拜四、礼拜五，而必名礼拜六也？"余曰："礼拜一、礼拜二、礼拜三、礼拜四、礼拜五人皆从事于职业，惟礼拜六与礼拜日，乃得休暇而读小说也。""然则何以不名礼拜日而必名礼拜六也？"余曰："礼拜日多停止交易，故以礼拜六下午发行之，使人先睹为快也。"或又曰："礼拜六下午之乐事多矣，人岂不欲往戏园顾曲，往酒楼觅醉，往平康买笑，而宁寂寞寡欢，踽踽然来购读汝之小说耶？"余曰："不然！买笑耗金钱，觅醉碍卫生，顾曲苦喧嚣，不若读小说之省俭而安乐也。且买笑觅醉顾曲，其为乐转瞬即逝，不能继续以至明日也。读小说则以小银元一枚，换得新奇小说数十篇，游倦归斋，挑灯展卷，或与良友抵掌评论，或伴爱妻并肩互读，意兴稍阑，则以其余留于明日读之。晴曦照窗，花香入坐，一编在手，万虑都忘，劳瘁一周，安闲此日，不亦快哉！故人有不爱买笑、不爱觅醉、不爱顾曲，而未有不爱读小说

---

① 平襟亚：《鸳鸳蝴蝶派命名的故事》，收入魏绍昌编《鸯鸯蝴蝶派研究资料》，第127—129页。

又，郑逸梅：《稗品》，收入魏绍昌编《鸳鸯蝴蝶派研究资料》，第143页。

又，郑逸梅：《著作家之斋名》，收入魏绍昌编《鸳鸯蝴蝶派研究资料》，第144—147页。

者。况小说之轻便有趣如《礼拜六》者乎？《礼拜六》名作如林，皆承诸小说家之惠。诸小说家夙负盛名于社会，《礼拜六》之风行，可操券也。若余则滥竽编辑，为读者诸君传书递简而已。”读者诸君勿因传书递简者之粗鄙，遂屏绝妙之书简而失之，则幸甚[①]！

此一文献，正可说明，辛亥革命成功以后，口岸文学迅速转于消闲遣兴之功用，实已远离如晚清十年间忧国伤时之严肃气氛。而“鸳鸯蝴蝶派”文风之兴起，亦略可见时代精神与心理之流于松懈，而迅速带来浪漫放纵之文学风气，并加速社会之颓废隳落。当时最早引起注意并加严厉批判者，反而正是提倡小说先驱梁启超。于民国四年（1915）在《中华小说界》第二卷一期，撰写《告小说家》，极力促使小说家痛彻反省，戒慎于败坏社会人心：

今也其效不虚。所谓小说文学者，亦既蔚为大观，自余凡百述作之业，殆为所侵蚀以尽。试一流览书肆，其出版物，除教科书外，什九皆小说也。手报纸而读之，除芜杂猥屑之记事外，皆小说及游戏文也。举国士大夫不悦学之结果，《三传》束阁，《论语》当薪，欧美新学，仅浅尝为口耳之具，其偶有执卷，舍小说外殆无良伴。故今日小说之势力，视十年前增加倍蓰什百，此事实之无能为讳者也。然则今后社会之命脉，操于小说家之手者泰半，抑章章明甚也。而还观今之所谓小说文学者何如？呜呼！吾安忍言！吾安忍言！其什九则诲盗与诲淫而已，或则尖酸轻薄毫无取义之游戏文也，于以煽诱举国青年子弟，使其桀黠者濡染于险诐钩距作奸犯科，而摹拟某种侦探小说中之一节目。其柔靡者浸淫于目成魂与逾墙钻穴，而自比于某种艳情小说之主人者。于是其思想习于污贱龌龊，其行谊习于邪曲放荡，其言论习于诡随

① 中华民国三年（1914）6月6日，《礼拜六》第一期《出版赘言》。收入：魏绍昌编《鸳鸯蝴蝶派研究资料》，第131页。

> 尖刻。近十年来，社会风习，一落千丈，何一非所谓新小说者阶之厉？循此横流，更阅数年，中国殆不陆沉焉不止也。呜呼！世之自命小说家者乎？吾无以语公等，惟公等须知因果报应，为万古不磨之真理，吾侪操笔弄舌者，造福殊艰，造孽乃至易。公等若犹是好作为妖言以迎合社会，直接阬陷全国青年子弟使堕无间地狱，而间接戕贼吾国惟使万劫不复，则天地无私，其必将有以报公等，不报诸其身，必报诸其子孙；不报诸今世，必报诸来世。呜呼！吾多言何益？吾惟愿公等各还诉诸其天良而已①。

梁氏此文，为对当时文学风气最先见之警告，并亦反映前一时代风气，思想精神之重大转变。近时文史学家，对于民初一代十余年间之“鸳鸯蝴蝶派”，批斥攻诋，毫无宽假，往往称之为“文坛上的逆流”、“小说逆流”或“辛亥革命后小说的反动”等等形容②。然其既有如此现象，自有复杂因素，应予深思审度。而仅此现象，实又构成反复争辩、酝酿蜕变之另一发展契机。

其二，文学改良与“新文学”理论之创生。民国初年既有文风之改变，又使通俗文学沦于游戏放纵，颓废隳落，原非提倡先知所能逆料，遂立即招致识者非议，论者攻伐。在此思虑犹疑文风活动之际，已隐然蕴蓄嬗变之动力。且自维新变法思想以来之趋势，与中华民国建国以来一般思想之开放活泼。文学上决无回复旧路之理，再加通俗文学理论与实际之成就与信持，国人志愿，顺此潮流推衍，正足酝酿文学更深远而全面之重大转变。当时旧官僚罢退，新人材又多来自国外，备经西洋文学理论、观念、故事淘洗之回国文士，遂在文学领域

---

① 阿英《晚清文学丛钞》“小说戏曲研究卷”，第20—21页。

② 魏绍昌编：《鸳鸯蝴蝶派研究资料》，第86—92页：“小说逆流”，第93—94页：“文坛上的逆流”，第95—101页：“辛亥革命后小说的反动”，第108—116页：“小说中的逆流”。

又，关于此一时期，此一门类之小说史载，可参考同前书第166—451页：范烟桥著：《民国旧派小说史略》，以及郑逸梅著：《民国旧派文艺期刊丛话》。关于此一门类之小说作家及作品，可参考同前书，第452—555页。

扮演一代新兴锐进之势力，言论新颖而大胆，态度急进而猛勇。领导风气，遂即构成一代之“新文学运动”。

所谓“新文学”观念出现稍晚，由当时人不满当代文学作品，开始思考改良文学之动机则为时较早。胡适撰文，推称始自民国四年（1915）夏季，在美国所谓绮色佳（Ithaca）康乃尔大学校园胡氏与任鸿隽（叔永）、梅光迪（觐庄）、杨铨（杏佛）、唐钺（擘黄）等人时常讨论中国文学问题，因而启念为文学改良思想。详细记述载于其“逼上梁山”一文。又把创始经过及理论写入《中国新文学大系》第一集导言。胡适所述故事娓娓有趣，但一直被人视为自夸太甚，左派作家斥骂更烈①。此类争论问题无暇多叙。而较合理合情说法，文学思潮变迁，应为一时多人共同心声，共同反应。三五文人好友，同庚同乡同学或私室或校园之奇论玄谈，种种妙谛，世界各地，所在多有，自昔至今，流衍不息。本不足奇，不值大惊小怪。胡氏强调夸炫，坐病在此。然迟后三年，胡适于民国六年（1917）发布《文学改良刍议》，提出“八不主义”，当可视为文学流风改变之先声。再向上推则胡氏于民国五年（1916）十月有致陈独秀书，亦提出“八不主

---

① 有位大陆学者，名叫曹道衡，著文：《批判胡适夸大他个人在新文学运动中的作用》，载《文学研究集刊》第一册，第124—144页。痛斥胡适之谎言，胡氏抹杀前代数十年渊源背景，固可驳斥，须加研析澄清。此外更早批驳胡适为新文学运动领导人者，是郭沫若。郭氏在民国十九年（1930）一月二十六日发表《文学革命之回顾》一文，对胡适攻诋极其强烈。“这里自然应该提到一位胡适之，幸，或者是不幸，是陈独秀那时把方向转换了，不久之间文学革命的荣冠差不多归了胡适之一人的顶戴。他提出了一些更具体的方案，在后来的文学的建设上大抵都不适用，而他所尝试的一些作物自始至终不外是‘尝试’而已。譬如他说‘有什么话说甚么话’，这根本是不懂文学的人的一种外行话。文学的性质是在暗示，用旧式的话来说便是要有含蓄，所以它的特长便在言语的经济，别人要费几千百言的，它只消一两句，别人要做几部文存的，它只消一两篇。‘有什么话说甚么话’的那样笨伯的文学，古往今来都不曾有，也不会有。又譬如他说的‘不用典故’，这也不免逐鹿而不见山。用典是修辞的一种妙技，新文学也有新文学的典故，即如胡适之做文章也在引用孙悟空翻筋斗的典故，你可以知道他的话究竟正确不正确。他的其余的方案我现在不能逐条的复核，因为我的脑中没有记忆，而他替我们保存的‘史料’——胡适文存——也不入我的书橱。”载张静庐编：《中国现代出版史料》甲编，第128—129页。

义”之见。后日胡氏编著《新文学大系》，此信列为首篇，亦有道理。大抵中国新文学思潮之创发契机，最早亦不会超过民国五年。

胡适提倡文学改良之“八不主义”，久为学界熟知，不须深论详引，但当举其纲领：一曰，须言之有物；二曰，不摹仿古人；三曰，须讲求文法；四曰，不作无病之呻吟；五曰，务去烂调套语；六曰，不用典；七曰，不讲对仗；八曰，不避俗字俗语[①]。胡适建议文学改良，立即引发陈独秀之《文学革命论》，为对胡氏之重要反响：

> 文学革命之气运，酝酿已非一日，其首举义旗之急先锋，则为吾友胡适。余甘冒全国学究之敌，高张“文学革命军”大旗，以为吾友之声援。旗上大书特书吾革命军三大主义：曰，推倒雕琢的阿谀的贵族文学，建设平易的抒情的国民文学；曰，推倒陈腐的铺张的古典文学，建设新鲜的立诚的写实文学；曰，推倒迂晦的艰涩的山林文学，建设明了的通俗的社会文学[②]。

胡适自美返国，将“八不主义”经过修正，而在民国七年（1918）四月提出其“建设的文学革命论”。将文学革命目标，简化归纳为“国语的文学，文学的国语”十个字。而所表达文学革命纲领，则定为四项：

> 自从去年归国以后，我在各处演说文学革命，便把这“八不主义”都改作了肯定的口气，又总括作四条如下：
>
> 一，要有话说，方才说话。这是“不做言之无物的文字”一条的变相。
>
> 二，有什么话，说什么话；话怎么说，就怎么说。这是（二）、（三）、（四）、（五）、（六）诸条的变相。
>
> 三，要说我自己的话，别说别人的话。这是“不摹仿古人”一条的变相。

---

① 胡适：《文学改良刍议》，《中国新文学大系》第一集，第61页。
② 陈独秀：《文学革命论》，《中国新文学大系》第一集，第72页。

四，是什么时代的人，说什么时代话。这是“不避俗话俗字”的变相①。

文学革命经胡适、陈独秀倡导于前，随即引起学界争议，反对意见，在此暂难引入讨论。至其闻风景从、立言响应者，同时宣示个人立场及所抱宗旨。汇合众人言论，由是而形成一种共同奔趋之方向，终于展开一代之新文学思潮。首先响应者钱玄同，攻伐旧文学，创出“选学妖孽”、“桐城谬种”两个响亮口号。当时后世，传播弥远。其词出于民国六年七月二日致胡适信：

玄同年来深慨于吾国文言之不合一，致令青年学子不能以三五年之岁月通顺其文理以适于应用，而彼选学妖孽与桐城谬种方欲以不通之典故与肉麻之句调戕贼吾青年，因之时兴改革文学之思，以未获同志，无从质证。去春读科学二卷一号，有大著《论句读及文字符号》一篇，钦佩无似！嗣又于《新青年》二卷中读先生论改良文学诸著，益为神往。顷闻独秀先生道及先生不日便将返国，秋后且有来京之说，是此后奉教之日正长。文学革命之盛业，得贤者首举义旗，而陈独秀、刘半农先生同时响应，不才如玄同者，亦得出其一知半解道听途说之议论以就正于有道，忻忭之情，莫可名状②。

另一重要响应者为刘半农，刘氏对于文学改良，较用心思，接触

① 《中国新文学大系》第一集，第156页。

② 张若英：《中国新文学运动史资料》，第55页。

按：钱氏所称之“选学妖孽”、“桐城谬种”，当时应有所指含义，可在钱氏民国六年二月二十五日致陈独秀书中找出其用心之注脚，亦收入同前书，同页：至于当世所谓能作散文之桐城巨子，能作骈文之选学名家，做诗填词必用陈套语，所造之句不外如胡先生所举胡先骕君所填之词，此等文人，自命典赡古雅，鄙夷戏曲小说，以为猥俗不登大雅之堂者，自仆观之，此辈所撰，皆“高等八股”耳（此尚是客气话；据实言之，直当云“变形之八股”），文学云乎哉！（又如林纾与人对译西洋小说，专用聊斋志异文笔，一面又欲引韩柳以自重；此其价值，又在桐城派之下，然世固以“大文豪”目之矣）。

到根本原则问题，正足反映新文学创生宗旨。刘氏所提意见，亦足以代表所谓新文学之理论依据。一则刘氏首先提出文学根本界说，认为文学是美术之一，是即后日为艺术而艺术之理论。二则刘氏将“文学”与“文字”作清楚划分。刘氏主张：“凡科学上应用之文字，无论其为实质与否，皆当归入文字范围。即胡、陈、钱三君及不佞今兹所草论文之文，亦系文字而非文学。”刘氏进一步指出：“其必须列入文学范围者：惟诗歌、戏曲、小说、杂文、历史传记五种而已。”① 三则刘氏提出其文学方法论体系，说明必须讲究文法，兼顾文学理论，在文学领域创造新词汇。四则改良散文。主张破除旧规律，使言文合一，戒用不通字句。五则改良韵文。主张废旧韵创新韵，以土音押韵，增多诗体，以及提高戏曲在文学上之地位。刘氏所论，表现一代文学理论之创生，以致文学范围、性质、宗旨，意义之重订，自然更为以后文学风格、文艺思潮打下坚定基础。惟刘氏全套言论体系，实充分承袭西方文学理论而来，正是代表中国现代文学之走上西化②。

接着另一个响应者为周作人，周氏提出“人的文学”，从“人”的发现谈起，开宗明义完全模仿欧洲史上之“人”的发现。周氏有谓：

> 中国讲到这类问题却须从头做起，人的问题，从来未经解决，女人小儿更不必说了，如今第一步先从人说起。生了四千余年，现在却还讲人的意义，重新要发见“人”，去“辟人荒”，也是可笑的事。但老了再学，总比不学该胜一筹罢。我们希望从文学上起首，提倡一点人道主义思想，便是这个意思③。

周氏所论，当时影响广远，其所提倡人道主义思想，亦自有其道理。

---

① 刘半农：《我之文学改良观》，《中国新文学大系》第一集，第91—93页。

② 《中国新文学大系》第一集，第91—101页，刘半农之全文。

③ 周作人：《人的文学》，《中国新文学大系》第一集，220页。

惟套袭欧洲史上之“人”的发现，引来作中国之“人”的发现，实充分暴露浅薄无识。中国史上之“人”的发现，早在先秦时代延展数百年，诸子百家之精神表现，言论孑遗，多可覆按。此时竟然一概抹杀，视为四千年来创举，真是丧心无知，自视轻贱之甚。周氏又有于后世有误导之言论，在于受到达尔文生物进化论之影响，而误导人于禽兽状况而不自觉：

> 我们要说人的文学，须得先将这个人字，略加说明。我们所说的人不是世间所谓“天地之性最贵”，或“圆颅方趾”的人。乃是说，“从动物进化的人类”。其中有两个要点，（一）“从动物”进化的，（二）从动物“进化”的。
>
> 我们承认人是一种生物，他的生活现象，与别的动物并无不同。所以我们相信人的一切生活本能，都是美的善的，应得完全满足。凡有违反人性不自然的习惯制度，都应排斥改正。
>
> 但我们又承认人是一种动物进化的生物，他的内面生活，比他动物更为复杂高深，而且逐渐向上，有能改造生活的力量。所以我们相信人类以动物的生活为生存的基础，而其内面生活，却渐与动物相远，终能达到高上和平的境地。凡兽性的余留，与古代礼法可以阻碍人性向上的发展等，也都应排斥改正①。

周氏借达尔文学说讥诮中国四千年来不知人是由动物进化而来，他要为中国开人荒，口气好大。却不见纪元前二世纪有书：《大戴礼记》和《淮南子》，俱将禽兽分为：毛、羽、鳞、介、裸五种虫，明指人是裸虫。周氏不读古书，信口雌黄，误导后生已有百年，若不宣揭纠正，乃是史家失职，势不能予以宽假其罪责。

嗣后之文学家撰著，往往将兽性之冲动，解为人性之流露，均以周氏为厉之阶。然则就当时文学理论而言，周作人提出“纯文学”一个观点，与刘半农同为为文艺而文艺之“新文学”理论建造者。周氏

---

① 《中国新文学大系》第一集，第220页。

在《人的文学》提出其词，而在另一文《关于文学之诸问题》，周氏作图解详细讨论，将文学分作三个层次，最下之基层大半是“原始文学”，自下层小半至中间层次为“通俗文学”。最上之顶尖，则为“纯文学”。周氏意在确定纯文学宗旨，在于一种精美之艺术，然又不能舍弃原始文学与通俗文学而不顾。此点正反映前代通俗文学思潮之消退，转而进入高尚艺术之范围，周氏文正可见出文学思潮转变关节①。

再一位提出响应者为傅斯年，傅氏眼界辽阔，以人类全体活动为基本。以视文学之意义，则文学表达，随时以人群精神表现，所谓种种政治、经济、社会风俗之变化，而随时有不同反应。其理论宽博切实，并亦表现西化痕迹：

> 以群类精神为总纲，而文学与政治社会风俗学术等为其支流。以群类精神为原因，而文学与政治社会风俗学术等为其结果。文学既与政治社会风俗学术等同探本于一源，则文学必与政治社会风俗学术等交互之间有相联之关系。易言之，即政治社会风俗学术等之性质皆为可变者，文学亦应为可变者。政治社会风俗学术等为时势所迫概行变迁，则文学亦应随之以变迁，不容独自保守也。今知政治社会风俗学术等性质本为变迁者，则文学可因旁证以审其必为变迁者。今日中国之政治社会风俗学术等皆为时势所挟大经变化，则文学一物，不容不变。更就具体方面举例言之，中国今日革君主而定共和，则昔日文学中与君主政体有关系之点，若颂扬铺陈之类，理宜废除。中国今日除闭关而取开放，欧洲文化输入东土，则欧洲文学中优点为中土所无者，理宜采纳。中国今日理古的学术已成过去，开后的学术将次发展，则于重记忆的古典文字，理宜洗濯，尚思想的益智文学，理宜孳衍。且文学之用，在所以宣达心意。心意者，一人对于政治风俗

① 周作人讲校，邓恭三记录：《中国新文学的原流》，第8—22页。

社会学术等一切心外景象所起之心识作用也。政治社会风俗学术等一切心外景象俱随时变迁，则今之心意，自不能与古人同。而以古人之文学达之，其应必至于穷。无可疑者。知政治社会风俗学术等应为今日的而非历史的，则文学亦应为今日的而非历史的①。

又一位“新文学”响应者是郑振铎，也在文学意义宗旨方面提出反映人生之理论，郑氏简单说明是：文学是人生的自然呼声，人类情绪流泄于文字，以真挚情感引起读者同情。并见其说理重点如后：

> 我们要晓得文学虽是艺术虽也能以其文字之美与想像之美来感动人，但却决不是以娱乐为目的的。反而言之，却也不是以教训，以传道为目的的。文学是人类感情之倾泄于文字上的。他是人生的反映，是自然而发生的。他的使命，他的伟大的价值，就在于通人类的感情之邮。诗人把他的锐敏的观察，强烈的感觉，热烘烘的同情，用文字表示出来，读者便也会同样的发生出这种情绪来。作者无所为而作，读者也无所为而读。——再明显的说来，便是：文学就是文学；不是为娱乐的目的而作之，而读之，也不是为宣传、教训的目的而作之，而读之。作者不过把自己的观察、的感觉、的情绪自然的写了出来。读者自然的会受他的同化，受他的感动。不必，而且也不能，故意的在文学中去灌输什么教训，更不能故意做作以娱读者②。

又一位对“新文学”提出响应者是成仿吾，成氏指出“新文学”之使命，有三点要求：一则对时代之使命；二则对国语之使命；三则文学本身之使命。然以对时代之使命一点较有突出见解，既言使命，实不免强调文学家之责任与立场，文学家应有自觉与自我批判，当是维护文学水准之重要条件。兹参考成氏所论：

---

① 傅斯年：《文学革新申论》，《中国新文学大系》第一集，第140页。
② 郑振铎：《新文学观的建设》，张若英：《中国新文学运动史料》，第318页。

一个文学家，爱慕之情要比人强，憎恶之心也要比人大。文学是时代的良心，文学家便应当是良心的战士，在我们这种良心病了的社会，文学家尤其是任重而道远。

我们的时代是一个弱肉强食、有强权无公理的时代，一个良心枯萎、廉耻丧尽的时代，一个竞于物利、冷酷残忍的时代。我们的社会组织，既与这样的时代相宜，我们的教育又是虚有其表，所以文学家在这一方面的使命，不仅是重大，而且是独任的。我们要在冰冷而麻痹了的良心，吹起烘烘的炎火，招起摇摇的激震。

对于时代的虚伪与它的罪孽，我们要不惜加以猛烈的炮火。我们要是真与善的勇士，犹如我们是美的传道者①。

再一个响应人物是沈雁冰，沈氏亦在提示文学学者之责任，观点亦是在申明文学意义以表现人类生活宣泄人们情感为宗旨：

翻开西洋的文学史来看，见他由古典——浪漫——写实——新浪漫……这样一连串的变迁，每进一步，便把文学的定义修改了一下，便把文学和人生的关系束紧了一些，并且把文学的使命也重新估定了一个价值。虽则其间很多参差不齐的论调，——即当现代也不能尽免——然而有一句总结是可以说的，就是这一步进一步的变化，无非欲使文学更能表现当代全体人类的生活，更能宣泄当代全体人类的情感，更能声诉当代全体人类的苦痛与期望，更能代替全体人类向不可知的运命作奋抗与呼吁。不过在现时种界国界以及语言差别尚未完全消灭以前，这个最终的目的不能骤然达到，因此现时的新文学运动都不免带着强烈的民族色彩。例如爱尔兰的新文学运动、犹太的新文学运动都是向着这倾向，对全世界的人类要求公道的同情的。我们中国的新文学运动

---

① 成仿吾：《新文学之使命》，张若英：《中国新文学运动史料》，第324页。

也不能不是这性质了①。

综观此一时期在文学改良以至文学革命呼声之下，已充分改变晚清以来之意趣宗旨，以及文学作品之格调作风。所谓新文学之诞生，以改革旧文学种种弊端之新面目出现，尤其理论、形式、风格、方法及功用，均显其全盘新面貌，大致在短短十余年间完成一次相当彻底之文学革命。新文学倡导人物主体，多受西洋文学熏陶。猛锐之改良与革命动力以及坚定之信念，均以西洋文学之成就与理论为比较及借镜之依据。因限于篇幅，本文未加引括倡始诸家之种种前提引括以及比较西洋文学部分。

综合归纳文学改良及革命之重大特色，可化约为数点：一、纯文学之艺术宗旨，反对文以载道观点。二、仍然重视通俗化、平民化、白话化、国语化之写作。三、相信文学反映人类全体生活及情感。四、注重写作方法，特别以加入标点符号为最显著。五、重视写实，不重视浪漫色彩。六、重视文学使命及文学家之责任。七、此一时期论者为取信于人，多举西洋文学理论与成品，以为立论旁证。

其三，新文学理论之实践与推衍。新文学运动展开之后，重要响应者不止于上述各家之言论，而实在于文学作家之从事新文学创作。洋洋巨量之小说、散文、诗歌，自不暇在此一一引据。而带有一定发挥“新文学”宗旨之社团，以及发行报刊，当是新文学重要之培育生长园地。

新文学理论既经确定，传统文学写作，无论形式、格调、作风以至于规律，均逐渐黯然消逝，被人舍弃。代之而兴起者，自然是新文学创作一一问世，新起作家代兴，占据一代文学主系地位。本之文学立场表明其奔趋方向努力宗旨者，可以略举其所信持之原则，以见全般文学创作动向。

---

① 沈雁冰：《新文学研究者的责任与努力》，张若英：《中国新文学运动史料》，第297—298页。

民国十年（1921），《文学旬刊》宣言（当为郑振铎所撰），提出文学世界性之永恒价值，愿努力踏实追求，一点一滴尽心创作：

> 我们确信文学的重要与能力。我们以为文学不仅是一个时代，一个地方，或是一个人的反映，并且也是超于时于地于人的；是常常立在时代的前面，为人与地改造的原动力。在所有的人们的记录里，惟有他能曲曲将人们的思想与感情，悲哀与喜乐，痛苦与愤怒，恋爱与怨憎，轻轻的在最感动最美丽的形式里传达而出；惟有他能有力的使异时异地的人们，深深的使作者的同化，把作者的情感，重生在心里；作者笑，也笑；作者哭，也哭；作者飘飘而远思，也飘飘而远思，甚至连作者的一微呻，一蹙颦，也足以使他们也微呻，也蹙颦①。

民国十年，“文学研究会”倡议译印外国文学名著，主张以吸收西洋文学知识来充实与推动“中国新文学运动”。正可见当时文学家以认识世界文学为启示创作中国新文学之入手：

> 我们觉得文学是决不容轻视的。他的伟大与影响，是没有什么东西能够与之相并的。他是人生的镜子，能够以慈祥和蔼的光明，把人们的一切阶级，一切国种界，一切人我界，都融合在里面，用深沉的人道的心灵，轻轻的把一切隔阂扫除掉，惟有他，能够立在混乱屠杀的现世界中，呼唤出人类一体的福音，使得压迫人的阶级，也能深深的同情于被压迫的阶级。他是人们的最高精神与情绪的交流的介绍者。他有时虽也能微笑，也能减轻人生的担负，用他的轻快的活泼的笑声。然而他的任务却不止此。他的微笑，是慰安，不是给快乐，是同情，不是讥嘲。且在近代的残杀的环境中，他是哭泣多于笑语的。在他里头，充满着求解不得的郁闷，充满着悲悯慈爱的泪珠，充满着同情的祈祷的呼吁。以文学为娱乐品，真是不知文学为何物了。

---

① 阿英编：《中国新文学大系》第十集，第4266页。

我们在文学研究会的名义底下，出版这个丛书，就是一方面想打破这种对于文学的谬误与轻视的因袭的见解，一方面想介绍世界的文学，创造中国的新文学，以谋我们与人们全体的最高精神与情绪的流通[①]。

民国十年，《小说月报》之改革宣言，表明除继续加强介绍西洋文学之外，已将致力目标扩大兼顾“为艺术而艺术”，及“为人生而艺术”两种宗旨，而且于写实主义之外，更刊载其他作品。

同人以为今日译革新文学非徒事模仿西洋而已，实将创造中国之新文学，对世界尽贡献之责任，则预备研究，愈久愈博愈广，结果愈佳，即不论如何相反之主义，咸有研究之必要。故对于为艺术的艺术与为人生的艺术，两无所袒。必将忠实介绍，以为研究之材料。

写实主义的文学，最近已见衰歇之象，就世界观之立点言之，似已不应多为介绍；然就国内文学界情形言之，则写实主义之真精神与写实主义之真杰作实未尝有其一二，故同人以为写实主义在今日尚有切实介绍之必要；而同时非写实的文学亦应充其量输入，以为进一层之预备[②]。

关于为艺术而艺术以及为人生而艺术之观点，代表文学创作之目标不同，在当时往往被人们视作文学家之不同流派，沈雁冰对此作过一次回顾性的声叙：

有过一个时候，文学研究会被目为提倡着“为人生的艺术”。特别是在创造社成立以后，许多人把创造社看作“艺术派”和“人生派”的文学研究会对立。创造社当时确曾提倡过“艺术至上主义”，而且是一种集团的活动。但文学研究会同人（依我所知）除了上述的那个对于文学的“基本态度”而外，并没有什么

① 张静庐：《中国现代出版史料》甲编，第179页。
② 张静庐：《中国现代出版史料》，第182—183页。

"集团"的主张。文学研究会会员中间有几位曾经热心地提倡了"为人生的艺术"，而且在文学研究会主编的刊物上（例如上海出版的《文学周报》）发表论文，这是事实；但这些论文，只是个人的主张，并非集团的。当时信仰"人生的艺术"的文学研究会会员从未在书面上或口头上表示那是集团的主张。反之，他们曾经因为当时反对者的论调太奇怪，（离开了文学思潮上的讨论）而郑重声明过他们只以个人资格发表意见，并没有任何集团的名义，更无假借集团名义的意思①"。

关于"文学研究会"创会宣言，只是提出三项组会理由：一、"联络感情"，二、"增进知识"，三、"建立著作工会的基础"，并未再有宗旨与立场之声明，是以不须在此引据。至于"创造社"社章，更无立场与目的之声明。除在创造周刊停刊时成仿吾发表一篇停刊宣言，可以见作家们之创作精神，实是艰苦卓绝，努力不懈。此外亦并不能见出"创造社"之文学观点②。

民国十四年（1925）代表"新月社"诗人徐志摩在《晨报》创

① 《中国新文学大系》第十集，第4274页。

② 张静庐：《中国现代出版史料》甲编，第132—133页，郭沫若：《文学革命之回顾》："创造社这个团体，一般是称为异军特起的。因为这个团体的初期的主要分子如郭沫若、郁达夫、成仿吾、张资平，对于《新青年》时代的文学革命运动都不曾直接参加，和那时代的一批启蒙家如陈独秀、胡适、刘半农、钱玄同、周作人，都没有师生或朋友关系。他们在当时都还在日本留学，团体的从事于文学运动的开始应该以一九二二年的五月一日创造季刊的出版为纪元（在其一两年前个人的活动虽然是早已有的）。他们的运动在文学革命爆发期中又算到了第二个阶段。前一期的陈、胡、刘、钱、周主要在向旧文学的进攻，这一期的郭、郁、成、张却主要在向新文学的建设。他们以'创造'为标语，便可以知道他们的运动的精神。还有的是他们对于本阵营的清算的态度。已经攻倒了的旧文学无须乎他们再来抨击，他们所攻击的对象，却是所谓新的阵营内的投机份子和投机的粗制滥造、投机的粗翻滥译。这在新文学的建设上、新文学的价值的确立上、新文学地位的提高上是必经的过程。一般投机的文学家或者操觚家正在旁若无人兴高采烈的时候，突然由本阵营内起了一支异军，要严正本阵营的部曲，于是群议哗然，而创造社的几位份子便成了异端。他们第一步和胡适之对立，和文学研究会对立，和周作人等语丝派对立，在旁系上复和梁任公、张东荪、章行严也发生纠葛，他们弄到在社会上成了一支孤军。"

辟“诗刊”，发表宣言，表达新诗家之创作尝试与理想：

我们几个人都共同着一点信心：我们信诗是表现人类创造力的一个工具，与音乐与美术是同等同性质的；我们信我们这民族这时期的精神解放或精神革命没有一部像样的诗式的表现是不完全的；我们信我们自身灵里以及周遭空气里多的是要求投胎的思想的灵魂，我们的责任是替它们构造适当的躯壳，这就是诗文与各种美术的新格式与新音节的发见；我们信完美的形体是完美的精神唯一的表现；我们信文艺的生命是无形的灵感加上有意识的耐心与勤力的成绩；最后我们信我们的新文艺，正如我们的民族本体，是有一个伟大美丽的将来的①。

就当时与后来发展，新文学固然对于小说、诗歌、与散文均有相当重视与成绩，而同时并未忘记戏剧。若张厚载、钱玄同、刘半农、胡适、傅斯年、欧阳予倩、周作人等，均有改良戏剧之言论。然殊多幼稚浅薄之见，充分表现其轻躁武断，傲狠狂瞽，强作解人。此等作风，于中国戏剧有极大破坏之影响，在此无法深论，留待后之识家，详作研析可也。总之一言概括，同样在新文学命义之下，其时所为创作之戏剧，实充分以模仿西洋为宗风，其余则无与文学范围。戏剧之创造实践，有“北京实验剧社”宣言，以表示其努力目标：

我们底目的就是：

从舞台上的实验，使民众与文学得到最近接触的机会，以节省人类在生活的经验上耗去的功夫，增进人类从同情中得到的幸福②。

又有“民众戏剧社”宣言，表达其努力宗旨：

---

① 《中国新文学大系》第十集，第4307页。
② 《中国新文学大系》第十集，第4317页。

萧伯纳曾说："戏场是宣传主义的地方"，这句话虽然不能一定是，但我们至少可以说一句：当看戏是消闲的时代现在已经过去了，戏院在现代社会中确是占着重要的地位，是推动社会使前进的一个轮子，又是搜寻社会病根的X光镜：他又是一块正直无私的反射镜；一国人民程度的高低，也赤裸裸地在这面大镜子里反照出来，不得一毫遁形。

这种样的戏院正是中国目前所未曾有，而我们不量能力薄弱，想努力创造的①。

其中又有"新中华戏剧社"之宣言宗旨：

新中华戏剧协社底目的就是联合全中华的爱美的戏剧家与戏剧社以及一切爱好戏剧朋友，共同提倡与研究近代的、教化的、艺术的戏剧，为创造新中华国剧底预备。凡在中华民国国籍以内的个人或团体，均可按照本社章程上规定的办法自由加入；因为我们相信戏剧的改造不是少数研究者所能包办得了的事。我们这个协社是一种互助的、公开的精神结合。我底同志与我在这里竭诚欢迎各处与各界爱好戏剧的朋友，大家来参与这空前的新中华的戏剧运动②！

以上所举，为新文学运动中，在新理论观点下之具体表现与所持立场。虽然郑振铎在民国二十四年10月21日撰其《中国新文学大系》导言，曾再四提称为"伟大的十年"，自不免有夸张之处。但新文学运动经此实践过程，已完全达于新文学之统一局面，直足构成现代文学主流地位。

其四，文学革命之反面导向——"革命文学"理论之鼓吹。文学改良思潮，促成新文学范畴以及理论与形式之确立。随之新文学作家乘此潮流而从事创作，文体一变，俱以新面目新风格出现文坛，各领

---

① 《中国新文学大系》第十集，第4320页。

② 《中国新文学大系》第十集，第4324页。

风骚，同样是分别流派，各擅胜场。此种文艺创作之成品与价值，当为文史学家留心评断，在此无暇讨论。惟在新文学运动发展过程中，不久即发生思想上之分歧，不但化为不同理趣之争论，实在思想上发生不同宗旨之导向。

新文学运动之一个中心信念，是将文学超然存在，反对“文以载道”之观点。而在民国十五年（1926）前后，开始出现“革命文学”一词，于是文学将负担表达某种主义之宣传功用。质言之，即当时所谓社会主义，实即共产主义。文学须为此种思想服务，供其宣传，始被视为革命文学。重要理论家为郭沫若与成仿吾。

民国十五年三月二日，郭沫若清楚提出其新文学宗旨：

我在这儿可以斩金截铁地说一句话：我们现在所需要的文艺是站在第四阶级说话的文艺，这种文艺在形式上是写实主义的，在内容上是社会主义的。除此以外的文艺都已经是过去的了。包含帝王思想宗教思想的古典主义，主张个人主义自由主义的浪漫主义，都已过去了。过去了的自然有他历史上的价值，但是和我们现代不生关系，我们现代不是赏玩古董的时代。我们现代不消说也还有退守着这些主义的残垒的人，这些人就是一些第三阶级的斗士，他们就是一些不愿沾染社会思想，而且还要努力灭扑社会思想的。这是我们的敌人。还有一些嗜好文艺的青年，他们也大多是偏袒于这一方面的。他们年纪既轻，而且还有嗜好文艺的余暇，大约终是资产家或者小资产家的少爷公子，他们既没有尝历过人生的痛苦，也没有接触过社会的黑暗面，他们的环境还是一个天堂，他们还不晓得甚么叫社会思想。不过他们的不晓得，和不想晓得乃至晓得而视为危险物的不同，他们只要有接触的机会，他们总有一天会觉悟的。本来我们现在从事于文艺的人，怕没有一个可以说是纯粹的无产阶级的。纯粹的无产阶级的文艺家中国还没有诞生。我们是稍能懂得一两国的语言，至少能自由操纵这些四方四正的文字的人，都可以说是祖宗有德，使我们读了十年二十年的书在前面去了的。所以有人说我不穷，我也不想作些无聊的辩护，不过我自己就算没有穷到绝底，社会上尽有比我穷到绝底的人，而且这种人还占社会上的大多数，那就无论他是怎样横暴的人，他不能来禁止我替这些穷到绝底的人说话。——他要禁止我说话，除非他把我杀了！所以我们所争的就要看你代表的是那一方面。你是代表的有产阶级，那你尽可以反对我，我们本来是应该在疆场上见面的人，文笔上的饶情我是不肯哀求，我也是不肯假借的。在现代的社会没有甚么个性，没有甚么自由好讲，讲甚么个性，讲甚么自由的人，可以说就是在替第三阶级说话①。

民国十五年4月13日，郭沫若又将阶级斗争列为革命文学主题：

那吗我们可以知道，每逢革命的时期，在一个社会里面，至少是有两个阶级的对立。有两个阶级对立在这儿，一个要维持它素来的势力，一个要推翻它。在这样的时候，一个阶级当然有一个阶级的代言人，看你是站在那一个阶级说话。你假如是站在压迫阶级的，你当然会反对革命；你假如是站在被压迫阶级的，你当然会赞成革命。你是反对革命的人，那你做出来的文学或者你所欣赏的文学，自然是反革命的文学，是替压迫阶级说话的文学；这样的文学当然和革命不两立，当然也要被革命家轻视和否认的。你假如是赞成革命的人，那你做出来的文学或者你所欣赏的文学，自然是革命的文学，是替被压迫阶级说话的文学；这样的文学自然会成为革命的前驱，自然会在革命时期产生出黄金时代了②。

郭氏在同一文中更明白申说，文学主流为其所认定“无产阶级的社会

---

① 郭沫若：《文艺家的觉悟》，张若英：《中国新文学运动史资料》，第360—361页。

② 郭沫若：《革命与文学》，张若英：《中国新文学运动史料》，第366页。

主义”文学。此即当时所谓“革命文学”之正确定义：

> 你们要把自己的生活坚实起来，你们要把文艺的主潮认定！应该到兵间去，民间去，工厂间去，革命的漩涡中去，你们要晓得我们所要求的文学是表同情于无产阶级的社会主义的写实主义的文学，我们的要求已经和世界的要求是一致，我们昭告着我们，我们努力着向前猛进①！

郭氏立论口吻，强烈坚决，酷似军部党委发布之训话，乃上级动员训令。所谓“革命文学”之功用所在，原来只是为此，明眼人可以评估评估。此时郭氏观点，已不再如“创造社”时之为艺术而艺术，而更明白揭示“文以载道”之立场。可见其民国十九年（1930）1月26日之言论：

> 古人说“文以载道”，在文学革命的当时虽曾尽力的加以抨击，其实这个公式倒是一点也不错的。道就是时代的社会意识。在封建时代的社会意识是纲常伦教，所以那时的文载的道便是忠孝节义的讴歌。近世资本制度时代的社会意识是尊重天赋人权，鼓励自由竞争，所以这时候的文不能不来载这个自由平等的新道。这个道，和封建社会的道根本是对立的，所以在这儿便不能不来一个划时代的文艺上的革命②。

与郭沫若相呼应者，又有成仿吾之提倡“革命文学”。成氏亦在民国十五年5月辗转申说“革命文学”之含义与价值，并提出“团体意识”：

> 归究起来，如果文学作品要是革命的，它的作者必须是具有革命的热情的人；如果要是永远的革命文学，它的作者还须彻底透入而追踪到永远的真挚的人性。但是永远的人性，如真理爱、

---

① 张若英：《中国新文学运动史料》，第375页。

② 郭沫若：《文学革命之回顾》，张静庐：《中国现代出版文料》甲编，第123页。

> 正义爱、邻人爱等，又可以统一于生之热爱。我们须热爱人生。而我们维持自我意识的时候，我们还须维持团体意识；我们维持个人感情的时候，我们还须维持团体感情，要这样，才能产生革命文学而有永远性①。

此点亦可参看民国十六年11月23日，成仿吾之另一篇言论：

> 资本主义已经到了他的最后的一日，世界形成了两个战垒，一边是资本主义的余毒“法西斯蒂”的孤城，一边是全世界农工大众的联合战线。各个的细胞在为战斗的目的组织起来，文艺的工人应当担任一个分野。前进！你们没有听见这雄壮的呼声么？
>
> 谁也不许站在中间。你到这边来，或者到那边去！
>
> 莫只追随，更不要再落在后面，自觉地参加这社会革命的历史的过程！
>
> 努力获得辩证法的唯物论，努力把握着唯物的辩证法的方法，它将给你以正当的指导，示你以必胜的战术②。

世人梦梦，文界可悲。所谓“新文学”者，终于沦为宣传之工具。文学家者，将效命于“团体意识”，以为服役。凡此结局，恐非倡议文学革命者前所逆料。今日“新文学”家当不知如何深思反省也。

六、结　论

近世文家讨论现代文学或新文学，往往追溯渊源至《新青年》杂

① 成仿吾：《革命文学与它的永远性》，张若英：《中国新文学运动史资料》，第379页。

② 成仿吾：《从文学革命到革命文学》，张若英：《中国新文学运动史料》，第386—387页。

志胡适、陈独秀倡议文学改良与文学革命。在各类文学史书所见，似已众谋佥同，少有疑议。然此不免过于简化问题，而忽略形成之时代背景与种种因素之激荡融和。试问胡、陈等人何以突然提出这类问题讨论？并视为如此重大如此严肃，态度又是如此坚决。即当事人胡适所述在外国校园内之争辩，亦不足说明动机背景之实情。尚可再问，何以在校园不谈其他问题？何以今日中国外国校园不再谈此类问题？事实上现在校园仍须一谈再谈，同样是学生，何以尽变为木讷愚蠢？此有二关键存在，一为过去全盘趋势之推移，一为一代风气之热潮。今日大学校园热门问题是功利财势，学术上则不免讨论环境污染、核子试爆、地球灾难等问题，远不及胡适时代之悠闲浪漫。即使文学退化隳落腐臭比前更甚，亦再少人顾视。今日文学亦极待改良，不知何时再有文学革命！

中国自甲午战败，危机意识与危亡反省，成为一切思想展现之重要动因。此时表达思想，无论内容方式，均有很大改变。一面上书言事之策论，以建言维新变法者，仍循策论之路，大量表达其改革思想。文体形式上列举条目，例如所谓科举宜改策论也，商务宜讲求也，铁路宜建设也，外洋宜游历也，使材宜储备也，银元宜制造也等等自强运动以来策论之类，盈塞朝野。此时另一思想新路，启于紧急痛觉。为挽救国家危亡，反省到唤起民众。而民众多无知识，无法以典雅文字呼唤，于是运用通俗文字以为传宣，力求普及大众，自然形成普及知识之运动，并因此而带使通俗文学之兴起。光绪二十三年发刊之《蒙学报》、《演义报》、《中国官音白话报》等，均为创始先驱。然尚不至于使通俗文学繁荣茂盛。至光绪二十六年庚子拳乱以后，国家危难更深，危亡之机更为显著，唤起民众更为急切，普及知识更为需要，遂更促使通俗文学得以发展。

至于晚清自光绪二十八年（1902）梁启超创刊《新小说》起，以至清末之辛亥年（1911）止，十年之间，形成通俗文学之繁荣时代。近世文史家钱杏邨就小说之繁荣，提出解释三点：

造成这空前繁荣局面，在事实上有些怎样的原因呢？第一，当然是由于印刷事业的发达，没有前此那样刻书的困难；由于新闻事业的发达，在应用上需要多量产生。第二，是当时智识阶级受了西洋文化影响，从社会意义上，认识了小说的重要性。第三，就是清室屡挫于外敌，政治又极窳败，大家知道不足与有为，遂写作小说，以事抨击，并提倡维新与革命①。

钱氏为文史家之中最注重史料之人，对于晚清通俗作品，搜集最富，魄力眼光，相当恢宏。尤其编列大批晚清文学资料集，有益于文史学之研究，贡献甚大。所著《晚清小说史》，流布颇广远，阅读者众。而钱氏此种解释意见，文界向无异议，似已久成定说。然必须在此稍加修正与补充。

其一，钱氏第一点解释并非必然性之有效理由。最明显后世出版印刷事业更发达，新闻报刊更繁多，然其文学小说之出产，并未能追及晚清十年之盛况。故此只可视为附带因素，并非主要因素。

其二，钱氏所云知识阶级受西洋文化影响者，似有倒果为因之嫌。盖翻译西洋小说，俱在庚子（1900）以后大量出现，正是乘通俗文学发展之黄金时代，同时取得重视。并非先有西洋文学影响之因，而后推动通俗文学之繁盛成就。当知中国先有通俗文学之大量需要与广泛流行，文家乘此潮流，从事翻译，踵事增华，乃古今文运之常例。但对新文学之创生背景而言，钱氏理论则甚为正确。

其三，钱氏所云：清室屡败于外敌，政治又极腐败，人们失望，而著小说从事抨击。此论甚不坚实，颇为勉强。须知清室自鸦片战争以来，屡败于外敌，政治腐败，由来已久。何以前此并未造成小说繁荣局面，而必待庚子拳乱以后始有小说出而抨击？故此说立足不稳，不能引为可恃之解释。

其四，先补充一点。通俗文学之重大发展，有其严肃之思想动

---

① 阿英：《晚清小说史》，第1页。

力，本文所一再举例反复讨论者，即在说明一连串之思想冲击，由危机意识促使唤醒全国国民之醒觉运动；由唤醒国民之需要，而促使知识普及化之运动，由知识普及化之需要而使通俗文学一种表达工具之得以发展。此为晚清通俗文学兴盛之基本动力。除此主流思想动因之外，尚有附带之同性质因素。在反省人格自觉之观念下，当时重视平民地位，再加1900年以后立宪运动之需要，为使民众能够普选，即须先使民众有最低标准之知识，而通俗文学最能适合此种急切需要。

其五，再补充一点。晚清十年，正为中国文士命运重大转变关键。甲辰（1904）科举停废，表面看只是一纸诏令，实则对中国文士打击深重。五百年来逢此巨变，固有社会体系由是崩解。此在江、浙两省最为显著，亦最见严重。

江浙文风鼎盛，为全国之冠。人人苦读经传，十年寒窗，以博科名。甲第首选，多为江浙猎获。入仕正途，通显捷径，士人争竞以赴，形成普遍风气，并亦构成一定社会体系。儒师砚耕，恃为衣食。举子莘莘，慕求扬名。入仕显达，财势俱已在握。今既停止科举，考试无用，仕途湮塞，举子弃学，儒师失业，各奔谋生之路。别无他能，只有就近奔赴江海口岸，卖文求活，乃不能不弃八股而著小说。因是多用笔名，不肯暴露真名。适报刊发达，相得益彰，得风气之先者，成名最速，然此名已非彼名也。略考此期通俗文学作者，多流寓于通商口岸，又多为江、浙、闽、广四省文士，且多为举人秀才，岂是偶然而有？兹举当时人署名“寅半生”者之评论，可以一见文风之流变：

> 十年前之世界为八股世界，近则忽变为小说世界，盖昔之肆力于八股者，今则斗心角智，无不以小说家自命。于是小说之书日见其多，著小说之人日见其多，略通虚字者无不握管而著小说。循是以往，小说之书，有不汗牛充栋者几希？顾小说若是其盛，而求一良小说足与前小说媲美者卒鲜。何则？昔之为小说者，抱才不遇，无所表见，借小说以自娱，息心静气，穷十年或数十年之力，以成一巨册。几经锻炼，几经删削，藏之名山，不敢远出以问世，如

> 《水浒》、《红楼》等书是已。今则不然，朝脱稿而夕印行，一刹那间即已无人顾问。盖操觚之始，视为利薮，苟成一书，售诸书贾，可博数十金，于愿已足，虽明知疵累百出，亦无暇修饰，甚有草创数回即印行，此后竟不复续成者，最为可恨[①]。

后日之所以演变为“鸳鸯蝴蝶派”，亦正为此类文人充斥之故。嗣后历为回国之“洋场才子”笑骂，实真不知彼人没落之苦况。详阅包天笑之历历申述，可知求功名者是抱何等希望。以及个人、父母、亲友、师长是何等兢兢业业全力从事[②]。

当日之通俗文作家，实并为驰骋科场之巨匠。虽未必为饱学之士，而个个属文快捷，典雅壮丽。即如曾朴、欧阳巨源、包天笑等人，尚可见到诸人做文之历练与才华[③]。以文学修养而论，后日新派

---

① 阿英：《晚清文学丛钞》“小说戏曲研究卷”，第467页。

② 包天笑：《钏影楼回忆录》，第3—103页。

③ 时萌：《曾朴研究》，第8页：述曾朴二十岁中举，黄炎培记载读曾氏八股文之语，黄炎培《纪念曾朴》一文云：“我十四岁的时候，正在学做八股，忽然送到一本江南乡试中式第二名曾仆的朱卷。首篇题目，是‘桓公九台诸侯，不以兵车，管仲之力也，如其仁，如其仁’。那篇八股做得又典雅，又堂皇富丽，可爱之至。”

又，魏绍昌：《李伯元研究资料》，第495—496页，引包天笑记述欧阳巨源文才之敏捷：“我为什么知道这样清楚？因为我和他是同时进学的，在乡、会试称为同年，在这种小考，称之为‘同案’。他比我年纪小得多，进举时不过十四五岁，然而身躯魁伟，有如成人。当时苏城是长、元、吴三县，不过我考的是吴县，他考的是长洲，‘茂苑’两字，就是长洲的别名。进学以后，大家考书院，有时也会面。苏州有个正谊书院，每月出题考课。它不考八股文，而考词章之学，什么诗、词、歌、赋之类，不必当天交卷。他化名一做，就做了三、四本卷子，真是不可企及。我对于他，真是要退避三舍了。”

又，包天笑：《钏影楼回忆录》，第85页：我在顾九泉先生案头，做过小论，到了朱静澜先生处，便做起讲。但小论觉得很通顺，起讲便觉呆滞了，因为小论不受拘束，起讲却有种种规范，要讲起、承、转、合的文法，还有对比的句子，还要调平仄，我觉得很麻烦。并且当时中国文字，没有固定的文法，一切都要你自己去体会。后来文章虽说完篇了，自己知道，勉强得很。做制艺是代圣贤立言，意义是大得了不得，但人家譬喻说，一个题目，好像是几滴牛肉汁，一篇文字，就是把它冲成一碗牛肉汤。那末这碗牛肉汤，要不咸不淡，非但适合而且要有鲜味，但是我这碗牛肉汤，自己就觉得没有滋味。

作家多不能及。惟新派文家有充足理由攻伐之。是即所谓“无病呻吟”。诚然不差，新派文家系有病呻吟，旧派文家系无病呻吟，此所以必然没落。“鸳鸯蝴蝶派”，即足代表无病呻吟之明显罪状。由此可见新旧代兴之迹。无病呻吟者，不免惺惺作态，被人虐为“作态名士”。有病呻吟者，不免嚣张狂傲，夸诈轻躁，被人虐为“洋场才子”。真成一代文风递嬗之写照。

其六，最后补充一点，文风转变关键，江海口岸地区为生成发展之重要温床。近代江海口岸，对外接触多，启发智慧速，思想转变快，形成潮流易。此种种理论，在十年前，美国学者柯保安（Paul A. Cohen）因研究王韬而提出，我虽未作评论，但很接受此一论点。于此借来引用①。近代所有通俗文学之发达，以及新文学之创生，均以口岸为诞生养育发展壮大之所。以中国文学重心而言，亦为重大改变。清代领袖群伦之桐城派、阳湖派，不待后日钱玄同之斥骂“桐城谬种”，已无法维持往日声势。通商码头读者之需要，岂能领会古文家庄严典重之诗文。而通俗文学则正可投合口岸读者之需要，此所以通俗小说报刊之纷纷登场，呈现一片繁荣也。

在本结论之中，必须对于文体形式作一澄清。因为前人提倡风气，无暇细分，颇使人们观念上产生一片笼统。本文讨论通俗文学，必须在此有所交代。

晚清流行通俗文学，十分繁富，在当时言，并无认识上之困扰。意旨在于通俗，而其文体形式则什九并非白话。当时人重在雅俗之别，并未考究文体表达之如何浅白。虽然同时有人提倡白话文，亦有少数人从事白话文写作，但在当时通俗文学之中，白话文所占分量甚小。通俗之重点在于俗，必为习俗所能接受，习俗接受不必即是白话，此为当时通俗文学一致之现象，后人不可误解。甚至“鸳鸯蝴蝶派”之作品，大部皆为文言文，虽然无病呻吟，而作家之文笔造诣甚

---

① Paul A. Cohen: *Between Tradition and Modernity: Wang T'ao and Reform in Late Ch'ing China*, Cambridge, Harvard Univerity Press, 1974.

高。质言之，我辈在此必须了解清楚：通俗文学并不等于白话文学，而只可以包括若干白话文学。至于白话文学是否等于通俗文学，已是后世文学家问题，在此不须多论。不过，当新文学运动之开始，在主要倡导者陈独秀所明白表示，已透露出新文学古典主义之倾向。后世文家多不注意，兹特予列出：

> 通俗易解，是新文学底一种要素，不是全体要素。现在欢迎白话文的人，大半只因为他通俗易解；主张白话文的人，也有许多只注意通俗易解。文学、美术、音乐，都是人类最高心情底表现，白话文若是只以通俗易解为止境，不注意文学的价值，那便只能算是通俗文，不配说是新文学，这也是新文化运动中一件容易误解的事①。

我个人乃至同时代读书朋友，接触新文学著作不少，已大致获得相当了解，白话文学发展至于今日，拙见认为并不等于通俗文学，但愿向文学家求教。

有一重要问题，尚须在本文结论中澄清，即为通俗文学之宗旨功用问题。通俗文学创始动力，在于表达思想，唤醒民众，甚至引为教育民众之工具。全是有宗旨有目标有所为而为。是即文史家所谓之“文以载道”。此点原无争论，当时作家表达甚明，可见1906年吴趼人之《月月小说》创刊号序文：

> 是故吾发大誓愿，将遍撰译历史小说，以为教科之助。历史云者，非徒记其事实之谓也，旌善惩恶之意实寓焉。旧史之繁重，读之固不易矣，而新辑教科书又适嫌其略，吾于是欲持此小说，窃分教员一席焉。他日吾穷十年累百月而幸得杀青也，读者不终岁而可以毕业，即吾今日之月出如干页也，读者亦收月有记忆之功，是则吾不敢以雕虫小技妄自菲薄也。
>
> 善教育者，德育与智育本相辅；不善教育者，德育与智育转

① 陈独秀：《新文化运动是什么?》，张若英：《中国新文学运动史资料》，第4页。

相妨。此无他，谲与正之别而已。吾既欲持此小说，以分教员之一席，则不敢不慎审以出之。历史小说而外，如社会小说、家庭小说及科学、冒险等，或奇言之，或正言之，务使导之以入于道德范围之内，即艳情小说一种，亦必轨于正道，乃入选焉。庶几借小说之趣味之感情，为德育之一助云尔①。

通俗文学以表现“文以载道”为其宗旨，在甲午战后，国人流露危机意识，呼吁救亡，原自有其史实背景，文运功能。然在新文学运动起始，另一文学时代兴起，“文以载道”，正成为攻诋挞伐之目标，于是文运递嬗，而“为文艺而文艺”之潮流到临，新文学之发育成长，即在此一宗旨下完成。

通俗文学既然注重于“文以载道”，遂不甚顾及文学上表现之种种技巧运用，多在于表现思想，表达政见，警告世人，劝教同胞。虽然热血沸腾，苦口婆心，终不免于劝诫说教之弊，甚为后人指斥。梁启超之《新中国未来记》，理想虽严肃正大，识见虽高远恢宏，而文学表现反而十分笨拙，此为最显著之实例。

中国现代新文学之创生，在思想流变上，充分承受1895年以来之精神，实在此种空气环境中孕育诞生。所承袭思想因子，曾屡屡在各家言论中反复出现。例如：其一，平民化文学，不但陈独秀倡为三大宗旨之一，周作人并特撰《平民文学》一文，以为宏扬。其二，通俗文学，亦为陈独秀三大宗旨之一。但在新文学之发展过程，一直有古典主义倾向，不但前引陈独秀有此观点，即在周作人亦作如此主张，并加上一些诡辩，来掩饰他人指责。重大原因是新文学著作，农

① 张静庐：《中国出版史料补编》，第120—121页。

民工人并不能看懂。诸人不能不极力自圆其说①。吾辈当然熟知“新文学”家承受西洋文学理论及作品形成之影响最深，后日发展，均多循西洋文学固有道路，即谓“新文学”为中国文学之西化亦未为过。不过自1895年以来之思想背景，以至通俗文学之生机环境，极具重要意义，凡谈“新文学”者，不可删略不论。

中国近代通俗文学在文学史上所形成最重大之影响，并具有永恒价值者，则在于文学学术领域之开拓。在文学研究方面，通俗文学自此形成独立研究之重要门类，号称为“俗文学”或“通俗文学”。内容丰富，体制繁多，足以代表近代文学发展重要成就与显著特色。

自中华民国建国以来，开拓此一文学天地，从事者日众，而以郑振铎致力最深、建树最大，当为俗文学研究之开创先驱。在通俗文学学术体系命义之下，所涉大致范围，则有如下三大类：

其一，小说。按其性质可分五类：

1. 演义。以历朝史为写作素材，又称演史小说，如《三国演义》、《说唐演义》、《民国演义》、《太平天国演义》俱是。

2. 公案。以社会奇情为素材，以重要官吏为主体，又多发展为武侠小说，如《龙图公案》、《彭公案》、《施公案》俱是。

3. 神怪。以神异、鬼、狐为描写素材，如《西游记》、《平妖传》、《聊斋志异》俱是。

4. 言情。描写男女间之爱情故事，如《红楼梦》、《八美

① 《中国新文学大系》第一集，第237—238页，周作人：《平民文学》：“平民文学决不单是通俗文学。白话的平民文学比古文原是更为通俗，但并非单以通俗为唯一之目的。因为平民文学不是专做给平民看的，乃是研究平民生活——人的生活——的文学。他的目的，并非要想将人类的思想趣味，竭力按下，同平民一样，乃是想将平民的生活提高，得到适当的一个地位。凡是先知或引路的人的话，本非全数的人尽能懂得，所以平民的文学，现在也不必个个‘田夫野老’都可领会。近来有许多人反对白话，说这总非田夫野老所能了解，不如仍用古文。现在请问，田夫野老大半不懂植物学的，倘说因为他们不能懂，便不如抛了高宾球三氏的植物学，去看本草纲目，能说是正当办法么？正因他们不懂，所以要费心力，去启发他。”周氏此语，真是强辩。不知努力结果，六十年后有几农民可读高宾球三的植物学？又有几位贫民可读新文学？

图》、《五美缘》、《好逑传》俱是。

5. 社会。讽喻社会种种弊害谬误，如《儒林外史》、《镜花缘》、《文明小史》、《孽海花》俱是。

若按写作方法分，又有平话、词话、俗话、评书等区别。

其二，戏剧。戏剧之被列入于文学，并能构成专门学科，当是现代文学史上之重要成就。按其性质可分三种：

1. 传奇。如《长生殿》、《琵琶记》、《桃花扇》之类。

2. 杂剧。如《莺莺六幺》、《郑生遇龙女》、《渔樵问答》、《香茶酒果》之类。

3. 公案剧。如《陈州粜米》、《错斩崔宁》、《窦娥冤》、《盆儿鬼》之类。

其三，俗曲。包括民间流行各种形制之长短韵文。大致可分七类：

1. 散曲。如《天净沙》、《阳春曲》、《寄生草》、《沉醉东风》之类。

2. 鼓子词、诸宫调。如《天宝遗事诸宫调》、《崔莺莺商调蝶恋花》、《刘智远诸宫调》、《风月紫云亭》之类。

3. 变文、佛曲。如《破魔变文》、《目莲缘起》、《莲花色尼出家因缘》、《伍子胥变文》之类。

4. 宝卷。如《香山宝卷》、《销释真空宝卷》、《药师如来本愿宝卷》、《叹世无为宝卷》之类。

5. 弹词。如《白蛇传》、《再生缘》、《珍珠塔》、《三笑姻缘》之类。

6. 子弟书。如《二贤传》、《宁武关》、《得钞傲妻》、《贾宝王问病》之类。

7. 民歌、谣谚。如《十三层塔》、《补缸》、《凤阳花鼓歌》、

《粤讴》之类[1]。

以上粗略分类，见其大概，而五十年来俗文学研究已有相当成就，人才日盛。除郑振铎外，尚有胡适、赵景深、傅芸子、冯沅君、王国维、向达、陈寅恪、许地山、李家瑞、孙楷第、刘经庵、汪馥泉、褚东郊、谢无量、潘力山、娄子匡、汪仲贤、徐傅霖、钟敬文、张寿林、王重民、容肇祖、关德栋、周一良、周叔迦、程毅中、王庆菽、宋毓珂、金维诺、冯宇、吴世昌、王利器、邢庆兰、陈志良、张振离、李骞、柳存仁、朱介凡、罗宗涛、周绍良、白化文、谭达先等。在此只是略举，遗漏在所难免。然于通俗文学研究之前景，则正见其来日方长，有广大领域待学者进入发掘也。

---

① 此处所论引据：郑振铎《中国俗文学史》，郑振铎《中国文学研究》，郑振铎《中国文学研究新编》，周绍良、白化文《敦煌变文论文录》，谭达先《中国评书（评话）研究》等书。

中国近代知识普及化之自觉及国语运动

一、引　言

中国近代承受西方冲击，产生全面震撼。凡此一中华民族之整体历史文化、思想信仰、风俗习惯、语言文字、种类血缘，无不发生根本动摇。而在民族信心上，投注浓厚阴影，充满疑虑焦灼、犹豫厌恶，乃至于自怨自恨，自我攻伐，以至于民族信心崩溃，实为创古所未见，亦正显示国力之衰竭，民族生命陷于挣扎生死存亡之间。

中国近代知识分子官绅士庶，谋求自救自存，殆至发言盈廷，莫衷一是。正所谓百家争鸣，医方乱投，亦显示救亡之情势紧迫，彷徨莫知所措。

中国近代之最大危机，莫过于信心崩溃，尤莫过于知识分子之思想混乱，丧失信持。此种表现，真当濒于鱼烂而亡境界。内在之信心崩溃，尤反映于自虐自毁，当不待列强压迫，帝国主义之分割，亦必群趋于毁灭之途，乃真正是亡国灭种征兆。

近代西方冲击，中国应付颠倒错乱，彻底失败。渐使知识分子完全陷于失望自卑，悲观无助状态。检讨反省，对于本民族一切过去，无不产生根本怀疑与彻底否定。驯至诅咒破坏，惟恐不力。此一彻底否定之思想动力，弥漫而浸彻至于各种问题之上。最严重至于对于“中国”国名之怀疑批判，对于中国民族种性来源之怀疑批判，对于中国文化生成根源之怀疑批判[1]。凡此种种思想意念，决未发生于历代任何时期，独于近代成为可疑问题。当然反映出中国知识分子之心

---

① 此处简略提示各点，并非无的放矢，实早有留心，并著文讨论，可参看拙文《中国名称溯源及其近代诠释》及《中西学源流说所反映之文化心理趋向》。

理状态，已达于信心动摇，无从自解境地。同时这种思想动力也浸彻至于中国的语言文字。

中国近百年语言文字也在西方冲击之下，承受极大震撼。自19世纪末以迄现代，发生许多周折，宗旨起伏转变甚大。正如中国民族本身，要渡过严酷折磨改造，或能一旦复苏，或将永远死去，迄今尚难逆料。不过就思想史上可以确定其起始意义，并能提具全面参考。在此作一审慎研讨，自较单就语言文字本身之改造更具重大意义。

在此必须交代明白：其一，在创造启念方面，多半是基于求好求善求有效求完美之原始动机。不过这一动机又必先假定原有一切之不善无效与不完美。其二，在批评与检讨方面，一定要做到破坏、废除与改造一些事体。大致必会达到某种程度；当然亦必建立创生某些事体，同样亦将达于某种程度。其三，在一切进行之中，决不可能直线进行，必有一些蜿蜒迂曲之若干周折。甚而至于在发展过程之中，亦不免于歧路亡羊的后果。惟本文宗旨，正为此三项前提，而充满研讨兴趣。

百年来中国语文学家著书立说，发行报刊，讨论中国语言文字问题，可以说洋洋大观，很具规模。除古文字语法之外，就今日中国民族现用语言文字而言，也是讨论最多，意见最杂，震撼最烈。我们不必再陷入这些专家范围内参与争论，亦无庸多作一分语文本身之分析。因为前人已在专门问题上做得很多，只是迄今并无一人讨论到形成近代这种热潮之思想背景，这却是我们今日所需要了解者。

近代语文问题，原是启于近代思想醒觉之一枝方向。始于严肃之反省，源与正当之需要。惟经种种转折，产生多彩多姿之变化，早与思想根源脱离，而自成一项专门学术。近代人才辈出，但是并不知是承此思想动力而来。本文所以必须研究探讨，因为这是思想史上之一环，在近代思想上不能省略不论。

百年来一代一代语文学家，从事研究，发布著述，自是在学术上表现功力识见，并具一定意义。不过后世之盛况实根于前代之创始经营；而前代之创始起步，又为一种思想理念所推动；这种思想理念之形成，则是由于时代之刺激、外力之冲击种种痛苦醒觉中得来。在此讨论，当不尽关涉语文本身，而是在谋求探明一些思想动力。

须知后世之国语运动，注音符号，以至于文字改革等等活动，并非凭空出现一种学术门类，其原始实启于严肃之思想认识。当外力冲击剧烈，有识之士，各思所以救国利民，足以适应世界存立自保之方。一般趋势，无不重视于力求国家富强，自是形成思想主流。然致富强之种种入手，则又各有不同思虑，不同用心，不同设计。正是所谓一致而百虑，实质上更有过之。

中国近代思潮，在诸般思想之中，有一枝注意到中国全民醒觉问题。自甲午战后，日渐重要。中国知识分子先知先觉之士，醒悟到有责任唤起民众，共同拯救国家危亡。此一动机之下，遂展开种种活动与努力。一枝趋向于民生问题，因而开拓出农业改良思想。一枝趋向于民权问题，因而开拓出民主、立宪与革命等等运动。但在基本上，尤其重要者则为民众知识问题。若不提高民众知识，一切努力必将落空。思考及于中国民众知识之提高，自然即引发知识普及化之醒觉。而先其所急，无过于语言文字之普及，使民众得以迅速获得知识，自为切实有效途径。由此基本认识所启示，随后即进入于语文普及思考之中，并辗转形成百年来之各种语文改良活动。

二、富强启念及语文改良先驱

中国近代语文改良观念，启于知识普及下层民众之自觉，原始宗旨，在求唤醒民众，救助国家，实出于崇高理想与正大理由。动机之起始，导因于中日甲午战争，中国惨败，割地赔款，订立不平等条约，中国自此更陷入国际分割之深渊。列强瓜分呼声，尤其惊心动魄。语文改良观念即亦备为救亡图存之一种主张，自此展开对国人之倡导呼唤。

《马关条约》订立不久，卢戆章即提出其语文改良之救国主张。撰著《变通推原说》，提议其创制切音文字之理论，而其根本重大原则，即在使国家强盛：

> 国家之所以兴者，由于精也；而所以不遽兴者，由于苟也。何谓精？细微之事，人所易忽者，彼则不敢以轻心掉之，事事必穷其底蕴。人以为迂且愚，殊不知惊天动地之举，莫不由至细至微而致也。试观小子甫能言，则知一而十等数，至浅显也。然扩而充之，其理弥于六合。小而居家商贾所必需，大为格致化学之枢纽，由是而生出新奇巧妙之机器，造出千万利国益民之事物，此国家之所以不期兴而自兴矣。苟者曰：此浅显之事，非吾儒之所当讲求也。于是事攻于太古元妙之事，而苟且于日用寻常之理，出口则古圣先王。若问其秤衡之点，吗尺之法，平常之算，则茫乎莫解。何也？志大言夸，学非所用，偷安苟且，阶之厉也。舍易求难，近而忽也。此国家之所以欲兴，而不遽兴矣。兹将去其苟，而择其精，当如何而后可？曰：君精而臣苟不可，官精而民苟不可，男精而女苟不可，老精而幼苟不可，士精而农工商苟不可。务使君臣父子夫妇兄弟，并不论士农工商，男女老幼，遍国中无一不读书至精而后可①。

卢氏主张普及民人读书，以致国家于强盛，归宿其入手则取传授切音字之一途，如其所论：

> 吾与又何能遍国中之君臣民牧，士农工商，男女老幼，皆读书至精也哉。夫君，犹首领也。官，犹四肢也。民，犹百体也。精，犹血脉也。倘只君臣精而百姓苟，不亦如首领四肢活动，而百体瘫痪，何能血脉贯通，罔不从令也哉。是故君出令，官行令，民从令，皆当一体均精。有呼应之灵，而无违背之失。斯上

---

① 《万国公报》第七十八卷，光绪二十一年六月刊，总第15341页，卢戆章：《变通推原说——用切音字使通国人读书无一不精》。

下一体，血脉流通，而全体康强矣。诚如是也，以中国之大，人民之众，地利之美，不数年而强莫与京矣。夫遍国中无一不当读书至精，而中国字又为天下之字之最难者。然则如之何其可也？曰：有一至细至微之法在，能为变通中国之大急务、大要领。其法维何？曰：当设一种至灵至简至浅至易之切音新字也[①]。

卢戆章自从发布《变通推原说》于报章之后，在嗣后一年间又在《万国公报》续增三次，均用同一论题，而另设分章小题，反复说明推行切音新字之要义，辩说议论，十分详尽，其中特就日本近世之崛兴作为借喻[②]。卢氏最后申言推广宗旨，志在谋求国家富强，并略叙经营之经历：

前余撰《变通推原说》，以中国须得切音新字，为振兴学校之具，立富强之原。稿凡四上，蒙贵馆采取录登。余本有志续作几篇，无如世事繁冗，有志未逮，愧甚赧甚。迩来叠接中西同志诸君手谕，命余呈献拙作。使余难安。余自二十五六岁至今四十三岁。昼夜专心致意，撰作中国切音新字。无非欲华人识字日多，以救贫弱。此余之所以勤勤恳恳，不能自已也。当此国家多事之秋，当有至简至易之新字，俾得数旬之内，吾国之男妇老幼无不能读书识字，以兴各种之实学，斯诚变通之大原也。五十年来，中西士作切音新字者颇不乏人。或以悬赏考试之法，择一至简至易之字而用之，此诚大幸也[③]。

---

① 《万国公报》第七十八卷，第15342—15343页。卢文之后，《万国公报》编者附志云："鄙意：中国人识字读书，极宜求一简便之法，以期童子入塾后，四五年内，即可通晓文义。俾得腾出暇日，多求有用诸学。卢君此说，先获我心。特未知如是云云，果属法之至美者乎，抑别有良法以驾其上乎。为录于报，以资不如识一个字者。"（按：此时主编仍为林乐知，而主笔则为蔡尔康。）

② 卢戆章所论之二续三续四续，分载于《万国公报》八十一卷、八十二卷及八十五卷。总第15539—15541、15607—15610、15811—15817页。

③ 卢戆章：《中国切音新字说》，《万国公报》九十三卷，光绪二十二年九月刊，总第16355页。

卢戆章之知识普及观念联带至于国家富强，自始至终，颇为一贯。其创制音标文字，始于光绪四年（1878）。而于光绪十八年（1892）刊行其所著《一目了然初阶》（即中国切音新字厦腔），次年又刊行《新字初阶厦腔》。至光绪二十二年（1896）已售出二千余册。卢氏最初宗旨即基于国家富强之需要。故先抒其认识纲领，卢氏有谓：

> 窃谓国之富强，基于格致；格致之兴，基于男妇老幼皆好学识理。其所以能好学识理者，基于切音为字，则字母与切法习完，凡字无师能自读；基于字话一律，则读于口遂即达于心；又基于字画简易，则易于习认，亦即易于著笔，省费十余载之光阴，将此光阴专攻于算学、格致、化学以及种种之实学，何患国不富强也哉①？

十余年之后，光绪三十二年（1906）刊印字书，仍沿其昔时观点，信持甚坚。如卢氏所谓：

> 倘吾国欲得威震环球，必须语言文字合一。务使男女老幼皆能读书爱国。除认真颁行一种中国切音简便字母不为功②。

当可见出前贤创制改良语文所始终信持之正大宗旨，实足备为我辈今日探讨参考③。

---

① 《最近三十五年之中国教育》，民国二十年上海印，第338页，黎锦熙著：《三十五年来之国语运动》。

又，《万国公报》八十二卷，总第15610页，卢氏文云："倘吾华欲成为大教化之强国，当如之何？则曰：国家当选择最简最易之中国切音新字，使通国之男妇老幼不数月间无一不能读书识字，以振兴学校新闻书库为首务也。"

② 《国语周刊》十二期，民国二十年十一月二十一日刊，白涤洲撰：《介绍国语运动的急先锋——卢戆章》。

③ 卢戆章，字雪樵，福建同安县古庄乡人，生于咸丰四年（1854），卒于民国十七年（1928）十二月二十八日，享年七十五岁。曾在二十一岁时赴新加坡工作，并学习英文。二十五岁时回厦门。佐英国教士编纂字典，得以心创切音新字。近人白涤洲有传记性之介绍，载《国语周刊》第十期至十二期。

与卢氏同时，并亦早有用心从事语文改良者，则有蔡锡勇。蔡氏字毅若，福建龙溪人。幼少时在同治年间受教于广东同文馆，以成绩优异而保送至京师同文馆深造。卒业后，历任驻美、日（西班牙）、秘三国使馆翻译以至于参赞。自张之洞任两广总督，遂引为一切洋务之执行助手。光绪十五年（1889），张氏移督湖广，并调至湖北，先后为之创办汉阳铁厂、汉阳枪炮厂、湖北织布局、湖北银元局、鱼雷局、水陆师学堂、湖北武备学堂，以至办理各项洋务交涉，可谓最为得力。光绪二十年（1894），张氏保荐有谓："该员深通泰西语言文字，于格致、测算、机器、商务、条约、外洋各国情形政事，无不详究精研，洵属通达时务，体用兼赅。"[1] 蔡氏于光绪二十二年（1896）任官至署汉黄德道（又通称江汉关道），而于光绪二十四年（1898）积劳病故[2]。惟留有《传音快字》一书，为当世所重。

蔡氏启念于驻美时期所见西方速记术，仿行而创其一套字母符号，称为二十四声者，即二十四声符。三十二韵者，即三十二韵符。共计五十六个符号，阅其书自序，可知是承西方实例所得启悟，兹略引证，以资参考：

> 余昔随陈荔秋（兰彬）副宪出使美日秘三国，驻华盛顿四年。翻译之暇，时考察其政教风俗。尝观其议政事，判词讼，大廷广众，各持一说，反复辩论，杂远纷纭。事毕各散，而众论异同，业皆传播。纪录稠叠，稿常盈寸。揣其必有捷法。继询彼都人士，始知有快字一种，行之已久。作者不一家，师承各异[3]。

蔡锡勇所著《传音快字》一书，有光绪二十二年自序，当知成书甚早。同时推重之者有花县汤金铭、林辂存以及郑观应，其撰著宗旨，经郑观应申述，可见一斑。光绪二十二年，郑氏得蔡锡勇赠书，

---

① 张之洞：《张文襄公全集》卷三十五，奏议，第27页。

② 张之洞：《张文襄公全集》卷四十七，奏议，第22—24页。

③ 倪海曙著：《清末汉语拼音运动编年史》，第34页，所附蔡锡勇自序。

特有复函称誉，略可见其书价值：

> 承示大著切音新字书，较东莞王煜初（炳耀）、苏州沈曲庄（学）所著笔画尤简，更易诵习。将极难极复之学业，变为极易极浅。苦心绝学，裨益世人，佩服之至。尝考泰西人材之众，实由字学浅而易明。我国文字繁重艰深，学习綦难，民智无从启发。如蒙当道奏请朝廷，择其切音易笔画简者，通饬各省州县官绅，设立学堂，凡年六岁者无论贫富子女，皆须入学。一月未成，学至两月，两月未成，学至三月。学成之后，再学汉文。如无力再学汉文者，即撰简字汉文蒙学五千字课图，以备购阅。便知常用之汉文字义矣。更设新字日报小张，卖价极廉，俾广留传。不需数年，国内无人不识字，而民智大开，风俗日美。毋以小术轻视也①。

蔡氏病殁后，仍为京官林辂存于光绪二十四年（1898）七月《请定切音新字》禀呈中述及，由都察院转奏朝廷：

> 查创新法切音者，福建卢戆章之外，更有福建举人力捷三、江苏上海沈学、广东香港王炳耀、已故前署汉海关道蔡锡勇，各有简明字学刊行于世。其法均遵钦定康熙字典切音，参以西法，而善其变通；或以字形胜，或以音义胜，或以拼合胜。大旨以音求字，字即成文，文即为言，无烦讲解，人人皆能。而尤以卢戆章苦心孤诣，研究二十余年；且其生长外洋，壮年回籍，故其所为切音新字捷诀，深得中西音义之正②。

---

① 郑观应：《盛世危言后编》卷二，第23页。

又，倪海曙：《清末汉语拼音运动编年史》，第39页，有汤金铭：《传音快字书后》一段节录文字。

② 《最近三十五年之中国教育》，上海商务印书馆民国二十年，第339页，黎锦熙文。

又，林辂存氏禀呈，仅能见及片段，其全文仍保留于清故宫折包。近年《戊戌变法档案史料》出版，并未选入，仅开列目录于516页。

并时普及知识先知学者，尚有吴县沈学。沈氏字曲庄，又号菊庄。久居上海，通熟英文。十九岁始研制切音字书，五年而成《盛世元音》。于光绪二十二年八月起刊于《时务报》第四册。继后分别续刊于《时务报》十二册、二十册、二十七册。全书七篇，原著为英文本，译成中文刊布，并附梁启超序。

考察沈氏著作宗旨，同样以谋求国家富强为创意根本，以普及推广知识为达成途径，构成改良文字原始动机，苦心孤诣，研究创制，并在上海热心传授世人。沈氏自序，已明晰有所表达：

> 今日议时事者，非周礼复古，即西学更新。所说如异，所志则一，莫不以变通为怀，如官方兵法、农政、商务、制造、开矿、学校。余则以变通文字为最先。文字者，智器也，载古今言语心思者也。文字之易难，智愚强弱之所由分也①。

此说颇有超越群伦识见，当时极少有人能见出复古与趋新，实归途如一，真为沈氏一语道破。沈氏又云：

> 自苍颉造字，至今四千五百余年。分字部之法有三：一事类，一音韵，一笔画。字部多至五百四十四，至少亦二百一十四，共计字体四万九百余字。士人常用者惟四五千字。非诚读十三经不得聪明，非十余年工夫不可，人生可用者有几次十年。因是读书者少，融洽今古横览中外者更少。既文事凌夷，外患蜂动，当此痛巨创深之际，莫不欲自强为计。窃谓自强陈迹有三：一，欧洲列国之强。罗马失道，欧洲散为列国，列国所以强，有罗马之切音字也。人易于读书，则易于明理，理明利弊分晰，上下同心，讲求富强。二，美洲之强。其所以强，由欧人迁居其地，大都读书种子。今格致富强，与欧洲并驾齐驱者，亦切音字

---

① 《盛世元音》原序，《时务报》第四册，光绪二十二年八月初一日刊。

又，按沈学《盛世元音》，系由其英文原著译出，原著已无从见。惟就其凡例所谓“由你孚三而昔司的姆”，当知其原书名为 *Universal System*。

为之。切音字易达彼此衷曲，上下无隔膜。三，俄国日本之强。俄皇彼得，幼肄习欧洲，一切富强事，铭之心，笔之书，身登大宝，新政隆然。今天下畏之。日本通商二十载，奋然兴者，勇于师也。上下莫不以吕方美兴为志，今天下敬之。二国之自强，其势由上借本国切音字，翻译太西富强书，令民诵读者也。三者莫不以切音字为富强之源[①]。

沈氏于其制作极具自信，议论归宿，无不系于求强一念，凡再三申述：

天下无不可考之理，无不能为之事。余阐详体用，得盛世元音十八笔字母，可公天下，能切天下音，兼分文理音同义异之字，以译汉文洋文书籍。音义不爽累黍，以十八笔为阶，八下钟可以尽学。写读之疾省，制作之美备，古今未曾有也。一载通国皆能诵读有用之书，三年遍地尽属有用之人，得文字之捷径，为自强之源头，同文之盛，殆将见之矣[②]。

卢戆章与沈学同在光绪二十二年分别刊登著作于《万国公报》及《时务报》。沈氏乐见同道，并于同年九月见及卢氏切音新字书。因是通函榷商，凡三致书，未得回音。终于将第三函送刊《万国公报》第九十八卷，详论字学义旨，极具热忱与自信。就函中所见，则知沈氏在上海一隅已传授数万人，真乃有心传道之士。可惜始终未见卢戆章之回音[③]。

沈氏生于同治十年（1871），卒于光绪二十六年（1900），受教于上海梵王渡圣约翰学校，学习医科，西学根柢全种于此。故其著作原为英文，而节译以成《盛世元音》一书，尚不及原著之半。后来又

---

① 《盛世元音》原序，《时务报》第四册，光绪二十二年八月初一刊。

② 《盛世元音》原序，《时务报》第四册，光绪二十二年八月初一刊。

③ 《万国公报》九十八卷，光绪二十三年二月刊，总第16748—16750页，“致卢戆章第三函”，光绪二十二年十二月初六日寄于上海虹口同仁医院。

有增订成《拼音新字》书，光绪二十五年在上海出版。观其以同仁医院为通迅地址，当知服务于此，与西洋教士颇有渊源。又据黎锦熙文，谓沈氏晚年贫困潦倒，流为乞丐而卒。人才不遇，令人痛惜惋叹不已①。

沈氏以外，尚须一论梁启超之识见。梁氏虽未自创音书，改良语文，然其时代认识则与诸家同调。尤其现代人之言语音史者，原始颇承梁氏提示途径。梁氏宗旨亦自国家富强起义。如其序沈氏音书：

国恶乎强，民智斯国强矣；民恶乎智，尽天下人而读书而识字，斯民智矣。德美二国，其民百人中识字者殆九十六七人。欧西诸国称是。日本百人中识字者亦八十余人。中国以文明号于五洲，而百人中识字者不及三十人。虽曰学校未昌，亦何遽悬绝如是乎。吾乡黄君公度（遵宪）之言曰：语言与文字离，则通文者少；语言与字文合，则通文者多。中国文字，多有一字而兼数音，则审音也难。有一音而具数字，则择字也难。有一字而具数十撇画，则识字也又难。（《日本国志》三十三）呜呼！华民识字之希，毋亦以此乎②。

梁氏颇推重沈学著作，对其言论，尤称赏其通达透彻，发前人所未发，的为知言之论：

余于卢君（戆章）书未得见，蔡（锡勇）、沈二家，则其法略同。盖皆出于西人。或沈君更神而明之，有所得欤。然吾之寡学，终无以测诸君之短长也。沈君以年少，覃心绝艺，思以所学易天下。常以西人安息日，在海上之一林春茶楼，挟技以待来者而授焉，其亦有古人强聒不舍之风乎。沈君属以书入报中，其书文笔未尽雅驯，质家之言固如是，不能备求也。至其言论，多有

① 《最近三十五年之中国教育》，第342页。
② 《时务报》第四册。

透辟锐达为前人所未言者。呜呼！不可谓非才士也已[①]。

语文改良先驱学者，同时期尚有香港绅士王炳耀。王氏字煜初，广东东莞人，久居香港，笃信基督教，并任传教牧师。因其熟习英文，启悟思绪，另创简易拼音字母，俱仿英文字母发音部位，分别各地方言，草创简单字画声母韵母。在光绪二十二年著成《拼音字谱》一书，公之于世。英文名称是 *Cantonese Method*。是年仲秋所撰自序，申明创作宗旨。正亦充分表达谋求国家富强之动机：

> 今欲兴中国，而专求欧美二洲之铁路、机器、技艺、矿务、商务、银行、邮政、军械、战舰，不务去伪之道，诱善之方，智民之术，兴强无基，而羸弱反日深。前车之鉴岂远哉！夫泰西之强，先本于上下诚、男女学也。舍此不求，徒效外美，何异于栽花插瓶，目前香艳。若卓识之臣，憬然悟之，思设学堂以求西法，立报馆以启民心，可云务本之道。然化俗无方，虚伪如故矣；方言无字，民昧如故矣。仆抱杞人之忧，设精卫之想，妄拟新字拼切方言，字母比之泰西，书法依乎本国。拙者习之，旬日卒业，简莫如也。是书拼音成字，书出口之音，运之入心。不由耳而由目，使目见者即明。犹以口宣言，使耳闻者即达声入心，通别无难义也。各字读法，先声母后韵母，由左至右，自上而下。或先大后小，按音拼成，有识之士，虚心推行，始于家，继而乡，渐而国。合国为家，天下莫强焉[②]。

同时英国教士李提摩太（Rev. Timothy Richard）亦著文推荐，略可见王氏著作背景及其创制依据之处：

---

① 《时务报》第四册。

② 《万国公报》第一百一十四卷，光绪二十四年六月刊。总第 17845 页。

又，按王炳耀为香港开埠后第二代地方绅士，身在远僻，而关心国家前途，留心国家富强事业。并为早期封英政府提出禁贩鸦片之重要地方领袖。于中国自强变法思想，亦为时代先驱。其子王宠惠倡导革命，勋业彪炳，著声当世。益见王氏身教启牖之功。

中国自海禁大开，内地人得与泰西各国往来，其间能通西国语言文字者颇不乏人。习见泰西文字之易学，而后知中国文字之繁难。读书者费十年之功，而犹不能尽识群书之字。且形体杂出不同。泰西以字母拼成，有一定不移之法。此中国文字之所以难也。今中国之通西文者，曾有人仿泰西以音拼字之意，别创法门，如东莞王炳耀著《拼音字谱》一书，以简驭繁，于西文之外另辟形像①。

早期语文改良先驱，尚有力捷三其人，亦见于光绪二十四年林辂存禀呈所叙。力氏字子薇，福建永泰人，光绪甲午年举人，曾于光绪二十二年刊印其著作《闽腔快字》，后又于光绪二十八年（1902）出版其《无师自通切音官话书》。惟其著作内容，今已难于查考。仅可就他人叙论，间接略窥大要。力氏著作借取蔡锡勇《传音快字》体制，而充实福建旧有之《戚林八音》，即所谓戚参军（继光）之十五声母，以每声一笔为基础，再以圈、点、横、斜、曲、直记号分别三十三韵。配于每一声母，即可发音。至于力氏究系基于何项动机而从事著作，则已无法得知②。

统观以上五位语文改良先驱，不约而同，各人均在光绪二十二年（1896）亦即丙申年发布其著作，似是巧合，实则正为承受中日甲午战争之巨大冲击，有识之士，已深感危亡迫在眉睫，谋所以自立自存，惟有共图富强。欲共图富强，又不能不唤起民众，结合群力。欲唤起民众，使人民共抒建国智能，自须使众民先有知识有技能。然富强技艺，俱以西方科技为入手，若欲迅速求得，自必当先灌输人民最新知识。于是语文工具，首先必须健全而简易，因是普及知识实为当

① 《万国公报》第一百一十四卷，总第17844页。

又，按同书第17846页，附有王氏拼音字母图样，纯为设计符号，虽简易而太过雷同，恐亦不便区别。

② 尹耕撰:《注音符号公布前之简字运动》，《国语周刊》第四十七期，民国二十一年八月十三日刊。

时知识分子醒觉后急求达成之重大目标，语文改良则是达成此项目标之必要手段。概括而言，先驱学者创制语文工具，实基于严肃之思考，并承担重大之使命。在此倡议之初，所表现之思潮中心，一为谋求国家富强，一为求知识普及。五位先驱学者之言论，除力捷三著作无从采辑者外，其余四人均已可充分参证其所抒意见。适足反映同时代知识分子百虑一致，询谋佥同，极具思想史之意义与价值，真值得后人参考比较。

其次一现象，亦颇具研讨兴味。五位倡导先驱，除力捷三一人外，其余四人均受新式教育或西方教育，并通熟英文。卢戆章是基督教徒，受西式教育于新加坡。返厦门之后，又随英国教士麦嘉湖（John MacGowan）助理编辑英华字典。蔡锡勇幼少受教于同文馆，研读外语至少八年，而后随使美国，亦为深熟英文之人。沈学少年受学于上海圣约翰学校（后之圣约翰大学），服役于同仁医院。其著作先成英文本，后译成汉文。当然精通西方文字。王炳耀为香港早期基督教徒，久服务于教会，受西洋教士熏陶，并亦熟知英文。由此可见一种新式教育，自必具有启发新思潮之功能，并能酝酿而创生新思想。

由前一问题引伸至另一现象，即五位倡导先驱所有语文制作，俱受西文体系启导，因革而创出新制，无一例外。当知中国知识分子接受西方教育，自必承受其相当影响，其思维导向，自然易以所熟习之西方方法规制为因循模型。

再由以上诸问题而获一结论，是即在文化接触酝酿阶段，承受新式教育之人，觉悟迅速，亦必自然承担中间桥梁使命，且将成为创发新文化之功臣。

三、本土化与知识普及观念

近人黎锦熙著《国语运动史纲》，将最早时期之先驱创制，称为是“切音运动时期”，约指在1900年以前。接续而有新发展，黎氏则称为“简字运动时期”。其下尚有第三第四各时期之命名①。黎氏是第三代国语运动领袖，并是语言学专家，纯就制度形式立说，显而易见，最能服人。但此学术创制，并不能反映其根源之思想变化。抑且所言简字运动，在今日尤易产生误解。或以为是推动全面简体字之运动，则是全然大错。黎氏所谓之简字运动，仍为创造一种字母，因为仿照日本片假名，取汉字最简笔画或偏旁，另创一组字母，俾作拼音之用。黎氏之称为简字运动，是反映当时论点。因为是创制字母之人习惯所用，当时普遍称之为简字，如《简字全谱》、《京音简字述略》、《读音简字通谱》等书即是。

若就思想启念观察，可以获致较广泛了解，并能认识来源背景，以致涵化融合关键。在此仍可自动力根源说起。光绪二十年甲午中日战争，对中国朝野刺激颇深。而谋求富强一念，构成思想动因。一般认识，趋向于变法改革，而语言文字乃为入手之一种。既为文字改良，即须思考创制途径。而就参考知识基础言，各就所学，施展所能。前节所论倡导先驱，因其与西文接触较深，终于不约而同，循西方拼音字母而改造创制各种新字母形式。无论如何，俱以西文为参考根据。惟知识传播，思想激荡。抑且改良语文，亦在光绪二十四年（1898）戊戌变法期间有奏报达于朝廷，则即语文改良一项，亦成同时期一种公开共晓之问题，自不免激起更广泛之反应。一般由传统语音制度方法基础上展开改良思考，同时亦能创发若干简化拼音制度。

依照无锡人吴朓（即吴稚晖）所自道，当知就中国固有文字语言基础而创制拼音字母者，实以吴氏最早。即在甲午战争，光绪二十一年，吴氏已据篆字形制而创立一套所谓“豆芽字母”。如吴氏所述：

> 就是我，也于乙未年，在苏州吴县教官衙门里，当西席老夫子，依了康熙字典的等韵，做成一副豆芽字母。我的豆芽字母做成的动机：无非与以前教会洋人把欧母借用的如王炳耀等用简笔

① 黎锦熙：《国语运动史纲》，第10—46页。

或偏旁造成的，与后来沈学之十八笔，及王照之官话字母等，皆注重简字。历来品评音符谈论音符的人，也无非把音符看做简单的文字。即最近张（张汉卿）胡（胡朴安）诸先生的不满意于音符，也为它僭居文字地位，以为有诸多流弊而已。然而当时我在苏州，施起豆芽字母之功用，却暗合着最有用之原则。就是做出许多通俗教本，将汉文写成，把字母注在旁边，用通信法教通了好几个失学亲友①。

吴氏也可以算是第一代语文改良倡导先驱，而入手方式，则循中国文字本身思考变化。

吴氏叙言突兀，无从见其所承受之影响，惟在另一位倡导先驱王照，则有清楚自述，创意时间，启念渊源，基本识见与设计方式，一一有所说明，出于王氏于光绪二十六年（1900）所著《官话字母序》：

戊戌秋，有福建林舍人辂存奏请用新字，诏下所司核行，未果。其时未有拼话之新字，但就福建蔡氏（锡勇）所作速记之字而言，于拼话实未适用也。余今者，偷息津门，空耗岁月。故自课以创制官话字母。闭户掩卷，逐字审听，口呼手画，积数十日，考得一切字音转变皆在喉中。喉音为总，不可与唇舌齿腭并列。凡反切之下一字，皆必用喉音。反切旧法，牵合支离，类例繁多，半真半假，徒乱人意。即西文东文各字母，亦皆喉音未备，不便采用。于是创为喉音及音母字共若干，皆假借旧字，减笔为偏旁形，概用两拼，使愚稚易习②。

在戊戌变法时，王照以礼部主事上书受阻，而引起撤换礼部六堂官大风波。自为变法运动中最有表现之人。思想趋新，而忧国弱民贫，抱变法改制思想。其于改良语文之创制动机，在同一序中也申说

① 吴敬恒：《三十五年来之音符运动》，《最近三十五年来之中国教育》，第304页。
② 王照：《小航文存》卷一，第29页。

甚明，自为效法欧、美、日本，谋求国家富强起见：

今欧美各国，教育大盛，政艺日兴。以及日本号令之一，改变之速，固各有由。而初等教育言文为一，容易普及，实其至要之原。余今奉告当道者：富强治理，在各精其业，各扩其识，各知其分之齐氓。不在少数之英隽也。朝廷所应注意而急图者宜在此也。茫茫九州，芸芸亿兆，呼之不省，唤之不应。劝导禁令毫无把握，而仍舞文弄墨，袭空论以饰官名。心目中不见细民，妄冀富强之效出于策略之转移焉。苟不当其任，不至其时，不知其术之穷也。此可为知者道难为文人言也①。

语文改良思想，亦反映出倡导者所抱持之社会有机体观念。即欲改良语文一致之需要，而使全国周体血脉相通，呼应灵便，自亦透露出语文一致之需要。然此时尚未形成所谓国语一义，以及进一步之统一语言之运动。而王照立论，则已隐示机先。可视之为国家有机体观念，以为其语言统一之动机：

今夫朝野一体，未易言也。国家与社会之关系，国家与个人之关系，社会与个人之关系，公德与私利之关系，以及人生必需之知识，其理非奥，而其绪至繁。主治者欲使人人明其大略，非有自幼渐渍之术不易收尺寸之效。世界各国之文字，皆本国人人通晓。因其文言一致，拼音简便，虽极钝之童，解语之年，即为能读文之年。以故凡有生之日，皆专于其文字所载之事理，日求精进。即文有浅深，亦随其所研究之事理渐进于深焉耳。无论智愚贫富老幼男女，皆能执编寻绎。车夫贩竖，甫定喘息，即于路旁购报纸而读之。根基如此，故能政教画一，气类相通，日进无已。其朝野自然一体。而吾国则通晓文义之人百中无一，专有文人一格，高高在上。占毕十年或数十年，问其所学何事。曰：学文章耳。此真世界中至可笑之一大怪事。且鲁钝之人，或读书半

① 王照：《小航文存》卷一，第28—29页。

生而不能作一书柬。惟其难也，故望而不前者十之八九。稍习即辍者又十之八九。文人与众人如两世界。举凡个人对于社会，对于国家，对于世界，与夫一己生活必不可少之知识，无由传习。政治家所云教民皆属空谈，请为之清夜详思，与东西各国对镜，应知其进化难易之大相悬绝，有由然也①。

王照（1859—1933），字小航，号水东。河北宁河人。光绪甲午年进士，翰林院庶吉士，官礼部主事。光绪二十四年因主张变法，于政变后革职拿问，潜逃日本。光绪二十六年潜返天津，改姓赵氏。隐居为改良文字，设计“官话字母”。嗣后以语文改良为终身志业②。

就中国近代国语运动历史而言，王氏实占极重要地位。其一，王氏是承接前一期语文改良思想之启导，而继承发展，另辟蹊径。由其自序可以充分见出承接前贤见解方法，所作改途创制之努力。其二，王氏出身科甲正途，固有学术知识根底深厚。见及前有方法体制之未能尽善，遂于中国固有语文字体中设计拼音符号。此一设计，即自然走向本土化创制途中。在此一点上，王氏自是开路先驱。其三，后日国语运动之发展演变，王氏所开之路与所创制度，始终构成最早势力与最有功效之主流。即影响后世最大。虽然后人已大加改善，远远超过，但王氏之创造，实为全部发展之原始基础。

至光绪三十一年（1905）又有劳乃宣承接王氏，依其所创官话字母，扩大而编《简字全谱》。即将王氏官话制度，增编苏、浙、皖、赣、闽、粤各地方言音谱，各成简字音系。使之可以推广至全国各省。劳氏亦具同一思想动因，即其所为根本宗旨，仍原出于谋求国家富强起见，抑且启悟之机，亦以西方列强为本。其于光绪三十三年（1907）著成《简字全谱》，自撰序文，所述甚详：

---

① 王照：《小航文存》卷一，第27—28页。

② 黎锦熙：《王照传》，《国语周刊》第一二九期、一三〇期《王小航先生专号》。民国二十三年三月十七日及三月二十四日刊。

今之字比之古籀篆隶固为简矣，而比之东西各国犹繁。何也？彼主声，此主形也。主形则字多而识之难，主声则字少而识之易。彼字易识，故识字之人多；我字难识，故识字之人少。识字者多，则民智，智则强；识字者少，则民愚，愚则弱。强弱之攸分，非以文字之难易为之本哉！然则今日而图自强，非简易其文字不为功矣①。

劳乃宣，字季瑄，号玉初，又号韧叟，浙江桐乡人。同治十年进士。曾任吴桥、清苑县令。晚年热心民众识字工作，并编著简易文字授教，信持甚坚。于光绪三十四年（1908）应召赴京，四月二十四日陛见，乃以同样观点，奏禀朝廷，并进呈《简字全谱》，宗旨仍不外救弱图强。适当时清廷推行变法立宪，于加强国民知识，尤所急需，其于普及教育，自然更具重大意义。

伏惟方今时局可谓危急存亡之秋矣，有识之士，咸思所以救之。以言乎弱，则宜尚武事，然无兵学无以练兵也；以言乎贫，则宜讲实业，然无农工商学无以兴利也；以言乎人心偷薄，则宜重道德，然无义理之学无以兴民行也。是则兴学尚矣。然而幅员万里，人民数百兆，欲教育之普及，戛戛乎其难之。中国文字奥博，字多至于数万，通儒不能遍识。即目前日用所需，亦非数千字不足应用。学童入塾，至少必五六年始能粗通文理。贫民子弟安得有此日力。故欲人人识字，人人能受教育，必不得之数也。立宪之国，必识字者乃得为公民。中国乡民有阖村无一人识字者，或有一二识字之人，适为其村败类，而良民转不识字。倘比里连乡无一人能及公民资格，何以为立宪之始基乎②。

1900年以后，立宪运动急剧发展，而中央以至地方，形成普遍推广趋势。然在实际执行与设计规章之时，实为相当繁复牵涉甚广之

---

① 劳乃宣：《桐乡劳先生遗稿》卷二，第25页。

② 劳乃宣：《桐乡劳先生遗稿》卷四，第1页。

复杂工作。此一政制基础，建立于地方自治。而地方自治，又纯然自西方移植。虽然可以仿效，而在中国地方上各种情形，复杂万端。其他姑不具论，即选举一项亦大成问题。中国文盲众多，构成地方自治一项困难。惟有广泛加强教育提高民众知识，始能推行地方自治。此实中国千古所未遇，前人所难知之一种制度，自将要历经先知志士设想补救方法。一般议论，自然落于普及知识一途，而传授知识之语文工具，亦自然需要加强其使用功效。于是使语文改良意愿，更因实行民主政治之重大目标，而增添其严肃正大的理论基础。劳氏立论，以普及教育为立宪基础，至此已充分形成知识普及观念：

窃维筹备立宪之责任，固在官吏；而实行立宪之根本，端在人民。立宪之义，在合天下人民之智识以共图治理。若民智不开，不能自治，虽有良法美意，谁与共之。此普及教育、地方自治所以为筹备立宪中至要之端也①。

虽然，普及知识已为同时代中普遍之认识，劳氏实为代表之一。而劳氏使之结合立宪与地方自治，则使语文改良观念更能倾服人心。同时国民教育亦即为其普遍推行简化语文之重点目标。劳氏所议，即为推行识字之运动：

地方自治为宪政之基，若因识字人少，而自治不克依限实行，则宪政之行无所凭借，亦将因而生阻。凡此窒碍，若不设法变通，早为补救之计，一旦筹备届期，而事无成效，何以仰副朝廷实行立宪之盛心。补救之计奈何，一在变通简易识字办法，一

① 劳乃宣：《桐乡劳先生遗稿》卷四，第5页，宣统元年著文。

又，劳乃宣：《桐乡劳先生遗稿》卷四，第6页云：“又宪政编查馆核定，民政部奏拟城镇乡地方自治章程：选民资格条内，男子年满二十五岁者得为选民，不识文字者不得为选民各等语。夫我中国文字博大精深，儒者童而习之，皓首而不能穷其蕴。今学部力求简要，至少之数，约为一千六百字。已属苦心计划，无可再减。而犹须一年方能毕业。乡曲小民，食力为主，虽幼童不能无事坐食，欲其虚耗一年日力，以求识字，非稍足自给之户不能。极贫之家断难普及。”

在变通地方自治选民资格。欧美之字，以二十六字母拼合而成。习此二十六字母，明其拼法，即可识字。字少易识，故识字者十人而九。日本文化本出于我，与我同文，用我汉字。而汉字之外，则有五十假名，拼音达意，以为补助。士君子高深之学，必用汉字，而愚贱之人，但识假名，即能达口中之语言，明目前之事理。是以村农野老贩夫走卒，皆能观书作字。地方自治不劳而举。我国自古以来，专用汉字，别无此项易识之字以为补助，故惟上等之人乃能识字，国民教育难于普及愚氓。近年中国各处有志教育之士，有鉴于此，创造易识之字者不一而足。而以京师拼音官话书报社所定官话字母为最善①。

就语文改良运动而言，至此一时期，又更进于成熟，并且理论宗旨，亦有更新充实。除了谋求富强之首要目标外。在此第二代思想发展中，又增添教育普及观念，乃至并亦提出语文统一问题，为后日全面发达建立起严肃正大之理论基础。此点在劳乃宣已有明显提示：

闲与二三知己私相讨论，咸谓必合五音母韵统为全谱。使中国同文之域，诸方之音，举括于内。乃足为推行全国之权舆。不揣固陋，以向所考定等韵为本，订为简字全谱一编，以质于世。于教育普及之方，言语统一之道，或不无小补云尔②。

再次一位以本有语文条件，简化而作注音符号者为章炳麟。章氏原名绛，字太炎，又号炳麟，浙江余杭人。古学渊博，尤其长于文字音韵。当清末留法学者发行《新世纪》杂志，有人倡议废汉字，改行万国新语，亦即今日所谓之世界语（Esperanto），引起章氏著文反驳。章氏文中，提及其所创之切音符号，亦循古文字篆籀字体，予以简省笔画，创为纽文（即声母）三十六，韵文（即韵母）二十二。俾作标示文字切音之用。其所设计理想颇与吴朓相同，纽文韵文仅只在于

---

① 劳乃宣：《桐乡劳先生遗稿》卷四，第7—8页。

② 劳乃宣：《桐乡劳先生遗稿》卷二，第25页。

标注字音，并不作代替原有文字之想，而且两人取材，亦均就古文字中已有字形作依据，实较凭空设计为稳健易行。兹举其所论云：

> 余谓切音之用，只在笺识字端，令本音画然可晓，非废本字而以切音代之。纽韵既繁，徒以点画波磔粗细为分，其形将匮；况其体势折旋，略同今隶，易予羼入正文，诚其有不适者。故尝定纽文为三十六，韵文为二十二，皆取古文篆籀径省之形，以代旧谱，既有典则，异于乡壁虚造所为，庶几足以行远[①]。

以上四位语文改良先驱可以作为第二代重要代表，除此四人之外，在同一时期，提出各种设计者尚有多人，已较前一代人数增加，并亦花样繁多。限于资料缺略，在此只能列举其姓名及著作大要而已。参考黎锦熙、尹耕、倪海曙三人著作，可知第二代之语文改良先驱尚有以下各人：

杨瓒、李文治，二人合著《形声通》，光绪三十一年日本东京印本。杨氏字䌹楼，李氏字南彬，均为云南大理人。光绪三十年在日本合创音父二十四，音母二十。光绪三十一年出版二人合著之《形声通》一书，备为切音符号，而符号设计，纯为新创，属象征系统。李文治自序提出其创制观点，宗旨即为知识之普及：

> 今宇内忧时之士，悯中土之颠危，慨人心之蔽塞；发愤著书，辄以开通民智为第一义。嗟乎，通岂易言哉！瀛海之隔绝也，不能不通之以汽船；大陆之阻修也，不能不通之以铁轨。学问之事，何独不然！文字者，学问之舟车也[②]。

李元勋，字午樵，河南人。光绪三十一年著有《代声术》稿本一

---

① 尹耕：《注音符号公布前之简字运动》，《国语周刊》五十三期，民国二十一年九月二十四日刊。

又，章太炎所创纽文三十六，韵文二十二，其形体及发音解说，具见倪海曙著《清末汉语拼音运动编年史》，第192—196页。

② 倪海曙著：《清末汉语拼音运动编年史》，第132页。

种。以音之旁通一十二，是为韵母，音之定位二十一，是为声母。二者排列切合，即可切音。李氏所谓："竖缀一十二，横排二十一，两号相遇，一音斯成，凑合天然，忘却人力。"其所设计符号，形体大致与汉字偏旁为近①。

黄虚白，字止祥，河南祥符人。宣统元年著有《汉文音和简易识字法》。其设计符号，采文字偏旁，或受王照、劳乃宣二氏之影响，加以改进而成②。

刘世恩，著有《音韵记号》一书，宣统元年刻本，符号设计，自出心裁，创父音二十五，母韵二十一，两相拼合应用，颇似满蒙文字③。

马体乾，字子良，河北三河人。著有《串音字标》，光绪三十四年稿本。又著有《最新韵府字标》，设计别出心裁，颇似甲骨文字，又似乐谱音符，介于简单文字与图画之间。马氏于知识普及观念用心颇深，实为其创字之基本动机。如马氏所谓：

> 无普通之知识，无进步之思想，无考证之能力；以致瞢于五洲大势，与东西历史之遗迹。一旦外交有事，莫能合民族之全体，定一致之政策以抵御之。无非因文字繁重，求之甚难，为之偏也④。

马氏又谓：

---

① 尹耕，前揭文，《国语周刊》第四十六期，民国二十一年八月六日刊。

② 尹耕，前揭文。

③ 尹耕，前揭文，《国语周刊》第四十八期，民国二十一年八月二十日刊。

又，《音韵记号》一书，有贺培桐序文，颇能道出普及知识之重大意义："普通学者，增进国民普通知识之利器也。然有普通学，而无普通文字以名其学，则学仍不傅；即一般人之普通知识，亦终不彰。有普通文字，而深者足以见深，浅者不足以见浅；则虽诸子百家铺张扬厉，亦能泄诗书之奥，发经史之光；而大多数含生负气，亿兆数万万之若农、若工、若商、若僧、若道，上中下九流，终难借文字之力，以化其孤陋寡闻之见，益其开明竞进之说。呜呼，此吾国普通教育之所难讲，而吾国民之所以少普通学也。"此文节录，见倪海曙《清末汉语拼音运动编年史》，第207页。

④ 倪海曙：《清末汉语拼音运动编年史》，第184页。

> 我国教育不普及，人多归狱于办学者之不力，而余独悯乎办学诸公之无其器长。盖驾飞艇者，险阻为之坦；挽滑车者，千钧为之轻。孔子曰：工欲善其事，必先利其器。斯言不吾欺也①。

刘孟扬，字伯年，天津人。著《天籁痕》，约与王照同时。后又改著《中国音标字书》，光绪三十四年排印本，乃使用罗马字母标音②。

朱文熊，江苏昆山人，著有《江苏新字母》一书，光绪三十二年，日本东京排印本。系用罗马字母加造新字补其不足，用以拼切方音。其书序文，说明承袭渊源，并自出杼机之宗旨：

> 原读上海沈君（学）之切音新字，直隶王君（照）之官话字母，未尝不欢美而称羡之也。顾切音新字形式离奇，难于识别；官话字母取法假名，符号实多。余以为与其造世界未有之新字，不如采用世界所通行之字母。用是采取欧文，或仍其旧音，或变其读法，又添造六字以补其不足。凡字母三十二字，变音二字，双声十一字，熟音九字。变音以点为符，双声合两元音而成一音，熟音合两仆音而成一音。上考等韵，下据反切，旁用罗马及英文拼法，以成一种新文字，将以供我国通俗文字之用，而先试之于江苏③。

朱文熊并于所著序文，申诉其创字动机，实启念于国家富强，教育普及。如朱氏所言：

> 我国言与文相离，故教育不能普及，而国不能强盛。泰西各

---

① 倪海曙：《清末汉语拼音运动编年史》，第184页。

② 黎锦熙：《国语运动史纲》，第45—46页。

又，倪海曙：《清末汉语拼音运动编年史》，第177—182页。

③ 尹耕：《国语罗马字运动的萌芽期》，《国语周刊》第三十八期，民国二十一年六月十二日刊。

国，言文相合，故其文化之发达也易。日本以假名书俗话于书籍报章，故教育亦普及，而近更注意于言文一致，甚而有创废汉字及假名、而用罗马拼音之议者。举国学者，如醉如狂，以研究语言文字之改良，不遗余力。余受此刺激，不觉将数年来国文改良之思想，复萌于今日矣①。

田廷俊，字抡元，湖北江陵人。于光绪二十六年在江陵出版所著之《数目代字诀》，是用中国通习之一二三四五六七八九数目字再旁附区别小数，编制而成华码声母韵母。同时也另制洋码（即阿拉伯数目字）声母韵母。以使方便学习。其后斟酌改进，另创符号，于光绪三十二年而出版《代字诀》一书。仍用符号，但与数目字已全然不同，实是更为简化。阅田氏前一书自序，当可见其创字动机：

文字之繁难，中国冠天下矣。童蒙就傅三四年，不过照写依样之字画，难通训诂之意旨；试令其操觚作札，终日曳白，未知所措。统计吾华四万万众，识文字者，百人中仅得数人；通文义者，千人中未见百人；无怪乎愚而且贫。试观欧墨（美）诸邦，无论妇孺，皆能识字明理，其故何欤？良由文字简易，书中之语，即口出之言，所以文明富强远胜于我。方今我朝厥始维新，以造成人才为急务，势必欲人人识文字、通文义也。无如禀赋不齐，而家计各异。倘仍不变通，敏者能识字，愚者仍不能识字，富者能识字，贫者仍不能识字。若欲愚者、贫者识字明理，非另变一种简易新法不可②。

陈虬（1851—1903），字志三，原名国珍，晚年号蛰庐。浙江瑞安人。长于医术，于温州开办医馆，同时并设学堂，教授通俗新字。于光绪二十八年出版其《新字瓯文七音铎》，又名《普通音字新书》。

---

① 倪海曙：《清末汉语拼音运动编年史》，第150页。
② 倪海曙前揭书，第86页。

同时并出版有《瓯文音汇》一书，以为浙东温州音系之简易语文教本。陈氏创制字母，反对用外国任何字母符号，但参酌西方体制，而取中国篆体、隶体分造字母。由一声母拼一韵。陈氏书中，附有一篇《新字瓯文学堂开学演说》，说明其创字动机：

> 现今我们大清国的病呢，是坐在贫弱两个字哪，只有富强是个对症的方儿。因此造出新字，当那富强药方的本草[①]。

沈韶和，字樵李，江苏嘉定人。于光绪三十二年在上海出版其石印本《新编简字特别课本》。沈氏受劳乃宣《合声简字谱》所启发，进而改良简化劳氏制度。自创“字母”（声母）与“韵目”（韵母）体系。声母二十七个，系自创六个简单基本符号，再各用圈点区别发音。韵母三十二个，则用苏州通用数字号码标示。号码由单而复，标示不同音韵[②]。

宋存礼（1862—1910），字燕生，后改名恕，又改名衡。而以存礼之名上书李鸿章，提出《卑议》四篇，最负盛名。然世人沿其著作署名，多知宋恕其人。宋氏乃浙江平阳人，光绪十七年（1891）著成《卑议》四篇，多为变法创制之论。光绪十八年进呈李鸿章，未受重视。《万国公报》曾载其上书全文，自为变法思想重要代表。后其《卑议》刊刻行世，题名《六斋卑议》。其中最早提出“切音文字”一语，然宋氏未即作任何创制。直至光绪三十四年（1908）宋氏始提出其所创切音字母，号为“宋平子新字”，模仿日本假名，另加标示点画。此一创制，仅为草案，未及刊行，宋氏即于二年后身卒[③]。

郑东湖，广东香山人，宣统二年印行其所著《切音字说明书》油印本。取汉字偏旁以为字，取诗韵中所包罗之音以为音。成三十六母

---

① 倪海曙前揭书，第106页。

② 倪海曙前揭书，第166—168页。

③ 倪海曙前揭书，第199—200页。

音，二十父音，再加上平（阳平）、下平（阴平）、上声、去声、上入、下入共六个声调符号。亦如汉字书写，有楷书、草书二体。作用同于日本片假名，不废汉字，而用字母注音。郑氏创制动机，于其书中明白言之，即为迅速传授儿童，仿习日本人民之有强烈爱国心。郑氏认为日本民族团结爱国，即由其使用假名所陶铸而成，比欧美之拼音文字远为有效①。

江亢虎，著有《通字》，清光绪间成书。其音符纯用英文字母，颇仿威妥玛（Thomas F. Wade）制度，而四声则用阿拉伯数字1、2、3、4标出②。在此必须略作说明，江氏所采英文字母拼音制度，既非创新，亦非改造，抑且在江氏之前早有众多西洋教士纷纷编著字典，先后不下数十种，多据西文字母为基础。迄于江氏，已有近百年历史。而且尚可推至更早之明清之际。此间所以开列江氏著作，主要因为后日倡议国语罗马字者，颇推尊江氏为开路前驱。以为在清末已有国语罗马字化者。

四、国语运动及其演变

语文改良活动发展至民国初年以至抗战以前之二十余年间，一般语文家称为第三期，事实上领导人物代嬗，除了少数老辈先驱，多数均为别具风格之新人。知识背景，思想渊源，均不同前代。就问题内容宗旨而言，尤其踵事增华，变幻歧异，有重大不同进展。就活动性质而言，已不全是私家议论提倡，而多进入于政府承担推行中枢，成为国家一种教育目标。凡此种种，自具特色，实当称之为第三代活动。

甲、推行机构之创设

语文改革活动，原只是若干时代先知自觉性之个人思想表现，虽

---

① 倪海曙前揭书，第230—234页。

② 尹耕：《国语罗马字运动的萌芽期》，《国语周刊》三十八期。

然每人鞠尽心血，思考创制，努力推行，多能产生相当效果，亦并邀得识者同情。但是终于不易推展广远，尤其是各出抒机，各创制度，彼此歧异，全不相干，反更难于划一。

个人推行自创文字符号，原为求其简易速效，普及知识起见。由于力量有限，不免拘墟于极狭地域，形同一种特殊文字，只有若干学习者可以互通意念，未学者全然不晓。反而足以造成隔绝分裂，与原来期望相反。欲使真正广行全国，自不能不由政令推行，于是自然思考到推广之技术与方式。

光绪二十四年七月二十二日工部郎中林路存呈请都察院代奏，请求推行切音文字，实为以政令推动改革之观念之始。林氏推荐卢戆章、力捷三、沈学、王炳耀已在本文第二节述及，而其建议采择，推行全国，则有详细陈论：

> 现在朝野设立大小学堂，及编译局，所以培养人才之意，至为深厚。然字学仍旧，非用力六七年莫能稍通文理。而福建厦门近时，用卢戆章切音新法，只须半载，便能持笔抒写其所欲言；难易之间，判若天壤。倘以卢戆章所创闽音字学新书，正以京师官音，将见皇灵所及之地，无论蒙古、西藏、青海、伊犁，以及南洋数十岛国，凡华民散居之处，不数年间，书可同文，言可同音；而且妇孺皆能知书，文字因而大启；是即合四海为一心，联万方为一气也，岂不懿哉①。

林氏建议，也曾得到朝廷反响，当有谕旨批交总理各国事务衙门详加考验，再行奏闻。可惜很快就有八月初之政变，此案亦被无形搁置。

光绪二十六年（1900）以后，满清宫廷及朝野官吏颇有改革变法意图，用以安定民心。尤以光绪二十八年以后，慈禧太后及光绪帝明诏变法，改革思想，又极度复苏。尤其在光绪三十一年（1905）之日俄战后，中国上下更是猛醒。于是南方北方在南北洋大臣端方及袁世

① 倪海曙：《清末汉语拼音运动编年史》，第65页。

凯主持辖区之下，地方政府已开始推行拼音言语教育，北方用王照所制课本，南方用劳乃宣所制课本。可代表地方政府官方力量之执行。又如前节所述，劳乃宣并由太后皇帝召见询问，足见政府已开始注意语文改良及应用之效益①。

改良语文活动，渐次达于中央执行部门，但亦止于建议参考阶段。直迄清末，中央活动，至宣统二年（1910）九月资政院开会，有议员江谦质询学部分年筹办国语教育事项。至宣统三年（1911）六月，学部召开“中央教育会议”，会中决定在北京设立“国语调查总会”。至此才开始形成一个政府执行机关。但因不久爆发革命，改建共和民国，此一机构实亦无从成立②。

真正开始成立全国性语文改良机构，实已入于民国时代。在中华民国元年（1912）七月十日，教育部在北京召集“临时教育会议”，通过采用注音字母案。据此决议，教育部于同年十二月制订《读音统一会章程》。会中职权规定：其一，审定一切字音为法定国音。其二，将所有国音均析为至单至纯之音素，并核定因（音）素总数。其三，采定字母，每一音素均以一字母表之。聘请吴稚晖（吴朓）为筹备主任。教育部并在同时先后延聘及遴派会员八十人。会员资格亦须具备以下四种特长之一。其一，精通音韵。其二，深通小学。其三，通一种或二种以上之外国文字。其四，谙多处方言。“读音统一会”于民国二年二月十五日正式开会，会中选举吴稚晖为议长，王照为副议长。会期进行三个月，至五月二十二日闭幕。会中展开审音调查、研讨、划一等工作，据王照的记载，可以略知其中争论甚烈。然此一读

① 黎锦熙：《王照传》，《国语周刊》一二九——一三〇期，民国二十三年三月刊。又，黎锦熙：《三十五年来之国语运动》，《最近三十五年之中国教育》，第345—350页。

② 倪海曙：《清末汉语拼音运动编年史》，第214、235页。

音会之成立，实足代表近代语文改良活动第一个全国性之行动机构①。

至于非官方之私人活动，在民国初年亦由个人鼓吹进入于有组织时代。民国五年（1916），由陈懋治、陆基、董瑞椿、吴兴让、朱文熊、彭清鹏、汪懋祖、黎锦熙等人倡议，成立“中华民国国语研究会”于北京。民国六年召开第一次大会，公举蔡元培为会长，张一麐为副会长。民国七年会员增至一千五百余人。民国八年会员至九千八百余人。民国九年会员至一万二千余人。民国十一年发行《国语月刊》。至民国十四年，因有其他政府组织承替其使命，此会至此无疾而终。《国语月刊》亦止于斯年五月。共出十五期②。

由于“中华民国国语研究会”之鼓吹倡议，教育部于民国八年（1919）四月十一日正式成立永久性附属机构“国语统一筹备会”。重拾“读音统一会”之工作，继续推动。教育部为此先后指派延聘会

---

① 黎锦熙著：《国语运动史纲》，第50—65页。

又，据前书，第51—52页所载，有“读音统一会”全部八十名会员名单，兹附开于后：

江苏十七人：吴敬恒（稚晖），陈懋治（仲平），汪荣宝（衮甫），顾实（铁僧），华南圭，陆尔奎（炜士），邢岛（瘦山），杨曾诰（焕芝），董瑞椿（懋堂），王雀（云轩），白振民（振民），朱炎（炎之），谢冰（仁冰），胡雨人（雨人），黄中强（适园），伍达（博纯），朱孔彰（仲我，安徽代表。）浙江九人：胡以鲁（仰曾），杜亚泉（伧父），汪怡安（一广），马裕藻（幼渔），钱稻孙（稻孙），朱希祖（易先），诗寿裳（季黻），杨曲（洁臣），陈濬（子英）。直隶八人：王照（小航），王璞（蕴山），马体乾（子良），刘继善（敬之），张谨（仲苏），王修德（新邦），王仪型（式文，号希岐），陈恩荣（哲甫）。湖南四人：舒之流（贻上），周明珂（芷佩），李维藩（麓石），陈遂意（文会）。福建四人：卢戆章（雪樵），蔡璋（子英），林志烜，陈宗蕃（纯衷）。广东四人：郑藻裳，罗赞勤（世芳），陈廷骥，杨耀焜（华侨代表）。湖北三人：严正炜（彤甫），陈曾（孝通），李哲明（惺侨）。四川三人：廖平（季平），蒋言诗（志吾），王锡恩（捷三，藏代表）。广西三人：汪鸾翔（巩庵），蒙启谟（警民），朱资生。山东二人：张重光（绍宣），隋延瑞（辑五）。山西二人：杜曜箕（星南），蔺承荣（向青）。河南二人：陈云路（子怡），李元勋（午樵）。陕西二人：李良材（桐轩），高树基（培支）。甘肃二人：水梓（楚琴），杨汉公（显泽）。安徽二人：洪逵（芰舲），程良楷（子箴）。江西二人：高鲲南（瀚九），徐秀钧。奉天二人：李维桢（子栋），张德纯（子文，回代表）。吉林二人：乌泽声（谪生），王树声（宇清）。黑龙江二人：赵仲仁，刘澍田。云南一人：夏瑞庚（小琅）。贵州一人：姚华（茫父）。新疆一人：蒋举清。蒙古一人：汪海清（子瑞）。籍贯不明者一人：孙鸿哲。

② 黎锦熙：《国语运动史纲》，第66—74页。

员达一百二十四人。重要人士则有：黎锦熙、陈懋治、沈颐、李步青、陆基、朱文熊、钱稻孙、钱玄同、胡适、刘复、周作人、马裕藻、赵元任、汪怡、蔡元培、白镇瀛、萧家霖、曾彝进、孙世庆、方毅、沈兼士、黎锦晖、许地山、林语堂、王璞等。同时指定会长张一麐，副会长袁希涛、吴稚晖①。"国语统一筹备会"即为常设机构，有一定职司。实为语文改良活动安全进入于国家固定职责范围。承担全般语文工作。民国十七年（1928）十二月十二日，教育部又正式制定规程，设立"国语统一筹备委员会"。经常策划主持国语教育工作。同时聘定委员蔡元培、张一麐、吴敬恒（稚晖）、李煜瀛、李书华、钱玄同、黎锦熙、陈懋治、汪怡、胡适、刘复、周作人、李步青、沈颐、陆基、朱文熊、魏建功、曾彝进、孙世庆、方毅、沈兼士、黎锦晖、赵元任、许地山、白镇瀛、林语堂、任鸿隽、马体乾、钱稻孙、马裕藻、萧家霖凡卅一人。并聘定吴敬恒为主席，钱玄同、黎锦熙、陈懋治、汪怡、沈颐、白镇瀛、魏建功七人为常务委员。又由会约请赵元任、萧家霖加入常委。嗣后连次发行《国语旬刊》（民国十八年）及《国语周刊》（民国二十年至二十五年）使全国国语统一运动进入于最稳定及有效时期②。

乙、观念之演变

第三代思想，上承富强观念踵事增华。然此原始动机已逐渐消退少见。而知识普化观念则追随前一时期更加日趋扩张。此一知识普化动因，形成普及教育观念，至第三代更得以广泛发展，内容已进入多项复杂之宗旨。终于自然产生三个重大分化途径，分投各趋于一重大领域。第一枝途径，循普及教育宗旨，形成近代严肃之教育目标。此后之种种教育思潮以及理论体制，以至于教育宗旨与制度，均承普及教育为基本动因。第二枝途径，循行通俗文学途径，进入文学思潮领域，酝酿出此后种种文学理论宗旨之演变，相激相荡，发展而成各色各体之文学运

---

① 黎锦熙：《国语运动史纲》，第82—83页。

② 黎锦熙撰：《教育部国语统一筹备委员会最近六年纪略》，《国语周刊》第一三八期至一四四期，民国二十三年五月至六月。

动。第三枝途径，则仍为知识普化工具之语文改良问题。经过前代先驱之倡导启牖，至第二代已形成普遍运动。抒论之专家逾百，参与活动者逾万。影响所及，进入教育体制之中，足以推动全国性之实践。前二种途径，在此无从详论。而就语文改良活动一端而言，此一阶段自是一个较长期之运动潮峰。同时也是由思想进展入于重要行动时期。

此一时期思想中心之一，即为广泛应用“国语”一个概念。“国语”一词之简明定义，即为全国性国家公用语言之意。此一词汇之生成背景，颇有明晰渊源。最重要根本之“国语”之观念，启导于民族主义思想，原并不始于“国语”一词，在先实有更正大更庄严词汇。至少至光绪二十四年（1898）“保国会”之成立，即达于成熟，抑且足以代表民族主义思想之鲜明标帜。“保国会章程”中清楚立为重大条项，其重要宗旨，即在于保全“国地”、“国民”、“国教”。自此以后，“国”之词意更作广泛应用，足见民族主义思想之日渐扩大。“国语”一词实为其所衍生之一种概念。

“国语”一词，除往昔专指满文之特殊用途，是另具其定义之外。近代之所谓“国语”，自明确表示出 national 之意。最早出现文字，当在光绪二十九年（1903），京师大学堂学生何凤华、王用舟、刘奇峰、张官云、世英、祥懋等六人，上书北洋大臣直隶总督袁世凯。呈文标目有谓：“请奏明颁行官话字母，设普通国语学科，以开民智而救大局。”提具理由，实为谋国家求智求强之计：

> 今世界之教育，为多数之人，合群策群力以捍卫国家而设，非为求译才而已也。夫吾国不欲自强、不欲开民智则已，如欲开民智以自强，非使人人能读书，人人能识字，人人能阅报章，人人能解诏书示谕不可。虽然时至今日，谈何容易，非有言文合一、字母简便之法不可。彼欧美诸邦，所以致强之源，固非一端，而其言文合一，字母简便，实其本也①。

---

① 倪海曙：《清末汉语拼音运动编年史》，第100页。

何凤华等人对于推行简便字母，并申述其五点有利宗旨：其一，统一语言以结团体。其二，画一名词以省脑力。其三，讲女学以强种族。其四，训军士以明武略。其五，辅学堂而先收效。五者之中，统一语言尤当为重大目标。嗣后成为国语运动长期不变之重点。

“国语统一”一词之连属，见于光绪三十二年（1906）所刊朱文熊所著《江苏新字母》自序：

> 夫吾之所以望同胞者，能自立于生存竞争之世界耳。顾文字不易，教育总不能普及；国语不一，团结总不能坚固。此文字乃中国文字之改革，而先试之于江苏者也。江苏以苏州为省会之一，故以苏音为标准，他日国语统一之目的能达，则此字母及拼法虽可用，而表音上所著之国字，不得不更定矣①。

至宣统三年（1911），学部召开中央教育会议，由张謇任正会长，张元济、傅增湘任副会长，学部大臣交议各案之中，即有“国语音韵释例”一案。另外又有会员王劭廉等提出“统一国语办法案”，于闰六月十六日（1911 年 8 月 10 日）在第十六次会议中多数通过。案中决定在京城设立“国语调查总会”，已可见出执行决心。惟因不久爆发革命，清政府之官方行动亦止于此次决议而已。然“国语统一观念”，至此实已更加确定②。

“国语统一”观念，创生于清末最后数年，入于民国，则更逐渐展开“国语统一运动”。民国以来，关心者最多，人才最盛，辩论研讨最为深入。再加教育部门之专职专业人员。由思想已形成制度，由制度而创设机构，由机构而展开功令，由功令而施行种种教材、学程、训练、方法，于是再而综摄构造一代运动之纲领。充分显示国语运动之蓬勃发展。

语音统一观念启于清末，“国音”一词则由国语音韵转化而来，

---

① 倪海曙前揭书，第 152 页。

② 倪海曙前揭书，第 235—236 页。

成为民初以迄今兹之通行词汇，实为国语运动中诞生之重要概念。民国二年之读音统一会即为确立国音观念之重要实践。为具体而准确核定国音体系之领域，自然而使万流归一，自光绪二十二年以来之一切创制，统化而归趋一途。于是而有民国初年“国音字母”之创生。大致形成，多循王照、劳乃宣所建注音体系。建制过程，经历多数语言专家思考研究辩论争持而最后形成。其中几近半数采用章太炎所定之字母。正是民国建肇以来，国语运动之重要产品，亦可谓历次推行机构特别是“国语统一筹备委员会”之重大贡献。民国七年（1918）十一月二十三日，由教育总长傅增湘公布教育部七十五号令，确定注音字母三十九个，以代往日反切之用①。

---

① 《最近三十五年之中国教育》，第360—361页，黎锦熙文引据教育部七五号令公布：

注音字母表

声母二十四

ㄍ （见一） 古外切与浍同今读若格发音务促，下同。
ㄐ （见二） 居尤切延蔓也读若基。
ㄉ （端） 都劳切即刀字读若德。
ㄅ （帮） 布交切义同包读若薄。
ㄈ （敷） 府良切受物之器读若弗。
ㄗ （精） 子结切古节字读若资。
ㄓ （照） 真而切即之字读之。
ㄏ （晓一） 呼旰切山侧之可居者读若黑。
ㄌ （来） 林直切即力字读若勒。
ㄎ （溪一） 苦浩切气欲舒出有所碍也读若克。
ㄑ （溪二） 本姑泫切今苦泫切古甽字读若欺。
ㄊ （透） 他骨切义同突读若特。
ㄆ （滂） 普木切小击也读若泼。
万 （微） 无贩切同万读若物。
ㄘ （清） 亲吉切即七字读若疵。
ㄔ （穿） 丑亦切小步读若痴。
ㄒ （晓二） 胡雅切古下字读若希。
ㄖ （日） 人质切读若入。
兀 （疑） 五忽切儿高而上平也读若愕。
广 （孃） 鱼俭切因崖为屋也读若腻。
ㄋ （泥） 奴亥切即乃字读若讷。
ㄇ （明） 莫狄切覆也读若墨。
ㄙ （心） 相姿切古私字读私。
ㄕ （审） 式之切读ㄕ。（接下页）

思想开启之后，学术建树，思虑尤进于缜密。历经多次研考争辩，又达于政府功令。原来行用“国音字母”及“注音字母”名称，学人以为不妥，而经国民政府决定，与民国十九年（1930）四月二十九日，正式改注音字母为“注音符号”。是即形成日后长期沿用名词。不久，又由教育部于同年五月二十一日，公布组织“注音符号推行委员会”，由是而分别成立中央及各省之推行委员会，以执行推动全国注音教育，而国语统一运动已达于最稳定之成功阶段①。

（续上页）

介母三

ㄧ 一于悉切数之始也读若衣。

ㄨ 疑古切古五字读若乌。

ㄩ 丘鱼切饭器也读若迂。

韵母十二

ㄚ 于加切物之歧头读若阿。

ㄟ 余支切流也读若危。

ㄡ 于救切读若讴。

ㄣ 古隐字读若恩。

ㄛ 呵本字读若痾。

ㄞ 古亥字读若哀。

ㄢ 平感切嘾也读若安。

ㄥ 古肱字读若哼。

ㄝ 羊者切即也字读若也。

ㄠ 于尧切小也读若傲平声。

ㄤ 乌光切跛曲胫也读若昂。

ㄦ 而鄰切同人读若儿。

浊音符号 于字母右上角作，

四声点法 于字母四角作点如下图

去 入

.□. 阴平无符号

上 阳平

又，同前书，第361页，黎锦熙续纪云：“须知这三十九个字母之中，有十五个就是章炳麟采定的（前第一节已说过）即声母的ㄇㄈㄌㄋㄏㄕㄘㄙ，介母的ㄧㄩ，韵母的ㄛㄟㄠㄥ（ㄢ也是，不过章氏采作声母对‘匣’），其所以不全用章谱者，只因章用篆文，此须楷写，怕字母和普通汉字太一样了，不便也。”

又，同前书，第363页，黎氏续纪，于民国八年四月十六日，教育部再次公布注音字母音类次序如后：ㄅㄆㄇㄈㄪ ㄉㄊㄋㄌ ㄍㄎㄫㄏ ㄐㄑㄬㄒ ㄓㄔㄕㄖ ㄗㄘㄙ ㄧㄨㄩ ㄚㄜㄝ ㄞㄟㄠㄡㄢㄣㄤㄥㄦ。

① 黎锦熙：《国语运动史纲》，第231—237页。

国语运动，发展至此一期积极行动与十分稳定阶段，由于累年经验与多次论辩，思想酝酿，终构成严密体系，民国十五年一月，由始终从事实际推行工作之黎锦熙提出国语运动纲领。是所谓两纲、四目、十件事。于民国二十年九月二十九日，再次修正，刊登于《国语周刊》第三期：

何谓两纲？一曰国语统一；二曰国语普及。——当然，要有言文一致的国语，这种国语才能普及，所以第二纲又可换言之为“言文一致”。

何谓四目？因为国语统一含有两种意义：一曰统一；二曰不统一。国语普及也含有两种意义：一曰普及；二曰不普及。

现在就这两纲四目，把我们应干的工作，具体地写出来，凡十件事：

第一纲：国语统一

第一目：统一

（一）努力宣传并多方推行国音字母——国音字母现有两式：第一式就是注音符号，儿童和一般民众用之；第二式就是国语罗马字，受高小教育以上的添用之。

（二）提倡传习国语标准语和国语文（北平语就是标准语底代表；普通白话文就是国语文底基础）。

第二目：不统一

（三）添制闰音字母——闰音字母是用来标国音所没有而各地特有之方音的。

（四）调查方音——兼整理、实验，并寻讨源流，这是学术上底任务。

（五）征集并改良方言文学——这兼是社会教育上底任务。

第二纲：国语普及（言文一致）

第三目：普及

（六）提倡汉字注音——国音和闰音兼注，叫现在的民众容易识字，人人略能读书阅报。

（七）主张汉字外通行一种国语标音字——这当然是国语罗马字，用来增高并扩大将来教育底工具愈趋简便，则文化容易普及而提高。

以上两事，具体的方法在努力编译读物（译者译西为中；译古为今）。

（八）建设国语的新文学——兼重内容思想和历史。

第四目：不普及

（九）给汉字、古文，和国故以相当的地位——一方面，精选慎择，不让它们再乱七八糟地增加中等教育上底困阨，一方面让专门学者尽量地作科学的整理和真实的探求。

（十）编纂大规模的辞典——结算四千年来国语（文字和语言及其所包的一切新旧学术文化等）的总账。

这就是国语界同志们今后的目标。看起来，范围未免太大了罢？但若无第一纲，则无创造性；若无第二纲，则无革命性。若无一三两目，则不能普遍化（常识化）；若无二四两目，则不能学术化，则其道不尊；不普遍化，则其道不广。故不得不同时十事，并骛兼营；不贪“急功”亦收“近效”①。

黎氏果为第三代国语运动重要领袖，所提纲领，实已包罗民国以来全面活动宗旨，足以代表此一阶段中心思想。

在此必须对于另一系统发展作一述论，是即民国以来之国语罗马字运动。因为这对后世颇有深远影响。

自公元1世纪佛教输入，因译佛经方法，自然习染梵文拼音制度，遂演进而成中国之切音法，辗转发明，相沿而及于现代。此为历史上显著事实。惟至明季西洋耶稣会士纷纷来华，又将拉丁字母介绍进来，其中正式用于拼注中国文字者，则有教士金尼阁（Nicholas

① 《国语周刊》第三期，民国十九年九月二十九日刊。

Trigault）所著之《西儒耳目资》（*Vocabulaire Chinois*），其稿本三卷，成于1620年。当是中国最早之一部华文拉丁字典，备西人以识中国文字。金氏用拉丁字母，为中国语音定出五个“自鸣”音，亦即元音或母音；二十个“同鸣”音，亦即辅音或子音。两者互相合拼，即可拼成中国所有字音。其所须重视者，实为对中国切音制度产生一次重大改变。因为在当时一些中国学者如方以智、刘献廷、杨选杞等，均受其影响，而吸取其方法改进中国切音①。

降至十九世纪，西洋教士来华传教者日众。每人必须接触中国语言文字，各为入门方便之计，往往据西方固有工具，研拟而创制一套拼音制度。抑且各地方言不同，往往又各成不同音系之语文拼音字典。如客家方言、湖南方言、福州方言、上海方言、广东方言、汕头方言等等语文字典之著作。不惟各家音系不同，而拼音方式及符号，也彼此多有出入。此类出于西洋教士之不同创作，或有互相因袭之处，而实际则仍不免五花八门。惟一相同者，厥为无一不用西方共用之拉丁字母，后世则谓其所承袭之拼音罗马字。此种种字书，可查出书名者，约计不下一百余种②。此类拉丁字母或英文字母所成之拼音文字，在十九世纪基督教教学及妇女识字方面，曾被广泛推行。而其成效亦止限于圣经讲授以及中国教徒与教士之沟通。无论教士与中国信徒，均感颇有局限③。

适如第二节所论，西洋教士一时各类字书，正足以启示中国学者取法与创作。因是而有第一代语文改革家之种种贡献。第一代过去，经过若干学者之本土化创制，以至最后公布一套国音字母。俱就中国文字自身取材，而舍弃拉丁字母。但在第三代推行注音字母同时，亦

---

① 《国语周刊》第一一一期，罗常培：《国音字母以前的音标运动》，民国二十二年十一月刊。

又，《国语周刊》，第一〇五期至一〇六期，胡英：《三百五十年来在中国的罗马字拼音纪略》，民国二十二年九月刊。

② 王尔敏：《中国文献西译书目》，第434—464页。

③ 梁家麟：《清季广东之基督教教育》，1982年稿本。

使罗马字制度颇为流行。

虽然近代语言专家可将罗马拼音字渊源上推很早，宜则形成一种运动，为一些人大力推动者则为第三代之民国时期。其势力不及注音字母之广为推行，但为若干学者倡导鼓吹。民国十四年（1925）九月，一时语言学者组织“数人会”，会员林语堂、赵元任、钱玄同、黎锦熙、刘半农、汪怡等，设计罗马字拼音制度。同会之中，即有数个不同方案。嗣后“数人会”即是最显著以推行罗马字著名。同时，由于诸人全为教育部所聘国语统一筹备会委员，自然极力做成提案由教育部议决执行。是以在民国十七年九月二十六日即由大学院（等于教育部）就国语统一筹备委员会所制定“国语罗马字拼音法式”，明令公布施行，与前此之注音字母并行使用①。

罗马字拼音制度，原止用于为中国文字注音，大多数西方制作之字书多在于此。而近世在中国境内则发展至于代替中国字之主张。此一思想来源，颇为复杂。基本上，如西洋教士之教育文盲，即在于广为普及。再进一层，则比较西方富强在于使用拼音文字。再进一层，则为推动语言文字之合一。再进一层，则认定可以拼音文字顺利纳入于机械化、电脑化。于是由种种冲击，推动思潮波浪起伏。同样亦达于政令之强制施行。近三十年大陆政权之全面推展文字改革即其实例。然而中外争论，亦是激荡不息。

五、结论

中国近代语文改良动机，启于谋求富强意念，已见各家广泛论说，自不待言。同时由于力求知识普及平民，志在提高人民知识水准。就思想醒觉言，亦正契合近代兴起之民权思想。对于民众力量价值地位之重视，以及唤起民众之努力，并于此以见国与民之真正密切

---

① 黎锦熙：《国语运动史纲》，第157—175页。

关系。均足显示知识普化观念之重大意义。此种崇高理想及基本方向，十分正确，实可称为近代之知识普化运动。

各家所创语文改良制度与工具，大致可分为三项途径。其一，借资西方已成之形式。其二，借资中国固有之文字。其三，凭空另造符号。历经长期酝酿与反复研讨。终以中国本土文字改成符号最受重视。其次，则一些曾游学外国学者，又多数主张径用罗马字拼音。虽然如此，直至1930年代，广泛推行者仍不外止于辅助识字，用为注音之用。不过以符号完全代替文字之主张，同时期亦屡屡出现，尤其第三代新起一派留学西洋学者，大力主张改用罗马字代替汉字。思想之分化歧异发展，并有主张废汉字改用“世界语”者。光绪三十四年留法学生于《新世纪》杂志有所主张，当时即引起章太炎反驳。《新世纪》并再有所争论。然在国内激起反响较少[①]。

所谓“世界语”，是西方自拉丁文简化创造之制度。中国学者译为“爱斯不难读”(Esperanto)。但百余年来，仍然流传不广，而且极少人用。直是等于闭门造车，今日最不能通行于世界者即为“世界语”，惟在民国初年有一些语言学家略作介绍[②]。

至于提倡国语者，宜重在国本，即本国国家之语言，长期累积习惯不可轻忽。一国语言形成，乃文化风俗长期累积产物，包括语言、思想、信仰、习惯、意趣、民性无不蕴蓄其中，实为极其复杂之综合体，全民依赖习用，不能一日缺少。近世轻言改造，前提在谓固有文字复杂难识，西方列强俱用拼音文字，以为中国文字书写缓慢，无由于列强竞争。此种见地，不无理由，其所以能风靡一时者，亦在于有相当说服力。然而在心理上适正反映国人民族自信之崩溃，此点正为

---

① 倪海曙：《清末汉语运动编年史》，第185—190页、196—199页。

② 十年前我曾自台北开明书店购得世界语字典一册，世界语课本一册。目的并非要学习，只是要多少了解其情形。但一见则知仍用拉丁文之字母以及连书长短不同文字，只是拼音简单，记忆则与任何西文相同。而字母编排，既非拉丁文又非任何一国文字，直是天地间骤然多此一种语言文字，而于地球之上无一地可以行用。我来香港中文大学任教，即将两书带来赠予同事朱立先生。

近人思考所忽略，实为一危险讯号。即显示中华民族思想意志信心之根本动摇。一民族之形成壮大，在于一民族之团结融合，本来建基于感情，原非出于理性。若以理性之强制安排，加以改变，虽收小效，必致大损。况既使拉丁化，实乃取径于语言之西化。彼之工具为彼民族文化长期形成，我之工具，因我之民族文化长期形成。工具各因其特殊需要而创生。事物不同，工具各遂其所长。剑有所钝而斧有所利，主要在于施用之对象。中国语文特色，以文字统摄语言，故方言虽多，却仍能通达声气维持统一。若使用西方字母，则必随语言变化而日趋歧异分裂。即以中古法、德二国之形成可为实例，可为前鉴。兹举西方史书如次：

> 然有一极重要之分裂发生其间，盖入居罗马高卢之西法兰克人，从其所征服之民习得一种驳杂之拉丁语，遂化于罗马；至于来因兰之法兰克人则仍保持其下日耳曼语也。言语不同，在文明程度低下之时，每能在政治上生极强之影响。一百五十年间，法兰克人之世界分裂为二，一为纽斯的里亚（Neustria），即法兰西之雏形，操一种类似拉丁之语言，卒成今日吾人所见之法语。一为奥斯达拉西亚（Austrasia），即来因兰也，则仍操日耳曼语①。

古昔法、德本为同一民族，由于中古语文之分化，一百五十年间乃形成二个不同民族。近世二百余年，法、德世仇，战火连年不息，谁为厉阶？凡我学人岂可不作深思审虑？

若以改行拉丁文字，以求速效而进至于富强者，其说十分动人。然亦视事太易。孟浪行之，后果难测。中国近邻未尝不有二三实例，何不取而比较观察？越南自公元前2世纪已为中国郡县，前后达一千余年。行用汉字崇祀孔庙与中国同，而近世立意求强，先靠法国，全国改以法国字母拼其土音。文字西化，早于中国，久为先驱，百年行用，与强何关？求强固未能得，而民族信心丧失，自立精神荡然。徒

---

① 韦尔斯（H. G. Wells）：《世界史纲》下册，第541页。

为帝国主义者因势乘便，多制造一批服役奴才，效命走狗。先后依附投靠法国、美国、俄国，何尝计及亡国灭种之痛，真是哀莫大于心死。越人与中华血缘最近，不能不哀悯其悲惨国运，亦应当借取其前车可鉴。

中国语言文字之微，其改革动机亦与求强一念息息相关，今举文证人证，无虑数十，当无疑问。现时早已进入语文专门之学，原始动机，相疏日远，相忘日久。不知追考，不求细察。须知拼音文字字母，世上甚多，印度一国即有十四种。而久为列强所奴役，何关乎国家富强？我国学者何以独钟情于拉丁字母？说穿一句话，乃因欧美皆强国，中国人多往留学而熟习其文字而已。求强之一念隐在其中。再举一例，颇可参考深思。即民国初年研订国音字母学者争论殊多。当时吴稚晖坚持采用十三浊音，虽多人反对而不能决。吴氏理由，即谓德国语文浊音最多，其国盛民强即在于此，争执不下。及民国七年（1918）颁布国音字母之时，德国已在欧战中战败。浊音之气焰大消，终于在字母中仅采用三个浊音字母。由此一端，已可想见国人在如何倾慕欧美强国语文[①]。

附记：本文之撰著承香港中文大学联合书院辅导处提供研究助理，谨记感谢之意。

1982年3月3日写于香港中文大学

---

① 王照：《小航文存》卷一，第47页："吴某（吴稚晖）提议三十六字母中之十三个浊音，必须加入新字母。余（王照）反对之。北十余省及蒙藏川滇代表皆与余一致，苏人之江宁以北者亦不助吴某。因十三浊音母，除苏淞常杭嘉湖数十县人外皆不能读也。连日争论极烈，吴某百计巧辩，谓浊音字雄壮，为中国之元气。且言德文浊音字多，故德国强盛。吾国不强，因官话不用浊音之故。有时吴于主席位上大唱弋阳腔。令众人审听其浊音字之雄壮。"

中国近代知识普及化传播之图说形式

——以《点石斋画报》为例

一、引　言

知识之普及，经典史传之通俗化，中国历代有识之士多有用心，设计深入，表达浅显。不仅便于童蒙，抑且广输至于白丁，负贩走卒亦可引据经史。编造不拘形式，但各自具体制。无论入手出手，总是花样百出，多彩多姿。大致而言，一为正宗幼学蒙课，一为民间口传。俱以简易化通俗化知识为归宗。亦即取得知识便捷之法。童蒙教育，近代重视，各有课书，不待复论。至民间口传，泛漫原无境界，散乱无所统纪，自不易全面掌握。然谚语、歌谣、平话、说唱，以及传奇戏曲，仍然洋洋大观。虽不免起灭不定，流失甚速。然近代之累债，尚可据其残留，归为系统研究。

中国文化遗产，简化输入于民间，民间以种种形式流传交换，潜移默化，范铸民俗民风，乃至普遍民族精神，一般之人生态度。其社会教育价值，不可轻估。惟研考究竟，实不免杂乱琐屑，难于条理安置。形式繁驳，难于归属系统。流失快速，难于追索捉摸。此三端为从事研究者最感苦恼之事。凡此下层民族文化结晶，创制者谁人？起始者何处？亦极其不易考察。惟史家面对有价值之问题，其使命所及，亦不能置之不问，能据一鳞半爪，汇聚成篇，留于后世，以为知识者之参酌采择。前贤之不厌稗史野乘，街谈巷议，所贵即在乎其文献价值。近代史史学，史料浩繁为一大特色。而此中同道，治史同仁，方日日辛勤擘画，广加搜罗隐埋难得之文献，“口述史”一门体制，即为显例。此当代学者所必当留心，治近代史者之应有天职，亦近代史史学独有之一大方便。然近代史之另一特色，则世变剧烈，起灭不测；社会升降，人事沧桑，令人目不暇给。尤其世俗通行之文献，浅湿庸陋，形制百出，向未引致学者重视，转眼即已消灭无形。举例而言，若当世丧家讣闻，逝者行状，四十年来，坐使化为飞灰。若早加搜辑，必成巨帙，实为现代社会史料大观①。而今已是乌有先生，何得徒叹空乏？基于此点粗浅认识，笔者以有限能力，略就近代社会流传图画图说稍加用心，而以民间通俗化知识之流布为探索宗旨，借此尝试，以期近代史同道亦加注意。

绘画之发生，中国历史中具悠久背景。据考古家所发现，以阴山巨石石刻画为最早。约在旧石器时代末期新石代初期之间。以动物为主，间有人物。其次则考古家发现之咸阳地画，约在公元前七千年之间。今日吾人最常见者，半坡遗址彩陶上之鱼画，亦在公元前五千六百年至公元前六千八百年之间。后者明显可见是出以艺术表现动机，而无涉于实用或宗教信仰。据画史专家庄申教授相告，最早绘画起源动因，其一出于图腾制宗教信仰之区别标示。其二出于原始民族写生之兴趣。至于实用性之绘画，则为很晚期之事。我人所见先秦典籍中讨论绘画，最熟的故事莫过于《论语》所载孔子与子夏所讲的“绘事后素”一句话（见《论语》八佾篇）。孔子一生谈乐最多，谈画只此一次。但可证明先秦已有记载绘画之文字。至于就图书合并一体而言，先秦典籍，原多有图有书，两者相辅，推理可知，《伊尹》最早，

① 1979年，笔者著文建议学术单位，经常派人到殡仪馆收集死者行术行状，日积月累，必可编成《碑传集》巨帙。见拙著《梼乘小品》第25页，台北商务印书馆印1984年。

其九主篇，实为九种君像附图说之书。汉代司马迁、刘向均曾见到①。由是可以确信，图说之制当早创始于先秦，《伊尹》一书，可视为先始祖本，应为后世图说渊源。今日确有实物可见，并为世人共喻之常识者，则为晋代顾恺之《女史箴》，有图有说，十分清楚，推为今世图说渊源亦无不可②。

二、图说创制背景及画风渊源

《点石斋画报》于光绪十年四月（1884）创刊于上海。每月上中下三旬各出报一次，每次刊载画图新闻八帧。是旬刊性质③。发行至光绪二十六年。共出刊画报六集，合为四十四册。其各集出刊画报数量，条列如次：

> 《点石斋画报》初集，共出十册，以天干排序，计分甲、乙、丙、丁、戊、己、庚、辛、壬、癸各册，共刊行新闻画图一千零八十九帧。

---

①《史记》卷三，殷本纪，台北明伦出版社标点本，第94页。“集解”云：“刘向别录曰：九主者，有法君、专君、授君、劳君、等君、寄君、破君、国君、三岁社君，凡九品，图书其形”。《伊尹》全书五十一篇，见汉书艺文志所记。刘向必经阅看，惟《伊尹》全书，后世亡佚。近年长沙马王堆发现帛书，竟有“九主”一篇。其篇首有云：“九主成图，请效之汤。汤乃延三公，伊尹布图陈笵，以明法君法臣。”其篇末有云：“九主之图，所谓守备悉具。外内无寇者之谓也。”经笔者亲询大陆文字学家金德熙先生，帛书中九主实有图，为两汉前之本。早于刘向二百年。

② 先秦图籍，有图有说者不止《伊尹》一种。据《汉书》（台北明伦出版社标点本）艺文志六艺略，有《孔子徒人图法》2卷，见1717页，兵书略，《吴孙子兵法》82卷，图9卷，见1756页。《齐孙子》89卷，图4卷，见1757页。《楚兵法》七篇，图4卷。《孙轸》五篇，图2卷，《王孙》16卷，图5卷，《魏公子》二十一篇，图10卷，俱见1758页。《黄帝》十六篇，图3卷，《风后》十三篇，图2卷，《鹓冶子》一篇，图1卷，俱见1759页。《鬼容区》三篇，图1卷，《别成子望军气》六篇，图3卷，《鲍子兵法》十篇，图1卷，俱见1760页。《五子胥》十篇，图1卷，《苗子》五篇，图1卷，俱见1761页。《耿昌月行帛图》232卷，见1766页。

③《点石斋画报》初集，甲册版记及尊闻阁主人序。

《点石斋画报》二集，共出十二册，以地支排序，计分子、丑、寅、卯、辰、巳、午、未、申、酉、戌、亥各册，共刊行新闻画图一千一百九十二帧。

《点石斋画报》三集，共出八册，以八音排序，计分金、石、丝、竹、匏、土、革、木各册，共刊行新闻画图画八百六十一帧。

《点石斋画报》四集，共出六册，以六艺排序，计分礼、乐、射、御、书、数各册，共刊行新闻画图六百四十七帧。

《点石斋画报》五集，共出四册，以文士德操品目排序，计分忠、信、行、文各册，共刊行新闻画图四百三十二帧。

《点石斋画报》六集，共出四册，以乾卦卦辞排序，计分元、亨、利、贞各册，共刊行新闻画图四百三十二帧。

综合六集前后十七年，共刊行新闻图画四千六百五十三幅①。前后期期连贯，时间密接，毫无间断。同时图画风格，图说形式，亦前后一致。据此巨量四五千幅之画报资料，足以考见当时中外朝野政风人物，社会百态，人情物理，世势沧桑。真可谓洋洋大观，多彩多姿。

《点石斋画报》创始之初，于其创刊动机，启导前徽，开宗明义，均有清楚交代。在光绪十年（1844）三月，尊闻阁主人序中暴白甚明：

画报盛行泰西，盖取各馆新闻事迹之颖异者，或新出一器，乍见一物，皆为绘图缀说，以征阅者之信。而中国则未之前闻。同治初，上海始有华字新闻纸。厥后申报继之，周咨博采，赏奇析疑，其体例乃渐备。而记载事实，必精必详，十余年来，海内知名，日售万纸，犹不暇给，而画独阙如。旁询粤港各报馆亦然。于此见华人之好尚，皆喜因文见事，不必拘形迹以求之也。仆尝揣知其故，大抵泰西之画不与中国同，盖西法娴绘事者，务

① 《点石斋画报》初、二、三、四、五、六集，广东人民出版社影印线装本，1983年6月印行。刊印图画数量据实统计。

使逼肖，且十九以药水照成，毫发之细，层叠之多，不少缺漏。以镜显微，能得远近深浅之致。其傅色之妙，虽云影水痕，烛光月魄，晴雨昼夜之殊，无不显豁呈露。故平视则模糊不可辨，窥以仪器，如身入其境中，而人物之生动，尤觉栩栩欲活。中国画家拘于成法，有一定之格局，先事布置，然后穿插以取势，而结构之疏密，气韵之厚薄，则视其人学力之高下与胸次之宽狭，以判等差。要之，西画以能肖为上，中画以能工为贵。肖者真，工者不必真也。既不皆真，则记其事又胡取其有形乎战。然而如《图书集成》、《三才图会》与夫器用之制，名物之繁，凡诸书之以图传者证之，古今不胜枚举。顾其用意所在，容虑夫见闻混淆，名称参错，抑仅以文字传之而不能曲达其委折纤悉之致，则有不得已于画者，而皆非可以例新闻也。虽然，世运所至，风会渐开。乃者泰西文字，中土人士颇有识其体例者，习处既久，好尚亦移。近以法越构衅，中朝决意用兵，敌忾之忱，薄海同具，好事者绘为战捷之图，市井购观，恣为谈助。于以知风气使然，不仅新闻，即画报亦从此可类推矣。爰倩精于绘事者，择新奇可喜之事摹而为图，月出三次，次凡八帧，俾乐观新闻者有以考证其事①。

据此创始缘起，申说十分明白，无须推断猜测，可确知其受欧西画刊影响，而启念于追摹仿效；要在中国开创一种新闻画报，以中国画家领此风骚②。

---

① 《点石斋画报》初集，甲册序文。

② 当世报业学界，新闻史书，介绍及《点石斋画报》均甚简略，早期者戈公振之中国报学史固不待言。而所见近著如梁家禄，赵玉明等合著之《中国新闻史》（南宁，广西人民出版社，1984 年 8 月印），仅在 521 页年表中占一行半字。复旦大学新闻系新闻史教研室所编著，《简明中国新闻史》（福建人民出版社 1986 年 11 月印）在五十二页仅两行半字。方汉奇著：《中国近代报刊史》（山西人民出版社 1981 年 6 月印）上册，第 54—55 页。共占一页半篇幅，对《点石斋画报》有所介绍与批评。然于四五千幅画报而言，仍不免是一鳞半爪。

以画报体制题裁而言，《点石斋画报》应视为近代开新创始。于中国前代任何时期均无因袭。中国史上，自古迄今，向未出现相类之画刊文书。至于核对创始缘起所言，明示承受西洋书画新闻纸之影响。其实质含义，须就当时通商口岸报刊实况考察。且序中亦明言咨询粤（广州）港（香港）两埠报纸之发行。更可见当时通商环境中，外来风气涵化之重要。

中外通商初期，西洋教士为入华文化先驱，最先启导中国人思想观念之改变。教堂宣道，报刊小册，均为重要入手媒介。报刊尤占最重要地位。惟缩小范围，就图画新闻纸而言，《点石斋画报》所直接承受西洋书报影响者，当为《花图新报》（*The Chinese Illustrated News*）。此报为美国长老会教士范约翰（Rev. J. M. W. Farnham）在光绪六年四月（1880）创办。每月出版三千份，刊载图画并附详细文字说明。一直发行维持到民国二年（1913），内容刊载天文、地理、科学、器物、时事、人物等。其编刊印刷，全由范约翰所设清心堂学塾生徒担任。以"上海清心堂书馆"名义发行[①]。

《花图新报》开宗明义是表现一种画报品类。就中国文字创兴画报而言，无疑应居于创始先驱。早于《点石斋画报》四年。亦应为《点石斋画报》因袭之前徽。五十年前已为中国地方志乘所公认，以为中国画报应以《花图新报》为最早[②]。然当时报刊图文并茂者，原不以此报为最早，同一人范约翰原于光绪元年（1875）在上海早创刊《小孩月报》（*The Child's Paper*）一种，由清心堂发行，每月出报由二千份至四千五百份。一直维持发行到民国四年（1915）。虽不以画

---

① 白瑞华（Roswell S. Britton）：*The Chinese Periodical Press, 1800—1912*, Shanghai, 1933; Reprinted by Cheng-wen Publishing C'o, Taipei, 1966, pp. 56—57；《上海通志馆期刊》第1卷第2期，页545；《华图新报》第12期，光绪七年三月，上海清心堂图记；台北台湾书局1966年影印。

② 《上海研究资料续集》，（民国二十六年上海通社印，1973年台北中国出版社影印本）326页。张若谷作："神州画报及其他"。

报命名，实则图文并重，早于《花图新报》六年[1]。当然，以文字附图之刊物而论，又应以林乐知（Rev. Young John Allen）在上海所创办之《教会新报》为最早。实创刊于同治七年（1868）。惟以严格分际判析之法，不宜将此非图画为主之画刊列入画报范畴。是以纯就图画报刊而言，自应仍推《小孩月报》及《华图新报》为最早。

《点石斋画报》之缘起序文，不厌其长篇引括，主要是其所提供之多方线索。为探讨历史背景之重要文献。前面论述其所承袭西洋画刊渊源，出于序文明白宣示，即其一端。而实际所可借以追考之问题仍多。不但作者署名必须用心考察，即其钤盖印记亦应仔细研究。署名尊闻阁主人是何许人也？读其文字之典雅条畅，或必想定出于科甲名士，然细考其所钤印信，竟是英国商人美查（Ernest Maior），查知序文作者真名，可以解决许多疑问。当时寓华英商有美查兄弟久居上海，一名 Frederick，一名 Ernest，二人成立美查兄弟公司（Major Bros.，Ltd.），因华人买办陈莘庚建议，于同治十一年（1872）在上海创办《申报》。美查之主持《点石斋画报》，自是一种报业之扩充，亦自然与《申报》相辅发行，关系密切[2]。

画报之所以名为“点石斋”，原是早有“点石斋”印书局存在。西方石印术传入中国，光绪二年（1876）上海创办徐家汇土山湾印书馆，开始使用石印术印书。光绪四年（1878）美查创办“点石斋”印书局翻印《康熙字典》、《圣谕详解》等书，甚受文士欢迎，销行

① 《格致汇编》第一年第六卷，第17页；清心书院启事：“（小孩月报）此报开设至今已满一年，承诸人购阅，每次约销二千余本，且有诸友遗下著作，相助登报。报中新到之图，共有五十四。本馆此报特因小孩而设。是以官语浅文，标以图画。其中所登，以圣道为首务，另有天文、地理、格物、禽兽等学，以及各处奇闻。”《画图新报》第12期，光绪七年三月，“清心堂图记”。《上海研究资料续集》，第324—325页。“最早的画报”。《上海通志馆期刊》第1卷1期，第216页。白瑞华（Roswell S. Britton），*The Chinese Periodical Press, 1800—1912*. p. 56。据本页记载，《小孩月报》原为美国长老会医生嘉约翰（John Glasgow Kerr）在广州创办，数期之后即改在上海由范约翰接办。张静庐编《中国近代出版史料》二编，第297—298页。

② 《上海研究资料续集》，第316—317页。

极速。嗣后因石印术便于绘画直接上版，于是使中国绘画获得印刷方便，《点石斋画报》即是纯由石版印刷技术而发行之一种画报[①]。

在《点石斋画报》之前，尚有《环瀛画报》，原自英国刊印发行，由英国画家绘图，华人蔡尔康撰以中文图说。自光绪三年（1877）起，不定期只出刊五次。至光绪六年（1880）止。是为《点石斋画报》之先驱。然多数报学著作论文均误以为是《申报》附属刊物。其实既在英国出版，且非《申报》发行，而只是运到上海由申报馆代为经销而已。据1879年11月1日《申报》所刊《环瀛画报》第二次来华发卖启事可知。虽然如此，仍可视为《点石斋画报》先具之承袭渊源[②]。

我人在此可以澄清，得一概括性认识。《点石斋画报》系以石印刊发之旬刊，即由点石斋石印书局印刷。而其发行纲则随申报附送，不另收费。单独零售，则售银三分，其创刊人及主持经营，则为英人美查，在画报所载以尊闻阁主人出名。至于书法端正，文词典雅之缘起序文，自为他人代笔无疑，似无须推究为谁。

《点石斋画报》执笔画家全为华人，抑且所画均必署名，未署名之作不及百分之一，在今日所能直接看到四千六百余帧画报，收揽当时画家不少。第一个世人熟知，后世各书均必引者为吴嘉猷，又名吴猷，字友如，苏州吴县人（近人一说为元和人），所画多署名友如。一般书均称吴氏为主笔。实为画报初、二两集最重要画家，毫无可疑。惟因尚有不少其他画家，兹列其全部执笔画家名表于次，备作

---

① 《上海地方史资料》(四)，上海社会科学院出版1986年12月，第245—246页，向迪琮：《上海点〈石斋石印画报〉及其继起者》。

② 《出版史料》第二辑，上海学林出版社1983年12月。第37页，基民：《上海最早的画报》;《出版史料》第三辑，上海1984年12月，第158页，姚福申：《上海最早的画报究竟是什么?》《上海地方史料》（五），上海社会科学院出版，1986年1月印，第24页。徐忍寒：《申报七十七年大事记》。白瑞华（Roswell S. Britton），*The Chinese Periodical Press, 1800—1912* p. 69。徐载平、徐瑞芳著《清末四十年〈申报〉史料》，北京新华出版社1988年4月，第319—320页。

参考。

《点石斋画报》执笔画家名表

姓名	别名	字号	籍贯	画稿出现之集别	备考
吴嘉猷	吴猷	友如	江苏吴县	为初、二集主要供稿人出现最频，在三、四集偶而出现	
金桂	金桂生	蟾香		在初、二、三、四、五集出现最频，为主要供稿人	
张志瀛				在初、二、三、四、五集出现最频，为主要供稿人	
周权		慕乔		常出现于初、二集，偶出现于第六集	
顾月洲				常出现于初、二集	
贾醒卿				偶出现于初集	
田英		子琳		于初、二集出现最频，为重要供稿人	
吴贵		子美		偶出现于初集	
金鼎	金耐青	鼒卿	北京	偶出现于初、二集	
邱书孝			江苏长洲	偶而出现	
何元俊		明甫		为三、四、五、六集主要供稿人，出现最频	
马子明				常出现于初、二、三集	
符节		艮心		为三、四、五、六集主要供稿人，出现最频	
李焕尧				偶而出现	
管劬安	蘧庵主人		江苏吴县	偶而出现于初、二集	
葛尊		龙芝		偶而出现于二、三集	
许寿山				偶而出现	
沈梅坡				偶而出现	
孙友之				偶而出现	

续表

姓　名	别　名	字　号	籍　贯	画　稿　出　现　之　集　别	备考
王　钊				偶而出现	
张　其				偶而出现	
张文秉				偶而出现	
朱儒贤	如　言	云　林		于第六集开始经常出现，为主要供稿人	

据本表所知，《点石斋画报》网罗画家不少，而其中最重要几位，除吴嘉猷之外，次为金桂、张志瀛、符节、何元俊、田英、马子明、顾月洲、周权以及朱儒贤等。大抵以流寓上海谋生之文士居多。

《点石斋画报》固定供稿之画家，乃系登报公开征召而来，创始之年，1884 年 6 月在《申报》登载“招请名手绘图”启事。有云：

> 本斋所得奇书数种，惟有说无图，似欠全美，故特招聘精于绘事者，即照前报所登尺寸绘成样张，寄上海点石斋帐房，一经合用，当即面请至本斋面洽①。

至零星偶然出现之画家，则系出以投稿，而用以赚取两元一幅之稿费而已。兹录其 1884 年 6 月之征画稿启事：

> 本斋印售画报，月凡数次，业已盛行。惟外埠所有奇怪之事，除已登《申报》者外，未能汇入图者，复指不胜屈。故本斋特告海内画家，如遇本处可惊可喜之事，以洁白纸新鲜浓墨绘成画幅，另纸书明事之原委。如果惟妙惟肖，足以列入画报者，每幅酬资两元。其原稿无论用与不用，概不退还。画幅直里须中尺一尺六寸，除题头空少许外，必须尽行画足，居住姓名亦须示知。收到后当付收条一张，一俟印入画报，即凭条取样。如不入报，收条作为废纸，以免两误。诸君子谅不吝赐教也②。

① 徐载平、徐瑞芳等：《清末四十年申报史料》，第 84 页。

② 徐载平、徐瑞芳等：《清末四十年申极史料》，第 336—337 页。

点石斋画家所供画稿四千六百余帧，形表所见，各自成体，并无雷同，当出以画家细心构思布局。然就画风而言，却能代表一致之品味情趣，一致之表达技巧笔法。“点石斋”主人是洋人美查，而所出画报之图画，则纯为中国传统技巧与画风，只是题材，对象景物及表达形式有不少扩大趋新成品，由于因应时势，提示新闻，乃不得不有所改变。而基本上则纯为中国画风，自始至终具有此种传统，实亦是上有传承，有悠久渊源，历代发展，以至近时之因袭。其中有极少数特例，如法将弧拔像及缅甸白象，描画带郁阴影，似西洋炭画，略见模仿之一端。

前在引言中述及，中国图说渊源，据可靠史料，可以上溯至先秦之《伊尹》九主。当然是指竹帛上之图画而言。然后世发明调版印刷，上推可至隋朝，今见中国最早之成品，为唐懿宗咸通九年（868）所印刷之《金刚般若波罗密经》，在其前端扉页，有雕刻精细复杂之佛像。有图有文，一同见此佛经，屡为版本学各书引据，视为中国雕版印刷术之创始。实成为公认之常识[①]。

宋代雕版印刷更为普遍，抑且附图之书亦出现不少。一代著名之书，如《三礼图》、《尚书图》、《尔雅图》、《博古图》、《列女传》俱是以图为主之书。现今北京图书馆仍藏有宋代建阳刻本之《尚书图》[②]。当知书籍附图以至图画附文字说明，雕版盛行之际，已是普遍出现。至于图画中插入绘画者姓名，亦早自北宋开始。北宋太宗雍熙元年（984）十月僧人知礼所雕之弥勒佛像。其上右角刻有“待诏高文进画”，左上角刻有“越州僧知礼雕”。画家刘家俱出现于同一画中，可以作为画家署名最早之证据[③]。嗣后元、明、清各代印刷附图

---

① 周芜编：《中国古代版画百图》，第二图及图画说明（本书按图排序，不列页次），北京人民美术出版社 1982 年印。

② 周芜编：《中国古代版画百图》，第六图。

③ 周芜编：《中国古代版画百图》，第四图。

插图之书，包括平话、戏曲、小说、传奇，画中署名乃为常见[①]。点石斋画报执笔诸家，大致篇篇署名，未署名者极其少见。上溯渊源，自具悠久背景，而署名之频，则远远青出于蓝，而胜于蓝。

就版本学家定论，雕版刻书大宗，全国有三大中心，即所谓蜀、闽、浙三大地区。以成都、建阳、杭州为代表。北方原以汴京为中心，后因金朝兴起，而增山西平阳一地。然北方刻书，论质论量均远不及南方[②]。若论绘图雕刻，更是南胜于北，此技闽蜀已不及江、浙之盛。以绘画插图书籍而论，明清两代最为发达，明代尤居鼎盛高峰。据版画家统计，历代插图刻本有四千余种，而明代即占半数。若以精绘细雕，技艺高超而谕，则明代徽工最擅胜场，徽州、歙县、休宁，人才辈出，历数代不衰。绘画精美，刻工细致，印书为世人珍藏，现存精品多出徽工之手。仅徽州黄氏一门，上下数代即出名刻工三百余人。徽州汪氏绘刻人才亦众，亦负盛名。经版画家研究定论，以为徽派画刻居全国之冠[③]。明代江浙亦出画刻精品不少，著名浙人有张锡兰（字梦征）、陈洪绶、徐元玠、顾炳、陈一贯、吴熹。苏人有仇英、钱谷、李士达、王文衡等。因是版画家艳称徽派、浙派及吴派三大支[④]。

吴派画家后继人才辈出，清中叶以来即有浙人任熊（萧山人）、

---

① 周芜编：《武林插图选集》，浙江人民美术出版社 1984 年印。本书收集自宋以来插图书籍二百余种，选刊插图二百六十八幅。画家题名者如：明人蔡冲寰、何英、熊莲泉、汪修、陆粲、陆玺、陈洪授、张锡兰、徐元玠、王文衡，清人杨伯润、任熊等，其中以蔡冲寰，陈洪绶、王文衡，任熊最负盛名。

又，周芜编，《中国古本戏曲插图选》，天津人民美术出版社 1985 年 4 月印。本书收集元、明、清戏曲插图本一百余种，插图一百五十六幅。亦有少数附刻画家姓名者。

② 参阅：魏隐儒编著《中国古籍印刷史》，北京印刷工业出版社出版，1984 年 5 月印，第七章至第十三章。陈国庆编著：《古籍版本浅说》，澳门尔雅社出版 1977 年 5 月印。

③ 周芜编著：《徽派版画史论集》，安徽人民出版社，1984 年 1 月印。选印插图 136 幅，文字介绍第 1—75 页，为一深入之研究报告，备极详尽。

④ 《武林版画史叙录》，周芜编著：《武林插图选集》，第 187—202 页。

任颐（山阴人）、改琦等名家。任颐即任伯年。任熊字渭长，虽系浙江人，而久寓江苏，在苏州成大名。传世有画传四种[1]。《点石斋画报》绘画家多为苏人，画风应系直承吴派，虽与任熊、任颐、改琦在同一时代，而声名远逊二任，后世少有人知。不免为吴派次级画家。惟其中吴嘉猷则负画名甚久，为此批二流画家领袖。其次张志瀛、田英亦在上海版画业中具有声名，俱可代表吴派画风之延伸与发展。吴氏以画剿太平军战史而成名，在发行《点石斋画报》同期，亦为其他书籍绘画。王韬所著《淞隐漫录》即有吴氏插图。《淞隐漫录》十二卷属人物小传笔记性质，每作一篇即附画图一页，亦用石印术印刷。主要画家实为张志瀛，每图均精美细致。王韬同时又石印《漫游随录》三卷，乃游记写实文字，每篇亦附一插图。主要画家为张志瀛及田英二人，同样精美细腻。两书俱为插图中佳作。

三、重大时事报道与时人行径介绍

《点石斋画报》之创报宗旨，系用绘图传播时事新闻，基本上是新闻纸类。是以决不同于一般经典、说部、佛藏之插图。此在中国史乘而论，自是一种创新报纸形式，当无可疑。

《点石斋画报》自初集出报以至六集，前后十七年之久，由于随《申报》派送，竟于画报本身不注明每期刊印日期，此是一种习惯，实为一种严重疏漏。后世研究，势须加以推算考证，今日看来自然多费工夫。然而由于《画报》经常要报道当日重大时事，可就已知时事判定报纸出版时期。抑且发行旬刊，可就创报之期，逐期推算，亦可相互推证大致日期。是以《画报》本身内容，有相当分量资材表达其时代特色。自较一般文献更便于研究，不需系年专家多费心力。

《点石斋画报》创刊于光绪十年（1884）四月，正值中法两国为

---

① 《任渭长画传四种》，北京中国书店1985年影印上海同文书局石印本。

越南问题剑拔弩张之际。同年七月即正式成为交战国，使数年以来法兵进侵越南行动，进而伸展到中国沿海。俱绘图刊布大众，这是当时必定报道之重大时闻。各报必无遗漏，《点石斋画报》适为此类时事，尽量展示于画页，前后达二十余幅。当日之时事，即今兹之史实。核对正史及重要史料集诸书，甚至近今研究专论，凡大事几无一遗漏，兹综合《画报》所载中法战争要闻，条列于后，俾与史料互相参证。《点石斋画报》创报之始，即首载北宁之役二帧。直迄次年中法议和之后，仍不断登载法国善后之计较及在越之残暴。计所刊有关中法关系要闻分为：

1. 越南战场（北宁之役）。
2. 台澎战役。
3. 马江之役。
4. 法舰侵扰浙宁及地方防守。
5. 法舰封锁沿海及抢掠粮船。

（此情在当时相当严重，除《中法越南交涉档》外，各书甚少提及。）

6. 基隆战役。
7. 沪尾战役及防御图。
8. 曾纪泽在中法交涉中之表现。
9. 李鸿章与福禄诺之天津谈判。
10. 曾国荃与巴德纳之上海谈判。
11. 越战名将刘永幅。
12. 台海名将刘铭传、孙开华。
13. 浙宁名将吴杰、欧阳利见。
14. 镇南关之役。
15. 谅山大捷。
16. 中法议和。
17. 法国名将孤拔。

18. 中法换约。

19. 中法大员勘界。

20. 战后法国政情。

21. 法国对越之压迫①。

就中法战争史实而论，前后所见之资料集已十分详备，似此简略通俗之画报，有何可取？自向来少人闻问。虽然如此，我人仍就参考价值，找出数处他书所无之资料。如沪尾兵防布置图《点石斋画报》前后刊印两幅，弥足珍贵。浙海御敌经过及战后立碑，皆他书所无。现举沪尾形势图以备参证（见图版一）。

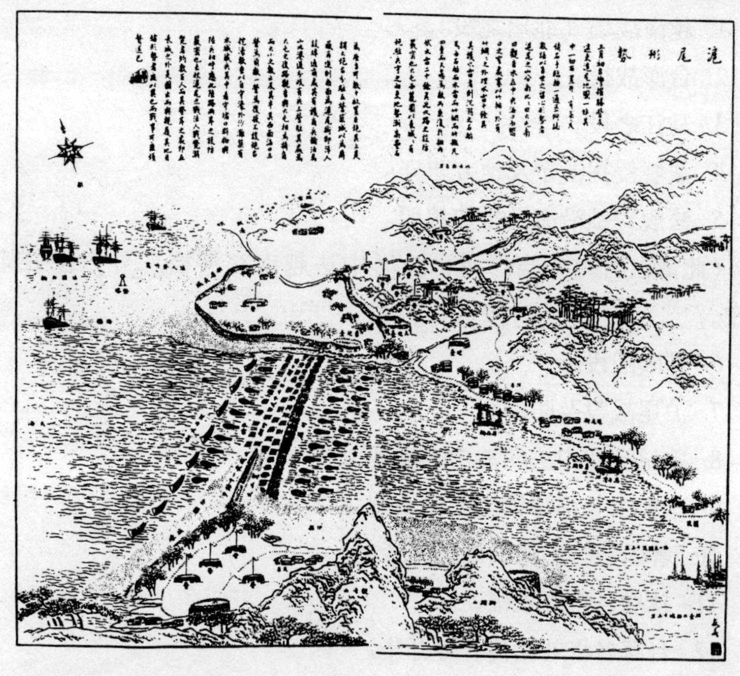

图版一

《点石斋画报》出报未及一年，即在重大时事问题特辟一种时事

---

① 核对《中法越南交涉档》第七册，台北中研院1963年印，所附大事年表，《点石斋》所载大事，虽不免夸张之处，但并非全无事实根据。

专辑。画报集中连篇登载一个重大事题，面面俱有表达，深入而有系统，实为一种创例。只是在前期三集出现，为数不多。此可将特定标题之作为代表。至于于同样集中连幅刊载时事，而未作特定标题者为数增多一倍。兹分别条列于次：

有标题若干并略有前序者：

甲、《朝鲜乱略》

纪朝鲜甲申（1884）之变。即朴泳孝、金玉均、徐光范、洪英植受日本暗中唆使，于甲申年末发动政变，劫杀事大党尹泰骏、韩圭稷、李租渊、闵泳穆、闵台镐、赵宁夏等，并迫使韩王招日使保护。此事无论中国、韩国均成后世重要史事关键。而近代日本之野心扩张，谋韩日急，自更具东亚变局重大意义。《点石斋画报》就此大事始末，刊图八幅，每幅各为一事，使阅者认识深入，并获全面知识。甚有贡献[①]。

乙、《缅甸乱略》

纪光绪十一年（1885）英军侵灭缅甸之事，亦为近代中英关系史上大事。惟图说颇讥缅王不自量力，终于屈为英兵困囚，不免偏颇之论。《点石斋画报》出图四幅，亦足显示其要闻特辑宗旨[②]。

丙、《吴大中丞勘灾纪事诗图》

纪光绪十四年（1888）春间广东三江同时泛滥成灾。吴大澂时为广东巡抚，乘舟赴各地赈济灾民，一路纪事，成诗二十四首。点石斋依诗所述灾情，刊图七幅，以宣示水灾之严重[③]。

丁、《书某殿撰轶事》

《点石斋》共出图十幅，所纪某殿撰原隐其名，今不可考，

---

① 《点石斋画报》初集丙册，第49—57页。

② 《点石斋画报》初集己册，第9—13页。

③ 《点石斋画报》二集寅册，第36—42页。

而故事奇离怪诞，尤不易辨真伪。有似聊斋志异，出此专辑，殊失新闻意义①。

戊、《左文襄公轶事》

《点石斋》出图三幅，纪左宗棠生平琐事，有似时人趣谈，文士笔礼。无补于史传线缕，稍可助轶论谈资②。

无标题而图说连载同时刊出者：

甲、影戏图画专辑

《点石斋画报》连续刊出图画十六幅。特别报道光绪十一年十月十五日之夜，颜永京（本名颜咏经，又名拥经，皆有根据，光绪初年以来任上海监督会教会教师，谙英文，熟习西学）。在上海格致书院放映其游历各国画图影戏，观者缴洋银五角，供作两广、山东救灾之用。当时放映一百数十景，而《点石斋》选十六幅出现画报③。

乙、英国女王维多利亚在位五十年庆典

光绪十三年（1887）为英女王在位满五十年纪念。《点石斋》出图九幅，一幅为金挂所绘女工肖像。七幅题为“寓沪英人望祝英君主陟位五十载庆典”。另一幅为“汉口英领事署庆祝盛况”。在华文资料中，描写时闻，此为弥足珍贵之纪录。尤以治上海史为然④。

丙、上海开埠五十周年纪念

上海于道光二十三年七月十六日（1843 年 11 月 17 日）开埠，至光绪十九年（1893）九月适满五十周年，此时上海早以洋人为主体，租界特大事庆祝，华洋人士盛大庆祝，悬灯结彩游行，十分热闹，《点石斋》以赛灯为题连续出图九幅，

① 《点石斋画报》二集卯册，第 43—47 页。
② 《点石斋画报》三集匏册，第 89—91 页。
③ 《点石斋画报》初集己册，第 41—48 页。
④ 《点石斋画报》初集癸册，第 81—89 页。

尤为今日珍贵资料①。

丁、董福祥平回告成

纪董福祥平定甘陇回乱，《点石斋》出图五幅。为当时重要时闻，然不免其夸大之处②。

戊、英国女王维多利亚在位六十年庆典

光绪二十三年（1897）为英女王在位满六十年之期，旅华英人大事庆祝，上海尤其盛大热闹。《点石斋》出图五幅，包括维多利亚肖像。此亦治上海史者难得史料，在中文资料中独具特色，极具参考价值③。

此外又有两三处连续刊载之图，有者出于古书记载，有者采自笔记传说，既无时闻之效，亦非史料之资，似无须征引以占篇幅。

至于不连续登载之散疏图画，因应时势，随时绘写刊出，重要而可珍视之史料仍多。即以甲午（1894）对日战争而论，战前战后，刊出不下四十余幅。原来平时《点石斋画报》曾不断介绍日本社会人情，当无须计算。甲午自淮军援韩起，即有图报道。其相关问题条列如次：

1. 朝鲜义士洪钟宇刺杀金玉均。
2. 日人乔装入华侦探军情。
3. 聂士成、叶志超率兵援韩。
4. 日军击沉怡和洋行高升轮。
5. 倭兵在韩骚扰城乡民居。
6. 日本发行纸币增军费。
7. 中日海战，邓世昌战死。
8. 平壤之役。
9. 大同江之役。

---

① 《点石斋画报》三集木册，第57—64页。

② 《点石斋画报》五集文册，第33—37页、49—50页。

③ 《点石斋画报》六集元册，第57—60页。

10. 左宝贵战死。

11. 淮军退守鸭绿江。

12. 捕拿倭奸。

13. 倭占金州、海城。

14. 中日和局。

15. 公车上书。

16. 台胞抗日故事。

17. 唐景崧（薇卿）、刘永幅（渊亭）抗日故事。

18. 新竹绅士道员林荫棠抗日故事。

19. 日本治台新例。

20. 日本笼络生番。

甲午中日战争，现行论文著作甚多，资料亦甚丰足，《点石斋画报》自远不能及，且为报纸宣传，更有不少夸张失实之处。然亦自具一定特色。盖于台湾割让之后，当地官民抗日故事屡屡刊载，不下二三十幅，即单以介绍刘永福抗日故事即不下十幅。而台湾乡绅及番民之抗日，亦据实记载。惟在诸多图画之中，可采之作甚多，其为众所共知之《公车上书》一图，足以反映作者突出构图，颇值参考。

除上述重大时事之外，次要时闻，《点石斋》亦有顾及。如王之春使俄，李鸿章使俄及游历欧美，尤其李氏在俄、英、美行踪，均有报道，并具参考价值。就上海地方之重大时事而言，则中外名人如英王储、俄皇储、法公使、曾纪泽、曾国荃、刘瑞芬、王之春、刘永福、李鸿章之过访，以及法租界扩张强并四明公所案，均足以为正史添一旁证。

《点石斋画报》颇具新闻使任，时事自多刊布大端，而于当代人物，尤广加网罗，虽不作专报，而往往遇事列述。是以上自贵人达宦，下至市井小民，乃至倡优、盗寇，均不免提及。所出六集四十四册画报，引称最多，绘画介绍最多者为刘永福及李鸿章，俱在二十次以上，刘永福尤为占先，因其多为专图介绍，引称十次以上者有慈禧太后在其五十、六十大寿均有寿图，寿礼预备，公使展觐，均为慈禧而绘专稿。其次刘铭传、彭玉麟、张之洞、左宗棠、刘坤一等，均在十次左右，其他则为光绪帝、恭亲王、英女王、吴大澂亦多次引称。其他文武将吏，道府州县偶而提及者更多。不过除少数皇室人物外，所有中国大小官吏，凡有提及皆不直称其名，往往必以字号爵秩代称。势须细心判明。

至《画报》所报道外国人自占少量，然亦为数可观。如法国海军军官福禄诺（F. E. Fournier）、美国驻华公使杨约翰（John Russell Young）、法国公使巴德诺脱（Jules Patenotre，官方正译巴德纳）、法国海军司令孤拔（Admiral Courbet）、英相舍利司普里（Lord Salisbury）、日本公使榎本武扬、美国退职总统格兰特（Grant）、英女王维多利亚、法国上海总领事恺自迩（Emile Kraelzer）、德相俾士麦、德皇子、俄皇子、英王子、日王子等。均因时事所提及且多专稿介绍，凡此均足以增长国人见闻，影响深远。

《点石斋画报》为通俗大众读物，可深入低层社会。故于市井各色人士亦多所引称。如琵琶名家周永纲、陈子俊，旅日粤商冯镜如，名伶汪桂芬（即汪大头）久在上海丹桂园、天仙园演唱，提及不下五次；武伶赵小廉，花旦周凤林，江湖巨盗杨翰卿，海盗渠魁黄金满，盐枭施老窝子，大流氓张桂卿，名妓林黛玉、薛宝琴、赛月楼、陆兰芬、洪文兰、左红玉、李红宝、薛凤凤、高小宝、唐文兰、叶小兰，张桂宝、花湘云等，真是琳琅满目。在此最值得一提者，除海盗黄金满出现篇幅最多外，最负一时盛名，足迹遍天下的小人物，则是徽州长人詹五。《点石斋》有三次专图介绍。但是同一时期，记载詹五之书不少。詹五是徽州歙县人，出身于墨工之家，流寓上海，为英国马戏班雇去，随团周游世界，以其身材魁伟高大展示外人[①]。同治前期已到外国，王韬于同治七、八年间相遇苏格兰两次。其妻名金福随行，夫妻均已改著洋人服装。并将其摄影照片数帧相赠[②]。其时照相底版印洗技术方发明使用不到三十年，詹五夫妻实得风气之先。嗣后詹五仍浪迹欧美名都大埠，人谓其已致富，并再娶澳洲妇人，生下二子。詹五则于光绪十九年十一月初五日死在外国[③]。

《点石斋》之重视报道市井下层人物，虽妓女亦未尝忽略，经其介绍，尤扬名遐迩。《点石斋》既有中外名媛专图，亦有教坊名妓专图，所用篇幅甚多。尤于一些情深意挚、侠肝义胆之妓女，多加详细介绍，尊称之为某某校书。此外上海四马路拉客野鸡，亦多被宣传，由是驰名全国。

《点石斋》人物介绍，常有特写肖像之作，或揣情景而著笔，或据他本而摹绘，于《花图新报》相较，决不同于西方版式。实为点石斋自有之风格。所绘肖像人物，俱如下开芳名：

恭亲王
曾纪泽

---

① 葛元煦：《沪游杂记》卷二，光绪二年上海刊本，第32—33页。陈其元：《庸闲斋笔记》，北京中华书局，1989年4月版，第102页："詹长人者，徽之歙县人。身九尺四寸以长，人竞以长人呼之。遂亡其名，而以长人名。长人业墨工，身长故食多。手之所出，不能糊其口之所入。不枭食而来上海。依其宗人詹公五墨店以食。而伎甚拙。志在求食者，论其伎且将不得食。困甚。偶游于市，洋人谛视之，大喜。招以往，推食食之，食既饱，出值数百金，聘之赴外国。长人于是乘长风而出洋矣。"第103页又云："同治辛未（1871）余摄令上海，出城赴洋泾滨，途遇长人。前驱者呵之。见其仓皇走避，入一高门，犹伛偻而进。"

② 王韬：《漫游随录》卷三，光绪十三年上海石印本，第1页：余至押巴颠（Aberdeen）时，适安徽长人詹五在其地，因往观焉。詹五与其妻金福俱服英国衣履，余向在阿罗威见金福时，画裙绣裾，双笋翘然，今则俯视其足，亦曳革履，几如女莹之长八寸矣。余讶其可大可小，变化不测，不觉失笑。金福亦为启齿，嫣然红潮上颊。詹五重见余亦甚欢跃，特出影象数幅为赠。余亦以楮墨笔扇报之。詹五将于两月后航海至亚美利加，小住纽约浃旬，然后取道东瀛，径回上海，闻其言凄然动余乡思矣。

③ 《万国公报》62册，光绪二十年二月份，台北华文影印本，第14302页。

冯子材，肖像二幅

法海军司令孤拔，肖像一帧、生活像一帧

刘永福，绘像不下四次，颇能彼此一致

维多利亚女王，专绘肖像二帧，生活像一幅

格兰特总统

蒲而加里亚（保加利亚）国王

缅甸国王

左宗棠，生活像三幅

张之洞

岑毓英

刘锦棠

詹五

俄国皇储

日本国王

日本王后

日本王储（嘉仁太子）

奥地利国王若瑟二世

李鸿章，肖像二帧

英国王储

《点石斋画报》之肖像画，向上可以追绍《伊尹九主》及列仙、列女各传。同代前辈则有萧山任熊之《高士传》、《于越先贤传》、《剑侠传》等以为先范。然共有重大不同者，则在其所绘人物无揣摩想像之作，多数据真人真景，真照真画摹绘而成。比较同时代晚出之《清代学者相传》（清人番禺叶兰台手绘，大兴黄小泉增补，兰台之孙恭绰印行），即有显著之不同，写真画像，实为《点石斋画报》显著特色。

四、世界新知之引进，海外奇闻之传布

《点石斋画报》本身是新闻纸，除传播时事及时人行踪外，但凡

世上新事当必加意宣扬，以使天下共晓。因此世上新创发明，即为其搜罗刊布之目标。尤其加以绘画说明，自更引人注意，加强印象，而其报纸价值亦得以提高。创始首期，即刊布外国飞行气球及潜水艇各一幅，后又绘刊地底行车一幅。嗣后亦更多方介绍世界新知，当可见其所负传播新闻之使命（见图版二、三）。

《点石斋》介绍新知，门类繁多，性质广泛，往往只在随时传布，实毫无系统可言。不但难免琐碎芜杂，抑且亦有错误猜想之报道。兹为叙述方便起见，略分三个层次。其一，地方性上海地区可以亲见亲知之新来事物。其二，包括上海在内，全国性之新事物。其三，海外新知奇闻。

其一，就《点石斋画报》所表现之特殊风格与独特贡献而言，其代表上海地方报纸，所保留上海当时活动情景是最为真实，也最有价值。“点石斋”之名称，即标示石印术之应用推广，如本文第二节所言，西方石印术于光绪二年开始在上海应用，光绪四年美查因引用此种石印术而创设点石斋印书局，光绪十年刊行画报，在其本身而言，即

图版二

图版三

是新技术之推广。即此一种新闻纸，引介新知更是报纸一种使命。《点石斋》报道新知新事至为广泛，十分杂乱，然而花样繁多，难于条理。

有关上海重大时事已于本文第三节有所引述，在此无须重复。地方性活动及地域环境情状，当不免琐碎，自无关国政。但可据以了解社会环境之变迁。故不厌其烦琐，在此略作大致介绍。

上海对外开埠，为外洋入华第一门户。《点石斋画报》创刊于中法战争之初，海防十分紧张，为众所关心。故特专图介绍吴淞形势。其图中所列各式兵船名称，以及炮台城寨，皆为实有其物，毫无虚构①。

上海地方，英、美、法租界位于城厢之北，自上海小刀会之乱（1853—1855）以后，实已喧宾夺主，形成发展重心。洋人居于主导，促使嬗变飞速，带动社会风气，迁流不居。《画报》报道众人易见活动，多在租界区及其附近。

---

① 《点石斋画报》初集甲册，第90—91页。

与上海地方律令有关之事，日常必见之最大特色，则为上海外国领事裁判权之表达。虽然史家早经关注并讨论外国在华领事裁判权问题，但若不居住口岸商埠，则不能领略其使用之频繁及与每一市民相关之深切。在此先说，《点石斋画报》并无一次真正介绍过“上海会审公廨”，但有多次表露中外会审过堂之画面。使人知道上海地方大小民刑案件，凡与洋人稍有牵连，即必须中外官员提堂会审，《点石斋》作者更对上海工部局苛待犯罪华人有所批评：

> 客有以夷场街道宽阔平坦啧啧焉羡之者。余曰：美则美矣，以余视之，则荆棘耳，陷阱耳，何羡为？不见夫沾体涂足系长练而曳滚石者，其中有一二西人否乎？驱之，扑之，呵之，辱之，则此五达六连者，皆华人之血肉眼泪所填塞而成者耳。客华人也，不当羡亦不忍羡也。先是华人之被押捕房者，若无人保释，即罚作一切苦工。去年龚观察（照瑗）采曹同转言礼饬停止。改由工部局雇工营作。是举也，实足以扶国体而伸民怨，宜其颂声之载道哉①。

上海商埠重大公共设施，与市民深具关系者，往往有意无意反复介绍，最易引人注意者，则为各处所设大自鸣钟。而以江海北关安设最晚也最大。即在英租界公董浦滩上，重五千八百八十斤，其次则为法租界公董局，大小略逊。再次者尚有徐家汇天主堂、虹口天主堂，以及跑马厅。惟江海北关钟楼宏伟，钟面向东西南北均有字表时针分针，成为沪人熟见熟记之物②。

上海救火会，为工部局附属设施，平时经常演习操练救火技艺，点石斋每每出图描述水龙车之洋制精巧，并数度介绍新式之灭火药水，在中国为新见之物③。

---

① 《点石斋画报》初集癸册，第8页。
② 《点石斋画报》三集革册，第89—90页。
③ 《点石斋画报》初集戊册，第48页、51—52页；五集信册，第29—30页。

上海报时球，报风旗，高悬于法租界外之洋泾侨，亦为市民啧啧称赞之设施。其地在洋泾滨流入黄浦江入口处，用使船民知时辰，辨风信，小船出入，依为指针①。

市民广为受益之事，上海习见者甚多，而最为人所感念者则为免费种痘一端。牛痘接种新法，在嘉庆中叶传入中国。上海开埠，即有西医在华医病，渐次教成中国医士。光绪十年间，体仁医院华医士岑春华说动院方，在英租界设种痘局，为商埠小儿免费种痘，于是妇女抱孩提来者如云。《点石斋》以专图记述之②。

上海市民游乐玩赏之活动，华洋杂处，自是洋洋大观，多彩多姿。惟因商埠以洋人为主，在中华自然视为新奇事物。开埠之始，上海商埠立即建有老跑马场及新跑马场二处，嗣后年年赛马，成为上海重要活动。赛马之外又有赛船，同为英国风俗。然不论赛马赛船，均下赌注，为每年定期之公赌。《点石斋》有多次出图记述。至不定期之赛，偶一举办，有所谓跑纸者，多人策马奔驰，一路散掷彩色纸带，随风飘扬为戏。今日所谓趣味比赛者，在上海洋人行之惯常，种种花样，不一而足。人赛之外又有畜力比赛，则斗牛斗羊斗鸡，放豚驱犬，无不可行之。光绪二十年（1894）后又有脚踏车比赛，为商埠活动时尚。脚踏车名称即为当时所直译。不但比赛足以引致市民围观，甚至即西洋会操，光绪十一年十一月十四日英国海军与上海义勇队（The Shanghai Volunteer Corps）在跑马场会操，《点石斋》特出图详加以介绍。

上海洋人若遇国家庆典，往往张灯结彩，甚至采用中国提灯游行之法。凡英皇子临埠，英女王在位五十、六十年纪念，以及上海开埠五十周年大庆典，均以盛大提灯游行，表达其热烈庆祝。此在中华而言，则一向称之为赛灯会。《点石斋》用过最多篇幅，均成专辑。至于法租界庆典，亦有数次介绍，仅略提示而已，然则在诸般洋人之活

① 《点石斋画报》初集乙册，第74—75页。

② 《点石斋画报》初集丙册，第6—7页。

动中，只有赛灯有多数华人参与①。

上海之休闲娱乐，尚不尽止于西人之种种户外活动。其能为华洋共观者，则有车利尼马戏团之数度到沪表演。《点石斋》亦反复出图介绍。华人之能观赏空中飞人特技，自应以此次为先。画家吴嘉猷绘图十分写真，仍保留当日惊险情景。其图甚值参考（参见图版四）。图说解释十分清楚，足以表状表演之步步节奏。令人如同亲见。进场入座，票价最低洋银四角，最高一元，包厢厅座洋银九元。

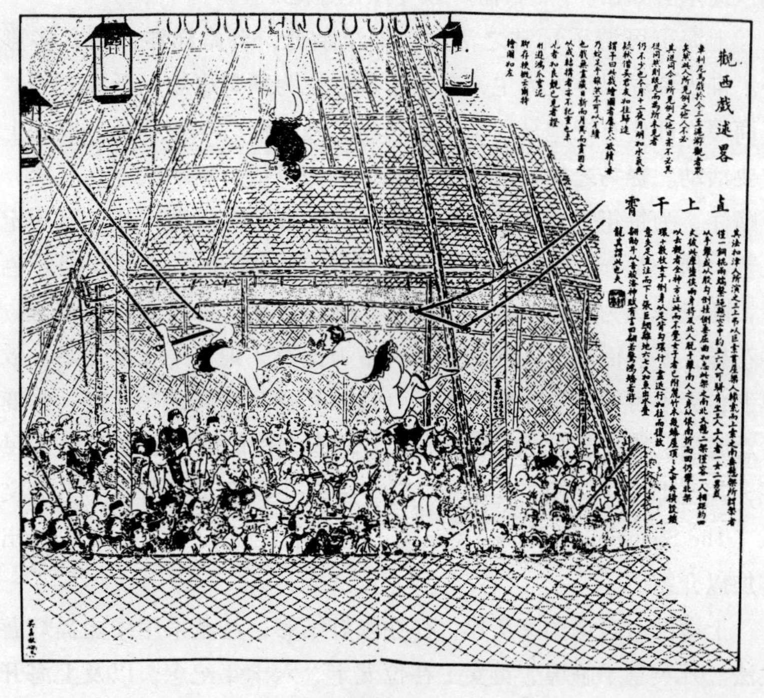

图版四

在华洋人表演新鲜玩艺，最广受人惊奇赞叹者，且远近宣传不休者，则为天上飞行物体。早在光绪六年（1880）十一月号之《花图新报》，已介绍飞行轻气球比赛之事。然事在英美，只见气球图说，未

① 《点石斋画报》初集壬册。

能亲见其物。《点石斋画报》创始之时，亦有图说介绍，嗣后各期，刊图不下十五次。而种种形制不一。其能带至东方表演者，首先出现于香港，而在上海亦有数度表演，开始于光绪十一年，俱经《点石斋绘图报道》，其成功之一次，在“杨树浦”、“大花园”举行。“大花园”为当时粤人卓姓所建。《点石斋》有专图介绍。兹列原图以作参证（参见图版五）。

图版五

西方活动电影发明之前，19世纪后半已有幻灯使用。系人绘画彩色玻璃片，插于强亮灯光前，投影于空白布幕，使人观览动、植、人物、风景。中国人公开放映，记录在光绪十一年（1885）。基督教传道教师颜咏经（永京）游历列国，携回名胜画片一百数十幅。在上海格致书院放映，已于本文前节列述。可以视为中国人利用幻灯影片之始①。

在此要特别提一件近代时谚之起源，叫做“卖野人头”。所喻指某一外来者讲演布法之空疏荒诞无内容。有欺骗人之嫌。此典首次出于上海，并记载于光绪十年《点石斋画报》。原来卖野人头真有其事，且真是一个美国人所为，与今日流行用法并未走样。原来这位美国人真的在上海四马路最繁华驰名之“第一楼”茶楼对面赁屋陈设，大书标示“新到美国野人，有头无身”字样，吸引市民排队观览。果是有头无身，人头并可吹熄灯烛。《点石斋》出图报道，称为是赚钱之技。实际乃是利用光学技巧，障人视觉而已。惟此典故则已流行久远，无人知其原委。

《点石斋画报》地处上海商埠，随时接触外洋新事多加报道，不一而足。如城厢“豫园”之花卉展览，陈子俊、周永纲之演奏琵琶，汪桂芬之唱腔高亢，均不厌反复记述。在此不及一一探讨。上海地方，有一地名可以在此略加申解，是即“泥城”一词，《点石斋画报》所记上海活动，尤在英租界附近者曾多次提及“泥城”。西人所著上海史志，喜言1854年“泥城之战”，有人如当日参与者W. S. Wetomore回忆记述，称为“泥脚之战”，十分荒唐。其实即是原上海清军北营营房一带土城，地近英租界新跑马场。《点石斋画报》屡屡提及不下十次，均可比对，泥城所在十分明白。笔者搜罗到当时英领事馆所绘原图。尤足供有力参证，而批斥洋人荒唐记载②。

其二，就当时中国全国性重要新闻，《点石斋》未尝遗漏，已在前一节列叙，兹不赘述。而有关新创规制，新购器物，在当时十分引人注意，点石斋亦热心制图传布，提供新知。

① 《点石斋画报》初集己册，41—48页。

又，汪康年：《汪穰卿先生遗文》：《时务报论说汇编》第19页。记载光绪二十三年用幻灯讲学事。

② 王尔敏：《1854年上海泥城之战原图》，台北中研院近代史研究所集刊14期，1985年6月出版。

《点石斋画报》创刊不久，即逢江南制造局所造轮船下水，当日下水盛况及轮船大小、马力、吨位，均有介绍。实则即光绪十一年所造成之“保民”号钢板船。嗣后有关航海轮船大事，均多报道。光绪十一年夏，轮船招商局向美商旗昌洋行收回所押售轮船，是中国航运史上大事。《点石斋》亦作专图评论。此外中国海面华洋轮船互撞灾难，凡招商局、怡和洋行、太古洋行等属轮船出事，大抵均有专图记载，可以提供中国航运史一项清楚旁证①。中国海军购到铁甲兵船，驶来中国之时，亦特作图报道②。

武备铁甲兵船之外，其有关军事新制新器物者，《点石斋》无不一一介绍，如购买英国四十吨重巨炮八尊到华。海军试演水雷，吴大澂统率官兵打靶，吴氏以精于射靶著名。台北机器制造局生产火箭，金陵机器局生产水冷式快枪（即今时之机关枪），神机营机器局之制造地雷。种种新式武备俱加绘图介绍。惟一项最值得引述者，则为天津武备学堂所造成之飞行气球。此球下系篮座，可容二人。当时分批由海军提督丁汝昌，海军总兵刘步蟾，盛军总兵贾起胜、卫汝成等乘气球升空。事在光绪十五年间，当为中国制造气球之始（参看图版六）。

科技知识方面，记载北京同文馆筑台观测金星凌日，洋教习陪同总理衙门大臣登台察看。《点石斋》绘图描叙，对国人颇具教育意义。此外则当世华洋绅民善举义行，组会结社，亦是有举必书。如香港画会，郑藻如创组安置外洋华工之“通惠总局”（郑氏为驻美公使），英国教士慕维廉（William Muirhead）在光绪二十一年倡设“红十字会”救治辽东受伤清兵。在华欧美妇女倡组“天足会”，光绪二十三年十一月十三日华洋官绅经元善、严信厚、陈季同、施则敬等，集会

---

① 《点石斋画报》初集甲册，第34—35页；第45—46页；丁册，第5—6页；第89—90页；壬册，第81—82页；二集戊册，第84—85页；四集数册，第65—66页；五集行册，第22—23页。

② 《点石斋画报》二集巳册，第60—61页。

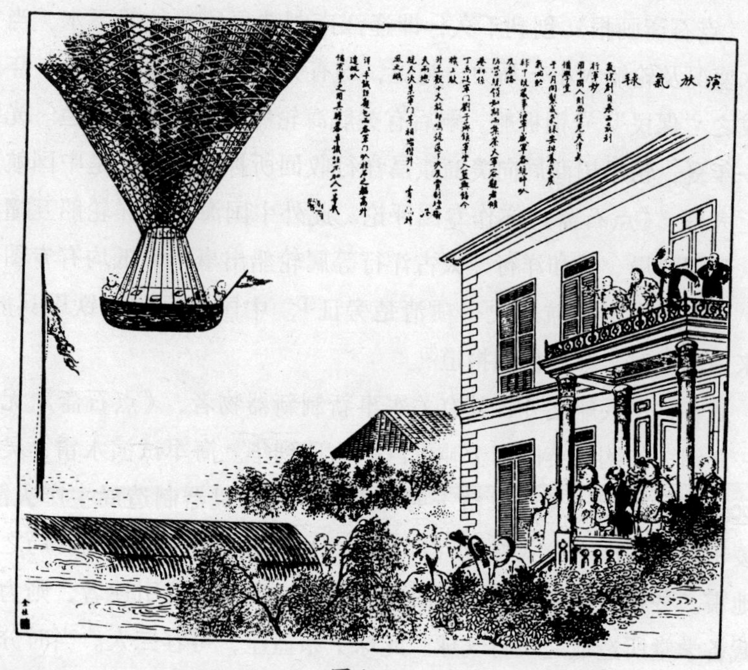

图版六

于上海张氏“味莼园”，提倡创兴女子学堂。到会者一百二十二人，西洋妇女占其大半。为中国近代女子解放先驱。凡此均可见一代创局发轫，至其琐细者仍难尽录。

其三，世界上新创发明，稀珍事物，奇风异俗，林林总总，以万千计。中国虽先后开放通商埠口，接纳外来事物风气，总是未见者多，利用者尤其少，西方自19世纪20年代输入新闻纸中文报章，实至60代年方被广众接受。然中国近代而言，输入外国新知，惟以新闻纸为最有实效之桥梁，最具强力之工具。《点石斋画报》之传达世界新知，则可谓产生卓越贡献。是启迪华人心智之最佳媒介。

《点石斋》介绍人造飞行物最频，描述上海者三次，香港一次，天津者一次。而广泛介绍各式西方飞行物体者即达十五次之多。气球之外有飞船、飞车，以及气球之实用，用于表演花式、用于侦敌、用于救人、用于直接战阵，确使国人惊诧外洋发明之艺拟造化巧夺天工[①]。

天上飞行之物，在中国境内尚有上海、天津、香港可见，而海底深水游弋，则难乎一见，只好凭点石斋绘画而知其概略。是以水下活动，介绍只有四幅。两幅系潜水艇制，图说申明所用沉浮原理及推进机器，此时已说明使用燃油，即西方内燃机技术，于光绪十年(1884) 即入于中国画面。另两幅，一为海底打捞技术，水底工作人员以气管带连于舟上，以利呼吸。另一为新发明水底脚踏车，骑车人以气管出于水面，以方便呼吸。《点石斋》制图介绍，应系确据西方图本而作，似非出以杜撰[②]。不但海底行舟，且有地底行车并穿越河底之下而为之。《点石斋》据西报，转述英国地底车路之兴设，乃穿越河底以下之涵洞。并称用工三千人费时十五年，当时叹为观止[③]。

海外各地，美国纽约创新事物最多，最为突出。《点石斋》介绍海外新奇，纽约一地报道最多。举凡纽约口岸形成全图，纽约炸山开辟地道，世界第一高楼，纽约跨海长桥，纽约赁伞公局（资本三万磅，分号八百间，备伞二万五千柄）纽约万年巨钟，纽约、华盛顿地震等，不一而足。西方创新发明，亦有知必录，德人创制防弹衣及实弹试验、肺活量吹气表、新制铁甲巨舰、水雷发射器等等，而最新颖能诱人生羡者则为美国发明水力发电，是即利用瀑布湍流之力，冲击电机生电。《点石斋》在光绪二十一年（1895）已制图介绍国人。此外则兵队行军新装、飞鸽传书、极地探险，以至奇异动、植物，亦多所介绍。惟有数处报道西方发明制出以涂说揣想，不免离奇而骇人听闻。一为西人发明缩尸之术，一为西人发明化尸粉骨机器，事为上海

① 《点石斋画报》初集甲册，第5—6页；二集丑册，第30—31页；三集丝册，第18—19页，第73—74页；四集御册，第20—21页；六集元册，第1—2页，第73—74页；亨册，第61—62页。

② 《点石斋画报》初集甲册，第4—5页；三集土册，第45—55页；初集甲册，第54—55页；五集信册，第66—67页。

③ 《点石斋画报》初集庚册，第25—26页。

道闻知，出而纠正。《点石斋》乃刊登解误声明启事，以释群疑。至于世界各地天灾人祸，地震火山，桥梁坍圮，火车出轨，足以震惊世人者，《点石斋》亦多有所报道，不再具述。

西方风俗，自具信仰根源，历史背景，与中国大异其趣。无论婚丧宾嘉，交际礼仪，各自有一定体制，中国见之奇异，虽不具新闻时事价值，而《点石斋》则颇多介绍，保存当时一般国人观点，深具社会史意义。婚丧宴会，聚会分手，甚至斗剑决胜，均加记述，而以婚礼介绍最多。跳舞结缘，登报征婚，教堂行礼，西洋贺婚之俗，其时（约在光绪十四年）亦绘入报端，其图说有云：

日报载：西俗，凡富室官家，有重贺新婚礼。其名有曰木婚。曰锡婚。曰水晶婚。曰银婚。曰金婚。曰钻石婚。凡成婚后，阅五年而重贺者，用木器。十年以锡。十五以水晶。二十五以银。五十以金。六十以钻石。寿欲高，则器愈贵。然则居是邦者，但使白头偕老，无难以合卺觞代聚宝盆。惟不知六十年后，贵于钻石者更有何物？夜光珠欤？辟尘犀欤？非人世所易得也。受者望奢而馈者计穷。奈何。曰人生七十古来稀；虽曰早婚，至此时而行将就木，赗赙焉，转不必如是其丰腆也①。

西俗男女社会地位差异不大，妇女职业，女性活动，集会演说，于女医士、女状师、女司舟、女官宰均备加称道。其最能惹人注意者，《点石斋》报道选美活动凡三次，当时称为赛美大会。兹列其图说所示情况：

前年欧西有赛美会时，本斋以未知此详，不敢贸焉绘图，致贻率尔采觚之诮。近得西国画士携来一册，展观之下，见各西女风韵嫣然，栩栩欲活，爰即摹仿之。闻是会，德、法、奥、意及士威士、比利时等国，与西印度岛，各派员驻英，举办会事。此选务须良家女，年十六至三十五方许入会，此次选得超等三名，

① 《点石斋画报》二集寅册，第32—33页。

特等五名，一等十二名。超等首名，系法国女，名梳加利，年十八，得奖银五千佛郎克。二名德国女，名罗少，年十六，得二千佛郎克。三名奥国女某，年二十三，得一千佛郎克。以下或给洋银，或赏首饰，以次递减。一时名花荟萃，玉尺评量，盖不数燕瘦环肥令人饱资眼福也。予喜此事新奇，图又真确，窃愿与诸君共赏之①。

至于其琐细者，进宴用刀叉，分别须恰斯（kiss，图说标题曰：恰斯送行）亦作专图介绍。是真所谓有知必录，果符新闻纸之天职。

五、国政要典之记叙，民俗节令之描述

国家律令政典，为各级政府践履遵行。在位官吏必须周知熟习，有心政事之文士搢绅，亦不甚生疏。至于升斗小民，原在不加闻问之列，徒见官府威仪之盛，往往不明究竟，实是居于无知之地。

官吏文士可以通体识认国家机构，官府体制，律令宽严，文移迟速，仕途升降，宦情冷暖，于当时官场了如指掌者，实因及时有政府官书可资参考。是即“会典”，“律例”、各部门“则例”、“京报”、“邸钞”，以至“搢绅全书”，“爵秩全览”等私刻。实为做官者左右不离之参考书。至民间通俗参考之资，则仅有“升官图”一种，为其可靠之知识来源，寓知识于游戏，真乃前贤精妙之创制。宜其通达南北各省，迅速普及全国。

《点石斋画报》问世，其推广知识重大贡献之一，即使于时事要闻之普及，国政要典输及下民之广远，其他文字书报当远不能及。

皇帝生辰是专制帝王所视为国家重大庆典，满清帝室尤其铺张扬厉。皇帝生辰称为“万寿节”。无论朝廷、地方以及藩属，必列为政典首要。功令之书载其规制，实录记其庆典端末。地方官衙亦必依从

① 《点石斋画报》二集戊册，第31—32页。

政典行礼，方志列载礼仪细节。《点石斋》不予遗漏，将光绪十年皇帝生日庆典状况，据实制图刊出，使下民俱得一见，兹见其图说云：

本年六月二十八日，为今上万寿节，所有应行各礼仪，各衙门俱已敬谨预备，一时瑶阶玉阙，跄济冠裳，其仪文之肃穆，固非草莽小臣所能导扬于万一。自二十五日起，在东安门内宁清宫开台演戏，皇太后、皇上俱辰刻入座，凡天潢贵胄，清要大员，俱在侍从之列，得以渥荷隆恩。而各衙门堂官以及司员，皆朝服朝冠，随同王公大臣至午门外行礼，乐奏钧天，欢胪海寓。煌煌巨典，诚哉大一统之规模焉①。

在光绪年间，慈禧太后生辰，实比皇帝万寿节更为隆重。适光绪十年为慈禧整五十岁寿辰，光绪二十年（1894）为慈禧六十岁寿辰。《点石斋》均有专图报道。而六十大寿出图两幅。一为宫外百官藩部贡使祝嘏拜贺情形。一为列国公使入朝为太后祝寿情形。

世常论慈禧一生，恣欲骄奢，挥霍国帑，毫无顾惜。早年重建圆明园未成，以及晚年经营颐和园，皆为显著铁证。近世说部常见，以为常识。然当年《点石斋》所刊，一为光绪十年九月之拓建储秀宫，一为光绪十三年之兴建丰泽园，后者少为人知。慈禧自长春宫移住储秀宫扩建翊坤、永和二宫，乃是大典，正史有载，兹不具录。其报道丰泽园之竣工，可引以参证如次：

尊亲之至，莫大乎以天下养。方今海宇承平，民康物阜，皇上躬行孝道，为天下先。命内府臣工兴修丰泽园，恭备皇太后几余游幸，养之至也。工竣之日，奉宸院卿率领司员人等，敬谨阅视。其间台榭楼观，彝鼎图书，巍乎焕乎，矞皇典丽。灵台之诗曰：经之营之，不日成之。海内臣民咸拜手而颂箕畴之福矣②。

《点石斋》刊布清室大事尚不止此，如光绪帝之大婚，宫中选秀女，

① 《点石斋画报》初集乙册，第1—2页。

② 《点石斋画报》二集子册，第64—65页。

太后万寿之筹办贡品，均不及在此一一叙入。

专制政典，皇帝万寿列为最先，晚清慈禧掌握皇室大权，故太后万寿尤隆重。然则国朝政典自在，由六部九卿分任，而皇帝亲躬祀典，掌于太常寺，每年必行，不可稍缺。一岁盛典始于冬至郊祀礼。向为皇帝亲临，光绪十年皇帝尚未亲政，特派睿亲王代行，仪注亦如皇帝。《点石斋》出专图报道[①]。接着是新年元旦朝贺礼，皇帝亲受百官朝贺，并演戏庆祝，以及满蒙各类技艺表演，十分热闹。《点石斋》亦加专图介绍[②]。

中国专制政治，皇权受命于天，自三代以迄清末，政治体制建构于天命思想之上，是以为中国历代帝王所必须依据之天命论。然此种天命论，在政治上并非空言，天子乃天之子，皇帝在一切行政施治上必须不违天意，对天负责，否则会遭天罚。天灾人祸不一而足，均为天示明威。专制帝王自三代以来，一直必须与天有密切往来，保持经常对话。郊祀是一年最严肃典礼，每月更须向祖先告朔。均须帝王亲身履践。种种帝王所行仪节，一一形成，自秦汉至清代均设专衙负责，是即太常寺之官。冬至皇帝亲行郊祀礼，为一国臣民奉行之三大节。三大节即冬至、元旦及万寿节。其他俱列为次要。

中国以农立国，祭农有“先农坛”，朝廷有太常寺安排，各省地方官亦须致祭。光绪十一年三月初六日北京致祭并演戏劝农，《点石斋》即有专图报道[③]。皇帝祭先农尚为不足，同时每年必须亲至田间耕种稼穑。又是一项大典，称为“耕耤礼”，地方各级官吏也必须亲做。是以在光绪十二年三月二十二日由光绪帝亲行“耕耤礼”。《点石斋》

---

① 《点石斋画报》初集丙册，第26—27页。

又，郊祀礼规制仪节，宜参考《清文献通考》卷92—93，商务印书馆影印十通本。

② 《点石斋画报》初集丙册，第74—75页。

③ 《点石斋画报》初集己册，第92—93页。

亦绘图登载[①]。

天子临雍大典，祭祀先师孔子。自康熙亲至曲阜，嗣后多诣国子监大成殿祀孔，是为临雍大典。地方各府州县行礼于学宫。除孔子诞辰隆重致祭外。尚有仲春仲秋两次丁祭。皇帝未必亲临，而地方则必隆重举行。光绪十一年丁祭，《点石斋》刊图纪盛，宣示民间[②]。

满清帝王文事武备必须兼具，清代并无五军都督衙门，皇帝实为三军统帅，向例每年必须检阅京营满蒙八旗各军。光绪十年九月二十五日禁军秋操，乃简派大臣代替光绪临阅[③]。同时亦于宫中中海北海检阅皇室水师，多为太监苏拉驾舟。光绪十三年闰四月十二日演习。《点石斋》于两者均有刊载[④]。

帝王京中大事，除阅操之外，即为赏赉贡使以结接纳藩部以及属邦。蒙古、西藏入贡，以及江南贡茶，分别各方图说。其实因中法交战，漕米北运受扰，直至光绪十一年议和，方能起运，由上海出海，运抵天津，漕米是天庾正供，一年中京官京营文武食饷所系。最关紧要。凡此种种，《点石斋》均有图刊布[⑤]。

京华要闻与历史可以印证者，当不在少，亦不尽与皇帝有关。《点石斋》亦往往绘图报道，此如光绪十年勒令王公大臣捐银助饷，一时包括恭亲王、崇厚、崇礼、崇光、宝鋆、文锡、文铦等，甚至汉大臣李鸿藻亦在内，报载助银甚巨。又如光绪十二年七月初五日各国

---

① 《点石斋画报》初集癸册，第53—54页。

又，罗汝怀等编：《重修湖南通志》卷71“耕耤礼”，第7—8页。光绪十一年湖南长沙刊本。

② 《点石斋画报》初集丁册，第1—2页。

又，《山东通志》卷110，典礼志7。详载康熙帝至曲阜阙里祀孔经过。

又，祭孔典礼，地方志多必列载，甚是普遍。各省通志，府、州、系志均有详载，可备为综合会观。

③ 《点石斋画报》初集丙册，第14—15页。

④ 《点石斋画报》二集子册，第9—10页。

⑤ 《点石斋画报》初集乙册，第50—51页，第65—66页；丙册，第9—10页，第72—73页；丁册，第57—58页。

使节带领参赞随员翻译同到总理衙门，谒见醇亲王。凡此朝中活动，均为《点石斋》宣示画刊①。

中国自唐代开放仕途，科考取士，备为国家栋梁。其体制至清代更为完备。少年凭恃才学，通过考试，可以平步青云，尤其会试大魁，中状元，可谓金马玉堂，春风得意。其事举国注意，士民乐道。点石斋自不能失去报道机会。前后绘刊文鼎甲二次，武鼎甲二次。尤其注意三鼎甲游街状况，行经路线，所到地址，较之政府功令会典实录更加详细，足以补充正史。兹举光绪十六年一次传胪盛典：

> 本年庚寅（光绪十六年）恩科新贡士，于四月二十一日在保和殿殿试既毕，二十五日举行金殿传胪故事，状元吴鲁、榜眼文廷式、探花吴荫培听宣。入自太和门，随即由大内披红簪花，跨骏马而出，玉鞭金勒，掩映生辉。前导旗牌耀目，仪仗连云，由正阳门绕道入崇文门，赴国子监，恭拜至圣先师。并谒见祭酒毕，状元然后及第，其榜眼探花则送状元及第后亦分道还第。为邦家光，为闾里荣。诚士人吐气扬眉之候也。维时红男绿女，白叟黄童，争挹丰采者几致万人倾巷，咸谓玉堂金马中人，自非寻常穷措大所能望其项背。珥笔志之，窃不禁为朝廷庆得人也已②。

至于武会试定例于秋间举行，三鼎甲传胪游街，必须全身戎装擐甲，跨马游街，同时武进士亦须追随。所经路径，往时更少有记载，兹举《点石斋》所记光绪十五年武鼎甲游街：

---

① 《点石斋画报》初集乙册，第56—57页；戊册，第77—78页；辛册，第74—75页。

② 《点石斋画报》二集酉册，第17—18页。

又，光绪十二年三鼎甲游街，日期为4月25日路线则不同，见《点石斋画报》初集庚册，第60—61页云：4月25日午前，三鼎甲应胪唱由大内并辔出，插花披红，导以旂伞鼓乐，迤逦赴吏部文选司求贤科，登魁星阁拈香。行礼毕，乘马至前门关帝庙，拈香行礼。旋由榜探送状元至其本省会馆。此次状头系贵州人，贵州会馆在樱桃街，同乡官设筵演剧，以俟其归。“春风得意马蹄疾，一日看遍长安花”。自昔美谈，于今勿替。

己丑科武会试撤辟后，十月初五日卯正，皇上升太和殿，钦点武殿试进士。经传胪纪堪荣金殿唱名状元李梦说等，引见毕，由顺天府饬员派差，预备执事人等，与夫清道飞虎旗，状元榜眼探花及第等牌在前引导，状元李梦说、榜眼徐海波、探花傅懋凯等，披甲顶盔，跨马游行。一时扬眉吐气，不啻春风得意马蹄疾，一日看遍长安花光景。至正阳门瓮城内武圣庙拈香，回至山左会馆，肆筵设席，共贺登科。咏兔罝之三章。窃叹我国家干城之寄，固不乏赳赳武夫矣①。

武会试完成鼎甲传胪之后，由兵部尚书举行公筵，答谢主考官。礼仪甚为隆重，而官书并不载录。《点石斋》纪其盛况，步步礼仪秩序，各官执事性质，记叙详细清楚。为今时难得之官场资料，极富史料价值。兹附列其记叙如次：

武会试既毕，宴有事各官于兵部。以大司马为主席。是日黎明，主考以下官朝服赴午门谢恩毕。齐集金水桥。兵部官请赴宴。各官由东安门诣部。主席者迎于堂檐下。鸿胪寺官引诣香案前，北面序立听赞，行三跪九叩礼毕，揖让、升堂、乐作，武库同官分派花币，光禄寺官举壶酌酒授主席，主席立堂檐下，西面酹酒三，乃揖主考官就位正席，献爵，少退揖，主考官答揖，乃揖知武举副都统各就位。光禄寺官分献监试等官酒。主考官诣主席前酢如献礼，各就席坐。光禄寺官供馔，宴毕，各官起。席撤。鸿胪寺官复引诣香案前行一跪三叩礼，主席者送主考官如初仪，各官乃退②。

---

① 《点石斋画报》二集木册，第71—72页。

又，《点石斋画报》初集壬册，第7—8页云：

状元榜探，武与文同。胪唱事毕，即跨马游街，以显荣幸。状元更易盔甲，簪金花，榜探随之。出午门、端门、天安门，过金水桥，出西长安门。诸进士附于后，送状元归寓。功名者，国家使令人才之具，而示贤豪所借为进身之阶也，人可不自勉乎。

② 《点石斋画报》初集辛册，第77—78页。

地方上各省省会举行乡试，亦是文武兼有，而以文为盛。在全国最著名者，在南为江南乡试，以士子众多文风鼎盛著名。在北为顺天乡试，以地处辇毂之下，人才荟萃著名。《点石斋》均有专图记载。湖北乡试亦加介绍。至于岁试科试，各地方年年举办，因其太过普通，《点石斋》亦少列述，多是顺便提到而已。至于武科乡试亦纪其考试完成后鹰扬宴举行经过①。

《点石斋画报》保存一些刑法科罚图画，为数不少，失之琐屑，无法在此一一引叙。而有两点值得注意。其一是上海特色，华洋讼案不断发生，点石斋多次介绍，往往无意中画出华官洋官会鞫情状，甚具特色。其二是中国行政中之秋录大典。为每年各省巡抚与藩臬两司会同审断狱政，民间视为解救倒悬良机。《点石斋》绘图介绍，颇值一观。

中国宗教信仰开放，宗教多样，各有发展。除官方一定之祀祭，天地山川，祖宗先贤等祀典，民间各类神诞节庆千奇百怪，难于偻计。可谓多彩多姿，相当丰富。《点石斋》往往绘图记叙，保存民间风俗节令，社会活动。花样繁多，颇具社会史料价值。

中国以农立国，朝野重视畎亩，农民切望风雨及时，靠天吃饭，而往往风和雨润者少，旱潦迭乘者多。《点石斋》所纪当时灾患最多，而知中国以旱灾最为严重，所述及祈雨之事，不下十三次之多。此种祈雨活动之需要，正反映民间宗教活动，祈求天帝为大致目标，地方大吏亦必率行，实可见到只有宗教活动，并无宗教组织，亦无教徒会众，更无教会中心，表现出民间自由信仰，自由组合活动，而实为全民所有之共通信仰特色。祈天在表达愿望，救灾则为非宗教性之社会活动，而各人尽其最大努力，以谋存活灾民。充分表现尽人事之慈爱。上海富冠天下，为各地灾患提供救济，绅士施则敬多年热心救灾，而成为举国驰名之大慈善家。《点石斋画报》曾多次称

---

① 《点石斋画报》初集戊册，第49—50页，三集石册，第9—10页，第25—26页；二集丑册，第22—23页；初集己册，第3—4页。

誉施氏。

中国沿海各地，为行海捕鱼谋生，俱建海神庙敬祀海神，官府列为重大祀典，一年春秋二季两次致祭，均由官方大员主持，凡行祭海神则为沿海渔民同时活动。祭后即散。一是似宗教活动而无其组织①。

中国之泛神宗教信仰，表现最明显之时则为新春元旦，民间逢元旦几至诸神俱祭，所谓诸神下界，无不拜之神。元旦一过即首拜财神，相传正月初五日为财神诞，“点石斋”地居商业巨埠，自加介绍。接着重大节令即是上元节，此为中国古老节日，提灯赛灯，猜谜，放烟花，吃元宵，中国人无不普天同乐，反映民人欢乐饱足，通行南北各地，《点石斋》有数次介绍②。

“花朝”为中国古老节令，诗酒名士最喜乘时众会，宴游遣兴。唐代为二月十五日，近世渐渐改为二月十二日，又传会十二花神神诞，且建花神庙崇祀。但以赏花游乐、诗文酬唱而言，实富人情亲和意义。《点石斋》乐于提倡，专图介绍不下三次③。

近人有研究妙峰山进香活动者。是即北京西郊妙峰山上娘娘庙庙会，每年四月一日开山，市民进香，络绎于道，十分热闹。《点石斋》报道一次④。其实全国进香盛会应以河南省陈州府之太昊陵为最盛，会期自二月初二至三月初三，乃向人祖伏羲致祭，清廷列为重大祀典，遣使奉祭，与祭黄帝陵同。并以陵上筮草为信物。颇值深入研究。与此相连者有广东惠州“字祖庙”庙会，每年三月二十八日仓颉

---

①《点石斋画报》初集乙册，第85—86页。

②《点石斋画报》二集未册，第73—74页；二集亥册，第10—11页；三集丝册，第1—2页；五集文册，第52—53册。

③《点石斋画报》初集庚册，第2—3页；癸册，第9—10页；二集亥册，第63—64页。

④《点石斋画报》初集丁册，第63—64页。美国学者韩书瑞（Susan Naquin）教授有专文讨论妙峰山进香活动，在第二次国际汉学会议宣读，只是论文集迄今尚未印就。我曾在其报告当天（1986年12月）托庄吉发先生转告他应研究河南陈州府（淮阳县）伏羲陵的朝祖进香。未知其是否著手。

诞辰，邑人进香敬祀仓颉，沮诵①。

中国传统节令有出于古政古俗者，本非宗教，但却形成坚定信仰，自古迄今，实难量计。其重大而普及广远者若端午龙舟竞渡。若天后出巡之抬神赛会。若七七乞巧，仙侣重逢。若腊祭，若送灶。《点石斋》有多次刊述。至于小范围地方性信仰及种种神祇，更是多如牛毛。《点石斋》所绘图刊布者，若浙江网船会，祭刘猛将军庙，福建五路瘟神庙，祀张、钟、文、史、赵五帝。杭州祀温元帅，会稽祀曹娥等等，难于尽录。

真正宗教活动，则有佛教、道教节令庆典，官方俱列入祀典。有充分活动自由。最普及全国之重大节日，则为四月初八日之浴佛节，七月十五日之盂兰盆会。《点石斋》亦再三介绍。惟道教活动不受重视，远不及佛教传播之盛②。在此必须略一陈述一点小变化，足以反映中国万善归一，包罗万有之信仰基础。是即在光绪十二年间，民间迎神卤簿，已经添入西洋乐队。旅沪粤商，实为首倡，用于天后宫之迎神赛会。当为中国以西乐崇祀神祇活动之始③。

六、结　语

《点石斋画报》命名甚易了解，盖指应用西方新输入之石印技术，用机器印刷。当然石印技术，早在鸦片战前（1834 前后）为英国教士麦都思（Walter Henry Medhurst）在雅加达印刷圣书。19 世纪年代输入香港，而在上海点石斋开风气之先，果如点石成金，最早石印书籍，颇能赢利④。

出刊画报虽早有《小孩月报》及《花图新报》等先驱，而以

---

① 《点石斋画报》三集金册，第 15—16 页。

② 《点石斋画报》初集己册，第 59—60 页；四集射册，第 14—15 页。

③ 《点石斋画报》初集辛册，第 67—68 页。

④ 张铁弦：《略谈晚清时期的石印画报》，载于龚书铎编《近代中国与近代文化》，湖南人民出版社，1988 年 12 月印，第 1332 页。

画图为主，图说为附，实比前两者有所超越。《花图新报》画图所占篇幅甚少，不及四分之一，图说之外尚有其他新闻以及论说，与图画无关。真正敢说名副其实之画报，《点石斋画报》应该当之无愧。

《点石斋画报》之创始主人署名“尊闻阁主人”，名字出现于画报三次。其本人真名即是英国人美查（Ernest Major），能操流利华语。虽是英人却不师心自用，甚为重视中国书籍形制及语言文字。不惟取用华名及另起阁名别号，抑且使用两个中国印信，署名钤盖，可谓十足华化。尤其尊重其华人助手建言，故能大胆创建《申报》（1872），十二年后又办《点石斋画报》（1884），文字纯用华文，对象全为华人。大胆依信中国文士担任经营编辑。使知识推广普及，万众受益。启发智慧，引介新知。真是厥功至伟。如此英人之胸襟眼光，岂不使人万世敬仰？

美查引用中国文士，原不重其出身，只借重诸人真才实学。当时科场拥挤不堪，遗才在野，不可胜计。若干文士往往饱富学识，而科场失意，谋生惟艰。不免流落上海埠头，或为教士聘雇，任中文教师，或为洋商收录，佐文牍笔札。美查出身茶商，因无利可图，经其买办江西人陈莘庚建议而创办《申报》。其所聘主笔政者，如蒋芷湘、钱徵（字昕伯）、黄式权（字协埙）均为博雅能文之士，美查信任甚专，诸人均得以展现文采①。

美查创办《点石斋画报》，卷首刊登缘起，文笔典丽条畅，出自华士代撰代书，而观念立场应当全为美查承应。同时自署“尊闻阁主人”，且钤盖印信，均具中国文士深厚修养，颇为难得。然佐其主持报务及笔政者，当为华人无疑，因创报之始，前页首题封面者，署名“问潮馆主人”。此名又在光绪十一年初刊出“朝鲜乱略”专辑中出现一次，显见于点石斋负责主编，见其钤印“恭之长寿印信”，知名

---

① 《上海通志馆期刊》卷2期1，1934年6月刊上海，第220—252页；卷2期3，1934年12月刊，第948—952页。

为沈锦垣所题，沈氏字恭之，号问潮馆主人。

《点石斋画报》网罗不少画家，然往往同一图画其绘制图及撰图说并非出于一人之手。而能够清查出绘图及图说出于同一作者之件不多。在此可以略信一点，即必有主编者选稿撰图说，甚至修改图画，同时亦有外埠来稿。惟此主编之人是否即沈锦垣或另有他人，则已无法查考。至采辑时闻，往往由美查亲自出马，尤以对外交涉为然。当时所谓“记者”名词尚未出现，而称之为“访事人”。其每一项图画新闻之制作程序，往往仍作几重手续。尤以当代时事外洋新知为甚。是以主持经营之英人美查须承担相当繁重工作。凡关外洋图画照片之采集，洋文之翻译，外国风俗时事之解说传述，均须主动传与绘图之画家，图说之撰者。是即由采访入于编辑部门。画家或据图片摹绘，或据口述草创，仍须以征实为宗旨。

就画风而言，《点石斋》画家完全承袭明代木雕版画风格，始终是中国画法。但与前代也可以分判其迥然不同之特色。其一，《点石斋》绘画题材，有重大改变，即西欧建筑样式、世界创新器物、洋人体态服饰、外国生活情趣。此中国传统画中所无，而《点石斋》则大量刊出。其二，《点石斋》画稿虽不免多数凭画家想像构图，实为要向读者昭信，必须顾及征实，尤以介绍创新发明为然，即介绍纽约、伦敦大埠，势须全部实景实物。即凡介绍上海各地之活动，其实在情景必须相符。故征实目标为一重大改变。其三，传统版画插图表达一书内容情节，吸引读者兴趣，即为全部宗旨。而《点石斋》所出画报，在传播新闻，报道新知，乃是知识普及工具。并以吸引读者兴趣为一项目的。价值功能当有扩大。其四，传统版画插图，因书中故事情节而绘制，全无表达时事之功能。而《点石斋画报》，与时事新物脉息相关，乃依存于时事，非附丽于故事。其五，《点石斋》画笔，亦能在极少数画面采用西方阴影明暗之法，有似炭画，而画家多不署名，不知是否出于西方画片之直接落版，在此不敢妄论。

《点石斋画报》除报道时事人物、新创器物、海外奇谈、国政要闻、民俗节令之外，尚有神鬼怪异、水火灾劫、抢劫凶杀、僧道乱行、诈骗愚弄种种琐闻。所占篇幅不少，本文未加引述。或为荒诞不经，或为道听途说。往往事无主名，有失新闻意义，亦无史料价值。数量虽巨，实无须采录。惟尚不便视为毫无用处，甚望后之学者另予考量。

《点石斋》每出一画报必有图说，除人物肖像决无例外。经常数百字简要说明。其风格始终不变者，则为其处处用典。似作者有意而为，务使此短短数行有渊源序说，情事缘起，又有即事描述，见其真实，最后又有申解评论，以为总结。凡此俱表现图说特色，自成一体。在此须作进一步解释，《点石斋画报》无论如何用典，却仍是一种新闻表达，亦即出于完全直接陈叙。当时知书之人甚易了解，凡幼少读过幼学琼林、龙文鞭影，并诵习四书五经者，皆易充分了悟。并远不及聊斋志异之古奥艰深，亦不似通俗小说如《儒林外史》、《孽海花》多有反讽弹射迂曲暗示等表现。故应容易了解。

图说用典，十分频繁，迹近于卖弄博雅。凡论人，决不称姓名，而称号之上半，如彦帅（岑毓英）、清帅（吴大澂），凡述官职必崇其衔名借射古称。如王宗师（苏州学政王先谦）、冯军门（提督冯子材），提到地名更是冷僻。如琴川（昭文）、荆溪（宜兴）、白门（江宁）、鹭江（厦门）、梁溪（无锡），使人不知地望何在。图说必有标题，多用四字。兹列举若干用典之例：

《绿衣黄里》：典出《诗经》："绿兮衣兮，绿衣黄里，心之忧矣，曷维其已。"所喻在描述取妻并纳妾情景，抑且妻妾不和之纠葛。

《兔罝中林》：《点石斋》引用兔罝不下十次。典出《诗经》："肃肃兔罝，施于中林，纠纠武夫，公侯腹心"。所喻少年从军或中武举，或考武试。

《地火明夷》：典出易经明夷卦名，所喻火在地下，介绍意大利火山爆发之事。

《刑天之流》：典出《山海经》，刑天之族，有身无首，以乳为目，以脐为口。所报道意大利女子产无头婴儿。

《细柳香巢》：典出汉代周亚夫故事，周屯军细柳。所喻者介绍台北军营中某兵带其妻乔装男士同居营中。

《花萼相辉》：典出唐代玄宗友于兄弟，建华萼楼与诸王长床大被，共宿共食。所喻述山西太原项姓兄弟情笃手足之事。

以上所举六处，不过全豹之一斑，实际随篇阅看，多能见到用典之笔。在此须加申说一二。我人阅读宋、元、明、清以来说部戏曲，其宗皆俱在通俗。本乎此即可了然于《点石斋》之通俗渊源。通俗之宗旨乃在于当时同时代人易读易晓。故不计较是否白话。我人所见近代文学学者之争论迭起者，实因未将通俗与白话两个概念分清。在此所须澄清者，即通俗不等于白话，白话亦不尽是通俗，以免陷入文学家之许多争执。《点石斋画报》在当时已表现其通俗化，一如前代之《三国演义》、《西游记》、《儒林外史》、《七侠五义》，等等。方之同时代之《孽海花》、《老残游记》、《文明小史》、《官场现形记》，亦功能相近。其在当时提供之新知、传播之时事，较之京报、邸钞、政府公告，均更浅显简明，更能散布广远。实已尽到一种画报通俗化传播知识之职能。

《点石斋画报》随《申报》分送，并亦单独发售。由于点石斋分号之推广，略可见出斯报发行之网络。“点石斋”在上海有总局有分局，总局设于上海商埠之南京路泥城桥堍，分局设商埠抛球场南首。成立以来，历有扩张，在光绪十四、十五年间各省省城建立分庄达二十处。均命名“点石斋”。兹列其各省分庄如次：

京都硫璃厂	金陵东牌楼
苏州元妙观	杭州青云街
湖北（武昌）三道街	汉口黄陂街
湖南省府正街	河南省城鸿影庵街
福建（福州）鼓楼前	广州双门底街

重庆陕西街	成都省学道街
江西省（南昌）贡院前	山东省（济南）贡院前
山西省（太原）贡院前	贵州省（贵州）贡院前
陕西省（西安）贡院前	云南省（昆明）贡院前
广西省（桂林）贡院前	甘肃省（兰州）贡院前①

我人可由其分庄之分布，以见《画报》所能传达之处，亦略可知其推广新知之功效。所可注意者，点石斋印书局多开设于各省省会，同时多在贡院之前。当出自于精密筹计。一则省会为文人学士汇集之地，留心书报，必多购阅。二则各省会举行乡试，必有各地贡生前来应考，到省即必顺便购书。此即出于市场经营眼光，商品行销之谋算也。

至于《点石斋画报》之销售数量，迄未见到一个正式记载。因其随《申报》派送，可就《申报》发行量作一推测。《画报》创刊初，序文明白说出，《申报》之发行是“日售万纸”，当可推知《点石斋画报》销量当高于此数。《申报》销售高峰俱在光绪前大半期，光绪二十六年（1900）以后，由于竞争者众，始渐走下坡。大致在高峰时每日售出二万份，后期降至六七千份。《点石斋画报》与之配合，销售估计，当略高于此数②。

《点石斋画报》配合《申报》发行，并亦单独售卖，其所达成知识之普及，新知之推广，就数量而言，应多保持万份至二万份之间，当可相信。就销售网之遍及全国而言，大致达成全国性之输送范围。中国知识分子以至下层人士，获得国内外时事要闻，创新发明，海外风俗民情，除同时代《申报》、《万国公报》外，当为第三个重要来源。对于启发国人思想，自为重要媒介。认为它的影响很大，出自鲁

① 《点石斋画报》二集午册，第17页。

又，姚公鹤《上海闲话》，上海古籍出版社，1988年5月印，第12页。

② 徐载平、徐瑞芳：《清末四十年〈申报〉史料》，北京新华出版社，1988年4月印，第98页。

迅所言，容后再论。

我人今日研究《点石斋画报》，无论就报刊史、新闻史，以至中国近代新知之传播，思想之启发，均可明见其开先之蹊径，包罗之丰富，图画之多样，新知新事之繁多，实是令人目不暇给。就多个角度，均具重大参考价值。然而其时代使命，似即于1900年后终止。以至后起者鄙薄而批斥之，不免为世所蔽，遂至沉埋不彰。

阅读专业性著作戈公振所著中国报学史，介绍《点石斋画报》，仅占一行半文字。有要语二句，判决该报价值。“惜取材有类《聊斋》，无关大局”①。此言非假，但不能包罗《点石斋画报》全部，我在此肯定说戈氏并未说谎，但却以偏概全。取其糟粕，遗其精华，暴其缺陷，略其价值。影响报学界鄙视《点石斋画报》，真是严重误导。经我一幅一幅统计，其有关神仙、巫觋、鬼魅、狐祟、厌胜驱魔、转世还阳、因果报应、梦兆物兆等等图画，自创刊至1900年，共出四百四十三幅，约占全部十分之一弱。此外又统计该报所刊怪异离奇真事，若天雨栗、龙戏珠、人面兽、人面犬、人面牛、人面羊、人面鸡、人首鱼、人首鳄、八足犬、八足牛、五足驴、五足鳖、三足蟾、无头婴、双头人、双头儿、两头鹰、两头鳖、两头猪、三手人、四瞳子儿以及无名怪兽等等，前后共出三〇四幅。再加选载前代人著作，使笔记成画者亦占三十一幅。三项合计，共有七百七十八幅。此类无甚价值之作，约占全部图画六分之一。是戈氏拿此六分之一之图画代表全部，一举而判定点石斋画报价值之低，甚犯粗疏之误。尤其戈氏乃报学先驱，经其如此评论，遂使报学家无人重视《点石斋画报》。

另一位影响更大之文界作家，即是鲁迅。鲁迅在民国二十年八月十二日，在社会科学研究会讲演指出云：

> 在这之前（案：指上海之佳人才子文风），早已出现了一种

---

① 戈公振：《中国报学史》，北京三联书店，1955年3月印，第248—249页。

> 画报，名目就叫《点石斋画报》，是吴友如主笔。神仙人物，内外新闻，无所不画，但对于外国事情，他很不明白。例如画战舰罢，是一只商船，而船面上摆着野战炮；画决斗则两个穿礼服的军人在客厅里拔长刀相击，至于将花瓶也打落跌碎。然而他画“老鸨虐妓”、“流氓拆梢”之类，却实在画得很好的。我想，这是因为他看得太多的缘故；就是在现在，我们在上海也常常看到和他所画一般的脸孔。这画报的势力，当时是很大的，流行各省，算是要知道“时务”——这名称在那时就如现在之所谓“新学”——的人们的耳目。前几年又翻印了，叫作吴友如墨宝。而影响到后来也实在利害，小说上的绣像不必说了，就是在教科书的插画上，也常常看见所画的孩子大抵是歪戴帽，斜视眼，满脸横肉，一副流氓气①。

不知鲁迅是否仔细阅读《点石斋画报》，何以竟出如此尖刻鄙薄卑视之言，以论断《点石斋画报》之低级格调。鲁迅肯定其影响力巨大，肯定其影响之广远深厚。显然不但绣像小说，即旧小说之插图，均因石印技术之广泛引用，而增加图面，《镜花缘》、《绘图今古观》是光绪十四、十五年印出附图之重要证据。实则点石斋亦在光绪十七、十八年有计划大规模出版自古以来中国全部小说、传奇，篇篇均加插图。当知其所反映之时代风气与读者趣味之需要。兹举其画报一幅广告为证：

> 昔王渔洋先生有说部菁华之辑，惜市上流传甚少，未易购求。今本斋拟仿其例，特集各种稗官野史，自汉魏以迄明季，得书数百种，灿然全备。广为搜罗，上下五千年，纵横七万里，所有可惊可愕可泣可歌之事，无不精心采录，蔚为巨观。集说部之大成，创前人所未有，未始非一大快事也。惟是卷帙甚繁，编辑非易。兹拟随选随录，每篇仍系以一图，俟书成后再行编次。故

① 《鲁迅全集·二心集》，北京人民文学出版社，1973年印，第278—279页。

目录及序，须待后出。至其事实之新奇瑰异，上期已登列一篇，阅者自能击节称赏，诸君子有欲窥全豹者乎？幸勿见一斑而自足也可①。

足见无论同业竞争，或自力更张，其画刊诱力，确已引致广众仿效，读者趋好，当无可疑。核之此《画报》在光绪二十三年（1897）经全部翻印一次。照鲁迅所说“前几年又翻印了”，可知在民国时代尚有读者市场，自亦具有历久不衰之吸引力，不可随便轻视。

至于鲁迅绘影绘形所指吴友如所画西洋事物之荒诞，则是其言也诬。重要关键，鲁迅不知《点石斋画报》有真洋人美查主持中外新闻采辑。吴友如怎会犯此错误。兹附《点石斋》自发行以来全部三幅洋人格斗图及一幅兵船图以备观览比较。（参阅图版七至十）核对鲁迅所讲，不能不用鲁迅之利刃反刺其腹。在此一点上鲁迅真是信口雌黄，一派胡言，欺愚听众，玩侮读者。妄言而蒙蔽后世。如此悍然诬蔑前人，又贻误后生，实是罪不可逭。

最后须对尊闻阁主人英人美查的历史地位作一评估。美查兄弟是在华英商，以“美查兄弟有限公司”经营各种事业，包括“江苏药水厂”、“燧昌火柴厂”、“申昌书局”、“申报馆”。另外又有点石斋石印书局及其画报。其中对中国全国影响最大经营最久最具规模者自然是《申报》②。本文不谈《申报》。但须就报业一层以考察美查在中国报学之地位，尤在其所办《申报》及《点石斋画报》在引介新知、开拓视野、启发思想之贡献。相信中国近代影响最大贡献最多之报纸，无论如何要推《申报》为首。同时代并行之《万国公报》仅在十九世纪盛行，亦赶不及《申报》之销量。两者创始首脑，一为英人美查，一为美国教士林乐知（字荣章）（Young John Allen），二人可谓

---

① 《点石斋画报》三集竹册，第33页。

② 申报史编写组撰：《创办初期的申报》，载于《新闻研究资料》第一辑，中国社会科学出版社，1979年8月印。

图版七

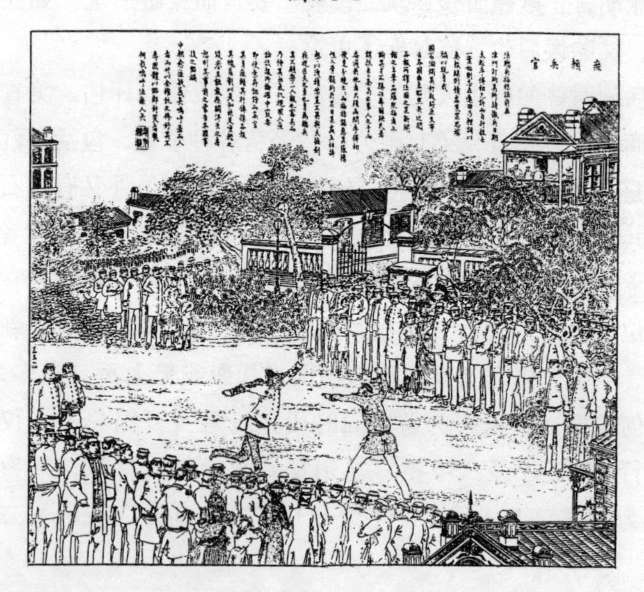

图版八

图版九

图版十

伯仲之间。美查以《申报》加《点石斋画报》，林乐知以《万国公报》加中西书院，在华文化交流之推动，俱居开风气领先地位，无人能望其项背。

美查兄弟于光绪十五年（1889）退休回英，在华事业，托人代理。Ernest Major 于光绪三十四年（1908）在英逝世。《申报》在二月二十七日（1908 年 3 月 29 日）刊载《报馆开幕伟人事略》：

> 夫人之足以永垂不朽，名著史册者，岂仅立德立言之士云尔哉，亦在识时务开风气，振兴实业为己任，不仅区区为一己之利益而已也。嗣以年老归国，创办各事，委人经理。顾其功伟矣[①]。

美查实应名垂不朽，势必登录中国史册，流芳万世。就中国新闻史报学史而言，尤当居开山始业祖师地位，永为后世尸祝。

兴言及此，或不免擅对中国新闻史、报学史作大胆论断。在此必须郑重宣示，中国新闻学以至中国报业，俱在中国近代史中属文化事业之一类，本人治近代史，自始视为必加阅读研究之重要资材，未尝一日舍而不问。后人著作，尚非所要，而当时之报纸，所见必加阅读，经完全阅读者有《格致汇编》、《万国公报》、《教会新报》、《中外新闻七日录》、《七日镜览》、《时务报》、《湘学新报》、《湘报》(原本影印版)、《清议报》、《民报》。部分阅读者有《察世俗每月统记传》，《六合丛谈》、《遐迩贯珍》、《花图新报》，《新民丛报》，以及《申报》。所信此一门行业，无论如何考量，均当视为自外输入。对中国思想文化知识学问影响最长久广远者无过于《申报》，其次为《万国公报》，是以推尊洋人美查及林乐知为此一行业之先祖大宗。如考量第三号人物，仍为洋人，是美国教士傅兰雅（John Fryer），所创《格致汇编》，发行七卷，所建格致书院，维持四十年，对中国科技知识影响深远。

---

① 徐载平、徐瑞芳：《清末四十年〈申报〉史料》，第 20 页。又，《上海研究资料续集》，第 317 页。

至于比量华人之报业先驱，前由戈公振之提倡，后有张朋园之揄扬，已公认梁启超为中国报业史之开山祖师，万世不祧之宗。视为中国新闻开山祖师。实则《申报》发行之日，梁启超尚未降生；《万国公报》出刊之日，梁启超尚未满两岁，如何将前人丰功伟绩一笔抹杀？佛法西来，无论如何也要让伊存、鸠摩罗什、连摩为开先始祖，此史实所必定之公道。莫以为本人故为标新立异，推崇洋人。

岁次庚午上元灯节（1990 年 2 月 10 日）写于掸泥挥雨轩。

（承王萍教授校订本文，获益匪浅。特申感谢之忱。）

《点石斋画报》所展现之近代历史脉络

一、引言

我自十五年前充分阅读到广州影印本《点石斋画报》六集，含图画四千六百五十余幅，已经撰著论文一篇，收在拙著《明清社会文化生态》一书[1]。在此后若干年内，美国汉学家康无为（Harold L. Kahn）曾在中央研究院亦发表一篇中文本的论文。他是我所敬重的老朋友。尚有一位德国学者叫 Rudolf G. Wagner 教授，也是正在用心研究《点石斋画报》。此外，有一位华人学者叶晓青在澳洲正在做这个领域的博士论文，已在七八年前完成。有一位国立台湾师范大学艺术研究所毕业的学生，也写成一本《点石斋画报》研究的硕士论文。此一论文我拜读过，但他并未参阅过我和康无为的论著，其中对历史记录的图画全未理会，对历史背景也生疏隔膜。此是在目前所知的概况。不过最近大陆上出版物的一些概略介绍，只可待以笔记性参考，不能当作研究专论。在这个近代史领域，论研究著作，当然是康无为和我是领先启步之人。

就我个人所见，《点石斋画报》为载录表达各样时闻消息，不但充分发挥新闻功能，也同时保留一些史实关节，足可与正史印证。抑且有些地方史料，特别是上海一域，其资料是十分珍贵，别处并无记录。

我的重要责任，就是把《点石斋画报》中的史实关节加以澄清。我敢说有些小地方的要义也只有我一人可以弄清楚，不是自夸，而是

---

① 王尔敏：《中国近代知识普及化传播之图说形式》，《明清社会文化生态》，台北商务印书馆，1997 年 7 月，第 227—295 页。

经验使我去做这些工夫。举一个简例，像“卖野人头”这个典故的形成，就是由我的研究才明白呈献于世人。我只凭四十余年的近代史研读经验，已经是识途老马。

我是最俗浅知识的探索者，我的两本书问世，固自可以博取学界承认，然而未表暴者尚有多多。再举例说明，西方的幻灯机何时输入中国？何时在中国使用？何时在中国公开发售？何时何人公开收费招人观赏幻灯影片？虽然如此普通，却是学问难题。这有几段历史进展，首先是看“西洋景”，这早已开始在前清乾隆、嘉庆年间，鸦片战争之前广东商贩的招墟歌诀，就有所谓“仙姬大景十三行”一词，这就是乾隆时代可以购到的西洋美女大画。不过不是幻灯机，而是透过放大镜和暗箱看赏一些绘画的彩色图片，流行在广州、澳门。因为其时尚未发明摄影技术。幻灯机输入中国时，叫做幻灯机（magic lantern）而不是现今所称的放映机（projector），其图片是用彩色笔画图在透明玻璃上，透过灯光将倒影射在白墙上，这也是西洋教士在清同治年间在上海讲道讲学所用的工具。有记载可查的是狄考文（Calvin W. Mateer）在上海用幻灯机公开讲科学知识。而此类幻灯机公开在上海发售，是在清同治后期。至于在上海放映幻灯招观众并收费参观者，则已至清光绪十二年，中国基督徒名翻译家颜咏经，因游历世界，搜辑大批欧洲、非洲胜迹风景图片，在上海公开收费，招人观赏。凡此普通知识，虽是浅俗，而实须多年累积，相信至今日我提出说明，此前绝无人能畅说究竟。我是俗浅知识专家，我深知我的责任重大，故不能不勉力撰写此类文章。

二、《点石斋画报》本身之历史论据

《点石斋画报》创刊于光绪十年（1884）三月，这个史据无人怀疑，因为有画报创刊时的一篇缘起，刊于其前。由创刊主政者尊闻阁主人署名，而于缘起中明订："光绪十年暮春三月，尊闻阁主人识。"① 这个时间定点确凿，因而毫无争议。惟其何时结束停刊，无论大陆、台湾以及欧美澳各洲，凡有言者，却各有出入。在此无意争辩，而多年主张《点石斋画报》当停刊在光绪二十六年（1900）五月以前。可以确知第六集的元、亨、利、贞四册，其刊行应在光绪二十四年至二十六年间。我所见的确证，是在亨册中一则记载：

> 法国巴里（Paris）一千九百年开设万国大博览会时，法国人阿鲁莽过思创一奇器，以眩各国来观者之耳目。于是独出心裁，创造游观台，长四吉米（km）二百米突（m）。距地高十五米突（m）。安设于会场之首。游观者缘梯登台，台上可载五万一千七百三十二人，未几，台自行走，一点钟可行中国十七八里，循游会场，纵览一周，可代足力。每行一周，计收台价每客五十参（cent）云②。

此则画刊所述1900年法国巴黎举办大博览会之事，乃追纪已成之事，至少可信《点石斋画报》在1900年仍在发刊未终，应无可疑议。五年前德国教授Wagner先生来中研院与我谈论《点石斋画报》种种问题，对于停刊时间，他判断在光绪二十三、二十四年间，我告诉他大约在1900年，他却不信，我就把这个资料翻给他看，使他接受，不再怀疑。

《点石斋画报》是何人所办？答案就是那位写缘起的尊闻阁主人。尊闻阁主人是何许人也？实际就是英国商人美查（Ernest Major）。美查兄弟二人，来华经商，一名Frederick，一名Ernest，二人久居上海，成立美查兄弟公司（Major Brothers Ltd.）经营各样商务，而其中Ernest则最具文化事业成就，对于近代中国历史文化有不可磨灭之贡献

① 《点石斋画报》初集甲册。又，《点石斋画报》全六集，广东人民出版社影印线装本，1983年印。

② 《点石斋画报》六集亨册。

与影响。值得国人敬重与尊崇。

我们所见近时论著多系确信《点石斋画报》是美查所创办，但均未举其正确论据。我人可知画报缘起是尊闻阁主人所撰，又知《点石斋画报》是美查所办，而二者是否一人？洋人何以能写出十分典雅的中文缘起，又用尊闻阁主人署名。当以何术论证二者即是一人？本人完全根据内证，即文件本身，判定尊闻阁主人即是美查。美查除刊布缘起之外，在添署日期名讳之下，又钤盖篆印两枚，上枚署“尊闻阁主人”，下枚即署“美查”，根据两枚印章，即可确判尊闻阁主人即是美查①。

接着又有疑难尚须解释，美查既是洋人，何以能撰作出典雅中文缘起，抑且此缘起又是端工隶书书写。其中有何样造作曲折？此中隐情，迄今尚无任何解说。本人仍就其文献内证，追考代撰代书之人。请一翻看《点石斋画报》最初刊出题署之刊头。除以篆体署题《点石斋画报》外，其下并附开“问潮馆主人署”字样。其下亦有小印两枚。一枚是“问潮馆主人”，朱文篆体，一枚是“恭之印信长寿”，白文篆体。而白文印在上，朱文印在下。这个问潮馆主人是何许人也？他关系到美查缘起的代书问题，根据小印，当知其人字号“恭之”。而恭之又指何人？这个冷僻人物的资料甚不易查寻，却远在咸同之际太平天国历史资料最不受重视的夸张战役的书：《荡平发逆图记》的封面找到正确答案。其书题颜，是篆体。而所附书写者亦为问潮馆主人，亦附，“恭”“之”，两小印。惟特须注意者，则于其外附题“恭之氏沈锦垣题”字样②。对此我人可以肯定确信，美查的创刊缘起，是出以沈锦垣的代书。另外尚有旁证，即是在《点石斋画报》初集丙册，光绪十一年刊布《朝鲜乱略》（即甲申之变），其中有尊闻阁主人题跋，仍用朱文小印“美查”，其封面题署《朝鲜乱

---

① 《点石斋画报》初集甲册。尊闻阁主人创刊缘起。又，世人只知美查创办《点石斋画报》其可靠根据，本之于白瑞华（Roswell S. Britton）著：*The Chinese Periodical Press, 1800—1912*，台北成文出版社，1966年影印。

② 《荡平发逆图记》卷22，上海漱六山房石印本。

略》四字，实用隶书，亦附题问潮馆主人书，亦盖有白文篆书“恭之”小印。于此旁证，愈可证二人在此画刊经营上之关系密切。美查的中文处理，必出于沈锦垣之手。

英人美查何以要创办一种画报？这在报刊发展上，是自然的开拓，原来早在同治十一年（1872）美查在上海创办《申报》，此是中国近代新闻史上大事，其有功于中国近代知识之增长有莫大功绩，历史上美查之功德永不可磨灭，中国人应以馨祝敬之。但美查是商人本性，并不自觉其贡献之伟大，愿望增加《申报》销量，扩大至小民群众中有更多读者，因是而同时以《申报》发行网络而附发售《点石斋画报》，画报可以单售，每月出刊三期，十日一期，每期收银三分，每月用银不到一钱。如是订阅《申报》，则一定附送，不另收分文。因是凡阅《申报》自然必能看到《点石斋画报》。这固然是生意经打算，却助长了新知识的扩大输入民间，真是厥功至伟。

关于画报之命名为《点石斋》，亦与美查有深切关系。这也是有关出版史上革命性的大事。中国雕版发明始于唐末五代之刻版佛经，而盛于宋代以后之刻书。惟以明代起雕版事业发达，包括彩色套版，屡见开创，故明清时代雕版技术，达于很高水准。惟至近代第二次鸦片战争以后，西洋教士来华者众，遂至引进西方新辟之印刷技术，而新创之石印技术即其中一种。据版本图书专家苏精教授相告，石印技术以来华传教士最早。相信早在道光时期，即1838年代已经在华有石印宗教小册子。亦有刊布时闻消息[①]。而在上海，美查则引用于印书商业。乃在光绪四年（1878）创办点石斋印书馆。以石印机翻印书籍，完全不用雕刻版，省却大量木材、工匠，并省时间，将书写文字图画，直接落于石版付印，节省大量成本，售价低廉，销路畅旺[②]。美查在石印技术上在华开创出版事业成功，正代表中国印刷技术重大

---

① 方汉奇：《中国近代报刊史》，山西人民出版社，1981年6月印，第49页云：“1838年9月在广州创刊的《各国消息》就是采用石印的。”

② 王尔敏：《明清社会文化生态》，第233页。

革命，雕版技术自此转向衰落。新印刷技术从此日新月异。

由于美查历年办点石斋印书馆，收入大增，随之即在1884年开办《点石斋画报》。在技术上自然全用石印，在事业上乃由点石斋印书馆印刷。二者一体，又出于同一主人，故其仍用点石斋定名。从点石斋印书馆创办以来，开新印刷技术，正符合点石成金意义，而上海华人向慕者，随之亦接踵而来，大改石印技术出书，因是而有拜石山房一个重要印书家在上海出现，影响愈益广远。

发行十七年的《点石斋画报》，其重点全在刊布绘图，虽是洋人所创事业，而画风则完全取用中国白描画风，尤完全追摹版画艺术。由于一开始是取代雕版印刷，因是其图画亦完全步趋木雕版画风格，从而定局为《点石斋画报》长久固定之画风。只有少数几幅，有似西方的铅笔画。我人可以在此作一肯定论断，即《点石斋画报》的四千六百多幅图画，完全是继承明清以来的版画风格。

《点石斋画报》的供稿画家先后有二十余位。其中重要的供稿人首推吴猷，又名吴嘉猷字友如。大约早期供稿画家计有吴友如、金桂（字蟾香）、张志瀛、田英（字子琳）等人，中期供稿吴友如因赴北京而退出。而金桂、田英之外，又增马子明、何元俊（字明甫）。中、晚期又增符节字艮心、葛尊（字龙芝）、管劬安、沈梅坡，以至朱儒贤（字如言）。其他偶有供稿，并不常见，每图皆署画家名讳，甚易查对[①]。

虽然有二十余位画家先后供稿，而其中惟吴猷最为有名，特以吴友如一名声被遐迩。如此却遭到入于民国时代鲁迅的酷苛的批评。我已将其批评原语引入前述之另一拙文，在此不必再引。简单说，鲁迅认为吴友如不明外国事物，介绍西洋，全凭悬想画出，举例，吴友如画西洋兵船，就在所见的商船模样加置一些大炮。所画西洋人斗剑，会身穿礼服在客厅里打斗。我看了这些批评，确见其言并不符合事实。只有鲁迅批评吴友如多画一些地痞流氓、娼寮妓院、神仙鬼怪、

① 王尔敏：《明清社会文化生态》，第234—235页。

穷酸书生倒是《点石斋画报》常见的画题。现在可怕的是鲁迅影响甚大，会给予读者一定的坏印象。举例今人方汉奇的《中国近代报刊史》也完全直接引证鲁迅这一段话。很称赞鲁迅的观点说“分析得十分精辟”①。这与当日《点石斋画报》内涵大有出入。在此必须加以澄清，以消除后世误解。

我的看法，认为是鲁迅不明《点石斋画报》的采编法，也不清楚是谁主持这份报纸，只以吴友如代表一切作画的内涵与表现。我在此要说明鲁迅所见太偏。只因《点石斋画报》有不少那些下流社会的琐屑，自被鲁迅所轻藐。然而其中第一等重要记录是上海地方的史迹与趋向洋化内涵的社会变迁。论质论量，均美不胜收。第二等重要内涵，是随其同时发生的重大史事与中外名人活动。第三等重要内涵是世界新知识，西方大新闻。这一点正是鲁迅攻诋吴友如不明外情之处的严重误解。我肯定说鲁迅错了，他说法不符事实，我已在另一文中驳辩，不必再提②。

吴友如所画西洋事物并不在乎是否具备外洋知识，主要这个报纸始终由一个高明的英国商人美查所主导所判选绘画题材，他的外行是拿不准中国本土的画题价值，因是很尊重本土画家所提的画稿。反过来说，他是最熟悉西洋事物与世界最新的新鲜题材。他可以尽快由欧美邮来各样照片图案，再交由这些画家照样描绘，一毫也不会弄错，只是图说用中文说明而已。举他刊出两次以上维多利亚女皇半身像，想想吴友如等人如何悬想画出？说穿了就是按其照片描绘就不会错。其他各类西洋事物，有不可得的场景全在欧美，可是亦画得逼真。举凡此类图画不下数百幅，岂可全如鲁迅所言全用假想杜撰，那真厚诬前人，实也代表无知，而尚要强作解人。现举光绪二十三年何元俊所

---

① 又，同样今时受影响的又有刘美龄，《西洋风——西洋发明在中国》，上海古籍出版社，1999年，第126页。同样引据鲁迅非笑吴友如不通洋情之一段话。方汉奇：《中国近代报刊史》上册，第55页。

② 王尔敏：《明清社会文化生态》，第280—286页。

绘维多利亚女皇在位六十周年时年七十八岁肖像以备参考如下（参看报纸上标题是《龙姿凤彩》），其中文介绍，亦决知非杜撰所能描述，其面貌姿容亦非空想所能造作（见附图一）①。我之反驳鲁迅是狂瞽无识，不是凭一二证据，而是以累千计的证据拿给人看。凡能经读《点石斋画报》四千六百幅画图者，皆可覆按。

附图一

做《点石斋画报》之画家，每幅图画可得稿费银元二元以上。虽然润金不高，实可支应一月生活费用有余，每月出刊三次，每次刊图在八幅以上，当使其几位画家每月均能有固定收入。故无论早期晚期，其画家一直认真表现其一贯相袭之画风。

① 《点石斋画报》六集元册，所载英女王维多利亚肖像。

我们后人应该敬重19世纪英国来华商人美查，也就是尊闻阁主人。他与累千累万计的来华奸商大不相同。他是真正向中国普及化输入西方新知的文化商人，他也十分注重中国固有文化特色，点石斋画风一贯保持即是一例。而大量介绍西方创新知识器物，包括他所办《申报》，对近代中国开新知识影响至巨。近代在华洋人中，其对中国贡献之大实无出其右者。举例而言，光绪十年中法战争，中越各地战况的新闻多是出于尊闻阁主人所采辑[①]。光绪十二年所刊出《朝鲜乱略》专集，也出于尊闻阁主人所收辑，并作跋文[②]。凡此尚是中国境内要闻，若是其中西方新知介绍，则尤非尊闻阁主人主动采集，亲加选择，并作一番详细说明不可。如地下火车、飞行气球、海底潜艇、铁甲巨舰、西洋婚礼、选美大会以及引进上海之赛马、脚踏车、西乐队、救火水龙、空中跳伞，相信皆出华人画家假想力之外，实皆由尊闻阁主人提供照片，以使画家摩绘。从此等编采西方新知而观，则美查在19世纪对华普及新知之贡献，永世不可磨灭。

《点石斋画报》随《申报》一并发售，亦可单独专购画报，其全国推销发行，自随《申报》所到之地，亦必有《点石斋画报》。惟《点石斋画报》本身亦刊布发售广告，除在上海有总局分局，其各省大埠亦有点石斋二十处，包括偏远之甘肃、陕西、云南、贵州、广西。正足见其销行之广[③]。

三、重大时闻与重要名人之载录

甲、重大时闻

《点石斋画报》创刊于光绪十年三月，正值中法龃龉，随后数月

① 《点石斋画报》初集甲册。

② 《点石斋画报》丙册，朝鲜乱略。

③ 徐忍寒编：《〈申报〉七十七年大事记》，上海社会科学院，1986年。又，徐载平、徐瑞芳编：《清末四十年〈申报〉史料》，北京新华出版社，1988年4月初版。又，《点石斋画报》初集己册、二集午册。

即进入中法战争实际交锋阶段。点石斋主人美查，亲自采辑各地战报，由画家绘图刊布。包括越南战场、闽浙两省海域之海战，包括马江海战、甬江海战，以至台湾基隆、沪尾（今淡水）之防守，均有专图。包括最后议定和约，前后不下三十多幅。单是法国海军将领孤拔（Courbet）的台海活动即报道两三次。对于越南战争之刘永福，防守台湾之刘铭传、孙开华均有所称道①。自不免有诸多渲染夸饰以鼓舞人心。惟其凡所述之事迹，尚多合于史载。其三十余图之中，特别值得在此引为参证介绍者则有“沪尾形势图”，也就是台北淡水河口之布防图。出于吴友如所绘，时间是光绪十一年三月，其地大屯山、关渡、观音山、狮头山、沪尾民房、外商洋房俱入图中，实为一种地形写实描绘，特供参考（沪尾防守图有两幅，兹择其一）（见附图二）②。

在甲申（1884）年同年稍后发生的重大事件，就是历史上熟知的朝鲜甲申政变，其事多人熟知，不须细表，而在《点石斋画报》却集中在光绪十一年正月刊出一个专辑，共有图八幅，外加尊闻阁主人题跋，问潮馆主人题刊头隶字。一期出现于画书，十分集中而醒目③。我们须知，此是新闻表述，供人知晓概情。叙事浮夸泛漫，只能传述表象。其一切内涵，尚待经历史家搜辑大量奏折、上谕、电报、笔谈、书信、笔记、日记，再加报纸新闻，方可构成完整的史记。

接着英国乘法并越南成功，染指缅甸土地。在光绪十一年（1885）借称缅甸内乱，乘中国应付不及，迅速自印度挥军占领缅甸，自此引起中英间重大交涉。英国表明并未吞灭缅甸，只是代其整顿国政，并将使缅甸仍保持向中国朝贡之礼。中国受其愚弄，竟然与之立约。后经曾纪泽、薛福成先后争持，使中国仍存宗主国名义。这一缅甸发生之巨变，《点石斋画报》亦出一个四幅图专辑，分为田英、金

---

① 《点石斋画报》初集甲、乙、丙、丁、己、壬各册。

② 《点石斋画报》初集丁册。

③ 《点石斋画报》初集丙册。

桂所绘，亦特列“缅乱述略”标题，并附叙事说明①。

附图二

其后的重大历史事件，就是最动人心魄的甲午对日战争，发生在光绪二十年（1894）。《点石斋画报》虽未特出专辑，而多日连续刊布海陆战况特报，仍不免有太多夸饰，可信之处亦不甚多。然亦认真鼓吹国人同仇敌忾。包括战后之事，所绘有三十余幅。执笔画家有金桂、何元俊、张志瀛、符节等四人②。

甲午战争，日本进兵中国东北地区，战场肆虐，华兵死伤甚多，且于金州大肆屠杀平民，不分老幼，伤残军民哀号呻吟。此时（1895）遂有西洋教士、洋商所组“红十字会”，在盖州、营口、烟台等地，设置救伤医站，西医从事医疗包扎，解其痛苦。每日各站来

① 《点石斋画报》初集己册。

② 《点石斋画报》四集乐册、射册。

者以数百计，惟因用药消耗甚大，而由伦敦会老牧师慕维廉（Rev. William Muirhead，清道光间上海开埠即来华传教）。在上海召集各善堂名人，募集大量救济金以支应。此一大事为《点石斋画报》绘图刊布[①]。并号召在沪慈善家共襄盛举。此一时间所以引载入于史乘，其重要之点在于“红十字会”之一种国际组织在中国出现，其时即是光绪二十年（1894）。此是重要起点，因中国人组织红十字会，实远在十余年后，宣统元年（1909）始由盛宣怀、吕海寰、沈敦和、施子英等所筹组，故而颇值得记载一个起始年代。

甲午中日战争，中国溃败，至于割地赔款。此情实刺激国人激愤，知识分子尤产生思想激荡。遂由在京应试之众多举人联名向朝廷上书，是历史上著名之“公车上书”。公车一词早出于《史记》，“公车上书”一词亦早出于《史记》滑稽列传，概略而言，在汉代公车是官署名称，使诸待诏于公车待命。解说出于桓宽之《盐铁论》。亦即地方贤良受征辟而驰集京师。清代春闱，即天下举人齐集京师，参与京试而成贡士，再经朝考而成进士。其凡来考之举人，一律称为公车。公车上书内涵，包括御乱建策，反对割地与签订和约。亦包括改良庶政。特别被视为变法要求之前奏。此在光绪二十一年四月初四、初六、初八各日，各省举人齐集都察院上书陈情，是即著名之“公车上书”。《点石斋画报》绘图报道，其图景象绘制传神，令人印象深刻，充分表现各地举人众集都察院上书情形，值得引据，供人深思（见附图三）[②]。

乙、时人行踪

《点石斋画报》创刊于光绪十年，接着就遭逢中法战争重大事件。虽然除越南战场之外，又延伸至中国闽、浙、台海上用兵，其中又穿插边战边和的各次谈判，其相关人物亦往往作个别介绍。如巴得诺脱（Julcs Patenotre）之来华，此是当日报纸翻译。尚有其他官方译名如巴特纳，巴氏来华谈判并任驻华公使，其初到达上海之时，即有金桂

---

① 《点石斋画报》四集御册。

② 《点石斋画报》，四集书册。

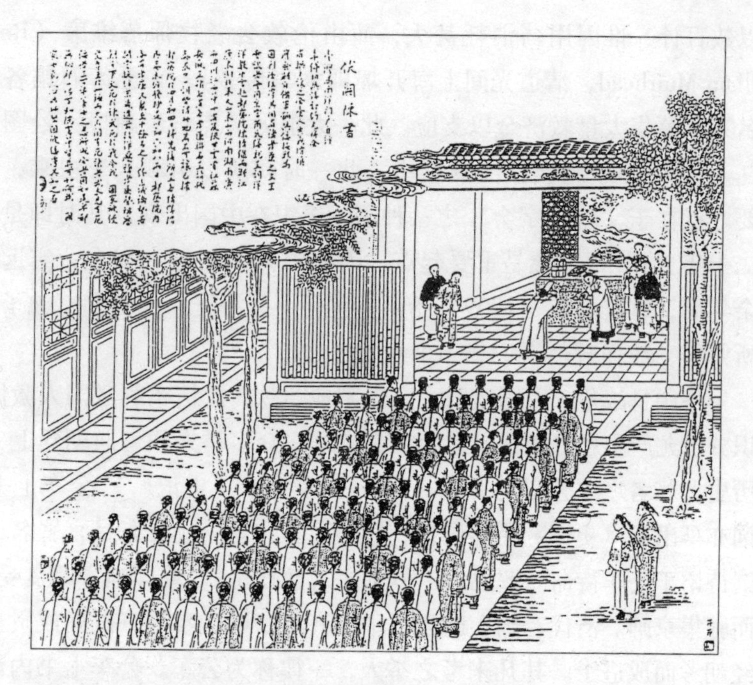

附图三

所绘刊布报道[1]。惟在越南助战将领则多介绍黑旗军将领刘永福。再加上后来甲午中日战争，刘永福亦驻台湾防守，故其所刊专图称述刘永福之报道，前后不下九幅之多，为其时朝野中最受欢迎的人物。[2]。

在福建海面，有了一次马江败绩，自亦在其画中刊载海防大臣张佩纶，与船政大臣何璟在闽海刊布告示情形[3]。

惟在《点石斋画报》早期有关时人行踪之报道，其最能表现历史纪录价值者，则为光绪十一年（1885）李鸿章与法使巴得诺脱会同签订中法议定和约。其图出于吴嘉猷之手，连同中法条约全文一并刊出。兹为引据于次[4]（见附图四），以备国人在其当时之一种国事常

① 《点石斋画报》初集甲册，金桂绘。

② 《点石斋画报》初集丙册，田英绘；二集丑册，张志瀛绘。

③ 《点石斋画报》初集乙册，吴嘉猷绘。

④ 《点石斋画报》初集丁册，吴嘉猷绘。

识。就新闻传播意义言，正是做到国人共知地步，值得重视。

关于中法战争包括双方代表谈判，是一连串复杂的外交活动，十分具深入考察之诱力。单凭图画，只是达到表象光影，差下多有四个中心和多角交织。曾国荃在上海谈判，表现最差，而李鸿章在天津先后与三位法国代表轮番谈判，也不能真正达于成议，曾纪泽在巴黎与法国外交官员交涉，亦弄得双方僵持，最后达成和议，则是总税务司赫德（Robert Hart）自北京取得总理衙门授权，乃派遣私人代表金登干（James Duncan Campbell）在巴黎与法方谈妥和议而达于双方停战，由李鸿章出面订约。真正主持重心是在北京。我三十年前与四位同事合编《中法越南交涉档》七大册，最具详细内容。而李鸿章始终其间，从事外交折冲[①]。

附图四

① 吕实强、王树槐、李恩涵、王玺、王尔敏合编，《中法越南交涉档》全七册，台北中研院近代史研究所，1962 年。

关于中法战争外交，少不了曾纪泽的一些行动，包括曾氏任满返国，《点石斋画报》先后刊布两幅图介绍①。

甲申中法战争之后，《点石斋画报》仍不断以图画介绍重要人物，所见有新疆巡抚刘锦棠、云贵总督岑毓英、广东陆路提督冯子材。而岑毓英及两广总督张之洞皆以纯肖像刊布，更见隆重②。

惟《点石斋画报》特喜介绍广东巡抚吴大澂，介绍其善于洋枪射靶③。亦介绍其在退隐之后在苏州玄妙观向民人宣讲圣谕。其最见重视者是吴大澂在光绪十三年（1887）在广东大水灾时救灾故事，按吴氏纪事诗而出刊专辑七幅，分为金桂、符节、张志瀛所绘④。

当然一个在当时全国最显赫的人物慈禧太后，亦有多次介绍，包括其所居宫室。惟以其身居深宫，故而特以北京画家顾月洲描绘宫庭气派。特别是光绪十年十月初十日慈禧五十岁大寿庆典，系出于顾月洲所绘。而光绪二十年的六十岁祝嘏大典，则为符节所绘⑤。

适巧光绪二十年十月中旬，因俄国皇帝去世并新君尼古拉二世即位，清廷即在十月十五日钦派湖北布政使王之春任专使赴俄吊唁，并贺新君尼古拉二世即位。王之春自光绪二十年十二月离京，翌年初到达俄京，奉使吊唁故俄皇，并祝新君即位，所受礼遇优渥。于二月中旬离俄，新皇礼遇亲自偕行，乘火车远送，行四百里后方告别而返。此一情节，《点石斋画报》有绘图描述，以示王之春之荣宠。验之王氏日记，则有夸大之处。俄皇确御火车偕行，只相送一段而已⑥。王氏因继访德、法，并自法乘船返国，同年闰五月返抵国门。王氏留下一件有趣记忆，此行在俄京受俄皇优待，曾招待王氏观赏芭蕾舞“天

---

① 《点石斋画报》初集甲册，吴嘉猷绘；初集壬册，田英绘。

② 《点石斋画报》初集甲册、辛册、壬册；二集子册；三集士册。

③ 《点石斋画报》初集丙册。

④ 《点石斋画报》二集寅册。

⑤ 《点石斋画报》初集丙册；四集射册。

⑥ 《点石斋画报》四集书册，何元俊绘。又，王之春《使俄草》，光绪二十一年六月成书八卷。自俄起程返国之日，载卷4第63页。

鹅湖”，此时音乐家柴可夫斯基（Petr Ilich Tschai kovsky）刚逝世一年多之久，王氏可谓是中国人之中第一位观赏“天鹅湖”者，为时在1895年之初。

在晚清政坛上，若除慈禧太后及光绪帝不论，其在《点石斋画报》所大事宣载的名人，自然是无过于李鸿章，他在光绪二十二年（1896）以头等钦差大臣赴俄国为俄皇尼古拉二世贺其加冕礼。李氏除径赴俄国致贺之外，由于欧美列强凡英、法、德以及美国当局均亦争相礼聘李氏顺道访问。适其头年刚为甲午对日战争丧师而夺权失官，又为乙未赴日签订丧权辱国之《马关条约》。已是背负千载骂名，难有扬眉吐气之日。同时在此一眼前时际，又正在与日本公使林董会议中日商约，日方气焰万丈，盛气凌人，李鸿章仍须忍辱负重与日使磋磨条文。真是天天呕气之时，朝廷命其停止议约，径衔使命前赴俄国，未料消息传出，西方列强竞相礼聘，遂即于其七十四岁高龄，远赴莫斯科一行。光绪二十二年正月十八日向皇上、太后陛辞。随即赴天津，乘招商局“海晏”轮赴上海候船①。

《点石斋画报》为李氏之出使欧美，先后刊出李氏肖像两幅，其外行动所届又另绘七幅。此中有在上海盛大观迎者两幅，内有英商汇丰银行放焰火一幅，各界招待观剧一幅，所绘赴俄轺使两幅，包括俄皇加冕大典，另一则为俄国茶商巴劳甫特备行馆盛大接待一幅。在英国者一幅，为最值纪念的吊祭英将戈登（Charles George Gordon）之景象。此外聘问美国者两幅，包括有纪念意义之吊祭美总统格兰特（Ulysses Simpson Grant）一幅，取来《李傅相历聘欧美记》相对照，皆可彼此印证②。

---

① 蔡尔康、林乐知编译：《李鸿章历聘欧美记》，据光绪二十五年上海广学会刊，《李傅相历聘欧美记》本排印，湖南人民出版社，1982年6月第1版，第1—57页，聘俄记。

② 《点石斋画报》五集忠册、行册、文册；六集文册。

四、上海地方新景观之描绘

文人鲁迅不明《点石斋画报》的背景来历，亦不细加考察每幅画图各有不同重点，亦未全面翻阅细加比较，只凭一些浮掠印象，就来大加评论，大肆攻诋，殊不料见到其中仙怪奇异、风花雪月、文士丑行、声伎娼优等多样图画，就一概视为不值一笑，其影响真是下小。而忽略在其四千六百五十余幅之中，有关中外新事物、海外奇谈、名人行踪、当前要闻，所占不下千余幅，即以发行之第一册，首先介绍西方潜水艇。吴友如又怎会凭空杜撰，当然是有尊闻阁主人提供图片。同样随后亦刊布英国地下火车、世界长桥，当时尚未发明飞机，而《点石斋》亦有多次传示西方试验之飞行物体，再加传布热气球多次，各样合计，在十次以上。其时已有在上海上空的试放气球与空中跳伞。此时火轮商船兵舱上海已是见惯，而区别不同画图不下十幅[①]。

世界上新创制器物原自有不少刊绘报导，乃即西洋生活中种种活动，其重点尤在于有异于中土礼俗之特色。即如跳舞结婚、飞鸽传书、妇女集会、士人之竞技、竞剑、赛马、赛船、赛脚踏车，以及西方的选美大会（Beauty Contest）也均会描绘在画报，使国人通常习见欧美人生活情状。但凡新事物、新行动之向国人展布，自然开通国人知识，使民间倾慕于现代生活，接受新创事物。

《点石斋画报》之发行全国，是中国近代文化变迁的有效工具与重要指标。学者必须潜沉静思，研考其各样绘图，因为这在中国文化历史上的首创。由洋人美查循中国版画风格，表布新创事物，启发国人新知识、新思考，自当敬为文化变迁之先驱功臣。若就上海大都市而言，更不可轻忽《点石斋画报》贡献。

---

① 有关各类创新事物之画图综合介绍，可参看王尔敏：《中国近代知识普及化传播之图说形式》，《明清社会文化生态》，第227—295页。

上海自道光二十三年（1843）对外开埠通商，一面也是帝国主义者侵略中国的产物，一面是洋人大量涌入上海地区，由郊外变成大都会中心，由客人变成当地主导，连年扩界，自立工部局，也就是上海市政府。俨然一地之独立自由市，洋人才是上海主人，中国人则反主为客，依傍洋人。凡此事实，殆无人不知。而其社会变迁，则往往不知据何立言。惟今取《点石斋画报》细细研绎，则可就一些刊布图画，见到一些端倪。兹愿于此，检证若干痕迹。

近代自1843年上海开埠以来，这是外力加于中国不平等条约之结果，自然进展，原来上海县城固有政治经济重心迅速外移至洋人居住地区，亦即是在上海城外不断扩张的新开社区，偏偏遇到咸丰十年（1860）间太平军席卷江南广大地区，遂使各地富民加速逃避上海，尤其是城北英、法各国之商业地区。须知自1843年上海开埠始，上海城北门外居民只有五百人左右，在1853年上海小刀会占领县城，北门外已激增至二万人，及1860年太平军席卷江南地区两年间至1862年，北门外人口已达五十万人。此却大有助于洋人政治经济势力的扩展。自英、法帝国主义者直接扩张与强占，但能因势乘便取得利权。至此，洋人在上海优势地位已经形成[①]。大抵至第二次鸦片战争（1858—1860）之后，上海国际都会之地位已经形成。如此又经十余年迅速发展，适乘光绪二年（1876）中英签订《烟台条约》，从此开始确定洋人在通商口岸的租界领域与其租界内洋人的统治权利。上海之公共租界及法租界即成为中国境内之独立王国[②]。

上海地区先由外交的冲击，改变租界成为政治、经济、社会、文化之重心，洋人居一切开先领导地位，是以世人之所谈上海，所见上海，纯指洋人之公共租界与法租界以代表上海，而原有上海主体之县

---

① 王尔敏：《清季军事史论集》，台北联经出版社，1980年初版，1985年第二次印刷，第205—335页。

② 王尔敏：《中英烟台条约扩大在华通商特权》，《晚清商约外文》，香港中文大学，1998年初版，第98—107页。

城，完全退于次要边陲，仅能在官方文字见到上海县、上海道之地方官府，而民间一切报章所涉论大事，已俱以租界为主体。《点石斋画报》既为洋人主办，又是创设于公共租界，其所表现，大致出于鲁迅所批判之外，只在于娼妓老鸨、地痞流氓。这些虽占不少篇幅，却并非《点石斋画报》的精华重点。今愿略加陈叙如后。

1. 英商居住区地标——跑马场

英人生活习惯，所到之处，如为久居，必定有其一定特色之配套建筑，自然流露英人生活之一定格调。教堂建筑自然最优先，包括英政府建筑与教堂，向来多采用诺曼式建筑。称之为Norman Architecture，中译即是诺曼式建筑。不过凡是洋人来华，均首创教堂，中国人分不出国度来。惟英人自上海开埠通商，上海城北地带，人口渐密，房屋渐多，特别在道光二十八年（1848）英领事阿礼国（Rutherford Alcock）向上海道要求扩界三四倍得到成功，并将英领事馆自上海城内移到城北。遂即形成英人在上海的广阔活动区。大约在咸丰三年（1853）以前，这个区域已开建老跑马场与新跑马场两处。英方上海地图注为Race Course①。形成上海重要地标。《点石斋画报》屡屡提到跑马场，而入画介绍其地活动者不下四五幅，兹举其中一幅赛马情形（见附图五）。

英人殖民至世界任何领地，凡其居民视为其国土，即必有跑马场这一地标，中国土地上除上海之外，香港亦早有跑马场，正清清楚楚代表英人生活格调。

---

① 王尔敏：《外国势力影响下之上海开关及其港埠都市之形成》，《中华学报》，卷2期2（1975），第1—38页。又，本节附图五见《点石斋画报》初集甲册，田英所绘，时在光绪十年。

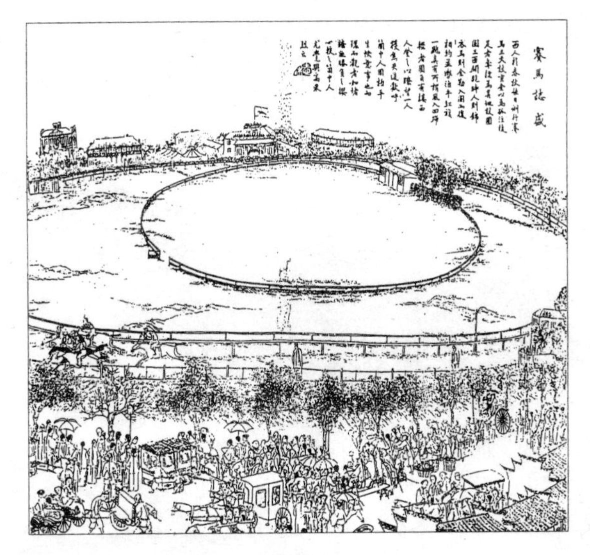

附图五

2. 法国上海租界地标——大自鸣钟

《点石斋画报》，创刊第一年即多次介绍法人在华居留活动，主要是正逢中法战争。光绪十一年六月初三日正是1885年7月14日法国国庆，上海法租界大事庆祝，首即介绍大自鸣钟是法国绅商集中活动之地。至于法租界与英界租隔洋泾浜相望并靠近黄浦江之一角，《点石斋画报》刊出一幅当日写实景况，加今虽已历经沧桑，难见原貌，实则此图情景，高度逼真。其地适在跨过外洋泾桥之南一片士女活动之区，正为法租界外临黄浦江之一角。地上气象设施可见，外洋泾桥上马车行驰，人物活动，栩栩如生，深值后人参考凭吊（见附图六）[①]。洋泾浜自1900年掩盖改为一大马路，如今只有凭此图以想见当年。这是一幅有历史价值的上海实景图。

① 附图六见《点石斋画报》初集乙册，田英所绘，时在光绪十年。此图乃充分写实，惟世人不知其所绘即是上海法国租界靠黄浦江之一角，北面相隔洋泾浜即是英租界。又，关于光绪十一年六月初三日上海法国领事馆纪念国庆图画及图说，见《点石齐画报》初集丁册，金桂所绘。

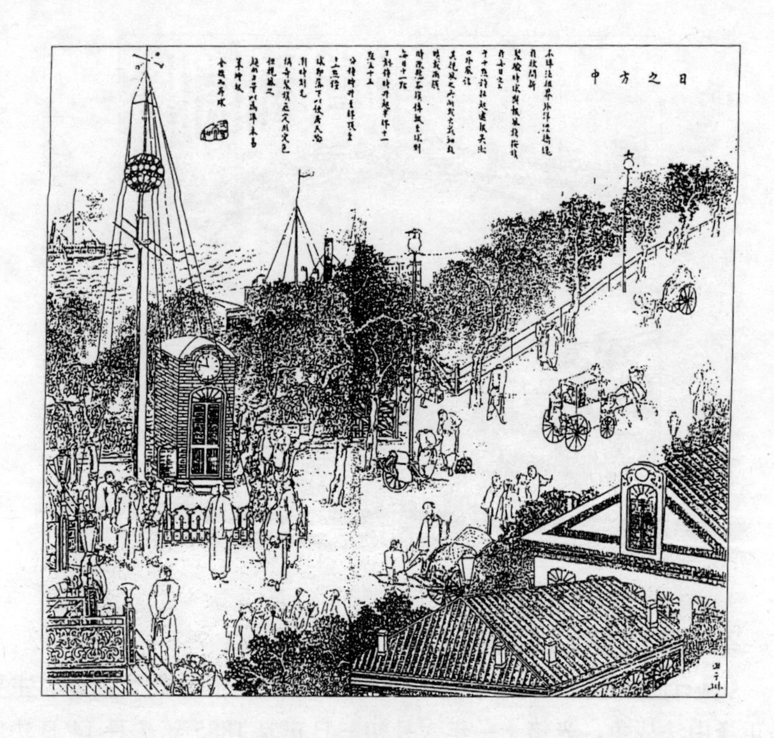

附图六

3. 中国海关在洋人商埠区所设新地标——江海关大自鸣钟

上海除县衙牧令向来设于上海城厢，开埠之后，行政权收税权难及于租界，其时中国政府名义上管理上海洋人之高官为苏松太道，简称上海道，实迁就外洋通商而长期驻在上海，但实无法真正约束洋人。至于实际上上海是洋商集中之地，中国官方以海关税务重要，其上海洋界内之江海关实仍代表中国官方管理者。其时法国公董局，虹口天主堂因已早设大自鸣钟，惟江海关后来居上，于光绪中叶筹建巨大钟楼，上装重达五千八百八十斤重大钟，四面钟面，钟声报时洪亮，可达数里之外，于上海大自鸣钟堪称巨擘。兹附其写真图于次(见附图七)①。

① 《点石斋画报》三集革册，何元俊所绘江海关钟楼。

附图七

4. 上海开埠五十周年庆典游行

前清道光二十三年（1843）九月二十六日中国正式将上海开放通商，洋商洋人自此涌进入上海，一开始中国地方官苏松太道宫慕久即允诺以上海城北临近黄浦江下游，在近岸画出九英亩（约当六十华亩）一个小地带供英商建盖栈房，不过到道光二十六年（1846）又有第二次扩界，使英商建地扩大十余倍，达八百三十华亩。接着又在道光二十八年（1848）在其领事阿礼国借青浦地方民人打伤教士之交涉，使英商可得兴建房舍扩大三倍以上，达二千八百二十华亩，是为英国外交官积极扩张之结果，使上海市区大为改变。此外法租界亦在不断扩张，及至光绪二年（1876）中英《烟台条约》签订后，上海之公共租界与法租界于是形成①。

① 王尔敏：《外国势力影响下之上海开关及其港埠都市之形成》，第1—38页。

至清光绪十九年（1893）上海洋商租界正逢开埠五十周年，此在殖民主义者洋人共治之东方大都市，自然是志得意满之重大成功，纯粹站在殖民上海的洋人政府之工部局和公董局，以至各大洋行，无不兴高采烈，大肆庆祝。租界内之各大华商亦不过是附庸洋人，躬逢其盛，亦极尽能事，极度豪侈，扎彩车抬阁游行，参与盛典，由黄浦滩至大马路张灯结彩，共襄盛举，各大商市，分别以巨大投资组织游行车队，造成开埠以来，重大游行会。惟全上海租界中外士民，以慕维廉（Willian Muirhead）教士，自开埠即来上海，特邀请其向大众公开讲述上海之发展。《点石斋画报》连绘“赛灯盛会”九幅，极度展示上海商界热烈沸腾盛况。分别由张志瀛、金桂、何元俊、符节着手绘制，完全出以写实，保留当日上海租界重大游行活动景观①。

5. 英女王维多利亚在位五十周年暨六十周年两次庆祝大会

我人早已承认上海在19世纪以来已形成国际大都会，却少有人敢说上海租界是洋人殖民地，其实情大概并无争议。本节因自开首以至小分节无不在演述上海租界之西化特色与洋人为主导之推手，当必能邀得学界之验证首肯。不过最能表现洋人感情，最能见出洋人主体之活动，当即是光绪十三年（1887）英女王维多利亚陟君位五十周年之庆典，在上海租界盛大举行。虽然华人商界，以至市井小民，无不踊跃参加，但其活动充分洋味十足，华人游行固自极度配合，但洋土争较，实仍无法混合一体。租界华人只能作旁观者，而未尝有参与之心情。此时也可清楚看出《点石斋画报》真是洋人美查所主导。在此次盛会，连出图画八幅，标题明示“英君陟位五十载庆典”。美查眷慕国主之情，自然流露，岂会忘记祖国，当予高度肯定。其图虽出田英、金桂、符节三人之手，但却能表达洋味之真实情景。其一，表现黄浦江上兵船商船结彩鸣炮，沿江辘轳慢行，供两岸人士挥帽欢呼。其二，兵营巡捕持枪以整齐队伍游街，亦供路人留观。其三，洋人救

① 《点石斋画报》第三集木册，连刊上海开埠庆祝活动图九幅。

火队又名水龙会，将各式水车，扎彩列队游行。其四，洋人马戏团也来助兴，除马车扎彩游行，艺人盛装乘车招摇过市，并出象队披彩游行。其五，自来水厂，将水塔以彩灯自上至下扎满图案，夜间大放光明，以其在上海最高点，以至远近瞻望，市民群观。其六，自租界大马路口以至黄浦滩中间，建搭十丈高台，布满彩灯，台北并掘巨型圆池，池中满布喷泉管，万水齐发，高与台齐，市民聚集围观，日夜不断①。凡此庆祝活动，充分代表在沪洋人心性之爱戴表达，亦使西洋特色倾城展布，而游观自仍以华人为多，只是大开眼界而已。

到了光绪二十三年（1897）又逢英女王维多利亚御极六十年大庆典。《点石斋画报》出图四幅，包括女王最近肖像，其庆祝地域扩至于上海近海之船队游行，兵轮、商轮俱加入行列，蔚为壮观，同时亦有以彩车载女王巨大肖像游行。而救火会仍以彩扎巨龙水车结队游行，军队巡捕执旗游行亦并不缺席，惟洋人在跑马场同时举行少年赛马会，其各项活动仍然是洋味十足，华人于此只是乐观盛况而已②。历史家冷静想想，像上海这样一个大都会，怎样说，也还算是中国土地。而在这个都市，两度大肆庆祝英国女王在位之庆典，如果偏要不承认这是外国人的殖民地，那还算是合于史实吗？

6. 上海经正女学之筹设

西洋教士到华传教，同时亦开办私塾小学堂，早自同治时期，南北各省分商埠省会多有开设，俱收贫苦儿童，其间亦收女孩。然此除基督教会之外，各地俱不明显，盖其影响不见显著。国人普遍觉悟女学重要，实在甲午中日战后（1894—1895），尤其上海最早提倡女学，而各省于女权醒觉，尤普遍组织“不缠足会”与“天足会”。此亦早有西洋教士提倡，而于甲午战后蔚成风气③。

---

① 《点石斋画报》初集癸册。庆祝英国女王在位五十年图八幅。此外又刊载汉口英租界庆祝图一幅。

② 《点石斋画报》六集元册。庆祝英国女王在位六十年大典图四幅。

③ 王尔敏：《清季学会汇表》，《晚清政治思想史论》台北商务印书馆，1995 年 2 月新版本，第 134—165 页。

提倡女学言论虽早提出，而真正实践力行者则少见。时至光绪二十三年（1897）上海电报局总办经元善（字莲珊）于十一月十三日（1897年12月6日）假张氏味莼园召集上海中外仕女聚会，巨绅严信厚（字筱舫）、陈季同（字敬如）、施则敬（字子英）从而相助，出席妇女众多，共议创设上海女学堂，在席者达一百二十二人。亦有地方官夫人，如上海最高官上海道蔡钧（字和甫）夫人亦出席，西妇尤众。席间共议定创办上海经正女学，是为华洋妇女共聚之盛会，亦为华人倡立女学之滥觞。《点石斋画报》出图一幅，弥足珍贵（见附图八）①。

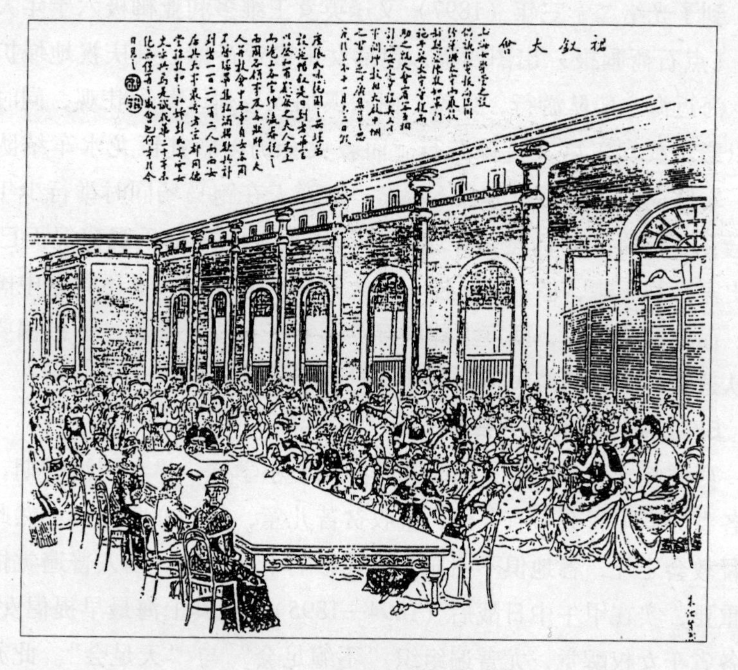

附图八

7. 法人强占四明公所案

四明公所案是上海开埠以来最严重之地方大事。惟兹事重大，地

① 《点石斋画报》六集利册，朱儒贤绘。又，汤志钧编：《近代上海大事记》上海辞书出版社，1989年5月第1版，第517页。

方交涉并夹杂于英、美、法领事及租界公董局正向北京交涉上海租界扩界案而未明。法领事白藻泰（Corate G. de Bezaure）于五月二十八日（1898 年 7 月 16 日）派人将上海城西四明公所坟冢大院墙强行拆除，当日宁波帮商贩抗拒阻止，而白藻泰竟于次日调派法兵舰官兵八十人持枪实弹强行拆墙，华民阻止，法兵开枪射击，计死者十七人，伤者三十余人，立即造成上海地方交涉巨案。其详情分见于《申报》、《万国公报》、盛宣怀之《愚斋存稿》，以及近刊之《近代上海大事记》，迄今无人做一详细研究，本文无从详述，但因此是近代口岸重大要案，表现西方帝国主义者之恃强蔑理，仗其优越武力，压迫上海租界华人，在中国境内如此狂肆，令人发指。而《点石斋画报》连刊两图，分为何元俊、符节所绘。正以保存租界地内洋人之不恤民命，帝国主义者之丑恶永远烙记华人心中。本文不忍从略，但限于篇幅，亦无从详论其经纬。大陆上近刊《近代上海大事记》，其里封图说即以法人强拆四明公所图公之世人。故而本文不拟引列①。

从以上所举七事，可见《点石斋画报》之重大特色在于报道上海洋人租界地方，以其主人美查本是英人，当最熟悉并最关心其地洋人之一切活动，致力于此，保存当日珍贵情景，非其他各书所能备载。故而本文特意标出此一特色，特盼有志研究者加意及之。

五、结　论

我人研考《点石斋画报》，不能只简单化看成是一个民间通俗画报。这固然不错，但必须更要切循几个探讨的基本点，并不是先出以假设前提，而是根据一定确凿的存在真实，最后则易于评估其价值意义。现可略表于次。

---

① 《万国公报》卷 115，光绪二十四年七月号。又，《点石斋画报》第六集贞册。又，盛宣怀：《愚斋存稿》卷 32，武进思补楼版，1931 年印。第 22—26 页，又，汤志钧编：《近代上海大事记》，第 528—531 页。

其一，年代学最具基本关键。这个《画报》创刊于光绪十年（1884）三月，而发行至晚止于光绪二十四年（1898），也有可能到光绪二十六年（1900）春季。即以保守而言，前后发行一共十五年，这是中国近代在知识与思想上急需要吸收世界新知的启蒙时代。《点石斋画报》正是承担其一个传布新知的责任，与当时的《万国公报》、《申报》并驾齐驱。

其二，在根植于原来点石斋印书局的石印技术，将绘画全由石印制版刊布，减低大量刻版成本，使之以廉价输之大众，一则做到印刷工具的革命，并推广引致上海、华南的大量仿效。二则使原来图画保存精细以至真实，更能满足读者喜爱与广加阅读，此一风气带使中国自上海以至各大出版地，借石印技术大量印行民间通俗小说。我个人可确信，此一工具，助长近代通俗文学之发达。

其三，我人研讨《点石斋画报》，须先弄清楚画报系何人主导？如何选择题材？如何提供时闻消息？有不少人看错重心，把一切图画看成是那些画家所设想之题材，而并直接每画署名，似乎已掌握要领，其实并没有那样简单。在四千六百余幅之中，固然全是创稿，而凡关外洋新知、西洋文化生活、中外时事要闻、各色人物介绍，原来大部分是由摄影照片以及西洋传来画片照片，再由画家摹绘而成。这必须有一二西洋人主导、搜辑、提供、选择，再交由画家画出，并且翻译解说其画中情景。由于《点石斋》画家是由英人美查所主导和供给照片，而其所摹绘，自然不至于太走样，也并不至于出于凭空想像。

其四，我人研考《点石斋画报》，不可忽略这画报是在何地方发行？前人至今，固然俱知是在上海发行，而实完全忽略它的地缘意义。我人必须加深看重这是上海租界洋人为主的一个报纸，其精要之表现是以洋人为中心的上海变迁。我个人粗浅评断，《点石斋画报》最可重视之点，就是在上海的洋人生活活动。这一点正可见出《点石斋画报》是洋人主导展布中外大事。如果只凭眼看到流氓、娼妓、穷酸文士、市井烦嚣、鬼怪奇物，却漠视上海洋人生活写照，显然是只见其糟粕，而竟轻略其精华。如果研究上海史，一味以华人生活活动为主，而割舍这一百年来（1843—1943）洋人之种种作为活动，无论是好是坏，那将是重大缺略。换言之，《点石斋画报》最具历史的表现，是在于描绘上海洋人生活活动。在此也须强调一点，上海华人生活之活动，同样有紧密细致表达。只是读者多忽略其存在。

前人看待上海历史，包括《上海研究资料》，以及《上海通志馆期刊》，俱以上海华人社会文化看上海，这固然很对，但不免受了民族主义之蔽，实则在1843年至1945年之间百年上海史，其发展全在租界，其大部生活活动景象俱是洋人为主，华人为辅，当然华人占绝对多数，其生活文化景象，自未消除华风。而事实上也加速洋化，百年来社会变迁，洋化程度加深甚大。世人对此未加顾视，论著亦着墨太少，像《点石斋画报》中所表达之上海变迁，隐然可见洋人在上海的推动力量，而研究此画报者，迄今尚无人谈及。殊不知《点石斋画报》的最可珍视之处全在这里面。

关于《点石斋画报》停刊年代，本人在此只能推断在光绪二十四年或光绪二十六年春间。以所见图画集六集，至于光绪二十四年上海四明公所案之后，出至贞册，未再见可参阅之图，惟其中有提及1900年法国之博览会，想是出以预先告闻。本文就可用之图画估计，暂接受其刊至1898年为最终极限，用此以向高明之家求教。

《点石斋画报》之重点，必须连图带图说一起阅看，不可偏废。而图说虽简略，每幅亦达三百字左右。估计四千六百五十余幅，图说共达一百万十万字以上。我至少阅读三分之二分量，个人认为其重要者亦当占七十万字，奉告研究者不可忽略。

2000年4月30写于善刀书屋

英人美查兄弟与中国口岸通俗文学之生机

一、引　言

此一短文，未能广涉文学主流之大势，惟就时代先河，稍作溯源探讨，发掘一些曲微线索。只是个别实例，尚可用作谈论近代文学之参考。

20 世纪百年以来，我国文界谈论近代当代文学者人才辈出，著作累万千计。一般精神眼光，兴趣方向，无不以为是中国人自己之所造，无人会提及外国人。本人就历史所见，看到近代文运走上通俗文学，实是外国人开其端。在此短文，只谈事实避说道理，尚望有机会再作讨论。惟祈识者鉴谅。

英人美查兄弟，一位叫 Frederick Major 是兄长，一位叫 Ernest Major 是其弟，此二人俱不过是英国普通商人，即其后日在华经商，亦并非显赫巨子。在英国实无重要地位。但我辈后日看来，他二人实于中国通俗文学之生机，曾作巨大贡献。中外迄今亦尚无人涉论此点。乃愿借一小文以为判析试探。

今世文家，百年来之现代文学之史著作，何止以千百计。惟就文学本身议论评说，绝少人把历史动因当作重要资材。虽然人人会粗举近百年，或现代或近代。甚至也具体提示或晚清，或民初，或三十年代等等说辞，以定时段，实无人视为或推断历史事件之为根本动因所在。鄙人专业治史，也早在香港中文大学阅读时下之新文学史、现代文学史。认为并不满意，也无从恭维，当然我也对于钱基博之书十分敬重，今愿就此小文向文界方家求教，尚祈平情看待，宽恕我冒昧。

美查兄弟来华经商，是在重大史事第二次鸦片战争结束之后。由于英法帝国主义者进兵京津，先后迫使清廷签订《天津条约》与《北京条约》，又扩大条约权利侵夺中国内河航行权而取得长江水域之镇江、九江、汉口三处开辟为通商口岸。自此有助于英国商业捡得大江南北沿海自由商贸来往之益。美查兄弟乃是在同治初年来上海做茶叶与布匹生意。

此时之上海正是又与重大之事关联，由于太平军在咸丰十年（1860）大举驱入江苏东部各城镇，席卷膏腴之地。包括浙江，俱蒙兵劫。于是江南富户有产之家，俱多惶惶逃奔上海，住入租界避难。乃使上海人口大增，洋场遂至繁华兴盛，美查兄弟自然乘此而生意畅旺。

未料好景不常，至同治四年（1865）太平天国被弭平。江浙复归平静，而原避逃上海富人多又先后返回故园，如此使上海人口突又锐减，商业遂受到影响。美查兄弟贸迁茶布，变得滞销以至于亏折。直至同治十年（1871）间，生意无有起色，不能不作变计。

美查兄弟旗下也雇用中国买办，有位为之任事之买办名陈莘庚（Chen Hsin-keng）向美查兄弟建议，可以在上海创办报纸，似较有利[1]。当年上海已有《上海新报》发行有十年之久，尚是广有销路。乃使美查兄弟相信，这项生意尚可做得。

美查兄弟向无办报经验，只是在华日久，亦已通晓中国语言，乃至文字，惟既做这项买卖，乃是舞文弄墨技艺，一定要向文人雅士去请教，乃至极需有才学者佐以任事。在起先筹划期间，找到久居上海小有文名之秀才出身文士钱徵（字昕伯），托他亲赴香港向另一更有名气之秀才出身文士王韬，请教规划报纸编辑排校以至新闻消息、朝

---

① 按陈莘庚之名已见于1933年出版洋人白瑞华（Roswell S. Britton）所著：《中国报纸》英文书，即 *The Chinese Periodical Press, 1800—1912*，书中所引称。惟在1988年出版，徐载平、徐瑞芳合著之《清末四十年申报史料》，此书第3页中所引称则为江西人陈庚莘，而今无从肯定何者是正确名字，惟实无关宏旨。

报、官文书以至私家论说诗文等之刊印。在此必须说明，王韬虽在香港久居，亦不出十年（1862—1871），且已方自欧洲访问三年，同治九年（1870）返港，其时尚未办报。主要王氏多在香港之《中外日报》撰文论说，其名传布上海。乃使美查兄弟特派遣钱徵专程请教办中文报纸。其实钱徵又是王韬之女婿，此行即代表其翁婿共同携手为美查兄弟出力①。须知王韬在香港办报与港人黄胜合作创《循环日报》，其事晚于《申报》之创刊有两年之久。一般相信王韬先有办《循环日报》经验而影响到《申报》，此见乃属误解。

美查兄弟无心之下创此一种报纸，对近代中国而言竟有重大影响。关系深远，意义重大。此须自中国近代报学略作比论。

五年前，鄙人在讨论近代中国学术转型一个问题中，说到西洋文化对中国的冲击，虽是以基督教为先导，而其在学术上最早影响中国者当是报学。有人不同意报学两字，我有申辩，未能公布于世。在此亦不须再次引举。可以分时段看看西方报纸之输华。如学者相信西人之说，可举白瑞华（Roswell S. Britton）所著 *The Chinese Periodical Press*。白氏却引重戈公振之著作《中国报学史》，其书多次参考戈公振之书，特别是第一章申述中国古来固有之报纸。在此可以顺告不同意我主张“报学”这一名谓者，此是抄自戈公振之书而来，他之书是1928—1931 年成书出版。如欲否定，先要打倒戈公振，我会弃械投降，不须论辩。

白氏自第二章起即通叙我国 19 世纪百年间报纸。他是全面通叙，我在此文中则要分出海外版西洋教士出刊之中文报纸，海内澳门广州西洋教士所出的中文、英文报纸，以及中国人自己所办报纸，这是三个不同情况，而年代却前后相错相连。不易确定段落，但亦可见出年

---

① 白瑞华（Roswell S. Britton）：*The Chinese Periodical Press*，*1800—1912*，1933，Hong Kong，1966 年台北成文出版社影印，第 64 页。

又，徐载平、徐瑞芳合编：《清末四十年申报史料》，新华出版社，1988 年印，第3—5 页。

代分野。

首先说到西洋教士在海外创刊之中文报纸。其所以必在海外发行，是出于英国教士马礼逊（Robert Morrison）和米怜（William Milne）二人所决定，要在麻六甲（Malacca）刊印再运送中国发行。主要是避开清官方的查禁。据白瑞华的书中所记，米怜是在1815年8月出刊发行，清嘉庆二十年出版《察世俗每月统记传》，算是中国之新型报刊出现，年代很重要。米怜乃可谓中国近代报纸先驱哲人。此外又有同一教会之英国教士麦都思（Walter Henry Medhurst）在爪洼（Java）之巴达维亚（Batavia）于1823年7月，即清道光三年，发刊报纸《特选撮要每月统纪传》。麦都思与米怜俱是英国伦敦会教士，俱与马礼逊同时期。我向时谈基督教漫称是西来的三M圣哲。他们俱是有大功于中西文化之交流者①。

其次一种情况，则要谈到西洋教士在中国境内各地方发刊中文报纸之事实。其重要性自见既多且大，对中国绅商士民有广泛深远影响。但可简略举示，以见大概。在此则无必要涉谈任何西文报纸。

其一，普鲁士教士郭士立（Charles Fridrich August Gutzlaff）于1833年（道光十三年）7月，在广州发行《东西洋考每月统记传》②。

其二，英国教士麦都思于1838年11月（道光十八年）在广州发行中文报纸《各国消息》，而其相辅助手名Charles Batten Hillier（并无中文名）③。

其三，鸦片战争以后，英国取得香港为殖民地。麦都思又在香港开设London Mission Press，以刊印各样中文书籍，且于1853年又发刊中文报纸《遐迩贯珍》，一直出刊至1856年（咸丰六年）④。

其四，美国医生教士麦考文（Daniel Jerome Macgowan）于1854

---

① Roswell S. Britton, *The Chinese Periodical Press, 1800—1912*, Plate: 12, plate 13.
② Roswell S. Britton, *The Chinese Periodical Press, 1800—1912*, Plate: 14.
③ Roswell S. Britton, *The Chinese Periodical Press, 1800—1912*, Plate: 15.
④ Roswell S. Britton, *The Chinese Periodical Press, 1800—1912*, pp. 35—36.

年（咸丰四年）在宁波发刊《中外新报》，乃是宁波口岸最早出现之中文报纸[①]。

其五，不幸的是麦都思于回英国不久病逝于家，时在1857年（咸丰七年），此时伦敦会长期在上海墨海印书馆经营出版之汉学家伟烈亚力（Alexander Wylie）于1857年1月至1858年2月（咸丰七年至八年）在上海发刊中文报纸《六合丛谈》，为时虽短，却因有不少著名教士著文刊布，遂至受到后世看重[②]。

其六，美国教士林乐知（Young John Allen）和英国教士傅兰雅（John Fryer）于1864年5月（同治三年）在上海编刊《新报》，维持不久又发行其他报纸[③]。

其七，英国教士湛约翰（John Chalmers）为助来华名医师处理中文文件，亦自己发刊《中外新闻七日录》周刊，自1865年至1871年（同治四年至同治十年）。此一种周报我曾自夏威夷大学图书馆借来交台北商家影印问世[④]。

其八，自1863年起，伴着英文报纸北华捷报而出刊一种《上海新报》，一直是上海一地发行最广之报纸。一直到1872年美查兄弟办报，多是看到《上海新报》有利可图，才会仿效创办《申报》[⑤]。

其九，美国教士林乐知于1868年9月（同治七年）在上海创刊《教会新报》，一直发行至1874年（同治十三年）改革为知识性刊物《万国公报》。凡此《教会新报》与《万国公报》，俱是先后由林乐知及李提摩太（Timothy Richard）所长期经营。余曾向夏威夷大学图书馆借到两套书微卷，交台北商家华文书局孔昭明先生景印出版，计

---

① Roswell S. Britton, *The Chinese Periodical Press, 1800—1912*, p. 51.
② Roswell S. Britton, *The Chinese Periodical Press, 1800—1912*, p. 52.
③ Roswell S. Britton, *The Chinese Periodical Press, 1800—1912*, p. 50.
④ Roswell S. Britton, *The Chinese Periodical Press, 1800—1912*, p. 56.
⑤ Roswell S. Britton, *The Chinese Periodical Press, 1800—1912*, p. 49.

46册[①]。

其十，在1870年9月（同治九年），上海又出版一种中文周刊，称之为《七日镜览》，但尚未能查知为何人首创[②]。

上举十种洋人教士所发行之中文报纸，是比较重要为世人熟知者。尚有其他如天主教教会期刊，则不甚多，且宗教性特强，不须引举。

《申报》创刊以前之种种报纸，每种俱含有政教、文化、生活、新物知识介绍，历四十年在各口岸传布知识文化，已使中国官绅士庶有所感悟与蒙益，贡献甚大。更重要者亦开启中国士人仿行办报之技能与习惯，而大势使之出而自办报纸。

最后一种要谈之情况，乃是中国人启步走上报业报学领域，乃近代学术文化一个十分可贵的转折，为期即在同治十一年至十三年（1871—1872）。

其一，《申报》。前述美查兄弟在同治十年（1871）筹计开办中文报纸。一开始即重用并依恃当地上海文士，竟是充分依赖中国文士照中国京报（西译 Peking Gazette）形式为开端，再附以论说、诗词、各国讯息、世界奇事，以至地方消息。全出于华人经理主张。自然要靠一些文士任编辑，主编蒋芷湘是举人出身，编辑钱徵是秀才出身。后来征用黄式权（字协埙）亦是著名文士。美查兄弟，特别是弟弟 Ernest Major 最通晓并爱好中国文士风气，也使自己具有中国绅士习气，一生最欣赏佩服王韬，多向王韬取经[③]。主要不同处，乃是不像前此之教士所办报纸虽有知识介绍，而仍以传布宗教占较大篇幅。《申报》自然成为近代知识文化传播之代表。

其二，《循环日报》，此乃在香港发行，为黄胜（字平甫，又名达

---

① Roswell S. Britton, *The Chinese Periodical Press*, *1800—1912*, pp. 52—53 and Plate: 16.

② Roswell S. Britton, The Chinese Periodical Press, *1800—1912*, Plate: 18, plate 19.

③ 徐载平、徐瑞芳合编：《清末四十年申报资料》，第4—16页。

权）及王韬于1873年（同治十二年）所创刊。黄胜乃最早与容闳、黄宽出身马礼逊学院被送到美国求学之人。回香港后亦为伦敦会在港之London Mission Press服务，相助教士理雅各（James Legge）协助刊印理氏之译书。适理氏回英，在港之出版社亦停歇。黄胜购得此批出版印刷用具即与王韬会合创刊《循环日报》。报馆社址即开设在香港岛百步梯[①]。

其三，《华字日报》，此报系由香港精通英文学者陈言（字蔼亭，又名陈善言）所办。陈氏以蔼亭之名世人熟知，极少有人知其为陈言(本名)。陈言曾因在同治甲戌十三年（1874）日军侵台，在《华字日报》刊出清中枢之机密决策，被清廷通缉，因而改名陈善言，陈氏实无叛国意图，故后来在光绪间随驻美公使任翻译，《华字日报》由其子陈斗垣主理报务，亦精通英文。王韬亦与《华字日报》有合作关系，惟伍廷芳更是直接为《华字日报》与陈言共事[②]。

其四，《万国公报》，此报仍是美国教士林乐知主持，结束《教会新报》改为《万国公报》，宗旨在充实知识性文章增加中外新闻，介绍世界现势，鼓吹中西交流，而仍有教会消息、教士传记，并仍谈论宗教则已大量减少。其可注意者则有重要教士撰写中文文章，更大量引用华人文士参与编辑，负相当责任并亦发表论说。吸收之江南地方文士参与办报，著名者有蔡尔康、沈毓桂、任廷旭（进士出身）、范祎（举人出身）俱为长期在为《万国公报》任事，外来之稿尤多出香港、上海，以及海外华人文士，实形成晚清影响国人最重大报纸[③]。

回顾清同治末年（1871—1874），实为中国报学主体创生时代，华人之报学建造时代。其第一代之报学先驱，俱集中于港沪两地，乃中国近代之对外天窗，十分重要。一时名家有钱徵、蒋芷湘、何桂笙、黄式权、黄胜、王韬、陈善言、伍廷芳、蔡尔康、沈毓桂、戴谱

① Roswell S. Britton, *The Chinese Periodical Press*, *1800—1912*, pp. 41—46.

② Roswell S. Britton, *The Chinese Periodical Press*, *1800—1912*, pp. 46—47.

③ 《万国公报》，全40册，台北华文书局影印本。

笙、任廷旭及范祎等，自为中国报学第一代先驱。

我国学界文家，原是专心于探讨当代文学演变及其一代文风文艺，自是十分投入。惟实往往专心致志于文学本身内涵，未甚留心中国遭遇外来冲击在外交、在战争、在商贸、在传教等等细节，遂至就文论文，以为是一代文人思想意趣之觉识而鼓动风气造成。尤其决不看重任何洋人之努力作为与影响，未免有重大疏忽。是以本文引论不惜以巨大篇幅，铺叙前代半个世纪报学输入之简历，以求文家参酌与指教。尚望讨论文旨，勿忘他人亦有相当贡献。学者必须认清，一切文风之铸造，有其口岸开放大势造成之背景，文家只是这一潮流中之个体。

二、《申报》创始揭示征刊竹枝词

此节命题只论诗词文艺，其实《申报》尤欢迎论说与地方纪事。在本文自不涉论。

《申报》最初版面形式，首先，纳入向时《京报》之刊布官方文书，上谕、奏章列最先，而后方载各国消息，地方要闻以及论说、诗文，乃至于告白。本文所要表述乃是《申报》对于诗词文稿所具之立场，要一看其最初创刊时所宣布之《申报馆条例》，为求全备，须引用白瑞华书中之英文翻译。

> If honorable patrons desire to advise us, and are pleased to take notice of the paper, we beg them to favor us with anything they choose to say, and we shall deem this our good fortune.
>
> If there are scholars inclined to letters and romance and poetry, who may wish to favor us with contributions, short or long, such as the Bamboo Flute poems on renowned places [Chu Chih Tz'u 竹枝词 genre verse, 7 syllables a line, related to an old tune form, and dealing with local events and customs], or with long songs and poems and

stories, we shall publish them without charge. If any one has notable addresses or essays which truly relate to the national economy, the people's livelihood, the cultivation of the land, and irrigation, conservancy, and the like, whether appertaining to the economic duties of the imperial government or revealing the trials of the toiling common folk, these may be published in the paper. Such contributions will not be paid for.

If there are those who have notices or advertisements of goods or shipping or trade matters, which they wish to publish in our paper, the charge for one insertion, for a unit of 50 characters, is 250 cash; for each additional 10 characters, 50 cash; for a second insertion, 150 cash for 50 characters and 30 cash for each additional 10; for three, four or more insertions, the charge for each insertion is the same as for the second.

If there are Westerners who have advertisements which they wish to publish in the paper, the minimum charge is $1 for 50 foreign words, and one cent for each additional word. This must be paid in advance. This rate applies to single insertions. If it is desired to buy more insertions, the may be advised on application. Our space is limited. If advertisements are in Western language, we can also translate them. Only in the case of shipping schedules and auctions, will the rates for Chinese advertisements apply also to Westerners' advertisements. And if these are in foreign language, and it is desired that we translate them, the charge for the first insertion will be at the Chinese rate plus 50 per cent, in advance.

If residents of Soochow, Hangchow and other cities wish to advertise in our paper, they will please advise our agents in their cities, stating clearly the street address, and business, and also remitting in advance the amount of the charges, to which 50 per cent should be added as commission fee [lit., food money] for our agent.①

试察《申报》馆创刊时之条例，为西人白瑞华（Roswell S. Brilton）全面加翻译（本文只节取部分条文），自可见其要收载各样文献题裁以及广告之规定。本文要参考者，乃是起首就欢迎诗文、故事、笔记、杂说之文章。因是鄙人60年代读翻印本《申报》，从条例以至内容，已看到其创刊第一个月内起即不断刊载文家之竹枝词。其本馆条例，并将标示接受竹枝词之披露。谨愿单就昔年阅读时所抄之竹枝词，以证明《申报》起首即予通俗性文艺赋予生机。（附记：当年阅读《申报》翻印本编字太小，以至造成我之眼底网膜剥离，几乎失明，住医院三月，休息半年方才恢复，一些竹枝词抄稿，俱由内人周氏夫人代抄）谨将抄稿选择若干，展示以见大致。

有最早在《申报》刊布竹枝词者，笔名忏情生，于同治十一年四月十二日，第十五号，题《沪北竹枝词》若干首，兹选出少量，以供鉴赏：

其一：沪上风光尽足夸，门开新北更繁华；出城便到华夷界，一抹平沙大道斜。

此诗可知所指上海新北门外洋泾浜洋人聚居之地。新北门乃是因咸丰三年小刀会占据上海城厢，在咸丰五年（1855）由洋兵法军会合清军攻打城墙，算是收复了上海。由是地方官将此处开辟一个新北门，出此门即可到达洋人住区。

其二：传神端不借丹青，有术能使镜照形；赢得玉人怜玉貌，争摹小影挂云屏。

自1838年欧洲发明显影液定影液，至1840年起即创发照相技术。中国上海至咸丰年间，上海已有法国人开设照像坊为华人照像。最早记

① Roswell S. Britton, *The Chinese Periodical Press, 1800—1912*, p.66.

载见于王韬日记，收入拙书《今典释词》。

其三：大自鸣钟矗碧霄，报时报刻自朝朝；行人要对襟头表，驻足墙阴仔细瞄。

上海大自鸣钟乃是闹市地标，沪人熟知熟见，一直讲到抗日胜利之后，惟其最早记载，要以此诗作为代表。此时应已非起始之年，但值得记注。

其四：金桂何如丹桂优？佳人个个懒勾留。一般京调非偏爱，只为贪看杨月楼。

金桂轩与丹桂园俱是上海两所戏园，而丹桂声名最盛，《申报》每日均有广告，贴出剧目演员。我读《申报》亦每浏览，惟尚能记此际杨月楼极声色之盛，名噪上海，妇女为之倾情；果然勾引富家妇，为官拘押，棍杖皮开肉绽。未见载后来结果。引此以证明吾昔日读《申报》之记忆。

以上四首竹枝词，俱出同一天之《申报》①。

同治十一年四月二十三日，第二十五号《申报》，载有《沪北西人竹枝词》若干首，却未附作者名姓字号。可选一首举示如次：

租界鱼鳞历国分，洋房楼阁入氤氲；地皮万丈原无尽，填取申江一片云。

此诗拈出"租界"一词，后世或难度"租界"一词之起源，估计当出于道咸两朝上海绅民常说，却未入文字记载。幸有《申报》刊载。略可定于同治十一年已有"租界"一词②。

同治十一年六月初四日，《申报》第六十号，有晟溪养浩主人所作《戏园竹枝词》若干首，兹略举数首于次：

其一：洋场随处足逍遥，漫把情形笔墨描；大小戏园开满

① 《申报》第十五号，同治十一年四月十二日，台北学生书局影印本原样。

② 《申报》第二十五号，同治十一年四月二十三日刊。

路，笙歌夜夜似元宵。

此诗之重要在说出“洋场”一词，世人甚少能见到比此更早之称谓。当然此诗亦是取借上海市民常说，非创说之人。拙书《今典释词》收有“十里洋场”一词，而未提及“洋场”，于此但作补充。

其二：二桂名园赌赛来，一边收拾一边开；月楼风貌倌人爱，不羡红妆浪半台。

此诗之“二桂”，即金桂轩及丹桂园，月楼即杨月楼，足见其演艺倾众。

其三：鸿福名优迥出群，眉梢眼角长红裙；飞与竞说来山凤，要看今朝唱上坟。

诗中所指鸿福乃优人名，擅演花旦，此时以上演“小上坟”一出最擅色艺。北京视小上坟不过逗笑小戏，实则大须看重，但凡今时所见之上演夸张之卡通动画，无不尽有。吾在香港曾观赏陈永龄与寇春华合演之“小上坟”，方知此剧真乃中国民间之上好笑剧，值得推广传世。百年前上海人眼光真是优越①。

同治十一年六月十四日，第六十九号《申报》，载有作者沪上闲鸥之《洋泾竹枝词》若干首，兹略举示二首。

其一：若说洋泾绮丽乡，外夷五口许通商。鱼鳞租界浑相接，楼阁参差倚夕阳。

在此诗中亦见到“租界”一词，可为前说之旁证也。

其二：十里花香并酒香，吴姬赵女斗新妆。经过富贵荣华里，知否中藏窈窕娘。

莫以为此诗中之十里很是普通，须知乃是形容洋泾地区之领域，是即后日十里洋场之称谓来源。拙著《今典释词》将十里洋场之名谓定在

① 《申报》第六十号，同治十一年六月初四日刊。

光绪二年（1876）《烟台条约》之后，盖在本之于条约画定洋人管治之地区，乃是不平等条约之所造成。洋人自此方为官方承认租界治权，是根据条约，而非依据上海习惯。惟直到此时，仍尚未见到有更早之十里洋场之说，甚盼有人能够补充①。

三、美查开拓出版事业惠及通俗文学书籍之流通

《申报》创刊很快引进活字铅印版出报，第一年站稳，即将已经营十年之《上海新报》淘汰出局。此时美查兄弟之一的 Ernest Major，颇起了一点扩展作用，就是主张在印《申报》印刷之余力，转印书出售，宗旨固然仍为赚钱，而出版中国书，则要有重点要有选择，由尝试而逐渐扩充。续刻近今出版之重要而有丰富内涵之书。《清末四十年申报史料》，其叙述跳跃性很大。从《申报》一下子跳到申昌书局与点石斋印书馆，好像一开始就大批刊印中国典籍，事实上最早启步多在于通俗小说、笔记、专书，后来换到刊印科场之八股文范、试帖诗最能赚钱，也就大量刊印。

《申报》编辑欢迎、收录诗词，乃是中国文士一定准绳，而美查则改以小说笔记故事之作为优先，乃是本之于其英国文学宗旨习惯，小说戏剧为主流，Ernest Major 在中国日久，十分模仿中国文士常行，他暨有篆刻美查印信，又自署一个中文雅名，自称是“尊闻阁主人”。与华人交往，不用美查之名，而以“尊闻阁主人”署名。其证据多出于与王韬之来往。何时使用此名，应必早在创办《申报》之初，应必在 1872 至 1874 年已习惯使用。而出版《申报》之外又要刊印书籍，亦决不会晚过光绪元年（1875），王韬在香港承其光绪元年之邀约，即将其所著《遁窟谰言》一书交《申报》馆刊印。王氏此书在鄙人

---

① 《申报》第六十九号，同治十一年六月十四日刊。

所读王韬著作要算得上是芜滥之作。王韬自述为幼少年之作，乃是托词，不过在香港无聊仿《聊斋志异》而胡乱虚构，满纸荒唐，随意杜撰。但为证明美查征稿，其序乃是极关时序之重要证据，兹引举如次：

> 岁乙亥（光绪元年），尊闻阁主人（美查）有搜辑说部之志。征及于余。淞泖歇浦（指上海），结海外之相知，迢递珠江（指香港），检簏中而直达。呜呼！滦阳销夏，敢上前贤。淄水留仙，编成异史。虫虽雕兮技拙，蠡能测以见徵（微）。犹幸枣木无灾，版聚珍而易毁，庶几梨羹可嚼，座有钉而无虞。爰志数言，弁诸简首①。

此序表明美查最初印书，原以征求小说笔记故事谐谈之书为试探。并非一步即要刊印经典史部。并表明是活字版印刷。以此推算，则美查之开拓刊印书籍，应起始于光绪元年。

王韬果然是一位勤手又快手之文家，世人俱知乾嘉时期苏州文人沈复（字三白）所作《浮生六记》，仅早在道光时期为同城文人后学杨引传（秀才）所偶然发现之稿本，却在朋友中间传阅欣赏。虽经历道光、咸丰、同治三朝，由此类穷秀才无有赀财付之刊刻传世，可说难免湮没沉埋。王韬系杨引传妹婿，自是早见此书，亦大加推重，并亦早为之作序，其事必在道光后期，曾言作序称美之后，不久即赋悼亡。推算王韬为夫人杨氏梦蘅作传，可知系于道光三十年夫人逝世上海。未料表面所见杨引传忽在光绪三年（1877）七月七日为《浮生六记》作序，事出偶然，决非心血来潮而为之。再考书后又附光绪三年九月中旬王韬自香港所作《浮生六记》跋文，则其事周折，可以了然。在此应举示王氏一段跋文应能知见其因缘际会。

> 是书余惜未抄副本，旅粤以来（指在香港），时忆及之。今闻苏补（杨引传之字）已出付尊闻阁主人，以活字板排印，特邮

① 王韬：《遁窟谰言》序，（今参石印本，非铅字本）。

寄此跋，附于卷末，志所始也[1]。

似此跋文，简明扼要，足资明见转折关键。此事关键根源在于美查之用心征求文艺逸籍，而王韬蒙其引重，首先于光绪元年接刊王氏《遁窟谰言》，而王氏自必中介促使杨引传将所藏《浮生六记》交付美查排印。此一动因自必当归功于美查。想想文界前徽，若俞平伯、林语堂、顾颉刚等人虽十分欣赏《浮生六记》，若不考知此中委曲，势难为察知真象，怎能看到文运流汇脉络。

自光绪元年起，《申报》确定已在附带刊印故事、小说、笔记之书。大抵已具征书信心以及出版经验，到了光绪四年（1878）三月，即由《申报》刊出“搜书启事”，要大肆征求远近各地文家著作，并有出价收购或印书分给酬谢之条件。启事颇具关键意义，附抄于次以供参考。

启者：本馆以印刷各种书籍发售为常。如远近君子，有已成未刻之著作，拟将问世，本馆愿出价购稿，代为排印。或装订好后，送书数十或百部申酬谢之意。总视书之易售与否而斟酌焉。如有罕见之本，宜于重刊者，本馆亦可以价买。或送数十部新印之书，借以报谢。至于原本，于刊成之后，仍可璧还也[2]。

《申报》既是刊布告示公开求购当代文家新作，又愿出价购买绝版珍集。是为美查所熟知的 rare book。遂至引致同代文士纷纷寄送各样书稿，供《申报》选刊。今虽难见传下纪录，却仅可自王韬旁证略见其时较著名之新作，俱出现于王氏之《艳史丛钞》序。王韬《艳史丛钞》即为应“尊闻阁主人”之雅意而编成以应出版，其时当在光绪四、五年间。盖此书使王韬得以在光绪五年游访日本时大约带有百余套在日售罄，而能与其他同带之书若《遁窟谰言》、《瓮牖余谈》一一售出。其得款足供旅居日本五个月之开支。故推断其序作于光绪

① 沈复著，俞平伯点校本：《浮生六记》，人民文学出版社，1980年出版，第69页。
② 徐载平、徐瑞芳合编：《清末四十年申报史料》，第320页。

四、五年间。在此举引以见大概：

> 避迹至粤（同治元年），一意治经，日从事于训诂，岂止悔其少作，方且悲夫老来。既游欧洲归（同治九年），体衰多病，屏居斗室，日在茗碗药炉中作生活。稍稍流览说部，琢抉诗词，借以消愁排闷。尔见海上尊闻阁主人集吴门、秦淮画舫诸录，付之手民，播于艺苑。而如四明、邗上，则亦有《十洲春语》、《花事小录》，并向时之所未见。余维前乎此者，则有三山老人（人名）之《板桥杂记》，珠泉居士（人名）之续记及《鸿雪小记》。后乎此者，则有懒云山人（人名）之《白门新柳记》，皆足采也。夫劳陀利传者（人名）之于广陵，懒云山人之于白门，皆从兵燹之余，重睹升平气象，患难余生，尤为幸事，是岂徒侈花月之遗闻而作水天之闲话哉①！

我等仅能自王韬叙其同代文士著作在当时之刊布，则略见江南不少落拓文士，以花月诗酒饮乐之作而汇成一股低俗文艺之风气。其时之《申报》自为其重要之推广助力。

四、美查创办点石斋印书局全面印售中文书籍

中国出版事业，先以广州、上海得开先改进前驱，其来华教士，率先引用活字排印技术，此虽中国古有创始，或用胶泥或木刻传活字，自早有书籍实物可证。而美查创办《申报》起始即仿香港西文报纸之采用铅字排印。所建印刷之厂，印书亦全以活字排印。直至光绪四年（1878）美查自国外引进石印技术，即创办点石斋印书局，纯以石印技术印书，大为降低成本。初印文士工具之书，如《康熙字典》，一举而销售八万册，又印科考用之书如《圣谕详解》，销售亦畅。使

① 王韬：《弢园文录外编》卷九，光绪二十三年弢园老民手校本，第2页。

美查尽操利柄，赚钱甚丰。遂至大胆翻印大部头之中文书。不及细载，仅能略分层次，稍作举例，以见一斑。美查旗下申昌书局以活字排印书，点石斋印局以石板印书。其在上海出书之数远超过当时著名之金陵刻书局及浙江官书局。可分三个不同层次以观。

第一层次，可推重其大量出版经典珍籍，乃合于中国之固有学术典籍。此类如《五经备旨》、《十三经注疏》、《四书补注》、《皇清经解》、《四书图考》、《经籍纂诂》等，不一而足。

第二层次，则印售古来珍籍、时人名著、文史要目，比如《大清一统志》、《皇朝经世文编》、《圣武记》、《二十四史》、《五种纪事本末》、《纲鉴易知录》、《校邠庐抗议》、《啸亭杂录》、《十朝圣训》、《国朝先正事略》等，不一而足。

第三层次，则是最能赚钱之科考用书，比如《历届试策大成》、《大题观海》、《大题文富》、《五经文汇》、《四书味根录》、《国朝元魁墨萃》、《云程必备》、《巧扎网珊》、《经义新畬》等书，此皆科考参考之书。换言之，即八股文典范，当年士子必备，但于今世已很难见到此类书籍①。

上举三个不同层次，看来是美查经营出版事业之重点，其名目之多，部头之巨，亦可窥见，今世已无法掌握和明了其历年所有出版目录，自实只能就传世之论著，稍稍提示而已。

上举三个层次，是可以较清楚的掌握美查出版事业之庞大规模，却决未尽括其他不具重点之各样书籍，但凡俗浅文艺、小说、笔记、谐谈、笑话、故事、谚语、歌谣，亦无不多予刊印出售。是即本文所要涉谈之通俗文献，若比较金陵刻书局与浙江官书局之出版书之全顾及经典史籍，决无科考之敲门砖书与任何通俗文艺、鄙俚小说，自可以见出美查之出版目标，乃是顾及中文文献之全部，是远远超过政府官书局之规模与气势。如此自可确见其大有贡献。美查自然是出于赚

---

① 徐载平、徐瑞芳合编：《清末四十年申报史料》，第325—328页。

钱企图，只是做此出版事业，实对文化学术之传布有极大功效，我们后人必须加以肯定。

美查能见机先，剑及履及。1872 年创办《申报》，1875 年（乙亥）即出而大量兼印书籍。凡此尚只是活版印刷。至 1878 年开创点石斋印书局，正是如虎添翼，可以节省成本，大量印书。虽是所留文献不足，仍尚可一谈在 1878 年起见其广征民间文家著作之努力。可略陈叙如次。

光绪五年（1879）十二月十九日《申报》刊出“觅书启事”征求珍籍：

> 《人境阳秋》二十四卷，取古来忠臣孝子与夫节义之士，各绘一图后附以小传。向曾在友人处披阅，觉是书钩鞠精细，字迹也娟秀可爱，本馆现拟用西国石印法照成，以公同好。海内藏书家如有此书，乞即见示。俟印成后，酬以新书，或欲价售，亦可酌议也①。

此是点石斋印书局成立后之一年，美查即已顺势而印图文并茂之书。主要是省去刻版图画之费，画稿可以直接上版石印故也。

两天以后（十二月二十一日）《申报》又出启事征书：

> 搜访《野叟曝言》多年，去年承友人寄示，惜中多残缺，未便排印，故再出告白，遍行搜集②。

事实上《申报》公告征书有不断发布告白。今世学者之书，亦只稍加引举。鄙人已无法直接查阅《申报》，只好专引他人所辑史料。

像英人美查其人，无论中西学界少有人重视，抑且传世纪录缺乏。若加研讨，除《申报》之外尚只有《点石斋画报》可资取材，而其凡所出版众多之中文书籍，已难能搜考全貌，尤其若除开上举三个层次之略见一斑，而其凡关通俗文艺、笔记小说之书，更难窥见千

---

① 徐载平、徐瑞芳合编：《清末四十年申报史料》，第 320—321 页。

② 徐载平、徐瑞芳合编：《清末四十年申报史料》，第 321 页。

百分之一二，鄙人非探讨《申报》，亦早有研治《点石斋画报》之论文，不须引入本文。今兹欲追考自光绪五年《申报》征书启事，只知美查渴求出版图文并茂之人物故事、小说笔记，于今时则殊不易见到其所刻有图有文之书。以鄙人学力识力所及，仍仅能就王韬著作中查到二种，以供同道文家鉴赏。

从前举事项观察，我辈当知美查一直对王韬信任，尤欣赏其文彩。原自《申报》印报之外，考虑以其余力，兼印书籍，一早即在光绪元年向王韬征到《遁窟谰言》及《瓮牖余谈》而以活字版排印。王韬自更在光绪三年中介推荐刊印《浮生六记》，及后不久于光绪六年（1880）再行重印其《遁窟谰言》，即由点石斋印书局以石印，于是年九月出书。王韬并附增《重刻〈遁窟谰言〉书后》以为说明，兹摘举王氏所言：

> 岁在乙亥（光绪元年），沪上尊闻阁主人索余著述，将付手民。余即以《瓮牖余谈》、《遁窟谰言》两种递诸邮筒刊布。未几，而翻版者四出。一日余于书肆偶见《闲谈消夏录》，一翻阅间，则全巢袭余之《遁窟谰言》，一字不易。此外则归安朱梅叔之《埋忧集》也。编撮成书，借以弋利。坊中人辨其版，知为江西书贾伪托①。

于此序可见，点石斋石印之书，王韬著作亦是率先得此风气而出书。所受美查优遇不在话下。

须知王韬长久隐居香港，自同治元年至光绪十年（1862—1884）已是逋逃受通缉之人，清廷不再追捕，王氏于流亡二十二年后又返回上海定居。随后受聘为格致书院山长，亦尚能得生活倚恃。惟可注意者，王韬受美查知遇应美查属命而大肆撰写名媛小记，纯以文艺笔触，委婉铺叙中外美人才女，有似人物传记，实为抒情小说。俱属短篇，而始末毕具。美查则又特邀名画家吴友如、田英（子琳）、张志

① 王韬：《遁窟谰言》，“重刻《遁窟谰言》书后”。

瀛等为每篇小传作画一幅，使之图文并茂，即以石印技术加以印刷成书。王氏竟写成十二卷，定名《淞隐漫录》，于光绪十年出版。于此可举示王氏之序文以见其概：

> 余向有《遁窟谰言》，则以穷而遁于天南而作也。今也倦游知返，小住春申浦上，小筑三椽，聊庋图籍，燕巢鷦寄，借避风雨，穷而将死，岂复有心于游戏之言哉！尊闻阁主人屡请示所作，将付之剞劂氏。于是酒阑茗罢，炉畔灯唇，辄复申纸命笔，追忆三十年来所见所闻，可惊可愕之事，聊记十一，或触前尘，或发旧恨，则墨瀋淋漓，时与泪痕，狼藉相间。每脱稿，即令小胥缮写别纸。尊闻阁主人见之，辄拍案叫绝，延善丹青者，即书中意绘成图幅，出以问世。将陆续成书十有二卷，而名之曰《淞隐漫录》①。

据王氏序文，可知其所写此书，乃受美查所特邀而为之觅人绘图，以使图文并茂。且所石印之期，正是美查创办《点石斋画报》五月初八日创刊之时。想见美查对于出版附图像绘画之书是极具信心与渴望。今时尚能查考到直接证据，应以王韬之作品为代表。

自光绪四年美查创办点石斋印书馆以来，旗下网罗不少书画家，著名者有吴友如、张志瀛、田英（子琳）、金桂（蟾香）、何元俊、马子明、符节（艮心），以及朱儒贤等。最早以吴友如出力最多，亦最有名，王氏《淞隐漫录》，每篇必附一图画，大半出自吴友如，稍后者又有田英、张志瀛之绘图。

王韬出书，大受读者喜爱，又促使王氏又撰著《淞隐续录》，数年间，成书十二卷，但时已至于光绪十三年（1887）。王韬有序记叙：

> 余今年六十矣。虽齿发未衰，而躯壳已坏，祁寒盛暑，不复可耐。偶而劳顿，体内便觉不快，略致思索，辄通夕不能成寐。

---

① 王韬：《淞隐漫录》全十二卷，光绪十年五月，点石斋印书局石印绘像本，“王氏自序”。

> 见客问姓名，转顾即忘。把卷静坐，即尔昏然欲睡。思有所作，握管三四行后，意即不相缀属。以此而犹欲著书立说，岂可得哉！倦游归来，却埽杜门，谢绝人事，酬应简寂，生平于品竹弹丝，棋枰曲谱，一无所好。日长多暇，所以把玩昕夕消遣岁月者，不过驱使烟墨，供我诙谐而已。以此《淞隐续录》又复积如束笋裒然成集也①。

王韬《淞隐续录》全十二卷，形式规格与《淞隐漫录》全同。每卷约有名媛小传式集传一篇，每篇必附绘图一幅，每图必占一张整页，用精白细纸印书。文图并茂，十分大方美观，自是出于书馆编者设计。封面乃由沈锦垣之篆书题署。正可与《点石斋画报》互勘而知为同一人所题字。由是可见其出书者之用心。

实则光绪十三年很具有参考性，王韬不止续作《淞隐续录》，同年七月亦作成分量较小之书名为《漫游随录》，乃多记其香港以至游走英国之事，亦是每文一图，合成八十篇有图八十幅，随《淞隐漫录》同时出版，一般是附于其后。王韬亦于光绪十三年七月撰成自序。摘引其说如次：

> 今也子长倦游，相如病多，岭峤归来，蓬庐息影，尚待吴中之作室，仍为海上之宾萌。日惟仰屋著书，闭门觅句，绝不问户外事。惟是追忆前尘，已如昔梦；然翘首遐思，犹复显显在目。朋俦过从，与谈海外游踪，辄为神往。咸曰：何不诠次前后情事，汇为一编？以作谈屑，扩异观，俾作宗少文之卧游，不亦可乎？适有精于绘事者许为染翰，遂以付之，都为图八十幅，记附其后，而名之曰《漫游随录》②。

① 王韬：《淞隐续录》，点石斋印书局，光绪十三年八月石印本，“王韬自序”。

② 王韬：《漫游随录》，点石斋印书局细白纸石印本，“王韬自序”。

比较来说，王氏《漫游随录》，与上举两书大不相同。考其内容，全为实记，十之九成，俱在海外历程，胜地游踪，采风问俗，亦具史料价值，鄙人多方引用，采择甚多，印象殊深。而《淞隐漫录》两种，全部只能视之为名媛小说，前后实大有区别。

至于前后三书之附图不下数百幅，且必各占全页篇幅，出于名画家之手，每图亦必有画家署名。虽然如此，本文不暇引来以供参证。盖其画家画风，俱同于《点石斋画报》，鄙人已有两文引据，在此不拟再引。另一原因，所有附图，固然每幅不同，描绘细腻，而并无实质参考价值。亦决无其人肖像。惟盼后人翻印，务祈莫缩小图画，而失去附图意义。能保存原貌，方可见及前徽规模。

吾非目录学家，亦非版本学家，但为近代通俗文艺之普化生机，进而搜考同光时期美查兄弟在此方面之用心与贡献，其印书甚多但只能举出上项各书实据，甚是惭愧惶恐。

五、结　论

以论美查兄弟在中国所创事业，自是尚有药水工厂、火柴工厂之设。而其于对华文化事业之贡献，要必须看重其开创《申报》及《申昌书局》、《点石斋印书局》三机构发挥巨大功用。比之庄肃典重之金陵刻书局、浙江官书局之只重经史之书，其局面要大得多。凡科考敲门砖之书，官局决不会印，即于笔记小说、街谈巷议之书，亦绝不刊印。而美查之两个书局却大肆征求，出价收购。若王韬之著作《瓮牖余谈》及《瀛壖杂志》原系咸丰年间已成之作，带赴香港一直滞存箱笥十多年，而至光绪元年方始付印（其书《瀛壖杂志》有光绪元年蔡尔康之序，推知此书亦系由美查在上海予之出版）。吾于前节介绍《申报》馆出书三个重点，未敢将通俗文献特列一个重点，乃在慎重将事，决不可流于浮滥夸张。而愿就所知者一面，求同道认同而已，不敢信笔定调也。盖凡文学史家追源溯流，须自微末处入手，理出年代次序，进展脉络，到此方能为世人接受，成为共喻定说。

由于文献不足，我只能从《申报》刊露征书告白以至王韬记叙以提示可靠证据，实仍感其论据单薄。现不揣辞费，移抄部分《申报》馆出书目录之有关通俗文献者，用以支持鄙人论点。实仍无法掌握全部，聊胜于无。除前此提到者不再重复，尚可列载之书如下：《昕夕闲谈》、《文海披沙》、《西湖拾遗》、《柳南随笔》、《啸亭杂录》、《订伪杂录》、《沪城备考》、《零金碎玉》、《春融堂杂记》、《女才子》、《东槎记》、《青楼梦》、《雪月梅》、《东征记》、《梦园丛谈》、《闽杂记》、《四梦汇谈》、《绘芳录实》、《白门新柳》、《洗愁集》、《镜花缘》、《香咳集》、《桯史》、《笑史》、《孪史》、《耳邮》、《痴说》、《东厢记》、《虫鸣漫录》、《史余萃览》、《台湾外纪》、《梦笔生花》、《返魂香》、《续异书四种》、《庸间斋笔记》、《庭闲录》、《夜雨秋灯续录》、《野记》、《纪载汇编》、《野叟曝言》、《谈茶馀荟》、《宫闺联名》、《景船斋杂记》、《笑笑录》、《砚云甲乙篇》、《西洋记》、《鸿云轩纪艳》、《粤屑》、《谈古偶录》、《锄经书舍》、《使琉球日记》、《荟蕞编》、《姜露庵杂记》、《荡冦志》、《骊砭轩质言》、《醒睡录》、《禀启零纨》、《尊闻阁诗选》、《谈诗探骊录》、《东藩纪要》、《正续水浒》、《历下志游》、《儿女英雄传》、《航海述奇》、《儒林外史》、《云间据目抄》、《后西游记》、《三异笔谈》、《萤窗异草》初二集、《屑玉竺谈》二三集、《小豆棚题解》四五集、《粉墨丛说》黄式权著、《备尝记》、《新印风月梦》、增刊《红楼梦》图样、《淞滨花影》、《蕉窗摭录》、《鸿雪姻缘》、《三借庐赘谈》、《三宝太监西洋记》①。

上举书目，出自《申报》纪录，编者明言只见及1882年以后记载，前此自光绪元年至光绪七年者则未能考见收载。惟本文仍尽量举示其概，用为支持本文研治需要，以为拙见争取共识。

美查既经引进石印技术大量印书，上海同业竞相追摹。遂乃有同

---

① 徐载平、徐瑞芳合编：《清末四十年申报史料》，第329—331页。

文书局、拜石山房、扫叶山房、醉六堂等家创业，出而竞印通俗文艺之书，而形成一代风气促使通俗文学风潮之畅旺。美查兄弟之有功于通俗文献之普及，我们学界势不能不加以承认。

2009年5月29日写于

多伦多之柳谷草堂

清人海外诗草及竹枝词对于欧西之采风

一、引　言

在20世纪60年代，我因研究《五口通商变局》（当在1966年后），随即必须深考五口岸之地理位置及其通商沿革。自然要叙议广州对外通商之史，并一定要判析洋商、洋行问题。我不但澄清词义，同时将此类词汇收入拙书《今典释词》，负责加以注释（2006年上海贝贝特公司印）。此是题外话，重要线索，乃是利用到明末清初文人屈大均的《竹枝词》，是广州十三行重要证据。连带又把屈氏其他六首《竹枝词》亦引入注中。由此以来，我引申而注意到《竹枝词》这一种特殊诗体。留心搜集，而今手中已有六种《竹枝词》集子。

约在1979年，我已在香港任教三年，承中文大学同事新闻系系主任余也鲁先生招集，约我同赴台北政大参与他所策划并筹集资金的新闻学研讨会。主要是委托徐佳士先生在政大安排，包括台湾各门学问之专家。开会讨论两天，前后分十二门专文报告。鄙人是就历史专门一谈对新闻学之功用。我在报告中略举一些传播的资料，其中竟亦讲到《竹枝词》，如此以来，讨论会上有政大历史系教授方豪在场，立即起身质问我。他表示读到前代《竹枝词》很多，质问有何实据会扯到新闻上来。他像是捉到了我的痛脚，这一炮就可打得我哑口无言。我当然早有一定成算。立即很平静谦和的向在座学者解答，我首先说这是普通常识。在座学者可以查看一下当今现有报纸，包括《华侨日报》、《工商时报》和《星岛日报》几乎不少都有一栏大标题《竹枝词》，每首用意也多是批评讽喻时政。请问大家是否注意到？结果是方豪未再有一言辨说。此老自视甚高，又当上院士，总要遇机指点他人错误，以展现其学问高超。此次错估情势，未能得逞，只好闭口安坐。若果他继续争较高下，我会拿《申报》所载大量竹枝词来指证他的不学无知。要知游走学界，也像走江湖，随时随地都要较量一下彼此武功。我既到香港，在此五方十界之地跑江湖，早就知道要与各路好汉一争短长。从此以后，我是更加注意竹枝词这一门类了。

在此要补充说明，我之把竹枝词拿来放进新闻学研讨会报告中，即非即兴采入，亦非临时充数。早在我到香港任职之前，我曾逐篇阅读清同治十一年（1872）创刊之《申报》，从开始同年四月十二日，《申报》第十五号起，就抄录下《沪北竹枝词》，四月廿三日《申报》二十五号《沪北西人竹枝词》以及五月初八日《申报》三十八号《前洋泾竹枝词》。如是连番抄录许多篇，此类资料，今日尚在我手边。所以一到香港，立即注意各报尚有竹枝词之作，故而认定竹枝词在中国报学具先驱地位。敬请识者一一核对《申报》可得见到实证。

《竹枝词》借上海创刊《申报》而首开风气。一时文士，亦相继于《申报》各展其文彩大写《竹枝词》。原来开启先路之《沪北竹枝词》之作者乃系寓沪诗人袁翔甫（名祖志），因其于光绪二年（1876）刊布所作竹枝词成为专集，题《海上竹枝词》[①]。而《沪北竹枝词》列于后卷。特别是其书序文出于“铸铁庵”之手，此非别人，乃是上海《万国公报》编辑蔡尔康，蔡氏字紫甫，别号铸铁生，又号缕馨仙史。文笔典丽，为《万国公报》重要编辑，世人尚多不知其精通英文，故为美国教士林乐知（Young John Allen）引于《万国公报》任编辑事。蔡氏著名之作乃是二十余年后翻译英国国会议员贝思福（Charles Beresford）所著 *The Break-up of China*，译成中文，题称《保华全书》[②]，其译文典雅简奥，今人已难仿行。何以提及蔡氏，盖其中亦是早期报学先驱，为亲见当年竹枝词之证人。看来我在报学研讨会

① 袁翔甫（即袁祖志，字翔甫）：《海上竹枝词》，光绪二年初夏雕版刊印，有铸铁庵序。

② 蔡尔康译：《保华全书》，有传抄本，为台北中研院近代史研究所收藏。

上之报告，不是拿竹枝词炫惑与会专家，更无标奇立异之意。这只能使曲学寡识之人会不免感到眩惑。

我虽然注意到清代乃至晚清文人竹枝词，却决不敢师心自用，不能不探索创生来源背景，亦要参考前代人对竹枝词的识断。自然顺手要抓到前人所持观点。因是而摘取到清初大诗家王士祯（1634—1711）对竹枝词的看法。在此可以举示其所论述：

> 昔人谓竹枝歌词虽鄙俚，尚有三纬遗意。山谷（黄庭坚）闻人歌刘梦得（禹锡）《竹枝》，叹曰："此奔轶绝尘，不可追也。"梦得后工此体者无如杨廉夫（维桢）、虞伯生（虞集）。他如"黄土作墙茅盖屋，庭前一树紫荊花"；"黄鱼上得青松树，阿侬始是弃郎时"等句，皆入妙。近见彭羡门孙遹《岭南竹枝》深得古意。诗云："木棉花上鹧鸪啼，木棉花下牵郎衣，欲行未必不忍别，落红没尽郎马蹄。""妾家溪口小回塘，茅屋藤扉蛎粉墙，记取榕阴最深处，闲时来过吃槟榔。"①

王士祯号渔洋山人，清顺治十五年进士，官至刑部尚书。生平著作甚富，单是所作竹枝词有书八种之多。对我面对竹枝词言，乃是引路明灯。

历代以至今世，所有涉论竹枝词之文人，在此一文艺领域无不推重中唐大诗人刘禹锡（772—842），字梦得，唐贞元进士，除为著名诗人，亦为竹枝词之创始先驱。系刘氏任官巴渝，而改当地竹枝民歌以成为新创之竹枝词体。后世凡见文家编纂竹枝词集，无不众口一致，推尊刘禹锡开创竹枝词体。我在本文不拟引证刘禹锡之作品，实在90年代已有霍三吾所撰专门研究《试论刘禹锡竹枝词的特点》②。

我们探讨竹枝词来源背景，文家说法已成共识，自当从众推尊刘

---

① 王渔洋：《池北偶谈》卷十五，排印标点本，第352页。

② 霍三吾：《诚论刘禹锡竹枝词的特点》，收载王叔磬、旭江主编《北方民族文化遗产史》，内蒙古大学出版社印1991年10月，第267—274页。

禹锡开先创始之功。惟自唐代8世纪以来，实代有名家从事写作。可顺带略举一二名家，以供参阅。

自唐代说起，与刘禹锡同年龄者有白居易（772—846）字乐天。也撰有竹枝词举其一首：

瞿塘峡口冷烟低，白帝前头月向西；唱到《竹枝》声咽处，寒猿晴鸟一时啼①。

到了宋代写竹枝词者更多起来，名家诗人有苏轼、苏辙、黄庭坚、范成大、杨万里，均有竹枝词作品。在此先举苏辙一首。苏辙（1039—1112），字子由，巴蜀眉山人，文学大家，富于诗作。现举示其所写《竹枝词》：

扁舟日落驻平沙，茅屋竹篱三四家；连舂并汲各无语，齐唱《竹枝》如有嗟②。

在南宋有范成大（1126—1193），宋高宗时进士，也有竹枝词作品传世，现举一首：

白头老媪篸红花，黑头女娘三髻丫；背上儿眠上山去，采桑已闲当采茶③。

在此一歌词中之“篸”字少见，注者解为同于簪花之簪，读音亦同。

至于元代，写作竹枝词之诗画名家更多，今日举出者有二十余人，其中为世人称道者有虞集、袁桷、吕诚、周巽、杨维桢、钱惟善、萨都剌、倪瓒等。在此可举杨维桢（1296—1370），字廉夫，号铁崖，元泰定进士，所作竹枝词甚多而著名，可引举一首：

---

① 李廷锦、李畅友选注：《历代竹枝词选》，广西人民出版社印，1987年1月，第6页。

② 李廷锦等选注：《历代竹枝词选》，广西人民出版社印，第15页。按，此书按年代选辑各时期竹枝词，并加注解，颇见学识工力，并颇精要，值得参考。

③ 李廷锦等选注：《历代竹枝词选》，第20页。

苏小门前花满株，苏公堤上女当垆；南官北使须到此，江南西湖天下无①。

再举元末人钱惟善，字思复，有竹枝词一首。

春日高楼闻《竹枝》，梨花如雪柳如丝；珠帘不被东风卷，只有空梁燕子知②。

至于到了明代，诗家文人吟咏竹枝词者更盛，人才作品较元代更多。其中名家有刘基、高启、袁凯、龚诩、汤沐、沈同、薛瑄、李东阳、朱朴、王廷相、何景明、郑善夫、杨慎、袁宏道、曹学佺、郑关等诗家。现可举元末明初人丁鹤年（1335—1424），字永庚，回回族人，其所作竹枝词举示一首：

水上摘莲青的的，泥中采藕白纤纤；却笑同根不同味，莲心清苦藕芽甜③。

再举明代诗家杨慎（1488—1559），号升庵，四川新都人，深熟巴渝风情，其竹枝词描叙，最能写实。举其一首：

夔州府城白帝西，家家楼阁层层梯；冬雪下来不到地，春水生时与树齐④。

论及清代，诗家名士，写作竹枝词尤具盛况，人物不及琐举。愿在此举证若干诗家之作。首先可举清初大文豪孔尚任（《桃花扇》作者）在康熙中期在北京所作《燕九之会》竹枝词十首之一：

春宵过了春灯灭，剩有燕京烟九节；才走星桥又步云，真仙

---

① 李廷锦等选注：《历代竹枝词选》，第37页。
② 李廷锦等选注：《历代竹枝词选》，第50页。
③ 李廷锦等选注：《历代竹枝词选》，第63页。
④ 李廷锦等选注：《历代竹枝词选》，第89页。

不遇心如结①。

孔氏所指燕九之会，乃是上元节过后，正月十九日仕女外出郊游之期，是北京习俗。

再举同是康熙年间而略早于孔尚任之作有十年者，有屈大均之七首竹枝词，因其吟咏十三行之诗，我已有三种著作引据，在此可举另一首，世人少知者之一首，亦在描写欧西人在广州商贸之情：

十字钱多是大官，官兵枉向澳门盘；东西洋货先呈样，白黑番奴拥白丹②。

历代以来，至屈大均起，其竹枝词才率先描绘外洋来广贸易之情状。有两诗着墨于外洋商贾。此一首所示“十字钱”，是指洋银圆，银元表面有十字图案称十字钱。此言中国大官喜爱洋钱。诗中之“白丹”二字，原出于《山海经》言有白丹、青丹，皆指华美玉石。在此诗中，乃指白、黑洋人拥有宝货。

下面再举示乾隆年间李调元（1734—1802）之竹枝词。李调元是进士出身，曾任广东学政。著有南海竹枝词，今举有关十三行之一首：

奇珍大半出西洋，番舶归时亦置装；新出牛郎云光缎，花边钱满十三行③。

在此诗句中之“花边钱”即指西洋银元，因银元周边俱有细条沟纹，当地人称之为花边，乾、嘉、道、咸以至同光时期，市面各地俱流通西洋银元，仍称花边。

---

① 路工编选：《清代北京竹枝词》十三种合辑，北京古籍出版社印，1982年，第4页。

② 雷梦水、潘超、孙忠铨、钟山编：《中华竹枝词》第四册，北京古籍出版社印，全六册，1997年，第2736页。按，《中华竹枝词》为此一领域中最巨制而较完备之书，搜辑自唐代以至民国时期一千二百六十多位诗人之作品，达二万一千六百余首之作品，可谓洋洋大观。

③ 《中华竹枝词》第四册，北京古籍出版社印，1997年，第2744页。

中国近代，自1842年开放五口通商，洋人多众居五口，欧风浸彻于沿海各地。国人亦遂广开视野，对西洋风物有所见识。遂亦有文人诗客写于竹枝词，最有开先风气之地即为上海。而中国国人办报亦始于1870年。同一时期上海创有《申报》、《万国公报》，香港创有《循环日报》、《华字日报》。《申报》有开必先，在同治十一年出报，在开头第十五号《申报》（四月十二日刊出）即有竹枝词出现报端，嗣后不断刊载，其量可观。愿在千百诗题中举其一二。

其一，《申报》二十六号，有题《续沪上西人竹枝词》若干首。其中之一乃咏显微镜：

> 显微小镜制偏精，方寸洋笺折叠平；暗拓小窗间把玩，牛毛人物太分明①。

其二，同一作者同日刊之另一首，吟咏寒暑表：

> 气摄空中铁匣沈，表随天意换晴阴；是谁尽泄苍穹秘？寒暑针兼风雨针②。

似此诗题。自是竹枝词向来所无之题材。正见其随时代而有吟咏对象，有极大因应弹性。

鄙人本在探讨清人海外竹枝词，演述俱在同光两朝，是以到此可见历代作品前徽，可以在下一节展开分叙。惟在此尚须于此一独特门类，略陈其体制、形式、结构、题旨等作简明概观，以见此门之特具风格。

其一，以生成背景言，出于四川巴渝民歌，乃日常唱答之歌词。

其二，以功用言，竹枝词具高度地方色彩，用在表露一种地方山

---

① 《申报》第二十六号，同治十一年四月二十四日刊。

② 《申报》第二十六号。在此附言，我在六十年代阅读《申报》系台北学生书局翻印，字小难读。大部资料之汲取，俱由内人周氏夫人代抄，其中竹枝词占一定分量。四十余年至今方用其中一二首诗。生平治学，往往多年不能采用，实是常态。岂争朝夕？

川、风物、人情之表述。

其三，以形式言，常为七言成句，四句成诗之格式。有似七言绝句，但表现活泼自由。

其四，以体制言，竹枝词不重平仄，不求对仗，亦极少用典。表现无所拘泥，随意成韵。

凡此归纳之四点，并非鄙人创见，今代凡有编选竹枝词者，俱多主张此些特色，岂敢掠他人之美？

二、斌椿游欧诗草

斌椿只是一个满人小官，在山西做过知县，尚又捐职有护军参领衔。实在卸任知县之后，总理税务司英人赫德（Robert Hart）私人名下做中文文案，其时年逾六十岁。事在同治四、五年之交，赫德为要回英国完婚，向总理衙门请假六个月，计在同治五年成行，在此事进行中，向总署大臣建议随带几位同文馆学生顺道游访欧洲，惟诸生年龄俱在十六七岁少年，因亦引荐斌椿一同前往，用以就近管束从行者。此外又自税务司调派二位洋员同行。一为英人包腊（Edward C. M. Bowra），一为法人德善（Emile de Camps），随游欧团以为到各国接洽。事在同治五年（1866）正月，由恭亲王奏准，钦派斌椿以总理衙门副总办官职，赏戴三品官服，率学生德明、凤仪、彦慧及斌椿之子笔帖式广英，随同赫德，游访欧洲有约各国。自然是俱乘轮船前往。

斌椿一行使团，赫德不在其内，只是同行，除主体五位华官二位洋员，另又有仆役六人随行。二月出京，十月返京，游历欧洲，超过半年之久。所到之处，斌椿存有日记，并有诗作。连同去程回程合计有八个月之久。余有专文介绍斌椿之访欧，引据其《乘槎笔记》[1] 不

---

① 王尔敏：《总理衙门命使试探：斌椿之游访欧洲》，收载《弱国的外交》，广西师范大学出版社印，2008 年 4 月，第 199—227 页。

及细述。惟斌椿除写有日记之外，另又将其游历诗作，分辑两小书：一名《海国胜游草》，一名《天外归帆草》，世人未尝引述其诗，今愿选摘少许，提呈同道识家鉴赏。

斌椿等人附轮舟行至红海末端，必须舍舟起旱，搭乘火车以接地中海换船而行。乃首见铁路，始乘火车。遂赋诗以状所感。

> 宛然筑室在中途，行止随心妙转枢；列子御风形有似，长房缩地事非诬。
>
> 六轮自具千牛力，百乘何劳八骏驱？若使穆王知此法，定教车辙遍寰区。

本有两诗，只举其一，其重要认识，则可见其解说所云：

> 轮车之制，首车载火轮器具，火燃水沸，气由管出，激轮行，次车载石炭及御者四五人。后可带车三五十辆。车广八尺，长二丈有奇，分三间。每间两旁皆有门窗，嵌以玻璃。设木炕二，铺设厚软华美，为贵客坐也。次则载行李货物。又次则空其中，载木石牛马骆驼各物。皆用铁轮六。前车启行，后车衔尾随之，一日夜可行三千里。然非铁路不能①。

中国人士之搭乘火车，固不自此始，然而能有亲身载记者则斌椿之诗应为开先。

斌椿一行人自埃及再乘轮船行地中海，直驶法国马塞登陆。此际赫德脱队直回英国完婚，由两位洋员陪伴访游。斌椿亦随时有诗作，其吟啸巴黎繁华，作有二诗，兹举其一。

> 康衢如砥净无埃，骏马香车杂遝来；画阁雕栏空际立，地衣帘额镜中裁。明灯对照琉璃帐，美酝频斟玛瑙杯。醉里不知身作客，梦魂疑是住蓬莱②。

---

① 斌椿：《海国胜游草》，收载钟叔河编《走向世界丛书》第一辑，第163页。

② 斌椿：《海国胜游草》，收载钟叔河编《走向世界丛书》第一辑，第165页。。

真的使斌椿迷醉在巴黎，他竟要留在这里不肯走。赫德气恼不过，电令包腊带领学生先赴英国，只留德善陪他父子，后来数日强迫其父子赶往英伦。

斌椿既访游巴黎、伦敦，各国重为中华钦使，自然为新闻界争求摄影刊登报端。斌椿既未尝有照相经验，而被报纸宣腾，飘飘然感受殊荣。遂亦有诗吟啸，兹于三首中举其一首。

> 意匠经营为写真，镜中印出宰官身，书生何幸遭逢好，竟作东来第一人①。

斌椿游程至于瑞典，地近北极，历见日照长永无夜，遂咏颂存纪。

> 地临北极昼常明，夏日入来不夜城；远到银河开眼界，而今真作泛槎行②。

斌椿六月到达俄国圣彼得堡，更见出北极地域风光（实亦先经访芬兰国），遂又有诗作两首吟咏北极半年日不落，北极见不到月亮出没。可举其中一首。

> 十二时中日色明，五千里内照行程；晨星落落寻难见，昼漏迢迢听最清。驹影已升楼百尺，鸡人正报夜三更。朝阳竟夕留鸦背，何必焚膏对短檠③。

斌椿一行，到俄国之后即西返先到普鲁士，正值国君出征在外，故只晋见王妃。随后即要再进入比利时。而于普国之游，其行程已近尾声。此时将一项重要新知，是即地球圆球形并每日自转之说，即亦表露接受之意，乃留下咏颂，以表服膺。其题云："与泰西人谈地球自转，理有可信。"

---

① 斌椿：《海国胜游草》，见前揭书，第166页。
② 斌椿：《海国胜游草》，载《走向世界丛书》第一辑，第174页。
③ 斌椿：《海国胜游草》，载《走向世界丛书》第一辑，第177页。

汉时铸仪象，璿玑用以传。七政属右转，天体实左旋。穹窿大无外，其象难窥瞻；何得日一转，终古无息肩？西法近愈邃，乃云殊不然；地球系自转，一日一周天。闻兹初甚惑，管见费钻研。若云地广厚，旋转焉能便？一转九万里，人民苦倒悬；岂无倾覆患，宫室多危颠。不知真力满，大气包八埏。我行球过半，高卑判天渊；敧侧人未觉，可证形团圆。天体亿万倍，宗动何能然？地转良可信，破的在一言①。

此诗极具特色，前人向无如此明确吟唱，表现一代通识，应可传世不朽。

斌椿一行游欧使团，自柏林再到比利时访问，算是游欧最后一站。适巧在此拜会到美国驻在比利时公使，本来所到各国，也必会见各友邦有约邦国之各国公使，惟此次则与谈及中国与美国是居于地球对蹠两面。虽同在一地球，却彼此相反，不共戴天。斌椿会解其中实情，乃亦吟诗纪实，可举以参证。

美国与中华，上下同天地；地形如循环，转旋等腹背。我立有戴天，彼云我欲坠；我见日初升，而彼方向晦。高下踵相接，我兴彼正寐。大块如辘轳，一息无停滞。卫公来京师，赠我《联邦志》（原注：美国使臣卫廉士，驻北京六年前载赠予《联邦志略》，所言疆域政事甚详），才士丁玮良，著书讲文艺（原注：美国文士丁玮良，学问甚优，以所著《地球说略》等书见惠），初如井底蛙，开编犹愦愦。书云地形方，主静明其义；岂知圆如球，昼夜如斯逝。算法推泰西，精巧运神智；远近窥天文，行星推度细。火轮创舟车，利器洵奇异。窥象辨高卑，蠡测得其意。我今四海游，三分曾历二；行踪已过半，即可悟全例。所惜居地中，星躔徒仰企；会当凌虚空，目击人间世；抟扶九万里，乾坤

① 斌椿：《海国胜游草》，载《走向世界丛书》第一辑，第178页。

胥定位①。

在此诗中所提到美国驻华公使卫廉士即汉学家卫三畏（Samuel Wells Williams），诗中所提之丁玮良，华译一作丁韪良（William Alexander Parsons Martin），其时任同文馆教习。至斌椿此诗自亦为上乘文学作品，有传世价值。此举前后两诗，应当为后世诗家习诵。可惜后世甚少人知。

三、徐士恺之伦敦竹枝词

先说晚清文士不止有一种伦敦竹枝词，远早于徐士恺之作，有咸丰初年王韬介绍其上海友人吴淡人有伦敦竹枝词之作。只是此一作品未见传世，后世无从窥其意趣文彩。

其外，我于1963—1965年间游访英伦作近代基督教史研究，先在伦敦会（London Missionary Society）阅览资料，无意间在书架看到一小本中文之诗册，略读其中一二首，得见此诗集之作品成于拿破仑在欧洲鼎盛时代。作者身在伦敦，痛恨拿破仑横扫欧洲。似此文家吟啸，我辈治史者全用不到参考，遂未重视。今日想来未知此书尚存世否？我当年全不经意，自是粗心罔忽。

今人能搜集到晚清光绪中叶的伦敦竹枝词，实亦非易。向来文家、史家俱不看重，其能有幸传世，往往须遇识者，又必须真正有心人加以采辑。吾自不免始终相信编纂资料之重要。吾亦躬行实践有此中经验，并知其中辛苦之人（吾生平编纂资料不下十四种），因是很是推重王慎之、王子今合编之《清代海外竹枝词》。根本基础，乃是王慎之重视竹枝词，曾经与王利器合编《历代竹枝词》，此书我未见过，因手头已有之《历代竹枝词选》，并非王氏所编。是二李所编，本文已广加征引。在《清代海外竹枝词》一书（我有同样二册，一册

① 斌椿：《海国胜游草》，载《走向世界丛书》第一辑，第181页。

赠送朋友）读到其中选辑之《伦敦竹枝词》，在此仍得费一点力进一步解说。

第一，《伦敦竹枝词》作者题名是“局中门外汉”，编者王慎之解题，推断为“观自得斋主人”安徽石埭人徐士恺。我是信从之。（伦敦竹枝词收入《观自得斋丛书别集》）。

第二，像偶能在海外吟咏见闻，晚清文人最怕受人轻鄙，故不愿直署名讳。惟在此题称“局中门外汉”，尚可测知应是在英伦有职事却又非承担外交事务之职者。看来应是中国驻英使馆之下级文案人员。既非公使、参赞，亦非翻译、随员，而只是职司文案，当可以局中门外汉视之。其为只在驻英使馆，已有一首诗透露出可靠信息。举示如下：

玻璃窗下美人头，顶上工夫此最优。岂是天朝当混一？先教剃发仿欧洲。（原注云：伦敦满街皆有剃头店。屋椅极精致。大门口玻璃窗下置一蜡塑美人头为记。使署对街，有一家能为中国人剃发编辫，无异内地。剃头一次，不过先令一枚。）①

原作者之疏解，正足说明其为中国公使署之员，常到对街剃发，自是久居伦敦之人。

第三，在此尚须辨析之点，乃是伦敦竹枝一百首的写成年代不能看死，在此须加解说。全部至第一百首，有作者注明草成年代，可以举示此记载并作成附说：

輶轩不采外邦诗，异域风谣创自兹。莫怪气粗言语杂，吟成百首竹枝词（原注云：竹枝词百首，皆就伦敦一处风景言之，他国不与焉。采风者于此可见欧门之一斑矣。至词之俚鄙，事之猥琐，知不免方家之匿笑也。光绪甲申秋九月局中门外汉自识。）②

---

① 王慎之等辑：《清代海外竹枝词》，北京大学出版社，1994年印，第225页。

② 王慎之等辑：《清代海外竹枝词》，第228页。

附正文百首竹枝词外，其后尾有作者友人杈甫作跋文殿后，可摘举其要点数句，以备考索。

> 今年春，观自得斋主人出示局中门外汉所为伦敦竹枝词，其诗多至百首，一诗一事，自国政以逮民俗无不形诸歌咏。（以下省录）

此跋作者注明跋文日期是光绪戊子二月①。

此文中日期，甲申年系光绪十年（1884），跋文年期戊子年系光绪十四年（1888），实则此百首竹枝词各样吟咏，能正确表现一定年期者有一首为光绪十三年（1887）所作。足可用以推翻原著所标甲申年之日期。此首有关英国大事，即英女王维多利亚在位五十年之大庆典。决不可能早在光绪十年（1884）写出来。兹举示以供参证：

> 五十年前一美人，居然在位号魁阴。教堂高坐称朝贺，赢得编氓跪唪经。（原注云：英民呼其主为魁阴，译言女王也。今年为英女王在位五十年之期。举国大贺，张灯三日，四方来观者数百万人，邻邦来贺者十余国。有遣使臣者，有国王自至者。是日女王临大礼拜堂，登座受贺。）②

须知，英女王在位五十年，时在1887年即清光绪十三年丁亥。可知此年之竹枝词作者仍寓居伦敦，非如其最后所云申申年（1884），其情甚明。故校之跋文作者戊子年，正为丁亥年后之一年，1888年。应知此百首竹枝词，要以跋文年期为可靠之完成时期。又，诗中所言之魁阴，即Queen之音译也。阅其作品所涉谈之广泛多样，亦可推知乃是久居伦敦之人。兹愿择若干首，以供识者鉴赏。（每诗原各有附说，当并列举）

> 其一：十丈宽衢百尺楼，并无城郭巩金瓯。但知地上繁华

① 王慎之等辑：《清代海外竹枝词》，第229页。

② 王慎之等辑：《清代海外竹枝词》，第207—208页。

甚，更有飞车地底游。原注：泰西诸国皆无城，英亦如之。通衢之下皆镂空，砌成瓮洞，下置铁轨而行火车①。

其二：旌旗驺从万人看，巨富方能作此官。博得一年为府尹，不虚生长在人间。原注：英官惟府尹一年更替，选富商之公正者为之，亦由公举者。岁俸英金十二万镑，合中国纹银四十八万余两。然不敷用，又需自赔十二万镑，方足一年之度支。故非巨富者不得而举之焉②。

其三：十八娇娃赴会忙，谈心偏觅少年郎。自家原有终身计，何必高堂作主张。原注：男女婚嫁，皆于茶会、跳舞会中自择之。或有门户资财不相称者，虽两情相投，年未满二十，父母犹得而主之。若逾二十，则各人皆有自主之权，父母不得过问矣③。

其四：细腰突乳耸高臀，黑漆皮鞋八寸新。双马大车轻绢繖，招摇驰过软红尘④。

在此诗中所写之绢伞，实即今时所见之花绸洋伞也。

其五：握手相逢姑莫林，喃喃私语怕人听。订期后会郎休误，临别开司剧有声。原注：姑莫林，译言早上好也。开司，译言接吻也⑤。

其六：香气袭人花满房，凝妆镇日坐花旁。若教解语应倾国，花爱金钱妾爱郎。原注：凡卖鲜花者，皆绝代佳人，设店通衢，尽人调笑⑥。

其七：红草绒冠黑布裙，摆摊终日戏园门。自知和气生财

① 王慎之等辑：《清代海外竹枝词》，第207页。
② 王慎之等辑：《清代海外竹枝词》，第209页。
③ 王慎之等辑：《清代海外竹枝词》，第211页。
④ 王慎之等辑：《清代海外竹枝词》，第212页。
⑤ 王慎之等辑：《清代海外竹枝词》，第212页。
⑥ 王慎之等辑：《清代海外竹枝词》，第213—214页。

道，口口声声迈大林。原注：迈大林，译言我的宝贝也。凡戏园会场中，多有贫女租尺地卖零碎玩物者，拉手接吻，无所不至，只图生意而已①。

其八：家家都爱挂春宫，道是春宫却不同。只有横陈娇小样，绝无淫亵丑形容。原注：凡画美人者，无论着色墨笔，皆寸丝不挂，惟蔽其下体而已。听事、书室皆悬之，毫不为怪②。

其九：短榻纵横卧病躯，青衣小婢仗扶持，深情夜夜询安否？浃髓沦肌报得无。原注：伦敦有施医病院，上下楼房数百间，皆住病人。每间设榻十余座，轻重分类。如伤寒，即聚伤寒于一处。医日三次诊视用药。病人床头各置一牌，记每日轻重寒熟之候。扶持病人者，皆二十内外年轻女仆，一色号衣，日夜不离病榻③。

其十：氤氲煤气达纵横，灯火光开不夜城。最是宵深人静后，照他幽会最分明。原注：满城皆用煤气为路灯，竟夜如昼。至九十点钟以后，凡各店之女工及人家之女仆，皆立于灯下俟其所欢④。

其十一：草字人头白纸封，路旁到处有邮筒。不知何事通消息，半是私情半是公。原注：凡信札皆用白纸封套，无红签也。信内外皆以草字书之。信封左角粘一方块，上印其王之面，谓之斯单勃斯（stamps）。此物乃彼国家所造，由信局发卖，大小贵贱不等。量路之远近而黏方块之多寡。黏毕，即投于街头信筒中。自有信局人按时收发。大街小巷皆有信筒，从无遗失耽误之事⑤。

其十二：铁锤水火夺天工，铁屋回环复道通。十丈轮回终日转，总难逃出鬼途中。原注：机器厂其大无比。凡制造大小各

① 王慎之等辑：《清代海外竹枝词》，第215页。
② 王慎之等辑：《清代海外竹枝词》，第216页。
③ 王慎之等辑：《清代海外竹枝词》，第217页。
④ 王慎之等辑：《清代海外竹枝词》，第219页。
⑤ 王慎之等辑：《清代海外竹枝词》，第219页。

物，无不有机器成之。精微奥妙，非深造者莫能细述。中国人自诩为通晓机器者，皆欺人之语。彼其学虽一艺之微，亦非寝馈十数年不能得其要领，悉其利敝①。

其十三：琴声鞺鞳语声低，脱帽卑躬索佩泥。乞食不如吴市易，短箫一管任东西。原注：铜钱一文，谓之佩泥（penny）。英一文合中土三十文。凡乞丐不得以空手乞钱，或摇洋琴，或持火柴一盒，或持鲜花一朵②。

上举各例，乃略具代表性，而《伦敦竹枝词》百首，描绘英国政情世风、景物、器械、街衢、楼宇，以至生活习惯，表现久居深察，吟咏之外，又加附注，便于通晓。正足代表华人在英采风之作。有其时代参考意义。就历代竹枝词而言，几乎完全汲收最新题材，可使海外竹枝词开拓出全新领域。

四、潘飞声之柏林竹枝词

潘飞声，字兰史，广东番禺人。少负才学、工擅诗词，尤精长短句，年少已成大名，岭南硕彦多有推重，时为诗画之会。光绪五年粤东大诗人陈良玉，已颇称扬潘氏善倚声，为词家罕见。光绪十一年陈氏又申叙兰史笔作益富，超卓同辈，陈为长者，亦觉自当勤于写作。

潘飞声英少成名，光绪前期十余年间诗名已传布南方各省。遂得缘受邀赴德国柏林讲学。乃于光绪十三年丁亥七月前往柏林。在德羁旅三年，于光绪十六年（1890）七月始自柏林返国。光绪十四年（1888）中国驻德使馆随员陶森甲（字榘林）为潘氏《海山词》集作序云：

① 王慎之等辑：《清代海外竹枝词》，第220页。
② 王慎之等辑：《清代海外竹枝词》，第226页。

潘君兰史者，莹鉴月皎，才锋雷鸣，吞篆妙龄，噪名宙合，毡裘绝域，雁赞远遗。乃浮博望之槎，高设马融之帐。碧瞳黄发，羌北面以从风；白狄红番，沐东溟之化雨[①]。

此序可证，潘氏旅德讲学，为其出洋重点。旅居柏林三年，遂有其《海山词》之作。但本文重点则放在潘氏竹枝词之作，较为具体明鉴。

潘飞声在柏林生活颇不寂寞，结识驻德使署翻译随员有满人张德彝（原名德明，字在初）、满人承厚（字敦伯）、满人桂林（字竹君），汉人姚文栋（字子梁）、陶森甲（字榘林）等，此外又与日本使署长于中国诗词写作之井上哲与金井雄二人俱有唱和词作，收入《海山词》。潘氏尤不寂寞者，在柏林交结德青少女子有六位之多。潘氏以词成名，其咏情之作正宗写为词，而于所在地采风之作，则以竹枝词表之，二者不相混并。本文重点，则以竹枝词为正宗。潘氏旖旎香艳词作，势不必举。须知潘氏之《海山词》及其他词集，俱收入其书《说剑堂集》，鄙人手中之本竟未收入竹枝词。今据《中华竹枝词》备为举证。是即原作之《柏林竹枝词》。

其一：阿侬生长柏林城，家近新湖碧玉塍。今日薄寒天罢雪，铁鞋携得去溜冰[②]。

其二：几日兰闺刺绣成，吴绫蛋盒载糖橙。却劳纤手亲相赠，佳节耶稣庆更生[③]。

此诗咏西方度复活节，有交互赠蛋习俗，即今人所谓之 Easter egg。

其三：华筵香露酌葡萄，更擘波罗酿雪糕。几度刀叉齐换席，暗盘五月供樱桃[④]。

---

① 陶森甲：《海山词》序，收入潘飞声著《说剑堂集》，清光绪十七年印，香港龙门书局影印。

② 雷梦水、孙忠铨、潘超、钟山合编：《中华竹枝词》第六册，北京古籍出版社，1997 年印，第 4231 页。

③ 《中华竹枝词》，第 4231 页。

④ 《中华竹枝词》，第 4232 页。

其四：列肆玻璃作画屏，迷楼拼把客囊倾。数钱姹女休争美，队队青娥报货名①。

此诗咏市廛唱货交易，全由青春少女与顾客接洽，说明货色品质价值。

其五：洒衣花露似花云，云影衣裳月色裙。恰是小乔初嫁服，莫将新寡认文君。原注：西俗尚白。妇人新衣履皆白色②。

其六：画里雪烟任对摹，通灵妙腕属名姝。写真别具丹青笔，羞仿华清共浴图。原注：书院有妇人携笔砚临摹者，院中所藏两美出浴图，风神绝肖③。

其七：雪纱帘幕掩窗门，中有雏鬟侑酒尊。良夜月斜街上过，一灯红影最销魂。原注：酒肆有女侑酒者，门外悬红灯为记④。

其八：省识群花待客期，架非庖与架非基。泥人更爱游斯地，密订缠头未可辞。原注：架非庖、架非基、游斯地皆茶肆之最盛者，入夜，诸妓云集以待客⑤。

其九：花册芳名隶教坊，怜他蝴蝶过东墙。迷香未许营金屋，始信温柔别有乡。原注：德例，为妓必须入官注册，然禁设勾栏。多有携妓诣客寓者⑥。

其十：百裥罗裙曳地娇，酥胸微露隔烟绡。香魂记得惊羞夜，别有金河护细腰⑦。

潘氏此诗自暴其绮情艳遇，可知其风流遗韵。

---

① 《中华竹枝词》，第4232页。
② 《中华竹枝词》。
③ 《中华竹枝词》。
④ 雷梦水、潘超等编：《中华竹枝词》第六册，第4233页。
⑤ 《中华竹枝词》。
⑥ 《中华竹枝词》。
⑦ 《中华竹枝词》。

其十一：蕊榜簪花女塾师，广栽桃李绛纱帷。惟他娇小垂髫女，也解看书也唱诗。原注：德国幼女至七岁，无论贫富，必入塾读书，兼习歌调，故举国无不知书能歌者①。

其十二：雅剧兰闺引兴长，耶稣生日夜传觞。绿松灯下花船影，应喜佳人得婿乡。原注：耶稣生日，家家燃松树灯，至除夕而止。女伴设宴，有戏摘花瓣为舟，浮水验其所止方向，以卜择配之所②。

潘飞声全部柏林竹枝词，俱表现西国采风之意，具客观考察旁观缀记之旨，与其同时在柏林之写词，风格不同。其《海山词》作于柏林，充分吟咏流连于美女香闺，周旋于众姝名媛之间，诗酒风流，缱绻梦乡。可于此略加引举，以供识者鉴赏。请阅《海山词》高阳台一阕：

帘卷花痕，屏开雪影，有人楼外偷凭。密语些些，等闲忘了深更娉婷。心似纤纤月，照闲愁又照闲情；慰飘零，细酌银瓶，细拢银筝。

年来孤阁听秋雨，问绮怀谁诉冷枕寒灯。一夕温存，消他暖熨吴绫。鹦哥解唤伤春客，护梨魂晓梦休惊。记香盟如此分明，如此凄清③。

潘兰史于此词有小序附前，并引举于次。

芜亚陂女子越梨思（女子名）所居第五楼，镜屏琴几，位置如昼。槛外绿鹦鸦能学语唤人。余两宿其中，绣榻明灯，曾照客梦。而梦中思梦，转难为怀。题此词疥其壁，亦足见回肠荡魄时矣④。

---

① 《中华竹枝词》第六册，第4234页。

② 《中华竹枝词》。

③ 潘飞声：《海山词》，收入潘氏书《说剑堂集》，香港龙门书局影印。

④ 潘飞声：《海山词》。

潘氏旅德艳词不少，举此聊备浏览。

五、潘乃光之海外竹枝词

按王慎之所辑《清代海外竹枝词》，收载有潘乃光作品，可以引来此处一谈。潘氏正式原名是潘志学，字晟初，在其写完海外竹枝词各诗，特草成一序文，最著名乃用其字晟初。由于所赴海外，乃是随湖北布政使王之春赴俄国之行而前往，是以在王之春书中启行出京津，即由潘氏伴随。王氏书中提及潘晟初之名，具见彼此交谊颇深。

当光绪二十年甲午（1894）值慈禧太后六十岁寿辰，王之春来京祝嘏，十月奉召为太后皇帝钦命赴俄国吊唁前俄皇并随贺新皇登基。赏给头品顶戴，衔命以专使之名义赴俄京见俄皇递呈国书。王之春除到总理衙门连日细查中俄交涉档卷，兼及奉使先例及使节仪注，做好充分准备，同其时亦物色随行官绅，向朝廷奏明调派随员。潘乃光即是伴行出国随员之一。

潘乃光原名志学，字晟初，广西荔浦人，举人出身，与王之春有深交。王氏奉命使俄，奏调随行。潘乃光序文谓任参赞之职，当是宠遇。

王之春奉使俄国，唁慰前皇，颂贺新皇，甲午冬腊出洋，光绪二十一年乙未（1895）年初到达俄京，备受俄皇礼遇。王之春留有日记，历叙在俄经过，不须赘述。惟潘氏随行，一路写下竹枝词，自西贡起以至马塞、巴黎、伦敦、柏林，俱吟咏诗作题称《海外竹枝词》，所跨时期即在光绪二十年至二十一年间（1894—1895）。当就所到之地各举若干首以供鉴赏参酌。

甲、苏尼士河（原注：即新开河）

原附记：苏尼士河，即苏伊士运河。竹枝词选一首：

有心精卫计何迂？无恙龙门凿得无。缩地能通三百里，移山莫笑乃公愚①。

乙、马赛（原文作马寨，编者改为马赛。）

竹枝词举示一首。

满街报纸卖新闻，重译无人解与君。木塔空明灯四照，看他铅笔写洋文。原注：木塔为卖报处。

丙、巴黎

其一：劫灰飞尽了无痕，英武空怀拿破仑。贻误皆因王好战，山河如故愧伦敦②。

潘乃光此诗咏19世纪初（1804—1815）拿破仑横扫欧洲，自拥帝号，而终败于英国，羁囚孤岛以迄于死。四句诗凭吊叱咤一世之枭雄，亦足表现诗才。拿破仑（Napolean Bonapart，1769—1821）之名自早已译传中国，惟吟诗描述者，潘氏自为先驱。

其二：达克若恩一女流，村民亦自解同仇。至今犹作戎装样，为国捐躯铁像留③。

潘氏此诗中所颂之达克若恩，是即法国少女Jeanne d'Arc，后来我国译称圣女贞德是也。

其三：发松腰细眼横波，六幅罗裙贴地拖。人在镜中成幻影，客来海外有行窝④。

潘氏此诗，亦正反映巴黎习见之众多美女风姿。俱能与前举英德娇娃之争奇斗艳，堪以彼此印证。

丁、柏林

---

① 王慎之等辑：《清代海外竹枝词》，第197页。
② 王慎之等辑：《清代海外竹枝词》，第200页。
③ 王慎之等辑：《清代海外竹枝词》，第200页。
④ 王慎之等辑：《清代海外竹枝词》，第201页。

其一：未必君无自主权，衣租食税本天然。一千五百虽论万，限制吾王不要钱。（原注：国中每年供德王一千五百万马克，不能妄费。）

其二：非常勋业健精神，八十犹留退老身。举国愿为司马寿，三月初一是生辰①。

潘乃光此诗在咏颂当时之前相俾斯麦（Prince Otto Eduard Leopold von Bismarck，1815—1898）。

其三：天地为炉百炼钢，忍将利器使人伤。攻坚保险无长策，欲显神通便擅长。原注：各国炮厂以克鹿卜（Krupp）称首②。

戊、俄都比得堡

潘乃光乃是伴随中国慰唁专使王之春到俄国，在俄已是光绪二十一年（1895）正月，但也是俄国隆冬。使团备受俄皇礼遇善待，因致唁予前皇与祝贺新君两次国典，中国方面均备厚礼。俄皇迎送专使，尤其送王之春离境，乃亲自同车远送一程。而在俄期间，王之春已作详细记载，惟潘乃光却有幸留下所写竹枝词，兹举若干首，以备鉴赏。

其一：教崇希腊敬天神，礼拜堂开茹素真。上下例同鸡蛋戒，不同松树插元辰。原注：正月二十八日，举国茹素五礼拜③。

潘氏此诗所记俄国之东正教崇祀，绝不同于天主教礼仪。而华人向少记注，潘氏所咏，自具参考性。盖东罗马之宗教信仰，俄国为重要继承之国家。

其二：登场一曲演鸿湖，惝恍离奇事有无？痴绝不如德太

① 王慎之等辑：《清代海外竹枝词》，第201页。
② 《清代海外竹枝词》，第202页。
③ 王慎之等辑：《清代海外竹枝词》，第203页。

子，合尖何日见浮图？原注：戏演德储与鸿妖有缘，几经离合，卒为王后[1]。

潘乃光此一吟咏，在此当具有常识价值，在后世尤具有文化史参考意义。不但潘氏有诗咏，而专使王之春亦有笔记。是在俄国原承俄皇招待使团重要人员与俄皇一同观赏大作曲家柴考夫斯基（Peter Ilyich Tchaikovsky，1840—1893）《天鹅湖（Swan Lake）》之演出，此是柴考夫斯基1876年所作，已是传布欧洲二十余年之芭蕾舞曲。王之春、潘乃光与其他随员一同观赏，而惟潘氏记述最详。此时柴考夫斯基去世尚未满两年。看来中国人之观赏天鹅湖芭蕾，应是国人所见最早纪录。

其三：知否金龙出市茶，多年字号说中华。何期贸易无原主，别类分门有几家？（原注：金龙尚写华字招牌，此外则并无华店。金龙店在俄境者数家，久已无华人矣[2]。）

潘氏此诗看似平常，实则写实俄京市廛，能见到中国字号之商店，多为中国茶货庄，实正见出中国茶砖输俄大宗。店主虽系俄人，而用中华字号，其专业性可见。潘氏之诗当成于光绪二十一年正、二月。须知下一年（1896）李鸿章奉命出使俄国为庆祝俄皇加冕。到俄京之后，其庞大使团人员，不受俄皇安排之宾馆接待，却全体住于俄国茶商家中，一住数月之久。想见其财势雄厚，与对李鸿章之崇重。据此当知中国茶砖输俄之厚利。今世之重视中外商贸者，当拭目细观之。

己、英都伦敦

其一：每日阴霾不放晴，一冬常在雾中行。更兼远近炊烟起，电气无光蜃气争[3]。

---

① 王慎之等辑：《清代海外竹枝词》，第202页。

② 《清代海外竹枝词》，第203页。

③ 《清代海外竹枝词》，第204页。

英国伦敦时常阴霾笼罩，以雾都驰名国际。其实自同治五年斌椿到访，亦是烟雾弥漫。加以市用煤气为灯火，直至光绪中期，尚有煤气路灯未除。光绪二十一年潘乃光到访，应已全改用电气，而伦敦上空仍是沉霾气象。乃有此诗以为写实。

其二：车路先分上下层，凌空穴地果精能。熙来攘往中同轨，税务年年几倍增。原注：火车或屋上地下皆有车路，分行无碍①。

潘氏海外竹枝词，全程不下一百余首。起草于光绪二十年冬，终稿于光绪二十一年春三月月中。回国后以石印刊印于同年七月，为出书最快者。举示若干，以供品鉴参酌。

六、余论

本文主旨，即以清代海外诗草及竹枝词为涉谈重心。而主要在探讨清人在与西方各国立约通商建立来往之情势下，举示几位诗人之写作，以供观览，此是轴心。然于开端叙说自唐代以来之创生背景及历代名家之风从开拓，亦已略有铺陈，可使本文之入手有其因循可靠的依恃。最显著之点，无论作者与诗材，无不表现竹枝词最坚固之本色，也就是：凡是竹枝词全具地域性。本文决未脱此轨辙。

本文之不得已因有限之诗材，所定清代海外诗草，只能画定自同治五年（1866）至光绪二十一年（1895）之三十年间当时诗家之作。可见前所举证，自是难免有遗憾。

须知，竹枝词历代具有名家之作，踵行不断。抑且后世作品不少。实则晚清五十年间，代有作品。凡能作诗者多能随写竹枝词。除开海外竹枝词，晚清以至今世一例并未断绝。在此尚必须稍作接续一谈。

---

① 《清代海外竹枝词》，第204页。

首先试一举示顾炳权所编之《上海洋场竹枝词》，其书成于1995年于1996年印行。拣辑仅上海一地之竹枝词七十五种，有竹枝词四千余首。既言洋场，即当画定上海开埠通商以后。而凡此前有关上海城厢之竹枝词即不加收录。于地域于时代俱有一定，愿在此四千首之作品，略举数首，以供观览。

现举光绪三十二年出书，余姚人颐安主人之《沪江商业市景词》，收载《上海洋场竹枝词》。

其一，咏洋场：

洋场十里地宽平，无限工商利共争。风俗繁华今愈盛，肩摩毂击路难行[①]。

其二，咏通商：

自开海禁五洲通，水陆舟车疾似风。百货遍流全世界，商家发达正无穷[②]。

其三，咏商战：

无形商战似交兵，各出新机扰扰争。胜算独操人尽慕，市场热闹有风声[③]。

应见各诗题旨新颖，浅显感人。多有佳品，不及尽举。

接着可再举中华民国二年所出，朱文炳之《海上光复竹枝词》，亦收入《上海洋场竹枝词》中。兹为举示若干于次：

其一：主张革命首孙文，还赖黄兴助建勋。一例街头悬照片，万人崇拜表殷勤[④]。

---

① 顾炳权编：《上海洋场竹枝词》，上海书店1996年，第96页。按此书编排搜罗宏富，经营十分用心。除列载各家竹枝词外，并附有文献解题，及序跋汇录，便于做研究考索。

② 顾炳权编：《上海洋场竹枝词》，第93页。

③ 顾炳权编：《上海洋场竹枝词》，第109—110页。

④ 顾炳权编：《上海洋场竹枝词》，第205页。

其二：王精法律钮知兵，一号亮畴一铁生。尚有黎公两代表，正廷王氏共胡瑛①。

按此诗所涉人物为王宠惠字亮畴，钮永建字铁生。王正廷字儒堂，以及胡瑛。

其三：临时总统颂孙文，十七年前已共闻。革命今朝偿素愿，功成引退亦超群。

上举三例，其特色在诗中嵌入时人大名。既具时代新闻性，亦将时势大概标出。此处之辛亥革命竹枝词，提及南方军事、财政、商务、政局，非常繁细而具体，可以覆按。其诗引入多人若张謇、汤寿潜、温宗尧、倪嗣冲、袁世凯（用老猿代称）、宣统帝、唐绍仪、朱佩珍（字葆三）不一而足。全书四千余首，在此只举六首，自不免大有遗珠之叹。

最后尚有一重要竹枝词集，必须略加引介。是即20世纪最后十年之作品出版，名诗人张华云所写《潮汕竹枝百唱》，于1993年广州中山大学出版社印。此际作者健在，正可代表作品与作家均一贯直达世纪之末。表现历代以来，竹枝词生生不息。到20世纪之末，尚未成为绝学。真可谓是鲁之灵光殿，竹枝词之后劲。

《潮汕竹枝百唱》一例承袭强烈地方色彩之作。愿略举示若干，以供识者采择。

其一：工尺工六工尺工，春风得意状元郎。寻常里巷闲间馆，拉到椰胡没松香②。

此诗作者有附说，太长。主要乃指潮州之民曲。首先习唱工尺工六工尺工，乃人人可念之工尺谱。其配乐器系椰壳做筒之胡琴。拉得太频，松香也用罄，真是乡土小曲。

---

① 顾炳权编：《上海洋场竹枝词》，第213页。
② 张华云：《潮汕竹枝百唱》，中山大学出版社1993年，第18页。

其二，有悼祭文天祥词二首，可举其一，

生为国士死为神，庙食千秋南海滨。望帝孤臣文信国，悲歌一曲“沁园春”①。

作者亦有详细附说，并将文天祥之《沁园春》词全加抄录。在此不必附引。

其三，猪仔行：无奈卖身猪仔行，做牛做马去开荒。蛮烟瘴气鬼作伴，水黑天高望故乡②。

张氏此作亦有长篇附说，乃潮人卖猪仔赴海外做工，无不九死一生，辛苦备尝。盖描述近代外出做工之悲惨生活，示警后世。

其四，送别江头泪不禁，斑鸠“苦苦”不停吟。莫贪异国“流连”果，谨记故乡“苦莿”心③。

张氏此诗连同“猪仔行”，而表现妻子送行苦状。诗中之流连果即泰国之榴梿。诗中之“苦莿”，乃系潮州土生植物，其莿心味苦而后甘，只有潮人知其美味。

其五，厦门昔有陈嘉庚，汕头今有李嘉诚。并亦独资办大学，海滨邹鲁两明星④。

我们读者到此，看到竹枝词已吟啸到李嘉诚时代。想想其新闻性、时代性，以及自由写实性，岂能不是文学瑰宝？

最后尚稍有余话，像我浅学肤受，又是文学外行，原早在60年代注意誊抄《申报》竹枝词，虽想作研究，实觉资材不足。直到20世纪90年代，国内连出名家编选各样竹枝词集，使我始敢一探宝藏。想想我所参考之各样书，多出久加搜考之学界大家之苦心搜辑，方可

① 张华云：《潮汕竹枝百唱》，第35—37页。
② 《潮汕竹枝百唱》，第61页。
③ 《潮汕竹枝百唱》，第64页。
④ 《潮汕竹枝百唱》，第62页。

有讨论资材，则知做编纂工作之有贡献于学术。我为受益者，不能不深致敬佩，并慰问辛苦，吾亦生平多所编资料书，问世者有十四种，深知此中苦况，无不敬佩他人之功力，与造福学术。我在台湾学界所见，80 年代以后，无人愿做编纂工作，视为粗工，甚至鄙薄而践踏。此类冒滥学术混混，在台湾向称鼎盛。不为后人铺路，只享受现成史料，实是欺世盗名，真可诛也。如不曾为后世铺路，此类混子是不得有发言权。天下要求一个公平公道。

2009 年 4 月 24 日写于

多伦多之柳谷草堂

口岸流风与小说文运之兴起

一、绪　言

我人面对近代文风嬗变，无论史家文家，俱应当觉识，这也是三千年来一大变局，决非少数人力所为，必当归因于鸦片战争随而推动世变，给中国造成全面剧变之一股动能而生成之果。最少必须从历史背景之连环爆冲，方可理出近代文运升降之启动根源。当代论文学者，只有极少数人是从近代重大历史剧变而谈文学所流趋之轨迹。

当代文学界有卓绝之眼光者，首先当推重阿英（钱杏邨），实是最具时代眼光并全面掌握文学变迁机会之学者，并非文学作者，但是一位最早看清文运变迁之人。阿英当是今世文学界最有贡献之人，但凡讨论近代文运者，无人能出其著作范围。至当今真能追随阿英而在文界提示文学流派之历程者，要以郑方泽贡献最大，扣紧史实背景，而排次文学上之起伏推移，所著《中国近代文学史事编年》一书，是最有价值之参考书。讲文学近期之实绩，且亦显出其随时事呼吸相关者，无不以实情实物为倚归，具有充分公信力。

当世学术上陋习，治经济学者，绝不愿治经济史，治算学者绝不愿治算学史，治物理学者绝不愿治物理学史，而文学创作家亦绝不愿治文学史。大家看鲁迅能写《中国小说史略》，亦非异数。他虽有中短篇之《阿 Q 正传》，是一种创作，可谓是兼具二长。惟其论及晚清小说提出谴责小说一句概观，并有四种小说为据，其实不及阿英之《晚清小说史》之博通周备。要知晚清小说创作多样，有其各自功能，不能以谴责小说概括，尚有十分重要之反帝国主义小说、妇女解放之小说以及国人商战奋斗之小说，亦俱是晚清小说表现之特色。试问 20

世纪以来，有何样文学创作家做到近代文学史之著作问世了。看来我这外行人观察，自难免会被文家批斥，只是多年习见，经济学则确是真的绝不研究经济史。但凡社会科学领域，大概俱无例外。只希望文家能不再蹈此弊。

拙见私度，相信各门学术俱当留存其学术史，用以供学界作常用参考。在各门各类之历史中，我相信文学史是最重要，最不可缺略。关系在于中国文学是中国全民族心性之所钟，代表我们全体七情六欲心性成长升华之蕴蓄内涵。中国人自有传承的真善美之结晶，是以文学史正是供给全国人所必需阅读之书，是要做一个中国人的必要知识。

至于对于文学创作家而言，大多不愿去写文学史，能像鲁迅之兼顾二者，自是少数。事实上创作家无不需要治史者，将其成就列于文学史中一个位置，即令有人大著可以流行受广众欢迎，亦有特异之士其著作无人闻问，于是须靠研治文学史者出而采辑发掘，此亦历来常有之事。

研治文学史，自不需要创新独造的才华纵横，却必须具有博通古今当代之文学修养，尤其须不居于任何思想流派之偏，眼光要远大，志识要博通，立旨要平正，特别是要有心发掘一代沉埋之好文学作品，搜考一代亡佚流失之文献。如此方可撰成公正全备之文学史。我想阿英与钱基博应该是我国治文学史者之典范代表。

我想我虽是普通人，也是要阅读文学史。而今既已以治中国近代史为专业，岂可不去参阅近代之文运大事？岂可忽视近代文学变迁之史乘？自然不知不觉中引致不少片段之体察，散碎之省悟，繁乱之识断。对于此领域，虽是外行，却不得已牵入辨难之动机，而愿跨越鸿沟做一些拾遗补阙功夫。作此短文，以期抛砖引玉，敬请文界方家，恕我痴愚。

现今学界热谈中国学术转型，乃是重大问题，实则是高难度问题。若不了解每一学问之起灭升降，如何去作全面学术转型之来历？

文学也是一门独立学术，单此一门，有丰厚内涵，近代之嬗变，有多人从事。大约人人已知道近代是遭到巨变，也是三千年来巨大转变。但我觉得各家伟论，可供资证。而我竟勇于插上一脚，未免不自量力。我自觉尚有空间游刃其中，惟盼方家容忍可也。

按人们普通文学常识，俱知三千年来中国文学只有诗与散文居主流，而诗文是长期主流之主流。虽然是今代人所说，而事实是如此。再说，直至19世纪中叶以前，向来小说不占文学地位。其小说之文学地位乃是19世纪末国人才认定，此亦是今人共识。到了今天，中国文学主流则是小说，散文居次，戏剧又次，而诗则竟到了消亡地步，虽有新诗崛起，实难与前三者争衡。如此变化可说是三千年来大变，有谁能说不是?

问题就降临了，我们今人必须澄清原委，辨识来因，我提出解释求答案。我想此是人人俱要追考的大问题，做文学史之人，做小说史之人，种种著作，可供参考。我看来十九听从，也仍不能全部满意。不揣冒昧，才会做此小文做一点补充，看看是否能站得住。我先说，我愿接受自然淘汰，也不愿放弃说话。我以为前人画的圈子仍太小，定的年期仍太短，就不免要做一点画蛇添足的工夫。写此文章未免是自讨没趣，敬祈名家忍耐读下去。

我的基本的主调，是认为近代文运升降，有几波史事冲击因时事造成，不是出于那一家圣人的登高呼叫提倡，天下就歙然风靡。这完全不符史实演变。须知随便塑造偶像，是对后世造孽，贻误天下苍生。最公正公道之法，是著文学史，自能显出时代脉络，文运嬗变轨辙，决不可简单看待。如此我则有了申论空间，为文学之史做一点补充工夫。

二、小说生机之展现，1875—1883

这一波段的根本动因不是提倡文学，亦非是提倡小说，原因来自第二次鸦片战争，给予英国带来巨量商贸利益，英人纷纷前来中国通商，掌握到上海这个有利口岸。通商样样都做，就捞到新闻事业而有英人美查兄弟（Frederick Major，Ernest Major）在同治十年（1871）改行，筹办一家报纸于同治十一年三月（1872）创刊《申报》，由印报关系引进西洋活字版印刷技术，不久美查就发现印报之外尚可印书。在1872—1874年之间决定试印有销路之书，就想到兼印民间通俗小说，即令照美查英国常识习惯，是把小说当成是文学之书，却丝毫不关提倡小说，宗旨全是为了赚钱。此计形成气候是自光绪元年（1875）起，就向所重视之文人征求小说，文献不足，只有王韬被征留下记载来，王氏在光绪元年将其所著《遁窟谰言》及《瓮牖余谈》两书在此年交付美查用活字版排印成书①。

王韬著作问世并非以《遁窟谰言》为最早，而只是其生平著作中最芜滥的一本。而在文学之史言，鲁迅却收入《中国小说史略》之中，排在志怪小说一门，列于《聊斋志异》、《阅微草堂笔记》之后；王韬地下有知，一定欣悦。

我辈今世学界仍须要分判清楚，不能以今日眼光尺度看。在王韬那时自己也不看重小说，自古潮流如旧，无人肯把小说当成文学之一品。自然，美查未必是伟大先知，王韬亦绝非庄严高妙。美查宗旨在赚钱，王韬目的在救穷。不过如此，乃是实情，看看王韬自序，可供作今世文证，举示《遁窟谰言》自序，光绪元年（1875）作：

> 凡兹短册所搜罗，悉是髫年之著作。弄柔翰于弱冠，岂曰卓荦之姿；化谑语为庄言，不过清谈之佐。诊痴符而自喜，覆酱瓿以何辞。盖大半皆莫须有之词，而立意得将毋同之旨者也。岁聿云久，言不惮烦，数记事之珠贯，将累累等身之尺。愧此詹詹，加以橐笔。饥驱挥毫狂捷。一卷残书，汇荒言于狐史，十年病旅，滞孤辙于羊城。蛮烟瘴雨，都可选材，海市蜃楼，半由历

① 见本文同书，拙文《英人美查兄弟与中国口岸通俗文学之生机》。

> 睹。于是竭捋扯之力，芟芜秽之非，窥奇文于二酉，或时访以瑶华。异仓父之三都，亦弥劳乎潘溷。胥钞成帙，故纸盈堆，盖拜庚之日倦而难勤，秘辛之书，藏之未出。岁乙亥（光绪元年）尊闻阁主人（美查）有搜辑说部之志，征及于余。湠洄歇浦（上海），结海外之相知，迢递珠江（香港），检箧中而直达[①]。

敬告学界先进，请勿小看此一小序，探讨近代小说文运之滥觞，此是一件十分清晰而年代正确之文献。谈小说史者，尤当重视。

另外尚可参考王氏《瓮牖余谈》之序，亦申言其书稿作于咸丰年间，在上海草成，亦是久藏笥箧，未得问世，直到光绪元年，方有良机出版。若无美查征求出版，恐尚须等待后代贤哲发现。关键所在，是口岸带来机运。《瓮牖余谈》之序，不暇再引。

另一旁证可举，乃是王韬之内兄杨引传在苏州冷摊上购得《浮生六记》手稿本，遍传友人阅赏，王韬即为其一，并亦为之撰序，未料撰序一年之后其妻亡故，王韬于道光二十七年结婚，四年时间妻子亡故，以之比于沈复夫妇之折翼。但《浮生六记》一书虽经多人阅读称赏，大家俱是穷书生，未能刊布问世。历经咸丰、同治两朝二十余年，久被搁置。终至光绪三年（1877）经王韬介绍给美查而得以活字版印出。自可证时机之凑合，非偶然而为之也。此书有光绪三年王韬跋文叙及，非妄言也。

鄙人将近代小说文运之滥觞定于光绪元年，实尚可引举旁证，则有王氏门婿钱徵亲游香港，带转美查之征邀王氏将其书稿付之上海《申报》刊布也。钱徵原于同治十二年（1873）冬十二月承美查之命，浮海附轮至香港会见王韬，翁婿相聚半年之久（钱徵于同治十三年夏返回上海），一来求教办报知识，二来即转告知“尊闻阁主人”（美查）有排印说部之举，求王韬将书交其带赴上海，王氏即将《遁窟谰言》交其带往，钱回上海后立即于光绪元年二月下旬撰写跋文附

---

① 王韬：《遁窟谰言》自序。

于书后。为取信于当世，兹略举证其要点：

> 时适尊闻阁主人（美查）有征刻说部之举，嘱徵代为寄声先生（指王韬），因以《遁窟谰言》十二卷见示。并云此书于花晨月夕时随意撰就，脱稿后并不加以修饰，意若欲徵为之点窜者。不知乱头粗服，亦复正佳。且徵顾何人？而敢为佛头著粪耶[①]？

核对钱徵（昕伯）与王韬两人文证，俱可见在同光之际，美查所用心于中国说部之出版，为小说文运开启新生机之动因，实可定为小说文运开新源头。我国学界文家史家俱不可忽视而遗漏。

事实上，有效进展接踵而来。此时，王韬已与黄胜（字平甫，号达权）在同治十二年（1873）创办《循环日报》，也拥有一个西式印刷小厂。王韬尚有他种著作要刊印。在钱徵跋文中提到有《弢园文录》、《蘅华馆诗钞》、《春秋朔闰考》、《瀛壖杂识（志）》和《瓮牖余谈》等书。王韬先交付《遁窟谰言》，接着亦将《瓮牖余谈》交由《申报》出版，俱当属于通俗说部之列，合于美查要求。后来《瀛壖杂志》也在上海出版，有光绪元年蔡尔康之序可知。此并不在于王韬自此发迹，而实是跟随口岸之繁荣，开启文风之流变，所带动通俗文学之发展。

看来中国开放口岸，带使万国前来通商，直接促成洋商来华牟利，间接酝酿到口岸社会变迁，人口日渐复杂，世风日渐浇薄，文风亦随之趋于浅俗。再加上报纸推波助澜，遂使通俗文学得到生机。开端于《申报》之招揽，起绪于美查之导向，非全为销售宗旨，其流趋终于自然形成。纯出于无心插柳，岂会必要伟人倡率？惟祈文界同道多留心此种涓涓细流。若遇错失，是则不能探本溯源。

王韬既得将所作谐谈琐记之书交付美查代为排印出版，直接反响，立即从事搜辑一批情场哀艳之书，合有十种，编成《艳史丛钞》巨帙，其中另收入王氏著作《海陬冶游录》三卷，更又附入近时补作

---

① 钱徵撰：《遁窟谰言》跋。

附录三卷、续录一卷，合成一编。自行出版，为时当在光绪四年。据王氏所作新著《花国别谈》之于光绪四年出版可知（在此书之序，提到前有《艳史丛钞》之成帙）①。

王韬之积极赶快出书，乃是要在光绪五年应日本友人东道主重野安译、中村正直、冈千仞等之邀请，要赴日本游访数月。即于光绪五年三月附轮船赴日本。此随带所著各书主要是大量携带《艳史丛钞》及《花国剧谈》，自然也会携带《遁窟谰言》、《瓮牖余谈》，带赴日本售卖，以供旅游日本之开销。因托日本友人，很快售罄各书，足使王韬支用充裕。

在王韬一生之中，其扶桑之游，应是最成功、最得意、最见风流之一段经历。日本学者多人，最是仰慕王氏，主要原因是阅读到王韬于同治十一年所著之《普法战纪》一书。参考到王氏对世界大势了如指掌，视欧洲列强，国运起伏，势力消长，颇能窥其机括。王韬旅居东京五月，交游日本学者六十余人。而王氏天天诗酒聚会，虽已年逾五旬，仍是风流倜傥。尤且穿梭于名花群姬之间，笔下能诗，可当场为名妓湘裙上题诗。抵掌快谈，为文为诗，无不压倒群雄，令日人折服，崇以上座，奉为高才。使王韬享誉东瀛，实恃其著作等身，识议宏深，得来自然，非侥幸也②。

我人定1875年作为近代小说文运滥觞起始，乃是保守观点，以王韬之书序，有清楚年代提示。想想钱徵衔美查之命赴香港见王韬，求其出书刊印，为时乃在1873年（同治十二年），已早于光绪元年（1875）。另一旁证，是同治十三年（1874）十二月十五日《申报》因外埠文家寄一批文稿交《申报》出版，而邮程遗失，《申报》馆未收到，而出启事，签告原委，当见一节旁证，启事如下：

顷得吴门（苏州）春草吟庐主人复书，知去年（1873）所

---

① 王韬撰：《花国剧谈》光绪四年九月十五日，自序。

② 所论可见拙文《王韬风流至性》，收入本书之中。

寄钞本书一帙，内系《六桥践柳记游》、《伪宫记》、《可怜集》等著作，共十一种。约计百有余页云云。本馆初以为十数页之件必系一时遗失。因极为引咎不遑。若此巨帙，高有寸许，断无遗失之理。且遍询同人，皆并未见此函件者，确系信局浮沉无疑。本馆不任受过也①。

据此可以推知《申报》之公开征求各地文家，送交书稿，其行动当早开始于同治十二年（1873），此一旁证可据，亦并恰与钱徵赴香港之行动同一年。可视作前导之序幕。

光绪三年（1877）以后，《申报》连年不断出告白征求各地书稿珍籍。如光绪五年（1879）十二月十九日《申报》公告征求珍籍《人境阳秋》（二十四卷）。同年十二月二十一日公告征求《野叟曝言》，俱是显例②。

像《野叟曝言》一书，煌煌二十卷，鲁迅用较多篇幅叙入《中国小说史略》，乃是清康熙时文人夏敬渠所作，其人一生不得志，其书亦是历百余年而未被刊刻，鲁迅称是光绪初年排印问世，正是应《申报》之征求而出。可作互相对照③。

鄙人幼少时曾读过《野叟曝言》及《绿野仙踪》，以为水准远高于第四才子书《平山冷燕》。虽是二流小说，亦超越晚清许多小说，更具文学内涵。鲁迅已提到，《野叟曝言》传抄多年，大有缺损，若干处为后人补辑而成，乃原作者之不幸也。

三、扩大征书展现小说总汇雄图，1884—1894

自光绪四年以后，美查一时拥有《申报》和申昌书局，又增添点

---

① 徐载平、徐瑞芳合编：《清末四十年申报史料》，北京新华出版社印，1988年，第321页。

② 徐载平、徐瑞芳合编：《清末四十年申报史料》，第320—321页。

③《鲁迅小说史论文集》，台北里仁书局，1992年印，第221—223页（按此书出版后，承里仁书局赠送一册，特志感谢）。

石斋印书馆，在出版事业言，已具雄厚声势，各方同业，起而追摹，实在口岸之上海，居领先地位。吸引到市井文士，以入于通俗文学潮流之中，有多人尚是惯用笔名发表江湖游记、画舫名媛、言情故事、哀艳小说。只有王韬已成大名，因美查之宠遇，亦将才智转钟于说部。于光绪四年编成《艳史丛钞》，同时又赶撰《海陬冶游录》及《花国剧谈》两书。光绪五年（1879）漫游东瀛，乃撰《扶桑游记》留交日本友人在东瀛出书，已至光绪六年。回上海后，又因美查要出版小说并附上图画之书，促使王韬找上旧游结缘仕女，英国、日本来往名姬，一一撰写单传集传，数年间成传一百余题，成书十二卷，一题一传，一传一图，命名为《淞隐漫录》，于光绪十年五月由点石斋印书馆以精细白纸印出，果然大受欢迎，销售畅旺，由是给予美查极大信心，自信此是所开文艺出版之道。

王韬年近六旬，撰成《淞隐漫录》十二卷，分载中外仕女名媛小传一百二十题，其与昔时之《遁窟谰言》大为不同，一则全重人事，不谈神怪。二则能为英国女子、日本艺妓作小传，未尽以上海仕女为范围。其人名俱真实，而故事大多杜撰。如其所作《媚梨小传》，而记载女子 Mary 与男友交好故事。须知 Mary 真有其人，尚不止一位。王韬最早到上海，在麦都思牧师（Walter Henry Medhurst）门下任职。曾在其时见过麦都思之女叫 Mary，为时应在咸丰初年。及王氏应理雅各（James Legge）之邀请于同治七、八、九三年在英国访问，则又见到另一位 Mary，王氏统称之为媚梨。但在《淞隐漫录》又写出媚梨小传，乃全然出自于虚构杜撰，与前之两个 Mary 丝毫无关。全篇谎言编造，毫无故实。但是文笔高妙，亦能吸引读者，推之全书十二卷，有单传，有集传，如《申江十美》、《二十四花史》，俱属其三十年间见闻名姬，并是真实人名，惟其传记内容仍是捏造者多，真实者难得一见。再有一口气在一篇中连叙十七位日本名妓，大抵只是有其名而全无真实。凡此俱要倚恃王韬之丰富想像，务使迂曲委婉、哀艳悱恻、悲欢离合、遗恨缠绵。虽是出于笔下描画，无不来自于才思文彩。自是文心艺匠之所在，文家岂可轻估？

世之文家或忽略王韬写小说之天才，既已刊印《淞隐漫录》，未及三年又写成《淞隐续录》十二卷，虽分量稍减，仍是洋洋大观。由于美查是篇篇俱爱，终在光绪十三年七月又刊出《淞隐续录》十二卷，仍是每传要附绘图一帧，出自名家手绘。亦由点石斋印书馆出书。我手中影印版本即是《淞隐续录》，仍是石印，并每题必附一图，全袭《淞隐漫录》形制。以王氏生平著作言，大抵自光绪元年至十三年为其著作出版最多之期，包括笔记二种、游记二种、小说五种，合计九种之多，诗文书札未计算在内①。至光绪十三年，王氏已六十岁，自称进入衰老，实亦不再撰写小说之书矣。

现请同道学家细考，看来王韬之卖力写作小说，决不是如其序中所说是穷到极至（《淞隐漫录》序），要一图发泄，乃是有美查之怂恿。美查亦非只好文艺小说，而是凭其有雄厚出版能力而能赚钱赢利。但要想大赚钱，亦谈何容易，最根本之重大诱力，乃是上海口岸之社会繁荣，广众市民有休闲阅读口味，而使作品能获广大销场。没有那广多高人喜读经史百家，惟有小说可以争到大多数市民拿来快速消遣。此是天时地利大环境所造成，他可以造生伟大小说家，不是伟大小说家用力把人民吸引到口岸来。近世论文风者须看清楚。

看来王韬呻呻哭穷，亦非矫情，实亦道出末世气象，亦足令人警惕，可举其自序。

> 盖今之时为势力龌龊谄谀便辟之世界也，固已久矣。无怪乎余以直遂径行穷，以坦率处世穷，以肝胆交友穷，以激越论事穷。困极则思通，郁极则思奋。终于不遇。则惟有入山必深，入林必密而已②。

---

① 此处所提王韬九种著作：笔记二种是《瓮牖余谈》及《瀛壖杂志》；游记二种是《扶桑游记》及《漫游随录》；小说五种是《遁窟谰言》、《海陬冶游录》、《花国剧谈》、《淞隐漫录》及《淞隐续录》。

② 王韬：《淞隐漫录序》（光绪十年五月）。

看来王韬之勤写小说，真也算是穷极而找到出路。质言之，正是为了救穷。真实情况王韬之穷也与生计之穷有关。王氏不善治生，又贪酒好色，并不顾家小，幸其续娶之妇林氏（台湾籍，其父名林益扶，台南人）无才无学，却是逆来顺受能吃苦耐劳。当年初过门（咸丰初年）王韬很有二心，终因生活所逼，伴其一生未被遗弃。再加育有二女，使王韬不再存有二心，真是难得。但凡王韬在外交游，用度毫不吝惜，岂有不穷之理。王韬一生哭穷，良有以也。

王韬撰著小说，无心插柳，未料却是成为近代通俗文学之先驱代表。敬请治文学史者莫要轻忽此节。

虽然如上介绍，而王韬在史乘动因上并非主力，而是遭逢际会。本节定于1884年为起点，实因有美查之大动作，在此年五月发行《点石斋画报》，与邀约王韬撰写小说而出版图文并茂之书，其事并行。

美查在光绪十年五月创刊《点石斋画报》，在中国新闻报学史言，是重大史事。在文化史和版本学而言，也是重大事件。而学界多不留意，失于轻忽。当然中国雕版图像，可以上推至公元10世纪。而定期以图画出报者，则实为晚清才有。报学家、史学家俱须深加看重。简单说仍要推重西洋教士商人在华之影响，乃是事实，不能避而不谈。

原来报纸附有图画，早见于同治七年（1868）美国教士林乐知（Young John Allen）所办之《教会新报》，却不以画报为主。其后，自光绪六年（1880）有美国长老会教士范约翰（J. M. W. Farnham）在上海以清心堂名义，发刊《华图新报》（The Chinese Illustrated News），一直发行直到1913年。虽然，出刊既早，发行亦久，却不及《点石斋画报》影响之大，今世能见及者亦甚少传之后代，使学者不得不举《点石斋画报》为先驱代表①。

---

① 参见拙文《中国近代知识普及化传播之图说形式——以〈点石斋画报〉为例》。

美查发行《点石斋画报》立场鲜明，态度严肃，以其个人名义发布创刊词。在报学史上是重要文献。文字太长，在此略引其末后一段说词，以供参证，俾可评估。

> 要之，西画以能肖为上，中画以能工为贵。肖为真，工者不必真也。既不皆真，则记其事又胡取其有形乎哉！然而如《图书集成》、《三才图会》，与夫器用之制名物之繁，凡诸之以图传者，证之古今，不胜枚举。顾其用意所在，容虑夫见闻混淆，名称参错，抑仅以文字传之，而不能曲达其委折纤悉之致，则有不得已于画者，而皆非可以例新闻也。虽然，世运所至，风会渐开。乃者泰西文字中土人士颇有识其体例者，习处既久，好尚亦移。近以法越构衅（即中法战争），中朝决意用兵，敌忾之忱，薄海同具。好事者绘为战捷之图，市井购观，恣为谈助。于以知风气使然，不仅新闻，即画报亦从此可类推矣。爰集精于绘事者，择新奇可喜之事，摹而为图，月出三次，次凡八帧。俾乐观新闻者有以考证其事，而茗余酒后，展卷玩赏，亦足以增色舞眉飞之乐[①]。

美查发布《点石斋画报》发刊宣言，乃直以中文书写，且以“尊闻阁主人”名义标示，自是有华人文家捉刀，而世人多未能知即英人美查也。美查此一雅号，至少起于《申报》创始之年（1872），有钱徵之文字可证。亦系鄙人考证而知“尊闻阁主人”与美查为同一人也（鄙人前有两文论及）。此一创刊，代表口岸通俗文学之扩大，具时代意义。

在本节时段中，其重要进展之点，则是美查经营《申报》及《点石斋画报》已具雄厚基础。同时又以申昌书局及点石斋印书局大量出版书籍，亦获致丰富经验。尤其于所刊印通俗文学之书，已积累二十年经验，使之有信心在小说书籍这一门类，做到一种包揽全局之大工程，那就是他在光绪十七年（1891）在《点石斋画报》上宣布要全

---

① 美查：《点石斋画报》发刊弁言，光绪十年三月写成。

面出版中国历代以来之小说，而完成一套说部总汇，以供世人阅览。是以《点石斋画报》立场，发表一篇征选公告，兹引举于次，其标题称《选楼余韵》。

昔王渔洋先生有说部菁华之辑，惜市上流传甚少，未易购求。今本斋拟仿其例，特集各种稗官野史，自汉魏以迄明季，得书数百种，灿然全备。广为搜罗，上下五千年，纵横七万里，所有可惊可愕可泣可歌之事，无不精心采录，蔚为巨观。集说部之大成，创前人所未有。未始非一大快事也。惟是卷帙甚繁，编辑非易。兹拟随选随录，每篇仍系以一图，俟书成后，再行编次。故目录及序须待后出。至其事实之新奇瑰异，上期已登列一篇，阅者自能击节称赏。诸君子有欲窥全貌者乎！幸勿见一斑而自足也可①。

于此公告宣示，自可见出美查推动小说集大成之决心与雄图。有此壮志，乃是文学史上首见。必须大书经纬，使人勿忘。

四、小说功能之利用与小说学理之创发，1895—1900

我非专门研治文学，亦不有心研究小说，涉谈此题，到了接触文家共趋而有各样著作之阶段，诚惶诚恐，须作一点背景交代。

我自做史学一门研究，已近六十年度。一向编纂大小部头之资料书直至退休，出产之资料书工具书有十四种。因此熟知作史料纂辑之辛苦与功力，绝对仰重为后人铺路之同道。故在当代做文学史料用心而作出史料之编年编辑，一概加意敬重。因是对于文界前徽，最钦佩阿英（钱杏邨）。近今学者，也敬重陈平原、夏晓虹、严家炎等人所编《二十世纪中国小说理论资料》，同时也肯定郑方泽所编《中国近

① 《点石斋画报》三集竹部，第5页。

代文学史事编年》。相信他们耗尽心血，认真搜辑，全是方便后来学者，是为他人铺路。特别是阿英应是当代小说文献学之前导先驱。

当然我也在大学教书，传授子弟。最后则要说我也做研究工作，我所著之史学书有二十余种。相信文章是天下之公器，但期为重于后世，我欣然愿接受自然淘汰。抱定学问自信，开放前圣后圣讨论指教。

今时我虽跨越鸿沟，讨论近代小说之兴起，而动因与启念，仍是历史重大事件所冲击，做此思考，实早在70年代初已撰著两篇论文，一是《清季知识分子的自觉》，草成于1971年4月25日，一是《晚清政治思潮之动向》，草成于1972年5月24日，自然未谈文学，却会冲击到小说。这个思想流变，不是凭空而起，乃是承受一个重大历史事件之冲击，促使国人猛然省悟到中国之危亡迫及眉睫。于是而使国人士大夫产生危亡意识，觉察到亡国灭种之危殆，遂至于创生救亡图存之念。为求国人普遍觉醒，因之进而产生唤醒民众之思考。何者能唤醒民众，在思想实践，奔趋三条路径。第一造出平民教育一个动向，此一问题今日早有多人专题研治。第二，造生知识普及化一个路向。鄙人有撰写三篇文章。其中一篇即《中国近代知识普及运动与通俗文学之兴起》，于1983年6月25日草成，同年8月20日在台北中研院近代史研究所一个国际研讨会上报告，1984年4月刊布问世。无论如何，鄙人已自1983年直接涉论到此一文学领域[①]。

当时知识分子所选择第三个唤醒民众之实践方向则是要设法简化中国文字，要使民众易于识字。其时推动语言文字统一简化之先驱，同一时期有卢戆章、蔡锡勇、沈学、力捷三、吴朓（即吴稚晖）、王炳耀（即王煜初）以及林辂存。鄙人于此有一研究文章发布，即《中国近代知识普化之自觉及国语运动》，1982年3月3日草成，并在同年于近代史研究所集刊第十一期刊出。敬请各界指教。

① 王尔敏：《中国近代知识普及化运动与通俗文学之兴起》，《中华民国初期历史研讨会论文集》，台北中研院近代史研究所，1984年刊印，第921—988页。

凡此上述三者，在申解时代动因，是承受历史上重大冲击之甲午战争战败刺激而创生。当代文家多数研究近代文学史上之演变先河，莫不自1897年数起，包括阿英、陈平原、夏晓虹之史料编著，是其他人讨论近代文学史、近代小说史时，俱必自此为开端。我自十分尊重，却认为交代不明，尚应补充说明冲击之背景造成之动因。本文本节之波段，并非标新立异，更无意炫奇斗巧，只是要忠实地接受前人共喻，忠实提出补充，必须令文家能欣然同意，才是本文要写的宗旨。简单无甚高论，且听一一申述。

我绝对百分之百承认，文家所提示严复、夏曾佑、梁启超三人在1897年之言论，是文学史上小说地位提升之启导先知先驱，应在小说史上永居于崇高地位。三人之言论，自尤为文家反复引据，无可磨灭。本人服膺文家共喻常说，但要在此一时代先驱中加添一位洋人，是英国教士傅兰雅（John Fryer），也是在中日甲午战后。却早于严复、夏曾佑、梁启超之言论有两年，于光绪二十一年（1895）六月，在《万国公报》上刊布征奖时新小说启事，出奖金鼓励小说写作。限三个月期，缴交稿件，再由专人评阅，定出先后名次，给个人奖金。举其启事如次：

> 窃以感动人心变易风俗，莫如小说。推行广速，传之不久，辄能家喻户晓，气习不难为之一变。今中华积弊最重大者有三端：一鸦片，一时文，一缠足。若不设法更改，终非富强之兆。兹欲请中华人士愿本国兴盛者，撰著新趣小说，合显此三事之大害，并去各弊之妙法。立案演说，结构成编，贯穿为部。使人阅之心为感动，力为革除。辞句以浅明为要，语意以趣雅为宗。虽妇人幼子，皆能得而明之。述事务取近今易有，切莫抄袭旧套；立意毋尚希奇古怪，免使骇目惊心。限七月底满期收齐，细心评取。首名酬洋五十元，次名三十元，三名二十元，四名十六元，五名十四元，六名十二元，七名八元。果有佳作，足劝人心，亦

当印行问世。并拟请其常撰同类之书，以为恒业①。

此次征求小说新作，果然反应者踊跃，三个月之期，收到撰著小说一百六十二篇，经过评定，各发奖金，兹可举示傅兰雅在同年十月启事：

> 本馆前出告白，求著时新小说。以鸦片、时文、缠足三弊为主，立案演说，穿插成篇，仿诸章回小说，前后贯连。意在刊行问世，劝化人心，知所改革。虽妇人孺子，亦可观感而化。故用意务求趣雅，出语亦期明显，述事虽近情理，描摹要臻恳至当。蒙远近诸君，揣摩成稿者凡一百六十二卷。本馆穷百日之力，逐卷披阅，皆有命意②。

傅兰雅是英国教士，同治初年久居江南制造局译西文书，并在同治光绪间主持上海格致书院，同时发行《格致汇编杂志》，在华四十余年，至此已是晚年努力。看来明确重视小说功能之利用，改良社会，用心亦至恳切。纯为中国事故，无关外国，我国文史各家，宜正当看待，尊为推广小说文运之先驱，毫无疑义可操。文家若有雅量，幸能收入我国文学史乘。

回题至于我国文家所熟论之近代小说文运之引路先知，自必要举示光绪二十三年（1897）严复与夏曾佑联名发布在天津《国闻报》发表《本馆附印说部缘起》，此一文献，阿英列于其书《晚清文学丛钞》"小说戏曲研究"之第一篇。陈平原、夏晓虹在其所编《二十世纪中国小说理论资料》书中，也列为第一篇。此二书吾全拥有，一则手中阿英之书已十分老旧，每页俱有无数霉点，此书虽早在香港时阅读使用，而今目力不能胜任，幸而陈平原三人之书与之资料多同，乃方便使用，无轩轾也。严、夏二氏之宣白，煌煌大著，长篇大论，达二十页篇幅，岂可全引，惟其正大宗旨，集于结论数行，实可寻绎卓

---

① 《万国公报》第七十七卷，光绪二十一年（1895）五月号。

② 《万国公报》第八十六卷，光绪二十二年（1896）二月号。

识所在，兹征引于次：

> 夫说部之兴，其入人之深，行世之远，几几出于经史上，而天下之人心风俗，遂不免为说部之所持。《三国演义》者，志兵谋也，而世之言兵者有取焉。《水浒传》者，志盗也，而萑蒲狐父之豪，往往标之以为宗旨。《西厢记》，临川四梦，言情也，则更为专一之士，怀春之女所涵泳寻绎。夫古人之为小说，或各有精微之旨，寄于言外，而深隐难求，浅学之人，沦胥若此，盖天下不胜其说部之毒，而其益难言矣。
>
> 本馆同志，知其若此，且闻欧、美、东瀛，其开化之时往往得小说之助。是以不惮辛勤，广为采辑，附纸分送。或译诸大瀛之外，或扶其孤本之微，文章事实，万有不同，不能预拟。而本原之地，宗旨所存，则在乎使民开化。自以为亦愚公之一畚，精卫之一石也①。

此是近代中国小说史上重要文献之一。国人公认，严复、夏曾佑为一代启导先驱。鄙人是百分之百服膺，自当引举以为论据。

光绪二十四年（1898），梁启超在《清议报》发表《译印政治小说序》，提示小说对于改良政治之推动有重大功效，亦具有启导国人，善加参酌，以为利用。

> 善夫南海先生（指康有为）之言也，曰："仅识字之人，有不读经，无有不读小说者。故六经不能教，当以小说教之；正史不能入，当以小说入之；语录不能谕，当以小说谕之；律例不能治，当以小说治之。天下通人少而愚人多，深于文学之人少，而粗识之无之人多。六经虽美，不通其义不识其字，则如明珠夜投，按剑而怒矣。孔子失马，子贡求之不得，圉人求之而得。岂子贡之智不若圉人哉？物各有群，人各有等，以龙伯大人与僬侥

---

① 陈平原、夏晓虹编：《二十世纪中国小说理论资料》第一卷（1897—1916），北京大学出版社，1997 年印，第 27 页。

> 语，则不闻也。今中国识字人寡，深通文学之人尤寡。”然则，小说学之在中国，殆可增七略而为八，蔚四部而为五者矣。在昔欧洲各国变革之始，其魁儒硕学，仁人志士，往往以其身之所经及胸中所怀，政治之议论，一寄之于小说。于是彼中缀学之子，黉塾之暇，手之口之，下而兵丁、而市侩、而农氓、而工匠、而车夫、马卒、而妇女、而童孺，靡不手之口之。往往每一书出，而全国之议论为之一变。彼美、英、德、法、奥、意、日本各国政界之日进，则政治小说为功最高焉①。

梁启超之所立言，原已有1897年间之若干提示，而此际则以专文论小说，代表梁氏开新卓识，当与严复、夏曾佑雁行并列，自为后世文家一致推尊为近代小说兴起之启导先知。鄙人自服从众人共识，完全遵循。

光绪二十六年（1900）文士邱炜萲（即邱菽园）为文誉其同年举人黄乃裳译成《大美国史略》而有所抒论，涉谈小说功能为欧美、日本各国所引用，其说如下：

> 夫小说有绝大隐力焉。即以吾华旧俗论，余向谓自《西厢记》出，而世慕为偷情私合之才子佳人多；自《水浒传》出，而世慕为杀人寻仇之英雄好汉多；自《三国演义》出，而世慕为拜盟歃血之兄弟，斩木揭竿之军机多。是以对下等人说法，法语巽语，毋宁广为传奇小说语。巍巍武庙，奕奕文昌，稽其出典，多沿小说，而黎民信之，士夫忽之，祀典从之，朝廷信之。肇端甚微，终成铁案。若今年庚子（1900年）五、六月拳党之事，牵动国政，及于外交。其始举国骚动，神怪之说，支离莫究，尤《西游记》、《封神传》，绝大隐力之发见矣。而其弊足以毒害吾国家，可不慎哉！吾闻东西洋诸国之视小说，与吾华异，吾华通人素轻此学，而外国非通人不敢著小说。故一种小说即有一种之

① 陈平原、夏晓虹编：《二十世纪中国小说理论资料》，第37—38页。

> 宗旨。能与政体民志息息相通。次则开学智去弊俗，又次亦不失为记实历，洽旧闻，而毋为虚矫浮伪之习，附会不经之谈可必也①。

若此之所列邱炜萲之论，昔时未曾见，阿英因而未收载，则近时文献收录家，小说研治学者陈平原、夏晓虹所新搜辑者，于用心宗旨言，无殊于严复、夏曾佑、梁启超，于时会次序言，仅稍晚于前三人。则在小说兴起之思想动因而观，仍当视为启导先驱。

从以上五位时代先驱之议论，以至于行动来看，其所表现近代小说兴旺之动因，有三个重要特色可以指出。

其一，对于小说功能之重视与利用。五人俱作相当表达。

其二，赋予小说重大使命，宗旨在开民智，是由危亡意识以至于唤醒民众。有了使命，小说则必承担文以载道之使命。

其三，更具特色，五人中除傅兰雅外，四人指明欧洲日本各国之小说助强国政、开通民智，明白指导中国小说步趋方向，以英美法德意奥日本为圭臬。实则中国小说要自此步趋西化洋化，自此展现曙光。

以上三点浅识，甚盼学界先进参考指教。

五、历史上小说繁荣之十年，1901—1911

前节所叙一个时代波段，已见出我国学界先知之开新倡导刊布小说作品，背后的思想动力来自于甲午战败之危亡意识，一致重视启牖民智，促醒民心，决非文家偶然即兴之思想，自是文士反应敏速，一致同声力倡。此四位国人先知，当然是时代前徽，为世表率。抑且严复、夏曾佑坐言而起行，要随《国闻报》附印小说。然实未能使小说门类，独开新径，自立门户。

---

① 陈平原、夏晓虹编：《二十世纪中国小说理论资料》，第47—48页。

未料另一重大历史事件——庚子拳变，招致八国联军攻入北京，时序亦即进入20世纪。一入20世纪，梁启超即在日本横滨创刊《新民丛报》，同时更又另行开辟《新小说》之月刊，使小说门类自此独立面世，专门以创作新小说启牖国人。由是可推见梁启超实是小说一门之学（按“小说学”一词为梁氏在此期所创），于此可以大书特书，自1902年（光绪二十八年）梁启超在日本发行《新小说》月刊起，代表一门学术之正式独立①。

世人公认梁启超为近代小说提升至文学学术地位之开先领袖，在文界高人中无出其右者。此一观点，早创自阿英据实推证，一在于学理建树，一在创办《新小说》月刊，一在于开辟《小说丛话》之自由交谈园地。阿英即直称梁氏为近代小说之开山祖。阿英所作之《小说四谈》，即为直接继承。今可择梁启超于1902年所抒发之言论，以作此证。

首先，梁启超以创刊《新小说》第一号，有所宣白，简开如次：

> 小说为文学之最上乘，近世学于域外者多能言之。我中国此风未盛，大雅君子犹吐弃不屑厝意。此编实可谓空前之作也②。

其次，梁启超在1902年以新小说报社之公告，论述其刊布各样小说之宗旨性质，相当详细，条列分明，亦有要言可采。

> 小说之道，感人深矣。泰西论文学者，必以小说首屈一指，岂不以此种文体曲折透达，淋漓尽致，描人群之情状，批天地之窾奥，有非寻常文家所能及者耶③。

---

① 郑方泽编：《中国近代文学史事编年》，吉林人民出版社1983年印，第203—206页。

按：今所读郑方泽之书，以系年而缀叙中国近代文学流变，其搜罗之宏阔丰富，排次之条目分明，列载之完备精当，俱可推重为当今近代文学史大家，可与阿英之《晚清文学丛钞：小说戏曲研究卷》，陈平原、夏晓虹编：《二十世纪中国小说理论资料》，互相出入，大有助于近代文学史研究之方便，值得学界引用。

② 陈平原、夏晓虹编：《二十世纪中国小说理论资料》，第56页。

③ 陈平原、夏晓虹编：《二十世纪中国小说理论资料》，第58页。

其末，吾将不拟举证梁氏长篇大著《论小说与群治之关系》，盖文界人人熟知，小说家一概奉为圭臬。其举示小说四长，反复申解，亦无须列举。拙见以为远不若上举两文主旨，更见简明确当。均足代表梁启超之卓识表现，而应非尊为近代小说之开山祖者。自梁氏上次两度宣白，已明告天下，小说当列入文学领域，且为文学领域列居首要。盖自1902年起之中国文学已步上西方文学轨辙，惟小说首屈一指。其在中国固有文学观点言，乃是天翻地覆，三千年来第一遭。是故梁氏之领引风潮，自此起步，一径而造生近代文学之巨变。阿英推尊梁氏为近代新小说之开山祖，自是有凭有据。

《新小说》月刊，虽在日本创刊，次年（1903）即转到上海发行，自为倚恃口岸之庞大销场，抑且重要小说文稿实多自上海聚居之文士出手供稿。风气因《新小说》而开，果然在1903年（光绪二十九年）上海又有《绣像小说》之半月刊创刊，由李伯元任主编，由商务印书馆刊印发行。显见一入20世纪，小说地位之加速提升①。

1903年，小说倡导先驱夏曾佑以别士笔名发表重要论文，题为《小说原理》。此文因阿英早加搜辑，文界无不熟知。其文甚长，反复议论改良小说，以供妇女粗工阅读，提升庶民知识。其于创作小说者指出五难五忌，建白明确具体，立论中肯。在此则可引举其全篇综结之见，以供参考：

> 综而观之，中国人之思想嗜好，本为二派：一则学士大夫，一则妇女与粗人。故中国之小说亦分二派：一以应学士大夫之用，一则应妇女与粗人之用。体裁各异，而原理则同。今值学界展宽（注：西学流入），士大夫正目不暇给之时，不必再以小说耗其目力。惟妇女与粗人无书可读，欲求输入文化，除小说更无他途。其穷乡僻壤之酬神演剧，北方之打鼓书，江南之唱文书，均与小说同科者。先使小说改良，而后此诸物，一例均改。必使

① 郑方泽编：《中国近代文学史事编年》，第209—221页。

深闺之戏谑，劳侣之耶禺，均与作者之心，入而俱化。而后有妇人以为男子之后劲，有苦力者以助士君子之实力，而不拨乱世致太平者，无是理也①。

在同一年中，又有另一文家狄葆贤（号平子）以楚卿名义发布专文《论文学上小说之位置》，此文刊于《新小说》月刊，与梁启超同调，把小说提入文学领域，并上推为文学上之最上乘，极具时代代表性，当略举其言，以备参证：

小说为文学之最上乘，亦有说乎？曰，彼其二种德四种力，足以支配人道左右群治者，时贤既言之矣（指梁启超前说）！至以文学之眼观察之，则其妙谛，犹不止此。凡文章常有两种对待之性质，苟得其一而善用之，则皆可以成佳文。何谓对待之性质？一曰简与繁对待，二曰古与今对待，三曰蓄与泄对待，四曰雅与俗对待，五曰实与虚对待。而两者往往不可得兼。于前五端既用其一，则不可不兼用其余四，于后五端亦然。而所谓良小说者，即禀后五端之菁英以鸣于文坛者也。故取天下古今种种文体而中分之，小说占其位置之一半。自余诸种，仅合占其位置之一半，伟哉小说②。

今世数十年来，熟论中国小说繁荣与发展鼎盛者，无不引重阿英两书，一为其所著《晚清小说史》，一为其所编《晚清戏曲小说目》，吾俱拥有其书③。学界论述，大多以此二书所载资料以推证晚清小说之门类繁富，以及各年所出小说之数量。吾论及此点，自当引据，决难超越阿英所掌握之数量。只能概略转引，以供参酌。

研究革命排满民族主义思潮，一向重视 1901 年起之报刊，始自

① 陈平原、夏晓虹编：《二十世纪中国小说理论资料》，第 77—78 页。
② 陈平原、夏晓虹编：《二十世纪中国小说理论资料》，第 78—99 页。
③ 阿英著：《晚清小说史》，香港中华书局，1973 年出版。
又，阿英编：《晚清戏曲小说目》，上海古典文学出版社，1957 年出版。

《清议报》、《新民丛报》之改良政治主张，渐渐出现革命主张报纸，即在1903年有多量出现，著名者如《浙江潮》、《江苏》、《湖北学生界》，惟其我人所特须提示者，专门性之小说刊物又在此期创刊《绣像小说》半月刊，系继《新小说》在上海发行后使上海又出现第二种专门文学之刊物。由李伯元（名宝嘉）主编，商务印书馆发行。

以小说著作及翻译而言，在本年已是进入繁华鼎盛时期，今人郑方泽根据阿英之书，统计在1903年一年间出刊创作小说三十一种，翻译小说四十五种，自见小说史上不可磨灭。

光绪三十年（1904）创刊之专门小说刊物又增出《新新小说》一种月刊，由陈景韩（笔名冷血）主编，上海开明书店发行。

同此年中，曾朴、徐念慈（笔名觉我）、丁芝孙等，在上海创立小说林社，专门出版翻译小说。至在1904年一年之中，出版创作之小说十八种，翻译小说三十六种，仍足以表现小说繁荣之盛景①。

光绪三十一年（1905），反满的民族运动文学仍然继续出现，并不逊于前之两年，但此年最突出显著之文学思想，则是反帝国主义文学思潮，一则对俄国占据东北三省，大肆宣扬拒俄运动，另一面又因美国蛮横施行排拒华工来美之新法，而大起反美拒约运动。凡此俱值得著文学史小说史者多多予以载述，世人似完全忘记，真是不该。

本年（1905）仍不断有重要报刊问世，如《民报》及《国粹学报》即是。但专门性小说之报刊，未有新开办者。据今人统计，本年出版创作之小说十七种，翻译小说有五十九种。仍保持繁荣盛况②。

光绪三十二年（1906）在此年中，可称得是小说文运达于鼎盛之极峰。同此一年中新创之小说刊物，一年中增加五种，分别是：

其一，《月月小说》月刊，同年九月创于上海，由群学社发行。初由汪惟父（庆祺）主编，数期后改由吴沃尧（趼人）及周树奎（木生）任主编。

---

① 郑方泽编：《中国近代文学史事编年》，第219—220页。

② 郑方泽编：《中国近代文学史事编年》，第222—228页。

其二，《雁来红丛报》，本年创刊于苏州，每周出刊，志在刊布世少经见之稗史小说，惟知顾颉刚后来为其主编。

其三，《新世界小说社报》，月刊，本年创刊于上海，警僧主编。

其四，《小说七日报》，周刊，本年创刊于上海，谈小莲主编。

其五，《游戏世界》，月刊，本年创刊于杭州，寅半生主编①。

在此一年度之中，文界名家发布之小说理趣、观点、展望、探问之论文亦相当具时代性，在此无法摘引各家论说，但当提示各刊物所表立场大文，俾识家研究。引举其文目如次：

1.《月月小说》序，吴沃尧撰。

2.《历史小说》总序，吴沃尧撰。

3.《月月小说》叙，罗春驭撰。

4.《月月小说》发刊辞，陆绍明撰。

5.《小说闲评》叙，寅半生撰。

6.《新世界小说社报》发刊辞。

7.《论小说之教育》，由《新世界小说社报》第四期刊出。

8.《小说七日报》发刊辞。

9.《论小说与社会之关系》，为《时报》刊载②。

在此要向文家呼求谅恕，各家大文必当参阅，只是本文篇幅如何一一引举，非不敬事前徽，实不能使文章臃肿，惟祈时贤宽谅。

今人根据阿英书目，统计在1906年所出版之创作小说达四十五种，翻译小说达一百零一种。真足以表达小说繁荣盛况③。

光绪三十三年（1907），此年在中国小说发展言，又是更造高峰，达于极盛。本年新创刊之小说专业刊物增添五家，分别开列如下：

1.《小说林》，月刊，由原来之小说林社发行，二月创刊，仍在

① 郑方泽编：《中国近代文学史事编年》，第230—245页。

② 郑方泽编：《中国近代文学史事编年》，第250—253页。此中所见1906年新增之五种小说刊物，在此已作概略介绍。

③ 陈平原、夏晓虹编：《二十世纪中国小说理论资料》，第186—210页。此间所举九家言论，俱已收入本书。

上海，主编为黄摩西。

2.《著作林》，创刊于杭州，由陈栩任主编，由杭州著作林社发行。

3.《中外小说林》，旬刊，本年五月创刊于广州，后在刊名之前增二字，成为《绘图中外小说林》，由广州中外小说林社发行，前后主编为黄伯耀、黄世仲等人。

4.《广东禁烟新小说》，周刊，本年九月创刊于广州，李哲任主编。

5.《竞立社小说月报》，月刊，本年一月创刊于上海，由竞立社负责发行，主编为彭俞（笔名亚东破佛）。

在本年全年之出版量，今人据阿英资料，统计有创作小说六十种，翻译小说一百三十种。历年以来，此为达于最高峰，以上各家创刊杂志以及本年小说产量统计，均采今人郑方泽之研究而来①。

在此一年中，小说家之理论观点产量更多，而有诸多精要通达之言。在此只能各列载文题，无法一一引括，难免有浮掠之嫌，亦难辞偷减之讥。惟祈识家恕宥，谨开各家高文如次：

1.《文风之变迁与小说将来之位置》，出于广州之《中外小说林》，作者用笔名为老棣，推测其人是黄世仲。

2.《小说之功用比报纸之影响为更普及》，出于广州之《中外小说林》，作者笔名亚荛。

3.《小说之支配于世界上纯以情理之真趣为观感》，出于广州之《中外小说林》，作者即主编黄伯耀。

4.《竞立社刊行〈小说月报〉宗旨说》，出于上海《竞立社小说月报》，作者笔名竹泉生。

5.《论小说之势力及其影响》，出于杭州之《游戏世界》，为陶祐曾所撰。

---

① 郑方泽编：《中国近代文学史事编年》，第254页。

6.《〈小说林〉发刊辞》，由主编黄摩西所撰。

7.《〈小说林〉缘起》，由笔名觉我（即徐念慈）所撰。

8.《论小说与改良社会之关系》，由《月月小说》刊出，以笔名天僇生（王钟麒）发表。

9.《中国历代小说史论》，亦为天僇生所撰，由《月月小说》刊出①。

上引九种文章，为1907年重要之小说论理文献，内容繁富精彩，今代文家慎勿错过参考使用，盖具时代意义。

光绪三十四年（1908）由于专门小说刊物已有多家，达于饱和情状，因是本年新开创之刊物只有一家，即是《新小说丛》月刊，于此年一月在香港创刊，组合新小说丛社发行，由林紫虬主编，同社成员有区凤墀（即区逢时）、林维桢、尹文楷、黄恩熙及林紫虬等人。

本年新创刊物虽少，而原有各家仍不断大量刊印小说，是以小说之出版量，仍踞繁荣高峰。今人据阿英书目统计，全年之中出版创作小说五十三种，翻译小说九十一种，实仍保持鼎盛气势②。

不但本年出版新小说数量可观，其在小说学理上探讨之文章，亦是屡出卓见，并出新人论说。在此无法直接一一引括，兹陈列各家论题，备作同道检索参证：

1.《学堂宜推广以小说为教科书》，由笔名老棣撰文，推测即黄世仲。《中外小说林》刊出。

2.《小说发达足以增长人群学问之进步》，由《中外小说林》刊出，耀公所撰，推测即黄伯耀。

3.《普及乡里教化宜倡办演讲小说会》，由《中外小说林》刊出，耀公所撰，推测即黄伯耀。

4.《小说风尚之进步以翻译说部为风气之先》，由《中外小说

① 郑方泽编：《中国近代文学史事编年》，第263—267页。

② 此节所引各文俱出自陈平原、夏晓虹编：《二十世纪中国小说理论资料》，第225—288页。

林》刊出，为笔名世所撰，推测即黄世仲。

5.《小说与风俗之关系》，由《中外小说林》刊出，耀公所撰，推测即黄伯耀。

6.《曲本小说与白话小说之宜于普通社会》，由《中外小说林》刊出，老伯所撰，推测即黄伯耀。

7.《余之小说观》，由《小说林》刊出，笔名觉我（即徐念慈）所撰。

8.《客云庐小说话》序，由香港《新小说丛》刊出，邱菽园（即邱炜萲）所撰。

在此要引举邱炜萲之《客云庐小说话》者，乃在前代文献有诗话、词话，绝无小说话，而作小说话之创例自邱氏始。

清宣统元年（1909）此年之中，小说文运仍在繁荣高潮，盛况空前。本年新创刊之小说专门期刊有三家，分别为如下开：

1.《扬子江小说报》，本年五月创刊于汉口，月刊形式，由中西日报社发行，胡石庵任主编。以长篇小说为主，并有短篇小说刊出。

2.《十日小说》，旬刊性质，本年九月创刊于上海，以刊登长篇小说为主，由环球社编辑发行。

3.《小说时报》，月刊，本年十月创刊于上海，由小说时报社发行，主编者有冷血（陈景韩）、天笑生（包公毅）二人轮流主编，毕倚虹亦作编辑。此刊维持最久，可以延伸至二十年代（1917 年停刊）。

至于本年全年出版之小说，更表现出色，创作小说达九十七种，翻译小说达五十七种，足以代表小说繁荣之顶峰年代①。

至于本年中有关小说理论方法之作，却是大为减少，勉强只能检出一篇，即《扬子江小说报》发刊辞。盖自 1897 年严复、夏曾佑、梁启超引领风骚以来，其望风从流者已有大量论文展现，更加小说批

---

① 郑方泽编：《中国近代文学史事编年》，第 273—280 页。

评短文，实已美不胜收，甚难再见名论。

宣统二年（1910），小说发展趋势，略有减缓，然仍具繁荣盛况，新创刊之《小说月报》，月刊，仍代表提升水准之小说专业刊物，由商务印书馆发行。由恽铁樵（本名树钰）任主编。本年七月创于上海，发行直至二十年后尚由王蕴章接任主编，声名著于文界①。

至于本年全年所出版创作小说仍达四十三种，翻译小说达二十八种，自仍保持一定声势②。惟本年有关小说理论文章，则无重要文题可以举证。

宣统三年（1911），本年小说之繁荣盛况持续，并未显现消歇，今人统计全年出版之创作小说有五十种，翻译小说有二十四种。只是未有新辟之刊物，亦未见有重大之小说理论文章，决不代表小说文运之衰歇③。

文家前修阿英早在其所著《晚清小说史》中，开端陈叙，早就准确标明在此时段（1901—1911）为中国小说门类最繁荣鼎盛时期。本文泛泛抒论，不能出其范围，后之文家无不取其立说。本文在此自承因袭文家之共喻④。

惟在阿英书中，提示造成晚清小说的繁荣之成因，指出三个原因。其一是印刷发达，其二是时人受西方文化之影响，其三是满清政府屡承外侮而不能自救，暴露腐败无能。看来此三点是很具说服力，鄙人并无反驳，却要略加补充，动因不止这些，略布鄙见，求教同道高明。

第一，印刷发达，自是刊布助力，但后世今日印刷更发达，不见得小说再会繁荣。阿英之见可以接受，不能表达实在起因。

第二，西方文化之输入是造生背景，造生借鉴，阿英之见可以接

---

① 郑方泽编：《中国近代文学史事编年》，第 289—293 页。

② 郑方泽编：《中国近代文学史事编年》，第 301—303 页。

③ 郑方泽编：《中国近代文学史事编年》，第 313 页。

④ 阿英著：《晚清小说史》，第一章中所指《晚清小说的繁荣》，其中有详细具体解析，见之于第 1—7 页。

受，俱在小说意义与写作方面有重大影响。在长久看可成立，在如此短期看，乃是国人的危亡意识与唤起民众之使命，其动因由来于甲午战败之刺激，此则合于阿英之第三点原因。惟清朝自 1842 年已是对侵略者屈服，乃是对西洋各国战败，尚有推托之辞可言，而对日本战败则是有亡国灭种之征兆，因是而有急迫之醒觉意识。是故一代知识分子俱要奔走呼唤，促醒国人自救。至于唤醒民众之途，只有通俗文学能当此任，遂至于负使命者群起于写作小说。

第三，这里要提拙见，纯在向文家进愚见。世人忘记一件大事，就是光绪三十年最后一科之后，就废止科举。如此完全阻绝天下万千士子全无生路，进士、举人不说，天下考生前途断绝，天下塾师断去生路，文界先进鲁迅写文《孔乙己》，鄙人在小学被老师讲入课程，全不知有何重要，实在那时江南各城乡之孔乙己可累百万计，表面只见到穷途潦倒，正是反映到停科举后之文士没落。乃一大悲剧，有能力写作之人，终不免被驱到口岸写小说矣。如王韬所言，砚田荒芜，饥驱而投向洋人。

六、结　论

中国近代小说之兴起，是文学史上极重大课题，也是思想文化问题不能忽视的一面因素。文家史家俱须注意，并要追考造成之动因，学者面对不能回避，亦决不可任意曲解。

须知中国之文学形式与内涵，全与西洋文学体系分类不同。我们今时全走西方之路，竟不觉得变化之激烈，在中国文学上有天翻地覆之势，只发生在晚清，是前人所不能梦见。

须知中国文学主流，自古至于近代，三千余年来是在于诗、赋、词、曲，是因中国之特殊文字为基础，历代发展直至戏曲杂剧，多以韵文为主。代代有重点，代代有杰作，代代出大家。居其次亦当居主流者即无韵之散文，后世号称古文，亦具三千余年文学地位。但可肯定言，自古来小说不居文学地位。在此大胆说，19世纪末之前代，小说不具文学地位，此是中国特色。

现时可见，自20世纪起，小说一跃而占中国文学主流，实无人能否认。如此巨变文家史家不交代清楚，我等做不到只有等圣人出现。鄙人末学，又是外行，只是见到近代之巨变，也毫无能力说清楚。本文之尝试，提到一点粗略浅见，当须历经考验，不免信笔雌黄，尚祈文家指教。

其一，虽然是谈文学谈小说，而近代的巨变仍须推其动因来自两次鸦片战争。由鸦片战争而迫使中国开放五口。由五口通商，而造生各样营业，办报纸乃是其中之一。办报纸就须舞文弄墨，为推广销路，就需进入通俗文学，小说是通俗文学之一，于此有了生机。

其二，既是洋人办报，偏又遇上爱好中国小说之英人美查办报，他不为文化，不为文学，为了求销路，扩大出版稗史、笔记、谐谈、小说，俱亦占到出版上风。小说文运之兴起，此为滥觞，洋人美查是重要推手，功不可没，不宜抹杀。英国教士傅兰雅，虽是洋人提倡中国小说之写作，未尝一言提及外国，纯为中国人设想。一次征文，而可收一百六十二卷，可知文士反应者众，小说余韵大有前途。凡此俱在华人出而提倡之前，功不可没，岂能抹杀？

其三，自1897年起，催化小说文运之兴盛，在一代文风，倡导主持者有不少先知先觉，做文申论，大力推展创作小说，其功至伟，当奉为文运先驱，一代名家有严复、夏曾佑、梁启超、邱炜萲（即邱菽园）、狄葆贤（狄平子）、金天翮（松岑）、吴沃尧（趼人）、寅半生、黄伯耀、黄世仲、陶祐曾、黄摩西、徐念慈（觉我）、王钟麒（天僇生）等人。各自发表高论，足以代表一代小说风气内涵，不可磨灭。惟在各名家之中，最当配称时代领导之伟人则当推重梁启超。理由是，一则后之各家论说多以梁氏之言为圭臬，梁氏创说为前徽，尤其梁启超创刊《新小说》开始，即辟《小说丛话》专栏，一时名家纷纷加入讨论，形成热烈讨论风气。后之《论小说》、《小说小话》，俱仿其制，最后而有邱菽园之《小说话》专书问世，而阿英更是追摹而先后撰《小说四谈》（鄙人有此书），正见出梁氏之影响一代，真是小说文运之先知领袖。

其四，自1897年以后，所刊布之创作小说，大多不是为文艺而文艺，而是文以载道。质言之，负有时代使命，有宣述反美工约之抗议、有拒俄入侵东北之愤慨，乃是宣述帝国主义者之丑恶，有排满革命之民族自决言论，乃是宣述革命宗旨。有为妇女权益呼吁女权思想，又有名家所谓之一种谴责小说，不一而足，俱在于文以载道。小说之所以大量出产，文以载道有重大关系。看来晚清小说繁荣鼎盛，产量惊人，只是竟未出产一代代表性之伟大小说。推其原因，与太富使命感有关，只顾文以载道，不免忽略文艺技巧，文心艺匠之运用。最足以代表此种文以载道之小说，可举梁启超大作《新中国未来记》为例，其文艺价值品诣，不及清代前期三流小说，像是政治说教，又像宣传主义，读之无味，只有我们做历史研究才看重，讨论思想史，有时代参考性。鄙人多有引据，梁氏之《新罗马传奇》，亦是只有历史功用，没有文学价值。

鄙人粗浅之见刍荛之言，放之文界君子，不免有蚊蚋烦聒之嫌，惟愿大胆布陈，稍表愚忱，让我自然淘汰，亦不足为惜。

附记：撰写此文，思寻之多年，二十余年前，承陈东林先生代为搜购阿英全部著作。在此特志感谢。

又，五年前为求访王韬之作品，承上海华东师范大学易惠莉教授代为影印王韬全部著作，在此申叙感谢之忱。

2009年7月15日

写于多伦多之柳谷草堂

清代公案小说之撰著风格

一、绪　言

关于小说，于现在文学中居主要地位，百年来最为发达。小说创生渊源，当然在上古早已占有一定领域，《汉书·艺文志》中的《黄帝说》、《伊尹说》即是。但不须以现代眼光衡量先前的滥觞原始。小说领域甚广，界说难凭。本文不拟在一个广泛的大共名上多所探讨，徒费笔墨。故而暂不深论。

至于公案小说，问题颇富于争辩特性，早已没落于19世纪末，在20世纪几于沉寂无声，毫无新作。正所谓到达思考评估的最佳时机。果然在1950年代，中共在大陆建立政权之初，在1950到1965年之间，大陆上文学界形成一个批判文学的热闹时期。其他问题已不暇在此涉论，即公案小说一门，亦有多人提出评骘。今日研究这类问题，怎能闪身躲过避而不谈？

在此先把范畴厘清。其一，“公案小说”之一个名类，是文学上分类的产物，不是小说家一个创作的预设。其二，在一定共喻的定义界说之下，虽然可以称某一作品为公案小说，打从起头到末了，永远也不是照着一定模式创作出来的。其三，这些公案小说，是小说中的末流下品，未被文学家看得起，是以向来也未出现出色作家、大文豪。其四，先有公案小说这类小说，“公案小说”是后生的名词。在时序上一直就是彼此颠倒。其五，打从民初一批新文学家之以西方眼光看待批评中国文学，不自觉中走上古典主义标准。在现代的文学命义之下，中国旧作品无地容身。这正是宣布章回小说死亡的铁律，也是公案小说必定死亡的原因。虽然他们也写中国小说史，他们却断送了中国传统小说生命。当然有新创作的小说代表新的时代，有些我相信只能当翻译小说读。并不是深奥，而是情节特别，文词创造性高，讲究结构技巧。新名词多新的喻意、含蓄、暗示、反射，平民不易解悟。是提高文学创作水准，严格文学命义，却自然进入新古典主义格局。普通人看不懂，一定曲高和寡。文学家互相吹嘘真不乏人，可惜只有学者教授才看得懂。得到文学家彼此恭维肯定，认为合乎文学理论。

归结来说，在现代文学领域中，小说虽最盛行，却是以新文学为范围。章回小说，并无文学地位，不在其内。公案小说，自然更不被重视。因此本文探讨公案小说，就事论事，不去沾惹文学上种种新说。这些被遗弃的死亡文学，也只有拿起来研究才被看重。

事实不可避免，想不提也不行。大陆上曾有热烈高潮批判公案小说，是发生在1950至1966年之间。完全出乎先辈大文豪大学者所预料，公案小说虽是升斗小民所喜爱，虽是现代已死的无创造力的东西，但在1950至1966年之间，却引起那里的文学界一阵批判讨论和改造。于是这种死亡文学也会在检讨批判挞伐之时被看重①。

自1979年起，大陆上文学文艺生命开始复苏，在1979至1992年

---

① 《中国近代文学论集・小说卷》，中国社会科学出版社，1983年，收载1956年后至1966年批判公案小说的文章如下：

1. 刘世德、邓绍基：《清代公案小说的思想倾向》，《文学评论》1964年第2期。
2. 傅璇琮：《〈施公案〉是怎样一部小说》，《读书月报》1957年第4期。
3. 赵景深：《〈三侠五义〉前言》，《三侠五义》，上海文化出版社，1956年。
4. 熊起渭：《〈三侠五义〉的思想和艺术》，《光明日报》1956年6月3日。
5. 侯岱麟：略谈《〈三侠五义〉》，《读书月报》1956年第6期。
6. 赵景深：《〈三侠五义〉再版题记》，《三侠五义》，上海文化出版社，1957年。
7. 侯岱麟：《评新本〈三侠五义〉》，《光明日报》1956年9月30日。
8. 吴小如：《读〈三侠五义〉札记》，《文艺学习》1957年第4期。
9. 赵侃：《石玉昆及其〈三侠五义〉》，《河北文学》，1961年第4期。

在此必须说明，此处所举只是一部分相当温和的讨论，也有公正批评，多数是否定观点。比较具挞伐摧挫性的批评，我不便引于正文和注文，但我要不客气举出几个做文学史的人，读者尽可查考他们的著作。我愿负学术和道德和法律责任。他们是游国恩、刘大杰、刘梦得、景孤血、刘方萱，等等。到“文化大革命”之时更是严重，足足关系到艺人生存生命，明白说就是死去活来，人头落地。

间，古典文学包括古典小说研究，又被重新拾起，在政治上叫做“平反冤狱”，被治死的放逐的可以恢复名誉。打倒的破除陈旧的小说又得重印，禁演的戏也可再演。于是对于公案小说开始恢复较客观的估价。有些著作实在很有分量，很具功力，很富远识。这些学者的真实贡献也不可抹杀①。

我既研究公案小说，岂可省略前人著作，他人贡献。无论作品好坏，均要有充分了解，方可提出个人独出的观点，个人用心所在。倘不是拾人牙慧，捡人便宜。前述数行，自是极其简略的引叙，不得不然。

公案小说起源，学者或推始于上古之俳优、侏儒所表演。实具卓见，但无任何遗存故事可作例证。此为胡士莹创说，极有见地②。惟其所谓：

> 早在远古时代，劳动人民创造的故事，大量地反映了人民的生活和理想。盘古、女娲、伏羲、神农、后羿、大禹的种种传说，虽然经过后来的加工，神权、皇权的色彩逐渐浓厚，但仍鲜

---

① 大陆上在80年代到90年代出版不少古典小说研究专书。甚具水准，甚有价值，现略举其有关公案小说者如次：

1. 朱一玄编：《明清小说资料选编》上、下册，齐鲁书社，1990年。
2. 《明清小说序跋选》，沈阳春风出版社，1983年。
3. 胡士莹：《话本小说概论》上、下册，中华书局，1980年初版，1982年二印。
4. 胡士莹：《宛春杂著》，浙江文艺出版社，1984年。
5. 齐裕焜：《中国古代小说演变史》，敦煌文艺出版社，1990年初版，1991年二印），第八章《公案侠义小说》。
6. 黄岩柏：《中国公案小说史》，辽宁人民出版社，1991年。
7. 罗立群：《中国武侠小说史》，辽宁人民出版社，1990年。
8. 张国风：《公案小说漫话》，香港中华书局，1989年。
9. 孙逊：《明清小说论稿》，上海古籍出版社，1986年。
10. 《漫话明清小说》，中华书局，1991年。
11. 《明清小说论丛》1、2、3、4集，春风文艺出版社，1986年。
12. 《明清小说研究》1、2、3辑，中国文联出版公司，1986年。

② 胡士莹：《宛春杂著》，第3—8页。

> 明地反映了古代劳动人民征服大自然的斗争和理想，因此口口相传。随着社会分工的渐臻细密，半专业、专业的说故事的人就在这基础上涌现。随着文字的产生，故事就被记录下来。这就是后世的“说话”的源头，无疑，这源头是在广大劳动群众中的[1]。

这种理论，终要归美于劳动人民，则是不合事实。看看文章中所歌颂的人物，都是古代君后，哪里是劳动人民？说来事实也很冷酷，远古部族时代，是贵族当权，能执干戈打仗保卫族群是贵族。打仗之外，文化活动就是祭祀。盲人残废和侏儒不够资格当武士，只有从事说书表演，娱神并娱贵族，自然视为专业。至于劳动人民，则是工、商、农、圃、牧、嫔、虞、衡等劳动分工。尚不至于去转业说书演唱。

另一起源说，出于1991年最新著作的黄岩柏的《中国公案小说史》。黄氏指出公案小说起始源头正源出于神话传说司法之神臯陶和神兽獬豸。旁源出于二途，一为先秦诸子中的司法寓言故事，一为两汉史传中的循吏酷吏[2]。此种大气魄的追溯渊源，有谁可以反对呢？但细究起来，如不能举出一个确切证据，何者才是真正的公案小说？背景条目虽然足够，也是使人无法坚定信心。像黄氏所指汉代的李离、董宣、龚遂、黄霸（后二者原书未提到）这些地方牧令，仍只能说是人物传记，不便当作公案小说。拙见粗浅，以为公案小说最早代表应该是战国魏文侯时邺令西门豹故事。在中国幼小读物中常见。祖本载于《史记》卷一百二十六《滑稽列传》。我认为这就是公案小说之祖。希望能获得学界承认。

“说话”之风始于唐代，并有元稹、白乐天同听“一枝花”之记载（即名妓李亚仙故事）。其流风又是源自于南北朝的僧讲、尼讲与俗讲，可说是直承俗讲渊源[3]。

---

① 胡士莹：《宛春杂著》，第3页。

② 黄岩柏：《中国公案小说史》，第16—47页。

③ 胡士莹：《唐代民间、宫廷、寺院中的说话》，《宛春杂著》，第16—26页。

现今大陆学者黄岩柏，具有扩大领域的雄阔气魄。他把中古至唐代以前笔记类故事中有关断案记载，一概视为公案小说。在四十一种志怪书中查到有断案故事之书十八种，合计录取公案故事一百一十二则。其中以颜之推的《冤魂志》所载最多，达二十八则。此外《冥祥记》亦达二十八则。又在十四种人事记载书中查到有断案故事之书九种，合得断案故事三十七则。即全部中古断案故事有一百四十九则。亦足显示此一时期公案小说资料不薄，可以提供研考①。

用同样方法，黄岩柏又查考唐代传奇。在一百三十种文言小说书中，查到八十二种有断案故事，合计得公案故事四百七十一则。亦可见出资料之丰富②。

就名词的演变，正式的公案小说名称“说公案”，应该是南宋时代创生，现代各家研究，意见一致。所有论者，均根据耐得翁的《都城纪胜》，吴自牧的《梦梁录》，两书同源。再加宋人罗烨的《醉翁谈录》，均把“说公案”列为当时四种小说之一。现代文学研究，各家大同小异③。换言之，正式公案小说定名，到宋代才完成一种小说门类的地位。

无论就质就量而言，公案小说到明代达到空前繁荣，若连起清代，合明清而言，实构成数百年间发展高潮。直到清末，竟遽然终止，到民国以后，完全进入死寂。

在此只讲公案小说，不提论其他小说，因为明代小说发达，成为文学史上不朽名作甚多。常识中人人均可历举，不必再加赘述。小说中文学巨著，若《水浒传》、《金瓶梅》、《西游记》、《三国演义》，自

① 黄岩柏：《中国公案小说史》，第48—76页。

② 黄岩柏：《中国公案小说史》，第79—81页。

③ 胡士莹：《南宋说话四家数》，《宛春杂著》，第27—35页，列举诗人王国维、胡怀琛、鲁迅、孙楷第、谭正璧、赵景深、陈汝衡、严敦易、王古鲁，以及青木正儿等人的分类，其大同小异。又张国风：《公案小说漫话》，中华书局，1989年，第1—6页。又齐裕焜：《中国古代小说演变历史》，敦煌文艺出版社，1990年初版，1991年二印，第526—545页。

具永久光辉，照耀千古。但均非公案小说。若干公案小说，藏于《三言》、《二拍》等小说群集，多是不朽短篇公案，足以代表。但在明代二流作品之中，则有最重要的公案小说代表，就是《包公案》一系列传奇。实把宋元以来平话杂剧中包公故事一并吸收而成。现今传世明刻传本残卷有五种之多[①]。

据今人黄岩柏的考证，传世最早的公案小说专集是《百家公案》，全名又称《新刊京本通俗演义全像百家公案全传》，为万历二十二年（1594）所刊，全十卷，故事一百则[②]。

明代另一种重要公案小说，是《海公案》，乃明代清官海瑞的断案故事演义。海瑞在世时，即有民间流传故事。海瑞亡故后二十年即有《海忠介公居官公案传》出版。在此要撇开正史来论小说，明人的笔锋注意到当时人物，不是歌颂权贵，而是传达清官故事。一些穷途文人，功名不成，潦倒半生。演述公案，表达下民立场，较之现代附庸政治伟人的作家，要高贵甚多，真值注意。其书又名《新刻全像海刚峰先生居官公案传》，全四卷，七十一回，万历三十四年（1606）刊。李春芳编次，金陵万卷楼刻本。为《海公案》小说最早刊本[③]。

以上所述，是具有影响力的两种公案小说，后日发展扩大，各具

---

① 据胡士莹《话本小说概论》，第674—680页，所举世存明刊本《包公案》，残卷，有刻本五种：

1.《新镌全像包孝肃公百家公案演义》，饶安完熙生自序，万历二十五年（1597）刻本。板心题记：《全像包公演义》。

2.《新刻京本通俗演义增像包龙图判百家公案全传》，钱塘散人安遇时编集，现存一至五卷。当刊于万历晚期。

3.《龙图刚峰公案合编》，金陵云崖主人序，嘉庆十四年刊。此书乃《包公案》、《海公案》合刊。

4.《龙图公案》十卷本，江左陶烺元乃斌题。明末刊本，今存一至六卷。此书又分别有繁简两本。繁本一百则。又名《百断奇观包公全传》，在清初以降有刊本多种。简本六十二则，入清有乾隆、道光刻本。

以上合计，明本《包公案》传世者约有五种。

② 黄岩柏：《中国公案小说史》，第138—140页。

③ 胡士莹：《话本小说概论》，第681—686页。

胜场，直到现代，经历数百年不衰。就今人黄岩柏的研究考证，明代较次要的公案小说尚有：1.《新刻皇明诸司廉明奇判公案》，万历二十六年戊戌（1598）余象斗编述刊刻，并为作序。2.《全像续廉明公案》，又名《新刻皇明诸司公案传》。3.《新民公案》，万历三十三年（1605）刊刻。4.《新镌国朝名公神断详刑公案》，八卷，四十则，当为万历间刊本。5.《新刻汤海若先生汇集古今律条公案》，万历后期刊本。经黄岩柏考证，认为是后人假托汤显祖之名而编之公案书。6.《合刻名公案断法林灼见》，天启元年（1621）刊本。7.《明镜公案》，泰昌、天启间刊本。8.《新镌国朝名公神断详情公案》，崇祯初刊本。9.《国朝宪台折狱苏冤神明公案》，明末刊本。这些书往往杂钞断狱公案，彼此多有雷同，自足反映明代颇流行公案小说①。今日研究学者，并特别标示明代公案小说为“法制文学”，自当肯定此种概括命义②。虽然追溯原始，可以上推至先秦传说故事，但本旨在表明渊源而已。实际唐宋时代的俗讲与说话才应该是真实开创的根本，虽是开启全面平话小说先河，当亦包括公案小说在内。

公案小说在明代可谓是相当繁荣兴盛，实则却未达尽境。到了清代，仍一直被民间广泛流传，大都市中说书行业，历久不衰。无论在形制风格与内涵，又均表现出超越前代的新发展。

二、州县断案真实纪事——《蓝公案》

无论唐宋元明，具体言，宋以后之公案传奇杂剧，以至公案小说故事。甚至于明代当代人物海瑞生平公案故事。其情节虽多样丰富，人物生动，呼之欲山，实际多属虚构。即《海公大红袍》中严嵩、邹应龙、杨继盛不讳当代真实人物，而全书内容什九出于演义。大致而论，前代包公、海公清官小说，以及其他各种公案杂剧，均当视为文

---

① 黄岩柏：《中国公案小说史》，第140—147页。
② 张国风：《公案小说漫话》，第57—72页。

学编造，不能当作真事看待。

清代小说文学继承明代，不朽巨制当推《红楼梦》、《聊斋志异》、《儒林外史》，然其二流作品若《镜花缘》、《儿女英雄传》、《花月痕》、《歧路灯》、《野叟曝言》、《醒世姻缘传》亦自享有文学创作地位。再次就要轮到公案小说，对前代而言，又颇有重大发展及特出创造。在此首先指出，本节就要重点提出《绘图蓝公案奇闻》一书，作为一种清代创作的代表。

《绘图蓝公案奇闻》又因版心所记，称为《绘图蓝公奇案》，分上下二卷。绘图毫不重要，每卷只占两页。内容共载地方狱讼案件二十四篇。第一特色即是各案同一主人翁是作者本人。更显著者，则每案均以第一人称"余"字表达其思考、推断、审阅、询问、上详、晋省、回县衙等等活动。第二特色则叙述案件详尽细致，首尾毕具，完全真人真事，毫无虚造。这两点最具代表性，可信其特出形制，不须强调。第三，铺叙朴实，不加渲染。一切文武官吏、县役、书吏、保正、乡约种种名目，俱与清代制度密合。大小人物，俱用真名，引用日期，正确可据。

本文简称《蓝公案》并非正名。只是使标题上字句简明而已，切勿视为典要。以下俱题称《蓝公案》亦在立意缩简，不是标新立异，识者原谅。

作者蓝鼎元，字云锦，号玉霖，别号鹿洲，福建漳浦人，生于康熙十九年，卒于雍正十一年（1680—1733）。雍正五年（1727）六月授广东普宁县令到任，同年十月又受命兼署潮阳县知县，一身兼两县地方官。雍正六年十二月因广东按察使参劾去任。雍正七年（1729）春即著成此书，初名《公案偶记》，后改名《鹿洲公案》，有雍正七年春日旷敏本（字鲁之）序文一篇。于此书推称备至，认为远胜《龙图公案》，当日已以公案小说待之。惟当清季约在光绪三十四年（1908）上海锦章书局以石印袖珍小本印行，题称《绘图蓝公案奇闻》，有"古歙唐在田氏评"，竟然抽除旷氏原序，不著出版年月。其时正当小说盛行之际，又见唐在田同期编印《绘图李公奇案》，于李秉衡死后叙其生平公案故事四卷三十四回。推断政印《蓝公案》必亦经过唐在田之手①。

《李公奇案》分量虽大，却全部虚构，文笔拙劣，思想庸俗，颇同于坊间粗陋之通俗小说，与《蓝公案》不啻霄壤之别。唐在田虽在两书列名其间，原旨自在于附骥。相信于内容未加改动，故敢放心使用。

我个人接触到《蓝公案》、《李公案》这两种书，是1977年到香港中文大学以后之事。同事吴伦霓霞博士研究香港史，大量影印前代儒生翁仕朝生平资料。其中有不少稀见说部，《蓝公案》、《李公案》即在其中。我与吴博士合撰《儒生志行与民间风教之浸濡》一文，对于翁仕朝所搜小说已在文中列举②。我特托在香港新界图书馆任职之门人李光雄将此两种公案小说影印收藏，备于研究时引用。不期然大陆辽宁大学中文系黄岩柏教授新著《中国公案小说史》，也十分重视此书，于第七章第二节用四页篇幅介绍《蓝公奇案》，是当代最新并用于研究的第一人。我虽搜求较早，则必须是第二个研究者，以欣见万里之外有同好。

《蓝公案》虽只二十四篇，纪作者一年半期间在普宁、潮阳两县令任内之断案阅历二十四篇，然地方事务繁杂，无论如何归并，仍可区分十一个类别，兹略讨论于次：

其一，海盗劫匪。包括书中题称《闽广洋盗》及《葫芦地》等四篇。此时在雍正五年，看来江洋大盗尚未出现，海盗蔡牵、张保仔更远在其后。蓝鼎元初接县篆，即办“闽广洋盗”，洋盗李阿才、李阿凤、李阿皆、林老货等结伙四十三人，打劫行海商船，犯案累累。

---

① 蓝鼎元：《绘图蓝公案奇闻》上、下卷，锦章图书局石印，小本（未著出版年月，推测为光绪三十四年印）。黄岩柏《中国公案小说史》，第209—212页。

② 王尔敏、吴伦霓霞：《儒学世俗化及其对于民间风教之浸濡——翁仕朝生平志行》，台北中研院近代史研究研所集刊第18期（1989年）。

蓝鼎元派县役陈拱、陈勇、余进，配合潮州镇、碣石镇、南湾镇营兵，先后缉捕，除交战中杀死六人及二人伤死、一人逃匿外，全被捕获。其中多次辗转侦缉，十分曲折。若干员马快陈拱、陈勇智勇兼备，方能不厌其烦访探缉拿。而文中毫未申述。官兵动员不过千总、营兵。虽上闻提督、总兵，实未参与战阵。剿拿江洋大盗，不过如此①。

至于《葫芦地》，系雍正五年十二月盗匪方阿条以贫困起念，约谢阿皆、黄阿五、高阿万等以方阿条、黄阿振为匪首，准备兵械火器，欲抢船下海行劫。约期之前，蓝鼎元侦知，遣普宁县役陈拱、潮阳县役林标，会同海门营千总陈耀廷、百总翁乔，以营兵五十名、马快皂役五十名，往葫芦地缉捕，一网打尽，全部十八匪俱遭逮捕究治②。

与此近义者尚有小型劫案二件，一题《卓溪洲》，系雍正六年二月二十三日船匪姚绍聪主谋，伙同王阿协、范阿义等十余人驾八桨盐枭船抢劫商人郭元藏，乡民李启宣、黄朝盛等。经蓝鼎元传檄地方保正查明追回赃物，并将姚绍聪、王阿协、范阿义杖责，枷号三月③。

另一案题称《贼轻再醮人》，标题甚不妥，实为贼匪白昼行劫，劫夺再嫁妇人，除财物外，并褫剥妇人衣裤，使之裸露。真是强悍轻薄。最后劫匪八人刘阿讼、郑阿惜、马克道等被蓝公逮捕归案，各予枷游行示众④。

其二，强梁土豪。本书题有《仙村盗》一篇。写潮阳有六大盗著名，其一即马鸣山，字仕镇。马氏为一方巨族，聚居仙村，属潮阳举练都，沃壤良田，四望无际，溪河交错，水清树绿，不亚于江南苏松，号为岭东胜境。惟马鸣山擅拳棒，慕盗跖、宋江所为，广交绿林

---

① 蓝鼎元：《绘图蓝公案奇闻》，卷上，第1—3页。

② 蓝鼎元：《绘图蓝公案奇闻》，第10页。

③ 蓝鼎元：《绘图蓝公案奇闻》，第6—7页。

④ 蓝鼎元：《绘图蓝公案奇闻》，第5—6页。

豪杰，能飞檐走壁，钻镛穴地者待为上客，私枭攘劫客货者次之，怀利刃袖铁锥，拦过客而夺财物者又次之。宅楼聚集，众至百人，出入往来，横行无忌。四方抢掠，坐地分赃。颇似后世小说中连环套、落马湖之概。抑且于康熙四十三年马氏又捐赀为太学生，昂然出入公衙，使之如虎添翼。乡人畏慑，率以马老爷呼之。雍正五年十月十七日蓝鼎元赴潮阳署任，道经仙村，见其三寨鼎足，人烟稠密，庄楼崇峙，巍然雄壮，深信不可以力获。蓝公乃诱致捕获，并捕余党群盗锢狱。惟马氏有监生身份，上详列宪，报请斥革，以便治罪，但被上官积压经年，蓝公竟先去职，后任如何处置，则亦无从过问[1]。全部《蓝公案》，此篇情节最有演义条件，而在作者平实文笔之中，却只见到坚硬骨架，趣味全无。

其三，劣绅、刁民、土棍、恶讼、猾保、衙蠹。概括言之，是即种种地方鬼蜮，虽非巨奸大盗，却足为害良民，生惹是非，藐视法纪。在《蓝公案》中，占有七案，尤以讼棍为多。凡此俱在蓝鼎元大力整治之列。七案大要为：1.《三宄盗尸》，内容为讼棍陈伟度、王爵亭与刁民王士毅匿尸诬告陈天万之事（案发于雍正五年七月十三日）。2.《龙湫埔奇货》，内容为讼棍李阿柳、土棍张阿束、刑书郑阿二及潮民萧邦棉唆使窃匪王元吉之弟王煜立，借王元吉尸讹诈杨姓族人（案发于雍正六年十月）。3.《林军师》，恶讼监生林同璧，专门为人书状，捏告富户抗税，从中牟利。号称林军师，久为潮阳地方恶讼。4.《猪血有灵》，潮阳举练都，草湖乡讼师陈兴泰，唆讼为生，穷凶极恶，假用猪血以写血书，控呈道宪，蓝鼎元侦缉问罪，以血书迁延，未结而离任，后任从轻发落，终竟脱罪。5.《蜃楼可畏》，事为武童萧振纲围殴廪生陈询益，而讼棍武生员郑桐包揽词讼，捏造假情，诬告善良，蓝公询明实情结案。6.《改甲册》，潮阳词讼，好行贿改匿，捏造花名。郑启亮即私改甲册真名避罪。蓝公查出。7.《死

---

① 蓝鼎元：《绘图蓝公案奇闻》，卷下，第7—8页。

丐得妻子》，标题晦暗不明，实为诈死借尸讹诈之案。刁民郑侯秩与乡人争斗，假丐尸唆妻子控官，后终查明。找到其避匿之处，遂得水落石出，逮治结案[①]。

其四，私刑虐民。计有二案，其一题《露落店私刑》，雍正六年二月五日，海阳县吏李振川因旅店失银四两，疑肩夫邱阿双所盗，私刑拷问，伤重致死。巧饰嫁祸于露落汛营兵蔡高所为，蓝公斥革蔡高，上详臬司，及详查追访，始得实情，改判蔡高无罪，而究治李振川。因此案之改判，引致臬司愤怒，遂弹劾蓝公落职[②]。

另一案，题称《尺五棍》，潮阳民杜宗城正妻林氏，以妾郭阿贵偷食糖，持尺五长之棍拷责到致伤，郭氏愤而投水死。杜宗城谎报疯癫落水溺毙。蓝公侦察实情，找凶器尺五棍，得雪郭氏之冤[③]。

其五，追缴逋欠正课。计有二案，其一题《五营兵食》。此篇充分表露地方官之责任智慧与为国辛劳之实况，极具地方州县史实研考价值，未可轻忽。清初潮阳正课，岁解民米一万一千余石，配给海门、达濠、潮阳、惠来及潮州城守营五营兵食。但雍正初年一连三岁灾歉，米价腾贵，民俱逋欠，抗不缴粮。至雍正五年秋收方足。然营兵饥乏，鸠形鹄面，几不能活。蓝公初摄潮令，首檄全县农富，补缴欠粮，订定时限，折减耗羡。连番催征，顽梗者拘提押催。终于数月之间，解足各营兵食，上下欢欣，疲兵不至哗变[④]。

另一案题《山门城》。潮阳县乌洋都山门城大户巨族赵氏，赵麟、赵伯赵，自康熙六十一年至雍正六年积欠正供银一百六十九两、米六十八石有奇。图差多名，催之不应，加派图差亦遭拒抗殴打，陈科一名头部受伤。蓝公传檄派兵弁捕快三百余人围山门城逮治，宣布抗拒

---

① 蓝鼎元:《绘图蓝公案奇闻》，分见上下卷。就各案中可了然地方上乱源，讼棍为隐藏之蛆蠹，清雍正朝对于此辈，十分注意，严加防治。正是恤民善政，不可不知。

② 蓝鼎元:《绘图蓝公案奇闻》，卷下，第3—4页。

③ 蓝鼎元:《绘图蓝公案奇闻》，第12—13页。

④ 蓝鼎元:《绘图蓝公案奇闻》，卷上，第7—8页。

者格杀。赵姓畏惧，乃得捕其赵姓族人十七名至县讯究。终于雍正七年三四月间缴清逋欠。而蓝公已离任数月①。

其六，解粮巡检，监守自盗。题称《西谷船户》。此案最值得注意，盖在粤省督抚大吏之恤民善政，省府粮道之拨付巨款。雍正五年奏准发西谷十万石，匀贮潮属各县仓（潮州在省城东，故来粮称西谷）。粮道楼某领谷价巨款，分任四位巡检宋肇桐、张宏声、张德启、范仕化等，自二月二十八日自广州开驾，分别购运米谷，至四月二十八日抵达潮州各属，四巡检有报明遇风沉船若干，有沿途偷换霉劣糠粺者，有以加水增重使米谷发热者。蓝公监收，查出弊端证据，上详粮道，斥革四巡检②。

其七，争水械斗。原题《幽魂对质》，潮阳延长埔、上塘子等乡共筑陂障水，各农户轮流灌田，八、九月天旱，其江、罗二家恃众紊规，值杨姓当轮灌水，江、罗二家强行不让，与杨械斗，打死杨仙友。适蓝公于雍正五年十月十八日摄署潮阳令，计夜讯江、罗涉案农户，假以杨仙友幽魂对质，查出凶首江子千、江明珠二人，按律定拟，解赴省城提刑大吏③。

其八，兄弟争产。原题《兄弟讼田》，陈氏阿明、阿定兄弟，原相友爱，父殁分产异居，尚共有未分余田七亩，各欲据为己有，兄弟反目成仇，控至官府。蓝公晓以兄弟同根，应加和睦相处，乃使二人觉悟，互相推让，因将公有七亩余田断为两家祭田，所收田租，一并用作祖坟祭祀，不用家赀，遂平息争议④。

其九，邪教神棍惑众。计有二案：一题《邪教惑民》。白莲教余孽，称后天教。神棍詹与参、周阿五二人倡教惑众，经地方官缉拿，携家逃匿。詹妻林氏号妙贵仙姑，复还潮都，与姘夫胡一秋号笔峰仙

---

① 蓝鼎元：《绘图蓝公案奇闻》，卷下，第1—3页。

② 蓝鼎元：《绘图蓝公案奇闻》，第4—7页，

③ 蓝鼎元：《绘图蓝公案奇闻》，卷上，第4页

④ 蓝鼎元：《绘图蓝公案奇闻》，第10－11页。

公。招摇传教，画符咒为人治病，能呼风唤雨，招摄亡魂与其寡妻会晤，男女从者数百。近县海澄、揭阳、海阳、惠来、海丰乡民，不惮跋涉，举赀奉粟，牲酒香花，服从列为弟子。胡一秋及妙贵仙姑建广厦于潮邑北门，大开教堂，聚众传道。雍正五年十月，蓝公遣吏役壮快前往搜缉，先擒妙贵仙姑，再捕胡一秋，并搜出木印经卷、闷香、迷药、发髻衣饰。骤散徒众，将胡、林二人枷号游街。其宅院没入官府，改建棉阳书院①。

另一案题《古柩作孽》。神棍假托潮邑西郊古柩有灵，号郭仙公。能知未来，寻回失散儿童。遂至名传遐迩，香火鼎盛，趋拜求愿者拥挤于途，神棍借此敛香火钱。蓝公以为有害风俗，令其后人收骨安葬，否则骨殖投于江中。其事乃息②。

其十，妇女背夫改嫁。计有二案：一题《三山王多口》，乃刁民陈阿功将亲女林阿伸妻利用归宁送返夫家，藏匿亲女，以聘金三两改嫁惠来县李姓。反控夫家打死灭尸。经蓝公侦访查明，利用附近三山王庙断案，托称神祇见证，而使陈阿功招承。断令杖责三十，赔偿林阿伸银六两，俾另取妻室，其案乃结③。

另一案题称《忍心长舌》。潮阳林振龙之女贤娘，嫁商人刘公喜，生一子一女，婚十一年，适公喜外出经商，其父国奕在揭阳病剧。其母携孙子前往看视，家留贤娘及幼女。贤娘乘机逃匿，改嫁李姓，并卖幼女。公喜归不见人，四处查访，牵连多人，不得其实。蓝公终于查明，刘姓但求赎还其女，而不再收留贤娘为室④。

其十一，无字状，原案题称《没字词》。原为婆媳二人，因不识字，持素楮至县告状。蓝公命县吏收接，即传讯二人，老妪郑氏八十六岁，少妇刘氏乃郑氏之寡媳。因儿子李阿楮于雍正五年十二月初五

---

① 蓝鼎元：《绘图蓝公案奇闻》，第9页。

② 蓝鼎元：《绘图蓝公案奇闻》，卷下，第2页。

③ 蓝鼎元：《绘图蓝公案奇闻》，第11页。

④ 蓝鼎元：《绘图蓝公案奇闻》，第11—12页。

日为李阿梅逼杀自尽。阿梅托族人私解，贻屋居住，并给银二十两为生活之资，且述还阿楮十五两借券，不再追还。并允给米，赡养一年。今竟未践诺言，将使婆媳二人无以为生。蓝公追缉阿梅，迫令修屋并续给食米供至年尾。其案乃结①。

《蓝公案》二十四案，略如上述。可确知世有良吏，一心为地方兴利除害，诛除盗匪，平服豪强，惩治奸猾，杜绝宵小，不遗余力。蓝鼎元在潮阳、普宁仅一年半摄事，为时虽短，贡献实多，可为循吏典范。其所记述，真人真事，时日可据，本为信史，无须铺张，故平实无华，清淡不奇。就小说言，自是缺乏惊险曲折，不足引人入胜。然于清代地方政治社会实情，则表露珍贵可信之史料价值。尚值得学者进而引用，殊不可止于本文讨论宗旨。研究地方刑案者，尤当详加参考。

三、清官真实阅历之演义——《林公案》

《林公案》三册，六十回目。正名用《林文忠公全传》，叙述林则徐一生中全部经历，于不同官历中穿插若干办案故事。正文每页书眉亦用此标题，惟每册书面，均大字书写《林公案》书名。首册并特注明又名《林公案》字样。原本铅字排印，新式标点。未载著作者姓名，尚待查考。台北天一出版社，收载于《罕本中国通俗小说丛刊》第一辑，1974 年出版。

《林公案》内容，并不像《蓝公案》是完全真人真事，但比之前代宋元明公案小说，仍具有显著特出之点。其相同处是以林则徐一生官历为骨干，大抵公案小说无不循此形制。只是林则徐个人生平官历升转，俱属真实官名品位，而所任事不同，亦俱完全真实。尤其特出者，书中人物，什九实有其人，诸人职位官品完全正确，故事段落亦

① 蓝鼎元：《绘图蓝公案奇闻》，卷上，第 11 页。

与不同人物出现配合。此在宋元明公案小说全做不到。只有《蓝公案》可以同列。然林则徐一生历官数省，局面甚大，自任官至其亡故，跨越年代甚长。比之《蓝公案》一年半州县故事，阔绰繁杂，无虑百倍①。

林则徐在《林公案》中是贯串全书主要人物，所有故事环绕林则徐一生行事而发生，与其他公案小说并无不同。其随身扈从保卫人员，多是武功高强。有两点略与他书不同：其一，护卫人员并非始终追随，而是随时升转他去，另换新手。其二，扈从人员中武士，半为虚构，半为真有其人。明显者如周济（字保绪）为军机大臣王鼎所荐；赖恩爵、李廷钰、王锡朋三人，均官至总兵，先后任其护卫。其他护卫人员若周济之妻金红娥、女婢燕儿均是女侠。赖恩爵武术师尊张幼德，师弟裴雄、周培、赵猛、杨彪均张幼德所教门徒。此外，来投效之史林恩、王安福，均是武艺出众，凡此数人可看成是虚构人物。像赖恩爵、李廷钰、王锡朋是当时名将，历史中亦不被忽略，何况小说②。在此可举《林公案》对于真实人物所作的虚饰演义描写：

> 正在这千钧一发的当儿，忽然大道上一阵銮铃声响，从正南上来了两匹马，前面马上，骑着一人，年约三十以外，白净脸膛，浓眉虎目，正是武举王锡朋。后面的那人，面色微黄，双眉带威，二目有神，年纪仿佛，却是武进士李廷玉。他二人本是好友，生性行侠尚义，除暴安良，因为听得八叠山有强盗猖獗，专程前来剪除；那张幼德和锡朋本系旧识，此时正被盗匪逼得心慌意乱，瞥见跨马奔来的，好似锡朋，连忙高声招呼道："锡朋兄驻马！"锡朋听得有人招呼，举目一看，见是幼德和人

① 《林公案》一书，所见清代嘉道间之满汉大臣，地方文武官史以及来华交涉作战洋人，不下一百四十人之多。皆可与当时资料互校。每人身份行事亦多可考，并无虚造。

② 李廷钰武进士出身，官至提督，赖恩爵武举出身，官至总兵，王锡朋武举出身，官至总兵。道光朝武职中均具声名。

动手，危急万分，便不敢怠慢，手挺钩镰枪，催马上前，喝一声狗强盗照枪；使个毒龙出海之势，猛的一枪，迎面刺去，秦昌顾了幼德、杨彪二人，冷不防斜刺里一枪刺到，猛吃一惊，还亏他眼明手快，侧身一闪，举叉架住；锡朋的枪，竟如雨点般的点刺，秦昌竭力照架，混战一回。不分胜负，廷玉看了，暗想不如我来助他一臂，便伸手入镖囊，摸出一枚飞镖，照定秦昌面门打去，嗤的一声，正中左目，秦昌痛得发晕，手中叉一松，被锡朋分心一枪刺死，尸身倒地，后面喽兵见盗首丧命，都吓得忘魂丧胆，四散奔逃。锡朋也不追赶，即同廷玉下马与幼德、杨彪相见①。

再提示一位真实人物，即为与林则徐作对，多次派人暗害林氏的张保仔。张保仔是嘉庆年间广东洋面著名海盗，东南沿海居民熟知，但投降受抚，获任武职，历官至副将。林则徐督粤，保仔已亡故，林氏追夺其妻子赠封恤典。今有文献可据。惟《林公案》中张保仔之多次谋害林公，当属小说演义。兹举小说中一段描绘：

后来保仔因捕盗有功调署山东协镇，忽见宫门抄，林公已擢升河督，料必要进京陛见，必定经过山东，不如中途下手，将他刺死，以报往日之仇，打定主意，即遣心腹，赶往南京密探，得悉林公已启程进京，即行回报，张保仔即命闹海蛟周豹、独角龙李彪、金钱豹濮鹏、九头鸟许胜四人扮作乡马，候在山东道上行刺，这四个本是海盗出身，都有飞檐走壁之能，万夫不当之勇；以武艺而论，燕儿那里是他们的对手，只为林公是一代名臣，吉人自有天相，故尔会被燕儿用太阳针把濮鹏、许胜刺死，当时李彪、周豹误会林公手下有能人保护，不知就里，故才退去，若然晓得只有个燕儿在室，早就破扉直入，林公的性命就难保了。当时李周将濮鹏、许胜驮回去，正欲施救，那知两人身体发直，早

① 《林公案》第十六回，台北天一出版社，1974年印，第112—113页。

已气绝身死，细细检查，才见眼中流血，才恍然大悟，是被太阳针刺死的，只好照实禀报张保仔，保仔不觉切齿道："这种是闺门暗器，足见仇人身边，没有英雄好汉，你们二人，当时为甚不冲入室中，把姓林的脑袋砍下?"周豹答道："上次姓林的丁忧回里，咱们奉令去行刺，内室中只有一红娥防守，咱们正与她奋斗，不料锣声响亮，一班差官齐来接应，以致不曾得手，今番未见红娥，却另有一个女子，大约就是她放的暗器。"①

张保仔三次遣人行刺林公，林则徐每濒性命之危，先后被人拯救。写来相当细腻曲折惊险，为本书较占篇幅较具重点的内容。其实则是作者文笔渲染，全然虚构。就小说而论，这些都是重要篇幅，颇能引人入胜。

再进一步思考书中史实之轮廓，全书表述林则徐一生经历自不待言。而其书所叙述的历史轮廓，可以看出作者历史常识。更难的一层，在查察书中所提到的制度掌故，这就可以考证作者是何时代人物。全书最专门的制度掌故，除盐务之外，就是漕运。盐务着墨甚少，且不精要，不值重视。共书中册第二十三至三十三回，全是漕河粮帮故事，如此大篇幅叙述，证明作者熟悉运漕掌故，尤其粮帮属于安清帮秘密会社，官方资料不载，本书则可提供一些真实掌故，作为安清帮会研究的参考。

对于创生于南北运河上的安清帮，书中第二十七回有简单介绍，于其起源定型与绵延发展，颇具深入认识，实保有可信之真确史料。兹引述于次：

到刑名老夫子杜介臣办公室中，见面就向介臣说："此次出辕一个多月，化费了九牛二虎之力，才能把六十二帮回空粮船，分道催趱归次，在事文武官员，异常出力，正想附片奏请奖叙，那知各地归次粮船，依然命案迭出，这班愍不畏法，犷悍成性的

---

① 《林公案》第十九回，第133—134页。

粮帮水手，简直是地方的大害，弄得官府防不胜防，办不胜办，于其束手无策，养作民间的害马，我想专折奏请，把南漕一百多帮粮船，一律解散，资遣归农，将来冬漕起解事，另雇民船装运，介翁你道好不好?”介臣摇头道：“使不得！使不得！南漕水手入册的，共有四万多名，各帮老头子手下，都收有徒弟，少至数十多至数千，统计多于列册水手，约有三四倍，而且尽是无业游民，解散迫于饥寒，势必铤而走险，流为盗贼，为害更大。若欲奏请解散，必先妥拟安插方法，那么十几万无业游民，农不能耕种，工不能制造，又怎样安插呢?”林公很懊丧的问道：“粮船始于何代？不知当时谁献这个害民政策?”介臣答道：“说到粮船，创自雍正四年，时值河干水浅，南漕不能北运，才由仓场总督何宫保奏准制造粮船，出示招募有力水手，遂有翁、钱、潘三个异姓兄弟，出来应募；初时的水手，都是三人的徒弟充任，后来不敷分配，禀明何宫保，准子招收徒弟，且为团结持久起见，设立粮帮，订定十大帮规，设帮宗旨，专为防止人无恒心，半途中止，故有‘粮船跳板三丈三，进帮容易出帮难’的说数；当时帮规极严，和佛门子弟一样，也有字辈订定，即是‘清静道德，文成佛法，仁能智慧，本来自性，元明兴理，大通悟觉’二十四字，后来徒弟越收越多，良莠混杂，愈趋愈下，到现在安分良民，不愿投入粮帮，一班游民地痞，趋之若鹜，于是结党抢劫，恃众斗狠，无恶不作，一发不可收拾了。”①

对粮帮水手闹事，互相仇杀械斗，本书也叙述得具体清楚，他书不易见列，颇具史实参考价值。兹引二十四回中的交代：

南漕水手约计一百帮，各以驻在地为帮名，最凶横的，当推湖州八帮、镇江六帮、庐州七帮。粮船约有四千号，每船水手列册的，最少十人，合计约有四万人，以外更有短纤短橛，及在岸

---

①《林公案》中册，第二十七回，第198—199页。

随行的游民，更不知共有多少，因是械斗仇杀，时有所闻。良俊退出之后，又据李廷玉回辕禀称，四千多号粮船，无一不由江南经过，镇江为众集总汇，水手本来犷悍成性，动辄械斗。近年来盗贼流氓，相率投充水手，招收徒弟，增厚势力，无恶不作，更比以前来得凶顽。他们空船回南的时候，比了运粮北上时，更易滋事，因为重运时船上装着粮米，并且有委员押运，大家要紧赶到卸货，不遑寻仇争斗，就不过沿途加索旗丁脚费罢了。等到卸去粮米，空船南归，叫做回空，既无粮米待卸，又无委员约束，途中与仇帮相周，大家要争先行，不甘落后，一言不合，便用真刀真枪，拼命厮杀，打死了人，都向河中抛弃，并不惊动官府，故水面往往发现漂流尸首，无从究诘；还有回空水手，必带枣梨栗子等货物，到处售卖，计少争多，往往一言不合，就和人家出手厮打，靠着官势，谁敢和他们计较①。

本书最有价值之资料，在于江南漕弊，其中专有名词皆在清代可以征实，非熟于漕务掌故无从着笔，兹引据其中一段为证：

林公办事，素来认真，漕粮关系国家正供，岂容刁民抗欠，于是严限各州县，每届粮船装运的当儿，照额不能短少颗粒，州县催提无着，又恐怕开参撤任，不得不买米垫兑。还有那粮船装运时，自南而北，空船回转时，由北而南，一切工食，也须由州县官开发，以致漕船开出以后，州县官弄得债负累累。惟凭未征粮串陆续催缴，方能归还垫款。一般粮户，以为漕粮早已装运北去，尽可延宕不完，借词抗欠。一转瞬间，上届漕尾未曾清完，下届上忙，又已顶限。只好先其所急，舍弃旧欠，催缴新欠。年复一年，漕额最大的州县，亏垫愈多，每遇调任撤任，往往不能清算交代，弄得一班州县官叫苦连天，无法弥补，只好上辕门向林公据实面禀，请求设法救济。林公固知州县官赔累不少，面许

① 《林公案》中册，第二十四回，第173—174页。

查明后再行设法。州县陆续回去，林公就近向长元吴三县漕书处，检查粮户底册。大县约有五六十万户，小县也有十万户，每一户因兄弟子孙分产，把田亩粮额分析得畸零粉碎。有的田在此图，粮已混入别图，使人无从寻觅，这个叫做寄庄；还有在粮田中建筑房屋坟墓，因此不可耕种，钱粮永远拖欠，这个叫做板荒。又有将田亩出售。并未推收过户，卖主已逃亡无踪，这个叫做私粮；以上各田的钱漕，年列入征收冬漕总额，不得不由州县官赔垫。虽则定漕时候各州县漕书未必将粮额核实呈报，但是清官难查猾吏，总有虚粮，州县官不得而知，就是漕书也不能一人饱入私囊，自有一班土豪劣绅，动辄要和漕书为难，就为想分肥虚报浮收而来，还有经造粮差，也要于中取利；精明的州县官，查得出漕书的虚粮，就可分肥多数，若然糊里糊涂，凭他们弄玄虚，那么只有赔垫，没有浮收分肥，变成亏空累累①。

《林公案》一书，其中史实成分最高占据篇幅最大的情节，仍然要数林则徐在广东查办禁烟的故事。实占全书分量三分之一。从林公任湖广总督，以致受任钦差大臣查办禁烟，前后跨二十多回。占下册整册。其中人物故事，什九与史实相合。不过我人熟读近代史，阅考此书，反而觉得简略平淡，浅近浮泛，真是卑卑无甚高论。除与史实多相符合之外，并无任何特见资料可供使用，似可不烦引入本文论列。总之，中国近代史之专书论文，汗牛充栋，资料浩若烟海。阅读《林公案》故事，以小说待之，名实相符。只要不违背史实，已是了不起的作家，其贡献自当肯定。

《林公案》以清官巨宦林则徐为主轴，演义其生平所涉种种要案，巨细不遗，各类豪强，花样繁多。归纳合并，不下十大类，特简约列举如次：

其一，巨寇，强盗。反面要角为张保仔、独角龙李彪。三度谋杀

---

① 《林公案》，第二十三回，第168—169页。

林公未果，惟巨寇未除，亦与真事相符。

其二，刺客杀手。反面主角是商峻、飞刀毛四，受张保仔唆使，夜间行刺林公被擒。

其三，盐枭。反面主角是方老哥子、海虎刘歪嘴、闹海夜叉李八。有党羽千余名，江上行走私盐，以炮艇保运，无人敢问。林公设计诱捕。

其四，绿林好汉。反面主角韩大麻子、蓬头狮子张进、没羽箭郭老么。其中叙述郭老么为隐侠削断右足，改邪归正，情节最精彩。

其五，土豪恶霸。苏属豪梁小天王赖英、铁头太岁潘金城、金面魔王葛大力三人故事较具段落。

其六，武师，打手。豪强所养护丁、打手、教师之类，人物有李根寿、一蓬风萧仲、轰天雷裘狮、火眼豹冯虎、电光腿褚宗。海盗张保仔党羽有李彪、周豹、濮雕、许胜。各穿插于反面主角故事之中。

其七，长江水盗。反面人物有翻江龙刘成、倒海龙曹霸。黄河水盗。戈源、戈泳、高大、麻尤七、圆秃儿。

其八，落草为寇，据地自雄。反面主角铁头太岁秦昌。强娶民女，为林公部下擒杀。

其九，漕粮船帮帮头。京口帮头马九，镇江帮头王富贵，湖州帮头王安福，常州帮头缪永福。其中王安福改邪归正，助林公缉捕江上匪类。

其十，八卦教。教中主角为天文教主张宏雷，地理教主袁智千，人和教主白练祖。《林公案》中邪教局面不大，篇幅不多。全书亦少见妖祥鬼魔故事，即写八卦教亦不精彩。

其他公案小说喜谈和尚道士，甚或为反面恶僧妖道。而本书则只正面叙述两位武功高强的得道高僧，一为独目僧，系张幼德师兄，乃助张氏师徒捕拿江盗李根寿；另一为定涛法师，为至龙门探望师兄普涛，以武功吓走五位盗匪①。

《林公案》亦如前节之《蓝公案》虽提及捕快皂役，却着墨不多，《林公案》略有表露亦未占重要地位。书中提到地方上著名捕头有闽清名捕童顺、清河县名捕赛秦琼施顺，其后各地捕头又有褚忠、金顺全、朱兴，均是都捕头。在本书中也可看到重视捕快人物，兹举一段叙述，可知其概：

> 恰有一家酒店，林公便走入店中，一面喝酒，顺便避雨。坐了一会，喝了几杯。忽见门口进来一人；全堂酒店，一见此人，尽行起立招呼，有的称他头儿；有的称他老伯；当下店主人就招呼他到账桌上坐下。林公暗想：这是谁呀？听一班酒客的称呼，估量上去定是个极有势力的差役，心中一动。那时恰好同座有个老者，年约七十以外，林公便向老者问道："请教老丈！进来这位酒客是谁？好大气派！"老者答道："这位是清河县里的捕快头儿，姓施名顺，提起他的名字，方圆数百里，无有不知，本地的缙绅先生，贩夫走卒，无不与他往来；就是江湖上的私盐贩子，绿林响马，九流三教之人，凡是稍有名望的，也无不相识，端的是一位顶天立地的好汉子；因此人家给他起个外号，叫做赛秦琼施顺，在清河县里充当都头以来，经手破获的疑难奇案，真不下数百起。"②

清代以来，公案小说渐渐增加独具特色，快、壮、皂三班捕头，愈见重要，成为公案小说必不可缺角色。侠义风范，世人仰重。此亦表现清代之重要进展。

从《林公案》所载清代真实史迹掌故以观其撰著，非隔代人士所能胜任。推测作者生长清代环境，熟悉当时掌故，饱谙宦场诚伪。文笔并不俗陋，常识亦甚博雅。著此三流作品，少人留意，遂使文名湮

---

① 《林公案》，独目僧出现于十一、十二回；定涛法师出现于十九回。

② 《林公案》，上册，第七回，第41页。

灭。惟站在公案小说领域，亦足表现一代特出风格，与前代有所不同，自是具有重大意义。本文引入学术研究，深信其可贵之史料价值，尚具多种用途。愿作郑重推荐，呼请学界重视。

四、清代武侠公案说部之纯演义创作——《施公案》、《彭公案》

前两节分论《蓝公案》、《林公案》俱属冷门著作，读者稀少，流通不广。惟其作品自具特色，与宋元明以来公案小说有所不同。是以引据来代表清代公案小说的一种具体发展，表达其时代意义。

本节提出两种具代表性的小说，却是广泛流通民间的《施公案》、《彭公案》。其实清代所产生相类的小说尚有《三侠五义》（又名《七侠五义》）、《小五义》、《续小五义》、《永庆升平》等等，也很流行，也很重要，不可偏废。尤其《三侠五义》，是说唱故事综合创作，将宋元明以来包公故事汇集而并创造武侠为主的说唱集。编者是前清嘉道年间说书人石玉昆，文笔不免庸陋不堪，但石玉昆仍当享创作家之名，无人可以代替[①]。这种了解已是今日学界一致的共识。

就清代武侠公案小说而言，《三侠五义》、《小五义》都应该被肯定是上乘作品。清光绪十五年经过俞樾修改润色为《七侠五义》，当是点石成金，足以确定其文学地位。惟在1956年再版出书，经过赵

---

① 李一玄编：《明清小说资料选编》，第416页，引李家瑞文云："石玉昆字振之，天津人，因为他久在北京卖唱，所以有人误为是北京人。咸丰、同治时候尝以唱单弦轰动一时（以上据《非庵笔记》）。他尝在一个关闭多年的杂耍馆里唱《包公案》，听众每过千人。"又同前书，第423—424页，引光绪十六年（1890）文光楼主人：《小五义序》云："《小五义》一书，何为而刻也？只以采访《龙图阁公案》底稿，历数年之久，未曾到手。适有友人与石玉昆门徒素相往来，偶在铺中闲谈，言及此书，余即托之搜寻。友人去不多日，即将石先生原稿携来，共三百余回，计七八十本，三千多篇，分上中下三部，总名《忠烈侠义传》。原无大小之说，因上部《三侠五义》为创始之人，故谓之《大五义》，中、下二部五义，即其后人出世，故谓之《小五义》。余翻阅一遍，前后一气，脉络贯通，与坊刻前部，略有异同。"

景深删改的《三侠五义》，则是点金成沙。当时即受到侯岱麟先后两篇文章的批评纠正，同时也受到熊起渭的批评。赵景深自己也撰文表示服了，只是再版时未来得及改回[①]。

本文不拟多谈《三侠五义》这部书，因为此书虽是创作于清代，内容则是宋代故事，我个人为便利比较起见，所有各节均以清代人物为主，取其一致性，减少不必要的迂回解说，故而只以《施公案》、《彭公案》为范围。另外再说《三侠五义》和《小五义》，前人研讨者包括鲁迅在内，不下三十余家，在小说史研究而言，已经多方淘洗，洋洋大观，足备参考。本文略为提及在表示不敢遗漏，并无意再作深论[②]。

为了与本文连接紧密关系，在此尚须提示两点不可缺略的常识，其一是石玉昆的生存年代及其创作《三侠五义》的年代，在此引据刘世德与邓绍基二人合作的结论性常识：

> 《三侠五义》来源于说书人石玉昆的说唱本《包公案》。它基本上保持了石玉昆说唱本的原来面貌。而石玉昆的活动年代主要又在道光时期。因此，《三侠五义》应当被看作是产生在道光年间或道光以前。另外，道光四年（1824）庆升平班戏目里有九出戏，演的都是《三侠五义》的重要关目。这也是《三侠五义》的产生不能晚于道光年间的一个旁证[③]。

---

① 赵景深撰：《〈三侠五义〉前言》，《中国近代文学论集·小说卷》，第41—45页。熊起渭撰：《〈三侠五义〉的思想和艺术》，第46—55页。侯岱麟：《略谈〈三侠五义〉》，第50—60页。侯岱麟撰：《评新本〈三侠五义〉》，第64—70页。赵景深撰：《〈三侠五义〉再版题记》，第61—63页。

② 自宋元杂剧《龙图公案》，以至后来居上的《三侠五义》，近世研究小说史者，无不引来探讨，成为热门学问，上个世纪20年代鲁迅所著《中国小说史略》（上海：北新书局）《清之侠义小说及公案》一章，已作严肃介绍。本文只是简约提到，并非深入研究。

③ 刘世德、邓绍基：《清代公案小说的思想倾向》，收入《中国近代文学论集·小说卷》，第19页。

这是刘、邓二人综合各种可靠资料而论定的，应该可以取信。有了可靠的年代指标，使我们研究者有信心把握到武侠公案小说创生及繁荣的社会环境与需要。

其次一个交代是跟着来的，前人已经注意到，就是要就《三侠五义》、《小五义》来回答，为什么清代中叶会创生这些武侠公案小说。近几年来，赵正群作了专门研考，并提出以下的判断：

> 我们可以把通常所说的清代侠义公案小说划分为两类：一类是以《小五义》、《续小五义》和《施公案》、《彭公案》为代表的名为长篇公案小说，实为清代独特的侠义小说。一类是《于公案》和《李公案》为代表的具有某些新特点的公案小说。《三侠五义》则位于这两类中间。它把两类不同的题材有机地结合为一，又很快地导致这两类题材继续分流。一方面，它在继承中国公案小说传统的同时，又为其发展开辟了新的道路，提供了新的主人公；另一方面，又开清代侠义小说之先河。它是公案小说和侠义小说在各自独立发展道路上的一个交汇点，是一部颇具过渡性的作品①。

就清代武侠小说创作而言，明确对比年代，应以《施公案》问世最早，确信其早于《三侠五义》。最早刻本的序文注明是嘉庆三年戊午（1798）所新刻。由于后来一再续出，全书回目达到四百零二回。光绪二十九年上海书局，石印本，已出至五百二十八回，是洋洋大观的公案章回小说巨著。自清代嘉、道、咸、同、光、宣各朝以来，乃至民国三十年代。此书一直是民间备受广众读者欢迎的小说。民间畅

---

① 赵正群撰：《〈三侠五义〉和侠义与公案小说》，《明清小说论丛》第4辑，第111—121页。

销历百年不衰。民间说书一直是常见的题材①。

《施公案》翻刻行销最广，手中所持是北京宝文堂排印简体字足本四百零二回。当完全成书于清代，时代代表性最无疑义。更重要的一个条件，就是武侠公案小说的典范创作。我在此要承担此一命义的学术责任，把理由开列出来。

其一，这部书的内容全属虚构，只有施公施仕纶是真有其人。真名施世纶，《清史稿》、李桓编《国朝耆献类征》、李元度编《国朝先正事略》均有其传。但《施公案》只就人物演义故事，与传记无关。就是有人考证反面人物窦尔敦、于七，确有其人。而书中故事也非真实。

其二，《施公案》是有清一代创作，不似《三侠五义》是综合宋、元、明杂剧公案故事而重新创造。《施公案》创作于清代当时，故事取材于当时社会中传说，而再加工演义，润色而成。书中官名、地名、社会生活礼俗大致反映同时代人熟知的背景，对于这些背景，作者不敢乱加编造，任意逾越，妄逞臆说②。

---

① 我幼年值抗日战争，故乡周家口是河南省东部农工都市，日军飞机时来轰炸。但民间生命力相当顽强，稍得喘息，市面仍很活络，尤其早市最盛。日机不来，则繁兴如昔，升斗小民，岂肯坐食山空，说书人往往在秋冬甚至春夏之间，在沿河堤岸搭棚露天说书。在此数年之间，我所听书棚不下十处，著名的有孙先生说《济公传》、《永庆升平》、《彭公案》、《施公案》。又有红呢妖蓝俊，不知出于何书。听庞先生讲《聊斋》、《说岳》、《七侠五义》、《小五义》，这是两位年老先生。青年说书家偶听汲先生讲武侠，不知书名。但常听吴先生讲《施公案》、《彭公案》，尤其听吴先生讲《啼笑姻缘》（张恨水著），全本听完。只有《海公大红袍》是由一人打檀板边唱边说，另一人为其拉三弦伴奏。曾有长时间听完《海公大红袍》，此外也去观赏刘月樵、赵傻子的相声。有几处女说唱人，往往经过时略闻其声，决不进场聆听，故无印象。特别要说的，我也听过打莲花落板，说唱十九路军上海抗日的故事。大家共同特点是，书场不见任何书籍字条，全凭心记。说书也是一门行业，有一定帮规。

② 试看今时喜读高阳小说者至众，其书远迈其他畅销书。个中原因，高阳文采之高，想像力之丰富，均为当代巨匠。必须肯定他的文学造诣。高阳当必自知。其最大长处与最高难度，不在故事的胡诌，而是熟悉清代掌故，清人生活礼俗。有一些细节，能把握得稳妥。因而从旁加强其故事的真实感。虽然满纸荒唐，而背景真切，却丝毫不苟。

其三，《施公案》是真正表现说书人创造的艺术，先为小民大众接受，再入著作之林。虽然自宋代公案小说起，可以指出时代渊源。而真实可靠的代表作在小说史上只能举《施公案》为创造代表。因为《三侠五义》比之出现为晚，应该列于后进。

我提出以上三点，希望能激起学界反驳或接受。

因为要论《施公案》我不必多说，大陆上文学界有三十年禁止此书，曾在50年代到60年代有过大量批判。有一位写京剧剧目的作家陶君起被斗死，擅演黄天霸的名武生李少春（李宝春之父），在1959年10月18日的《大众文艺》上写《我为什么不演连环套》，自我检讨，声明不做黄天霸。但也难逃在“文革”时期斗死[①]。

《施公案》一书写的侠义英雄，正反面人物都塑造出一些典型。它虽然也成功塑造施仕纶这个清官，但是公案小说中传承了前已有的包公、海公，并不特出。全书的重大创造，是刻画民间英雄人物，正面的也不是战将武帅，而是衙门的差役，壮班、快班、皂班，这三班。小说向来并未重视，自《施公案》起，这些人物进据主角地位，一一立功，晋升武官。俱成英雄人物。受人崇敬仿效。反面人物，刻划草莽英雄，绿林好汉。虽不及施耐庵的《水浒传》，却也表现个性，自具特色。总而言之，把清官身边的护衙小人物写成书中主要角色，是《施公案》开其先河，《三侠五义》、《彭公案》俱在其后。这是本文所特要说明的。总之，把仆役、长随、随身侍卫入书，写成人人敬仰崇拜的英雄，这是清代小说一个重大创作进境，小说史上表现出优越贡献，我们只有肯定和承认。

《施公案》描写英雄人物正面的有黄天霸，自为全书主角。此书前三十回相当松散，亦无高潮，直到二十九回黄天霸出现，方才有一整体脉络。从施公断案为主，转进入侠义访案破案的奇险恶斗故事为主。

---

① 上个世纪50年代，大陆上批判《施公案》、《彭公案》种种立论观点，无法引来讨论，以免流于政治观点批评，更会拉偏本题。

就文学观点而言，《施公案》缺点甚多。文笔并不简洁美妙，更不免罗嗦费解。但文中附带文告书信，无论行文款式、称呼、措辞，均可见出有相当丰富知识。行文布局相当杂乱，但也有不少精彩段落。用语为清代人口气，更有不少满语与歇后语，令人不解。但却不必修改。由于此书是大家熟知，不必在此引证。我这样简单交代本书文学方面缺点，难免有所遗漏。总之，小说的文学价值、功力、词藻、学养，它是连张恨水任何一部小说都赶不上，这样比较可以较为具体而易于掌握[①]。

讨论《施公案》的思想性质，在本文要避开不理，亦不考虑黄天霸、窦尔敦是什么阶级，但知道本书创造了一些正面、反面人物，都是武功高强之辈，宜其命名为武侠小说。正面的有黄天霸、贺天保、计全、关泰、何路通、金大力、朱光祖等。反面的有谢虎、费德功、窦尔敦、于六、于七、濮天雕等，尤其黄天霸和窦尔敦，几至妇孺尽知。试问文学没有一点魔力那能使人人尽知？谁有本领使自己的作品赶得上《施公案》受欢迎。现代的文人大做广告也办不到。

自鲁迅以来，谨慎的说自上世纪50年代以来，很多学者试图解释这部章回小说何以受到广大民众长期的欢迎。前人说法我不必蹈袭，也无法一一引据于此。本文既作研究，就要有答案。

拙见对此解答，是相信文学有生命力，在表现于文学有机体的现象。《施公案》创作魅力，不止在于一部最长的小说。而是小说的本事、说书的渲染、戏剧的表演，三种文学工具结合，彼此互相影响，合力吸引到观众听众。三者功能，各自发展，各自达到其文学条件的最高境界，可使读者听者醉心而不克自制。其中戏剧的力量应是最大

---

① 就我个人所读张恨水小说有《似水流年》、《春明外史》、《啼笑姻缘》、《满城风雨》、《金粉世家》、《京沪通车》数种，认为《春明外史》文笔最好。《啼笑姻缘》则是近代一流创作。而《京沪通车》最为粗劣草率，很像文丐骗稿费之作。民国以来，一些新文学家，眼高手低，把张恨水斥为“新鸳鸯蝴蝶派”一笔抹杀其文学地位。其实《啼笑姻缘》是小说中不朽之作。民国以来创作章回小说无有过之，即与新文学家小说作品相比，亦毫无逊色。请再把它在垃圾堆里捡回来吧！

最深，最具魅力。用现今文学上流行词汇，就是小说提供曲折桥段，说书渲染细致情节，戏剧表演刻画人物性行。看到“坐寨”、“盗马”、“连环套”的精彩表演，黄天霸、窦尔敦的具体形象已经构成，深入人心，永不可拔。《施公案》的精彩桥段，一一烙印在人们心中。是三者文学工具交织运用下所达成。说书人不精彩，无人来听，饭碗无着。戏剧表演不精彩，没有听众，演员也不能生存。说到此处，真是卑卑无甚高论。想想二十年前电视上演出的“保镖”，哪里有什么高尚理想、阶级立场、文学造诣、剧情结构、艺术境界？无非徇观众喜爱的欲望，编剧胡诌一通，演员卖力诠释惊险悬疑情节。口袋可以不虞匮乏，就是最真实的创作动力。真像《施公案》一样，永远演不完。可是转眼之间，谁还记得“保镖”一剧中的人物故事？其中道理，征求学界解答。

严肃地说，单就《施公案》而言，小说与戏剧密切配合，交互影响，小说提供精彩桥段，戏剧扩大演义，丰富其内容，精化其对白，突出其不同人物性行，再加上锣鼓胡琴，惊险武斗。于是开创了清代独有的短打戏，就服装脸谱而言，也大加创新。头戴布满绒球的罗帽，故又称罗帽剧，不同于往时的长靠带盔甲护背旗，只身穿紧身夜行衣一色或白或黑或蓝，扎宽板带，系战裙，足登薄底快靴。外罩鹤敞，有各样不同花色。扮老英雄永不戴方巾、员外巾，而戴鸭尾巾，以示粗放英武之人。另配镖囊，背插短刀，或腰褂宝剑。这种短打戏至少创生于清道光初年，遂成为最受观众欢迎的一门。

值得特别推重的，《施公案》被戏剧吸收，发展出不少短打武戏，成就精彩表演艺术。其剧目约略有二十八出[①]。

对戏剧创造，《施公案》故事远靠演员表演力而声名不朽。戏剧

---

① 陶君起编：《京剧剧目初探》，中国戏剧出版社，1963 初版，1980 年二次印，第 366—374 页。陶君起为此书在“文革”时期被批斗至死，见于本书《再版说明》。又《施公案》，北京宝文堂书店，1982 年初版，1985 年二印，第 1420—1429 页，《附录》载有各种短打戏详细本事。全书 3 册，共四〇二回。

借用《施公案》桥段而创造出清代至民国以来经典名剧。其一，自“盗御马”起连续四本“连环套”是武生、花脸、武丑应工表演的经典名剧，出于三百八十五回至四百零二回，其前尚有一段盗马伏线。在京剧演员杨小楼、郝寿臣、侯喜瑞、李少春、裘盛戎、叶盛章、袁世海等表演艺术，创造严密紧凑，臻于绝诣的戏剧，已成罗帽剧经典之作。这可说是中国国宝艺术，但已被禁演多年。其二，“恶虎村”这也是京剧短打武戏上乘经典之作，出于《施公案》六十四回至六十八回。原出于清末沈小庆武生编剧，而成杨小楼拿手好戏。被人喻为是国宝级的艺术精品，也是禁演多年。其三，“八大拿”，“八大拿”是八出短打戏。凡有名研究家多提示此名，戏剧表演者也以“八大拿”标榜武艺术功绝活。杨小楼就是工演“八大拿”的名角。实际上由于观点有出入，往往说法有所不同。基本点必须是演黄天霸的有关武生戏。其个别名称有“武文华”、“虮蜡庙”、“独虎管”、“双盗印”、“霸王庄”、“东昌府”、“拿左青龙”、“拿郎如豹”八者，有人则直就与拿字有关而言，即“招贤镇”拿费德功，“河间府”拿一撮毛李七，“东昌府”拿郝文僧，“淮安府”拿蔡天化，“茂州庙”拿一枝桃谢虎，“落马湖”拿猴儿李佩，“霸王庄”拿黄龙基，“恶虎村”拿濮天雕。演黄天霸必须有“八大拿”造诣，方被恭维成一流短打武生。杨小楼最工擅，李万春则褂出八大拿号召，演出备受欢迎①。

用同样的人手观点，也可以讨论《彭公案》。香港影印版的有五百三十五回。实际上已算不清多少回，因为到十续之后已进入民国，五百余回大约是十续以前之作。无法再把以后的并入。无论如何，《彭公案》应是章回最多的传统小说。手头所用是北京宝文堂简体字排印本，只有三百四十一回。

《彭公案》比《施公案》、《三侠五义》成书较晚，各家公认是光绪十八年（1892）问世，署名“贪梦道人”所著，真名迄今无从查

---

① 《施公案》，第1399—1402页。《附录》所载《有关〈施公案〉戏曲史料》。

知。《彭公案》的清官主角是彭朋，清史上叫做彭鹏，自是真实人物，然故事完全虚构。故事时代排在《施公案》之前，俱属黄天霸父执之辈，书中英雄侠士黄三太就是天霸亲父。作者创作《彭公案》更较《施公案》偏重于武侠，书中描绘最成功的正面英雄人物有黄三太、杨香武、李七侯、欧阳德、伍氏三雄（伍元、伍芳、伍显）、蔡庆、徐腾、张耀宗、胜奎、邱成、褚彪、纪有德、马玉龙、邓飞雄等。反面绿林好汉有窦尔敦、花得雷、尹亮、飞云僧、九花娘子、周应龙等。

与《施公案》一样，《彭公案》是戏剧精彩桥段取材的对象，热门程度不下于《施公案》，自是罗帽戏重要源泉之一。在京剧中重要剧目，最负盛名的是武丑戏"杨香武盗九龙杯"。出于二十七回至三十五回。是名演员叶盛章、张春华拿手好戏，此戏已是经典名剧，最受观众喜爱。另外一个经典名剧是"溪皇庄"。又称"大溪皇庄"，"拿花得雷"，出于八十八回至九十三回。剧情曲折热闹，在短打戏中最具号召力。其他剧目，尚有"武文华"出于二十回至二十一回；"英雄会"（即李家店）出于二十二回至二十三回；"迷人馆"（又名拿九花娘），出于七十五回至七十六回；"画春园"出于九十四回至一百零一回；"剑峰山"出于一〇五回至一一七回；"伍氏三雄"出于一一六回至一一八回；"保安州"出于七十回至七十四回；"尹家川"出于二六六回，二七〇回至二七二回；"佟家坞"出于一八九回至二一四回；"红龙涧"出于二〇一回至二〇九回；"贺兰山"（又名木羊阵），出于二〇八回至二一九回；瓒球山（又名盗金牌）①。《彭公案》比《施公案》较特出的一点，是由戏剧家编成连台本戏。初编十八本，天天连台，二次编以欧阳德为中心，演至三十四本。"佟家坞"本戏亦编至十二本。其中以欧阳德一人形象之描绘表演最为特别。使

① 陶君起编：《京剧剧目初探》，第361—365页。又耿英编：《中国评书精华·侠义卷》，辽宁人民出版社，1991年，第233—234页，载《大闹蚂蜡庙》。

武侠又开出一个滑稽天地，别具风格，也是一个重要发展①。

无论《施公案》、《彭公案》，各有五百余回的重大分量。长远流行达百余年之久，在章回小说中成为巨擘，为具武侠特色之代表。其所具条件价值，不能不加重视。既然受大众欢迎，有强大社会支持力。虽能如前所述，这种具大势力的文学作品，是结合说书、小说与戏剧三者艺术表现而获得。但他种小说，除《三侠五义》、《永庆升平》具同样条件外，其他小说就不能取得这些特长。这中间仍要归因于无知群众平民百姓喜爱的选择，但如此解释，别人一定不服。个人浅见以为，戏剧家的眼光、艺人表演艺术，足以发挥，魅力十足，人物故事深入印象之中，小说的价值被突出表露。这是其中重要因素。对之宋元明各朝是独创，对之民国时期是绝响。

五、结　论

中国近代提倡小说，提高小说文学地位，认识其政治社会功能者，梁启超应为先知先觉、时代先驱，同时代人可以齐头并肩者则有严复、夏曾佑。更早一点的傅兰雅（John Fryer）、沈毓桂、蔡尔康，也得看成是中国近代小说文学的先知。在文学史上必须这样看才是正确，因为有光绪二十二年以来正式文献可据。我们可以肯定梁启超、严复、夏曾佑的开创文学新运的地位，是本着严肃研考而得，决非乱说，也反对不实的胡说②。此后学界人士，无论如何说得天花乱坠，也是追随者，也是后进。至民国以来，更多望风乘流之辈。总而言之，小说走上文学新运，应自甲午战后，光绪二十二年（1896）开始。

---

① 《彭公案》，北京宝文堂书店，1986年，第1696—1735页，全书3册，三百四十一回。又耿英编：《中国评书精华·侠义卷》，第213—229页。《杨香武盗九龙杯》，此是说书人脚本，又是一种风格。

② 王尔敏：《中国近代知识普及运动与通俗文学之兴起》，《中华民国初年历史研讨会论文集》，台北中研院近代史研究所，1981年。

小说能够进入文学新运，思想的动力，产生于甲午战败的反省，而生出国家危亡意识。立即的导向，是要唤起民众。如何唤起民众？方式手段，构思多多。其中要使用通俗简明工具表达救亡内容，则是普遍反省到的方式。这就造成近代全面的知识普及运动。手段和形式，都有多样建白。在知识普及运动思想动力之下，一时诱导出三个方向：其一是通俗文学的传载工具；其二是简化与注音速读文字；其三是普及民众知识教育。这正是涓滴源头，往后都发展成滔滔巨流[①]。

晚清小说空前繁荣，是中国数千年来仅见之事，应该特加留意，潜心研究。阿英（钱杏邨）著《晚清小说史》，分析三个原因，被我全部推翻改写，我提出六个因素，可参阅拙文《中国近代知识普及运动与通俗文学之兴起》。但阿英搜集晚清小说戏剧一千三百种，是有重大贡献。阿英的《晚清文学丛钞》也是一代巨制，永垂不朽。只是其所著《晚清小说史》影响学界甚大，但分析背景原因却是相当肤浅。虽然如此，仍比鲁迅正确高明。盖阿英所论晚清小说，仍提具全面各色不同性质作品，予人完整认识。而鲁迅只就较具文学水准之四种作品作为代表，未免偏颇。

晚清小说繁盛对后世有很多重大影响。由于牵掣甚广，无法在此交代，简单略述，易致误导。在此要完全尘封。可见的事实，则是短短十多年间，出产一千多种小说戏剧。当然有不少重复、结辑、杂抄旧作，而新作仍占很大分量。经过十余年繁盛，很快进入停滞转向，变成后人研究凭吊的对象。这个结果也无法在此细究。只是也是事实。研究者选择，像鲁迅研究小说却只选四种。由于鲁迅大名及其研究小说的专业，他的选择就永为后世宗奉的范围。就是《孽海花》、《老残游记》、《官场现形记》、《二十年目睹之怪现状》，后世无不遵从看重。竟有人倡说四大谴责小说，真是病入膏肓。鲁迅选择多少种，凭其主观判断，并没有任何不对。只是认定

---

① 同前书；又王尔敏：《近代知识普及之自觉与国语运动》，台北中研院近代史研究所集刊第11期（1979年）。

谴责小说为晚清代表，则是极大盲昧，后人望风景从，永难醒悟。也是可悲。

文学通俗化问题，在学者采究追求下，向古代追索，范围至大，无从在此引叙。单以追考小说来历而言，像鲁迅、胡适、郑振铎、赵景深、周贻白、蒋瑞藻、孟瑶、胡士莹、黄岩柏、罗立群，都下过深彻功夫，也发掘不少问题。在此只能引到公案小说方面。本文又只是关涉清代的特色。故而只能把范围缩小，以免逾越。

清代公案小说，对宋元明有继承，本身又有重大开展。前面各节分论，此处则综合要点。

其一，公案小说主角，已由清官移向下级三班、捕快、皂隶以及清官身边的仆从。《施公案》中的黄天霸、计全、朱光祖、何路通、金大力，《彭公案》中的徐胜、张耀宗、马玉龙、邓飞雄，均渐成人物典型。这些人物，在今日看来不过是刑警、义警，是维持治安的英雄。这是清代城市社会迫切的需要。可惜警察制度尚未建立，故此种故事今日只有香港发达。台湾以反政府、扰乱并破坏社会秩序为得意，怎会看重警察。只有辱骂，不会尊重。

其二，清代公案小说，精彩部分全在江湖上黑白两道的对决，他们彼此相通，在清代本是常态，他们原避免结怨，最后不得不兵器相见。也和今日相同，渲染铺张。其实人只有一条命，谁肯杀杀打打。但听众观众喜爱热闹，不胡诌一通，谁肯出钱。期望这类小说有崇高理想，未免太迂。

其三，把小说看做社会教育工具，大陆批判《施公案》、《彭公案》、《永庆升平》就是从社会判断价值着眼。他们大力挞伐，禁止上演。就是因为彼此宗旨不同，标准不同。这种穷凶极恶，是对文学艺术的摧残。这种文艺官僚，怎能不使人畏惧愤恨。其实公案小说提供的社会教育是够丰富、够多样、够强烈。做官求一个清正廉明，做人求一个忠诚耿直，做江湖客求一个义气公道，公案小说表现得相当充分。我们应予肯定。

其四，清代的公案小说，站在纯文艺文学立场的人，可以不承认其文学地位文学价值。它的结构松懈，行文罗嗦，辞藻粗鄙，意境低俗，岂能当高人法眼。连二三流文学也看不上。虽然，我却看成是通俗文学。它的身价，由其所拥有的读者任意看待。若一定要统一于文学之下，那也是一种专制。

其五，无论前代今时后世，清官观念并不落伍，为清官写小说是普通平民的想望。不登大雅之堂，并不希冀，不被看成文学，也不难过。盼望清官，并不为罪。难道一定要混官当道，这是谁的主意？打倒清官换成混官，平民受害，专制独裁之人才心满意足。此所以祈求清官意愿甚强。近时有清官误国之说，真是邪恶世界下的一团邪气。

其六，民国20年代，文学界把公案小说看成是同于西方的侦探小说。真是洋学究的一种洋附会。其实二者之间绝无相似，风马牛不相及。那时附会成风，不知害了多少无知的蠢材。现在已有人表示反面意见，表示公案小说不是侦探小说。这倒有点实在①。

最后愿再申明本文所谓之撰著风格，意旨在表示各书之撰著不同于前代风格。《蓝公案》之撰著，有似于刑案档卷、历史提要。《林公案》据真人真事演义，情同《东周列国志》。《施公案》、《彭公案》纯属虚构，然书中主角由清官转变作三班衙役、草野莽汉，此均与前代之公案小说风格不同，自足表现著作特色。

1993年1月29日写于多伦多柳谷草堂

① 张国风：《公案小说不是侦探小说》，《公案小说漫话》，第7—9页。

王韬风流至性

一、绪　言

天生王韬，使文史之士常不得清闲。自清末陈其元《庸闲斋笔记》为同时人上海之直接记载起。迄今世之研究论文专著，决不下于一百七十种①。多人考究王韬，保持高度关怀与兴致，实自有其诱人理由，但从史来著作中观察，自然可以获得几分了解。

向时研究王韬，学者大多集中于其时代思想之分析。此是重大论题，自居首要目标。其次则就中西文化交流，以见王韬之先驱成就，此亦十分重要，自受广泛注意。再次则专就其近代报业地位与贡献。以中国人开办报纸而言，与黄胜、伍廷芳、钱徵、黄协埙、蔡尔康均足代表近代报业先河。再其次，则在考证王韬与太平天国之关系，此论题最狭而多隐晦，惟探讨者亦兴致有加，论点歧出。凡此四个方面，均已吸引不少学者，倾心从事，乃使论者层出不穷，意见多彩多姿。看来还会有一些开拓空间。

有关王韬研究，我个人注重其在中西文化交流上的贡献。有一些著作问世②。同时我的门人林国辉君也正在香港中文大学作其研究论文。近年大陆学者钟叔河先生、李景光先生一直给我寄赠王韬资料，十分可感。凡此师友的督促，也使我无法停下来继续思考王韬问题。

---

① 林国辉、黄文江：《王韬研究述评》，《香港中国近代史学会会刊》，六期，1993 年 7 月刊。

② 王尔敏：《王韬早年从教活动及其与西洋教士之交游》，《东方文化》，卷十三期二（香港大学，1975 年刊）。又，王尔敏：《王韬课士及其新思潮之启发》，《东方文化》卷十四期二（1976 年刊）。

令我二十年来久久不能忘怀者，是中兴大学一位学农科的学生黄瑞祥君，他做学生时，一面读书，一面研究王韬，他对王韬景慕推崇，赞美之至，具极高兴趣研究王韬，终在其毕业之前发表一篇研究论文①。这些亲身接触的诱力和感动，是促使我继续关怀王韬的道德力量，终于我想要在前人已完成研究之外，希望开拓一些新领域，做一些额外补充。希望具有参考价值。

有关王韬综合性的研究与传记，问世甚早而且至少已有十二种之多②。关于王韬身世，前人有不少考证与记载，大体一切疑问多已澄清，本文自不作任何考辨工夫，但凡在此写出，要负起完全责任，为免于琐碎，不多申述辨证过程，抑且概述王氏身世轮廓不务详尽。

王氏本名利宾，字子九，乳名兰瀛③。道光八年十月初四日（1828年11月10日）生。王氏三代及家人子女，出身年贯，曾在咸

---

① 黄瑞祥：《王韬一生事迹考》，《兴大青年》卷三期十（1975年刊）。

② 1. 吴静山：《王韬事迹考略》，上海通社编：《上海研究资料》上海书店出版社，1936年）。2. 吕实强：《王韬评传》，《国语日报副刊》，《书和人》（台北国语日报社，1967年7月1日）。3. 赖光临：《王韬的生平与著述》，《报学》卷四期三（1969年12月）。4. 汪荣祖：《天南遁叟王韬》，《新知杂志》，第四年第一期（1974年2月）；第四年第二期。5. 黄瑞祥：《王韬一生事迹考》，《兴大青年》卷三期十，1975年刊。6. 熊秉纯：《王韬志事与生平初探》，《中国历史学会史文学集刊》期十四（台北，1982年）。7. 陈祖声：《王韬》，《新闻人物》一（北京新华出版社，1983年）。8. 林栋：《王韬》，林言椒、李喜所主编，《中国近代人物研究讯息》（天津教育出版社，1988年）。9. Britton，Roswell S.，“Wang T'ao，” *Eminent Chinese of the Ch'ing Period*，Edited by Arthur W. Hummell. （Washington D. C.：United State Government Print Office，1943）. 10. McAleavy，Henry.，Wang T'ao：*The life and Writings of a Displaced Person*（London：The China Society，1953）. 11. Lee，chi-fang，“Wang T'ao（1828—1897）：His Life，Thought，Scholarship and Literary Achievement”，Ph. D. Thesis（Univ. of Wisconsin，1973）. 12. Cohen，Paul A. *Between Tradition and Modernity*：*Wang T'ao and Reform in Late Ch'ing China*（Cambridge，Mass.：Harvard Univ. Press，1974）.

③ 前人研究，未尝提及王氏乳名。其实载于王著《漫游随录》卷一，道光二十六年（1846）王氏赴南京参与江南乡试之时，乘暇与友人访秦淮画舫妓女任素琴、缪爱香两校书。王氏自记云：“邻舫中有相识者笑谓余曰：阿兰坐拥两美，艳福真不浅哉。盖余小字兰瀛也。”

丰十一年七月开给赵烈文，赵氏补记于七月十三日（1861 年 8 月 18 日），可以举证于次：

> 王瀚，原名利宾，字子九，一字仲衡，号兰卿，又号懒今，行四，道光戊子年十月初四日戌时生，新阳县人，附生。曾祖鹏翀，祖科进，父昌桂，母朱氏，慈侍下姊一，弟利贞故，妻杨氏、林氏，女二①。

在此征引王氏身世，其重要在其被清官方缉拿之前之正确名姓。可免除无谓之争议。

王氏于道光二十五年（1845）以新阳县籍在昆山考中生员。其时学政张芾（字小蒲）颇加称赏。今人顾廷龙在民国二十三年（1934）已据《昆新青衿录》所载，确证其本名利宾，乃出于昆山科考考生榜名，王氏应考正名是王利宾。自无可质疑②。惟王氏自署长洲人，何以用新阳县籍？世人未尝有合理解释。其实主因在于科考。苏州府一城三县：长洲、元和、吴县，是人文荟萃之地，王氏避地新阳，乃因竞争者弱，容易考中之故。

王氏于登科显名之后，随即改名王瀚，字兰卿，亦称嬾今。王氏在咸丰初年所刻印章，多见其名王瀚之印，并有兰卿之印记，亦有“戊子生”（道光八年）等印③。王氏曾以兰卿之名于咸丰四年受洗礼，成为基督徒④。就多方文献了解，大抵自王瀚易名之后，此名此字，一直应用至咸丰十一年乃至同治元年。而其再易名王韬，乃是同

---

① 赵烈文：《能静居日记》（台北学生书局据赵氏手稿影印，1966 年十二月初版），第一册，第 614 页。

② 陈祚龙：《流学杂技》引顾廷龙《字起潜》致胡适信函。载《新知杂记》第四年第四期（1974 年八月刊）。

③ 王韬手稿日记，附《蘅华馆印谱》，原件现藏台北中研院历史语言研究所。

又，王氏名号甚多，学者早有著录。最早者见于吴静山撰：《王韬事迹考略》，载《上海研究资料》（上海民国二十四年，台北中国出版社影印），第 671—691 页。

④ Paul A. Cohen（柯保安），*Between Tradition and Modernity*，*Wang T' ao and Reform in Late Ch' ing China*（Cambridge，1974），p. 20.

治元年八月以后逃亡到香港，则终其一生，俱用王韬，字子潜，或紫铨之名，或亦字仲韬。虽然王氏别名雅号甚多，前人多已屡屡称述，不再重复。惟前贤所未提及者，王韬实尚有红豆词人及玉瑠山人两雅号，故备录于此。

本文虽然会涉谈一些王韬相交中外友朋至好，但非所研究重心，只是顺便提到，而重点自多关乎女性。是以学界同道应避免将王韬之交游看待本文，此特须声明者。

二、落拓寒士，羁命海壖

王瀚生平相关女性，有用情最深之少年原配夫人杨梦蘅，乃同一乡里。可惜命薄早卒，时王氏奔走衣食于上海，偕妻日度穷愁。王氏当在道光末年赋悼亡，追念前妻，有诸多凄艳诗文。可惜其华蘅馆诗未多问世，或当绝迹于天壤之间，今已无法借以凭吊。而尚只能在王氏与内兄杨引传（字莘圃，生员）信函中透露一二。观其咸丰八年十月二十九日（1858 年 12 月 4 日）致杨引传书有云：

> 翠钗一股，乃梦蘅奁中旧物。玉碎香消，仅仅存此。以为记忆，虽与我万金，不易也。寄语忍之，且体此念，毋使儒林腾笑也①。

王氏生平论及早岁出道，必自道光二十九年（1849）算起，实即开始羁命于上海口岸。原来王父昌桂于道光二十七年（1847）即来上海城北佣书于墨海书馆。二十八年（1848）正月王瀚首次到沪探望父亲。惟昌桂不久病故，王瀚因谋生无著，终亦于道光二十九年（1849）正式到上海受雇于墨海书馆，承佣于英国教士麦都思

① 方行、汤志钧：《王韬日记》（中华书局，1987 年 7 月版），第 50 页。

（Rev. Walter Henry Medhurst）门下①。及咸丰六年（1856）麦都思回英，王氏又先后佣雇于慕维廉（Rev. William Muirhead）及杨雅涵（ReV. Griffith John）直至同治元年（1862）闰八月王氏逃赴香港，前后在沪达十三年之久。乃王氏屡自述者。

王瀚初入世道，旅沪谋食，虽为英少倜傥，实则不善治生，无时不叹穷困，往往借贷典当，难于用度。此与其跌宕不羁之个性有关，在沪交游，几无日不偕友买醉。此外则又偶作勾栏访艳之行。自难免于酒色之沉溺。

就正常夫妻生活而言，王氏初赋悼亡之后，在咸丰二年九月，有位相识而具德望的前辈林谦晋，号益扶，将女儿泠泠遣嫁王瀚，以为继室正妻。其实林老尚有亲生女凤龄，于同年十月十四日遣嫁沪绅顾蕙卿，系习医文士。而泠泠只是林老之养女。王瀚颇露出亲疏之怨语，亦不满意泠泠。对于贞静无才女子未免过分②。

林谦晋，字牧畴，福建同安籍，原久居台湾，本是举人出身，大挑任安徽建平县令。老年流寓上海，得与王氏交游。咸丰二年遣嫁两女，仍寓居上海城内。其以养女嫁王瀚，结为近亲，对王氏已是十分眷顾，颇为器重。后日亦来往频密，未尝薄视王瀚。最后于咸丰九年

① 王韬：《漫游随录》卷一，光绪十三年，绘图石印本。

② 王韬手稿日记《瀛壖杂记》（即蘅华馆日记手稿之一），咸丰二年九月二十一日记：在兹日愈贫困，布衾莫赎，爨火将虚。待届明年，决计归里。第还家之后，无田可耕，恕作留侯之辟穀耳。嗟乎！天之厄余，不至于此极不止也。余所娶泠泠乃闽人女子也。是女为林君抚养，非其所生。余后日旋归，必当别择嘉偶，芦帘纸阁，著个孟光，亦属文人佳话。（原稿藏台北中研院历史语言研究所）

又，考察王氏《蘅华馆印谱》，收有“林氏泠泠”及“泠泠私印”两章，出于友人潘惺如在上海所刻。当可知王氏未薄待后妻。

四月二十九日病故于上海，时已七十岁①。

王氏生平少言及家人，惟知其妻冷冷，易名怀蘅，实伴随其一生。王氏潦倒穷途，颠沛飘泊，直至终老上海，实赖林女之勤苦操持家务。尤其王氏跌宕自熹，放浪形骸，征逐酒色，挥霍无度，全不顾妻子生活，林女亦未尝怨尤。应是无才有德，终能相偕白首，岂非王氏之福？此女与梦蘅同为王氏生平闺中忠实伴侣，自当首先引叙。

王瀚旅沪十三年，为奉养母弟及妻女家人，负荷实重。且经常有返里之行，实应岁考之需为多，非在于探亲访友之悠闲。一面在沪佣书求活，一面时刻存回里定居之念。惟买田建屋之志，徒作空想，屡屡念言，终难实现。收入微薄是固然，而王氏任情酒色，未免用度不周，不惟毫无蓄储，而往往借贷度日。王氏日记多言生活穷窘之状。咸丰二年八月十三日日记云：

> 余逋负甚多，将近中秋，索者纷至，即欲筑九成台逃债亦不可得，真为闷绝。前日正斋（孙启矩）赠余诗云：珍重今时留息

---

①《王韬日记》，第124页，咸丰九年五月初一日（1859年6月1日）云：前夜留宿在闽人公墅，筹办益扶先岳丧事。益翁囊中并无所蓄，病时所用，乃系英译官密妥士（J. A. T. Meadows）之夫人所赠，死后不名一钱。检其箱箧，仅有皮、棉、单、夹衣数十袭而已。乃往见南馆董事章芗阁，则言闽人公赙三十金及一柩，余事惟君酌办。丧具称家之有无，勿过靡可也。是日未刻入殓。呜呼！人生到此，天道宁论，没世无称，盖棺论定。君子于此，有深痛焉。忆予与益翁相识已十年矣，始投缟益，继缔丝罗，其交亦可谓密矣。乃益翁晚与予颇疏，原其故，因城陷时寄居我家，微有芥蒂也。益翁性迂讷沉默而不免猜刻，出门数十年，无首邱之思，于父女甥舅间绝不言及家事，故余亦不知其家中有何人也。及死后，启箧得见其往来手札，始知有侄宜恕，屡劝之归，而益翁迟回不决，尚有出山之想。古人云："钟鸣漏尽而夜行不休，真可叹也"益扶名谦晋，字牧畴，原名谦光。嘉庆癸酉举人，丙戌大挑一等，前任安徽建平县，戊子江南乡试外帘官。祖籍同安，现居台湾。又，同前引书，第125页，五月初六日（1859年6月6日）记云：是日为益扶先岳第一七日，羽士为之诵经，循俗例也。所遗书籍，约有一橱，为之检点登数，以便鬻去。然所存自（十三经注疏》外，佳者寥寥。时文数十部，皆不值一钱。闽行有林西官者，将起行至台湾，为作一书致其侄宜恕，书中略叙颠末。宜恕居台湾西城。

壤，也应早蓄买山钱。盖劝余省啬而用之，为他时退步[1]。

王氏为生活亦常质典衣物，往往又作挥霍。咸丰二年八月二十一日日记云：

午后至长生库中，以布衣质钱，立俟良久，足为之疲[2]。

关于佣雇于西洋教士求活谋生者，原不止王氏一人，虽多穷困名士，其收入原足顾家用而有余，惟王瀚寅支卯粮，逋欠最多。然虽称贷于人，又往往只为饮酒。原来加倍工作，无非在赚钱买酒。如其咸丰二年十月初六日日记云：

杜门不出，终日钞胥，所得青钱，借以换酒，亦一乐也[3]。

同年十月十六日日记云：

数日无钱，悉以敝衣典库，重苦，谁相谅也[4]？

直到年底，例须清还逋债，王氏乃于咸丰二年十二月二十八日还清旧债，得能平安渡岁，真是穷困堪怜。如王氏日记云：

是日，将一切逋负略为摒当。除夕，九成债台可以毋庸逃债矣[5]。

王瀚旅沪生活，时虞断炊，固自是事实，却不足显见王氏真实情状。王氏在沪，交游甚广，十三年之中，载录其相识友朋之姓名者，不下二百人之多。虽然来往频繁者少数，亦当在三十人以外。本文重点在以女性为主，故只能提及有关人物，而无法在此详论其男性友朋。

王氏在沪生活中常受馈赠与金钱往来者以应龙田（字雨耕）为最，王氏受其厚赐不少。应氏浙人，在英国领事馆任翻译。其次是吴

---

①②③ 王韬手稿《茗芗寮日记》，即蘅华馆日记之一，现藏台北中研院历史语言研究所。

④⑤ 《茗芗寮日记》。

樵珊（字澹人）乃亦受雇于西洋教士者。再其次是孙启矩（字正斋），是旅沪富户，时时提供借贷。此外王氏亦向名宦巨室上书求财。上海富人郁泰峰，江苏巡抚徐有壬，均曾先后赠金王氏。虽然亦均无法救王氏之长期穷困。然王氏才名遍于沪渎，至咸丰七年以后，即稍有改善，而酒色征逐则毫末未减。

王瀚风流隽赏，跌宕不羁，除正妻杨氏、林氏而外，早已结识昆山女子，称为红蕤者，未必是真名，而王氏迄今至少保有情书三封，早年寄红蕤者，咸丰间尚有不少艳诗，亦为红蕤而作，俱在其蘅华馆手稿之中。同时每见其日记中记载收到红蕤来书，可确信实有其人，并非虚拟。凡此皆为王氏旅沪一段早期姻缘，红蕤愿为夫子妾，而王氏则绌于钱财，乏金屋藏娇之赀，终未成就才子佳人文坛佳话。二人情书往还，直至咸丰八年未断。然王氏避兵赴港之后，音尘遂绝①。

王瀚生平狎妓之始，应在于道光二十六年（1846）到金陵应考江南乡试之时，年方十九岁。在秦淮画舫结识任素琴、缪爱香两校书。王氏钟情于任素琴，三十年后尚作记述。其著作中两度念及②。

我人可以承认王韬在近代思想史上所占先知先驱地位，并亦熟知中国近代报学王氏亦居创始大宗首位。同时人只有黄胜可与并列。即上海《申报》在创办之先，乃特派钱徵（昕伯）赴港向王韬请教，连《申报》亦在后辈之列，王氏在报业史上尸祝地位，无可质疑。在此若论风流蕴藉，酒色名士，近代文人中自也有王韬地位。此尚不足论。所须特别申叙者，在于王氏所辑《艳史丛钞》，再加王氏生平相

---

① 王韬手稿《蘅华馆杂录》，附钞致红蕤女史书，以及艳诗原稿。原件藏台北中研院历史语言研究所。王氏咸丰间情书艳诗，俱存于此，多半幸存无损。又《王韬日记》，第62页，咸丰八年十二月十二日（1859年1月15日）日记云：辰刻，施蕙庭从生村来，袖出玉人前后二札，词旨凄婉欲绝，读之令人堕泪。午后，同蕙庭至顺兴茶室，闲话竟晷，又款之于酒楼，聊以酬青鸟之劳。蕙庭又欲代予觅小室与鹿城（昆山），意殊惓惓，甚可感也。既夕，挑灯作复书。夜漏三滴始眠。

② 淞北玉魫生（王韬）：《海陬冶游录》，光绪四年戊寅夏，眉珠小盦印。王氏自序云：溯自丙午之秋，余年未冠，勾留白下，寻访青溪春藏杨柳之家，入闭枇杷之院。任姬素琴，此中翘楚。既识一面，遂订同心，毻毲归来，音问中绝。

关著作，使王氏也高居近代香艳情史、闺阁列女传之开创宗师。中国近代文学史往往完全不提王韬，实是一种专业偏执，严重疏失。

我在此无意逾越至文学领域，下会额外讨论近代文学。但只点明一个关键性线索，请朋友注意一下近代现代文学班首族群隐然潜在的改变。就是由两类人士成为文坛主导：一是作态名士，一是洋场才子。这类词汇已毫不新鲜，五十年前阿英讨论晚清小说已昌言之。我们须知这是真正的近代文学嬗变骨子根荄。王韬原是老牌子正宗的作态名士。后来当钱玄同旗帜鲜明的大书攻伐“桐城谬种，选学妖孽”之时，也正是作态名士完全败退出局之日。不知前轨，怎能会看清后尘？

在此并非要涉谈文学领域，必须仍引入本题，探讨王瀚早期一段文艺心性之表现。代表上海开埠初期，边缘性口岸文人之生活状貌。

中国文官考试只限于进士、举人两阶，有进入仕宦机会。秀才、生员只是初阶资格，不能进入政府任事。但已具学者头衔，受社会尊重。无论年龄大小，均可设帐收徒，做为塾师。王瀚志识岂有歧异，惟家道清贫，乡里又遇水荒，只好远赴上海，奔走衣食。恰值上海开埠，遂给予有利求活机会，真是所谓运会使然①。

王瀚旅沪求活，始终视为暂局。希望一日赚足赀财，返乡买田构屋，可以息影林泉。此皆屡见于王氏自述，确足凭信。惟以王氏征逐酒色，不能自制，寅吃卯粮，借贷度日，何尝能有丰足之日。而此区区素愿，亦竟成为空想。然于此段上海之颠沛境遇，浪迹心情，游戏人生，竟亦留下雪泥鸿爪，俾后世学者借以考镜口岸士风以至文艺嬗变之滥觞。

王瀚生平著作，段落分明，虽是多彩多姿，实具时序重心。本文划定界限，只论王氏酒色风流一面，自是截断众流，不及其他。虽然如此，亦非以游戏为宗旨，但望后世有所取资。

---

① 王韬：《漫游随录》卷一《黄浦帆樯》：己酉（道光二十九年）大水，砚田亦有恶岁。六月先君子见背，余不得已橐笔海上。自此一出，遂与故乡久别矣。

王瀚一生有关仕女笔载，两性著述，以早年所作为可重可贵，具时代参考性。其愈晚时代者，价值愈低。早期代表，则有《花国剧谈》及《海陬冶游录》两种最为重要。中期作品则有《漫游随录》、《扶桑游记》最具价值。后期者则《淞隐漫录》尚有可取，而《遁窟谰言》则纯为杜撰妄造，羌无故实。本文将少加参考。

王翰《花国剧谈》完成于咸丰二年（1852），其内兄杨引传读到即来信规谏。王氏与九月十七日记下自己的观点，颇值参考：

> 是日得莘圃书一函，劝余屏绮语而归禅旨。然余作《花国剧谈》一书，大旨亦无诡于正。以文人之笔墨，为名妓下针砭，浮云在空，明月满地，一片虚无，反属幻境。但法秃见之，不免诋呵耳①。

《花国剧谈》共为二卷，为当日实录，并非小说，应是史载笔乘。严格言之，可视为名姝传记。共收当时上海地区名妓五十六人，每人一传，而各具一定描述重点。今日看来，无别与妇女传记。全书为真人，大致为真事，而重点俱偏于闺房私情。其实当时妇女有何大事可记，凡我后人应无可责言。不过在此必须点明，杨引传也是秀才，何以戒谏王氏。质言之，王瀚所为是违背正宗教化，趋向市井下流。在当世小儒而言，是离经叛道。民国初年不是有人高唱文学革命吗？如果要把精神转到下民生活写照去着墨，不管后人承不承认它是文学，近代风气开始，必须从上海开埠以来去考察。须知王瀚才是先驱宗祖。

就文学而言，《花国剧谈》充满旖旎风情，却非前代传奇小说可比。在文学上若定要指出前轨，则前代之文人笔记或真或假，或真假相参，庶乎相近。我人姑以人物笔记待之。而真人真实事物，虽不免琐屑，实具有可能之时代代表性，流传后世，弥足珍视。尤其市井文学资料，必须善加利用。

---

① 王韬手稿《瀛壖杂记》，《蘅华馆日记》之一。

《海陬冶游录》为王氏早期第二种女性著作，更为重要。此书正录三卷完成于咸丰十年（1860），当年文家龚橙（字孝拱，龚定庵之子）读到，曾向王氏查讯，王氏在四月初三日（1860年5月23日）有记此书情形：

> 孝拱见余所著《海陬冶游录》，问曰：今日可能按图索骥否？余曰：自遘乱之后，风流云散，芳讯顿杳，此编只可当作白头宫人谈开宝繁华耳。时已黄昏，孝拱特呼厨娘添肴煮酒，把杯剧话①。

此一时期固自包罗王氏早期旅沪之十三年，而再过十七年，王氏又补写《海陬冶游录》附录三卷，余录一卷。合成七卷。所跨时期又增加同治时代，包罗至光绪三年，而合刊于光绪四年夏（1878）②。

《海陬冶游录》前后共七卷，各卷所含价值意义不同。前三卷成于咸丰十年，著录璇闺女子传记三十一人，俱王氏亲历熟见人物，所写真人真事，情节动人。往往亲身接触，对话调情，笔触亦真挚可信。更重要者，其中有六位曾与王氏有枕席之亲，具缠绻共效于飞之情。此六人者，即为一：绣云字琴仙；二、采芳及彩玲姐妹花；三、巧福；四、璇姑，乃粤商之妾；五、小玉；六、廖宝儿。此中以廖宝儿与王氏相昵最密，来往最多，用情最深。王氏曾为其家用一次赠银二十两；廖氏乔迁，王氏则助以钱二万缗。以当日生活计，平民衣食每户不过用银二两左右，当时绿营世兵，每月亦只二两五钱，用以养家活口。咸丰时期，湘军月给四两二钱，近人称为待遇最优。王氏一掷二十两，显见手面阔绰。至王氏酒食征逐，多受他人款待，惟遇及出资请客，必多记下数字，一般以付出青蚨一千余已是豪举，日记中屡记而不多见。可一次掷出二万缗者，足当此等豪举近二十次。故而值得一记。然王氏旅沪之患贫，其来由可知也。然即《海陬冶游录》

---

① 《王韬日记》，第167页。

② 王韬：《花国剧谈》自序。

一书而言，此前三卷足当时代代表意义，有史料价值。

《海陬冶游录》附录三卷，内载上海名妓个人专传七十一篇，余录一卷，内载上海名妓个人专传二十三篇。这两部分之近百名媛，俱是王氏离沪之后代表人物，均非王氏亲身接近，而是得自与上海文士之互相传闻，多据文字流布而获得，虽然如此，亦必真有其人，但是否真有其事，则不能保证如王氏亲记直述之可靠。惟其具另一种风格，是即品题高下，各家诗文题咏较前更踵事增华。或十二名媛，二十四咏题，乃至仿红楼梦十二正册、副册、又副册之方式，形成风气，各领风骚，而名媛身价亦因而抬高。远较昔时繁华热闹。王氏自知后有来者，青出于蓝，乐得一一收载，壮大篇幅。《海陬冶游录》之附录、余录，内容多在传达上海文人之各类风骚诗文，且以品题名妓为宗旨。

在纭纭名媛中有一位值得一提，盖常见于《点石斋画报》以及李宝嘉（伯元）之小说中，往往提及上海名妓林黛玉，可以代表清光绪年间上海第一名妓。我人当然相信实有其人，惟若不细检王氏《海陬冶游录》附录，则将无法测知林黛玉之得名缘由，亦更不知所指为谁。翻读王书，则知此人实即李佩兰。自光绪初年经风月文人多方推重，评为上海名媛之冠。自是名扬遐迩，成为一代名姬①。

王瀚早期在沪生活，一面自是杜陵穷瘦，艰困衣食，一面则是周旋众香，风流隽赏。惟在其诗文表达之间，则已充分留存可资研考之种种可信资料，于文字流变，口岸社会风气，均具潜在之解析功效。

三、黄畹公案，遁隐香江

黄畹上书太平军一案，于太平天国史之研究价值微不足道，本来不值浪费精神讨论此一问题。只是在民国初年，史学界辨伪及考据之

① 王韬：《海陬冶游录》附录（光绪四年夏，眉珠小盦印），卷下。

风盛行，正好此一问题小而具体，最合当时学者胃口，竟有一些著名学者参与研讨，其中当然使太平天国史专家也群趋探索。为此而有罗尔纲所撰《黄畹考》，谢兴尧撰《王韬上书太平天国事迹考》，洪深撰《申报总编纂长毛状元王韬考证》，赵意诚撰《王韬考证》，吴静山撰《王韬事迹考证》，简又文撰《关于王韬》，甚至胡适也认真参与考证。顾廷龙代觅王韬昆山县道光二十五年考生榜名。形成太平天国专家中最热门问题。今日看来，直觉其小题大做，浪费人力。更是看到考据家本领不过尔尔，令人失望。

研究太平天国而做此小题，可谓无聊透顶。未料过五十多年后，大陆上又有不少人在炒热此一未成问题之问题。好像前人工夫全是白做。又在辩论王韬是不是黄畹这类疑案。当然有我所敬重的李景光先生所撰《关于王韬上书太平天国的几个问题》，王开玺撰《关于王韬上书太平天国之我见》，吴申元撰《王韬非黄畹考》，杨其民撰《王韬上书大平军考辨——兼与罗尔纲商榷》等文。真是多余的浪费。民国二十年代成为一时风气，多可找出一些环境因素。主因在于太平天国史这门学问的开辟，几位大师级学者，形成此门学术权威，问题不论大小，总须弄个清楚明白。此是学术风气使然。六十年来，若无新问题开拓，亦无必要重新拾起这类无关宏旨的黄畹上书公案，重新炒热①。

本文既然如此批评前人，何以仍要列为专节讨论一番？乃是就王瀚个人之研究言，情况自具重大意义。黄畹上书案对于太平天国史并不重要，对于王瀚言，则是一生重大转折点，此一转折，完全改变王瀚后半生。若要研究王瀚个人，自不可不有所交代。本文丝毫不讨论黄畹上书内容，以至王氏用心如何，而是要就罪案发生后，对王瀚的严重打击与影响，要作一番了解。若要研究王瀚，即无从逃免。

黄畹上书太平军，其人无可怀疑，就是王瀚化名，也就是后时之王

---

① 近年诸作较具功力而探讨深入者，有王开玺撰：《关与王韬上书太平天国之我见》，载《近代史研究》，1988年第三期，第270—279页。又有李景光撰：《关于王韬上书太平天国的几个问题》，沈阳《社会科学辑刊》，1989年第四期。俱值得参考。

韬。王瀚因此案之后改名王韬，永不再用王瀚之名，段落十分清楚。王韬向来也不曾用王畹一这名称，贤者之纷纷考证，一意认为王氏昔名王畹，自是错误结论。但若承认黄畹应是另有其人，也是错误。正确答案：黄畹是王瀚化名，其上书就是出于王氏之手。对于太平天国毫无影响，对王氏个人则成为一生命运之莞钥，大大关系到王氏历史地位。

黄畹上书太平军公案，当同治元年二月案发，清军于克复上海附近七堡（王家寺）太平军营垒，搜获黄畹上太平军逢天义刘肇钧书[①]。三月十三日（1862 年 4 月 11 日）江苏巡抚薛焕将搜获文件上呈朝廷，随即形成缉捕黄畹一案。

其时上海道员是吴煦，承其部属建议，已作诱捕之谋。当时在三月杪有署名“蛾术斋”者，向吴煦献计云：

> 黄畹投书导贼，设计殊毒，此人行踪诡秘，难保不潜行赴沪，倘能擒获最妙，否则设计问之，亦可除一大害，高见以为如何[②]？

此是诱捕王瀚之先声。不久在四月十一日（1862 年 5 月 9 日）即有江苏巡抚薛焕（虽已任李鸿章接任，而适交替中间，薛氏任用旧衔）将三月二十七日上谕朝廷捕拿指示，下札苏松太道吴煦，令其速加缉捕黄畹其人：

> 逆党黄畹为贼划策，欲与洋人通好。设其计得行，于军务殊有关系。闻该逆禀内，于洋人多丑诋之词，业经薛（焕）饬令吴煦告知英、法领事破其奸谋，仍著薛（焕）会商曾（国藩）、李（鸿章）妥为办理。至该逆所称派拨党与赴洋泾浜潜住，并勾结游民作为内应，计殊凶狡，并著李（鸿章）、薛（焕）严密防范。黄畹是否现匿上海或窜赴他处，著曾等迅速查拿，毋任漏网[③]。

---

① 陈其元：《庸闲斋笔记》卷十二，中华书局，1989 年排印本，第 297 页。所述陈氏本人当时曾在薛焕幕府亲自读过黄畹书。又，《文献丛编》第二十期（北京故宫博物院，民国二十三年刊）《太平天国史料》，清廷诱捕黄畹事。

② 《吴煦档案选编》第二辑，江苏人民出版社，1987 年，第 318 页。

③ 《吴煦档案选编》，第 334 页。

陈其元为当时人，九年后任上海县令，所记吴煦诱捕黄畹未成，实因英人插手格阻，并非不知黄畹即是王瀚化名。而错在陈氏未举王瀚之名，遂使后人疑误，考辨不休。当日王瀚命贱如鸡，官方捕拿治罪岂有困难。其事竟被洋人从中作梗，王瀚区区穷儒，非有赫赫名位，何至劳动英国官方至领事公使出面保护，颇值探究。其实就民国二十三年《文献丛编》二十期所公布英国公使卜鲁斯（Sir. Frederick W. A. Bruce）在同治元年八月二十日（1862年9月13日）致恭亲王照会，即可见出此中曲折关键，此照会极具关键意义，愿抄录一段，供作质证：

前于六月初五日接准贵亲王来文内开：王瀚即黄畹，号兰卿，据该地方官指称为贼划策，现有通贼信据，经请上海领事官麦交出讯办。该领事未肯解送，希即照复等情。准即札行麦领事速将王瀚各节细为详报，以备查核去后。兹于本月十三日始接申复。查此案上海道吴禀呈总理各国事务衙门虽已阅悉，惟以事中尤有要处，该道未经详细申报，贵衙门不及尽知。盖我墨海书馆，除传教外，仍备天文药方各等部类之书，王瀚向在馆帮办笔墨，已照多年。近离上海回籍，本村已为贼踞之地，王瀚家眷自亦落贼网，后因墨海书馆仍请回沪，再为作幕。王瀚亦愿回来。东家慕惟廉虑其近在贼境内居，此番回沪，难保不致官疑。思此预向上海道探询，王瀚旋馆，可否妥保无虞。吴道即以兰卿如肯重来我处，定当妥为位置等语答复，现有四月初八日原片可据。惟黄畹伪禀逆首之函，系二月初一日所具，相隔两月之久，其克复王家寺贼垒，搜获信件，亦系三月初六日。即此可知吴道出保片时，已知有伪禀之件，是欲将王瀚究审，因鞭长不及，设法出其保片，架言妥为位置，诱其回沪，以为拿办之地。似此阳利阴害，诡谲为谋，殊为失信无耻。更有可恶者，是己不能专成其事，借我英国堂堂俊秀之人用遂其欺，将素为家中所用之之人害其命。俟其阴谋败后，呈禀贵亲王时，只将寻常案件之由叙入。其欲令外国帮助行欺之事，系格外情节，特有心含混，丝毫并不提及。麦领事官既烛破其奸，即以愿将王瀚送出地界，嗣后如敢自回，本领事官决不能代为分解等语答与吴道①。

解读这段史料，最能了解渊源曲折，表现上海地方官诱捕黄畹之用心。吴煦原计假英国教士慕维廉（Rcv. William Muirhead）之招聘王瀚，乘机拘拿归案。未料此种官僚手段，正好使事端复杂化。王氏既承慕维廉聘雇，慕氏自然须承担王氏安全。反而促使英国驻上海领事麦华陀（Walter Henry Medhurst）把王翰带到领事馆藏匿，设法把王氏安全送离上海。此一黄畹公案，终因麦领事卷入其中，而造成中英两国间最高层交涉，即王瀚个人亦梦想不到。此外，卜鲁斯也于八月二十九日（1862 年 9 月 22 日）将交涉情形报告到英国外务部，给外相罗素（Earl Russell）有信说明②。

英公使卜鲁斯进一步更在同年闰八月初一日（1862 年 9 月 24 日）

---

① 《文献丛编》第二十期（北京故宫博物院，民国二十三年刊），《太平天国史料》，清廷诱捕黄畹事。

② 英国国家档案局（Public Record Office）F. O. 405/9, No. 149, pp. 118—119. Peking, Sep. 22, 1862, Mr. Bruce to Earl Russell: I have the honour to inclose the reply of the Prince of Kung to the letter I addressed him on the subject of the prisoner Wang Han（王瀚）, together with my rejoinder. The Prince is considerably nettled at my remarks, which he looks upon as charging the Chinese Government with inhumanity towards its subjects . This is a serious reflection where, as in China, the Government is based on the paternal relation. He meets the charge by referring among other things to the late proceedings of Tsung Kwo-fan（曾国藩）, which are detailed and approved of in the accompanying Decree published in the "Peking Gazette（京报）". There may be some exaggeration in the numbers, but I have no doubt that a large number of men, forced into the ranks of the rebels, have returned to their allegiance, and have been humanely treated. The fact of their hair having grown long shows that they must have served for some time. Such of them as belonged to other provinces have received passes and money to enable them to return home, The mode of dealing with the leaders is characteristic. In other countries these men would have suffered death, here they are allowed to clear themselves by performing an important service against their former associates, and receive rank as a reward. We should not consider that a man who had been a rebel redeemed his character by volunteering to act against his brother rebels. But rebellion, according to law and public opinion in China, is parricide, and the crime is most effectually expiated by some signal service. A man's reputation does not suffer here by such acts, nor are they looked upon dishonourable.（以上引文约原文三分之一）

再致照会给恭亲王，对于恭亲王有所辩驳。俱可见出英官所持理由：

至与王瀚一人，前次去文内称该道设法阳利阴害，诡谲为谋，不便帮助行欺等词。本大臣今准复文，细察其意，仍无使我变更之理。盖前文所指王瀚有无通贼之据，本大臣毫不置议，只以该犯尚在逃时，该道未得自力查办。因欲拿究，故作如肯重来我处，安（定）当妥为位置等字保片，发给外国之正士，凭此引诱该犯回沪，追其旋复，该道派役查拿，如此计策，本大臣所谓失信无耻。否则慕维廉赴道署禀问，吴道当以王瀚已有犯案，难免拿问等言批复。此本大臣所谓忠直之批，嗣或王瀚仍肯回沪，只伊狐（孤）身冒险，并道外国人代奉道保之论。总之，本国军兵保卫上海县城、宁波及各等处亦已克复，交与官兵防守。惟此王瀚一人，未得交官，或使天下惧度本国同贼一意，欲将贼匪包庇乎？谅天下人亦必无此见也。此案本大臣不便随同助办，只缘吴道此举，无非暗谋险（陷）害，未昭公正。甚至碍于本国忠信之称①。

---

①《文献丛编》第二十期，《太平天国史料》，清廷诱捕黄畹事。又，Public Record Office. F. O. 405/9），No. 149，p. 120，Inclosure 3，Sep. 24，1862，Mr. Bruce to the Prince of Kung：

"I have the honour to acknowledge the receipt of your Imperial Highness' reply to my letter on the subject of Wang Han.

It is not always a pleasant thing to state facts, and I never allude to matters that may give rise to unpleasant discussions without a practical object. But where good may result it becomes a duty of friendship not to be silent, I am desirous to see the restoration of tranquillity in China, and I stated on good authority, that many persons are detered, from returning to their allegiance from the dread of being called to account for their past deeds. I therefore urged the publication of an amnesty which at the beginning of a new reign would have a good effect, and the advantage of the local authorities acting with tenderness and humanity towards many men who have joined the rebels, not because they like them, but because they were in their power. This suggestion I believed to be in accordance with the principles of China, and with the disposition of your Imperial Highness. （转下页注）

此事至为显然，英方为避免陷害王瀚恶名，决计不理会清廷中央及地方要求，一意保护王瀚，将之隐藏于安全地方。王韬日记所见，是即上海英国领事馆，自同治元年四月二十五日，直至闰八月十二日（1862年5月23日—10月4日），王瀚一共藏匿一百三十五天①。当其隐匿英领署，曾作仿苏东坡狱中诗，寄乡中挚友杨引传。举列如次：

（续上页注）

It is with much pleasure that I have received the account given by your Imperial Highness of the judicious course pursued by his Excellency Tsung Kwo-fan（曾国藩）, and have read that his conduct has been approved by his Majesty.

The insurrection will lose much of its strength when it is seen that there is pardon for those who repent, and at the same time increased vigour in the field.

With respect to the prisoner Wang Han, I am unable to find anything to change the view I have expressed about him. I do not enter into the question of his guilt. It is sufficiant for me that he was not in the power of the Taoutae（道台）; that the Taoutae wished to get hold of him, and that to entice him, he gave a paper to a British subject, the meaning of which is that he is not to be molested; and that having induced him to come back through the instrumentality of this foreign gentleman, he then attempted to seige him. If the Taoutae had acted in a straight forward manner, he would have told the gentleman who applied on his behalf that there was a serious charge against him; and had he done so if the man had come back it would have been at his own risk.

Her Majesty's troops are employed in protecting Shanghae（上海）, and have retaken Ningpo（宁波）and other places, and handed them over to the Imperialist forces. No one, therefore, can suppose, if this man is not given up, that it is from any sympathy with the rebels, or any desire to harbour their adherents. But I cannot acquiesce in what in my eyes is an unfair and treacherous proceeding of the Taoutae's and which involves the honour and good faith of Great Britain, and I regret that Your Imperial Highness does not see it in the same light.

I know my country, and am aware that I should do the cause of the Imperial Government much harm where I do direct the man, under these circumstances, to be handed over the Taoutae."

本文两处举证英文资料，不厌其详，主要因为系档案原件，一向未经披露，须直接引括，取信学界，以免盗欺之嫌。

①《王韬日记》，第195页。同治纪元岁次壬戌四月二十日（5月13日），抵沪，得见慕君维廉，即住黄春甫（锷）家暂住。二十五日（5月23日），至麦领事署。从此闭置一室，经一百三十五日。

仓皇烽火逼残春，蹈死孤臣敢惜身？报国空陈平贼论，辨冤谁是上书人？早拼骨肉填沟壑，妄冀功名祟鬼神。一切恩情尽灰冷，君亲好结再来因。

灯尽宵长夜雨凄，渐亲厮养首频低。书来此日凭孤雁，腹痛他年奠只鸡。地下惊魂招弱弟，江边收骨仗贫妻。比邻杞菊成虚语，合葬天随旧宅西①。

王瀚遁匿上海英领事署，地在上海城外，近黄埔江与吴淞江口，乘船外逃，自甚便宜。麦华陀为王氏安排遁避之法，即使乘船迳赴香港，在港安置寄命之所。于同年闰八月十一日派教士麦高温（Rev. John Mcgowan）带其搭乘怡和洋行火轮船鲁纳号赴港。于十二日（10月5日）启碇放洋，十八日（10月11日）抵达香港②。

王瀚此次只身逃港，避地求活，以为永世不得回乡，记挂妻女无人照料，于行前作书，托身后于杨引传。栖遑哀怨，茫茫无所计其未来，有似绝笔书：

醒逋执事：闭置一室中一百三十五日矣。坐卧饮食之外，了无所事。傫然独居，惟与厮养相亲。即欲凭几把卷，而愁痛坌集，每不能竟数叶。此生已矣，分与世辞矣。昔中散养生，终撄祸网。平原违里，遂被谗言。韬志在岩阿，心于邱素，苟得二顷田万卷书，即欲杜门谢事，采芝饵术。天特厄之，致斯奇困。此

① 《王韬日记》，第210页。四月二十五日，猝中奇谤，索予者甚急，遂避西人公廨，闭置一室中一百三十五日，分无免理。和东坡狱中遗子由诗，寄里门补道人（即杨引传）二首。

② 《王韬日记》，第195页。闰八月十有一日。辰刻，麦君高温（即麦嘉湖，Rev. John Macgowan）来，述麦领事盛意，令余即刻前往香港，因循至怡和行鲁纳火轮船，英人密司恳开亦同去，待余之厚，殊可感也。是日，从未得税单，不启行，同舟者殊不少，有台州人徐云溪晓峰，原名旭，系福建汀漳龙道，由军功保举，附轮舶诣福州赴任，随行二十六人，中有江宁人范春泉祖洛，系福川县尉，其弟镜秋皆彬文尔雅。他如萧山人鲁荻洲希曾、许识斋，亦善谈，舟中得此，颇不寂寞。十有二日。巳刻，启行。余此行仓卒登舟，一物未携，窘苦万状。轮船行大洋中不甚平稳，风浪恬和，颇畅眺览。

寝寐中未及料者也。疑生投杼，冤至覆盆，不思从中之或有嫁名，反以局外者居为奇货。当路势位烜赫，固无难指龟而成鳖，淆素以讹缁。欲戮一细民，亦何求而不得？兹虽西官力为周旋，为之请于彼国驻京公使。而当事者转益其疑，狮搏兔以全力，犬委虎而无生。转辗筹思，分无免理，后其所先，急其所缓，措施如此，事可知矣。呜呼！即使韬衔冤斧锧，饮恨刀锯。于正典明刑，攻城杀贼亦何所裨？徒成杀士之名，自居忌才之实。此堪愤而又堪笑者也。韬今年三十有五，已逾一世。才浅识寡，生固无补，死亦何恤。况复慈亲弃养，骨肉凘凋，于世无所冀恋。买地建茔，卜壤归骨，见后之事，于君是托。相知有素，想不负我。阿苕君之是出（长女苕仙，妻梦蘅所生），俾得所归，尤为无憾[①]。

王瀚自此易名王韬，字仲弢，号子潜，乃完全转移于另一新生命阶段。变化突兀而严酷，起伏于生死存亡之间，此真正王氏生平一大转折，论世知人，史家自当予以充分表述。

王氏于闰八月十八日到港，当天即住进中环英华书院，会见教士理雅各（James Legge），由此时起遂以理雅各为居停主人。不期然而长期遁居香港。同年十二月初八日（1863 年 1 月 26 日）王氏妻冷冷，易名怀蘅，女苕仙、稚仙均自上海航海抵港。一切用度皆出于慕维廉牧师及好友黄春甫医生之协助。王氏感激万分[②]。

四、东西漫游，结缘异域

王韬寄居香港，佣书于理雅各，佐其翻译中国典籍十三经。虽是

---

① 王韬：《弢园尺牍》卷六，光绪二年九月活字版排印，天南遁窟藏版；台北大通书局影印，第 10—11 页。

② 《王韬日记》，第 201 页。又，有关黄畹公案，大陆上持平而论，具学术参考价值者，有王开玺撰《关于王韬上书太平天国之我见》。

飘泊南陲，其地为英人开辟，颇大力经营，俨然成一海上都会。岛居虽狭，开埠未久，人口尚未拥挤，王氏所居中环之地，适即港岛繁华之区。且王氏已受聘于理雅各，家用衣食，尚不窘困。惟是昔日交游，俱同隔世，只有在香港陷于举目生疏之域。

王韬逋逃，婉转求生，虽无端远播香港，岂生平始料所及。此固命宫魔蝎，天忌文才。实则计虑之外，使王氏又添广阔生机。既走尽穷途末路，却更见柳暗花明。

理雅各任英华书院山长，颇热爱中国典籍，立意将儒经译成英文。慕维廉为挽救王氏性命，即介荐予理雅各，使之前赴香港，佐其译书。王氏不惟再获生机，实更得致力于中西文化交流，其于学术影响自不待言。本文且勿具论，惟愿于其严肃之学术问题以外，略为探讨王氏身影所届，周旋于异国仕女之间，其行径与所流露之处，尚可追考其心性修养与才华表现，在其一生活动保留几分姿彩。

王韬在港工作，第二年即完成《毛诗集释》三十卷，呈交理雅各[①]。自是博得理雅各之赞赏，亦更坚信王氏之才学。自此以下之七八年期间，一直与理雅各有密切关系。生活因而得以安定。

惟王韬旅居香港，原以为暂时避难，背井离乡，不似上海之随时可以返里探亲。虽满心飘泊情怀，亦不能不求随遇而安。未料辗转迁延，旅港为家，竟达二十三年之久。自同治元年（1862）离沪，直至光绪十年（1884）再回沪定居。又足以代表王氏一段放逐段落。其中所占王氏生命中三十五岁至六十岁之壮年阶段，应是正有表现与其提具贡献之年代。质言之，应是王氏生平之黄金时代。

大凡研析王韬思想，其作品均集中于旅港时期。若论创办《循环日报》，亦表现于此一时期。自是十分重要，近世言之者众，不拟再加涉论。惟译书之职，甚值注意，就本文论域所需，亦必割舍。在此未免避重就轻，偏要追考一番王氏一些海外游历行踪，抑特亦集中于

---

① 王韬：《弢园尺牍》卷六，第15—17页。

诗酒风流文士故态。

理雅各在港主持英华书院，较难专心从事翻译，计欲邀王韬赴英，俾得一同全力从事，故在任期届满，辞职回英，约定安排王韬作访英之行，并在英进行翻译中国经典，其事在同治六年（1867）。安排妥当，于是年函约王氏赴英，订下轮船客舱，与同年十一月二十日（1867年12月15日）启行，直放欧洲。自是开始其海外遨游。

行船四十余日，先至法国马塞港登陆，然后乘火车至巴黎。受到法国汉学家儒莲（M. Stanislas Julien）热忱款待。同治七年（1868）初抵达英国伦敦，进住于洛魏林（Dr. William Lockhart）家，此后受英国友人辗转接待，居止不一。交往亦繁，虽身在异域，实受广泛热忱接待[①]。

王韬在英，初居伦敦，于当日英人礼俗习惯，居住饮食，房屋道路，游息娱乐，无不留心观察，多所慨叹。而游于英都，到处备受尊重礼遇，给王氏极大慰藉，故具深刻印象。无不惊叹英国政教制度、科学发明、机械制造、建筑艺术、园囿林泉，无不称美赞誉，极力介绍，其游历西国京华，可谓大开眼界[②]。

王韬息游伦敦半载有余，多受旅华教士商人轮番款待，而主要居停主人仍是理雅各，导之漫游名胜者则系理氏第三女媚梨（Mary Legge）[③]。王氏于将赴苏格兰之前，于其来欧之行，有一概括性描述，其诗有云：

> 一从客粤念江南，
> 六载思乡泪未干（同治元年至六年）。
> 今日掷身沧海外，

---

① 王韬：《漫游随录》，湖南人民出版社，1982年12月印，第65—98页。

② 王韬：《漫游随录》，第99—123页。

③ 按王韬一生著述，笔下所书女子名媚梨者，皆为西国之人。实Mary译音，然不同时期，非指一人，所能确知者，最早者为麦都思之女，其次则为理雅各之女。王氏另有媚梨小传之作，有似虚构，或即指此一媚梨。

粤东转作故乡看（因其家书来自香港也）。①

其文有云：

噫！余处境虽危，而游览之奇，山水之胜，诗文之娱，朋友之缘，亦足以豪。几忘其身在海外也②。

王韬于同治七年七月转到苏格兰游历，正值慕维廉自上海返英渡假，得以相见于慕氏故乡。慕氏与理雅各同为苏格兰人，相偕导游，使王韬更感宾至如归。

王氏在苏格兰之一段时期，传食当地好客之家，至少有理雅各、慕维廉，再加湛约瀚（Rev. John Chalmers）亦退隐在家，均与王氏交往多年，各尽地主之情，分带各地，招集亲朋欢迎王氏。其较在伦敦不同者，王氏一到苏格兰首府挨丁濮，即有报纸刊载王氏到来与学界见面的消息。待以东方学者之尊，使王氏倍感荣宠。

王氏原在上海佣书西士，翻译圣经，始终不过是文人自居，以诗酒风流自遣。惟自遁避香江，仍供译事，则情有不同，先在上海系以西译中，王氏未尝用心理解。及在港随理雅各翻译十三经，是以中译西，使王氏可尽供所学，表现其治学素养。虽未能脱文人习性，西人见之，俨然视为东方学者。初始到英，曾被邀至牛津讲学，首次得到肯定。及到苏京挨丁濮后，更有数度登坛讲学之机，至此遂得肯定其学者地位，真王氏重大收获③。

王韬于讲演之外，另一重要表现，使其更受肯定而具东方学者风范者，则为其向西人表露之朗诵诗，亦俱在旅居苏格兰时期。计于女友爱梨家朗诵《琵琶行》，与富室司蔑氏家朗诵吴梅村《永和宫调》。于苏京挨丁濮讲演两晚，每次各朗诵《琵琶行》及李华之《吊古战场文》。于济贫午餐会中朗诵唐人《贫女诗》④。凡此机遇，虽近今学者

①② 王韬：《漫游随录》，第126页。
③ 王韬：《漫游随录》，第99—100、133、146、159页。
④ 王韬：《漫游随录》，第148—149页、159—161页。

亦不可多得，亦未必真有能朗诵诗之如此多次者，自当于此强调陈叙。

王韬风流蕴藉，才华洋溢，游欧初居伦敦半载，见及西方仕女，亲切大方，坦朗开放，大开眼界。然未尝自作多情，荡检逾闲。及转往苏格兰周游北国。在理雅各、慕维廉故乡亲朋好友之家备受礼遇，一住两年，直至同治九年（1870）初再返伦敦，整装返回东土。此两年中颇有西方家庭来往，会见名姝不少。惟与交往最密而具相当友情者其一为富家士班时（Spencer）有女爱梨小姐，年方十五，王氏数度居住其家，爱梨无所拘男女之嫌，王氏颇生爱慕之情，二人互有馈赠。其二为周西鲁离女士，年仅十七。鲁离其姓也。王氏以为在苏二年以此姝为最熟稔，过从甚密，周西常常驾车偕王氏出游，穿梭森林山水间，调笑奔逐，携手并肩。王氏深怀慕恋，彼此互有遗赠。王氏记爱梨有谓：

> 士班时夫人产自英伦，明敏持重，有大家风。其长女公子字爱梨，年十有五。聪警绝伦，工琴能歌。作画俱得形肖，人物栩栩生动，几与北宋苑本相埒。以平日画就一册相赠，谓展画图如见其面，爱梨妍质羞花，圆姿替月，固世间慧心妙女子也[①]。

王氏多次记述周西，而于王氏离苏南返，作东归之计时，记叙相别依依，亦足见出王氏之用情：

> 将去苏京，女士周西鲁离来送行，谓："自此一别，不知相见何时？"特摘头上发辫作连环条相贻，为他日睹物思人之据，云见此如见其面。予尝赠以一衣，约金钱十有八枚，女士以其华丽逾分，初不敢服，至是乃服此裳衣，照一小像以赠余，惊鸿艳影，殆足销魂。女士执手言别，双眥荧然，含泪将堕，不欲余见，潜自拭去，顾已鸣咽不能成声，但道"珍重"二字而已[②]。

---

① 王韬：《漫游随录》，第147页。

② 王韬：《漫游随录》，第159页。

王氏记叙与英国女士过从，虽不免芬芳悱恻，旖旎动人，实则是发乎情止乎礼仪，交游虽密，未及于乱。王氏当时四十开外，已阅世很深，西国主人款待之亲，敬重之隆，使之亦须自重自爱。尤重要者，王氏在英两载，久熟其礼俗固自质实，人品实自高尚，亦足使王氏肃然起敬，乃有以下严正之记述，所指示正是周西一家。

> 余之至埃丁濮也，主于纪君家。每莅访友人之舍，悉皆倒屐相迓，逢迎恐后。名媛幼妇，即于初见之顷，亦不相避。食则并席，出则同车，觥筹相酬，履舄交错，不以为嫌也。然皆花妍其貌而玉洁其心，秉德怀贞，知书守礼，其谨严自好，固又毫不可以犯干也。盖其国以礼义为教，而不专恃甲兵，以仁信为基，而不先尚诈力，以教化德泽为本，而不徒讲富强。欧洲诸邦皆能如是，固足以持久而不敝也。即如英土，虽偏在北隅，而无敌国外患者已千余年矣，谓非其著效之一端哉！余亦就实事言之，勿徒作颂美西人观可也①。

此论正见王韬表达对当代欧洲之赞誉，且亦证明其识见之开拓与思想之敏悟。于王氏回港之后创办《循环日报》，发抒变法言论，介绍西方政教，改革中国弊政，仿效英法政制，均有密切关系。

王韬于同治九年春由苏格兰再至伦敦，周旋于英国仕绅之频频款接，几至日无暇晷。实王氏旅英所受隆礼之高潮。随后即搭轮东返，其时正值普法战争，王氏不能多所勾留，匆匆返回香港，结束将近三年之西欧游访。

王韬羁港二十三年，为其一生中最重要阶段，此为常识，勿须多论。惟其游欧三年之外，又有机会东访日本。时在光绪五年三月初九日至七月十四日（1879 年 3 月 31 日—8 月 31 日），计五个月（内中有闰三月须计在内）。为期虽短，而活动频繁，接触广泛，内容充实，王氏留有记载，足备研析鉴赏之资。

---

① 王韬：《漫游随录》，第 135 页。

王韬东游日本，系受日本学者邀请，一切旅行赀费，为日本友人担负，而花用自不待解囊。王氏当时留下其所写《扶桑游记》，在结束访日之际，即留交日本友人栗本鲲（字锄云，号匏庵），初计即要刊印问世。内有当日活动情景，并有丰富诗作。其所能传世最可珍之点，则在于反映当时日本文人学士社会风气，其价值永不可磨灭。惟本文将不涉谈此一范围。

日本学者何以要邀请王韬访日，其中名流不下五六十人之多，基于何项原因，能使日本学界倾心于王韬，此最值得注意。大抵先有一认识印象，然后而生倾慕之情，而有邀约之举。一般情况，基本上是向慕王韬文名。如其居停主人重野安译言：

> 余尝观先生所著书，美其文藻，爱慕其襟度通侻，不规规乎绳墨，欲一相见请教。愿才遂，而一朝乖隔，憾可胜言哉[①]！

又如中村正直言：

> 忆四五年前，余于重野成斋几上始见《普法战纪》。时成斋语余曰："闻此人有东游之意；果然，则吾侪之幸也。"察其意，若缱绻不能已者[②]。

又见龟谷行言：

> 匏庵（栗本匏庵，号锄云）曰："吾闻有弢园王先生者，今寓粤东，学博而材伟，足迹殆遍海外。曾读其《普法战纪》，行文雄奇，其人可想。若得飘然东游，愿为东道主。"白茅曰："善矣！"余友寺田士弧曾至南海，与先生善，乃有东游之约[③]。

又如平安西尾言：

---

① 重野安绎：《扶桑游记序》，载《扶桑游记》，湖南人民出版社，1982 年 12 月印）。

② 《扶桑游记》中村正直序，同前引书。

③ 《扶桑游记》龟谷行跋。

近日清国人士来游者日多，余亦往往与之纳交；而胸襟洞豁与人莫逆者，独推王君紫诠先生矣。余于先生一见如旧，情谊甚笃，文酒之会，每尽其欢①。

又见冈千仞言：

《普法战纪》传于我邦，读之者始知有紫诠王先生；之以卓识伟论，鼓舞一世风痹，实为当世伟人矣②。

由前举日本学界笔载，可知彼人仰慕王韬已久，其关键在阅读王氏之书。更具体言，是王韬所著《普法战纪》流传日本，引致极大重视。此亦显见日人非盲目崇拜，其重大影响之处，在于王氏所著《普法战纪》。我人指出此点，认为是日人邀聘王韬访日的根本动因。

光绪五年（1879）春夏之交，王韬赴日访游，先后接触日方学界六十余人，最初并不相识，然一见既能针芥契合，又得开怀畅谈。曾在三月二十五日（1879 年 4 月 16 日）一次重大聚会，饮酒论诗，满堂日方俊彦竟有二十五人之多，一一与王氏接谈。真有似古时兰亭之会。兹将日方文人备列于下：

重野安译，字成斋；折田彦市；平山太郎；小野长愿，字侗翁，号湖山；藤野正启，字伯迪，号海南；鹫津宣光，字重光，号毅堂；冈千仞，字振衣，号鹿门；龟谷行，字子藏，号省轩；小牧昌业，字伟卿，号樱泉；佐田白茅，字藉卿，号茹斋：鲈元邦，字彦之，号松塘；三岛毅，字远叔，号中洲；小山朝宏，字毅卿，号春山；大卿穆，字穆卿，号学桥；河野通之，字思卿，号荃汀；村山醇，字大朴，号拙轩；木下真宏，字叔毅，号梅里；西尾为忠，字叔谋，号鹿峰；猪野中行，字尚甫，号熊梁；野口之布，字士政，号犀阳；星野恒，字德夫，号丰城；川口嚣，字濯父，号江东；蒲生重章，字子暗，号䌹亭；平山卓，字

① 《扶桑游记》平安西尾跋。
② 《扶桑游记》冈千仞跋。

立卿，号蕉阴；寺田宏，字士弧，号望南①。

相聚一席，各赋诗赠答，可谓英彦毕集，莘莘济济。然就日方文士习惯实定期一月一会，足以想见东瀛士风之醇美，王氏以诗人文彩使东人醉心，自是原有其深厚背景。嗣后王氏又得结识本多正纳、岛田重礼（字敬甫，号篁村）、秋月种树、栗本鲲（字化鹏，号匏庵，别号锄云）、吉田次郎（字子全，号二酉）、吉田易简（字君敬，号素堂，又号香竹）、增田贡（字岳阳）、小西义敬、藤田茂吉（名晦，字义卿，号鸣鹤）、中井弘（号樱洲山人）、奥井赍（字庄一，号寒泉）、近藤市五郎（号米华堂主人）、近藤瓶城、藤野海南、中村宏毅、川田瓮江、岛宏毅（字子迪）、山井重章（字子干）、藤醇处厚（号畸庵）、斋藤一马、冈本监辅、奥田遵、盐田园造、平野藏、近藤源一、森鲁直、佐川柽所、坂谷素（字子绚，号朗庐）、源桂阁、野田重次郎（号松桥）、狩野良知（字君达，号广居）、池田猪之助、岩谷修（字诚卿），矢士胜之（字竹海）、星野恒（字德夫）、木下真宏（字叔毅），斋藤实颖（字裕三），冈文治（冈千仞侄）等等，俱述与其晤会畅叙之情景，由是可见王韬东游所受日本学界之崇遇。尤其诗词唱和，更能表露王氏才学，其能令日本学者竞相结纳者，真所谓诗酒结缘，代表中日文会之典型。

王韬东瀛之旅，为时虽只五个月，真可谓生平奇遇。与日本学者广结文字缘，主人善待远客，每每召艺妓侑觞，王韬亦必大展才华，且详记各时不同情景，记注美姬色艺，多有赠诗题扇、书写字幅。同时广结善缘，群芳必留其名，可谓多情之至。计此五月期间，王韬所见歌舞侑觞之艺伎及品茗女侍，大约在四十个左右，最多次会见者有小胜、小铁、阿玉、角松、小松、小雪、信吉、美吉、小千代、清吉、小紫、仲姬等妙龄艺妓。真乃青楼情圣，出入众香之国。

王韬扶桑之游，年届五旬，然在日本五月，枕席间必有侍姬。一

---

① 王韬：《扶桑游记》，第194—195页。

登瀛岛，在神户即有阿朵相陪共宿。阿朵时年十七岁。王氏登陆东土，初到长崎即召妓名金铃者共宿。继在东京久住，先租阿药共枕。王韬有诗记其定情云：

芙蓉绰约秋风里，高卧秋江呼不起，
甘于水畔吐芬芳，羞在花丛斗红紫。
瘦腰专恋沈休文，浓消艳福轻桃李，
蓬莱已到尚思家，采药不归有王子①。

未料诗稿刚成两日，阿药即不告而去。原因是王韬住处太狭不能容膝。王韬不久又结新欢，友人又介绍小玉陪侍。王氏一月之中两姬相从，乃作长诗存记此情：

燕颔虎头飞食肉，英雄貌自殊流俗，
瓶城本相天下士，特张吾军气亦足，
鹿门（冈千仞）乃偏出别解，访我消受唯艳福，
一月之中易两姬，要使餐花比馔玉。
两行红粉尽嫣然，如余好色流媚目。
三女成粲我所欢，借若蟠桃犹未熟。
三千年作蓬莱游，得遇仙姝缘不薄，
药姬去后玉姬来，伴我一月山中宿。
灵丹九转已入喉，石髓初凝还果腹；
人生此即万户侯，何须再要千钟粟。
世间富贵只寻常，天上神仙有嗜欲，
一瞥功名安足问，百种温存莫自促。
千秋万岁等销磨，古人已作一丘貉，
休从身后博浮名，且向筵前听短曲②。

其实王氏更与小铁、小胜两位少女亲昵，两人与王氏均有枕席之缘。

---

① 王韬：《扶桑游记》，第226页。
② 王韬：《扶桑游记》，第252页。

总计算来，王韬虽已年届五十，而旅日数月，其共宿女子有名可稽者竟有六位之多。然王氏回国道经神户，又与阿朵重聚，至长崎回国登舟之前，又宿妓馆，前后相亲女友不少于七人。此行可谓享尽艳福，若小铁、小胜两女亦均不过十六七岁，亦服王氏才情，当可见王韬风流才子本色。王韬游记自述，并坦言其率性而作，风流自赏：

> 日东人士疑予知命之年尚复好色，齿高而兴不衰，岂中土名士从无不跌宕风流者乎？余笑谓之曰：信陵君醇酒妇人，夫岂初心？鄙人之为人，狂而不失于正，乐而不伤于淫。具《国风》好色之心，而有《离骚》美人之感。光明磊落，慷慨激昂，视资财如土苴，以朋友为性命。生平无忤于人，无求于世。嗜酒好色，乃所以率性而行，流露天真也①。

近世旅日留日学人名士，文武将吏，其风流韵史，传播遐迩，实至罄竹难书。若论诗才文采，恐多下及王韬。比较著作，亦未必有所超越。故愿提示一二，供后之学者研讨取资。

五、前度刘郎，重现沪滨

王韬于光绪十年初结束香港之长期居留，重返上海定居。原在香港易名王韬，字子潜，并署其居为天南遁窟，自号为天南遁叟。其避世隐晦之志甚明，乃一居二十三年，于其一生成就适多集中此一时期。惟王氏年事渐高，终觉在外寂寞，遂至光绪十年重回上海，仍住城北，但非昔日故居，并又改号其居为“沪北淞隐庐”，自署名“淞北逸民”。可代表其晚年阶段。

王韬晚年返上海定居，恃何术以治生业，实赖其固有文名，特以

---

① 王韬：《扶桑游记》，第 246 页。又，王韬之旅日访友，前人已多注意研究，最早者有：一、实藤惠秀，《王韬的渡日和日本文人》，《日本研究》，卷三期六，(1944)；二、陈复兴，《王韬和扶桑游记》，《社会科学战线》，1981 年第二期；张炳清，《王韬扶桑游记史料价值发微》，《绥化师专学报》，1985 年第一期。

当日出版界与报界有所借重。其中以点石斋与申报馆为其在沪谋食之所，关键人物要为英人美查（Ernest Major）。美查自号“尊闻阁主人”，王氏于返沪前后均述及将著作交给点石斋出版之事。其一在于光绪元年（1875）：

岁在乙亥（光绪元年），沪上尊闻阁主人索余著述，将付手民。余即以《瓮牖余谈》、《遁窟谰言》两种递诸邮筒刊布。未几而翻版者四出。一日余于书肆偶见闲谈消夏录，一翻阅间，则全剿袭余之《遁窟谰言》，一字不易。此外则归安朱梅叔之埋忧集也，编撮成书，借以弋利。坊中人辨其版，知为江西书贾所伪托。噫！此覆酱瓿物耳，而世乃有嗜痂之癖如此，诚有所未解矣①。

其二在光绪十年（1884）：

余向有《遁窟谰言》，则以穷而遁于天南而作也。今也倦游知返，小住春申浦上，小筑三椽，聊庋图籍，燕巢�寄，借蔽风雨，穷而将死，岂复有心于游戏之言哉！尊闻阁主人屡请示所作，将以付之剞劂氏。于是酒阑茗罢，炉畔灯唇，辄復伸纸命笔，追忆三十年来所见所闻，可惊可愕之事，聊记十一。或触前塵，或发旧恨，则墨瀋淋漓，时与泪痕狼藉相间。每脱稿即令小胥缮写别纸，尊闻阁主人见之，辄拍案叫绝，延善于丹青者，即书中意绘成图幅，出以问世。将陆续成书十有二卷，而名之曰《淞隐漫录》。呜呼！余自此去天南之遁窟，住淞北之寄庐，将或访冈西之故园，而寻墙东之旧隐，伏而不出，肆志林泉，请以斯书之命名为息壤矣。世之见余此书者，即作信陵君醇酒妇人观可也。光绪十年岁次甲申五月中瀚②。

---

① 王韬：《重刻遁窟谰言书后》，载《遁窟谰言》，光绪元年成书，点石斋石印本，光绪六年九月重刻本。

② 王韬：《淞隐漫录》序（光绪十年五月石印绘像本）。

大致而言，王韬决计返沪定居，已非如昔日之佣书于西洋教士。此际王氏文名远播，周游东西，见识日广，上海出版家正要此类写作之人加强出书，而《申报》亦并需要王氏之论著，此来上海，正自不愁衣食之资。适其时上海格致书院董事徐寿去世，次年即延聘王韬为格致书院山长①。

我人于此略知王韬在沪生活，以其格致书院山长为本业，一直任至光绪二十三年王氏谢世。虽是晚年改入于学问教坛，实早于旅港期间之翻译经典，及办《循环日报》之经世维新变法文章，均具其广泛领域之学者背景，在上海已是众望所归，在其个人亦是胜任愉快。

王韬本性，才华纵横，风流跌宕，虽坐拥皋比，堂上夫子之尊，实在上海环境，终亦未改昔年悱恻芬芳之态。其年已届花甲，而仍周旋妙龄女姬之间，在其回沪不久，即有《淞隐漫录》十二卷之作，男女交游故事达百二十篇。又有《淞滨琐话》十二卷之作，亦具故事百篇。此亦视作《淞隐续录》，共为二十四卷。全部记述妇女闺房琐事，与往日《花国剧谈》及《海陬冶游录》具同类妇女故事之文集。足以代表王氏留心女性至细至深，真是王韬另一种特长。

王韬同治期间俱在香港，曾有《遁窟谰言》十二卷问世。乃仿《聊斋志异》，文俱虚构，尚不能视为同类。王氏亦自有言说明：

> 同治纪元之岁，余以避兵至粤，寄居香海，卜居山麓。小楼一楹，仅堪容膝。牓曰天南遁窟，盖纪实也。夙寡交游，闭门日多。风晨雨夕，一编自怡，时有以文字请者，诙谐诡诞，不名一体。于是窃效干宝之搜神，戏学髯苏之说鬼。灯昼更阑，濡豪暝写，久之遂如束笥。因并箧中所存髫年之作，厘为十二卷。名曰《遁窟谰言》②。

① 王尔敏：《上海格致书院志略》，香港中文大学出版社，1980年初版，第53页。

② 王韬：《遁窟谰言》序。

因是王韬再次回沪之后，《遁窟谰言》已不足代表晚年最后一段香艳文作。况其内中多属编造杜撰，亦不具史家资材之采取。

王韬晚年虽年届花甲，仍不免驰情酒色，留连花丛。笔锋所触，不忘为仕女记注。虽其著作已多虚构故事，然仍能见到真实可信之纪录。若《淞隐漫录》所载“申江十美”及“二十四花史”，皆为当时沪上名妓，为当日实录。又有“桥北名花谱”，乃追记光绪五年旅日时所接见之日本艺伎。虽名号多与《扶桑游记》大致相符，要亦为真实人事。凡此俱不应视为杜撰之小说谐谈。总计所涉名姝艺伎不下五十余位①。足见王氏记忆之强，载笔之勤，以及用心之广。

“申江十美”者，则一、陆月舫，二、王莲舫，三、王佩兰，四、王雪香，五、吕翠兰，六、胡月娥，七、吴新卿，八、张善贞，九、顾兰荪，十、马双珠是也。王韬文中以玉嬾生之名代表其本人，并有夫子自叙诗酒风流，穿梭其间。尤其增添张书王、吴慧珍两校书，合称之为十二花神，皆并时名士酒席间所公定②。

“二十四花史”者，则就同治元年至光绪十二年（1862—1886）之二十余年间上海教坊名姬之最出色者。前十二姬，出咸同年间，即小桂珠、王桂卿、李巧仙、金二宝、张秀宝、王云卿、褚金福、严月琴、李巧玲、边金宝、胡桂芳、小阿招。王韬与此前十二姬，有自叙感叹之言：

> 天南遁叟曰，当庚申辛酉间，江浙沦陷，凡士女之自远近至者，群萃于沪渎一隅，重开香国，再辟花丛。其在城中者，亦复舍彼而趋此，由南而徙北。弹指楼台，几同蜃蛤，塞空世界，尽是琉璃。嗟红粉之情迷，觉金银之气溢，吁其盛矣。余于其时，虽亦谈北里之风月，访南部之烟花，逐队随行，寻芳买笑。然而闲情徒寄，绮憾难平，方且欲绝温娇之裾，著祖逖之鞭，击渡江

① 王韬：《淞隐漫录》卷八，第5—6、11页；卷十，第11—14页。

② 王韬：《淞隐漫录》卷八，第5—6页。

之楫，挥回日之戈，投笔从戎，上马杀贼。所志未遂，弥怀郁伊，此所以散弥天之花雨，如坐摩登；聆遍地之笙歌，如参梵呗。犹浮云之过太虚，无痕可迹；若止水之印明月，澈底皆澄。文字之障，概从屏弃已。在昔蛾眉谣诼，同是伤心，而今马齿衰残，不堪回首①。

后十二姬，出光绪年间，即李湘兰、朱逸卿、陈筱宝、姚婉卿、周素娥、孙霭青、胡宝玉、朱秀卿、吴新卿、金如意、陈菊卿、李琴书。此十二人中，有九人与王韬在昔交往，王韬亦不免有人事沧桑之叹云：

天南遁叟曰，此卷中诸名姬，自周素娥、孙霭青、陈菊卿外，余皆与之往还。按拍征歌，飞觞侑酒，谬许审音之涓子，错呼顾曲之周郎。有时追忆影尘，深悲风絮，与之评红品绿，怀古慨今，如谈开元天宝遗事，令人欷歔欲绝②。

王韬介绍十七名日本艺伎，其十七名花一一评品记注，更较详尽，可与《扶桑游记》对比参考。要俱为王氏亲见者无疑。兹检其名如次：阿洛、小竹、才藏、小丝、驹吉、阿郁、小芳、阿艳、稚美（千代）、阿圆、小蝶、小鹤、小松、阿珊、小万、苧芜、福松。各具其品味特色，惟其小传则不甚详细。实亦难能可贵③。

王韬所著《淞滨琐话》十二卷，成于光绪十三年（1887），原视为《淞隐漫录》之续，实亦自具首尾，并有序言。内容仍以杜撰故事为宗，但亦有纪实之篇。其中可资参考者有“谈艳”，分上中下三篇，完全为上海欢场名妓，列传品评及其交往，均极详尽，尽列光绪十四年当红名妓十六人。王氏叙事，实多慨叹：

余自道光季末，以迄于今，身历花丛凡四十年，其间岂无盛

---

① 王韬：《淞隐漫录》卷十，第12页。

② 王韬：《淞隐漫录》卷十，第14页。

③ 王韬：《淞隐漫录》卷八，第11—12页。

衰之感？而以今证昔，觉欢场之非故，花样之重新，殊令人望古遥集，慨想低徊而不能置焉。顾曲无人，红牙绝响。知音谁是？蓝本已亡。嗟乎！此曲已成《广陵散》矣①。

同书又载“记沪上在籍脱籍诸校书”一篇，网罗名姝数十人之多，亦为真人真事记注②。

同书亦载“东瀛艳谱”上下二篇，俱为日本艺伎列传，群妓名字有异有同，但无须再为一一列举，惟可信其非出妄造③。

同书更在勾栏群妓之外，纪录词场女说书先生，题为“沪上词场竹枝词”，盖亦真实女子之列传也，极具参考价值④。

其他得之传闻者，则有“燕台评春录”上下二篇；“珠江花舫记”恐非王氏所亲身来往，要亦必多真事真人为凭，自是不甚重要，不作依据⑤。

王韬晚年在沪寄居，上海已是繁华世界。长女茗仙早于同治间遣嫁钱徵（字昕伯），钱徵亦上海名秀才，为申报总编纂，亦是同类风流人物。王氏幸与老妻共居，林氏无才有德，一切逆境俱从王氏相依为命。但王韬虽老仍时出入花国，仍受群芳崇敬，固在祈望王氏为文标榜，足致艳名远播；另一原因则盼借王氏引荐权贵，招纳名流。王韬文牍自不易得，所刊尺牍二种，多不收录男女隐密媒妁之件。所幸近今见到王氏致书盛宣怀函件。俱为晚年旅沪之作，足以捉捕一些片段。

盛宣怀同光之际多在北省，原与王韬无一接触机会。当早闻其名。适在光绪十年（1884），王韬日本友人冈千仞来华游历，而到天津见及盛宣怀。在二人笔谈中，冈氏言及王韬，表示十分推崇，乃予

① 王韬：《淞滨琐话》卷七，岳麓书社，1987年5月印，第151—198页。

② 王韬：《淞滨琐话》，第209—217页。

③ 王韬：《淞滨琐话》，第272—282页。

④ 王韬：《淞滨琐话》，第372—376页。

⑤ 王韬：《淞滨琐话》，第315—332、372—376页。

盛氏深刻印象①。

王韬自港返沪定居，实是在港难免孤寂，并乏于用度。返回上海，已年近六旬，凡《申报》、《点石斋画报》，主要在发售王韬之书。《淞隐漫录》附于《点石斋画报》发售。仍恃著书谋生。日本学者已称其煮字疗饥，而回到上海，只不过足以提高收入。惟决不至如其早期在沪之挥霍无度，质典度日。前此言其受聘为上海格致书院山长，其实并无脩金。此中对于王韬最为护持而时与接济者则为盛宣怀。盛宣怀为上海格致书院举办四季考课，自光绪十三年起，每月供王氏银二十两。乃是盛氏私人承担。盛氏另自招商局公款之中按月致送至韬乾脩二十两。固定收入，已不谓少②。不过王韬好色成性，仍是尽情挥霍，寅吃卯粮，变本加厉，竟为几位名妓向盛宣怀腆颜借钱。真是太过，兹举其致盛氏函云：

> 弟看花之兴，老尚未衰，绮席所呼侑觞者，蓉初、月舫而外，别有张素云词史，即所称中西合璧者也。五六两月常折红笺以招之，若至中秋，颇有窘态，三人所费需二百金，弟箧中私蓄只有百金，不得不出此下策，一至山左即行奉缴，宁食水而瘦，决不食言而肥也③。

由此想见王韬之老而风流，用度无节，永远愁穷患贫，岂望有富裕之日？王韬信中何以言山左之事，此系山东巡抚张曜（字朗斋）器重人才，仰慕王韬，专函四度，邀聘入幕，王韬受命即赴山东，并先到烟台与盛宣怀会晤，获得盛氏馈赠不菲。继到济南，张曜派人迎于二十

---

① 王尔敏、吴伦霓霞编：《清季外交因应函电资料》，台北中研院近代史研究所，1993年6月初版，第501—513页，“盛宣怀与冈千仞笔谈”。

② 王尔敏、陈善伟编：《近代名人手札真迹》第八册，香港中文大学，1987年印，全九册，第3394—3395页。王韬致杨廷皋函云：昨由文报局奉到杏翁来翰，殊深欣慰，格致书院课题已出，大可抡取真才，札中云及已托阁下于杏翁公费内每月拨洋廿元送至弟处，略助翰墨之资，读之感泐万分。铭肌载切，如此与招商局一例，皆是按月致送，弟亦可酌每月日用所需，敬以奉告，并念盛惠于勿谖也。

③ 王尔敏、陈善伟编：《近代名人手札真迹》第八册，第3387—3388页。

里外，并乘舆代步，近居抚署，便于咨商。此乃王氏毕生惟一一次进身官衙，佐理庶政，可惜王氏不耐繁剧，厌苦文牍。张曜虽待以优崇，仍不能使之安心，终以告退回沪①。

王韬晚年风流如故，饮酒交游，不忘美女陪侍。此一时期最受盛宣怀之资助护持，感报知遇，于所见诸校书中，每为盛氏推介拉拢，游说情商，留有大量书信记录，颇可概览全貌，于此略举一二，以见盛王二人交非寻常，众香国中，王氏实受盛氏重托，拥彗先驱。见其致盛宣怀书：

> 前者所云，即陈湘兰、陈湘云两姐妹花也。湘云即由小陆昭容改名者，以奉雅命，立经物色之，所闻不如所见，为之废然而返。近日后起之秀，无如林桂芬，惜其龄太稚耳。前时阁下欲觅张桂卿，今屡见其人，僦屋南公易里，脸带桃花，色颇可人意。或有谓其已生一女者，不得而知也。或又谓容貌在清和坊张桂卿之下，则恐未必然也。他如顾采苓之荡，林黛玉之滥，陆小宝之浪，容色虽佳，风斯下矣。其有张艳帜噪芳誉者，则吴佩香亦屈一指，赵文仙颇流丽圆转，堪与之匹者为吴佩兰，继起中可与林桂芬颉颃者，则有李金王。又若李湘舲虽未著名，亦称娇娇。赵宣春近与白眉仙割席，不复作绛帐中人矣。然其人齿加长矣。急宜择人而事，以出风尘。月舫独立门户后，始则门前车马颇为寥落，冬季稍可，然终不逮从前。岁结尚亏负四五百金，合之赎身，所费身价几至二千五百圆，殊自悔从前之不决意相从也②。

原来王韬曾为盛氏介绍陆月舫（信中号为广寒仙子），俾盛宣怀收为

---

① 王尔敏、陈善伟编：《近代名人手札真迹》，第3385—3388，3405—3409页。

② 王尔敏、陈善伟编：《近代名人手札真迹》，第3482—3484页。

姬妾，最后女方不愿，未能成功，王韬此信乃述及陆女之悔意也[①]。王氏另为推介姚蓉初校书，先以照片给盛氏看，后亦未成。嗣又介绍宝琴、佩卿两校书，据其书信可知：

三日中皆得与宝琴、佩卿两丽人相见，共桌而食，纵谈无忌。因逆探两丽人之心，皆有愿为夫子妾之意。而宝琴之私衷尤切，惟梅子梢头，两人俱含醋意。论其齿，彼此俱当破瓜年纪。若阅历世情，侍奉闺帏，举止谈吐，有心计，有见地，自以宝琴为优。佩卿则出自小家碧玉，去年八月初堕风尘，未染个中恶习，天真尚属未漓，并不知有勾栏中苦趣。饮食衣服容易将就，尚未知穷极华靡。故其眼界识力，亦逊宝琴一筹。鄙意以为，此两人者皆可以金屋贮之。何不以一箭中双雕耶？需者事之贼也，失今不图，后悔莫及。且最难得者，两人此时皆完璧。即不然，先为梳拢何如[②]。

王韬多次为盛宣怀物色妙龄少女，为报其长期照顾，自可视为当然。其实王氏但凡文人学士、名卿巨公，亦必用其特长，循其熟径，于众香国中乱点鸳鸯。如朝士文廷式、名将刘永福（提督）、方照轩（提督）等到沪，王氏亦必招集名伎侑觞助兴。举其一信可知：

沪上别无所闻，方照轩、刘渊亭两军门来，弟为之把酒拂尘，一时群花毕至。方军门属意吕翠兰，以王佩兰虽有状头之目，然嫌其粗黑，不足当牡丹之称。颇注意于蓉初，以弟所爱，不敢问鼎。其实弟欲完赵璧以待紫藤花馆主（盛宣怀）耳[③]。

---

① 王尔敏、陈善伟编：《近代名人手札真迹》，第3360页。又，同前引书，王韬致盛宣怀书："广寒仙子之事谐矣。敬将好消息报与杏花知，月舫有密友，是伊同乡人也。昨弟致书广寒仙子，令其招之来，示以弟书，与之酌商。弟书中有五好之说，为之思虑，面面周到。欲全得五好，无有如嫁杏者。今将其友来书上呈。彼欲请子萱大令作介绍者，盖以钞之一字耳。速则请子萱言，迟则俟弟病痊能出往彼一谭，均无不可，渠家與子萱大令亦极相稔也。"

② 王尔敏、陈善伟编：《近代名人手札真迹》，第3527页。

③ 王尔敏、陈善伟编：《近代名人手札真迹》，第3391—3392页。

王氏前后多次向盛宣怀推介陆月舫（广寒仙子）并媒介姚蓉初，此信具见王氏用心。惟将当红名妓随时多所品评，可见其深熟于青楼风月：

> 姚蓉初即王莲舫之后身，著籍之后，仍复其门如市，两年以来，颇有蓄积。此姝心计甚工，一钱不肯妄费，申园之游，必与陆雨生同坐马车而来，非客出钱，则马车必不坐也。其心知者两人：一曰陆雨生，一曰朱少谷，皆非上品。顾兰荪虽嫁徐姓，然啧有繁言也。吴新卿已开阁放杨枝矣。吕翠兰虽宁人，而容貌差可人意。近已改名为谢湘娥矣。胡宝玉岿然为鲁灵光，老丑已甚，而尚能得阔客肯畀之金钱，亦大奇事。他如林黛玉之淫荡，陆小宝之风骚，徐善贞之幽怨，皆于勾栏中别开一境界。后起之秀虽有人，然约举之，不过得二三人而已。他日再以奉告①。

于此诸情，当可见王韬之老而风流，亦足以称为花国情圣而无愧。其为群姬所重者，愈老不衰，盖在于名流之结识，艳名之推广。王氏多情风流，亦乐得穿梭其间。

王韬为报效盛宣怀，悉心引介姚蓉初、陆月舫，虽然好事难成，却并不气馁。又为盛氏访到苏州小女子程阿福，年方十五岁，花费五百元藏之金屋，不小心竟被其私自逃匿，落得人财两空。王韬致书谢家福，述及其事，十分懊恼。时在光绪二十一年十二月初八日（1896年1月22日）。

> 沪上欢场，近又一变，芙蓉城主已随瘦腰郎去，惟八咏楼中，带围渐减，恐无续命缨，奈何。广寒仙子自立门户，改陆为华，然门前冷落车马稀矣。后起之秀，则推林桂芬，问其年，止盈盈十三龄也。杏翁来此，迄无所遇，现侍左右者，不过两粗婢耳。弟曾为代觅一金阊小女子，名曰阿福（姓程，其兄曰炳南。住慈悲桥），年仅三五，颇有姿致。杏翁虽评之曰超等，而意仍

① 王尔敏、陈善伟编：《近代名人手札真迹》，第3457页。

> 未属。此女子已堕藩溷，弟拯之黑海，藏之金屋，以其犹是葳蕤之质，未遽问津。不意竟敢开阁自去，空费阿堵物五百元。此真花月其貌，蛇蝎其性者哉。如此种人，当堕阿鼻地狱①。

此时王韬已六十九岁，犹与髫龄稚女周旋，固不自惭其老丑。真是老而风流，得非天性使然？

惟王韬愈老弥坚，自创弢园书局，不断著书刻书，并为售书张罗。在其致谢家福同一信中，申明用心所在，真可谓烈士暮年，壮心未已。人生须有高远境界，并更须肯定自我之成就。无论功德功业、学术文章，当在天地间留存几许影响价值。兹举其晚年最后所论，以见其生命力之旺盛强固。

> 今年相识中多凋丧者，潘君镜如，张君少渠，年仅长余一岁。敝戚醒逋（杨引传）没已逾一载，墓草宿矣，思之腹痛。人生忙迫一场便休，钟鸣漏尽而犹夜行不息，真苦恼众生也。弟为文字禅束缚，著述毕生，亦徒自苦耳。亦思数百年后，空名岂泽枯骨哉。幸弟于一切诗词古文，信笔立书，不假焦思苦虑。兹之刻书，非必欲传世，亦使世间知有我之一人，庶不空生此世界中六七十年耳。非然，将与石火电光、尘露泡影一齐消灭，非我佛涅盘本意也②。

六、结　论

王韬粗胖黝黑，其貌不扬。十八岁以首选入学，显露文名，而实才华超卓，越轶恒流。笔下辞藻丰瞻，文采动人。自具名士条件，亦抱自信。王氏自我期许有谓“吴门王胖，其才无双，豪具北相，圣压

---

① 《王韬致谢绥之函》，载《近代史资料》总66号，中国社会科学院近代史研究所近代史资料编辑室编，中国社会科学出版社，1987年9月印，第22页。

② 据前引书，《王韬致谢绥之函》。

西方”。至其诗文高超，才思敏锐，亦抒自信之言“牛马精神，猿攫品概，日试千言，依徇可待”，所谓夫子自概，亦见非凡。

王韬止一落拓小儒，秀才生员而已，天下何止千千万万，岂有自见之机。当将沈沦下位，与草木同朽。而后世论王韬著作不下一百七十余种。其生前何以得大名，死后何以受重视。值得学界深入思考。本文偏于其风流性行之探讨，不欲扯离本题，亦在节省笔墨，盖不必要扩大至全面申解，顾彼失此。自当先作声明。

王韬生平著作，本文中所资取者，因多风月游戏诗文，而其作品特色，表现关注当世真人行径，多为其同时代实录，颇具史料价值，留待识者资取。当今学者，尚少涉谈此类资料，乃愿作一尝试，抛砖引玉。再强调言，此类风花雪月故事，有其时代性，尤其真实人物事迹，为治史者所应留心研考。在当时是游戏，在今日是学问。

进一步思考，王韬正是代表 19 世纪香艳书籍出版推广与著作之巨擘，虽非独占，实为大宗。更且以王韬个人影响，推进日本文化界。可于王氏自叙中见之。

> 去夏余养疴日本之东京，小住十旬日，与其国之文人胜流，笔谈往复。余所刻数种，彼国人皆购而藏之。而深以流传未广为憾。群向余乞之，独《遁窟谰言》一书不胫而走，早已无存。或劝余重为排印，然非余志也。尚忆余初至东京时，携《艳史丛钞》百部，寄售坊中，顷刻立尽。佐田白茅慨然谓余曰“洵哉正史远不逮艳史矣，于此不可以观世变哉”①。

在此可以说明，王韬除自撰新作之外，更搜辑前代之所谓淫书而汇为一种《艳史丛钞》。在此领域之内，王氏当可说抱持一定宗旨而为之。有一旁证可见，当盛宣怀乘轮船前赴烟台，王韬特赠送盛氏一套《肉蒲团》六册淫书，并介绍在日本备受欢迎，而改名为《觉后

① 王韬：《重刻遁窟谰言》书后。

禅》。真是有心人风月无边①。

王韬不但推广《艳史丛钞》，在其早年咸丰初年已搜集男女交媾助兴药方，题称《璇闺秘戏考》。俱是一帖帖助阳媚内，男欢女爱之外用药剂品名秘方，并具剂量用法说明。此外另有一二种治花柳病方。现有其手抄本附与其《蘅华馆杂录》，藏于中研院历史语言研究所。有志严肃研究者，应作一深入研考②。

或问王韬旅港二十三年之久，较少酒色征逐，当作何解？此诚为可疑之点。一在记载之缺乏，一在环境之改变，难作的论。惟王氏偶记，于同治五年七月十八日（1866 年 8 月 27 日）有扬州来粤女妓，名李翠姑，王氏怜其飘零，与之定情，并赋诗二首，有谓："姊妹飘零夫婿死，天风吹下粤江头。"留存纪事。显见王氏用情如昔③。再阅及王氏所写《珠江花舫记》，原来王氏亦偶访广州，对于江上艇妓自不陌生。其时在流浪生涯，既无处借贷，又乏同道知好，偶游广州，若非腰缠十万贯，如何敢越雷池一步。

王韬风流艳史，罄竹难书。其情书谈艳，闺阁诗，悼亡诗，游戏风月诗，品评名姬诗，多难举其百一，本文无法容纳。相信海内学者必有嗜痂者愿一检视，若加研考，亦足可完成巨构，补充文史。本文引一端绪，使王韬研究另辟一广阔天地。但存史乘之真，不畏人言之责。人生百态，世事万殊，岂可执著一端，轻忽他隅。天既生斯人，即须真能见及斯人全貌。本人虽非道学先生，但亦不能将淫秽篇章语词引入论据。王氏著作中甚多淫词，尚有待后圣予以表暴。

---

① 《肉蒲团》一书，今世学者颇多留心研考。名家中有钱锺书、孙述宇、刘绍铭等人。鄙人在 70 年代曾阅读，以为远逊于《金瓶梅》，很接受孙述宇见解。刘绍铭《〈肉蒲团〉的喜剧世界》一文，见 1990 年 8 月 30 日《联合报》二十九版"联台副刊"。

② 王韬手抄《璇阁秘戏考》，收入《蘅华馆杂录》手稿本（中研院历史语言研究所藏）。

③ 《王韬日记》《悔余随笔》，方行、汤志钧整理，中华书局，1987 年 7 月印），第 217 页，"有校书自扬州来者，姓李字翠姑。陈君柳屏绳其美，遂往一见，与之定情，时七月十八日也"。

王韬究为何如人？其生命表现多采多姿，俱值考索。未可遽然而概括其生平，本文仅开一端，亦不须负责有所评定。惟暂时画地自限，但就其诗彩藻艳，书史著述言，自不远于传统文士风概，且必具名士质姿，乃可断言。但就其周旋名姬之间，出入群芳之苑，亦多同与历代风流文士，实无代无之。王氏即使不能高攀前人雁行，亦必当视为同类。然而其不同遭遇之点，系乎其流寓通商口岸之环境，佣书西士之职业。更有机会漫游域外，观光东西名都。凡此俱是前修所无，而王氏独具。使其立足位置，兼顾中外新知识与西方文化特色，终亦使之成为转变时代一个文士典型，后世学者屡屡不厌研析探索，正以其著作可凭，阅历可观。而千秋定评，尚不易得。

王韬虽是诗酒风流，狂放不羁，而终为知书之士。英士理雅各、湛约翰，法国汉学家儒莲，无不以儒学宗师待之。皆有实事可据。王韬亦非浪得虚名，其经学造诣，自亦具深厚水准。惟占其生平所涉者较不为人知，自更无人重视。今世20世纪60年代，已有少数学者注意王氏之古历学。此乃吾之中学授业师曾次亮先生点校重编其《春秋历学三种》，书名系曾先生所定；其中包括王韬所著《春秋朔闰日至考》、《春秋朔闰表》、《春秋日食辨正》三者。业师曾次亮先生系河南省天文历算学家，对王氏贡献有正面肯定，如其所云：

> 王韬对于春秋历的研究及其著作，基本上改正了杜预以下各家春秋长历的重大错误，排定了近于当时历法真相的长历，不但有一定的学术水平，并且在中国古历研究上也可以说是划时代的著作。因此，获得了相当的国际声誉①。

尤其肯定王韬所谓“晋用夏正”，以及“周不颁朔，列国之历各异”等创意见解。此外在实用上，又有当代春秋左氏学大家杨伯峻先生，在其所著《春秋左传注》中，对于王韬历学广加利用，并亦肯定王氏贡献。凡此俱亦可证明王氏经学地位不可抹杀。

---

① 王韬著，曾次亮点校：《春秋历学三种》，中华书局，1959年11月印。

附记：关于王韬资料，大陆湖南岳麓书社钟叔河先生、辽宁社会科学院李景光先生提供大批资料，特此申谢。本文撰著期间，承吕实强、陆宝千、王树愧等先生多所指正，特申感谢。

1994 年 12 月 12 日国父诞辰纪念日

写于捭泥挥雨轩

陈寅恪著《元白诗笺证稿》读后

一、弁　言

自1963年冬起，居英伦二载，时常会晤陈通伯（讳源，笔名西滢，1970在英病故）、凌叔华两前辈，曾在其寓所借得《元白诗笺证稿》通读一遍，当日颇有所思，以忙他务，未及精读，匆匆亦未留札记。回国之后，于1967年3月18日得友人汪和宗先生相赠斯书之影印本一册，并陈著《论再生缘》一册。始得再读一遍，以较细心深研，愈觉先知识弥增，乃欲向学界同道荐介，嗣复搁置。近二年教研究生，有治唐史者，闲暇相与谈论此书，遂得再一翻阅，不免匆匆照昔日眉注及所画记线，录要谈之，而后拼合笔记，乃成此篇。

首先须声明者，在于笔者系治近代史之人，何须谈论行道以外问题？但笔者多年有一基本认识，且亦自知治史之实际需要，即虽治近代史，不能不熟悉自远古以迄近代之史实，甚至金石文字，神话传说，亦须稍加留心，惟不以研究为职分而已。昔年笔者抱此态度，即连本门专业学课以外者亦加选读学习（往者做学生时，读蔡东建先生地质学、孙宕越先生土壤学、朱祖佑先生海洋学、潘重规先生训诂学、屈万里先生版本学、王叔岷先生校勘等课，均细心听讲，一堂不缺）。然于治学根基，迄今犹深感不足。在此观念之下，虽专攻近代史，亦随时旁涉前代史实，但以选读名著为目标。今之欲作“读后”者，即在于确认其为名著，始敢大胆推介于同道学者。

二、方法与理论

《元白诗笺证稿》所常用之方法，以对比法较多较显，亦最有贡献。在此运用之下所表达之精彩部分，其旨要在指出一代文体之演变与其特色。寅老所谓之唐代文体，系与古文运动同一时期所诞生之小说体制。其代表作则为元稹之《莺莺传》及李绛之歌，白居易之《长恨歌》及陈鸿之传。此种体制之特色，即为文备众体，足以充分表达史才、诗笔、议论之高妙。盖以传文与诗篇乃联骈一体之作品，虽作者非同一人，而气势则互相通连；虽各自发挥其优长，而立旨则完全一致（见页二至五）。嗣后继此原则而进一步发展者，则有融冶议论、诗笔、史才于一体之连昌宫词产生。寅老探讨，即指出文体演变之密切关系。

另一显著应用对比之处，在其研究白居易《琵琶行》之时，同时亦追述前此元稹所作《琵琶歌》之渊源，以见白诗改进竞胜超越前作之点。更有进者，寅老并取刘梦得之《泰娘歌》作一对比，而指出其意旨虽同，却无因袭关系。再次寅老又取李绅《悲善才》一诗作一对比，虽同一体旨，李作后出，然李只能胜元则不能胜白（见页四二至四六）。凡此精采之结论，均由对比法获得确据。寅老所标要点有谓：

> 于同中求异，异中见同，为一比较分析之研究，而后文学演化之迹象，与夫文人才学之高下，始得明了。（页四二）

再次寅老应用对比法，以建立元白诗格律体制互相渗合影响与因袭轨辙之整体理论，进而乃达成其对于创新意义之根本解释，实足供近时谈文化问题者以理论性之参考。

> 微之之新题乐府，题意虽新而词句或不免袭古。而古题乐府，或题古而词意俱新，或新意而题词俱古。其综错复杂，尤足以表现文心工巧之能事矣。故微之之拟古，实创新也。（页二八七）

以上各例，俱可见寅老对比法之应用及所达成之效果。至其方法之运用，则以文体、人物为根据，再以时间空间辨察其相互关系。因此寅老主张以文史长编为研究之原始基础，是以读此书者必须首以发现方法为重要管钥。

至于读《元白诗笺证稿》所能见之理论建树，全书之中颇多精彩部分，比其所示方法，成就更丰。至少有五处重要理论必须在此略叙。

其一，社会变动之通识。寅老以解释元稹之身世，而提出通体之社会升降理论。兹扼要摘录其总结语：

> 凡士大夫阶级之转移升降，往往与道德标准及社会风气之变迁有关。当其新旧蜕嬗之间际，常呈一纷纭综错之情态，即新道德标准与旧道德标准，新社会风习与旧社会风习并存杂用，各是其是，而互非其非也。斯诚亦事实之无可如何者。虽然，值此道德标准社会风习纷乱变易之时，此转移升降之士大夫阶级之人，有贤不肖拙巧之分别，而其贤者拙者常感受苦痛，终与消灭而后已。其不肖者巧者则多享受欢乐，往往富贵荣显，身泰名遂。其故何也？由于善利用或不善利用此两种以上不同之标准及习俗以应付此环境而已。（页七八）

此一学说可适用于中国历代之社会，足以道尽历代巧黠者乘时会而获进身之窾要。则所谓道德人格云者，只不过宣诸口词迷幻愚者之灵符而已。此点核之近半世纪之学术界，最能见之。当为寅老所示之理论精华。

其二，音乐通时政之理论。中国文化传统中一项优越而又持久之理论，即自西周已建立乐风通情俗之普遍认识，并实施于政治制度，嗣后历代承继，未有中断，真可说是一伟大民族之重要文化成就。元白每申其意旨，寅老特清楚标举，辨析入微。经其强调，使白氏新乐府之光辉愈见灵明。如其所解释云：

> 但《法曲》之主旨在正华声，废胡音，《华原磬》之主旨在崇古器，贱今乐，又则截然二事也。又如《华原磬》、《五弦弹》二篇，俱有慨于雅乐之不兴矣，但“立部伎”言太常三卿之失职，从刺雅乐之陵替。《五弦弹》写赵璧五弦之精妙以慨郑声之

风靡，则自不同之方面立论也。又如《华原磬》《立部伎》二篇，并于当日之司乐者有所讥刺矣，但《立部伎》所讥者乃清职之乐卿，《华原磬》所讥者乃愚贱之乐工，则又为各别之针对也。他若唐代之立部伎，其包括之范围极广，举凡破阵乐、太平乐皆在其内，而乐天则以破阵乐既已咏之于《七德舞》一篇，太平乐又有《西凉伎》一篇专言其事，故《立部伎》篇中所述者，唯限于散乐，即自昔相传之百戏一类。此皆足征其经营结构，实具苦心也。（页一一八）

其三，托古改制思想之本质。寅老探讨新乐府，提出自来托古改制之真实意义，自文化心理着眼，描叙内外表里之间之实情，最为深刻。笔者十多年前于近代维新人物之托古改制有专文讨论，不期暗合。反观时人浮泛之见，以妄论近代思想，真不值一笑。兹举寅老所论要纲：

自古文人尊古卑今是古非今之论多矣，实则对外之宣传未必合于其衷心之底蕴也。沈休文取当时善声沙门之创为四声，而其论文则袭用自昔相传宫商五音之说。韩退之酷喜当时俗讲，以古文改写小说，而自言非三代两汉之书下敢观，此乃吾国文学史上二大事，而其运动之成功，实皆为以古为体以今为用者也。乐天之作新乐府，以诗经古诗为体裁，而其骨干则实为当时民间之歌曲，亦为其例。（一五三至一五四页）

所谓托古改制心理，历代皆有其情事，乃借固定之信仰，以顺利达其改变之宗旨，表面系以古革今，内情则以今革今。不但存在于政治转变问题，实与文学、艺术、生活信仰，亦屡见不鲜，此固知识分子常习之心理现象。其基本心理想望，一在祛人之疑，化除阻碍。一在增人之信，加强速度。一在借已成情势，免更张之形迹。是为改革家惯取之手段而已。近人大惊小怪，以论近代思想，讥嘲非议，夸示进步，直如白日枭鸥，瞋目不见丘山。

其四，物产景观之变化。物产景观之变化，关系民族生存国家盛衰至大，历来治史者少有注意。即近世治经济史者亦向不以此为专题研究，盖谓其缺乏亦不为过。今寅老顺便指出，然实一极重要之命题，须作繁复之探讨，深入之追寻，始可获得重大成就，寅老所论者，唐代北方丝织盛地之衰替，而东南江浙丝产开始代兴之大关键。真影响千年来物产景观之大变化。如寅老谓：

> 唐代初期以关东西川为丝织品之主要产地，迨经安史乱后，产丝区域之河北山东非中央政府权力所及，贡赋不入。故唐室不得不征取丝织品于江淮，以充国用。由于人力之改进，此后东南遂为丝织品最盛之产区矣。如宣州者，当开元天宝之时，其土贡为葛属之纻布，其特产并无丝织之绫绝等物，而至贞元以后，遂以最精美之丝织线毯著闻，乃其尤显著之例也。观于此，亦可以知政治人事之变迁与农产工艺盛衰之关系矣。(二二八页)

物产景观之变化，近世学人尤须注意，盖帝国主义之经济侵略，完密而深远，直可以谓杀人不见血之图谋。史家须慎为国家民族由物产景观及早发觉，并提出警号。近代史实可确知者，则为英国对中国之经济策划。其以贸易之平衡，而对中国大量输出鸦片，此鸦片之种植，一举而改变印度西北境之物产景观，孟买遂成为鸦片制造之大中心。然又以其需要中国茶叶，耗费资金，遂与锡兰大量种植茶叶，以输欧洲，因是而改变锡兰印度之物产景观。百年来印度锡兰物产景观改变，正乃中国民穷财尽国力耗竭之时，中国民族几濒于亡国灭种，此殖民帝国主义之尤可恨可怖者。帝国主义者获暴富暴利，其侵夺之英雄铜像塑满街衢，曾不闻亿万中国人民之骸骨填乎沟豁，鞭鞑之血痕布满印度人锡兰人之身躯。治经济史者于此无见，真无目而失职之甚。

其五，中国民族扩大形成要素。寅老著作，于中国史实之通识，其建树最大，并自信最深者，乃在其对于中国民族形成与扩大之根本了解。总志其要语，寅老屡谓中国民族之维系与发展，其根本要素系于文化之一致，而不以原始血统区别。此中国人自然承袭古来传统之观念，而历代发展至于今日者。此关键在于教化为主，用其同化感染，以完成民族之扩大。凡文化一致，即以同族类视之。所谓“进于中国则中国之”者。“中国”云者，地域血缘犹其次之，而文化乃为至上之依据。寅老发明斯义，屡为言之，于本书见二九三页。于《唐代政治史述论稿》见十一页至十三页及十五页。于《隋唐制度渊源略论稿》见五十页。凡再三致意，当知其自信之深。

除上述理论之外，寅老复于书中深露其史笔法义。兹略提出一二。在八九页至九一页之中，寅老畅论元稹之为人为宦，透辟入微，而叙谈中随时逸其意旨与言外，不期然而流露褒贬之辞。今世史家或以为褒贬乃主观成见，不免落伍。实则史文中自然顺及之辞旨，锥人入骨，足以发读者之猛省。有心者请细细咀嚼此三页文字，当知寅老洞彻世情之感慨所在。另一处在二八八页，寅老已明示褒贬之意，除非粗蠢之书虫，盖凡读者靡有不觉察其言外之沉痛感者，所谓：“今日吾人读之，心中将如何耶?”寅老何需此语，请读者细细研讨其前后全文。此处敢说寅老别有寓意，且与当世有极深关系，请读者拾取教训，清醒一下头脑可也！寅老所谓：“破坏易而建设难，无其道而行其事。”岂非民初以来前进学者不负责任之疯狂大破坏之写照。

三、问题之探讨

《元白诗笺证稿》以元白诗之内容而反映唐代社会之整体。其成就与贡献，则为近代探讨诗文者之重要典范。单就传统诗笺而言，此乃一重大进展。如此笺证，首在作立体透视，一诗之存在并非孤立，而实缀结于网状社会面之一纲目，以一诗句之描述，而呈现社会状貌最关键所在。再就疏解而言，寅老施用历史方法以确定文体演变轨辙，唐代社会种种关系特征，渊源首尾俱备。使读者兴趣倍增。再就考订而言，寅老于任一晦涩、冷僻、转讹、变化之处，莫不细心考证，以求正解。决无夸大矫饰，强作解人之嫌。足表现其笃实之史家风格。

关于文体问题，此书有四处重要讨论。但可举其两处。第一处在第二页至第六页，以及第五十七页。系一贯探讨唐代文体之演变者。其间特以元稹《莺莺传》、李绛《莺莺歌》、白居易《长恨歌》、陈鸿《长恨歌传》，以至元稹《连昌宫词》，以构成唐代诗文体制演变之实例。寅老详细疏解，以确定唐代贞元、元和之间所新兴之文体。盖即流传最广之小说与诗相辅而行者。盖小说之传文，与诗歌本身，乃一不可分离之共同体，诗歌部分在流露才情，传文部分在表达议论，二者功用，相辅相成。及元稹再写《连昌宫词》，则即熔冶诗笔史才于一诗体之中，实为更上一层之超越，非才华绝代如元稹者实难臻此绝诣。第二处在第一一〇页至一二二页，以及第二八一页至二八四页。此则讨论唐代新乐府者。关于新乐府，寅老之见尤深隽不刊。

首言元白新乐府创制之理论依据，其要语有谓：

> 然则二公新乐府之作，乃以古昔采诗观风之传统理论为抽象之鹄的，而以唐代杜甫即事命题之乐府如《兵车行》者为其具体之模楷。（一一二页）

寅老结语有金石之固，盖取证元氏所称："寓意古题，刺美见事。"与白氏所言："上以纽王教系国风，下以存炯戒通讽喻。"则知新乐府虽为新创，实在发扬诗经之古意，乃真正上承传统，下融新旨之创造。

次言体制。元白取意诗经为更新创造，在体制格律仍依《诗经》，毛诗三百，大序之外，每诗皆有小序（回忆笔者幼年读诗经，不惟正文须记诵，即每篇诗之小序亦必须记诵，皆师长所圈定者，迄今犹知此体制之重要，现恐大学国文系学生亦不必记诵小序。且少有人再知有此制度。兹附记之，以备人间尚存一鳞半爪之纪录）。而白氏新乐府五十首俱一一效法，每篇皆有小序。白氏总序并明言效法《诗经》，所谓："首句标其目，卒章显其志，诗三百之义也。"因是寅老称誉谓："全体结构，无异古经，质而言之，乃一部唐代诗经。"其推崇备至，于此可见。

再次言结构。寅老于白诗结构考究最深，并有精辟之论断。简言之，寅老以新乐府文句结构多三三七体，即连缀三、七言或三、三、七言而成，命之为“三三七体”。此固确当。寅老并进而考究此体之渊源，终以发现，乃受唐代变文俗曲之影响。常时变文俗曲自必十分流行，白诗既风体自任，文句自不免有意使同流俗。尤有进者，白氏此举，实乃古文运动扩大及于诗歌之一种实践。由此寅老乃更加称誉有谓:“洵唐代诗中之巨制，吾国文学史上之盛业也”。

关于唐代社会风俗问题。近人乐于研究社会史，然有关唐代者，《元白诗笺证稿》所贡之论题不下二三十处。寅老真可谓唐史开山导师，受其影响之学者，得其一窍即足名家，此世所公认，惟与社会问题方面用功者仍缺。

首先寅老在其书中多处谈论乐舞问题，这里作一页次引得，即：二十三至二十八页，三十七页，五十三页，一三三页，一三六页，一四三至一五二页，一五九至一六〇页，一八九至一九一页，一九六至一九九页，二一七至二一九页，这些篇幅，所谈俱为乐舞问题。以音乐而论，已涉及多方面角度。若乐制问题，有讨论唐制之立部伎坐部伎，兼及其所奏乐曲者。有讨论乐曲乐器之渊源者，则益复杂而有趣。以雅乐而论，应为传统正声，然唐代雅乐亦已杂有胡器胡声。即如“法曲”，其乐器已有琵琶，则此时之琵琶，固自汉代输入累数百年，诚已不期然而视为传统古器矣。且所谓“法曲法曲舞霓裳”云者，霓裳羽衣曲本系印度“婆罗门”舞曲所改，是以雅乐之中不免充杂胡乐。若纯以胡乐而论，则唐乐制坐部伎，多用龟兹乐，已不待言，而一时朝野著名之乐工名伎，大致全为西域胡种。寅老探究，尤于唐代著名《霓裳羽衣曲》之乐舞，有极细腻之描述。兹简撮其要。此曲之渊源出于印度已如前述，自唐开元间自中亚传入中国。此曲曲调则属慢舞舞曲。全曲结构共分十八段。前六段为散序，散序无拍，故舞者于散曲奏时不起舞。此六段中，乐器次第发声，接着入中后十二段，则有拍，舞亦起始。乐曲至终，并不急收，而长引一声，缓缓终结。至于其谱如何，今日国乐造诣颇高，流传中亦有霓裳羽衣曲，且常可听到，偶或配于舞蹈，恐亦未必唐时旧观，此固本土化已久，与西乐迥不相同，然其舞却未必不曾再经西化，文化涵泳关系十分复杂，《霓裳羽衣曲》颇可为具体代麦。值得玩味。除霓裳羽衣之外，寅老又叙及“胡旋舞”，“胡旋舞”似近于西方圆舞之形姿。白居易诗云：“天宝季年时欲变，臣妾人人学圆转，中有太真外禄山，二人最能道胡旋。”此亦中亚传人，或千年前圆舞之初型，亦止有中国保存其纪录耳。

乐舞问题再扩大内容，至有五常狮子舞，并配以乐曲。唐代并正式编入乐部，属立部伎。据寅老解释，此舞由锡兰印度传入，较今日舞狮尤庞大壮观，而制度则一致。如通典谓：“缀毛为衣，象其俯仰驯狎之容，二人持绳拂为习弄之状。”俱与今日所见者同。然千余年来，无论中外亦必视为中国文化之一部分而无疑。

乐舞再扩大内容，则至于“百戏”。即今日民间所谓之刀山班，马戏团，技术团，杂耍，魔术之类。大抵多自西域传入。“百戏”在南北朝时已民间普遍，唐代尤踵事增华。其流传名目有舞剑、跳丸、袅巨索、掉长竿、吞刀吐火、鱼龙烂漫、俳优侏儒、山车巨象、拔井种瓜、杀马杀驴，等等。

其次，寅老于书中颇论及唐代妇女装束姿容。分见第八六至八八页，九一至九二页，一五七至一五八页，二四六至二四八页。唐代妇女姿容化妆，服饰装束，颇反映唐代全般社会现象与心理趋向。在此问题方面，不但意义深远，而且资料丰富。包括各形各色装束变化，十分复杂，近年有师大蔡寿美小姐正从事研究，将于本年内完成。

再其次，有关社会生活之纤细考索，在寅老笔下，均颇生动有味。如论唐代文人佞佛，分见第九三页，一三七页，三〇六至三一五页。统其要旨，文人佞佛多在趋时，体会本不精深，表面故演其习尚，与今日洋化学者如出一辙。虽白居易自称“外服儒风，内宗梵行”，而寅老则判定其为外佛内老。故有："乐天之思想乃纯粹苦县之学，所谓禅学者，不过装饰门面之语。"盖证其诗文，确有所信。又如论富贵之家夜晚烧烛而不点油灯（第三四页），足为唐宋社会生活写实。

此外，不属于社会问题之重要讨论，如"元和体"定名之意义。仙狐故事之楔入唐代文学，杜牧"夜泊秦淮诗"之新解，"太真"之命名，"会真"之意义，唐代经济史问题之道路、宫市、纺织、马政等等，均有卓越之论断。尚值得后之学者采择而发挥之。

四、余　议

以史家专职而言，寅老为当代唐史研究之开山宗师，盖其所示任一问题，皆后世唐史专家所努力奔趋，迄尚无人超越其藩篱者。然得其一义而发扬之，即足有重大贡献，烜赫士林。直接间接所受影响者不知凡几。至所示范之史文规格，研究方法，尤广为各类史家所宗风，甚至亦步亦趋，不敢逾矩。凡此皆明验有征，不须赘举细故。惟寅老尤有更高层之造诣，有功于史学建树者，则向为仿习者所疏忽。其一，在史实解释之理论结构，如前所举例，实凝炼学问、识力、才华于一体者。此当为今后学者所须特加留心探究吸取之点。其二，在其灵活运用于古今史实关键之通识。此点仿习尤难，若史识不足，学力不丰，必至处处附会，大惊小怪，夸张乖离，徒添蛇足。故请学者慎为使用，以免贻讥后世。

寅老史德，超流绝俗，不依附学派，亦不缘乘风会，人品最为高贵。虽然其思想态度，治学方法，自是充分承受时代思潮影响，而所发议论，批评当世，或于史学立久大原则，均非当世所谓名流者所能企及。在此并非任意揄扬，兹举寅老于30年代科学整理国故正风行之时之一段批评：

> 今日之谈中国古代哲学者，大抵即谈其今日自身之哲学者也；所著之中国哲学史者，即其今日自身之哲学史者也，其言论

愈有条理统系，则去古人学说之真相愈远；此弊至今日之谈墨学而极矣。今日之墨学者，任何古书古字，绝无依据，亦可随其一时偶然兴会，而为之改移，几若善博者能呼卢成卢，喝雉成雉之比；此近日中国号称整理国故之普通状况，诚可为长叹息者也。（见冯友兰：《中国哲学史》下册，审查报告。）

寅老史识史德，最为崇高，堪称当代史学宗师。为今后史家万世宗奉敬仰，且正代表此一时代史学界之光辉，足以匹配古今百代之伟大圣贤。

至介绍《元白诗笺证稿》，虽非笔者本门专业，然站在读史立场，实视为当代名著，认为如此名著，乃人人必读之书，其所获益，难于预计。治文史者尤能启发更多问题意见。且所为介绍，态度仍十分认真。基本立场，在1967年曾撰《建立批评的风品》（思与言，五卷三期），作过说明。简言之，书评系对读者负知识良心之责任，且对后世永远负责，却不必对作者有所主观之责难与阿谀。特别表达一己之好恶者，皆不足语于书评之列，直可视为广告术表演可也。寅老今已过世，与作者自无关好恶可言，而对读者推介，则必须深知其价值，是以读时不能不特加慎重。兹读此书，前已叙称赞至三遍。然边写“读后”，又必得边读所评之处，是此介绍完成，总达四遍之数。当世以写书评慎重著称者为杨联陞先生，闻其撰写书评，读一书恒达五遍，相较工力，尚远未逮，然取慎重之意，则应为一致。此外，早知萧公权先生有此书书评一篇，载清华学报，但为恐有蹈袭之嫌，特别是恐受前人意见之暗示所影响，自始至终即避免读萧先生书评，萧评自必名论，然待此篇印后，当再从容拜读。

《元白诗笺证稿》手边备读之本，系台北翻版。当与原书并无二致，然亦稍有缺略，笔者在英阅读，未作笔记，而记忆中知有述及其写作经过之语，然翻印本则无。因欲从事抄补。本年7月曾致书请教刘殿爵先生。笔者初疑缺一序文，经两度通信查访，始知原无序文。并经刘先生抄来原书目录页后之一页（即第二页），有“附记”一则，兹抄录于后，以补其不足：

（附记）

此稿得以写成，实赖汪篯、王永兴、程曦三君之助。又初印本脱误颇多，承黄萱先生相助，得以补正重刊，特附识于此，借表感谢之意。

此外，又承刘先生函知版本问题，此书最初于1950年由岭南大学出版，继后翻印二次。1955年系重新排版，无所增损。1959年则与讹误字句有所订正。现读之本，正为此本之影印，而仅删去“附记”者。凡此皆本年7、8月间向刘先生请教所得之资料，特别要向刘先生表示感谢。（刘先生来书一在8月4日，一在8月27日。）

至于寅老此书之价值，去年四月撰著《清季知识分子的自觉》一文，曾于注五十七有所提及，兹并录之：“以拙见读书心得，则偏好寅老所著之《元白诗笺证稿》，确信其为当代文史学界最杰出之贡献。以寅老生平著述言，亦应以此书为最上乘之代表。”当可证今日之评介，决非率尔操觚之类，所见已蓄之有年。惟若谓此书毫无瑕疵，则并不然。兹并放胆略评其可议之处三点，或不免信口雌黄，要亦代表个人之读书观点。

其一，寅老论元稹悼亡诗，判断其妻韦氏不长于诗文，所用考据方法，皆从反面蹈空推测（见第九八至九九页）。虽举一处诗句：“检得旧书三四纸，高低阔狭粗成行。”较为得力，而实旨亦不能证韦氏是否不能诗文。其他凡举韩愈所撰墓志未颂韦氏文艺及韦氏拜乌之迷信，以及悼亡诗中未咏韦氏能文之句。皆自无判断其有，此论断即谓诸资料皆不记载其能诗文，当信其必定不能诗文。此以偏论偏之法，实难使前提与结论巧合相遇。如此推论，只是声东击西，不甚稳固。做考据者向来应讲究积极证据，以免凿空，而寅老始终未提出韦氏不能诗文之积极证据，其由四方衬托而出之结论，自然不太可靠。尤其此一考据方法，也不值得提倡。

其二，读《元白诗笺证稿》，有一现象颇为诧怪。寅老此书用字遗辞，十分典雅，文笔尤简洁条畅。惟有一怪词夹杂其间，在英初读时即以其刺目而发觉。此即日本名词“物语”一词之屡屡出现。当时曾与刘殿爵先生讨论，彼不认为严重，惟觉以深于文史若寅老者，尚不能免，亦颇称奇。“物语”一词在全书中出现九次，分见以下页次：第十二页，出现二次；第二十二页，六十八页，二百二十页，二百四十八页，二百五十页，二百七十三页，二百七十四页，各一次。中国语汇中相等之词意，如故事、情节、传奇、传说皆不缺应用，再加实体之史实、事迹，虚构之小说、拾遗，或传闻、述异、杂志、神话，亦必不乏代称。寅老何以惯用“物语”一词？因何成此习惯？恐将是甚难回答之问题。

其三，以《元白诗笺证稿》为据，寅老工尚典雅，盖有甚深嗜好。无论用词讲究工致恰切，行文简炼优美。循此倾向，遂并人名亦不直称，必用字号。然有时冷僻之甚，予今之读者颇增加困难。如称宋祁必谓子京，司马光必谓君实，朱彝尊必谓竹垞，杭世骏必谓大宗，诗经称三百，道家称苦县。全书人名字号比比皆是，此俱属文人风雅，而非史家规制。在一般文人写作，原不足诟病，而以史家风范之陈氏，则任一行动必为后世效法，并依为典则。且史文名号一致，自古本有传承，以正名为公用常规，俟诸百世而无可怀疑者。寅老此作，固非严格史文，然以其身为史家，颇影响于后进学者。今人甚至滋蔓其义，于史文中屡见某公、某职、某师、某兄等称词，大坏史学法义。寅老不欲以此著为正规史文，固尚可谅（其著《隋唐制度渊源略论稿》，《唐代政治史述论稿》，实正规史文无可怀疑，然亦时用雅号以代正名，惟远不及本书之多而已）。而其将有不良影响，乃可断言（关于史文书正名之意见，拙著《近代中国思想研究及其问题之发掘》文中，其注八有所申论，载《新知杂志》二卷三期，1972 年 6 月刊）。

1972 年 11 月 27 日写于南港

周策纵从《诗经》看古代男女情好与婚媾关系的象征表达

我与周策纵先生相识多年，并无深交，相聚之时少，绝少两人单独交谈，记得只有一次，已忘在何年月，大致是在90年代，他到中研院住在活动中心楼上，我以当地东主之谊，到其住处拜访，这是生平惟一的一次见面。我带两盒茶叶送他，他是很亲切表达谢意。不过在此见面，亦是匆匆存问，很短时间我就告别。其他相见之时，俱在香港期间，多是在刘殿爵老师处会见。他是刘先生好友，他们交谈，我坐一旁静听，向来也不表示意见。也有时间是因共同参加学术会议，例如说香港浸会大学所召开学术讨论会，请周先生主讲，我亦只是台下听讲。故我与周先生之间真可形容是君子之交淡如水。

我尊重周先生是同道长辈，主要在其为人忠厚坦诚，在学问上表现忠实谨严，但却很是谦虚，并尊重他人，接纳异说。

周策纵先生的学问造诣，学界同道每多误解，只有刘殿爵先生是其知音，我是因刘老师在英国时与周先生多有来往，那时我在英国，知道他请刘先生到美国一段时间，此后我才能在香港任教时借刘老师的光，而开始与周先生建立关系。可知我比南港同仁是最晚一个与周先生有来往的。开始见面，已在我到香港任教之期，而在港会晤并不多，却是一段重要时期。周先生知我不深，我却见识到他的为人正直厚道，对后进尊重爱护，他与我的门人李金强教授交往较多，并承他鼓励与肯定。特别是周氏很尊重和他有相反意见者，稍后我会举证我的经验。

20世纪后半至今，世人仰重周策纵大名，无不熟知他的“五四运动”大著。没有人提及周先生在其他方面的贡献。使我明白，流行的信仰最能迷惑人蒙蔽人而使之丧失自觉能力。大家一味起哄，而周先生的古学根柢之厚，创新见解与深入探索，却是少有知者。

在拙著《二十世纪非主流史学与史家》中的第10—11页，有专门介绍周策纵先生的一小节，已清楚表明我不重视周先生有关“五四运动”的著作，而却重视他的研究甲骨文以降古代之巫医以及《诗经》中描写男女情好的象征表达。以及有关六诗起源的探讨。我相信其论断可以流传不朽。在此文中尚不能展叙，希望好学之士能阅读其书。

在美国久居的学者，我所敬佩的学者有杨联陞、刘广京，以及周策纵三位，共通之点，俱是博雅史家，学殖深厚，却全无骄人之色。心胸宽厚，待人醇诚。其最能超越恒流者，乃是容忍不同观点，宽待初学后进。我亦只能就个人感怀顺便谈及，无法举实我个人的体会。

在海外史学家之中，周策纵先生是博雅史家，基本上他早就是一个现代文学家，在抗战时期，已有文名。但在美国却是走史学之路，越是日久越是直探上古文学领域，以史家手法处理最早的《诗经》，研考《诗经》十分深入纯熟，当代所排斥的小序他也一定引用。插一句话，今天21世纪这个时代真正自幼小记诵过《诗经》三百篇的小序者，我是完全背诵过，周先生是一定完全记诵，其他学人能活到本世纪者已是极其稀少。前人讲究经学，一定要背诵小序，我即如此受教。今世谈论、译注《诗经》专家，绝无一人再提小序，故而指出周先生功力之深。

1986年，台北联经公司出版周先生大著《古巫医与六诗考》，其副标题是《中国浪漫文学探源》，我看副标题会更吸引人。周氏用心明白，正标题是《史学领域中的文化史与古诗体制的追考》，副标题则是《厘定古诗的浪漫文学表达》。这是博雅史家的纯熟手法，跨文学、史学两大领域，重心则在于文学，并延伸到古代乐舞。乃是以现代眼光判析上古诗歌，得出新颖而坚强结论，展示学界以备参阅评估（我是在出版之时得到联经公司赠送一册）。

本文虽是介绍周先生的开新见解，却在此涉谈不到巫医，也不能论及六诗。因为一个短篇文章，选择重点，就只能谈一谈周先生所表述的《诗经》中出现男女婚媾关系乃至相悦情好的象征表达。仍是一个突出的完整的论域，可从周氏布陈之中，获得诸多启发。

周先生重视诗，在其书自序有明确的申述：

> 诗和文学与巫也有深远的牵连，却还很少受人注意。固然我们已知道中国是个“诗国”和“文字国”。孔子早已教人：“小子何莫学乎诗！”钟嵘更说过：“灵只待之以致飨，幽微借之以昭告；动天地，感鬼神，莫近于诗。”（《古巫医与六诗考》自序）

周氏不是空说看重诗，他身在海外，却一直不断作诗，他曾有一次将两三首诗草寄我，我只有汗颜，是没有才学可与他唱和。我是完全不会做诗，不过我也爱读诗，并向来相信中华是一个诗国，并深信中国的语言文字与音韵乃是历代诗、词、曲、剧的根荄。

周先生虽是从新文学起家，而其治学根柢，立论起念，俱自古学开端。将一个文学上问题，提出儒家圣贤对于人生基本需求，也就是生养之养，作为其立论正大根源。自圣人若孔子、子游、荀子之言论，引示儒家对于人生基本需要之肯定与看重。故其大著首先提出“养”的觉识对于中国古代社会制度，以至医学、文学的启导功用。在周氏书中可见其引括《礼记》礼运孔子与子游之讨论，是近代学者常提总纲所谓“大道之行也，天下为公”那一段，康有为、孙中山均有所引重。鄙人与李云汉先生合著之《中山先生民生主义正解》中，未引总纲，而引括其更具体的解说。此文不暇引举，可参考拙著94—96页。实则周先生也是不引总纲，而引其有关者，兹抄示于次：

> 饮食男女，人之大欲存焉，死亡贫苦，人之大恶存焉。故欲恶者，心之大端也。人藏其心，不可测度也。美恶皆在其心，不见其色也。欲以一穷之，舍礼何以哉！（周氏书引《礼记》）

周氏接着又引下面文句：

> 夫礼必本之于天，动而之地，列而之事，变而从时，协于分

艺。其居人也曰养。其行之以货力、辞让、饮食、冠、昏、丧、祭、射、御、朝、聘。故礼义也者，人之大端也。（周氏引《礼记》，其句各加数语，使具全义）

除此之外，周氏并引《孟子》、《荀子》有关养与食、色、男、女之义，不须一并引举。却可证周氏著书，本旨原于人性之固有生机。本来礼运之载孔子详解人心内藏喜、怒、哀、惧、爱、恶、欲之七情，是从人性根本，改造礼制。周氏用心即在表述由人性根本开创出社会关系以至医术、工艺、文学、艺术。他在此只谈到文学，并自古诗中见到男女婚媾关系之象征表达。

以下我以先揭谜底方式，逐次介绍周氏所考订的《诗经》中男女关系之象征描绘。

第一，周氏指出：《诗经》写出女子践履男性步武足迹，是象征女子下嫁或与之淫奔。周氏特别提出两字作区别：但凡诗中的"屦"字乃是鞋子的意思；但凡诗中的"履"字，乃是行步践踏的意思，直到汉代，决不相混。

周氏举示齐风，南山诗句"葛屦五两"，就是用细葛纤维缝成五双鞋子，说出这"葛屦五两"乃是象征鲁桓公迎娶文姜的亲迎礼象征礼品。而古人就把葛屦视为婚姻之象征。

周氏以巨量篇幅广引古籍，以为佐证，其最明晰者乃举证刘向《说苑》所记鲁侯如齐迎娶夫人之礼：

夏，公如齐逆女。何以书？亲迎，礼也。其礼奈何？曰：诸侯以屦二两，加琮。大夫庶人以屦二两，加束修二。曰："某国寡小君，使寡人奉不珍之琮，不珍之屦，礼夫人贞女。"（周氏书21页）（按：古礼表达，赠国君以璧，赠夫人以琮。）

周氏博涉群书，广征文献，十分详博，而此处则引较浅显之一段而已，只占周氏引文五分之一。但望识者细读周氏之书，自更能取信，此处点到为止。

第二，接着再一谈周氏所举证在《诗经》中"履"字的象征意义。

周氏认为自纪元前八世纪的文献，凡见履字俱指行步践踏之意。直至《史记》留侯世家记载张良少年时为圯上老人纳履，才是把履字当作鞋子看。已是到了纪元前1世纪。

周先生研究指出，在《诗经》中所见履字，有女子从嫁男子，或与男子私奔之意。正派言是象征男女婚媾关系，而不少诗句乃是男女私相交好的意思。这中间原本之于一个庄严典重的史诗故事。见于《诗经·大雅·生民》，周氏仅举首章如次：

> 厥初生民，时维姜嫄。生民如何？克禋克祀，以弗无子。履帝武敏，歆。攸介攸止，载震载夙，载生载育，时维后稷。（周氏书45页）

《生民》一诗甚长，周氏乃提一点故事原始也足以令人明白。在此可举周氏解释。《生民》一诗之重要，是表述周邦族群之发迹自传说始祖后稷叙起，自是混合着神话传说。周氏解释，可择要摘引：

诗中述说后稷之母姜嫄，很虔敬的作求生子的祀神崇拜。诗句是“克禋克祀，以弗无子”。随之姜嫄就在田野间，踩着上帝大脚印迹，特别大脚趾上，跟着步履走过。就是诗句的“履帝武敏”，接着她就浑身一阵舒坦感觉。诗句中就是“歆”字。姜嫄随之就停下来歇息；诗句是“攸介攸止”。接着她怀孕了，并且严肃安静生活，不再到处乱跑；诗句是“载震载夙”。接着她就生产了，生出的男孩就是后稷；诗句是“载生载育，时维后稷”。我们了解也很清楚，但周氏的锐敏却抓出来其中的“履帝武敏”，那个履字，就足以从而导出古人使用履字表现女子追踪男子脚踪而达于下嫁事实。

周氏在《诗经》中引证有履字句者很多，在此只举二首。

其一，是表述男士与淑女之结合婚配，周氏举《周南·樛林》：

> 南有樛（读鸠）木，葛藟累之，乐只君子，福履绥之。
> 南有樛木，葛藟荒之，乐只君子，福履将之。
> 南有樛木，葛藟萦之，乐只君子，福履成之。

此诗周氏就文学文义讲，主张是祝福人之幸福美满，像乐只君子，在形容春风满面的绅士，而福履绥之是夫妇妥合，福履将之是因缘巧合，福履成之是婚姻美成。是女子跟随君子的步履而美满幸福。

其二，是描述男女的私情交好。见氏举《齐风·东方之日》：

东方之日兮，彼姝者子，在我室兮，在我室兮，履我即兮。

东方之月兮，彼姝者子，在我闼兮，在我闼兮，履我发兮。

这两章诗句简明而浅显，如说白话。

前一章表示，乘着东方旭日升出，那位美丽的姑娘在我房里，踩着我的脚步与我相就。后一章的诗句表示，乘着月光照临，那位美丽姑娘，在我的门前，要踩着我的脚踪一同出外活动。

第三，周氏举出《诗经》文句中的“艺麻”一词，另有“析薪”一词，都是男女性行为的象征。他是引举前述《齐风·南山》诗中的两小节：

艺麻如之何？衡从其亩。取妻如之何？必告父母。既曰告止，曷又鞠止？

析薪如之何？匪斧不克。取妻如之何？匪媒不得。既曰得止，曷又极止？（周氏书7页）

周先生依据闻一多解释《诗经》文句中的“薪”是常隐喻女子，并多与婚媾有关。周氏即谓“析薪”即是性行为的象征词。周氏亦指出“艺麻”也是男女性行为的象征词。周先生解《南山》诗中的“绥绥”（雄狐绥绥）。先用段玉裁的解释谓：

知妥与安同意者，安，女居于室，妥，女近于手，好女与子妃（同匹）皆以：男女人之大欲存焉。故从之，会意。（周氏书12页）

周氏更引朱骏声的解释：

妥，安也。从爪从女，会意。饮食男女人之大欲存焉。（周

氏书 12 页）

周氏说明，中国上古农业社会，人在田野工作活动最熟惯活动就是艺田和析薪，而就善于此道，因而在外野合，也就情同耕田和析薪。周氏随之举示西方文学也有相似的象征喻意。他举证 16 世纪莎士比亚的戏剧《安东尼与克莉奥佩玦》，在剧中说："他犁了她，她就结了实。"在另一剧《终成眷属》中，其中一男士自我解说："他跑来耕我的田，使我不劳而获。我虽是做了王八，他却变成了我的农奴。"于此周氏证明古人艺麻和析薪的喻意，乃是男女性行为的象征语词。

在这种研析下，周先生也就提出他自己的观点，可以简要的开列：

> 上面提到亲迎礼中要新娘用脚践踏葛屦，因为践屦有性行为象征，葛屦意味着生育繁殖。（周氏书 45 页）

由是可知，他的研究告诉我们知道，古人看男女关系不是只说淫奔，而是有其正大的养育与传宗接代的宗旨。所以儒家会肯定远古荒诞传说，能了解人性之需求，把它综合而成一个"养"字。

第四，周先生在这一论域，最终要提出古先文化的严肃问题。也就是人类求生存生养民族绵延的祈愿告天的祭祀问题。

在上古可确知的政治领袖崇祀天地的大典远自西周初在岐丰之前的郊祀、祫祀、禖祀等，宗旨俱以祈求农产丰足以得养，男女生殖以传宗。一部《诗经》多言男女，实重婚姻，多方喻示，俱颂子孙绵延。遂至使周先生提升《诗经》主旨而至于文化体制之祭祀层面，跟着而提出君王大典的高禖之祀。

周氏指出禖即天上神祇的媒介，两字意义相通，他认为早起自殷商时期以至西周之始，已是求生育子嗣的所谓禋祀。至少自周之始祖后稷降生传说，已将姜嫄履上帝足迹而生出后稷之传说，升华到庄严正大的求生育的禖祀。传而创生郊禖及高禖的大祭典制，周氏举《诗经》大雅、小雅中若干诗，如《生民》、《楚茨》，以申说古先之求生殖祭的文化意含。周氏引举《礼记》月令，说明高禖之祀祭：

（仲春之月）是月也，玄鸟至。至之日，以大牢祠于高禖。天子亲往，后妃帅九嫔御，乃礼天子所御，带以弓韣，授以弓矢，于高禖之前。（周氏书 50 页）

此段引文可见，高禖之祭，天子须亲临，而后妃九嫔则须全到，乃可照周氏解说（他有所本）是一个祈求生育生产的祀典。接着看周氏引证郑玄注疏，更可明白。

郑玄注《礼记·月令》云：

玄鸟，媒氏之官，以为候。高辛氏之世，玄鸟遗卵，娀简吞之而生契（殷商之祖）。后王以为媒官。嘉祥而立其祠焉，变媒言禖，神之也。（周氏书 50 页）

像玄鸟之说，学界早有共识，是指燕子，仲春二月玄鸟必至，古人定之为媒官，于此而立祠为高禖之祀，天子必率后妃九嫔来作生育生产之祭，关系本族世代绵延之祷求上帝，于宗周自为重大祀典。载入月令，天下共尊，当可见其隆重。

周氏随之继举郑玄所注月令云：

天子所御，谓令有娠者。于祠，大祀酌酒，饮于高禖之庭，以神惠显之也。带以弓韣，授以弓矢，求男之祥也。（周氏书 51 页）

郑玄此注把天子与后妃祭高禖之用心在于祈求男嗣，说得清楚明白，自见周氏论断，古有所本。

周先生个人研究推断，认为如此重要祀典祭仪如何进行？起源在于何代？周氏于《诗经》鲁颂之閟宫，确认閟宫即鲁国之高禖，祭义于诗中见到周始祖后稷之降生。周氏引证《诗经》閟宫：

閟宫有侐，实实枚枚，赫赫姜嫄，其德不回，上帝是依，无灾无害；弥月不迟，是生后稷。（周氏书 52 页）

周氏更向上推至殷商时代，从甲骨文字所见，推测殷商王朝亦应有高禖之所。他根据李孝定解释《铁云藏龟》，见到有《妇好有子》之卜辞。又举《殷墟书契续编》，有卜辞云："贞，御妇好于高"之句。他引证屈万里的解释《殷虚文字甲编》，其考订谓："高，地名，其地有河宗，盖殷人心目中灵圣之地也。"周氏研判，以为此即殷人之高禖也。（周氏书54页）

周先生也深一层判析古代高禖之祀的典礼进行情况，当然文献上并无直接记载，周氏举出《诗经》中描述祀典盛况的文字，可以证明一般大型祀典的实况。周氏引举《小雅·楚茨》，用此全诗为祭祀活动所作的描绘，用以说明高禖之祀的大致实况，可比照了解。

周氏引举《诗经·小雅·楚茨》第三章诗句：

> 执爨踖踖，为俎孔硕。或燔或炙，君妇莫莫。为豆孔庶，为宾为客，献酬交错。礼仪卒度，笑语卒获。神保是格，报以介福，万寿攸酢。

看诗句文字，见出天子所作祀祭典礼之丰盛。"为俎孔硕"乃指大的切肉石板。"为豆孔庶"形容笾豆数量之多与丰盛。"君妇莫莫"在指后妃九嫔的庄敬稳重。其言："为宾为客，献酬交错，礼仪卒度，笑语卒获。"正乃形容祭典与宴享之热闹。周氏相信，大凡高禖、袷祀的盛典，大抵应如楚茨所描述。

周先生又引举楚茨第五章，是描写大典结束情况：

> 礼仪既备，钟鼓既戒。孝孙祖位。工祝致告，神具醉止，皇尸载起。鼓钟送尸，神保聿归。诸宰君妇，废彻不迟。诸父兄弟，备言燕私。（周氏书66页）

周氏指出，诗中的"工祝"就是古时的巫。诗中所载"皇尸载起"，明白交代扮皇祖身位的就是尸，这种尸也是由男巫之身代表。送尸就是使巫解脱皇祖替身而还回复原形。周氏很重视诗中两次提到君妇的参与大祭，而以为古之大祀典实俱与所求生育有关。周氏亦大胆推论，高禖之祀是有乐有舞，其舞即"大武"，而君妇必步履皇尸的脚踪随舞，皇尸就一定是由男巫来扮演。舞到最后，君妇就与尸在其地共宿，以便妊娠生子。此一说法，周氏乃是步趋闻一多之注解《大雅·生民》诗。

本文最后作一小结。

如前面叙述，我与周策纵教授相识很晚，交往不深，只因刘殿爵教授的关系，得知周先生学养渊懿，博涉中西文学著作。直到我任教香港，方得见面两三次。周先生决不会预料到我会写文介绍他，这是第二个介绍文字。我写第一个介绍收入拙著《二十世纪非主流史学与史家》，其中有一节专提到周先生，我写之时周先生尚在世，不意他今年已归道山，由于周先生与浸会大学历史系朋友交契至深，生前嘱命将其诗文及藏书以至国画捐赠浸会大学，浸会李金强教授与周先生交契甚深，计划在香港所出版之《近代史学报》刊载一篇纪念文章，嘱命我著文纪念，余乃能乘此重要时刻，试写此文，未能完全暴表周氏生平志行谊及学术贡献，只好浮光掠影，避重就轻，而从周氏《诗》学，以探究其研治之术与识断实绩。略可提供世人于周氏学问作点滴展示。

其一，我的看法，基本上周策纵先生是当代文学大家，不是创作文家，而是文学一门积学大师。

关于周先生大著，我是最反对周氏有关“五四运动”的成名之作，我相信乃是一时文学风气使之不能不如此做。我一直盼望有新的“五四运动”之书来接替他，最可贵者是周先生容忍我的反对，德量令人敬服，他是士林中最少见的一个博雅文人，一个跨越文史领域的大家。

其二，先说我个人的私家喻意，我认为自20世纪以来的文界大多是博雅文人，这是指这些学者博通文学、史学、哲学，一概有深厚根柢，每人具大师潜力，亦当以博雅文家看待。我曾经为文批斥当代流风，在2006年7月15日在《美洲世界日报》只有在多伦多一地出现的冷僻专栏，发表短文《上网票选国学大师是玩侮学术》，在此文中，顺举20世纪国学大师三十人。其中未举海外学人。有质询者可取此文一阅。我不敢随便轻率举示之海外有谁是国学大师，却可大胆指出若干博雅大家，我心目中所指则有杨联陞、柳存仁、李田意、周策纵、刘广京等是博雅大师。理由是知道他们既通熟文、史、哲学问，也广涉西方汉学（Sinology）内涵不须待以国内之纯国学大师。

周先生博通中国古代典籍，群经诸子莫不涉猎。而于西方汉学家著作早已熟读高本汉（Bernhard Karlgren）、韦理（Arthur Waley）对中国文学的著作。像前举数人俱与周先生相同熟悉西方汉学。看他们著作中，熟引西方汉学家的论点可知。

其三，在此也须先交代一下个人私见。以我个人生平治学所得印象，以为凡治文史之家，阅读必广阔，研探更须勤奋，决然无法取巧，贪图近功。此是各人之基本要求。至于每人成就不同，则又有三项天赋禀资，影响到其成就之分殊。文史之家天赋禀资不止三项，鄙见则只能具体指出三项。其一是记忆力强。其二是联想力旺。其三是想象力富。至少我们在全面勤力读书之后，要仗恃这些天赋而成就学问。

在此要说到周策纵先生，他是博览群书，中西兼通，此是基本。而他自抗战期中已是文学创作家，是靠着记忆力、联想力与想象力的表现，自会成为一位文学家，不过经他赴美留学，却走上文史治学之路，基本上仍是在文学领域有充分兴趣。不再创作，而是专心研治文学上重大问题。故而他的“五四运动”之书，是表现文学家之手法。此后他于《红楼梦》有精深研究。李金强教授读过他这方面的著作，惊叹他对《红楼梦》之深熟，几乎可以记诵其中文句。一些红学家引为同道，不敢轻视。其实周先生一生治学，功力最大者是研究《诗经》，成就最高而无人望其项背者是他的晚年大著《古巫医与六诗考》，台北联经出版公司印行。我写此文即靠读此书的一点心得。看来周氏兴趣，一生俱在文学领域。未尝留下创作文字，却全表现在古今文学研究上。他是海外红学家泰斗，与英国汉学家韦理（Arthur

Waley）以及香港的宋淇，是三位红学大家，决不让于国内各大名家。

其四，最能代表周策纵先生的最高学术造诣，应该是他在1986年所刊布的《古巫医与六诗考》，亦当称之为20世纪文学史及文化史的重大贡献，同时代中无有相同相近之作，独步文坛，睥睨当世。我人不敢拉他为史学界同道，应该列于文学上的《诗经》学创新之作。同在20世纪的《诗经》学领域。是完全摆脱经学上一切固说，全部带进诗学的文学领域。我上面曾提我自幼年读《诗经》，百分百走经学之路。老师教我记诵诗小序，高中之时亲受业师阎子系先生讲《诗经》大序，而在20世纪的一切治《诗经》者，却俱必删削小序，也只偶提大序。但凡新出《诗经》之注释、校释、章句、翻译等书，凡是新版，绝不见大序、小序。全然就文学意涵研治诗经。像我这样把《诗经》当经学读者，而今已是稀有动物了。

周先生治《诗经》扩大眼界，不止限在文学藩篱，亦极偶然地引据小序。但却充分不走经学之路，其开辟蹊径，直是扩展至文化史领域。在同时代中这里不及涉谈同时代中占大多数《诗经》注释家、翻译家，要举示这一代以文学宗旨研治《诗经》而有重大突破者，鄙人浅识，只能举出闻一多及周策纵两人。

读周氏书方知周先生的学问渊博，古学根柢深厚。他的《诗经》内容自是如数家珍，而引据古籍也是如数家珍，他五十年长期寄身海外，而国学之博，不让于国内名家，比较一些在海外镀金的假洋鬼子，乃大有天渊之别。如其不信，即请一读周氏《古巫医与六诗考》，其中大量引重甲骨文，能见出六诗的发生的渊源多自甲骨文得到证明。

何以竟说周氏研治扩展至于文化史领域？其所展论巫医即是。再由巫而探讨到远古之音乐舞蹈，乃是周氏个人独出创见。

我很抱歉才疏学浅，无法完全掌握周氏生平志行与学识成就，我的经验只能判定周氏古学文学根柢之厚，是远远超越恒流。久在海外接触到西方汉学家各样治学表现，使他眼光扩大到汉学领域，而处理中国古籍，实有新的领会与新的觉识，而能大胆提出他的古代文学社会制度与文学表现之相关联系，并得出他的结论。投于学界，自见光芒四射，令人激赏。鄙人才拙，未能全面暴表，只为纪念其逝世，为当今提一点线索而已。尚祈识者鉴原。

2007 年 12 月 29 日

写于多伦多之柳谷草堂

刘若愚向西方学界开讲中国文学理论

一、引　白

拙著《中国近代之文运升降》，全稿完成于本年（2009）7月，而9月向中华书局交稿。11月签订出版合约，亦在11月内写成自序。原来曾将此稿之通论一章，分呈贺照田先生、邓伟贤先生指教，承两兄赠言鼓励，惟在伟贤兄随之数日间特来舍下借给刘若愚先生著作之中译本三种，供我参阅。其中有杜国清所译之《中国诗学》、赖春燕所译之《中国人的文学观念》和王贵苓所译之《北宋六大词家》。此外我亦查知尚有杜国清所译之《中国文学理论》，事实是与赖春燕所译之同一本书，书名原是 *Chinese Theories of Literature*。看来刘若愚先生对于将中国文学传布到西方其成就甚大。特别是中国之文学理论，恐是自刘氏始方才建构一组文学理论体系，我辈后生不能不作研读会观，尤在文家而言，更当推重刘氏之贡献，以召示于后继者。

我与刘若愚并不相识，却在1963年到1965年间旅访英伦时，曾得我的老师刘殿爵先生提起，他对于中西之诗俱有深熟，故能用英文写出《中国诗学》（1962年英文版），那时刘氏已离开英国。当我在1968年至1969年访问夏威夷大学，承郭颖颐教授相告刘氏在夏大很受欢迎，但此际已受聘去芝加哥大学，而最后长期任教于斯坦福大学。郭颖颐先生向我述说刘氏在夏大情况，特别推重刘氏所著中国之游侠英文书，向我讲起多次，但惜他不肯久居夏大。事实上刘若愚精于中国诗学有三本英文著作：一是《中国诗学》，二是《李商隐诗研究》，三是《北宋六大词家》，于此相信刘氏研治中国诗词具深厚功力。我文界朋友宜取读其书，以信其对西人之影响。

刘若愚教授以讲授中国诗学享高名于西方学界，其所著《中国文学理论》乃是在斯坦福大学所作，亦正表现其学问造诣之高峰。若要向西方学界讲述中国文学理论亦包括讲授中国诗学，自首先必须学贯中西。此在中国文界名家之中，俱只是很少数人能胜任。前年我作一篇漫谈杂文，曾举示博通中西诗学者有吴宓、钱锺书及刘若愚，实漏列洪业、陈世骧及周策纵。看来能谈中西两方诗学之大家，不出此数人。然则看来贡献最大者仍要推重刘若愚先生，主要是他有两种著作贡献，一是《中国文学理论》，一是《中国诗学》。

我辈冷静想想，向西方引介讲述中国文学，应非一件容易事。在中方之文献造诣，应必须精通两门专业学问：其一是中国文学史，其一是中国文学批评史。此两门专业领域，内涵绝然不同，拿钱基博之《中国文学史》与郭绍虞之《中国文学批评史》两相比照，即可明见二者各有重点，前者以作品为主，后者不谈作品，但讲义理、神韵、结构、气势、技巧、美学以及功用等问题。而若要讲究文学批评，又不能不精通文学史。郭绍虞自述生平经验，是先讲授文学史而后发展出文学批评史（引自郭氏文：《我怎样研究中国文学批评史的》，收载：《文史哲学者治学谈》，第236—239页）。而郭氏自叙亦说明走上文学批评史之路，乃承受陈钟凡之《中国文学批评史》与刘永济之《文学论》所启发。

我何以要举示郭绍虞之经验，主要由于刘若愚书中明白申叙，其所著中国文学理论，乃是从历代文家之文学批评而取材建构刘氏自己之理论体系。书中说明得力于郭绍虞与罗根泽之文学批评研究而能进一步分判出其所创构之六组文学理论门系。我人仍可肯定刘氏发明建构文学理论之重大贡献。说来中国文学理论，向来并无系统架构，要到70年代，始由刘若愚创建起来，但未知我国文界各派是否别有立场？

现在进一步全向外看一看刘若愚要向西方人开讲中国文学理论。除了如上述刘氏首先备有中国文学史与历代文学批评之全面丰富学养，此外尚要备有充分而丰富之西方文学知识。重要问题在于要循西方人经验、习惯、趣好、想象、品鉴与心理而说教中国文学。此比单纯研究中国文学难度加倍，是以刘氏著作必须一读（目前已有三种书有中译本）。在此最好方式直引刘氏自道，可以看得真切。举示如下：

> 我将致力于将中国的各种批评派别综合起来，而发展我自己的观点。由此可以引导出对中国诗的批评标准。在适用这些标准时，我将试图进一步的综合（原注：这样大部分传统的中国诗观与现代西方语言分析的技术之间的一个综合），当然，中国批评家也实践某种分析，可是他们通常满足于注意某些特别字句的巧拙，很少试图深究下意识的联想，或者对于意象与象征的使用加以有系统和批评性的分析。我们对于各种诗之匠意的分析，将朝向给与批判性的评价这个目标而进行。因为，我们不该忘记语言分析到底只是手段而非目的，同时，任何一种分析，不论是多么精微和巧妙，只有加深我们对诗的了解，或者使我们了解我们对诗之反应的性质，才有理由存在①。

此处要征引刘若愚著《中国诗学》中的话，主要在使人知道此书是1962年问世，可见出刘氏自始是如何向西人传授中国文学。及到1975年出版其《中国文学理论》，正已是启想理论架构早达于纯熟境地。同时此一段文字亦充分透露出其向西方人讲授中国文学所必然要走的理论系统之路。换言之，刘氏向西人传授中国文学，是经过他个人吸收酝酿精炼而成体系，乃是一种创作。中国文学之创生理论体系，乃是自刘氏而始有可循的探索比较之倚据。此下将分别六组文学理论系统作概略演述。

读刘若愚著作，会了然其学贯中西，特以文学一门，两方俱有深厚功力，自古至今，尽揽胸臆，驾驭纯熟，可以随时对比申论同异，

---

① 刘若愚著，杜国清译：《中国诗学》（James J. Y. Liu: *The Art of Chinese Poetry*），台北幼狮文化公司，1977年6月出版，第3页。

具见学识赡博。举例其就所开宗明义，论述“文学”一辞，自上古历举《诗》、《书》、《易》之有关“文”之原义与变化，直至《史记》中所见之“文学”、“文章”，俱尚未具今世文家所称之文学义涵。甚至中国最早在《论语》中出现之“文章”和“文学”之词，亦并无今世文学之含义，大抵须至公元2世纪，方有与西方 Literature 能相吻合之含义。我学界人士是否同意此见，则请任由裁酌。

刘氏展开其所创六组中国文学理论，无时无刻不与西方古今相承各家之文学理论作异同对比，虽则表现其研治中国文学手法，实在正要折服西方之诗文名家，此则刘氏做到推扬中国文学至于世界学术市场之重大工程。

刘若愚在西方讲授中国文学理论，很自然采用西方学者探究文学艺术之考察模式，乃参究名家亚伯拉罕（M. H. Abrams）之所设计示意图，如下程式：

↗观众

宇宙←作品

↘艺术家

刘氏从而设计自己之探讨中国文学模式，程式如下：

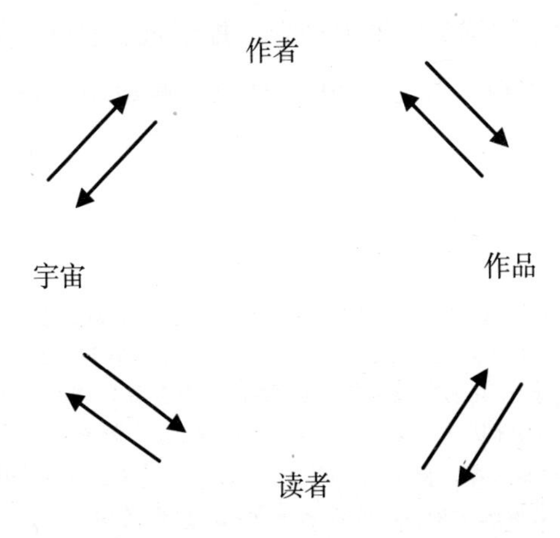

刘氏即倚此模式备作其演述中国文学之各样理论之判析管钥①。兹于以下各节分别陈叙刘氏所创之中国文学理论。

二、形上理论

刘若愚介绍中国文学理论，立此为首章，同时篇幅庞大，超过全书三分之一。虽然如此，却并不表示此一章最重要，实际是中国之形上学理论有多样起根，溯源最古，头路多条，辞义费解，必须一一厘清。刘氏功夫要分别说明宗源，讲明本义，申述常义，再确定在文学上所表意旨，最后又尚须取来与西方形上学观点比较异同；不但工程繁重，亦显出刘氏要向西方讲授中国文学理论，所承担之责任与用心。

由于列在首章，刘氏先从"文"之辞义及其演变谈起，引述《易》传系辞及贲卦彖传之起义，可知其布势很广。自此一步一步叙到文学本身词义。此一线索，刘氏要放在迟后至东汉末魏晋之际，始就文章一词之广用而把"文"纳于"文学"词旨之中。自曹丕、阮瑀、应玚，以至陆机。以为明确谈论文学之代表。刘氏书中多次引据曹丕之《典论论文》及陆机之《文赋》，吸引其论及形上功用②。

刘若愚谈论中国文学形上观念，提示道、自然、神、灵、气等重点，一一加以申释。其论"道"所用篇幅最多，自《易经》、《老子》、《庄子》、白居易、韩愈，以至王阳明，一路演述，不及一一引载。

---

① 刘若愚著，赖春燕译：《中国人的文学观念》（James J. Y. Liu：*Chinese Theories of Literature*），台北成文出版社，1977年2月出版，第14—20页。

② 刘若愚教授在其书中最重视引称曹丕（魏文帝）之《典论·论文》，用于中国论文最早文献，与陆机《文赋》、刘勰《文心雕龙》、萧统《文选》序，此四者推为中国文学理论之先驱文献。鄙人读高中时有业师阎子系先生讲授曹丕之《典论·论文》，至今仍熟记建安七子诸人。此外又承阎老师讲授《诗大序》，俱为文学史上重要文献。

刘氏讲气与神亦用大量篇幅。讲气特自曹丕之说讲起，讲神则历举王维、孟浩然、苏轼、姜夔、严羽、谢榛、王夫之、王士祯、翁方纲、姚鼐，以至于王国维等名文学家。其中以申叙严羽及王士祯占篇幅最多。而对于王国维之地位，刘氏敬重其词学见解，而于王氏思想已承受西方哲学影响，表示其思想观念，已不具有中国自有之特殊本质，颇使刘氏犹豫不定。但在本书亦稍作交代。足见刘氏向西方讲授中国文学，若不拿出纯正之文学识论，是无法说服西人的。

刘若愚演讲中国文学形上理论，占其书巨大篇幅（自25页至71页）。接着又将中国之形上理论与西方之文学理论作比较分析，亦占巨大篇幅（自72页至99页）。先塑中国形上理论，自上古之《诗》、《书》、《易》，以至20世纪之王国维，可谓贯通古今。其拿中国文学形上理论以广泛比较西方之文学理论，可谓是贯通中西。至足以表现其学识渊博，思想缜密，真令人敬服。

三、决定理论

刘若愚所创构之第二个文学理论提称为决定理论。在说明人秉天地生成之性，其创造各样文学艺术，原是随人性自然而持有，亦如草木之绽放花果，俊鸟之鸣唱悦音，乃是天性使然，故而命之为决定理论。文家或未能俱信，今当引举刘氏所宣述之决定理论界说：

> 有些中国文学理论，说明文学是当代政治、社会实况之不自觉及不可避免的反应或透露。这种决定观念及模仿观念，主要是着重于艺术宇宙与作者之关系，或者是艺术过程的第一阶段。但它与形上观念之不同在于它认为作者与宇宙之关系是一种无意识的流露，而非有意识的模仿。决定观念在中国虽然并未有详细的叙述，但它相当重要，而且非常特出。值得我们于讨论表现理论

> 之前予以简短的叙述①。

为此，刘若愚就举出公元前6世纪《左传》襄公二十九年（公元前544年，按刘氏书注晚一年）吴国世子季札聘访鲁国得以聆听宗周乐歌，领会《诗》之风、雅、颂演奏，而从诗歌中，观风，得知其所创作之本源。用以说明，文学之反应政治社会风习②。

取证古时之决定理论，刘氏引举《礼记》之乐记，《礼记》虽是西汉经师所编，而取材俱出于古礼记，为时多当于公元前3、4世纪作品。不过乐记是谈论音乐，刘氏又跟着举证《诗大序》，因其文字有若干完全同于《乐记》。但《诗大序》出于卜商（子夏）之手，为公元前5世纪人。《昭明文选》收载，记注作者卜商。当有所据，而另有传说出于卫宏之手，已晚到公元1世纪。对此，刘若愚均有交代。兹为文学界域，自当举证《诗大序》之言如后：

> 诗者志之所之也，在心为志，发言为诗，情动于中而形于言，言之不足故嗟叹之；嗟叹之不足故永歌之；永歌之不足，不知手之舞之足之蹈之也。情发于声，声成文谓之音；治世之音安以乐，其政和；乱世之音怨以怒，其政乖；亡国之音哀以思，其民困。故正得失，动天地，感鬼神，莫近于诗③。

续列《诗大序》，自能领悟刘教授所创说之决定理论之义界。刘氏同时在书中明白交代，其所讲说决定理论，多是采自朱自清（1898—1948）之著作，但未标示出自何书。

四、表现理论

在刘若愚著作中，其书所叙篇幅不均，惟形上理论特占篇幅，而

---

① 刘若愚著，赖春燕译：《中国人的文学观念》，第101页。

② 杨伯峻注：《春秋左传注》，北京中华书局，1981年印，第1161—1164页。

③ （梁）萧统编：《文选》，嘉庆十四年鄱阳胡克家仿宋刻本，卷四十五《诗》大序。鄙人读高中时，业师阎子系先生讲授全文。

介绍决定理论用笔最少，但自表现理论及其续论之三个理论，则其彼此分量无过长过短之虑。此中无轻重分别，亦无高下选择，我等当从信刘氏之自酌、关键实在于说明论题。

在中国文学思想之中，表现理论是自古至于清代俱能见到之文家主张。刘氏在此门作了深入讨论，他并广为参证今代兼通中西文学理论（特别是诗学）名家，从中采定其独创见解。在诸多名家中举证陈世骧、周策纵、闻一多等人对于诗学理论之见解。可见其集思广益之用心，并不孤芳自赏。

关于表现理论之论证，仍先举《诗大序》，其后继承风气而申说者有陆机之《文赋》、刘勰之《文心雕龙》、钟嵘之《诗品》，从各书中提示文学之表现理论。其引举陆机《文赋》之词，可供识者比观：

> 若夫应感之会，通塞之纪，来不可遏，去不可止，藏若影灭，行犹响起；方天机之骏利，夫何纷而不理？思风发于胸臆，言泉流于唇齿。纷威蕤以馺遝，唯毫素之所拟。文徽徽以溢目，音泠泠而盈耳。及其六情底滞，志往神留，兀若枯木，豁若涸流；揽营魂以探赜，顿精爽于自求；理翳翳而愈伏，思乙乙其若抽。是以或竭情而多悔，或率意而寡尤。虽兹物之在我，非余力之所勠。故时抚空怀而自惋，吾未识夫开塞之所由①。

阅陆机文赋，可证作家文皆出自然迸发，因景因情随意流露，全无雕凿造作之迹，是即表现理论之真谛。刘教授选此文证，当必为中西文家接受。

刘若愚叙议表现理论，致力最多，用心最深，网罗最富，举证最繁。在刘氏书中广引梁刘勰《文心雕龙》，其于表现理论亦多次引示文心之辞。但多分散列举，兹就其所引示者，摘取《文心雕龙》体性篇原句，以见有力实证：

> 夫情动而言形，理发而文见；盖沿隐以至显，因内而符外者

① （梁）萧统编：《文选》卷十七。

也。然才有庸儁，气有刚柔，学有浅深，习有雅郑，并情性所铄，陶染所凝，足以笔区云谲，文苑波诡者矣。故辞理庸儁，莫能翻其才；风趣刚柔，宁或改其气；事义浅深，未闻乖其学；体式雅郑，鲜有反其习；各师成心，其异如面①。

观刘勰所论，正见文学表现之质性意涵，可显见文学造生之多彩多姿，亦即文家不同之心性理趣。此即刘若愚教授所要深切探索者。

刘若愚布陈文学之表现理论，越过7世纪跨步千年，直跳到16世纪，明季以降之说理名家。自李贽谈到公安派袁氏三兄弟（宗道、宏道、中道）之表现理论，曾用巨量篇幅介绍李、袁各人之个人主义。接着进入盛清时代，首先介绍金人瑞（即金圣叹）之个人主义，对于金人瑞之论引述甚多。在此俱不暇引举。此外自盛清之初以至其末，刘氏又讨论到清初之叶燮以至乾隆时之袁枚。而于叶燮用心最多，大加举证其言，袁枚则只见偏锋。刘氏多次引证叶燮之表现理论，其最能动人之说则可提示以供观览：

作诗者在抒写性情，此语夫人能知之，夫人能言之，而未尽夫人能然之者矣。作诗有性情，必有面目，此不但未尽夫人能然之，并未尽夫人能知之而言之者也。如杜甫之诗，随举其一篇与其一句，无处不可见其忧国爱君悯时伤乱。遭颠沛而不苟，处穷约而不滥，崎岖兵戈盗贼之地，而以山川景物友朋杯酒抒愤陶情。此杜甫之面目也。我一读之，甫之面目，跃然于前②。

此处为叶氏言论最浅近易晓之识断，可借以领悟表现理论之意涵。刘氏所举叶氏之说更能表达此一论题之内容，俱在说理，但请读者自作比对。

看来刘若愚之书，于表现理论参悟最深，涉阅最广，文中有多项

---

① （梁）刘勰著：《文心雕龙》，王更生注译：《文心雕龙读本》下册，台北文史哲出版社，1991年印，第21页。

② 刘若愚著，赖春燕译：《中国人的文学观念》，第134页。

精彩讨论，不及细举。

五、技巧理论

关于技巧理论，中国文学中亦广泛呈现，同时亦容易分辨，可看出前代文人所表达之各样重点。因为但凡谈到技巧，往往会涉论方法，并比较字辞使用之手法之高下。不免衍生若干诀窍。刘若愚对于技巧理论之界说，相当简洁明确，当引举以见其概：

> 根据文学技巧观念，文学为一种技艺，颇似他种技艺，譬如木工。只是它以语言为材料，而非以物质为材料。它与表现观念相同之处在于它也着重艺术过程之第二阶段。相异之处则在于它不认为写作过程是一种自然表达，而是一种精心的创作。在中国批评理论里，此种观念表现在实际写作的运用多过于理论的阐扬。例如：从事写作学术性的赋文、华丽的骈体文，以及其他具有严格技巧规则的文体之作家，只贯注于声韵及修辞之细节，而常忽略了思想或感情之表达。我们可说他们是赞同了文学之技巧观念[①]。

刘若愚演述中国历代之文学技巧理论家，重点仍是要放在提出文学技巧言论者为举证对象，其在上举引文中主要举示向来未提理论说词之文学作家，但凡从事有技巧要求之作品若赋、若骈体文，若极意修辞之人文家，亦一概看成是赞同技巧理论者。此是因为见到早自公元前3世纪之赋一直延伸至魏晋南北朝之骈体文，应俱当列为文学技巧之作。却未能见到其作家中有以技巧要求申说义理者。是刘氏写到此章，只能从五六世纪之沈约以为说理示范。以沈约定为有技巧理论之代表：

> 夫五色相宣，八音协畅，由乎玄黄律吕，各适物宜。欲使宫

① 刘若愚著，赖春燕译：《中国人的文学观念》，第141页。

羽相变，低昂舛节，若前有浮声，则后须切响。一简之内，音韵尽殊；两句之中，轻重悉异。妙达此旨，始可言文①。

沈约所言，自足代表其对于文章技巧之明确要求，而两汉魏晋之伟大文家，辞赋华美，音韵铿锵，竟是无人有立说者。

刘氏演论技巧理论，自5、6世纪之沈约下降而跳至14世纪元末之高启。高启论诗，提出格、意、趣三项基本要求，其所举之格，刘若愚认为是指技巧之条件。

接着下去，刘若愚将重点集中于明清两代，涉论人物较多，明代文人提到李东阳、李梦阳、唐顺之、李渔，入于清代，又提到翁方纲、刘大櫆、姚鼐和曾国藩。在此可先举李东阳之见解：

夫文者言之成章，而诗又其成声者也。章之为用，贵乎记述铺叙，发挥而藻饰，操纵开阖，为所欲为，而必有一定之准。若歌吟咏叹流通动荡之用，则存乎声；而高下长短之节，亦截乎不可乱②。

凡谈技巧，必重方法规矩，明清两代谈文论诗，俱较前古讲究方法，刘氏多次举证明季李梦阳之言，今可选举其一处：

夫古之工如倕如班，堂非不殊，户非同也。至其为方也、圆也，弗能舍规矩。何也，规矩者，法也。仆之尺尺而寸寸之者，因法也。假定仆窃古之意，盗古之形，剪裁古辞以为文，谓之影子诚可；若以我之情述今之事，尺寸古法，罔袭其辞，犹班圆倕之圆，倕方班之方，而倕之木非班之木也。此奚不可也③？

此论述技巧明表规矩绳尺法则之申说也。

刘氏接着又举明末至清初文家李渔之论，盖因李氏提示文学之结构论，势须举示其说：

---

① 《中国人的文学观念》，第142页。

② 《中国人的文学观念》，第144页。

③ 《中国人的文学观念》，第145页。

> 至结构二字，则在引商刻羽之先，拈韵抽毫之始。知造物之赋形，当精血初凝，胞胎未就，先为制定全形，使点血而具五官百骸之势。倘先无成局，而由顶及踵，逐段滋生，则人之一身当有无数断续之痕，而血气为之中阻矣。工师之建宅亦然，基址初平，间架未立，先筹何处建庭，何方门户，栋需何木，梁用何材，必俟成局了然，始可挥斤运斧①。

李渔所论正似李梦阳之方法说，而进至于创生其结构说。

至于刘氏探讨清代四家：翁方纲、刘大櫆、姚鼐、曾国藩之技巧理论，亦多所引证，俱仍广为重视方法准绳，要求尤加严刻，而各家论点实难见其独到之精诣，在此可以从略。

六、美学理论

刘若愚在技巧理论之后，接谈美学理论，以二者关系相近，却有一定之区别。应举刘氏自道，用以明见其所分判各具之特色：

> “文学即华美之辞章”的观念，是中国文学美学理论之基础。此观念与技巧观念有着密切的关系。因此我们可以说，它们是一个铜板的两面。二者基本上的差异在于：美学观念着重文学作品对读者之立即效果（艺术过程之第三阶段），而技巧观念则着重作者与其作品之关系（第二阶段）。当一个批评家就作者之立场讨论文学，并规范出作文规则时，他可说是在阐明技巧理论；但是，当他描写文学作品之美及其给予读者之乐趣时，他的理论可说是美学理论②。

刘若愚讨论中国文学之美学理论，是自“文”字之创生谈起，以为上古所生之“文”原指图画，起始即代表视觉彩姿之意。其演述古

---

① 《中国人的文学观念》，第149—150页。

② 刘若愚著，赖春燕译：《中国人的文学观念》，第157页。

代美学观念之创说者，举证春秋时代孔子之说，载于《左传》襄公二十五年（公元前548年，按刘氏书注为公元前547年），当于此采引《左传》所载全文，以供参证：

> 冬十月，子展相郑伯如晋，拜陈之功。子西（楚国主将）复伐陈，陈及郑平。
>
> 仲尼曰：《志》（古史）有之："言以足志，文以足言。"不言，谁知其志？言之无文，行而不远。晋为伯，郑入陈，非文辞不为功。慎辞哉[1]！

此段《左传》记载，乃孔子称誉郑国子产向大国晋国报备挥兵入陈之事。《左传》备载子产对晋国应对之外交辞令，使晋国无辞责难。孔子即对其用辞之委宛正大而称誉其美辞。当后世引证，多只引"言之无文，行而不远"之说，自足为美学理论之倚据。

但凡谈论文学之华美壮丽，识者必推扬汉代之赋。前承离骚，绵延而及六朝骈体文，前后有八百年之久。无不表现文章之优美，而汉赋尤为美学之大宗。但作品至富，而申述美学之言者不多，刘氏则举证大文豪司马相如之言以为美学观念代表：

> 合綦组以成文，列锦绣而为质，一经一纬，一宫一商，此赋之迹也。赋家之心，包括宇宙，思览人物，斯乃得之于内，不可得而传[2]。

汉代四百年之文学，赋为实际大宗，名家辈出，佳作无数，无不表现雄壮辉煌，充实泱泱大国文风，亦反映汉人精神之健康，信心之坚强，大国之自尊自信，全在一代文学表露出来，后世至今任何一代亦不能望其项背。凡思想情操自然流露，非今世虚骄者可比。

---

① 杨伯峻编著：《春秋左传注》，第1106页。按，刘若愚著书十分仔细，但凡古书译注、版纪、年代、引证人物必须先辨年代。惟其征引《春秋》、《左传》年较杨书晚一年，当为版本不同。

② 刘若愚著，赖春燕译：《中国人的文学观念》，第160页。

接着刘氏又举晋时之陆机《文赋》，以见美学之要求：

其为物也多姿，其为体也屡迁；其会意也尚巧，其遣言也贵妍。暨音声之迭代，若五色之相宣①。

刘氏接着又举证刘勰《文心雕龙》之情采篇：

圣贤书辞，总称文章，非采而何？夫水性虚而沦漪结，木体实而花萼振，文附质也。虎豹无文，则鞹同犬羊；犀兕有皮，而色资丹漆；质待文也。若乃综述性灵敷写器象，镂心鸟迹之中，织辞鱼网之上，其为彪炳，缛采名矣。故立文之直，其理有三：一曰形文，五色是也；二曰声文，五音是也；三曰情文，五性是也。五色杂而成黼黻，五音比而成韶夏，五性发而为辞章，神理之数也②。

在刘勰之后，刘若愚又续谈同时期之萧统，并展叙至司空图，可谓自两汉以降，千年未断。然后入于北宋之欧阳修而一步跳至18世纪之阮元。其举证阮元之说颇足借以参证所坚守之美学理论，兹为布列于次：

孔子于乾、坤之言（指《易传》文言），自名曰“文”，此千古文章之祖也。为文章者，不务协音以成韵，修辞以达远，使人易诵易记，而惟以单行之语，纵横恣肆，动辄千言万字。不知此乃古人所谓直言之言，论难之语，非言之有文者也，非孔子之所谓“文”也③。

讨论至此，当可窥见历代文家之美学主张。

---

① 萧统辑选，李善注：《文选》卷十七，陆机《文赋》。

② 刘勰著，王更生译注：《文心雕龙读本》下册，第77页。

③ 刘若愚著，赖春燕译：《中国人的文学观念》，第164—165页。

七、实用理论

刘若愚所创构之中国文学理论，最后一个定为实用理论，排在最后，并无特别用意，而其申叙界说，则明言实用理论乃是中国文学各样理论中最占优势、最具影响力之一种。在此最好先将刘氏所提之简明界说，以作参证：

> 实用理论主要与艺术过程之第四阶段有关，并植基于以文学为达成政治、社会、道德或教育等目的之手段这一观念上。因其受到儒教之认可，遂为中国传统批评理论中最具影响者。诗的实用观念之表达，可见于《诗经》。这本诗集相传为孔子所编，后来成为儒家经典之首部。在这本书里，有几位作者用诗篇表达他们的意图，乃在规劝统治者或大夫①。

刘氏演论文学之实用理论，首先谈《诗经》，引举一些诗篇，同时亦广引孔子所表达于《诗经》之实用理论的语录。在此可只举一条最明确的话语：

> 子曰：小子何莫学夫诗：诗，可以兴，可以观，可以群，可以怨。迩之事父，远之事君；多识于鸟兽草木之名②。

其实刘氏在此一章中讨论《诗经》举孔子最多，比其他各章更多加引举申论，把若干概念细加分解，备其探索深入。在此则只能点到为止。

接着刘氏自然亦引述《诗大序》并列举文证，以见其实用观点。然前章已有引述，《诗大序》已为常见之说，在此可以省略。此下，刘氏转注于东汉王充、郑玄二人之语，皆有引举，在此可举郑玄之所论：

---

① 刘若愚著，赖春燕译：《中国人的文学观念》，第167页。

② 杨伯峻译注：《论语译注》，第185页。

> 诗者弦歌讽喻之声也。自书契之兴，朴略尚质，面称不为谄，目谏不为谤，君臣之接如朋友然，在于恳诚而已。斯道稍衰，奸伪以生，上下相犯。及其制礼，尊君卑臣，君道刚严，臣道柔顺。于是箴谏者希，情志不通，故作诗者以诵其美而讥其过①。

看来郑玄之说，略同于《诗大序》，却是表达更见切实浅显。

东汉以后，刘氏亦接叙曹丕、陆机、刘勰等人之实用理论，并引称各人所见。但过此以往，越数百年而跳至于北宋，举示周敦颐之实用理论。最重要关键，则在于周敦颐提出"文以载道"之说。刘氏举证其言：

> 文所以载道也。轮辕饰而人弗庸，徒饰也。况虚车乎？文辞，艺也；道德，实也。笃其实，而艺者书之；美则爱，爱则传焉②。

刘若愚对于周氏如此主张，立即表示一段切实之评论，在此应直接引举，以备考较：

> 周氏对文学道德观念之陈述深具影响力，以至于"文以载道"之口号成为中国文学批评上最常被引用的两句陈言之一（另一句为表现观念之法则"诗言志"，已于第三章述过）。周氏之弟子，程颢、程颐两兄弟，甚至于进一步断言，文学有害于道之追求。因此，文学之实用观发展到极致③。

刘若愚立言忠厚、不敢痛批宋代大儒那些道学先生，振于其崇高道德地位。其实站在中国文学学术发展而言，周敦颐虽是宋代大儒，其主张"文以载道"却是一言丧邦。此一言对纯文学之长久生命一举而铲除之。想想自曹丕《典论》所言："盖文章经国之大业，不朽之盛

① 刘若愚著，赖春燕译：《中国人的文学观念》，第178—179页。

② 《中国人的文学观念》，第180页。

③ 《中国人的文学观念》，第181页。

事。”中经陆机、刘勰、沈约、钟嵘之提倡，以至昭明太子《文选》之问世，纯文学之文艺至《文选》而大定。历近千年而至摧毁于周敦颐之“文以载道”，使文学降为传道之工具，真是令人震惊。就中国煌煌学术而论，文学当列百学之首，必当超越宗教、道学、政治、社会、科学、工技之上，乃是一民族心性自由发抒之成品，岂可抑为工具，乃是一民族之自残自侮。道学先生之大儒真是千古罪恶。

再说所载之道并非儒家可以拥有，亦史无特权自承只有儒之道。尚有道家之道、墨家之道、法家之道。站在世界学术，尚有耶稣之道、释迦牟尼之道、穆罕默德之道。并且尚有盗跖之道、奸雄之道、魔鬼之道。文学何罪而降为道之纲纪奴仆？宋儒真多老贼。

八、结　论

吾承好友邓伟贤兄相借刘若愚教授所著三种书之中译本，分为《中国诗学》（杜国清译）、《中国人的文学观念》（赖春燕译）及《北宋六大词家》（王贵苓译）。由于诗学、词学更较专门，我故只能勉为从事，略加介绍刘著之《中国人的文学观念》一书。面对文界识家，不能不承认轻妄逾越，祈盼宽谅我的愚疏鲁莽。

刘若愚教授久居英美半世纪，而其国学造诣之深，决不输于国内名家。特别重点在于中国历代之诗、词、曲之精深研究，先自约而入博，又于中国文学而建树理论系统。当然其于西方文学诗学亦并全面掌握，向西方开讲，而自中国诗、词、曲入手，而扩充至于中国文学全局。刘氏虽在海外，而讲论中国文学亦如国内学者，文字则自甲骨、篆、隶以至《说文解字》之文字原义及其演变，俱以英文向西人说清楚。凡谈诗亦必自《诗经》、离骚、辞赋、乐府，以至于律诗、绝句，更进而论词、论曲，必讲究声韵、格律、对仗、平仄，一一向西人交代。所据则俱取用中国古典专集。虽然如此用功，亦必同时旁涉同时名家之著作，如陆侃如、冯沅君、刘大杰、郭绍虞、罗根泽、夏承焘、王力、丁声树、方志彤、赵如兰等人之书，无不加以征引。其于精通中西诗学之名家，尤引入其书，所列诗学名家有洪业、陈世骧、周策纵、闻一多、钱锺书等，除了漏列吴宓，而凡一代博通中西诗学之家，俱必参酌各家之说。刘氏广征博引，而终自创一套中国文学理论体系。赖春燕翻译而称誉刘氏之书为第一本以英文写作之中国文学理论之书。实则就中国文学理论之体系言，亦是首见之中国文学理论书。

阅读刘若愚之著作，会油然产生敬服之心。须知中国虽已有文学史、文学批评史，而自古以来未尝造出文学理论。刘氏首须通观古今文学各式作品，掌握全局，尚须进而就历代之文学批评，用以融会调配，而酝酿出切实之文学理论。刘氏在其书中特别交代，其创构各组理论系统，乃是归纳前代名家言论而䌷绎出其理论因子，非杜撰也，非抄袭也，而是创作也。此事就本国文学研究言，亦须深加敬服。

刘氏寓居海外，任职汉学教授，所承职司，须向西方人讲授中国文学，乃至于更专门之诗学，讲述之外，尚要以英文写成专书。若欲使西人信服，又必须充分掌握西方文学著作与理论，其所耗心力，自加倍于国内学人。刘氏一生写出中国诗学之书三种，文学理论之书一种，学术贡献，亦足骄人。若一勘比刘氏所自述，益见其研治学问不苟。兹愿竟举其说如次：

> 所有引自中国作品的文句，皆由我英译。并非自认为翻得优于现成的译文，而是因为我对原文的了解在某些部分往往异于过去的译者，而且也因为他们的目标可能与我不同，而导致了基本观念的不同。因此我翻译力求意义之精确易解，而非文体之优美，虽然我已尽力照顾到原文的文体与格调。为使读者能够把我的翻译与他人的翻译作一比较，或阅读引用之作品的全文，我提出了一些已有的翻译。同一作品若有多种译本，我只提最佳的或最普遍的译本。如果只有法文或德文本而无英译，我也特别指

出，因为我猜测多数读者能够阅读法文或德文，或者二者皆能①。

如刘氏所言，当知其对于所著之书，用心是十分谨严而负责的。当然刘氏之书足以传世而无愧。

我读刘氏书，觉其功力深厚，学养识断具大家才艺，文界群贤必当仰重。惟其虽是久寓外洋，其造诣亦足颉颃同代诗家文豪。刘氏成就不在文艺创作，而在文学学术。其首创文学理论，已领先研治学风，而其生平造诣，更应是在于中国诗学，诗学亦文学学术最重要之一支。刘氏亦加开建诗学体系。其致力最早，用心最久，于1962年已将英文之作《中国诗学》（*The Art of Chinese Poetry*），即在60年代问世，刘氏又发表《试谈中国式的诗论》（1966）和《李商隐诗研究》（1969），可知刘氏在60年代致力中国诗学有诸多贡献，应是进于成熟之境。其后又在70年代出书《北宋六大词家》（有王贵苓中译本），具见刘氏于中国诗学可谓毕生从事，积累著作可观。

刘氏论诗，上自诗经楚辞谈起，下至14世纪之元曲，俱加网罗，贯通古今，气魄雄伟。刘氏之言道诗学，包括唐诗、宋词、元曲，向西人介绍，亦必详加区别各自格律、平仄、对仗、声韵、乐谱等，参考古今词谱曲谱甚多，故其能分判北宋词家之流别。对于西人，亦将诗、词、曲之译称有不同词汇。愿在其《中国诗学》之中，稍举其译诗、译词、译曲之实例。

其一，关于诗，刘氏一概译作poetry，包括《诗经》以及五言七言古诗与律诗绝句。刘氏每样均作一些实际译例。无法能在此全举证，但可略举一首王维的七言绝句，是著名的一首送别诗：

渭城朝雨浥清尘，客舍青青柳色新。

劝君更尽一杯酒，西出阳关无故人。

王维这首诗，原题是《送元二使安西》。刘氏亦加英译如下及诗：

---

① 刘若愚著，赖春燕译：《中国人的文学观念》英文自序。

Seeing off Yuan Second on a mission to An-hsi。译王维之诗如下：

The light dust in the town of Wei is wet with morning rain;

Green, green the willows by the guest house their yearly freshness regain.

Be sure to finish yet another cup of wine my friend, West of the Yang Gate no old acquaintance will you meet again![1]

开写在此供文界方家鉴赏。

其二，关于唐宋所发展而出一种号称为诗余之词，刘氏向西人介绍，译作 lyric meters 以之与 poetry 有所区别。想想刘教授能在 70 年代写作《北宋六大词家》，当可知其于词之探究，早有深厚功力。在其《中国诗学》中亦有英译示例，是举五代人韦庄所作《菩萨蛮》词一阕：

人人尽说江南好，游人只合江南老；

春水碧于天，画船听雨眠。

炉边人似月，皓腕凝霜雪。

未老莫还乡，还乡须断肠。

英译如下：

Everyone is full of praise for the beauty of the South;

What can I do but end on my days an exile in the South?

The spring river is bluer than the sky,

As it rains, in a painted barge I lie.

Bright as the moon is she who serves the wine,

Like frost or frozen snow her white wrists shine.

I' m not old yet;

---

① 刘若愚著，杜国清译：《中国诗学》（*The Art of Chinese Poetry*），台北幼狮文化公司，1977 年印，第 40—41 页。

Let me not depart;

For going home will surely break my heart![1]

刘氏亦说明，其英译协韵之四组韵脚，是本着《菩萨蛮》之韵调而仿行的。文家可以看出，其向西人讲词与讲诗是大有分别，决不混沌含糊。

其三，刘氏书中诗学亦包括元曲，所介绍直至元末（14世纪）。但对于曲之英译又有数种明显区别。关于剧曲，刘氏译为 Dramatic Verse，关于散曲，刘氏译为 Dramatic Lyrics，刘氏于此亦引举所译马致远之著名散曲《天净沙》供作参证：

枯藤老树昏鸦，小桥流水人家，古道西风瘦马，夕阳西下，断肠人在天涯。

Withered vines, aged trees, twilight crows.

Beneath the little bridge by the cottage the river flows.

On the ancient road and lean horse the west wind blows.

The evening sun westward goes, As a broken-hearted man stands at heaven's close.[2]

刘氏研究元曲，相当深入广泛，选讲必顾到曲牌，音韵格律。不是特重散曲，他亦说明重视剧曲，特别推尊王实甫之《西厢记》，以为是上乘杰作。却无法在示例中，只选配几句；因是而选择短小精美之《天净沙》。

综观刘若愚在海外半世纪，向西人讲述中国文学，英文著作不下五种，而诗学即有三种，并非只作诗词曲之翻译，而实是研治中国诗词曲写成学术著作。特别是《李商隐诗研究》和《北宋六大词家》乃是深厚学术著作，不能待之以翻译。而创构中国文学理论，乃是当代开先之贡献，是重大成就。鄙人阅读其书，肃然起敬，佩服其学贯

---

① 刘若愚著，杜国清译：《中国诗学》，第43—45页。

② 刘若愚著，杜国清译：《中国诗学》，第46—48页。

中西，不揣冒昧，愿推尊刘氏为当代文学大师。

2009 年 12 月 29 日写于
多伦多之柳谷草堂

附记：

本文之写作，系承好友邓伟贤先生相借刘若愚教授之作而得以顺利进行，且于本文中尽述。惟在最初撰定稿之时，亦曾致函台北好友联经公司林载爵先生，请将杜国清先生所译刘著《中国文学理论》一书，亦承林先生远道惠赠此书，得见杜国清先生 1991 年之译本，因其详备并附录齐全，大受读者喜爱，今已出版至第七次印刷，当知更具参考价值。吾虽参阅，而不及引证此书，但愿向学界推荐，应予重视，在此特向林载爵先生之厚爱，表述感谢之忱。

2010 年 1 月 20 日

中西古典语文翻译大师刘殿爵先生

鄙人夫妇于今年（2010）4 月 19 日相偕自多伦多回台湾探亲访友。前后留住两月之久，而于 6 月中旬再回到多伦多寓所，见有一些信件积存待阅，乃见及香港中文大学老同事朱国藩先生来函，相告恩师刘殿爵先生已于4月26日在港逝世，真是惊诧噩音，莫知所措。即覆书国藩兄，表达怀仰伤痛，并为中大主政之“刘殿爵教授纪念奖学金”略尽绵力。随之想到撰写悼念短文，但连日来反复惶惑，全无信心下笔。盖自愧于刘教授所知有限，凭一知半解，无法暴表大师生平志节贡献。即令写来，亦难免挂一漏万，实觉犹豫，难于着手。连日彷徨不决，不免延搁时日，然以感怀刘教授向日厚爱，深恩实未报称，实不忍漠然无所宣白。转眼已进入7月，距刘教授忌辰日远，亦愈觉于心不安，终须决定草撰短文，多少表达怀仰之情，凡与刘教授亲接承教之情，略申所记忆，至于大师学问道谊，则就所知者随手提及可也。以此抛砖引玉，祈盼高明之家更有详实暴表。

以我粗浅所知，刘教授平易近人，却狷介自持，虽是享誉英美，备受学界敬仰，然志操淡泊，谦抑诚悫，未尝稍露得色，大与当世中西名流之踌躇满志，傲视阔步者不同其趣。刘教授具大师风范却世少人知，吾尚不敢任意介绍刘教授身世来历。谨愿附开《中文大学校刊》(1979年夏）备为简略参证：

> 刘殿爵教授生于一九二一年，在香港大学修中文，一九四六年赴格拉斯高大学深造，攻读哲学。自一九五〇年起，即在伦敦亚洲及非洲研究学院教授中国哲学。一九六五年获聘为伦敦大学中国哲学教授，一九七〇年升为中文讲座教授。
>
> 刘教授曾经出版《老子》、《孟子》及《论语》的新译本，并计画翻译《大学》与《中庸》合成《四书》英译本出版。所译《鲁迅小说集：词汇》已于最近出版。
>
> 一九七五年中文大学鉴于其在海外不断努力推进中国文化，成绩斐然，特别颁授荣誉法学博士学位予刘殿爵教授。
>
> 刘教授于一九七八—七九年度应邀前来中文大学任教，担任中国语言及文学系教授，并负责筹创中国语文研究中心。

在此引据香港中文大学校刊之载述，自较私人笔记更见可靠而具有公信力。

如果我等读者投界一览，不费功夫，亦不会感觉有何等可重视之处。其实在此段简介已将若干要点提示，三言两语之中，已透露刘教授大半生治学教研及其享誉士林之来历线索。我们可以作较详确之展述求证。

最近在今年五月香港中文大学追念刘教授逝世，即刊出刘氏门人后学包括英国门人裴达礼（Hugh D. R. Baker，伦敦大学荣休讲座教授）、安乐哲（Roger T. Ames，现任夏威夷大学教授）以及香港门人后学何志华教授（中文大学中国语文学系主任）、黄坤尧（中文大学语文系教授）、董桥（香港文学作家）等五人俱作纪念论文，从各家论述，可见及刘教授身世门第、学问造诣、生平著作、学术贡献等详确实录，甚值综述暴表，以备传记参考。

刘殿爵教授世列粤籍，祖居广州，以岭南书香之家，自严父景堂公（号伯端）于清宣统三年（1911）携家移居香港，以为长久寓所。其时长兄德爵方二岁，与父母同来香港，正见出景堂公移港定居之决心。家人聚港，景堂公即于1912年任职香港华民署文案，直至1932年退休。景堂公虽是文案，实为诗词名家，著有《心影词》与《沧海楼词》传世。岭南词界诗家俱多引重。殿爵先生门人安乐哲特引刘氏词句数语，并附英译，以表其家学根柢，值得在此提示：

景堂公《点降唇》句：

休重省，百年短景，容易风吹醒。

英译：

Do not wake up any more, The short dream of a life of a hundred years, is too easy to be blown awake by the wind.

译者：Katherine Whitaker。

于此词句所见，可信刘景堂之文笔平易浅显，而含蓄深永。译者亦词简而味足。至于译者亦并非外人，亦当安乐哲之在校老师，系刘殿爵先生好同事赖宝琴，乃亦粤人，年长于刘教授，系1964年刘先生引荐我拜识她，在英经常招我饮食，十分慈祥和蔼。也是伦敦亚非学院资深老师，自然英文造诣精深。

1921 年 3 月 8 日，殿爵先生生于香港，与兄德爵、姊圆爵俱是才华卓异，承绪景堂公家教。长兄德爵香港大学毕业，除长于中英文外，又通晓法、德、日、俄、意大利、西班牙等国文字，一生任教于港地。长姊圆爵亦香港大学毕业，精通中英文，生平历任女子中学等校校长。至于殿爵先生亦选进港大中文系，1938 年进校，1942 年适在日寇攻占香港之年初提早卒业，遂亦与家人避难广州。1945 年“二次大战”结束，1946 年殿爵先生获英国胜利奖学金（Victory Scholarship），负笈英国进修。刘教授曾相告乘英国轮船前往，中途亦有新加坡李光耀先生同船赴英求学。相传尚有其他名人亦在同船。今时何志华先生指出所乘系 S S Britannic 号船。

刘先生到英之后，即进入格拉斯高（Glasgow）大学攻研西方哲学。1950 年刘先生完成学业，取得学位之后，即应聘至伦敦大学亚非学院（The School of Oriental and African Studies）开讲中国哲学。因于中国古代各家学说深致研究，及其对英文之精练以及语言逻辑之素养，驾驭中国古代思想之经典论著，乃能从事翻译《老子道德经》、《孟子》以及《论语》等名著。成为 Penguin Classics 系列重要出版品。英译：*Lao Tzu Tao Te Ching*，1963 年出版。*Mencius*，1970 年出版。以及 *Confucius The Analects*，1979 年出版。此三书均蒙刘教授亲笔题赠，余实感承厚爱，倍为珍藏。如此简述，见不出重要性。须知刘教授贯通中西学术，对中国古籍有深刻解悟，而其译笔谨严，用字遣辞，既典雅且精准，在西方学界公认最切当之标准译著，几乎受西人（不包括旅外华人）普遍看重其译著。看其所译《道德经》，自 1963 年刊布以来销售额达七十余万本（据何志华教授所示），亦足可信其所译中国典籍，受到西方读者广泛肯定，其影响西人之深澈亦可凭而论定。此亦是学术性读物，其三种译著，正足以启示西人明白见识中国文化，贡献至巨，无疑为当代翻译大师，可谓前无古人后无来者。

刘殿爵教授早年在伦敦任教时之留影

根据刘先生之英国门人裴达礼（Hugh D. R. Baker）介绍，刘先生于1965年晋升亚非学院中国哲学教授，1970年授任为中国哲学讲座教授。裴达礼并声言，凡华人被授为讲座教授者始于1938年陈寅恪为英国所聘任，一直至刘殿爵教授享此荣名，此后亦未再有相继者。此在刘先生言，乃实至而名归，在自来游居海外之华裔学者言，实难能而可贵（由于陈寅恪先生并未赴英接任教授职，实际任此职者只有刘先生一人而已）。

1975年刘教授接受香港中文大学授予法学博士学位，1978年并受聘为中文大学语言与文学系讲座教授。校长马临先生对刘教授十分礼重信任，除请刘教授为中文系开讲专课之外，并邀港绅吴多泰捐资创设“吴多泰语言研究中心”，并先后请刘先生兼任文学院长与中国文化研究所所长。刘教授不但通熟中英两种语言文字，而且实具使命感，多年有志于整理中国古今语词之正诂正音，为中文大学做出之第一个重要工作，即为清儒王念孙之《广雅疏证》，此一巨著由中文系陈雄根博士任助理，由刘先生一手增补断句，作新式标点，而由中大出版社印出，书题《新式标点广雅疏证》。此书自是文字训诂各方名家所重，而刘氏之学养功力自更为学界所推崇。

刘教授在校开讲《吕氏春秋》及《中国语文学史》，同时长期兼任《中国文化研究所学报》主编，由朱国藩先生长期协助至近期，亦为对学校之辛苦奉献。

刘殿爵教授在香港中文大学打拳练功之留影

刘教授除其古籍英译之外，对学术上最大贡献，也是对中文大学之重大贡献，乃是在于其所主编《先秦两汉古籍逐字索引丛刊》(*Ancient Chinese Texts Concordance Series*)，是将汉代以前至上古之所有重要典籍，每书俱逐字加以索引，并将各书本文附印备查。此一工程浩大，早在30年代，只有洪业教授主编中国古籍索引（Index）已予读书者极大方便，刘教授在中文大学之庞大计划，更加繁细，与文化研究所陈方正教授合力编此一套巨制，真是重大贡献。我昔日1963年晋谒刘殿爵教授，在1963至1965年之间时常讨论学问，那时刘教授已相告主张编制一套中国古籍逐字索引，我曾重视此事，久注于心，但恐在英国人手不足，推知不易着手。未料三十多年后，刘教授得马临校长支持，一直留在学校，使此一工作得以完成。十年前我赴港探视刘教授时，见其编成之逐字索引俱已成书，刘先生颇具自信，取下书来展示给我看。刘先生此一心愿早曾遍告友人门人，所知美国周策纵先生最早知晓。1964年我与周先生通信向周先生表示愿尽一分之劳，追随他二人做此事。今经何志华先生追述，论及刘先生之贡献，已为古籍上网开出方便之路。

刘先生之重视中国古代典籍，广泛而深入，除其精熟老子、孔子、孟子之书而英译之（附告：马王堆《帛书老子》出土之后，刘先生亦有译本问世），其指导英国门人安乐哲研究《淮南子》，早于《吕氏春秋》与《淮南子》有极精深研究。我自在英受教以至在中文大学同事，于此二书得刘教授之教益甚多。刘教授特别于《淮南子》有精湛研究，何志华教授甚加暴表。我今手中尚有刘先生所赠其所著之《读淮南鸿烈解校记》，我承刘先生垂教，自动阅读《吕氏春秋》及《淮南子》两书，并自信受到刘先生启迪。

推尊刘殿爵先生为当代翻译大师，决非我区区一人之私见，早有董桥（香港作家）大文有不少故事引据。惟其文叙述太长，今只可稍引其文中一段话：

刘殿爵穷半生学力精力为老子、孟子、孔子三家思想做的是启碇扬帆的夜航：他在意的不是逐字逐句的移译，而是字里句里整套哲理体系的引渡。翻译大家汤新楣先生说，刘教授仿佛西方交响乐团的指挥家，演绎着东方春秋战国的不朽乐谱。（原载 2010 年 5 月 9 日《苹果日报》）

事实上不待我辈宣说，须知自 1963 年以来，在英美学界，对于 D. C. Lau（刘殿爵先生之英文名）大名早与典雅精审之英文翻译，划为等号。此在西方是共喻通晓，而于华人世界则仅有香港一地敬重这位大师。迄今为止，台湾、大陆学界，并不知刘殿爵是何样人物，遑论聆教仿习。

刘殿爵先生半生从事翻译，自是累积丰富经验。对于翻译之在学术上的重要性以至翻译之广泛功用，自是归纳出个人独具之见解。在此应须引举其所自道：

> 我们平常提到翻译总以为翻译是把用一个语言写的作品译成另一个语言，以便不懂原来文字的人可以看懂内容。其实翻译的范围并不局限于此。第一，翻译不必牵涉两种不同的语言。同一个语言中的方言之间也可以翻译，古语和今语之间也可以翻译，甚至在完全相同的一个语言，用两种不同的方法说同一句话也是翻译。第二，翻译不一定是全篇的翻译。为了诠释，将一个词翻成另一个词也是翻译。譬如说古代的“履”可以翻译成今日的“鞋”。但翻译更有一个很重要的作用，这就是用来分析一句话的语法结构，尤其是一句话可能有两个不同分析的时候，我们可以用两个不同的翻译分化不同的结构，从而把歧义显示出来。（刘殿爵著，《语言与思想之间》，香港中文大学吴多泰语言研究中心，1993 年 7 月印，页八五）

刘先生之言，似将翻译功用拉得很广，实俱出于其熟读中国上古典籍之解悟。须知翻译古籍至西方语文世界，若其所译《老子道德经》、《孟子》、《论语》诸书，有先须弄明白上古文字语言在现时的正确意旨，然后据此了解译成英文，并须保持英文之典雅醇美文句，是一种 classic style，与西方经书放在一起，仍是中国经典。刘教授之所以为英美学界钦服，其学养精深，贯通中西，并能沟通古今，自是一代大师风格。

刘教授讲究翻译语词之精准典雅，世人未能核验体察。当刘先生回港在中文大学任教，并主持吴多泰语言研究中心之后，除于古籍各样难解词句，各以专文辨析索解，提示正诂，大异于往时训诂学家之传统以同义词训解之术，而多篇训解古词，以古人特殊习惯及地区方言之例句，追寻前代语词正解，各文于 1993 年结集出版，为研治古籍辟一训诂学新路，最能见出刘先生融会西方语言考证学之功力。其书在学术上自具特色。

适刘氏于 1980 年 3 月在《明报月刊》发表其试以现代语词翻译佛教界最广为善男信女诵念之《般若波罗蜜多心经》，其新译与唐代玄奘大师所译者作对照，全经甚短仅十二节，今举刘先生所译之前三节，每节与玄奘原译对照，使人可以明见古今用词之不同。刘氏当然附有详细注释解说，但在此不能一并列出超过十倍篇幅之文字。

刘氏今译《般若波罗蜜多心经》：

玄奘原译　第一节

观自在菩萨行深般若波罗蜜多时，照见五蕴皆空，度一切苦厄。

今语译

崇高的观自在菩萨在运行到达彼岸的高深智慧时，居高临下，看见五种组合成堆的因素，并且看见这五种因素在本身存在上是空的。

玄奘原译　第二节

舍利子、色不异空，空不异色。色即是空，空即是色。受、想、行、识，亦复如是。

今语译

[菩萨说，] 舍利弗、形体就是空，空就是形体。空与形体无

异，形体与空亦无异。凡是形体的就是空，凡是空的就是形体。苦乐的感受、感官的感觉、行动的意向和认知意识，这些与空的关系也是一样。

玄奘原译　第三节

舍利子、是诸法空相，不生不灭，不垢不净，不增不减。

今语译

舍利子、所有终极的事物都以空为标识，既无所谓产生，亦无所谓消灭；既无所谓污染，亦无所谓纯洁；既无所谓不足，亦无所谓完全。

此类今译，引于刘殿爵所著《语言与思想之间》，第一三四至一三九页。其每节译文之下，加有注释，详论遣词用字与经文原意之精审真解，语涉专门，亦举英译梵文之用法。盖在对学界名家以至佛界高僧作负责申解。无法摘举个别词字，全举则会占七页篇幅，只好从略，惟祈学界识家取其书作检证，鄙人在此告罪。

本文引举刘氏三节译文，俾各家比较唐僧古译与今时语译之古今语词对照。刘氏书中提明中国古传九种心经译文，以玄奘所译者最流行广远，善男信女多能习诵。而刘氏今译，敢与佛家大师译作并列比较，正亦见出刘氏生平译学之精诣与自信。瞻顾当今中外精通西文者曾有几人敢于尝试？

虽然，刘氏并非佛教徒，其所译无论有如何恰切正确，佛界高僧大师亦未必取来引用。刘氏亦自谦题为试译，宗旨只为译学，丝毫无关乎佛教之宗教义理。我辈自当认明刘先生公开其《心经》翻译之学术上一个重大贡献。希望此译，能代表20世纪佛经翻译之文献。我个人相信是大师手笔，当今学界高人当无有敢尝试者。

一般而言，刘殿爵大名享誉西方学界，几至完全重视其翻译古籍之典丽简明，精准恰切。鄙人笔拙，不足以表状其学术道艺之深厚渊雅，惟知其相知好友周策纵、杨联陞盛称，其众多门人若 Hugh D. R. Baker（英国退休教授）、Roger T. Ames（夏威夷大学教授）俱著文详述师门绝诣。于此，吾自不敢冒滥展述，恐其有挂漏之嫌。

我之有缘亲接刘殿爵教授是因 1963 年起游访英国，乃系业师陶振誉先生命我趋谒刘先生。其时刘先生在伦敦大学亚非学院任教，一直是居住在一家旅馆。由于振誉师之荐介，刘先生是很亲切相待。我是后生晚辈，自此以师长之礼敬事刘教授，其时刘先生所译《老子道德经》已经出版，他于 1964 年送我一本。

后来在英日子，刘教授是经常召我会面聊天，一向是谈中国古籍，他怕我不知原书句子，一边也用小纸片写给我，在我记忆中，他谈《淮南子》最多，因此使我后来也会喜读《淮南子》，自是真实领受教益。

自 1963 年至 1965 年间，我住伦敦约有二年时间，除 1964 年刘先生赴美国与周策纵先生相聚会，大多时间，他一直定居伦敦，住于旅馆。我与刘先生时常相见，他温煦谦和、朴实平易，随便闲谈中使我学到很多。例如他向我解说西方之语言考证是极其严谨慎重，辨析订正一字一句，比之今时我国言考证辨讹者为更小心，不会轻下断语，轻易改易字句。因是他做翻译，亦必先充分掌握古书文字语词，再作翻译。我在此领悟到语言考证之重要。那时他已熟用王念孙父子之书，此所以他能熟王氏《广雅疏证》作补充断句，而后会在香港中文大学出版此书（即 1978 年成书之《新式标点广雅疏证》）。

刘先生在 1964 年去美国之前，曾向我提及使用中国古书，须备好完备之索引，他所采用方法，比之 30 年代由洪业教授创始之 Index 更要精密，是为对每古籍之逐字索引，在西方称做 Concordance，并表示要和周策纵教授合作推动中国古籍逐字索引之编纂，此是继承洪业教授之庞大工程，那时无法做到，而后来刘先生终于在中文大学吴多泰语言研究中心，以庞大财力人力才编成此书，名称是《先秦两汉古籍逐字索引丛刊》（*Ancient Chinese Texts Concordance Series*）。大致是在 20 世纪最末几年到 21 世纪初完成刊布。后来我在台湾退休之后，到中文大学去见他，他就拿出来这一批索引书给我看，我明白他多年心愿能在晚年做成，一定是很满意。我心中自然钦服他这样锲而不舍的精神。

刘先生如此学通中西，而一生淡泊自谦，我与之接谈，自是不敢轻浮随便，尤不敢放言高论，务要潜沉稳重，多半是会倾听其细讲一些文字意义。此类琐事，不须赘举，惟从其平日来往态度，已能察见其关爱引重之情。

其一件，我是以师长之礼敬待他，而刘先生对我这后生晚辈，称兄道弟，所给我之赠书，客气称兄，使我十分惶恐不安。惟我致寄书信，必自书晚生，所有函牍绝无例外。

其二，刘先生将我荐介与其好同事及好友。其好友陈志让先生在利兹（Leeds）大学任教，到伦敦来，刘先生特别约我与之相见，主要陈先生是近代史同道，令我能随之进而请教。后来陈先生并请我到利兹大学与其同事及学生见面，并由大家招待我吃饭。

刘先生更关心之事，是引介我与其同事 Mrs. Whitaker 见面，说明要请我吃饭，一到饭馆见到是一位较刘先生要年长的粤籍妇女，她本名是赖宝琴，也是伦敦亚非学院资深老师。此后刘先生和她经常请我吃饭，我却没有一次回请。只是多年之后，赖宝琴女士也到台北，一些旅英学者会聚请她吃饭，席中尚有澳洲墨尔本大学汉学教授西门华（H. Simon），席间谈起来，西门华原来是 Mrs. Whitaker 的早期学生，到此方知赖女士也是博通中西之学者。饭后我陪伴赖女士参观“故宫博物院”，我见她很劳累，我请她到舍下，由我内人带她到卧房休息一些时间，她稍稍精神恢复，就告辞要乘计程车回旅店，我实未能报答她在伦敦照顾之情。

更重要一件事，乃是刘教授约我与他乘火车远赴利兹大学见亚洲研究所主任拉铁摩尔教授（Latimore），实是一位精通蒙古文之国际著名学者，中西大名鼎鼎，是在美国站不住，而到英国教书。我见他谈笑风生与刘先生以英文对话，轻松愉快，未见丝毫大牌气息，而刘先生则一如平常，谈笑自若。席间尚有其他宾客，由拉铁摩尔做东招待吃中餐。此一席使我也开启了眼界，我认为值得记忆。

最重要可记之事，乃是当在 1965 年，杨联陞先生来英伦访问，刘先生相约我同他在我居住附近之 Russell Square 会面，一同有四人散坐吃茶谈天。其中一位洋人，全不知其名，主人是刘先生，客人是杨联陞先生，我想我和那位洋人俱同是后生晚辈，可幸留下摄影照片，可作长久记忆。我此次和两位大师并坐谈天，真是生平幸事。所保存之照片，乃我独有，自当刊布问世。我等交谈一阵分手，我又带着杨先生走走，并顺便请杨先生吃饭。此次向杨先生学到很多，他是我“中央研究院”前辈，早在院中一同唱戏，此次杨先生则向我自述其治学及应世态度，有八个字，我一直记忆，他是说要：认真、虚心、和众、求通。我以为可以终身实践，实在感谢和怀念杨先生。

左起杨联陞、刘殿爵、刘先生友人、王尔敏

依据上举各节，可以推知刘教授之仁惠敦厚，对我这一个末学后进，尚是宽待提携，而对其入室弟子，自更是关爱有加。我人读到董桥之文，自当明见大概。

另一件事并不重要，却尚值得存记。我在 1965 年 9 月底返回台湾故地，继续研究工作，自是常与殿爵先生通信。相隔一两年，刘先生竟然来台湾游访，他台湾熟人很少，且是游观性质，学界亦无人知，刘先生只通知我一人。此时刘先生所熟悉之人尚有杜维运先生。我即邀约杜兄作陪，我特请刘先生到舍下午饭。本来应该由内人做些小菜，家常便饭即能接待远来长者，而我却是横生主意，要请二位来客吃羊肉涮锅，相信英国吃不到，可以新鲜一点。当然牛羊肉俱是买来切好细片。此次待客却是弄巧成拙。先是牛肉片下锅加上佐料种种，刘先生、杜兄俱吃下一些，接着我将羊肉放入锅里，刘先生立即停箸，再也吃不下。刘先生未现任何不悦，我则大感羞愧。远道不殚越洲渡洋，到台湾以我为东主，而我反要使他受饿，真是太不会待客，心下一直愧怨，至今尚不能安心。

我自1977年应聘到香港中文大学任教，而刘教授虽在伦敦，却是我的三位任职咨询人之一。接着他在1978年亦受聘到中大任教，自此又能亲接刘先生教益。我在中文大学承马临校长礼重关爱，倍感荣幸，又得刘教授不时教诲，更是获益至巨。特要一叙者，则是我们一些学界朋友与刘教授定期每月餐叙一次，校内有袁鹤翔、陈善伟、李云光、劳思光、蒙传铭和我，港大有林天蔚、金发根，浸会有左松超，共约十人，此种聚会纯为自由交谈，自1978年一直延续至1989年我退休离校。以我而言，看作师友文会，以全部与会者而言，自是仰重刘先生大师典型，是以刘先生为中心，虽如一个文林雅集，当刘教授退休之后，如此集会，亦并随之离散了。

我在中文大学有幸与刘先生同事，他是讲座教授又兼任文学院院长，后来任中国文化研究所所长。他很注重学术交流，因是经常邀请大陆学者来校访问讲演，所知曾邀请周祖谟、金德熙、王利器、贾兰坡、启功、张舜徽、朱光潜、贺麟、李学勤等（一定有不少遗漏），为此我亦多次向刘先生推荐邀请到张玉法、张存武、赵中孚、刘凤翰、王振鹄（“中央图书馆”馆长）、王仲孚来校讲演，此外我亦推荐丁邦新来校讲演，刘先生并想留他担任中文系系主任，而被丁兄婉拒。最重要之一件，系我推荐张春树来中文大学任历史系系主任，原是张兄有信表明想来中文大学任教，而刘先生听信我之荐举，要求马临校长请春树来校，张做了三年历史系系主任，如此可证刘先生对我之信任。

我自非刘教授及门弟子，但自 1963 年以来，实自居私淑弟子之列。生平受益，复蒙关爱有加，实深感仰难忘。当此大师之逝，回首往昔，淡泊风骨，和蔼笑貌，立即闪现脑际。于今人琴俱亡，令人伤痛悲悼，学林硕果，译界大师，遽弃世人而去，真是重大损失。惟信大师已逝，典型犹存。当为后世学者，长久企仰，追依效法。

附记：本文所展示刘教授生活照片，一共四帧，其中两帧承朱国藩先生寄赠，特申感谢之意。

2010 年 7 月 27 日　写于多伦多市